한국 문학과 시대의식

푸른사상
평론선

15

Korean Literature and consciousness of time

한국 문학과
시대의식

신동욱

푸른사상
PRUNSASANG

삼가 머리 숙여 스승님들께 길을 밝혀주신 큰 은혜에 깊은 감사를 올리나이다.

문학작품을 읽으면서, 작품에 나타난 여러 문제들을 나름대로 이해하려고 노력해왔지만, 작품을 지은 분들의 생각이나 깊이 담긴 뜻을 이해하기란 쉽지 않았다.

항상 공부하면서 스스로 어떤 한계를 느껴온 것이 사실이다.

퇴직 후, 선배님들께서 혜화동 찻집에 모이셔서 담소하시며, 다하지 못한 과제들을 『한국어학 연구』지에 펴내셨다. 소제(小弟)에게도 참가하도록 말씀이 계셨다.

한 편, 두 편 지은 것을 모아보니, 작품에 나타난 바의 뜻이 한 시대를 살아가는 시대 인식이나 관련된 바의 일이나 문제에 관한 지은 분들의 의식을 엿보게 된 것 같다.

이기문 선배님을 비롯한 여러 선배님들께서 사랑의 손길을 주시며, 선비의 길을 걷도록 이끄심에 감사올리며, 푸른사상사 한봉숙 사장님, 그리고 편집실에서 수고하시는 여러분들께도 깊은 감사드립니다.

갑오년 새봄
자산 삼가 적음

제2부 작가정신과 삶의 해석

제3부 이념 분열과 시대 고

제1부
민족의식과 시심

「원왕생가」와 정토삼부경

우리나라의 옛 가요나 한시, 그리고 시조나 근대 이후의 서정시가의 여러 작품들을 보면 자연의 신비하고, 아름다운 경관을 읊고 노래한 예들이 적지 않음을 알게 된다.

그만큼 우리 생활이 자연과 밀착되었기 때문이라고 생각된다. 그런데 자연의 경관은 국토라는 보다 더 기본적인 데 의식이 미칠 때는 시인이 처한 시기의 역사적 의미와 연결되어 경관만이 아닌 주권의식이나 애국적 관심과 연결될 경우도 있다.

또 다른 측면에서 시적 화자(또는 작자)가 그만의 고유한 신교 및 사상에 의하여 자연의 의미가 달리 나타남을 알 수도 있다.

이러한 예들은 외국의 경우에도 적지 않은 것으로 알려지고 있다.

본고에서는 우리 시가들 중에서 「원왕생가(願往生歌)」를 가려 그 시상을 살피려 한다.

> 들하 이데 西方꼬장 가샤리고
> 無量壽 佛前에 닏곰다가 솗고샤셔
> 다딤 기프샨 尊어히 울워리 두손모도호솗바
> 願往生 願往生 그릴사룸 잇다 솗고샤셔

아으 이몸 기터두고 四十八大願 일고 샬까.

─ 광덕 처, 「원왕생가」1)

이 작품의 현대역 풀이에는 많은 석학들이 논문을 남겨두고 있어, 그 풀이의 다양함에 경의를 표하지 않을 수 없으며, 양주동의 첫 작업은 이 방면의 연구에 서광을 비춘 예로서 그 높은 통찰력과 시적 상상력에 감동받게 된다.

동시에 삼국시대의 말을 이두나 향찰로 표기했던 당시의 고서 기록자들의 천재성도 또한 높이 평가하지 않을 수 없다.

그 후 이 작품은 이병도의 『역주 삼국유사』에 한글(현대어)로 표기되었다. 그러니까 양주동의 풀이에 이어 16년 만에 다시 이병도의 풀이가 나온 것이다.2)

이 작품의 내용은 광덕, 광덕의 친구 엄장, 그리고 광덕의 아내 이렇게 세 사람의 불심에 관한 내적 성취도의 경·중을 가늠하고, 세속적 욕망에 젖어 일상생활을 해온 엄장의 한 모습을 보여주고, 이미 떠난 벗 광덕의 불도 수행에 힘쓴 진면목을 배경설화에서 말하고 있다. 세속의 삶과 욕망에 젖은 속인들을 경계하면서도 그러나, 속인도 불도에 기울이는 노력을 쌓음으로써 불심을 얻고, 소위 "서방정토(西方淨土)"에 왕생을 기대할 수 있다는 내용이다.

이 설화에서, 광덕 처의 말 속에 나타난 광덕의 불도에 기울인바 그의 고행에 뜻이 담겨 있다. 광덕과 광덕 처는 부부였으면서 부부간의 자녀 생산과는 무관하게 살며, 오직 불도 수행에만 전념하여 이른바 정토로 간 사실이 밝혀져 있다.

『삼국유사』의 저자인 일연스님은 다음과 같이 광덕의 수행을 광덕 처

---

1) 양주동, 『고가연구』, 박문출판사, 1943, 1957, 497~519쪽 인용.
2) 이병도, 『원문 병역 주 삼국유사』, 동국문화사, 1956, 1962.

의 입을 빌려 말하고 있다.

다만 *每夜* 端身正座하여 한 소리로 阿彌陀佛의 이름을 외우고 혹은 16觀을 지어 觀이 이미 熟達하여 明月이 窓에 비치면 그 빛에 加趺(正座)하였다.[3]

이러한 해명에서 광덕의 수행이 참으로 "서방정토"에 갈 수 있을 만큼 훌륭했음을 알리고 있다. 그런데 여기 제시된 16관(觀)을 숙달해야 함을 전제했고, 끝내는 "사십팔대원"을 이룬다는 높은 보살도의 정신적 경지까지를 말하고 있는 데 주목하지 않을 수 없게 된다.

범패나 불찬가, 또는 불교가 성행했던 시대에 신도들이 소원을 비는 노래로서 "원왕생 원왕생"을 부처님 앞에 노래 부르며 배례하며 기원했을 수도 있으나, 중요한 것은 16관을 숙달하고 48대원(大願)을 이루는 데 있다.

오늘날도 변함없이 달은 때에 따라 어둠을 밝히고 차고 기울고 하니 불도를 수행하는 이들이 예와 같이 왕생가를 부르며 수도할 수 있겠으나, 수행 내용과 그 실천 과정이 매우 중요한 것임을 일깨워주고 있다.

1.

광덕 처의 말에 의하면, 16관의 수행을 실천한 것을 말하고 있으므로, 서방정토에 왕생하기 위하여 그렇게 해야 함을 알려주고 있다.[4] 그 세목을 보면 다음과 같다.

---

3) 위의 책, 435쪽.
4) 정토사상을 중심으로 한 경전, 『무량수경(無量壽經)』, 『관무량수경(觀無量壽經)』, 『아미타경(阿彌陀經)』을 들어 "정토삼부경(淨土三部經)"이라 칭한다. 『관무량수경』은 『아미타경』과 극락세계를 관상(觀想)하는 13관(觀)과 극락왕생 9종(種)의 방

一觀 : 일상관(日想觀). 해가 서쪽으로 짐을 생각하고, 서향정좌(西向正坐)
하고 정신 통일함.

二觀 : 수상관(水想觀). 징청(澄淸)한 물을 봄. 흩어짐이 없게 하고, 얼음
을 생각하고 유리상(瑠璃想)을 이룸.

三觀 : 지상관(地想觀). 극락국토를 관상(觀想)함.

四觀 : 보수관(宝樹觀). 신비한 보수(宝樹)를 관상(觀想)하고 삼천대천세
계(三千大千世界), 모든 불사(佛事), 시방불국(十方佛國)을 봄.

五觀 : 보지관(宝池觀). 극락국토의 8지수(池水)를 관상.

六觀 : 보루관(宝樓觀). 중보국토(衆宝國土)에 500억의 보루각(宝樓閣)이
있고, 무량제천(無量諸天)이 있고 극락세계의 보수(宝樹), 보지(宝
地), 보지(宝池)를 모두 관상함.

七觀 : 화좌상관(華座想觀). 무량수불과 관음보살 및 대세지(大勢至) 보살
을 미래중생이 보기 위한 상념(想念). 칠보(七宝)의 지상에서 연화상
(蓮華想)을 이룸.

八觀 : 상상관(像想觀). 마음으로 부처님을 관상하면 32상(想), 80수형호
(隨形好)로 됨. 곧 마음이 부처님이 됨.

九觀 : 진신관(眞身觀). 무량수불의 신상(身相)과 광명(光明)을 봄. 그리고
불심을 보고 대자대비를 깨닫고, 중생제도함.

十觀 : 관음관(觀音觀). 관세음보살을 관상(觀想)함.

十一觀 : 세지관(勢至觀). 시방무량(十方無量)의 제불(諸佛)의 정여(淨如)
한 광명을 봄(無.延光).

十二觀 : 보관상관(普觀想觀). 서방극락세계(西方極樂世界)에 태어나 연화
속에 가부좌함을 생각함.

十三觀 : 잡상관(雜想觀). 아미타불의 본원력(本願力)에 힘입어 무량수불
을 생각함.[5]

식, 즉 9품(品) 왕생을 삼관(三觀)의 양식으로 풀이한 것을, 합하여 16관법(觀法)으
로 왕생을 드높이고 있다. 아미타불과 극락세계를 그 모습을 간결하게 묘사하고
정토왕생을 풀이하였다. 암파(岩波), 『불교사전』, 중촌원(中村元) 외, 암파서점(岩
波書店), 1989, 439~440쪽 참조.
5) 중촌원(中村元), 조도진정(早島鎭正), 기야일성(紀野一成) 역주, 『불설관무량수경
(佛說觀無量壽經)』, 암파서점(岩波書店), 1964~2009, 50~68쪽 참조.

위 13종의 관법(觀法)과 상배관(上輩觀), 중배관(中輩觀), 하배관(下輩觀)의 3관을 합하여 16관이라 한다.

3관은 다음과 같이 제시되어 있다.

십사관(十四觀) : 상배생상(上輩生想)

상품상생(上品上生) : 지성심(至誠心) · 심심(深心), 회향발원(廻向發願)의 삼심(三心)을 갖춘 후 왕생할 수 있다.

상품중생(上品中生) : 방등경전(方等經典)을 수지(受持) · 독론(讀論)은 못 하여도 뜻을 알고, 인과의 이치를 믿고, 대승을 비방하지 않고 극락왕 생을 원하는 자.

상품하생(上品下生) : 인과를 믿고, 대승을 비방하지 않고, 무상도(無上道) 의 마음을 일으킨다. 이 공덕으로 극락왕생을 원하는 자.

십오관(十五觀) : 중배생상(中輩生想)

중품상생(中品上生) : 오계(五戒), 팔계재(八戒齋)를 수지하고, 오역(五逆) 의 죄에 빠지지 않고 정토왕생을 원하는 자.

중품중생(中品中生) : 중생이 1일1야 팔계재를 수지하고, 혹은 1일1야 사 미계(沙彌戒)를 지키거나, 1일1야 구족계(具足戒)를 지키고, 위의(威 儀)에 결함이 없는 공덕이 있는 자.

중품하생(中品下生) : 선남선녀가 부모에게 효(孝)하고, 이웃에 인자하고, 더러는 선여식(善如識), 그 사람을 위하여 널리 아미타불 국토의 즐거 움을 설하고, 법장비구(法藏比丘)의 48송(願)을 말하는 이.

십육관(十六觀) : 하배생상(下輩生想)

하품상생(下品上生) : 악업을 지은 중생, 부끄러워하지 않았으나 절명시에 선지식(善知識)이 대승십이부경(大乘十二部經)의 수제명(首題名)을 찬함을 듣고, 나무아미타불을 염하는 자.

하품중생(下品中生) : 중생의 오계(五戒), 팔계(八戒), 구족계를 훼범(毀犯)한 어리석은 자로 지옥에 떨어질 것이나 선지식의 대자대비로 구제받은 자.

하품하생(下品下生) : 중생이 오역, 십악 및 여러 불선(不善)을 저지른 어 리석은 자로 악도(惡道)에 빠졌으나, 임종 시 선지식의 묘법의 설법과

가르침을 받고 염불하고 구제된 자.[6]

앞에 제시한 바와 같이, 16관상을 장황하게 풀이한 것은, 이 작품의 배경설화가 작품 내 시적 화자의 수도한 내용을 알려주는 것이므로, 작품의 밖에서 작품 안의 의미를 일깨워주고 있기 때문에 제시한 것이다.

일연 스님은 광덕 처의 입을 빌려, 엄장에게 광덕이 수도한 수행 내용을 알려주고, 그 가르침에 따라 원효 스님을 만나 수도의 방법을 지시받고 역시 서방정토에 이르렀다고 기록하며, 원작품을 에워싼 밖의 설화가, 원작 내용의 의미에 영향을 주고 있다.

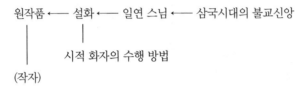

일반적으로 작품 그 자체의 원전을 어휘들이 이루는 문맥에 따라 의미의 흐름을 추구하고 풀이하는 것이 작품 이해방식의 일반화된 순서이다.

그러나 「원왕생가」는 널리 알려진바, 일연 스님의 자료 선택에는 개인의 신앙심과 교양에 의하여, 작품 밖에서 그 배경설화를 보여주며 작품 안의 염불수행(念佛修行)의 의미를 공급하며, 원작의 의미를 확장하고 풍부하게 하였다.

그런데 위에 예시한 16관의 관상이 이루어져 수행의 구체적 방식이 이루어진 데는 그만한 내력이 있다. 옛 인도 왕사성(王舍城)의 태자 아사세(阿闍世)가 악우(惡友) 조달(調達)의 사주를 받아, 부왕 빈바사라를 가두고

---

6) 위의 책, 68~79쪽 참조.
　중품중생(中品中生)의 "구족계"는 출가한 비구, 비구니가 지켜야 할 계율을 총칭.

왕권을 쥐었다. 그 어머니는 위제부인으로 갇힌 왕을 위하여 모든 지혜로 그 명을 구하는 데 힘쓴다. 이에 분노한 아들 아사세는 어머니를 살해하려 하나 총명하고 지혜가 많은 신하 월광(月光)이 세상에 어머니를 살해한 예는 역사에 없다고 말렸으므로 칼을 거두었다.

부왕과 모후는 불도로 구원을 받고 극락정토 세계로 갔다는 역사적 내용이 있고, 여기서 16관상 수행이 제시된 것이다.[7]

이러한 역사적 사실과 16관상의 수행법이 어우러져 있으므로 불찬가로서의 「원왕생가」라는 시의 원전의 의미역이 넓은 것임을 알게 된다. 한 작품의 의미역이 그만큼 오랜 옛일과 연결되고 또 확장됨을 알게 된다.

이렇게 본다면 「원왕생가」는 노랫말 그 자체만으로는 나타나 있지 않으나, 노래를 에워싸고 있는 불교 수행의 설화에 의하여 노래의 뜻을 바르게 이해하도록 하는 기능을 발휘하고 있음을 짐작할 수 있게 했다. 그러니까, 노랫말 안에 내장된 숨은 뜻을 밖을 에워 싼 설화의 힘을 입고 이해할 수 있게 한 것이라고 하겠다.

16관상의 수련을 모두 숙지하고 실천적으로 체득한 불자라는 사실 즉 광덕의 수행, 실천한 점이 이 노래의 주요한 하나의 요체가 됨을 암시하고 있다.

2.

다음으로 「원왕생가」의 작자를 『삼국유사』에 광덕 처로 나타나 있다고 이해하고 있는 경우가 있다.

양주동은 작자를 광덕 처로 의심 없이 규정하고[8] 있는데, 이러한 견해

---

7) 암파문고, 『정토삼부경』 下, 1964~2009, 43~50쪽 참조.
   청화스님, 『정토삼부경』, 관무량수경, 광륜출판사, 2007, 33~35쪽 및 247~331쪽 참조.
8) 양주동, 『고가연구』, 앞의 책, 497쪽 참조.

는 아마도 광덕의 수행과정을 같이 살면서 보고 그 실천한 바를 잘 알고 있는 그 아내라는 점을 고려한 것이라 짐작된다.

그러나 이병도의 한글 번역에 분명히 "德이 일찍이 노래를 지어 부르되"9)라고 하여 광덕이 작자임을 밝혀 적고 있다. 여기서 한문본에 "德嘗有歌云"을 그렇게 풀이한 것임을 알 수 있다.

그리고 광덕 처에 관하여는 그 주에 "觀音의 應化"라고 하였다. 이 말은 달리 응현(應現)으로도 나오며, 부처가 중생을 제도하기 위하여, 구제받아야 할 대상에 따라 여러 모습으로 변환하여 나타남을 뜻한다.10)

이렇게 해석함은 광덕이 정토왕생을 이루게 한 주도자는 다름 아닌 부처님의 응신(應身)인 분황사의 노비로 제시되고 있다. 이 노래의 작가에 관한 연구에서 여러 의견이 보이고 있는데, 이는 노래의 내용에 비추어, 흔히 세속적인 의미의 "종"이 아님을 짐작케 한다. 16관상을 알고 실천한 광덕과 동거한 사실에서 이미 정토에 이르는 수행이 매우 준엄한 것임을 터득한 여인으로 나타나 있다. 그러한 고행을 이루고 광덕이 정토에 든 것을 알고 있고, 세속적 욕망을 버린 탈속의 경지를 아는 종이다.

이렇게 보면, 저자 일연 스님은 이 노래를 그러한 불도수행의 사례로서 그 관련자들의 관계를 밝히고 『삼국유사』에 수록한 것임을 짐작할 수 있다.

이 노래의 내용에 보이듯이, 가정을 이루고 사는 보통 사람들도 고행을 견디고 16관상을 실행하면 서방정토에 이를 수 있다는 일연 스님의 종교적 의도가 내포되고 있음도 짐작해 볼 수 있다.

『삼국유사』 "광덕 엄장" 항목 끝 무렵에 노래가 수록되기 바로 앞에 "德嘗有歌云"이라고 말한 데 관련하여, 이미 노래가 있어서 광덕이 불렀던 것처럼 풀이할 때, 광덕 처나 광덕의 작(作)이 아니고, 불찬가로 전래되

---

9) 이병도, 『역주 삼국유사』, 앞의 책, 436쪽 인용.
10) 위의 책, 같은 곳 참조.

어 온 것이라고 논급한 예가 있다.[11]

그런데 이 대목에 관하여 이병도는 이 부분을

德이 일찍이 노래를 지어 이르되[12]

와 같이 광덕이 수행 중에 왕생가를 지어 부른 것으로 풀이하였다. 이렇게 보면, 광덕이 지어 부른 것으로 된다.

또 다른 한 예를 보면 다음과 같다.

　　광덕의 안해는 분황사에 계집종인데 부처와 보살이 다시 태어난 열아홉 사람 중의 한 분이다. 일찍이 노래를 지으니 그 노래에 이르기를[13]

이러한 풀이에서는 광덕 처의 노래임을 밝힌 것으로 보인다.

김동욱은 다음과 같이 논급하고 있다.

　　이로써 보면 本說話에 나오는 願往生歌는 廣德의 作이요, 달과 西方을 結付시켜서 자기의 切實한 信仰을 읊는 것이고 그것은 하나의 祈願으로 昇華되어 있다.[14]

위에 제시한바, 광덕의 작품으로 규정하고, 당시의 종교적 분위기로 보아 "元曉를 中心으로 하는 淨土思想과 당시의 法會 齋式에 부른 漢讚의 影響이 있음을" 말하였다.

이와는 달리 "옛부터 노래 불리어진 俚謠에, 다음과 같은 것이 있다."

11) 김승찬 편저, 『향가문학론』, 새문사, 1986, 222~223쪽.
12) 이병도, 앞의 책, 436쪽 인용.
13) 홍기문, 『향가해석』, 사회과학원, 1956, 231쪽 인용.
14) 金東旭, 앞의 책, 101쪽 인용.

라고 말한 예도 있다.[15] 이요(俚謠)라는 말은 속요(俗謠)와 같은 뜻으로 쓰이고 있다. 작자에 관한 또 다른 견해는 "彌陀淨土絞布散에 西方盡力한 元曉의 作"이 아닐까 하고 견해를 밝힌 예도 있다.[16]

3.

다음으로는 작품의 끝 부분에서

> 아아, 이 몸을 남겨두고
> 四十八願 이루실까.[17]

에 보인 바와 같이 「원왕생가」의 작중화자가 하는 말로서 소원을 기원하는 화자의 간절함이 내포된 것으로 보인다.

여기서 48대원을 이루려는 것은 곧 서방정토에 왕성함을 암시하는 불교사상 중 대승적 정신을 진술한 것으로 보인다.

"기도하고 있는 나를 제외하고 四十八大願을 이룰 수 있겠습니까"와 같이 말하는데서, 그러한 불교의 교리에 합당하게 불도를 닦은 화자를 제외시켜서는 안 될 것이라는 간절한 기도의 내용이라고 짐작된다.

여기서 48대원을 다음과 같이 설명하고 있다. 아미불이 법장보살로서 불도에 드는 수행을 할 때, 먼저 원(願)을 세운바 48원이 『무량수경』에 보인다. 그러므로 여기 작품 내에 보인 48원의 의미 내용을 검토하는 것은

---

15) 촌상사남(村上四男) 찬, 『삼국유사고증(三國遺事考証)』, 하지삼(下之三), 각서방, 1995, 60쪽. 이 책의 주 799에서 "この 鄕歌は 廣德の 妻が 嚴壯を 諫言した 歌と 見られる."와 같이 작자를 광덕 처로 본 소창진평(小倉進平)의 견해를 밝히고 있다. 인용 부분은 정상수웅(井上秀雄) 주해.

16) 김사엽, 『완역 삼국유사』, 明石書店, 1997, 392쪽 인용.

17) 金完鎭, 「향가의 해독과 그 연구사적 전망」, 『三國遺事와 문예적 가치해명』, 새문사, 1982, Ⅳ 16~17쪽 인용.

어찌 보면, 불도의 수행 조목처럼 보이거나 이루려는 왕생의 목표에 드는 뜻으로 보아, 작품 내적 의미 구성과는 거리가 있는 듯이 볼 경우도 없지 않으나, 사실은 이 48원의 뜻도 작품 내의 의미로 보아야만 「원왕생가」의 전체 내용과 의미의 맥락을 이해하게 될 것이라고 생각된다.

그렇게 생각한다면, 48원의 제목만 나열해서는 그 뜻을 이해할 수가 없으므로, 한 조목씩 살펴야만 할 것이다. 비구가 세존께 "제가 세운 48가지 원을 자세하게 아뢰겠습니다" 했다.

다음에 그 48원을 제시하려 한다.

(1) 設我得佛 國有地獄 餓鬼畜生者 不取正覺
설사 제가 부처의 경지에 이른다 해도, 나라에 지옥 · 아귀 · 축생이 있다면 정각(正覺)을 취하지 않을 것입니다.

— 무삼악취(無三惡趣)의 원

(2) 設我得佛 國中人天 壽終之後 復更三惡道者 不取正覺
설사 제가 부처의 경지에 이른다 해도, 온 세상 사람들 목숨이 다한 후 다시 삼악도(三惡道)에 되돌아간다면 정각을 취하지 않을 것입니다.

— 불경악취(不更惡趣)의 원

(3) 設我得佛 國中人天 不悉眞金色者 不取正覺
설사 제가 부처의 경지에 이른다 해도, 온 세상 사람들 모두가 참된 금빛이 아니 비친다면 정각을 취하지 않겠습니다.

— 실개금색원(悉皆金色願)

(4) 設我得佛 國中人天 形色不同 有好醜者 不取正覺
설사 제가 부처의 경지에 이른다 해도, 온 나라 사람들 그 형색이 같지 않고 좋고 추함이[18] 있다면 정각을 취하지 않겠습니다.

— 무유호추(無有好醜)의 원

18) "호추(好醜)"를 류종열은 "미추(美醜)"로 풀이함. 암파문고, 『정토삼부경』, 304쪽 참조.

(5) 設我得佛 國中人天 不識宿命 下至不知 百千億那由他 諸劫事者 不取正覺

설사 제가 부처가 된다 해도, 온 세상이 숙명(宿命)[19]을 알지 못한다면, 아래로는 백천억의 나유타[20]의 제각(諸劫)의 일을 알지 못한다면, 정각을 취하지 않을 것입니다.

— 숙명통(宿命通)의 원

(6) 設我得佛 國中人天 不得天眼 不至不見 百千億那由他 諸佛國者 不取正覺

설사 제가 부처의 경지에 이른다 해도, 온 세상이 천안(天眼)[21]을 얻지 못하고 백천억 나유타의 여러 부처를 보지 못한다면, 정각을 취하지 않겠습니다.

— 천안통(天眼通)의 원

(7) 設我得佛 國中人天 不得天耳 下至不聞 百千億那由他 諸佛所說 不悉受持者 不取正覺

설사 제가 부처의 경지에 이른다 해도, 온 천하가 천이(天耳)를[22] 얻지 못하고 아래로 백천억 나유타의 설법을 듣고 수지하지 못한다면, 정각을 취하지 않겠습니다.

— 천이통(天耳通)의 원

(8) 設我得佛 國中人天 不得見他心智 下至不知 百千億那由他 諸佛國中 衆生心念者 不取正覺

설사 제가 부처의 경지에 이른다 해도, 온 세상 사람들이 타심(他心)을 헤아릴 슬기를 얻지 못한다면, 백·천·억, 나유타 여러 부처 나라의 중생의 심념(心念)을 얻지 못한다면, 정각을 취하지 않겠습니다.

— 타심통(他心通)의 원

---

19) 자타(自他)의 과거세(過去世)를 모두 아는 능력. 위의 책 참조.
20) 나유타(那由他) 혹은 나유다(那由多). 산스크리트의 nayuta의 음사(音寫). 1,000억을 뜻함. 위의 책 참고.
21) 천안통(天眼通). 세상을 아는 혜안을 뜻함. 위의 책 참고.
22) 천이통(天耳通). 세상 소리를 다 들어 이해함. 위의 책 참고.

(9) 設我得佛 國中人天 不得神足 於一念頃 下至不能 超過百千億 那由他 諸佛國者 不取正覺

설사 제가 부처의 경지에 이른다 해도, 온 세상이 신족(神足)[23]을 얻지 못하고, 백·천·억, 나유타 여러 부처 나라를 거쳐 지나는 능력에 이르지 못한다면 정각을 취하지 않겠습니다.

— 신족통(神足通)의 원

(10) 設我得佛 國中人天 若起想念 貪計身者 不取正覺

설사 제가 부처의 경지에 이른다 해도, 온 세상 사람들이 만약에 상념을 일으켜 몸을 탐계(貪計)한다면 정각을 취하지 않겠습니다.

— 누진통(漏盡通)의 원

(11) 設我得佛 國中人天 不住定聚 必至滅度者 不取正覺

설사 제가 부처의 경지에 든다 해도, 온 세상이 정취(定聚)[24]에 살지 못하며, 반드시 멸도(滅度)[25]에 이르지 못한다면, 정각을 취하지 않겠습니다.

— 필지멸도(必至滅度)의 원

(12) 設我得佛 光明有能限量 下至不照 百千億那由他 諸佛國者 不取正覺

설사 제가 부처의 경지에 이른다 해도, 광명(光明)[26]은 한량이 있어, 아래로, 백, 천, 억, 나유타의 여러 부처 나라를 비추지 못한다면, 정각을 취하지 않겠습니다.

— 광명무량(光明無量)의 원

(13) 設我得佛 壽命有能限量 不至百千億那由他劫者 不取正覺

설사 제가 부처의 경지에 든다 해도, 수명은 한량이 있으니, 백, 천, 억, 나

---

23) 마음대로 날고, 변신하고 대상을 처리하는 능력. 위의 책 참고.
24) 정정취(正定聚). 깨달음이 결정된 사람. 정토교(淨土敎)에서는 왕생이 정해진 사람을 말함. 위의 책 참고.
25) 완전히 깨달음.
26) 부처, 보살의 지혜와 자비심을 상징함. 또 지광(智光), 심광(心光)으로도 풀이함.

유타에 이르지 못한다면, 정각을 취하지 않겠습니다.

— 수명무량(壽命無量)의 원

(14) 設我得佛 國中聲聞 有能計量 乃至三千大千世界 聲聞緣覺 於百千劫 悉共計校 知基數者 不取正覺

설사 제가 부처의 경지에 이른다 해도, 나라의 성문(聲聞)을 헤아려 삼천대천(三千大千) 세계의 성문(聲聞), 연각(緣覺)을 백천 겁에 모두 헤아린다면, 정각을 얻지 않을 것입니다.

— 성문무량(聲聞無量)의 원

(15) 設我得佛 國中人天 壽命無能限量 除其本願 修短自在 若不爾者 不取正覺

설사 제가 부처의 경지에 이른다 해도, 온 세상 사람이 그 수명이 무한할 것이나, 짧고 길음을 마음대로 하는 원을 제외한다면, 정각을 얻지 않을 것입니다.

— 권속장수(眷屬長壽)의 원

(16) 設我得佛 國中人天 乃至聞有 不善名者 不取正覺

설사 제가 부처의 경지에 이른다 해도, 온 나라 사람들이 불선자(不善者)가 있다는 그 이름을 듣는다면, 정각을 취하지 않을 것입니다.

— 무제불선(無諸不善)의 원

(17) 設我得佛 十方世界 無量諸佛 不悉咨嗟 稱我名者 不取正覺

설사 제가 부처의 경지에 든다 해도, 온 세계 헤아릴 수 없는 여러 부처님들이 제(아미타불) 이름을 칭양하지 않는다면, 정각을 취하지 않겠습니다.

— 제불칭양(諸佛稱揚)의 원

(18) 設我得佛 十方衆生 至心信樂 欲生我國 乃至十念 若不生者 不取正覺 唯除五逆 誹謗正法

설사 제가 부처의 경지에 이른다 해도, 세상의 중생들이 지심(至心)으로 신락(信樂)하여 우리나라에 태어나려 할 때 그렇게 되지 못한다면, 정각을 취하지 않을 것입니다.

— 염불왕생(念佛往生)의 원

(19) 設我得佛 十方衆生 發菩提心 修諸功德 至心發願 欲生我國 臨壽終時 假令不與 大衆圍遶 現其人前者 不取正覺

설사 제가 부처의 경지에 이른다 해도, 세상의 중생들이 보리심을 일으키고 여러 공덕을 닦고 지심으로 발원하고 불토국에 낳아지기를 원한 자, 임종 때에 많은 사람들이 에워 쌓아 있을 때, 그 사람 앞에 제가 나타나지 않는다면, 정각을 취하지 않겠습니다.

— 임종현전(臨終現前)의 원

(20) 設我得佛 十方衆生 聞我名號 係念我國 植諸德本 至心廻向 欲生我國 不果遂者 不取正覺

설사 제가 부처의 경지에 이른다 해도, 세상의 중생들이 제 이름을 듣고 마음을 불생국에 두고 여러 덕본(德本)을 심으며 지심으로 공덕을 부처님께 돌리고, 불국토에 왕생하기를 원하나, 이루지 못한다면, 정각을 취하지 않겠습니다.

— 식제덕본(植諸德本)의 원

(21) 設我得佛 國中人天 不悉成滿 三十二大人相者 不取正覺

설사 제가 부처의 경지에 이른다 하여도, 온 세상 사람들이 삼십이대인상(三十二大人相)을 이루지 못한다면, 정각을 취하지 않겠습니다.

— 삼십이상(三十二相)의 원

(22) 設我得佛 他方佛土 諸菩薩衆 來生我國 究竟必至 一生補處 除其本願 自在所化 爲衆生故 被弘誓鎧 積累德本 度脫一切 遊諸佛國 修菩薩行 供養十方 諸佛如來 開化恒沙 無量衆生 使立無上 正眞之道 超出常倫 諸地之行 現前 修習 普賢之德 若不爾者 不取正覺

설사 제가 부처의 경지에 이른다 해도, 타방(他方)의 여러 보살 우리나라에 태어나 끝내는 한생만 지내면 부처가 되는 일생 부처에 이르고, 그 소원에 따라[27] 중생을 위하여 덕본을 쌓고 일체(一切)를 도탈(度脫)하여 여러 부처 나라에 노닐고, 보살행을 닦으며, 십방(十方)의 부처·여래를 공양하고 무량한 중생을 개화하고, 참된 보살도를 세우며, 보현의 덕을 닦는 것을 제외한다면, 정각을 취하지 않을 것입니다.

— 심지보처(心至補處)의 원

(23) 設我得佛 國中菩薩 承佛神力 供養諸佛 一食之頃 不能遍至 無數無量那由他 諸佛國者 不取正覺

설사 제가 부처의 경지에 이른다 해도, 나라의 보살 부처의 신력을 이어받아 여러 부처를 공양하며 잠깐 사이에 무수무량한 나유타 여러 나라에 이르지 못한다면 정각을 취하지 않겠습니다.

— 공양제불(供養諸佛)의 원

(24) 設我得佛 國中菩薩 在諸佛前 現其德本 諸所欲求 供養之具 若不如意者 不取正覺

설사 제가 부처의 경지에 이른다 해도, 나라의 보살들 부처 앞에 있고 덕본(德本)[28]을 나타내고 여러 요구한바 공양의 요구를 만약 뜻대로 구하지 못한다면 정각을 취하지 않겠습니다.

— 공구여의(供具如意)의 원

(25) 設我得佛 國中菩薩 不能演說 一切智者 不取正覺

설사 제가 부처의 경지에 이른다 해도, 세상의 보살들이 일체지(一切智)를 연설하지 못한다면 정각을 취하지 않을 것입니다.

— 설일절지(說一切智)의 원

(26) 設我得佛 國中菩薩 不得金剛 那羅延身者 不取正覺

설사 제가 부처의 경지에 이른다 해도, 온 세상 보살 금강 나라연(那羅

---

27) 본원(本願). 중생을 제도하는 보살만은 예외로 일생보처(一生補處)에 이르지 않음. 그러나 서원을 지닌 보살은 사바세계에 환생하여 이타교화(利他教化)를 계속해야 함을 뜻하기도 함.
28) 공양의 공덕.

延)[29]의 몸을 얻지 못한다면 정각을 취하지 않겠습니다.

— 나라연신(那羅延身)의 원

(27) 設我得佛 國中人天 一切萬物 嚴淨光麗 形色殊特 窮微極妙 無能稱量 其諸衆生 乃至 逮得天眼 有能明了 辨其名數者 不取正覺

설사 제가 부처의 경지에 이른다 해도, 온 세상 사람들 일체 만물이 엄정하고 광려(光麗)하며 그 형색이 특수하며 지극히 미묘하고 능히 칭량치 못할 텐데, 모든 중생들이 끝내 천안(天眼)을 얻고 능히 그 명수(名數)를 구분한다면, 정각을 취하지 않겠습니다.

— 소수엄정(所須嚴淨)의 원

(28) 設我得佛 國中菩薩 乃至 少功德者 不能知見 其道場樹 無量光色 高四百萬里者 不取正覺

설사 제가 부처의 경지에 이른다 해도, 나라의 보살과 공덕이 적은 자, 도량의 나무[30] 무량 광색하고 높이가 사백만리가 됨을 지견(知見)하지 못한다면 정각을 취하지 않겠습니다.

— 견도량수(見道場樹)의 원

(29) 設我得佛 國中菩薩 若受讀經法 諷誦持說 而不得辯才智慧者 不取正覺

설사 제가 부처의 경지에 이른다 해도, 나라의 보살들 혹시 독경법을 받고, 설법하는 변재의 지혜를 얻지 못한다면 정각을 취하지 않겠습니다.

— 득변재지(得辯才智)의 원

(30) 設我得佛 國中菩薩 智慧辯才 若可限量者 不取正覺

설사 제가 부처의 경지에 이른다 해도, 온 세상의 불보살이 변재의 지혜를 얻지 못한다면, 정각을 취하지 않을 것입니다.

— 지변무궁(智辯無窮)의 원

---

29) 인도의 신(神). 체력이 좋은 금강역사(金剛力士).
30) 도량수(道場樹). 보리수. 즉 부처님이 깨달음을 얻은 도량의 나무.

(31) 設我得佛 國土淸淨 皆悉照見 十方一切 無量無數 不可思議 諸佛世界 猶如明鏡 觀其面像 若不爾者 不取正覺

설사 제가 부처의 경지에 이른다 해도, 나라가 청정하고 시방의 일체 무량 무수하고 불가사의한 부처의 세계를 오히려 밝은 거울처럼 그 모습을 볼 수 있음을, 만약 그렇게 되지 않는다면 정각을 취하지 않을 것입니다.

— 국토청정(國土淸淨)의 원

(32) 設我得佛 自地已上 至于虛空 宮殿樓觀 池流華樹 國中所有 一切萬物 皆以無量 雜寶 百千種香 而共合成 嚴飾奇妙 超諸人天 其香普薰 十方 世界 菩薩聞者 皆修佛行 若不如是者 不取正覺

설사 제가 부처의 경지에 이른다 해도, 땅에서 하늘에 이르도록 궁전과 누각, 못물과 나무를, 나라 소유의 모든 만물, 한없이 많은 보화 그리고 백천 가지 향, 모두 합성하여 기묘한 꾸밈이 세상을 그 향훈으로 널리 시방세계에 퍼져, 그것을 보살이 듣고 수행하리니, 그렇지 못하면 정각을 취하지 않겠습니다.

— 보향합성(寶香合成)의 원

(33) 設我得佛 十方無量 不可思議 諸佛世界 衆生之類 蒙我光明 觸其身者 身心柔軟 超過人天 若不爾者 不取正覺

설사 제가 부처의 경지에 이른다 해도, 온 세상 한량이 없는 불가사의한 부처의 세계 그리고 중생들 제 광명을 입어 그 몸에 접촉하고 몸과 마음이 유연하고 하늘과 세상에 미치리니, 그렇지 못한다면 정각을 취하지 않겠습니다.

— 촉광유연(觸光柔軟)의 원

(34) 設我得佛 十方無量 不可思議 諸佛世界 衆生之類 聞我名字 不得菩薩 無生法忍 諸深總持者 不取正覺

설사 제가 부처의 경지에 이른다 해도, 온 세계의 한없이 불가사의한 모든 부처의 세계와 중생들이 제 (아미타불) 이름을[31] 듣고 보살 무생법인[32]과

---

31) 아명자(我名字). 여기서는 아미타불을 말함. 이하 동. 청화스님, 『정토삼부경』, 광륜출판사, 2007, 86쪽.
32) 무생법인(無生法忍)·불생불멸(不生不滅)의 참뜻을 지혜로 깨달음.

여러 깊은 총지(總持)를 얻지 못한다면 정각을 취하지 않겠습니다.

— 문명득인(聞名得忍)의 원

(35) 設我得佛 十方無量 不可思議 諸佛世界 其有女人 聞我名字 歡喜信樂 發菩提心 厭惡女身 壽終之後 復爲女像者 不取正覺

설사 제가 부처의 경지에 이른다 해도, 온 세상 한없이 불가사의한 부처님들의 세계에 여인 제 명자를 듣고 즐거워하며 보리심을 발하고 여인의 몸임을 꺼리고 목숨이 다한 후에 다시 여인으로 태어난다면, 정각을 취하지 않겠습니다.

— 여인성불(女人成佛)의 원

(36) 設我得佛 十方無量 不可思議 諸佛世界 諸菩薩衆 聞我名字 壽終之後 常修梵行 至成佛道 若不爾者 不取正覺

설사 제가 부처의 경지에 이른다 해도, 온 세상의 한 없이 불가사의한, 여러 부처님들의 세계 여러 보살님들이 제 명자를 듣고 종명후에 늘상 범행(梵行)33)을 닦으며 불도에 이룰 것인데, 만약 그렇지 못한다면 정각을 취하지 않겠습니다.

— 상수범행(常壽梵行)의 원

(37) 設我得佛 十方無量 不可思議 諸佛世界 諸天人民 聞我名字 五體投地 稽首作禮 歡喜信樂 修菩薩行 諸天世人 莫不致敬 若不爾字 不取正覺

설사 제가 부처의 경지에 이른다 해도, 온 세상의 한 없이 불가사의한, 부처님들의 세계와 만백성들이 제 명자를 듣고, 오체투지하고 머리 숙여 예를 하고, 기쁘게 믿으며 보살의 도를 수행할 것이온데, 만약 그렇지 못한다면 정각을 취하지 않겠습니다.

— 인천치경(人天致敬)의 원

(38) 設我得佛 國中人天 欲得衣服 隨念卽至 如佛所讚 應法妙服 自然在身 若有裁縫 擣染浣濯者 不取正覺

---

33) 출가한 사람이 계율을 지키며 금욕생활을 함.

설사 제가 부처의 경지에 이른다 해도, 온 세상이 옷을 얻으려 하고 생각하고 곧 바로 얻고, 마치 부처님이 찬하는바 승복이 자연이 몸에 입혀짐과 같으오니, 만약 그렇지 않고 바느질과 다듬질, 빨래, 물들이는 것이라면, 정각을 취하지 않겠습니다.

— 의복수념(衣服隨念)의 원

(39) 設我得佛 國中人天 所受快樂 不如漏盡比丘者 不取正覺

설사 제가 부처의 경지에 이른다 해도, 온 세상이 받는바 그 쾌락이 누진(漏盡)한 비구[34]와 같지 않다면 정각을 취하지 않겠습니다.

— 수락무염(受樂無染)의 원

(40) 設我得佛 國中菩薩 隨意欲見 十方無量 嚴淨佛土 應時如願 於寶樹中 皆悉照見 猶如明鏡 覩其面像 若不爾者 不取正覺

설사 제가 부처의 경지에 이른다 해도, 나라의 보살들 뜻에 따라 시방의 무량한 그리고 엄정한 불토를 보려 하면, 때에 따라 원하는 바와 같이 보수(寶樹) 안에 모두를 비추어보려 하고 더욱이 명경(明鏡)에 그 모습을 볼 수 있어야 할 것입니다. 그렇지 못하면 정각을 취하지 않겠습니다.

— 견제불(見諸佛)의 원

(41) 設我得佛 他方國土 諸菩薩衆 聞我名字 至于得佛 諸根缺陋 不具足者 不取正覺

설사 제가 부처의 경지에 이른다 해도, 다른 지역의 여러 보살들이 제 명자를 듣고 부처에 이른다 해도 제근(諸根)[35]이 결루(缺陋)하고 고루 갖추지 못한다면 정각을 취하지 않겠습니다.

— 제근구족(諸根具足)의 원

(42) 設我得佛 他方國土 諸菩薩衆 聞我名字 皆悉逮得 淸淨解脫三昧 住是三昧 一發意頃 供養無量 不可思議 諸佛世尊 而不失定意 若不爾者 不取正覺

---

34) 누진비구, 즉 번뇌를 끊은 비구승.
35) 능력이라는 뜻. 눈·귀·코·혀·몸(五根), 뜻(六根)을 말함.

설사 제가 부처의 경지에 이른다 해도, 여러 보살들이 제 명자를 듣고, 모두 청정·해탈·삼매(三昧)를 체득하고, 이 삼매에 살며 짧은 동안 무량하고 불가사의한 여러 부처 및 세존을 공양하며 선정(禪定)의 뜻을 잃지 않을 것이니, 만약에 그렇지 못한다면, 저는 정각을 취하지 않을 것입니다.

— 주정공불(住定供佛)의 원

(43) 設我得佛 他方國土 諸菩薩衆 聞我名字 壽終之後 生尊貴家 若不爾者 不取正覺

설사 제가 부처의 경지에 이른다 해도, 타방의 국토 여러 보살의 무리가 제 명자를 듣고 목숨이 다한 후에 존귀한 가문에 태어나지 못한다면, 저는 정각을 취하지 않을 것입니다.

— 생존귀가(生尊貴家)의 원

(44) 設我得佛 他方國土 諸菩薩衆 聞我名字 歡喜踊躍 修菩薩行 具足德本 若不爾者 不取正覺

설사 제가 부처의 경지에 이른다 해도, 타 지역의 여러 보살들 제 명자를 듣고 기뻐 날뛰고 보살행을 닦고 덕본(德本)을 구족(具足)할 것인데, 만약에 그렇지 못한다면, 저는 정각을 취하지 않겠습니다.

— 구족덕본(具足德本)의 원

(45) 設我得佛 他方國土 諸菩薩衆 聞我名字 皆悉逮得 普等三昧 住是三昧 至于成佛 常見無量 不可思議 一切諸佛 若不爾者 不取正覺

설사 제가 부처의 경지에 이른다 해도, 여러 보살들이 제 명자를 듣고 모두 삼매를 체득하고, 삼매에 들어 부처가 되기까지 항상 무량하고 불가사의할 일절의 여러 부처님을 항상 뵙게 되리오니, 만약에 그렇지 못한다면, 정각을 취하지 않겠습니다.

— 주정견불(住定見佛)의 원

(46) 設我得佛 國中菩薩 隨其志願 所欲聞法 自然得聞 若不爾者 不取正覺

설사 제가 부처의 경지에 든다 해도, 세상의 보살들 그 지원(志願)에 따라 듣고자 하는 바 불법을 어렵지 않게 듣지 못한다면, 정각을 취하지 않겠습니다.

— 수의문법(隨意聞法)의 원

(47) 設我得佛 他方國土 諸菩薩衆 聞我名字 不卽得至 不退轉者 不取正覺

설사 제가 부처의 경지에 이른다 해도, 다른 지역의 나라 여러 보살들이 제 명자를 듣고 불퇴전(不退轉)[36]에 곧바로 이르지 못한다면, 정각을 취하지 않을 것입니다.

— 득불퇴전(得不退轉)의 원

(48) 設我得佛 他方國土 諸菩薩衆 聞我名字 不卽得至 第一第二第三法忍 於諸佛法 不能卽得 不退轉者 不取正覺

설사 제가 부처의 경지에 이른다 해도, 다른 지역의 여러 보살들이 제 명자를 듣고 제1, 제2, 제3의 세 법인(法忍)을[37] 얻지 못하고 여러 불법에 있어 불퇴전을 곧바로 얻지 못한다면, 정각을 취하지 않겠습니다.

— 득삼법인(得三法忍)의 원

이처럼 48원의 내용은 모두 성불에의 수행과 대승적 제도(濟度)가 원의 중심사상을 이루고 있다. 따라서 정토삼부경도 정토왕생 못지않게 오히려 만민을 제도한다는 데 그 사상적 특질이 있다고 보인다.

4.

다음으로 이 작품에 나타난 달[月]에 관해 알아보려 한다.

---

36) 보살이 수행 중 중단하지 않음.
37) 세 가지 법인(法忍). 음향인(音響忍)은 설법을 듣고 깨달음, 유순인(柔順忍)은 불교의 진리에 순하게 따라 깨달음, 무생법인(無生法忍)은 불생불멸(不生不滅)의 도리를 깨달음을 뜻함.

둘 하 이데 西方ᄭᆞ장 가샤리고[38]

달이 어째서
西方까지 가시겠습니까.[39]

달하 이제
西方 거쳐 가시리꼬[40]

달하 이데
서방(西方) 녀러 가샤리고[41]

위에 제시한바 「원왕생가」의 첫 행과 둘째 행을 보면, "달님이시여 이
제 서방까지 가십니까" 또는 "달님니시여 어찌하여 西方까지 가시옵니
까"와 같은 의미로 읽을 수 있을 것 같다.

이 작품의 첫 행에서 "달님"에 대한 작자의 인식을 그렇게 할 만한 뜻
이 담겨 있다고 하겠다. 여기에 김동욱의 풀이를 요약하려 한다.

(ㄱ) 달은 서방의 사자(使者)로 인식될 수도 있고,
(ㄴ) 달은 아미타의 화신으로 느낄 수도 있고,
(ㄷ) 「면선원정여만월(面善圓淨如滿月)」(往生禮讚偈)의 원융(圓融)한 법신
    (法身)으로 인식될 수도 있고
(ㄹ) 광덕에게는 정토를 관상(觀想)시켜 주는 인격적 존재로 볼 수 있
    다.[42]

이러한 풀이에서 불교도의 정서까지도 용해되어 있을 듯하고 특히 경

---

38) 양주동, 앞의 책, 519쪽.
39) 金完鎭, 「향가의 해독과 그 연구사적 전망」, 앞의 책, Ⅳ 16~17쪽.
40) 황패강, 『향가문학의 이론과 해석』, 일지사, 358쪽.
41) 홍기문, 『향가해석』, 사회과학원, 1956, 233쪽.
42) 김동욱, 『한국 가요의 연구』, 을유문화사, 1961, 99~100쪽.

전에 통한 학식과 바탕을 둔 "批判的인 淨土感"보다는 "庶民的이고" 진실한 종교적 발상에 의한 달의 인식이라고 천명한 데 주목하게 된다.

또 한 예에서도 달과 부처님의 대응이거나, 깨달음을 얻은 이의 달이라고[43] 해석한 예도 있다.

이러한 풀이는 이 작품이 불교신앙을 바탕에 두고 있으므로 작자의 의도와 작품의 내용이 일치된 점을 고려한 것이고, 더욱이 작품 내의 문맥이 이루는 뜻의 흐름을 포착할 때 의심의 여지가 없겠다.

일반적으로 우리 속요에서는 달의 호칭이 "달아 달아 밝은 달아"와 같지만, 신앙의 대상이 되었을 때는 반드시 "달님" 또는 "달하"로 존경심을 가지거나 신앙심을 나타내는 데도 주목할 만하다.

특히 일연 스님의 설화에서 다음과 같은 대목에 주목하게 된다.

> 다만 每夜 端身正坐하여 한 소리로 阿彌陀佛의 이름을 외우고 혹은 16觀을 지어 觀이 이미 熟達하여 明月이 窓에 비치면 그 빛에 加趺(正坐)하였다. 그 情誠이 이와 같았으니 비록 西方淨土로 가지 않고자 한들 어디로 가리요.[44]

이와 같은 불도 수행에서 달빛은 아미타불을 암시하는 뜻이 있음을 엿볼 수 있다.

해가 진 다음 어둠이 오고, 그 어둠을 다시 밝게 하는 힘은 오직 달빛이라고 하겠다. 고해(苦海)와 미망에 시달리는, 즉 어둠 속에 헤매는 중생들을 밝음의 세계로, 깨달음의 세계로 안내하는 힘과 지혜를 달은 상징적 의미와 동시에 아미타불의 현신으로도 이해했을 것이라고 생각된다.

16관상 중에서 열두 번째의 내용에

---

43) 황패강, 앞의 책, 346~347쪽.
44) 이병도, 『원문병역주 삼국유사』, 앞의 책, 435쪽 인용.

西方 極樂世界에 태어나 蓮花 가운데 結跏趺坐하고 蓮花가 합하는 것을
생각하고 연화가 피는 것을 생각할 것. 연화가 필 때 五百色의 빛 내려 몸을
비친다.[45]

여기서, 연화의 빛이 곧 아미타불의 헌신을 의미한다고 이해할 수 있다.

이렇게 볼 때, 광덕 처의 증언에 의하여 앞에 보인바, 명월이 창에 비칠
때 가부좌하고 염불하며 수행함은 곧 아미타불의 지혜의 빛이고, 깨달음
의 빛이기도 하다.

「원왕생가」와 직접 관련된 것은 아니나, "월광(月光)"이라는 이름이 『관
무수량수경』에 등장한다. 왕사성의 태자 아사세가 꼬임에 빠져, 부왕을
가두고 모후까지 시해하려 할 때 월광이라는 신하의 간언에 의하여 칼을
거두었다는 이야기가 있다.[46]

여기서 월광은 참 지혜의 뜻이 담겨있는바 여러 연구가의 견해와 같이
아미타불의 현신이 아닐까 하는 생각도 든다.

여기서 16관상과 48원에 보인 빛에 관한 기록을 보면, 16관상에서는
"일상관(日想觀)"에서 햇빛에 정신 통일하고 서향 정좌함에 보이고, "보수
관(寶樹觀)", "화좌상관(華座想觀)", "세지관(勢至觀)" 등에서 보석의 빛, 부처
님의 빛 등 빛을 중요한 뜻으로 나타내 보이고 있다.

48원에서는 "실개금색원", "광명무량의 원", "소수엄정의 원", "견도장
수의 원", "국토청정의 원", "촉광유연의 원", "견제불의 원" 등에서 여러
빛이 보인다.

먼저 무량광(無量光)에서 우주적인 넓이에 미치는 불교적인 공간의식과

---

45) 암파문고, 『정토삼부경』 下, 67쪽 인용.
   청화스님, 『정토삼부경』, 앞의 책 참고.
46) 암파문고, 『정토삼부경』 下, 44~45쪽 참조.
   卽執利劍, 欲害其母, 時有一臣, 名曰月光.
   聰明多智, ……未曾聞有無實母.

결합하여 빛의 큼을 말하고 있고, "명경(明鏡)"에서도 투명하고 밝게 비침으로서 부쳐의 세계를 비처 보는 뜻이 나타나 있다.

이러한 빛에 관한 불교적 인식이 「원왕생가」에 반영되고 있음을 어렵지 않게 알 수 있다. 이러한 광명사상(光明思想)[47]은 신화적, 민속(특히 무속)적, 도교적 및 불교적 세계관과 깊게 연결되어 있음을 규지하게 된다.

대승불교에서 중심 부처님이 아미타불인데, 이 아미타라는 어의(語意)가, "Amitayus"에서 수명의 무한량함(無量壽)을, 뜻하고 "Amitàbba"에서 무량광(無量光)을 말하는 것을 보아, 이 두 무한량의 개념이 시공을 모두 합한 것이어서 초시간, 초공간의 개념을 지님을 알 수 있다.

「원왕생가」라는 옛 가요에 신라시대라는 역사적 시간 속에 그 빛의 무량함 속에서 정토사상의 대승적 깊이와 넓이를 짐작해 볼 수 있을 것이다.

5.

서정가요에서 비교적 먼저 만들어지고 읊어진 것이, 기원가와 노동요라고 볼 수 있다. 조윤제는 우리 시가의 발생을 율동과 음율미를 그리는 인간의 "본성"에 두고 몇 가지 고문헌의 사료를 들여 예증하였다.

부여(夫餘)의 경우 정월달에 하늘에 제사지내고 온 나라가 모이어 연일 음식을 나누고 노래하고 춤추었다. 이것을 영고(迎鼓)라 하였다.[48]

이 밖에도 예(濊)의 무천(儛天), 마한(馬韓)의 5월에 씨 뿌린 후, 10월 추수 후의 제귀신(祭鬼神)이나, 변한(弁韓)의 놀이 가무음식(歌舞飲食) 등을 들어, 고시가 발생을 제천의식과 농사 일과 직결된 것으로 말하였다.

그런데 옛 조선에 입말로서의 조선어는 있었지만 그것을 기록하는 한

---

47) 김열규, 『『삼국유사』와 신화』, 『삼국유사와 문예적 가치 해명』, 새문사, 1982 참조.
48) 조윤제, 『한국문학사』, 탐구당, 1987, 23쪽 참조.
　　K. 뷰히아, 고산양길(高山洋吉) 역, 『노동과 리듬』, 서일출판주식회사, 1944.

글(1446년 창제)은 없었기에 부득이 한자로 기록할 수밖에 없었기 때문에 우리말의 율격(字數律)을 살려 적을 수는 없었으므로, 오직 옛 시가, 가요의 주지(主旨)를 기록했다고 추정된다. 그러다가 이두, 향찰이 쓰이면서 어느 정도 우리 입말체의 시가, 가요의 형태를 기록하게 되었으니 큰 발전이라 하겠다.

한 예로, 『가락국기(駕洛國記)』에 구간(九干)들이 모여 신을 맞이하는 노래를 불렀다는 기록이 보인다. 구지봉(龜旨峰)에서 하늘이 명하여 이곳에 나라를 세우고 임금이 되라 하여 내려왔다고 하며, 흙을 파면서 노래하면 대왕을 맞게 될 것이라는 기이한 소리가 들렸다고 하는데 그 노랫말이 다음과 같다.

龜何龜何　　거북아 거북아
首其現也　　머리를 내밀어라
若不現也　　내밀지 않으면
燔灼而喫　　구어 먹으리라.[49]

이처럼 한역(漢譯)의 내용은 그 뜻을 전하지만 율격 부분은 전하기가 어렵게 되어 있다. 이런 점에서 한역된 우리 시가는 율격미나 세부적인 연결사, 접미사, 활용어미, 조사 등을 모두 살려내기가 어렵다.

위 구지봉의 노래는 일종의 의식가로 보이므로,

거북님 거북님
머리를 보이소서
보이지 않으시면
구어서 먹힙니다.

49) 이병도, 앞의 책, 81 · 284쪽 인용.

와 같이 읽힐 수도 있다. 그런데 왕의 추대에 쓰인 의식인데, 거북이가 나온다는 것은 드문 일로 보인다.

오히려 "검[王]", "곰" 일대에서 "가미[神]"의 옛 경남지역 발음의 특색으로 "검아 검아"가 "거북아 거북아"로 와전되어 한자로 거북을 뜻하는 "龜"로 정착된 것은 아닌가 짐작한다.

이러한 점에서 옛 고조선의 음율과 음운의 면에서 한자로 정착되는 과정에서 의미의 요체만이 옮겨지다가, 이두와 향찰의 기술방식에 의하여 향가의 율격과 어귀에 가깝게 기술할 수 있게 된 게 아닌가 생각되나[50] 그럼에도 불구하고 일정한 한계가 있었을 것이다.

이러한 한자 의존적 정착과정과 이두, 향찰에 의한 정착이 뒤섞여 있음을 주지하게 된다.

「원왕생가」도 우리말로 풀이할 때 아미타불에의 기원가(祈願歌)라는 점을 유념해야 옳을 것 같다.

> 달님이시어
> 西方까지 가시나이까
> 무량수불전에 일러 말씀 사뢰소서
> 다짐 깊으신 世尊님 우럴러 두 손 모아
> 원왕생 원왕생(비나이다)
> 그리는 사람 있다 사뢰소서
> 아아, 이몸 남겨두고
> 四十八願이루시겠나이까.[51]

시적 화자는 달님이 서방으로 가기 때문에, 서방정토에 있는 무량광,

---

50) 황패강, 『향가문학의 이론과 해석』, 일지사, 2001, 232~239쪽 참조.
51) 장덕순, 『한국문학사』, 동화문화사, 1970 참조.
    황패강, 『향가문학의 이론과 해석』, 앞의 책, 358쪽 참조.
    김열규, 「원왕생가(1)」, 『국문학사』, 탐구당, 1983 참조.

무량수 부처님인 아미타불전에 자기 자신의 소원을 전해 달라는 간절한 기도를 하고 있는 것을 알 수 있다.

정토를 그리워하고, 아미타불을 그리워하는 시적 화자는 사실은 세속계의 한 사람으로 살고 있지만, 정토왕생을 소원하고 있으므로, 달님에 의존하여 간절한 소망이 전달되기를 기원하고 있다. 이 작품의 시간적·공간적 거리가 한데 합일된 기원이기는 하나, 사실은 거의 미지의 시공이 아닐 수 없다. 아마도 불교적 상상력에 의한 시·공간의 인식이라 생각된다.

(현실시간) → (진행시간) → (미래시간, 영생시간)
시적 화자 → 달님 → 西方行 → 世尊님(아미타불) → 정토
(세속적 삶)   시적 화자의 $\left(\begin{array}{c}無量光 \\ 無量壽\end{array}\right.$ 부처님$\left.\right)$ 왕생할
(속세의 현실공간) 기원을 전달 함   곳
          사자(使者)   (불교적 영생 공간)

이처럼 시적 화자가 정토왕생을 위한 기원에서 불도수행의 심각성이 이미 16관상과 48원의 내용에서 확인되어 있다. 시적 화자는 현실의 세속시간에서 미래의 영생시간으로 진행하고, 세속공간에서 정토의 영생공간으로 이동해 감으로, 여기서 흔히 말하는 불교적 변증법의 과정을 느낄 수도 있으나, 그보다는 이 네 시공은 이미 시적 화자가 깨닫는 순간(각을 얻는 순간) 정토의 영생공간과 융합됨을 엿보게 된다. 객관적이기보다 심리적이고, 삶에 내재한 탄생·성장·죽음에서 다시 왕생한다는 원환적(円環的) 고리의 의미가 숨어 있는 것 같다.

끝으로

아아, 이몸 남겨두고
四十八願 이루시겠나이까.

에 나타난 48원을 이루는 주체자에게 묻는 의문형으로 종결됨을 보아, 온

세상을 제도하는 대승적 불교의 이념적 완성을 전제로 함을 깨닫게 된다.

이렇게 작품을 이해한다면, 이 기원가 한 편이 전 세계의 모든 불교 신도들을 몇 생을 되풀이 윤회하면서까지 완성한다는 뜻이 담겨 있음을 알게 된다.

6.

「원왕생가」를 감상함에 있어, 원 작품의 내용과 관련된 16관상과 48대원의 뜻이 밝혀지지 않는 한, 작품 이해는 어렵게 되어 있다.

그러므로 16관상과 48대원의 뜻을 알 수 있도록 한데, 착목한 한 감상문을 지어본 것이다. 물론 불교 경전에 통달한 독자라면 이 소론은 무시할 수도 있을 것이나, 그렇지 않은 독자들이라면 하나의 참고가 되기를 바랄 뿐이다.

옛 가요 한 편에 담긴 역사적, 종교적 의미가 심원함을 깨닫게 되었다. 한 수도승이 달빛이 내린 밤에 불도 수행에 온 마음을 기울여 16관상에 몰입하고, 나아가 48원을 이루려는 경지까지 불심을 이르게 하는 수행에서 대승적 제도사상이 깊이 스며든 것임을 엿보게 되는 명편이라 하겠다.

불교의 시간관과 공간관과의 문제를 천착한다면, 더욱 심도 있는 이해가 가능하지 않을까 하는 생각이 들었다. 우리의 삶이 이루어가는 과정이 바로 시간·공간의 융합 또는 결합 상태와 일치함을 알 수 있고, 형이상학적인 질문보다는 오히려 범속한 일반인의 세속적 삶에서 벌어지는 경험론적인 관점에서 모두가 바라는 가치 있는 삶을 모색하는 하나의 문제라고 생각되었다. 위 「원왕생가」에 담긴 불심(佛心)은 고조선민족의 홍익인간(弘益人間) 사상과 상통함을 엿보게 된다.

『한국어연구』, 2010. 9. 24

윤동주의 시에 나타난 민족적 양심과 신성성의 인식

1. 머리말

윤동주의 증보판 시집 『하늘과 바람과 별과 시』[1]에는 대부분의 작품마다 작품이 쓰여진 연대가 적혀 있다. 그 연대에 의하면 1934년에 이미 작품을 여러 편 만들어내고 있다. 그의 아우 윤일주의 「선백의 생애」에 의하면 이때가 용정 은진중학교의 3학년 때였다고 한다. 1936년 광명중학 4학년 때 그는 가톨릭 소년지에 동주(童舟)라는 이름으로 동요를 몇 편 발표했다고 한다. 1938년에는 서울에 와서 연희전문학교에 들어갔고, 1941년에 졸업했다. 이때 그는 『하늘과 바람과 별과 시』라는 시고집(詩稿集)을 만들어 가지고 귀향했다고 한다. 1942년에 일본에 가 릿교대학에 들어갔고, 1943년 7월에 일경(日警)에 잡혀 1944년 6월에 후쿠오카형무소에 투옥되었다. 1945년에는 "동주 위독하니 보석할 수 있음. 만일 사망 시에는 시체를 가져가거나 불연이면 큐슈제대(九州帝大)에 해부용으로 제공함. 속 답하시앞"이라는 내용이 적힌 글이 사망 전보보다 10일이나 늦게 전달되었다고 한다. 그는 1917년 12월 30일에 태어나 1945년 2월 16일 이역의 옥중에서

---

1) 1955년 정음사에서 간행.

작고하기까지 불과 29년 동안 세상에 머물다 서거했지만, 그의 별처럼 빛나는 시편들은 오늘날에도 그 빛을 잃지 않고 오히려 찬연하다.

2. 외로움을 통한 자아의 발견

윤동주는 그의 시집의 제목에까지 즐겨 썼던 것처럼 하늘과 별에 특별한 의미를 부여했던 것 같다. 그가 연희전문을 나올 무렵에는 특히 "하늘", "바람", "별"은 작품의 주요한 미적 요소로 되어 자주 되풀이되고 있다. 그리고 이 시인에게서 그러한 천체의 심상들이 어떤 뜻을 지니고 있는가는 이 시인의 시 세계를 아는 데 도움이 될 것 같다. 1935년에 쓴 「창공」은,

> 그 여름날
> 熱情의 포푸라는
> 오려는 蒼空의 푸른 젖가슴을
> 어루만지려
> 팔을 펼쳐 흔들거렸다.

와 같은 밝고 힘찬 시상(詩想)을 통하여 젊음이 발랄하게 표현되고 있다. 여름날의 자라나는 나무와 하늘은 융합되어 생성과 평화로움을 나타내고 있다. 여기서 나무와 하늘의 관계가 어머니와 자식 사이로 설정되어 있음을 알 수 있다. 그리고 어머니는 세속적인 어머니이기보다 하늘의 어머니로서 절대적 신성성과 연결되고 있다. 이어서,

> 푸르른 어린 마음이 理想에 타고,
> 그의 憧憬의 날 가을에
> 凋落의 눈물을 비웃다.

와 같이 노래하고 있는데, 시인의 젊은이다운 순박한 마음이 이상에 불타

고 미래를 동경하고 있는 심정이 시화되고 있다. 여기서 "이상(理想)"에의 동경이 명시되고 있는데, 이는 분명히 종교적 이상에 관한 시적 의미로 풀이할 수 있을 것 같다. 이 시기의 동요들, 「봄」, 「병아리」 같은 작품에서도 노래의 대상은 아름답고 평화롭고 구김살 없는 순진의 세계이다. 그러나 이 시기에 시인이 평화와 동경과 이상만을 노래한 것은 아니다. 비록 나이는 어린 시인이었지만 「거리에서」와 같은 작품에서, 자신이 사는 북간도의 "거리"(명동(明東)이나 용정(龍井))에서의 이웃의식에 눈을 뜨고 있는 듯한 내용이 제시되고 있다. 감수성이 가장 예민하고, 나와 세상에 대해서 가장 민감한 시기에 처한 어린 시인의 마음에 비친 용정의 "거리"는,

> 괴롬의 거리
> 灰色빛 밤거리를
> 걷고 있는 이 마음
> 旋風이 일고 있네
>
> 외로우면서도
> 한 갈피 두 갈피
> 피어나는 마음의 그림자,
> 푸른 空想이
> 높아졌다 낮아졌다

와 같이 외로움이 발견되고 있다. 그의 "푸른 공상"이 이미 "높아졌다 낮아졌다" 하는 불안정하고 종잡을 수 없는 상승과 하강의 심리적 동요가 나타나 있다. 시인에게 있어서는 그의 꿈과 희망이 쉽게 성취될 것 같지도 않고, 마음속으로부터 "선풍"이 일고 있으며 "한 갈피 두 갈피" "마음의 그림자"가 피어나고 있다. 이와 같이 화자의 마음에 분열이 일어나고 있음을 독자는 발견하게 된다. 이렇게 할 수도 없고 저렇게 할 수도 없는 상태, 그것은 결코 양자택일의 결단으로 쉽사리 매듭지어질 수 없는 문제

임을 시사하고 있다. 비록 그는 나이가 어린 소년 시인이기는 했지만 무심히 살아온 "거리"에서 괴로움과 외로움을 발견하는 사태에 직면하는데, "거리"는 바로 시인 스스로의 삶의 현장이라는 데서 심리적 동요가 일어나, 마음은 "한 갈피 두 갈피" 피어남을 체험한다는 것이다. 만약에 이 현실이 자기의 현실로 자각되지 않았다면 시인의 마음에는 "선풍"도 일어날 수 없었을 것이며, 푸른 공상이 "높아졌다 낮아졌다" 하는 불안도 일지 않았을 것이다. 이러한 나와 이웃과의 관계 속에서 시인의 꿈과 희망을 상승적 전망으로 보였다가 하강적 절망으로 인식될 수도 있었을 것이다.

그는 10년 동안이나 하늘과 별과 바람을 노래했는데, 그 중요한 여러 이유 중의 하나는 그의 사상과 꿈이 쉽사리 성취될 것 같지 않다는 현실적인 어려움을 예감했거나, 또는 그러한 현실로부터 영원히 자유롭고 아름다운 무한에의 지향으로서 하늘과 바람과 별들을 낭만적으로 노래했을 가능성도 추정할 수 있다. 그는 어려서 타관으로 유학하며 하숙생활을 했으므로 고향과 친족에 대한 남다른 "그리움"도 현실적으로는 시의 대상이 되었으리라고 생각되면서도, 다른 한편으로는 이 시인에게는 그의 무한한 젊음의 가능성을 성취시키려는 정열과 꿈이 있었기 때문에 하늘과 별의 노래가 만들어진 것으로도 보인다. 나이가 들면서 나와 세상과의 관계는 물론 훨씬 심화되고 내부적 갈등도 커갔으리라고 짐작된다.

이 무렵 1936년에 쓴 「山上」이란 작품에서 시의 화자와 "거리"와의 사이에는 「거리에서」와 같은 작품과 작가와의 밀착된 심리적 거리가 설정되지 않고 상당히 떨어져 있음을 발견하게 된다. 이 두 작품의 몇 구절을 제시하면 다음과 같다.

　　괴롬의 거리
　　灰色빛 밤거리를
　　걷고 있는 이 마음

旋風이 일고 있네

　　　　　　　　　　　　　— 「거리에서」 부분

거리가 바둑판처럼 보이고,
江물이 배암의 새끼처럼 가는
山우에까지 왔다.
아직쯤은 사람들이
바둑돌처럼 버려 있으리라.
(…중략…)
텐트같은 하늘이 무너져
이 거리를 덮을까 궁금하면서
좀더 높은 데로 올라가고 싶다.

　　　　　　　　　　　　　— 「산상」 부분

　위의 두 인용에서 대비되듯이 「거리에서」는 화자가 "괴롬"으로서의 거리가 인식되고 있으나, 「산상」에서는 화자와 "거리"는 멀리 떨어져 있을 뿐만 아니라, 이때 서정의 주체는 이 "거리"로부터 더 떨어져 "좀더 높은 데로" 지향하고 있다. 이 두 작품에서 서정적인 주체인 "나"와 세계(거리)와의 심리적 운동의 두 축을 우리는 명확하게 볼 수 있을 것 같다. 하나는 나와 결합된 고통의 세계이고, 다른 하나는 그 고통의 세계로부터 벗어나 이상의 세계에로 상승을 시도하는 마음의 운동이다. 이 두 축에서 젊은 시인은 그 꿈을 노래하고 추구했으며, 그의 번민을 되새기고 음미했던 것으로 생각되며, 이 두 축은 이 시인의 자아 확대와 신장의 뜻을 지니는 것이기도 하다. 거리의 고통에서 벗어나 "山上"의 세계로 나아가는 의지의 표명에서 시적 화자의 내면적 갈등이 보이면서 천상의 세계에 도달하려는 정신적 지향을 엿보게 된다.
　이어, 「가슴 1」과 「가슴 2」에서도 "소리없는 북/답답하면 주먹으로/두드려보오"와 같이 화자의 답답한 심경이 드러나 있다. 또 "재(灰)만 남은 가슴이/문풍지 소리에 떤다"와 같은 절망 상태를 보인다. 이러한 답답함이나 절망은 소년적인 꿈, 가령 예를 든다면, 더 큰 도시로 유학하고 싶은 마음이라든지, 소년다운 눈에 비친 세속적인 삶의 불합리한 점과도 밀접한 관련을 맺고 있음직한 일이다. 1937년에 쓰인 작품 중에는 「창」과 같이 학교생활을 작품화하고 있는 것도 있으며, 「바다」는 "원산 松濤園에서"라는 장소까지 밝혀 적고 있다. 이 작품은 실제로 해변의 서정을 시화했으며, 「毘盧峰」에서는 산의 아름다움을 노래하고 있다. 가령 "白樺 어려서 늙었다"와 같은 표현이나 "새가 나비가 된다"와 같은 구절 등은 정지용의 표현의 솜씨를 느끼게 하는 것들이다. 「명상」 같은 작품에서도,

> 들窓과 같은 눈은 가볍게 닫혀
> 이 밤에 戀情은 어둠처럼 골골히 스머드오

와 같이 다감한 한 소년의 연정이 담겨 있다. 이러한 생활 주변의 시상(詩想)들은 그의 소년다운 정서에 용해되어 시화되는 것 같다. 「풍경」이란 작품에서도 5월의 아름다움이, "마스트 끝에 붉은 깃발이/여인의 머리칼처럼 나부낀다"와 같이 여인과 결합되어 나타난다. 이러한 서정의 세계는 이 시인이 아직도 나와 세계의 심각한 분열과 갈등을 체험하기 전의 것으로 볼 수 있다. 앞에서 언급한 「산상」 같은 작품에서는 「거리에서」라는 작품에서 보인 나와 밀착된 괴로움이 아니라, 멀리 떨어지고 싶은 심경을 보이는데, 그것은 그의 시적 자아가 염원하는바 소년적인 꿈의 성취를 지향한 것으로 "거리"를 떠나고 싶은 것으로 보인다.

윤동주에 있어서 비극적인 시대 인식은 「꿈은 깨어지고」 같은 작품에서 분명해진다고 생각된다. 이 작품에서는,

> 손톱으로 새긴 大理石 塔이
> 하로 저녁 暴風에 餘地없이도,

오오 荒廢의 쑥밭,
눈물과 목메임이여!

꿈은 깨어졌다
塔은 무너졌다.

와 같이 약간 과격한 표현이 보이는데, 이러한 과격성은 한편으로는 시인의 정열의 소치이거나 감상으로 볼 수 있다. 그러나

지난날 봄타령하든
금잔디밭은 아니다.

와 같은 진술에서 비록 어린 시인이었지만 그가 살고 있는 현실이 심각한 상실감을 내표하고 있다는 사실을 깨닫고 있는 구절로 보인다. 그렇지 않고 단순한 소년의 꿈이 깨어졌다면 "잠은 눈을 떴다/그윽한 幽霧에서"와 같은, 알지 못한 상태로부터 앎에로의 각성이 나타나지도 않았을 것이다. 이 작품을 미루어 보아서 소년 윤동주는 이미 자신이 살고 있는 시대의 상실의 심각성을 깊이 깨닫고 있었던 것 같다. 1938년 연희전문에 들어갔고, 이제 청년 시인의 사색과 시작(詩作)은 보다 성숙되어 가는 듯이 보인다. 「달같이」, 「못자는 밤」 같은 작품에서는 분명히 시인의 고뇌가 주제화되어 있다.

年輪이 자라듯이
달이 자라는 고요한 밤에
달같이 외로운 사랑이
가슴 하나 뻐근히
年輪처럼 피어 나간다.

— 「달같이」

나무의 연륜이 아는 듯 모르는 듯 자라나듯이, 또는 달이 만월을 향해 매

일 밤마다 조금씩 자라나듯이, 윤동주의 마음속에는 비밀한 가운데 달처럼 뚜렷하고 맑은 모습을 한 하나의 사랑이라는 생명이 자신 안에서 자라나고 있다는 감격적인 진술이다. 여기 나타난 바와 같이 "연륜"의 비유와 "달"과 "밤"의 비유는 윤동주의 내심의 성숙을 보여주는 적절한 비유이며, 그가 품은 사랑은 어둠 속에서도 뚜렷한 "달"로 환기된다. 이 사랑은 어두움을 밝히는 이 시인에게 있어서는 필연적 명제 속에서 솟아나는 사랑임이 분명하고, 이 어두움과 밝음의 대조는 그의 다른 작품 「비오는 밤」에 제시된,

불을 밝혀 잠옷을 정성스리 여미는
三更,
念願.

과 같은 되풀이되는 심상이기도 하며, 윤동주가 그렇게밖에는 다른 방도로는 이해할 수 없었던 시대 인식으로 이해된다. 그의 가슴속 "뼈근히" 가득차게 자란 사랑은 밖으로 나타내기 어려운 사랑이었으므로 "외로운 사랑"이며, 어둠속에서 품었으므로 밝음의 "달"일 수밖에 없었다. 이러한 작품에서 윤동주의 자기 인식의 생동하는 모습을 발견할 수 있다. 어두운 시대에 밝음을 잉태한 청년 시인을 우리는 쉽사리 이해할 수 있을 것 같다. 그것은 또 지고한 가치이기에 천체를 들어 밝힐 수밖에 없었다. '천체'와 같은 비유는 그에게 있어서 시 창조의 필연성을 잘 보여주는 것으로 이해된다.

그는 「별똥 떨어진 데」라는 수필에서 "自嘲하는 한 젊은이"를 "나"로 설정하고, "나는 이 어둠에서 胚胎되고 이 어둠에서 생장하여서 아직도 이 어둠속에 그대로 생존"한다는 것을 말하면서, "내가 갈 곳이 어딘지 몰라 허우적거리는 것이다. 하기는 나는 세기의 초점인 듯 초췌하다."[2]

---

2) 시집 172쪽 인용.

와 같은 대목에서 윤동주의 자아 인식은 투철하면서도 예각화되는 듯하다. "나"라는 주체가 "세기의 초점"인 듯이 느낄 수 있을 만큼 절실하고 결연한 자세가 보인다. 한 시대의 문제의 핵심을 자기화하는 엄숙한 태도가 이 수필에 나타나 있다고 하겠다. 그는 같은 글에서 분명히 이 어두움의 대조를 마련하고 그것을 잡기 위한 모색을 하면서도, 시대의 어둠 속에 그대로 존재하는 자신을 말하는 고뇌를 보였던 것이다.

> 이 點의 對稱位置에 또 하나 다른 밝음[明]의 焦點이 도사리고 있는 듯 생각킨다. 덥석 움키었으면 잡힐 듯도 하다.[3]

이 인용에서 보이듯이 그는 어둠에서 밝음에로 자신을 대처하는 정신적 자세를 확립한 것 같다. 그는 시대의 어둠 속에서 "주저"하다가[4] "별"이라는 밝음을 향할 것을 천명한다. 이때 어두움은 윤동주에 있어서 결의와 다짐의 뜻을 굳히는 고독의 의미로 차 있다. 그는 여러 곳에서 외로움을 호소하고 있다. 「달같이」에서도 서정적 주체는 외롭게 사랑을 키우고 있으며, 「달밤」에서는 "북망산을 향한 발걸음은 무거웁고/고독을 반려한 마음은 슬프기도 하다"와 같이 상실의 비애와 떨어져 있음의 고독을 호소하고 있다. 그는 「自畵像」, 「소년」 그리고 「눈 오는 지도」에 걸친 슬픈 존재인 "나"의 고독은 그것을 내심으로 받아들이는 황홀까지를 수반하고 있다. 1939년에 쓰인 「自畵像」은 그의 외로움의 인식이 한 극적인 의미조직을 통해서 제시된다. 이때 윤동주는 스물세 살의 청년이었고, 연희전문에 다니던 때이며, 일제는 그 말기적 징후를 드러내는 시대였다. 한편, 선만척식회사는 강제로 농민을 만주로 이민시켰다. 철이 든 윤동주가 시를 쓰고 공부하던 때가 바로 이러한 시대였다. 이 무렵에 쓴 작품들 중에서

---

3) 시집 173면 인용.
4) 시집 175쪽 참조.

「자화상」은 독자들로 하여금 윤동주의 이 무렵의 자기 이해를 엿볼 수 있게 하는 중요한 작품이다. 작중 화자는 "외딴 우물"을 "홀로" 찾아서 가만히 들여다보는 서두로부터 말을 시작하고 있다. 그런데,

> 우물 속에는 달이 밝고 구름이 흐르고 하늘이 펼치고
> 파아란 바람이 불고 가을이 있습니다.
>
> 그리고 한 사나이가 있습니다.
> 어쩐지 그 사나이가 미워져 돌아갑니다.

와 같은 자연의 여러 모습이 물에 비치고 있음을 독자에게 알려주고 있다. 제2연까지는 누구나 그렇게 바라기만 한다면 초가을 달 밝은 밤을 택하여 우물을 들여다보면 되는 그런 풍경이다. 그런데 제3연에서 화자는 분명히 "그 사나이가 미워져 돌아갑니다"와 같이 말하고 있다. 여기에서 "달", "구름", "하늘", "파아란 바람"과 조화될 수 없는 "그 사나이"와의 관계가 나타나고 있다. 화자는 첫 번째로 그 사나이가 미워져서 돌아간 다음 가엾은 생각이 들어 다시 우물에 돌아와, 역시 우물에 비치는 그 사나이를 발견한다. 두 번째로 그 사나이가 미워져서 돌아가지만 역시 또 그 사나이가 "그리워"진다.

　이와 같이 행위가 두 번 반복된 다음 맨 끝 연에서 그 사나이는 "추억처럼 있음"을 말하고 시는 끝나고 있다. 이 작품에서는 "하늘" "달" "구름" "바람"과 사람의 부조화의 관계가 나타나고 있는데, 아마도 자연의 순연한 아름다움과 이질적인 "그 사나이"와의 대비를 통해서 시인 스스로의 근원적인 고독이 드러나는 듯하다. 우물이나 하늘은 바슐라르의 말과 같이 "순수한 감상성"을 지니고 있거나 "기도함이 없는 승화"로 말해질 수 있겠다. 그러나 이 작품에서는 그보다는 자기 성찰이라는 뜻이 더 시의 문맥에 봉사하고 있는 것으로 보인다. 자연과 완전히 또는 순연하게

일치할 수 없는 인간 존재에 대한 그 원적인 슬픔과 고독의 깨달음이라고 생각할 수 있다. 이 작품에서 "파아란 바람"이라는 표현은 이 시인의 가을의 달밤에 대한 직관적 감응으로 보이며, 이러한 순수한 마음의 소유자가 어떻게 그 큰 일제라는 압력과 시대에 자신을 부지할 수 있는가 하는 것이 문제가 될 수 있겠다. 적어도 이 작품에 나타난 순수의식과 그가 살고 있는 시대의 중압 사이의 부조화는 이 시인에게 있어 매우 큰 문제일 것이다. 또 이 작품에서 자연과 조화될 수 없는 인간의 근원적인 슬픔의 깨달음 못지않은 비중을 가진다고 하겠다.

그런데 이 작품에 쓰인 바와 같이 사나이가 "미워져"서 돌아간다는 진술과 "하늘" "달" "구름" "바람"과 조화될 수 없다는 깨달음은, 인간이 자연 자체가 될 수 없다는 해석과 아울러 오히려 "하늘" "달" "구름"이 순연한 채로 자기 구실을 하는 자연으로서 인식되었을 때, 화자인 "그 사나이"는 그러한 구실을 못한다는 한계성이 함의되어 있는 듯하다. 그렇기 때문에 자연(풍경)이라는 대상이 이 작품의 주요한 의미 요소가 되어 서정적 주체와 기능 면에서 대비가 되게 작자는 의도했다고 하겠다. 나와 세계(대상)와의 관계에서 인간으로서의 자기 인식으로 내세우기보다 훨씬 대상의 후면으로 자아를 후퇴시켜서 "추억처럼" 있다고 표현하고 있다. 자연보다 적고 부족하다는 자기 인식, 자연의 조화 기능에 대비할 때 그것에 미치지 못하는 초라한 인간이라는 자기 성찰은 윤동주 시대만의 주제가 아니라 인류의 오랜 보편적 주제인 듯싶다. 그것은, 곧 바로 인간의 문화 · 문명에 대한 엄청난 여러 결점과 모순에 대한 근원적인 자각으로도 볼 수 있기 때문이다.

윤동주는 이러한 외로움과 슬픔과 미움의 존재에 대한 자각에서 출발하여 그 특유의 부끄러움 의식이 싹터서 연전 졸업 후 작고하기까지 시인의 중요한 심상으로 되풀이된 것으로 보인다.

3. 부끄러움의 시학

1941년에 연희전문을 졸업하고, 1942년에는 일본에 가 릿쿄대학에 다녔다고 그의 전기에는 씌어 있다. 이 무렵에 쓰인 작품들은 1부와 2부에 수록되어 있고, 계속해서 그의 고독과 슬픔은 서정의 주요한 요소를 이루면서 보다 준엄하고 보다 철저한 자기 성찰이 그의 시인적 사명과 결합되어 나타나고 있다. 작품을 이해하는 데 제작된 연대가 절대적인 기준이 될 것은 아니지만 사람의 성숙과 시의식과는 깊은 관련이 있다고 보고 대체로 그런 연대순을 참작하면서 살펴보겠다.

「돌아와 보는 밤」의 첫 연에서 화자가 밖으로부터 방으로 돌아오는 사정을 들려준다. 화자는 밖의 일들이 "너무나 괴로웁은 일"이므로 방의 불을 끈다고 말한다. 이 시구에서 화자는 바깥세상이 화자에게 "피로"를 준다는 말을 하고 있으나 그 세부적인 사정은 제시되어 있지 않다. 둘째 연에서는 방 안의 공기를 바꾸어야 할 텐데 방 안이나 밖이나 어둠에 차 있으므로 같은 상태라는 뜻과, 걸어온 길이 비에 젖어 있다고 진술한다. 작품의 끝에서 울분을 씻으려 하지만 익어가는 능금처럼 사상이 익음을 말하여 울분은 씻겨지기보다는 내면화되고 있는 듯이 표현하고 있다. 이 작품에서 밖과 방, 밖과 나의 의식이 대조되고 있지만, 밖으로부터 "피로"도 "억울함"도 씻어지는 것이 아니라 그것으로 하여 화자의 사상이 익어간다는 내면적 성숙을 진술한다. 이 작품에서 작자는 분명히 서정적 자아와 세계가 일치되지 못하는 불협화를 명확하게 인식하고 있다. 맑은 공기로 방의 탁한 공기를 바꾸어야 할텐데, 밖이나 안이나 모두 같으므로 바꿀 수 없다는 반어적 사태에 직면하고 있는 사실이 나타나 있다. 많은 작품들에서 방의 심상이 휴식과 사색의 의미로 나타나고 있지만, 여기서는 방을 통하여 작자의 내면의식의 암담함을 나타내는 듯하다. 이러한 시의 의미는 그의 생활에서 부단히 되풀이되는 자아와 세계 사이의 가치조정이라는 교호작용으로 이해할 수 있으리라. 또 이러한 의미의 조직은 「병원」에서도 화자인 "나"와 의사 사이의 불일치로 나타난다. 나의 병을 의사는 진단하지 못한다. 이 작품에서 병은 나의 신체의 병이기보다 마음의 고뇌이므로 신체의 병을 진단하고 치료하는 의사로서는 "나"의 병을 알아낼 길이 없다. 이러한 국면의 시화(詩化)는 시인과 세계와의 불일치에서 오는 것이며, 그러한 불일치가 이 시인의 시 창조의 핵심이 되며, 이것이 윤동주의 시 세계를 형성하는 미적 요소의 하나라고 생각된다.

그런데 그의 작품에서 특별히 부끄러움이 문제가 되기는 1942년경부터라고 생각된다. 이 시기는 그가 릿쿄대학에 가서 공부하던 때였으므로 그 나름대로는 아직 보지 못한 것에 대한 기대와 고향을 떠난다는 섭섭함이 엇갈리는 심정을 체험했으리라. 그런데 도일하기 직전에 썼다는 「참회록」에는 매우 복잡한 심경이 선명하게 드러나고 있다. 이 작품에서는 우리 민족의 과거와 연결된 자아가 세계 속에서 어떻게 의미되는가를 조명하고 있는 듯하다. 이제까지 그는 일제 치하의 괴로움을 겪었다. 그런데 그들이 교육을 받기 위해서 도일하는 마당에 처했다. 이때 민족이 처한 시대의 역설적 상황을 그는 누구보다도 민감하게 깨달았으리라. 그는 다음과 같이 술회하고 있다. 첫 연에서 파란 녹이 슨 거울에 화자의 얼굴이 보이는 데서 "어느 王朝의 遺物이기에/이다지도 욕될까"와 같이 말하여, 화자는 단순한 개인으로서의 "나"가 아니라 민족의 과거성과 분리할 수 없는 존재라는 의식이 명확히 제시된다. 다음에는 만 24년을 무슨 기쁨을 바라고 살아왔던가를 말하고 있다. 첫 연에서 "이다지도 욕될까"에 보이듯이 왕조의 유물로 된 나, 왕조는 없어졌고 나는 고독하고 슬픈 존재라는 깨달음이, 즉 내가 설 자리가 없이 "욕"된 존재의 자각이 제시된다. 그러다가 다시 "그때 그 젊은 나이에/왜 그런 부끄런 고백을 했던가"와 같이 욕된 자아를 부정했던 사실을 다시 부끄럽게 생각한다. 그런 다음에 계속해서

밤이면 밤마다 나의 거울을
　　손바닥으로 발바닥으로 닦아 보자

와 같이 비범한 결의를 보인다. 파랗게 녹이 슨 거울을 흐려진 민족의식
이라고 본다면, 그것이 절대로 흐려져서는 안 되겠다는 대전제 앞에서 혼
신의 노력으로써 맑게 씻어야 함은 그에게 있어서 필연적인 귀결이 될 수
밖에 없었다. 그것이 흐려진다는 것은 서정적 자아와 동일체인 민족의 의
식이 흐려짐이며, 그렇게 되면 민족 전체의 부끄럼이 된다는 의식이다.
여기에서 민족적 주체의 확립이 얼만큼 큰 문제인가를 철이 든 청년 시인
은 절실하게 깨우친 것이다. 이러한 깨우침이 있음으로써 제4연과 같은
시인의 노력이 보인다. 다른 작품과 마찬가지로 이 작품도 밤과 연결되고
있는데, 이 밤은 새로운 탄생이나 가치를 모색하고 사색하는 의미를 암시
하고 있는 듯하다. 이런 면에서 윤동주는 행동의 시인이기보다 사색의 시
인임을 알 수 있다. 그가 즐겨 쓴 "방" "밤" "하늘"은 그의 내면의식을 공
간 심상으로 바꾼 필연적인 표현들이었으며, 그것들을 통하여 사색과 명
상의 시적 분위기를 형성할 수도 있었다고 해석된다. 그리고 시대 전체의
어둠 속에서 고뇌하는 시적 화자의 모습으로 떠오름을 알 수 있다.
　「쉽게 씌어진 시」는 그의 생애에 비추어 본다면, 릿쿄대학에 들어가서
쓴 것으로 볼 수 있다. 젊은 시인인 윤동주가 민족의 주체성을 잃지 않기
위해 "밤마다" 닦은 "나의 거울"에 무엇이 비쳤는가는 이 시인의 한 수행
(修行)으로서 문제시된다고 하겠다. 이 작품에서 그는 내가 남의 나라에
와 있다는 것을 실감한다. "창밖에 밤비가 속살거려/六疊房은 남의 나라"
로 확실히 구분되고 있다.

　　등불을 밝혀 어둠을 조곰 내몰고
　　時代처럼 올 아츰을 기다리는 最後의 나,

나는 나에게 적은 손을 내밀어
눈물과 慰安으로 잡는 最初의 握手

이 인용된 작품의 끝 부분에서 남의 나라에 와 공부하고 있기는 하지만 그것은 "아침"을 기다리는 수행이기 때문에 "눈물"과 "위안"으로 감당할 수 있다는 것이리라.

이때 "나"는 "나"임을 확신하고 있는데, 그것은 남의 나라에서 "나의 주체성"을 잃는 것에 대한 두려움이고 경계인 것이다. 이 작품에서 시인은 삶의 엄숙성, 어려움을 알고 있으면서 시가 "쉽게" 씌어지는 것을 부끄럽게 생각하고 있다. 이 뜻은 신념과 실천 사이에 흔히 있기 마련인 괴리현상을 두려워하고 자신의 신념을 부끄럽지 않게 다지는 준엄성에 의하여 마련된 의미라고 생각된다.

윤동주가 도쿄에 가기 전에 쓴 작품 「序詩」가 있다. 이 작품은 아마도 그의 도덕적인 의미와 신앙의 자세를 시화한 대표적인 예가 될 것이다.

죽는 날까지 하늘을 우러러
한 점 부끄럼이 없기를,
잎새에 이는 바람에도
나는 괴로워했다.

이와 같은 결의는 미상불 비범한 것일 수밖에 없는데, "한 점 부끄럼"도 용납할 수 없다는 순정함은 보통 사람이 결의할 성질의 것이 못된다. 이 한 구절에서 윤동주의 작품에도 나타난바, 세계 속에 있는 "나"의 도덕적 정립은 비상한 엄숙성을 수반할 수밖에 없었다고 생각된다. 가령 "잎새에 이는" 자연스런 바람을 보면서도 자신의 도덕적인 견실성과 독실한 신앙에의 자세가 추호라도 흐트러질까 염려하는 세심한 배려가 섬려(纖麗)한 감각으로 시화되고 있다. "잎새에 이는 바람"의 생동적 심상은 미동의 흐트러짐도 있어서는 안 되겠다는 그의 삶 전체에 걸친 준엄한 정신적 태도인데, 그것을 바람에 흔들리는 나뭇잎이라는 시각 심상을 통해 엄숙성을 아름답게 감각화하고 있다. 그러나 그의 이와 같은 견실함 · 순정함은 그만큼 어려운 고행적 결의이며, 흔히 있는 결의와는 상당히 다른 진지성으로 일관되어 있다고 하겠다.

> 별을 노래하는 마음으로
> 모든 죽어가는 것을 사랑해야지
>
> 그리고 나한테 주어진 길을
> 걸어가야겠다.
>
> 오늘 밤에도 별이 바람에 스치운다.

이 노래에서 "별을 노래하는 마음"은 그의 신앙적인 경건함을 느끼게 하는데, 실제로 우리의 가시적 시계에서 높고 아름답고 멸하지 않는 심상의 대표적인 하나는 어두운 밤하늘에 빛나는 별이라고 생각된다. 이것을 미루어 그의 도덕적 결의는 거의 신앙적 경지에까지 도달하고 있음을 짐작할 수 있고, 이에 따라서 "모든 죽어가는 것을 사랑해야"의 종교적 사랑이 무리 없이 발로된다. 이러한 사랑이 아니었다면 윤동주는 아마도 그렇게 괴로워하고 고독과 싸우지도 않았을 것이며, 내면화된 자기 수행의 준엄한 길을 택하지도 않았을 것으로 생각된다. 그리고는 "나한테 주어진 길"을 걸어가겠다는 담담하면서도 속찬 다짐을 다시 한다. 이 작품은 곧바로 「참회록」의 부끄러움에로 연결되며, 세계를 자기화하는 거인적 주체의식의 발로이기도 하다. 실상 "모든 죽어가는 것을 사랑"할 수 있는 마음은 예수나 부처와 같은 거룩한 분들이 지닌 종교적인 사랑이다. 그러나 이 시인은 그것을 마음속으로 깊이 다짐하고 겸허하게 실천할 뿐이지 결코 허황하거나 과장된 수사를 용납하지 않는다. "별을 노래하는 마음"에서 지고한 불멸의 가치로 지향하려는 그의 태도가 천명되어 있다. 이 시대의 민족적인 부끄러움을 극복하려는 정신주의가 드러난다. 별은 자아가 승인하는 지고한 가치의 결정체이고 그 빛은 윤동주의 불멸에의 의지를 상징한다고 생각된다.

김소월에 있어서는 상실의 의미가 시의 중심적인 심상이 되어 슬픔의 미학을 이루었지만, 한용운에 있어서는 강인한 의지와 역설로 상실을 회복하는 노래를 불렀다. 윤동주는 정면으로 대결하여 상실을 회복하는 도덕주의로 승화되고 있다. 이 어려운 선택은 그가 연희전문을 졸업할 무렵에서 일본에 건너가 공부하던 시기에 무르익어 시로 만들어진 듯하다. 그는 「길」이라는 작품에서 다음과 같이 말하고 있다.

> 풀 한포기 없는 이 길을 걷는 것은
> 담 저쪽에 내가 남아 있는 까닭이고,
>
> 내가 사는 것은 다만,
> 잃은 것을 찾는 까닭입니다.

화자는 이쪽과 저쪽으로 갈라놓은 경계선에서, 현재는 풀 한 포기 없는 삭막한 이쪽에 살아가고 있지만, "저쪽"에 '나'라는 주체가 있음으로써 그것을 믿고 살아갈 수 있다는 희망을 말한다. 그 "잃은" 민족의 주권을 회복하려는 사명이 있음으로써 화자인 "나"의 삶이 가치 있고 보람이 있다는 뜻이다.

「무서운 시간」은 이러한 측면에서 바라볼 때, 주체가 없어진 시대의 공포의식이 드러나 있으나, "일을 마치고 내 죽는 날 아츰에는/서럽지도 않은 가랑잎이 떨어질 테니……"와 같이 말하여 무서운 시대일지라도 감연히 자기의 사명을 실천하겠다는 다짐을 뜻한다고 생각된다. 이처럼 되풀이되는 다짐이 윤동주에 있어서 무엇을 의미하는가는 역시 무심히 넘길 수 없는 문제라고 생각된다. 그것은 그의 확신을 허물어지지 않게 하겠다는 뜻도 포함되고 있지만, 기필코 자기 사명을 완수하겠다는 내면화의 준엄한 요청이라고 이해될 것 같다. 그러기에 그는 그렇게 많은 작품을 썼으면서도 그 흔한 추천도 받지 않고 또는 시집을 준비했으면서도 간행하지도 않고(또는 못했는지도 모르지만) 소중하게 시고를 지닐 수 있었다. 이 시집의 모든 기록은 윤동주의 내심의 서(書)로 볼 수 있다. 그러기에 함부로 발표하지 않았는지도 모른다. 그는 분명히 시가 쉽게 쓰여지는 것을 부끄럽게 생각했다.

이 시인은 「별 헤는 밤」이라는 작품에서 민족에 대한 희망과 확신을 피력하고 있다. 3연에서 "아직 나의 청춘이 다하지 않음"을 작품의 화자로 하여 말하게 하는 데서 작자는 미래에로 연결되는 시인의 사명을 의미화한 것이다. 가을의 밤하늘에 빛나는 별들은 그의 모든 가치들을 암시하는 삶 전체의 내용이기도 한데, 별과 소중한 이름을 하나씩 결합하고 있는 데서 그러한 사실이 밝혀진다고 하겠다. "추억" "사랑" "쓸쓸함" "동경" "시" "어머니"가 그러한 내용들이다. 이 내용들은 윤동주 개인의 세계를 이루는 것들이며 동시에 민족 전체의 삶을 이루는 구성 요소로 의미되며, 윤동주의 생애에 만났었고 겪었고 누렸던 일들이기도 하다. 이것들과 결합된 상태는 정서적인 일체화이자 동시에 민족적인 일체화이기도 하다.

그런데 "이네들은 너무나 멀리 있습니다/별이 아슬히 멀 듯이"에서는 단순히 떨어져 있다는 거리감만이 아니라, 있어야 할 소속으로부터 떨어져 있다는 상태를 암시하는 듯이 보인다. 실제로 그리운 것들로부터 떨어져 있다는 것은 고통이다. 누구나 외로움의 고통을 호소한다는 것은 정상적인 인정이다. 그러나 "별이 아슬히 멀 듯이"에서 나타난 거리감은 어쩌면 불가능할지도 모른다는 염려가 내포되어 있는 듯하다. "나"에게 있어서 영원하고 불멸하는 여러 가치들은 실상은 나의 소속의 테두리를 형성하는 것들이고, 또 나의 근원이기도 한 소중한 것이다. 그것은 민족의 여러 구성 요소들의 개별적인 나타남이기도 한 소중한 것이다. 그것은 민족의 여러 구성 요소들의 개별적인 나타남이기도 한데, 이것들이 "별"처럼 인식된 것은 현존하고 있는 것이기보다 시인의 내면의식이라는, 하늘에 별처럼 뚜렷이 박혀 있는 부정할 수 없고 잊을 수 없는 귀중한 존재들이지만 나라는 주체와 지금 현실적인 일체가 이루어진 것은 아니다.

그것은 분리라는 현상에서 빚어지는 심리적 일체화의 기도일 따름이다. 이 분리와 통합의 부단한 운동은 윤동주의 작품에서는 나와 하늘, 나와 별, 나와 세계, 나와 민족이라는 조명 속에서 되풀이되며, 세계 속에서의 민족이 주체적인 통합이라는 시대의 명제에로 접근해간다고 하겠다.

> 그러나 겨울이 지나고 나의 별에도 봄이 오면
> 무덤 우에 파란 잔디가 피어나듯이
> 내 이름자 묻힌 언덕 우에도
> 자랑처럼 풀이 무성할 게외다

와 같은 끝 부분에 밝혀졌듯이, 이 구절의 뜻은 그의 최후의 도덕적 완성을 암시하는 시구로 보인다. 분리로부터 통합에로, 죽음으로부터 재생에로의 시적 과정을 이해할 수 있을 것 같다. 아마도 이 시인에게 있어서의 하늘은 일찍이 말라르메의 시편에 보인 순수의식만이 아니었기에 "별"들로 수놓인 밤으로 제시된 듯하다. 천체의 심상을 통해서만 시인의식이 달성되고 그의 시인적 사명이 완성된다고 볼 때, 윤동주는 하늘이 지어 준 길을 상징했다고 이해된다. 하늘과 별의 심상이 아니고는 그의 순수하고, 엄정하고, 불멸하는 시상(詩想)은 성취될 수 없었던 것으로 보인다.

그것은 세속적 역사와 신앙의 결합을 뜻하는 것일 수 있다.

4. 맺음말

윤동주는 해방되던 해, 일제의 옥중에서 29세의 젊은 나이로 세상을 떠났다. 그러나 그의 짧았던 생애와 시편들은 오히려 민족의 역사에 별처럼 빛을 발하고 있다.

이제까지 검토한 바에 의하면, 윤동주는 이 세상에서 "하늘을 우러러 한 점 부끄럼이 없기를" 바라면서 살아온 시인이었으며, 그러기에 누구보다도 도덕적으로 엄정한 길을 택하여 순정한 정신주의를 달성하고 있다. 이 시인만큼 민족과 시대의 어려움을 자기화하고 철저하게 내면화하여 별처럼 결정시킨 시인은 아직은 없는 듯하다. 그는 민족의 부끄러움을 지고한 정신주의로 승화하여 사색의 밤하늘에 별로 수놓았다.

윤동주의 작품에서 해, 별, 하늘 등 빛의 심상들은 고귀한 가치를 암시하며, 그의 기독교적 신앙의 상징적 의미를 담고 있는 것으로도 볼 수 있다. 그리고 세속적 자아로서 도덕적 완벽성에 지향하는 고통과 비애가 엿보이고, 도덕적 완성의 의미는 종교적 신앙과 연결되어 잇는 것으로 보인다. 시적 화자가 별을 노래하는 자세에서 숭고한 기독교적 신성성을 염두에 두고 절대자를 암시한 것도 이해할 수 있다.

윤동주에게 있어 외로움과 부끄러움은 시적 정서의 의미가 있으면서, 절대자에게 지향하는 인간적 한계의 극복과 그 정신적 순결주의에서 그 도달하지 못하는 데서 빚어지는 종교적 의미가 내포되어 있다고 하겠다. 동시에 민족의 고난에 관한 정신적 극복을 지향한 시인의 고결한 의지가 시적으로 성숙함을 깨닫게 하였다.

신석정 시와 역사 인식

1. 머리말

신석정 시인의 작품에 관한 연구가 심화되어 새로운 시각에서 작품을 재평가하고 이해하기가 쉽지 않을 정도로 다양한 업적들이 이루어져 왔다.[1]

그런데, 신석정 시인에게 있어서 일정한 시상(詩想)과 그 의미의 고정된 축이 있는 듯이 보이는데, 여러 비평가들이나 편집자들 또는 교재로 이용된 이른바 주목받고 애송된 명편들에 담긴 주요한 심상들을 주목한다면, 시인의 관심과 당시대와의 시적 대화의 상호연관성을 엿볼 수 있을 것이라 생각된다.

시인도 사회집단의 한 성원으로서 세상을 살아가는 개인이고, 그러므로 세속적인 여러 관련들 속에서 세계를 바라보고, 문제점을 깨닫고 참여하는 사람이기도 하다.

그런데 일이나, 사람 사이의 관계의 얽힘들, 심한 내적 갈등, 시대 전체의 문제, 직업에 얽힌 불협화, 가족 간의 엇갈림 등 여러 문제들을 하나의

---

1) '석정문학회'에서 간행한 연구집만 해도 20집이 되고 있다.

통일된 형식 속에 시적 울림으로 드러내는 일은 시인마다의 감성이나 가치관에 의해서 개성 있게 나타날 수 있겠다고 짐작된다. 그러나 시를 이해하는 독자는 그러한 시적 화법에 감응하고 공감할 수도 있고 못할 수도 있다고 생각된다. 더구나 고심하고 첨삭을 되풀이하고 여러 달을 걸려 애써 만들어낸 작품이라고 해도 독자의 관점이나 감수성의 문제로 그 작품을 바람직스럽게 이해하지 못할 수도 있을 것이다.(경우에 따라, 오해, 왜곡된 풀이 등…)

시를 짓는 일이나, 시를 감상하는 일이, 사물에 관한 이해에 어느 정도 원숙성을 지니거나, 또는 그 방면의 여러 화법이나 수사적 장치에 익숙하게 훈련된 경우라야 할 것이라 짐작된다.

2. 목매인 염소(또는 흰 염소, 양)

우리가 흔히 경험하게 되는 가축들은 그것을 기르고 사육하는 목적에 따라 다소 관심이나 느낌이 다를 수도 있다. 일반 농가에서 가축들을(대량사육하는 경우가 아니고) 기를 때 목에 줄을 매어 소유자의 관리에 편하도록 감시의 눈에서 그리 멀지 않은 곳에 매어두게 된다. 특별히 주목할 이유는 없고, 관습적으로 그렇게 해왔기 때문에 무심히 지나칠 농촌생활의 범상한 가축 사육의 한 모습을 소재로 삼고 있음을 알 수 있다.

그런데 그 범상한, 지극히 평범한 염소 사육의 한 모습에 착목하여 다음과 같이 시인은 말하고 있다.

어머니!
그 염소가 어찌하여 나를 써바닷슬가요? 그러케 유순하든 그 염소가 어여쁜 뿔로 나를 써바든 그 까닭을 나는 도모지 알 수가 업습니다.

나직한 언덕 저―편에 푸른 하늘이 말업시 흐르고 포곤한 봄 실바람이 가

늘게 그 발자국을 옮기는 푸른 벌에서 나와 함께 놀든 그 흰 염소가 오늘에
나를 떠바든 것은 무슨 까닭인지 나는 도모지 알 수가 업습니다.
— 「어머니, 그 염소가 왜……」2)

시의 화자는, 스스로 겪은 일을 그의 어머니에게 보고하는 화법으로,
'유순'한 '흰' 염소가, 염소 고삐를 잡고 있는 '나를 써바든' 사실을 밝히
고 있다.

염소끼리의 각축이라면 모르지만, 염소를 치는 주인에게 덤벼들어 그
뿔로 받는 행위에 놀라게 되지 않을 수 없었으리라 짐작된다. 여기에는
유순한 염소라 해도, 부당하게 속박하고, 부당하게 다룬다면, 비록 약하
고 힘이 없는 존재이나 반항한다는 뜻을 작품의 주요한 내용으로 취한다
는 논리가 내재되어 있다고 보인다.

그런데, 시의 화자는 흰 염소의 받는 행위에 관심의 초점을 맞추어, 그
의 어머니에게 감추어진 이유, 즉 저항정신을 묻고 있다. 이렇게 말하는
방법에서는 화자의 말을 듣거나, 작품을 읽는 사람들이 그 감추어진 뜻을
스스로 찾아내고 또 스스로 감득, 또는 체득하게 하는 화법의 하나를 채
택하고 있음을 알 수 있다. 이러한 시의 화법은, 한용운 이래 많은 시인들
이 필요에 따라 이용해온 시적 수사법이라 하겠다.

여기서 '흰' 염소의 문제인데, (실제로 흰 염소가 있는지 없는지, 검은
염소만 보아온 나로서는 확인할 수 없지만) 아마도 짐작건대 작품의 의미
조정에 필요한 주지(主旨)를 돋보이게 한 장치일 수 있다.

즉, 반항이나 저항을 모르는 '유순'한 면을 강조하기 위해, 흰색에서
도출할 수 있는 의미의 여러 분화된 활용을 포괄하기 위한 시적 진실을
말하려 한 것은 아닌가 하고 짐작하게 된다.

---

2) 여기 인용된 작품들은 모두 『임께서 부르시면』(석정문학회 엮음, 유림사, 1986)에
의거한다.

흰색은 널리 알고 있는 바와 같이 때 묻지 않고, 밝고, 깨끗함의 뜻을 지니고, 동시에 해신앙의 밝음과 청정함까지 지니고, 백의민족이라는 겨레의 전통적 인식이 담긴 색이고, 그중에서도 망자에 대한 존경과 슬픔을 표시하는 종교적 의미가 있다. 여기서 '흰' 염소 또한 결백, 유순한 의미로 미루어 겨레의 상징적 의미로 풀이할 수도 있고, 이러한 관습이나, 상징적 뜻에 의거하여 일제의 속박에 대한 저항의 뜻을 나타내려 한다고 풀이할 수도 있을 것이다.

그런데 '무슨 까닭인지 나는 도모지 알 수 업습니다.'의 말에서 화자의 겸양어법에 의존한 발화임을 엿보게 된다. 화자가 단정하여, 흑·백의 논리를 밝히거나, 선·악의 명료한 판단을 내려 독자에게 제시하는 것이 아님을 알 수 있다. 독자 여러분께서는 어떻게 생각하고, 어떻게 보시고, 어떻게 판단하시는지요? 하는 화법이다.

이 작품의 화자에게는, 평화로운 전원적 풍경 속에 지배와 속박의 강압 논리와, 유순한 그리고 약한 존재의 저항의 논리가 있음을 말하고 있다. 일제 치하 한국인의 저항정신을 주제화하고 있다고 풀이할 수 있을 것 같다.[3]

3. 꿈을 키우는 방(房)

방은 휴식의 공간이고, 동시에 개인적인 생활의 내밀한 공간이기도 하다. 이 휴식과 재창조의 공간에는 사색과, 독서와, 음악을 즐기는 일, 어머니가 만들어 주시는 음식을 먹는 단란함이 있고, 더욱 중요한 것은 나

---

3) 알퐁스 도데의 단편 「우리에 갇힌 양」에는 주인에게 청하여 자유를 얻어, 산으로 들어갔으나, 밤 동안 늑대와 대결하다 새벽녘 피를 흘리고 죽었다는 내용의 명편이 있다. 자유와 독립에는 그것을 유지하는 데 책임과 능력이 함께 따라야만 한다는 논리가 담겨 있다.

만의 꿈을 설계하고 미래를 전망하는 공간이기도 하다.

신석정 시인은 「房」이라는 작품에서 다음과 같이 말하고 있다.

> 세상이 뒤집어졌었다는 그리고 뒤집어지리라는 이야기는 모두 좁은 房에
> 서 비롯했단다.
> 이마가 몹시 희고 秀麗한 靑年은 큰 뜻을 품고 祖國을 떠난 뒤 아라사도
> 아니요 印度도 아니요 더구나 祖國은 아닌 어느 모지락스럽게 孤寂한 좁은
> 房에서 '그 전날 밤'을 세웠으리라.
>
> ―「房」1, 2연

이 작품은 1939년 『학우구락부(學友俱樂部)』 9월호에 게재되었다고 한
다.[4] 이 작품이 쓰여진 배경을 참고하려 한다.

연보에 의하면, 신석정 시인은 1930년에 중앙불교전문 강원에서 수학
하고, 1931년에 낙향하여, 1932년에 소작농에서 얻은 벼로, 선은동에 초
가집을 지었다고 되어 있다. 시인이 직장을 가진 것은 41세 되던 1946년
으로, 부안중학교, 죽산중학교 교사직 생활을 1950년까지 한 것으로 나타
나 있다. 이어 1954년 전주고교 교사, 1955년 전북대, 영생대의 시론 강
사, 1961년부터 1972년 정년 때까지 김제고와 전주상고에서 근무한 것으
로 되어 있다.

이러한 경력을 일별해볼 때, '모지락스럽게 孤寂한 좁은 房'의 의미는
실감나는 시인의 실제 생활과 아니면 그러한 삶을 실제로 보아온 견문과
어느 정도 연결고리를 맺고 있는 듯이 보인다.

이러한 연보로 미루어 볼 때, 1932년 청구원이라는 집을 지을 때까지,
'모지락스럽게', '孤寂한', '좁은 房'은 그러한 실상과 연결된 시적 진술
로도 짐작된다.

---

4) 『임께서 부르시면』, 유림사, 1986. 허소라 시인의 평설 참조.

더구나, 이 작품의 첫 연에 제시된바, 다음과 같은 내용이 보인다.

세상이 뒤집어졌었다는 그리고 뒤집어지리라는 이야기

위의 의미는 제도의 혁신을 암시하고 있음을 엿보게 되는바, 일제 치하 말기에 쓰인 작품으로서 그 의미가 상당히 집중화된 강력함을 알게 한다. 사회적 제도의 개혁을 암시한 것으로 풀이를 진행시킨다면, 틀림없이 역사적 사례들을 참고할 수가 있을 것이라 하겠다.[5] 이러한 점에서 작품이 지닌 또는 내장된 역사, 사회적 의미의 영역은 적지 않게 그 폭이 넓은 것임을 알 수 있다.

즉 암시의 뜻을 담은 시적 울림은 독자의 교양이나 감수성과 관련을 맺으며 이해되고 수용되고 감상되는 것이라고 말할 수 있겠다. 1939년은 일제가 조선인 징집령을 발표하고, 남녀를 뽑아다 군사시설, 군수공장, 국책광업소, 비행장, 항만건설 등에 비인도적 처우를 하며 사용한 시기이

---

5) 1776년 美國, 英國植民地 지배로부터 벗어나 독립선언.
　　1789. 7.14 프랑스 大革命 바스띠으 監獄襲擊
　　1789. 米合衆國議會 成立.
　　1860. 링컨 대통령 흑인 노예해방 선언.
　　1861. 러시아 農奴解放宣言.
　　1872. 바쿠닌 無政府堂 조직.
　　1884. 金玉均 甲申政變 일어남.
　　1894. 甲午農民戰爭 일어남.
　　1898. 프레하노프 레닌 등, 사회민주노동당 결성.
　　1906. 義兵抗日鬪爭 시작.
　　1912. 孫文 中華民國 成立.
　　1917. 소비에트 10월 혁명.
　　1919. 3. 1 朝鮮獨立運動. 上海에서 이승만, 안창호, 신채호, 신익희… 등, 大韓民國臨時政府 수립, 김좌진 장군 北路軍政署 조직, 항일무력 투쟁.
　　1921. 조선어학회 창립.

다. 시인은 34세로 시대 전체의 정치적 제도의 모순, 특히 식민지 치하의 일제의 파시즘에 억압된 민족의 현실과 그 정황을 직시하고 울분의 표출을 시도함직한 그런 시기였다고 짐작할 수 있겠다.

시적 화자는 이어서 다음과 같이 말을 계속하고 있다.

> 함박눈이 펑펑 쏟아지는 어느 겨울 밤
> 새로운 世代가 오리라는
> 새로운 世代가 오리라는
> 그 막막한 이야기는 바다같이 터져 나올 듯한 鬱憤을 짓씹는 젊은
> '인사로푸' 들이 껴안은 질화로 갓에서 冬柏꽃보다 붉게 피었다.

이러한 기대에 찬 예언적 진술에서 비록 좁고 초라한 방이었지만, 그 방에서 새로운 시대를 꿈꾸는 젊은이들이 개혁의 이념을 키우고, 새로운 시대를 창조하려는 꿈의 공간으로서 그 의미의 중요함을 암시하고 있다.

화자는 '바다같이 터져 나올 듯한 울분'에서 그 청년들이 꿈꾸고 키우고 계획한 이념은 보편적 가치라는 사실을 암시하고, 동시에 어느 지역에 국한되지 않고 세계에 널리 요구됨을 강조하고 있는 것 같다.

터져 나올 듯한 '울분'에서, 불평등, 억압, 수탈… 등등에 견디지 못하고 울분으로 터져 나오는 평등이나, 정의의 가치를 실현하는 정열로 새겨 읽을 수 있게 하고 있다. 말하자면 시대 전체의 왜곡된 제도, 불의와 억압과 수탈이 자행되는 제도의 근원적 모순을 실생활에서 분출하는 필연의 논리로 인식하게 하는 수사적 장치라고 보인다.

인사로프는 투르게네프[6]의 작품 「前夜」에 나오는 인물로서 불가리아

---

6) Ivan Sergeevich Turgenev(1818~1883), 러시아 대작가, 농노문제를 해결하려는 시대에 한발 앞서, 제정 러시아의 사회적 모순을 작품화한 작가. 「사냥꾼의 手記」(1852), 「루딘」(1855), 「前夜」(1859), 「父子」(1862), 「연기」(1867) 등 자연과 인물 묘사에 특출한 문장력을 발휘했다.

독립운동에 헌신하는 청년으로, 강인한 의지를 소유한 인물로 묘사되고, 러시아 처녀 에레나와 연애하는 사이이기도 하다.

19세기 러시아의 농노문제, 제정러시아의 정치, 경제의 모순에서 투르게네프는 그의 개혁이념과 이상주의를 되풀이하여 전 작품을 통해 문제를 추구했던 것으로 알려지고 있다. 「父子」에서는 바자로프라는 젊은 의학도를 제시하여, 19세기 러시아의 시대적 모순을 묘사하기도 했다.

신석정 시인이 특히 투르게네프의 작품 중에서 「前夜」의 주인공 인사로프를 택하여 작품에 제시한 데는 일제에 항거하고 독립을 쟁취해야 한다는 당시 조선의 민족적 대명제에서 그렇게 한 것임을 짐작해볼 수 있다.

주권 상실의 시대를 산 울분에 찬 젊은 시인 신석정을, 그리고 그의 이상주의적 지향을 짐작할 수 있을 것 같다. 한용운 시인이 임을 설정하고 민족적 대주체의 살아 있음을 증거하고 노래한 맥락과 어느 점에서는 시정신의 공통점을 엿보게 한다.

4. 초승달처럼 가야 할 길(혹은 소명)

시인은 1931년 『동광』지 8월호에 「임께서 부르시면」을 발표한 것으로 알려지고 있다. 이때 시인은 24살의 젊은 나이였다고 평설에 기록되고, 노장사상의 영향이 컸음을 언급하고 있다.[7]

그 첫 연과 둘째 연을 보면,

> 가을날 노랗게 물들인 은행잎이
> 바람에 흔들려 휘날리듯이
> 그렇게 가오리다

---

7) 김민성, '노장철학을 바탕으로' 한 작품이라고 풀이하고 있다. 「신석정대표시평설」, 27쪽.
송하선, 『신석정 평전-그 먼나라를 알으십니까』, 푸른사상사, 2014 참조.

임께서 부르시면…

호수에 안개 끼어 자욱한 밤에
말없이 재 넘는 초승달처럼
그렇게 가오리다
임께서 부르시면…

위에서 보인 바와 같이 가을의 은행잎이 지는 모양을 보고 임의 부르심
에 따르겠다는 자세를 비유하고 있다. 여기서 임은 그 의미나 암시의 뜻
이 적지 않게 울림의 폭이 넓은 것이지만, 신석정 시인에게서 자주 읽게
되는 '어머니'와 그 뜻이 그리 먼 것 같지는 않다.

고시가에서도 임은 나라, 군주, 스승, 부모처럼 쓰여 왔고, 조국의 부르
심이나 그에 상응할 민족의 대주체 혹은 그러한 이념적 지도자를 암시하
고 있는 것같이 짐작이 간다.[8]

그런데, '은행잎'이, '바람에', '휘날리듯이'에서 볼 수 있듯이 계절의
순환원리에 따르는 자세, 자연의 원리에 순종하는 즉 시대의 중심사상의
논리에 순종하려는 의지를 서정적 장치 속에 숨기고 있는 듯이 보인다. 한
국의 가을 풍경의 흔히 있을 듯한 한 풍경을 포착하여, 그 속에 담긴 시대
의 보편적 논리를 일깨우고 있음을 주지하게 된다. 특히 결실을 수확하는
가을을 택한 시적 의도도, 이 작품에서 간과할 수 없을 것이라 여겨진다.

한용운 시인이 「알 수 없어요」에 보인 여러 서정적 장치도 국토 전체가
임임을 인식한 일종의 활유법으로 시인의 진실을 표현한 것인데, 그러한
"임" 인식의 맥락에서 신석정의 시정신이 자리 잡고 있음을 엿보게 된다.[9]

---

8) 이광수의 「멧새」, 김소월의 시집 「진달래꽃」, 한용운의 시집 「님의 沈默」 등 근대
시의 주요한 암묵적인 주체자.
9) 자연의 사물, 구름, 하늘, 나무, 냇물 등을 임 인식의 표현을 위한 시적 장치로 쓴
다. 이러한 전통은 한국화에서도 볼 수 있다.

다음 연에서 '재 넘는 초승달처럼'에 보인 시적 표현은 어느 시인도 포착하지 못한 신석정 시인만의 감성에서 우러난 시적 감응의 심화된 한 경지라고 말하고 싶다. 어두운 시대에 비록 가냘픈 빛으로서의 '초승달'이기는 하지만, 분명히 어둠 속에서 높이 걸린 달은 어둠을 밝히는 빛의 기능을 지니고 있고, 동시에 깊은 고뇌(채워지지 않는 이념의 실천과 가치 충일)를 겪는 시적 화자의 사색적 시상을 표현한 것이라 짐작할 수도 있겠다.

누구나 알고 있는 천체 운행에 따르는 원리이며, 그 약한 빛은 앞으로 점점 더 밝고 자라서 충일한 만월을 예기하고 설정한 시적 장치로도 이해된다. 이러한 시상에서 시대의 필연의 논리가, 그리고 저항정신의 서정적 표현으로 질감 있게 나타나 있음을 보게 된다.

이렇게 시상이 펼쳐지며, '포곤히 풀린 봄 하늘', '굽이굽이 하늘가에 흐르는 물처럼'에서도 자연과 동화된 원리에 따르는 심정이 토로되고 있다. 제3연에서 봄 하늘 아래 흐르는 물을 제시하여, 미래에 올 민족의 광복을 염원하는 시인의 한결 같은 기다림의 자세가 무리 없이 표현되고 있다.

이렇게 시상이 펼쳐지며, 종연에 이르러 봄 잔디밭에 스며드는 '햇볕'으로 삼은 전체의 결말을 마무리하고 있다. 특히 '잔디'를 채택한 데서 조선의 민초, 또는 백성 일반을 암시하며, 인사로프, 바자로프들이 꿈꾸었던 새 시대의 개혁된 사회적 의미까지도 포괄한 것은 아닌가 하고 짐작된다.

자연에 동화하려 한다는, 자연철학적 논리를 바탕에 둔 것이 사실이지만 시인은 시대 전체의 제도적 모순과 파시즘을 근원적으로 거부하는 의지를 부드럽고도 섬세한 시상 속에 내장케 했던 것임을 알 수 있겠다.

김기림이 「太陽의 風俗」에서 억세고 강인한 태양의 원리를 기개에 넘치는 목소리로 직접화시켜 시대의 모순을 말했다면, 신석정 시인의 보다 사색적이고, 보다 섬세한 서정적 인식을 심화시킨 점도 엿보게 된다. 김기림이 신석정을 시우로서 각별히 친교를 맺었다는 사실은, 김기림이 지닌 모더니스트의 감각으로는 신석정의 서정적 세련성을 따르지 못했던 점을 명료히 알고 있었고, 그렇기 때문에 신석정의 시를 귀히 여겼던 것이라고 짐작된다.

초승달처럼 약한 빛을 시인은 자주 노래했다. 「촛불」이 그러한 예이다. 촛불은 혼인 또는 제례에 쓰이는, 작은 빛이지만 필요한 만큼의 작은 공간의 어둠을 밀어낸다는 뜻이 있고, 동시에 사색적인 분위기를 자아낸다. 비록 약한 불이기는 하나 분명히 세상을 지배하는 어둠에 대립하고 있다. 밝음과 어둠의 대립을 시인은 사색적 분위기로 심화하고 있다. 이러한 시적 분위기는 신석정 시인의 일관된 정신적 자세와도 연관되는 것같이 보인다.

> 너는 새벽처럼 밝지 못하기 때문에
> 너의 영토의 확장을 할 수는 없다.

이처럼 「나는 어둠을 껴안는다」 같은 작품에서 힘의 한계를 인식하게 된다. 그러나 이러한 약한 빛이기는 하나 분명히 시대의 모순을 각성케 하고 있고, 그 빛은 시인의 시정신의 중요한 한 모습이기도 하다.

> 작은 욕망에 타는 촛불이여!
> 이윽고 새벽은 네 뒤를 이어오겠지…

이처럼 밝아오는 새벽의 큰 빛이 모순의 세계를 불식할 것을 기다리고 있다. 박두진 시인은 「墓地頌」에서 '언제 무덤 속 화안히 비춰줄 그런 태양만이 그리우리.'라고 노래하였다. 어둠의 시대에도 민족주체 인식의 중심사상을 이상화, 김소월, 한용운, 이육사, 신석정, 박두진으로 이어가는 시세계의 한 전통을 이룬 것이라고 이해하게 된다.

시인의 연보에 의하면 1907년생이므로, 일제 침략의 긴긴 역사적 과정을 체험으로 겪어야 했던 세대의 한 사람으로서, 시인이라는 사명감으로 하여, '이 밤이 너무나 길지 않습니까?'와 같은 작품의 내용을, 세상에 드러내어 경각심을 일깨운 것이라 생각된다. 이 작품에서 시인은, 일제의 만행을 고지시키고 있다. 이어서 시인은 다음과 같이

> 태양이 가고
> 빛나는 모든 것이 가고
> 어둠은 아름다운 전설과 신화까지도 먹칠하였습니다.

이와 같이 읊고 있다. 이는 민족문화, 정신, 사상, 역사 등을 왜곡하고, 왜색으로 동화시키려 했던 일제의 야만적 정책에 저항하는 목소리임에 틀림이 없다.10) 민족의 영광된 날을 기다리는 굳건한 정신을 서정적으로 다루어낸 의지의 시이기도 하다.

이러한 작품에서 시인은 어둠의 시간으로부터 밝은 시간을 지향하는 시간의식을 주축으로 하여 작품의 주요 시상을 나타내고 있음을 알게 된다. 그런데 이러한 시간을 주축으로 한 시상들은 주관적 감성에 포착된 의미로써 기능하며, 동시에 식민지 치하라는 한국 전체의 왜곡된 정치현실이라는 사회적 시간상을 배경으로 한 것임을 알게 된다. 이런 점에서 서정적 문예작품들의 시간의식은 개인적 차이가 있기는 할 것이지만, 개인적 주관에 의해, 개인적 심성으로 용해된 시간과 객관적, 문화적 시간이라는 일반화된 시간을 동시에 융합하고 있음을 알게도 된다.

시인은 이 작품에서 '어둠의 어린 애기들'을 맞아, '포곤히 껴안으려

---

10) 일본인 한국학 관계 연구자 중, 금택장삼랑(金澤庄三郞), 삼품창영(三品彰英) 등은 언어, 신화의 동계론(同系論)에 입각하여, 일조동조론(日朝同祖論)을 발전시켰다. 그렇게 하여 소위 '내선일체론(內鮮一體論)'을 강제하였다.

한다.'고 진술하고 있는데, 이러한 어둠의 수용은, 일제치하라는 냉엄한 현실을 냉철히 인식한다는 뜻과 함께, 시대의 불의나, 왜곡된 모순 자체를 작은 단위의 의미로 축소화하고, 연민적 눈길로 바라보는 시인의 또 하나의 자세를 나타낸 것은 아닌지.

5. '너물 죽'을 둘러싼 가족(현실과 산에의 지향)

온 겨레가 기다리던 광복은 1945년에 눈부신 빛을 온 나라에 비추며 이르렀으나 사상의 분열과 동시에 국토의 분단을 가져왔고, 큰 빛은 조금씩 퇴색하고(잿빛 하늘로 변하고) 남북이 모두 분단의 아픔 속에서 신음하게 되었다.

곧이어, 남·북의 정부가 수립되고, 이어 1950년에는 북의 침략에 의해 전쟁이 일어났다.[11] 이러한 역사적 추이와 엄청난 변동 속에서 시인의 기다림은 현실적으로 무엇을 가져왔고, 무엇을 뜻하였는가 하는 문제가 있다.

시인은 「歸鄕詩抄」에서 다음과 같이 말하고 있다.

> 머우 상치 쑥갓이 소담하게 놓인 食卓에는
> 파란 너물죽을 놓고 둘러앉아서 별보다도 드물게
> 오다가다 섞인 하얀 쌀알을 건지면서
> 〈언제나 난리가 끝나느냐?〉
> 고 자꾸만 묻습데다.

이 연에는 한 가족의 밥상과 그 상에 둘러앉아 끼니를 이어가는 모습의 한 단면이 과장 없이 드러나 있다. 그렇게도 절실하게 '기다리던' 광복에

---

11) 6·25전쟁의 도발 문제는 여러 논의가 있다. 북측은 남측에, 남측은 북측에 전쟁 도발의 책임을 전가하고 있다.

이르렀지만, 곧 이념투쟁의 고통이 오고, 이어서 남북의 이념전쟁이 발발하였다.[12] 그리고 그 결과 끼니조차 이어가기가 어렵게 된 실상이 제시되고 있다.

위 연에서 시의 화자가, 나이가 든 늙은 부모님으로 상정할 만한 목소리로 '언제가 난리가 끝나느냐?' 하고 묻는 대목에서 당시 한국의 현실적 고통의 진면목의 일단이 암묵적으로 나타나 있다.

즉 우리가 우리 뜻으로 우리의 능력 속에서 역사를 창조하고 이끌어나가는 주동적 위치에서 이루어낸 현실이 오히려 참상으로 나타나 있다. 정치와 경제의 빈약함과 빈곤과 그리고 창조력의 치졸함이 함축되고, 백성의 고통이 여실히 드러나 있다.

박두진 시인의 '어둠을 살라먹고' 뜬 태양은 역설적으로 혼란과 빈곤과 전쟁이라는 커다란 시대 고를 끌고 왔고, 그 시대 고는 일제 식민지 치하의 피압박민족의 생계보다 나을 것이 없고, 오히려 그보다도 못한 빈곤과 사회적 혼란이 야기된 것이었다.

물론 신석정 시인은 식탁의 빈약함을 보이는 데 작품의 의미를 둔 것만은 아니다. 오히려 창조력의 빈곤, 시대 전체를 책임 있게 현실에 알맞게 이끌고, 나아가 분열된 두 이념의 창조적 통합이라는 새 시대의 명제를 식탁에 둘러앉은 당시 한국인의 일반적 고통을 넘어, 미래에 올 새 가치를 함축하려는 함의가 담긴 것이라고 이해된다.

이 작품의 제5연에서는 현실의 모순을 좀 더 실감 있게 제시하고 있다.

　　장에 가면 혼전만전한 생선이 듬뿍 쌓여 있고 쌀가게에는 옥같이 하얀 쌀이 모대기 모대기 있는데도 어찌 어머니와 할머니들을 쌀겨와 쑤시겨 전을

---

12) 조선 근대 초기부터 일어난 좌·우 이념 투쟁은 식민지 치하에서도 줄기차게 일었다. 1919년 하바로프스크에서 결성된 사회주의 정당, 우파세력의 상해 임시정부 등 독립운동의 형태로 좌·우의 이념 집단이 형성되었다.

찌웃찌웃 굽어보며 개미같이 옹게옹게 모여 서야 하는 것입니까?

이처럼, 빈곤함의 의미가 상인의 시전의 광경 속에서 비교되어 선명하게 나타나게 하고 있다. 이러한 관찰은, 어쩌면 이념지향적인 지식인들의 관념을 넘어 현실의 실상을 깨닫게 하여, 현실의 문제에로 시각을 돌려야 한다는 시민으로서의 문제 제기이기도 하다. 이러한 시상은 또 다른 개혁을 시도해야 할 역사적 사명을 구체적으로 일깨우려는 의미에서 나온 것이라고 짐작된다.

시인은 부황 난 촌민들을 '노란 얼굴들'로 제시하였고, 광복이 가져온 한국의 당시대적 고통이 여실히 그러나 역설적으로 드러나게 했다. 이어서 「이야기」에서도 시인은 전쟁 당시와 그 직후의 참상을 증언하듯이 다음과 같이 말하고 있다. '쌀밥'에 절인 김치를 먹고 싶은 해산 후한 여인의 빈곤에 의한 아사 사실을 증언하고 있다.

〈돌쇠〉엄마는 해산한 뒤 여드랠 꼽박 감저순만 먹다가 그예 세상을
떠나고 말았다.

이렇게 현실의 문제에 목격자의 눈길로 참상을 증언하고 있다. 시가 자연과 융합하려는 정신적 자세에 있기보다, 삶의 구체적 실상을 증언하는 데로 기울고 있음을 보게 된다.

시집 『氷河』가 정음사에서 간행된 해가 1956년인데, 남북전쟁 직후의 농민과 국민 일반의 실상을 반영한 작품들로 엮어진 한편, 정치, 경제의 모순을 실감 있게 우회적으로 표현한 고발적 작품들이라고 짐작된다.

시집 『氷河』에는 현실문제를 다룬 작품뿐만이 아니라, 산을 흠모하고 산에 융화하려는 시인의 시심(詩心)이 표백된 작품도 있다.

언제나
나도 山이 되어 보나 하고

麒麟같이 목을 길게 느리고 서서
멀리 바라보는

山
山
山

　이러한 시상(詩想)에서, 초기 시편에서 후기 시집 『山의 序曲』에 이르기까지 반복되어 산을 노래하고 찬양하고 있음을 알게 된다. 아마도 현실의 여러 고통에서 초탈하고, 의연함과 많은 것들을 구분하지 않고 모두 고르게 수용하면서도, 세속에서 벗어난 초연함을 그리고 본연의 아름다움을 지녔기에 시인은 산을 흠모했을 것이다.

　이렇게 산을 흠모하는 시심은 전북의 아름다운 산수를 말할 수 있을 것이다. 강원도 산하가 기험하다면, 전북의 산하는 수(秀)하고 려(麗)하다. 그에 비하여 함경의 산하는 웅(雄)하며 원(遠)한 멋이 있고 경상의 산하는 청(淸)하고 엄(嚴)하며, 충청의 산하는 평(平)하고 범(凡)하여 순(順)하다. 그런데 한국의 옛 선비들도 산수를 즐기고, 흠모하고 동질화하려는 일견 신선사상적인 전통이 있는데, 신석정 시인도 그러한 신선사상의 전통 속에서 시심을 키우고 심화시켰을 것이다. 그러나, 시대 현실의 질곡으로부터 초탈하고 싶은 심정도 있었을 것이라 하겠다.

　이를테면, 현실의 질곡에서 벗어나 산에 융화하여 신선의 경지에서 평정을 얻을 수 있고, 자연의 본성에 귀합하려는 무의식적 지향이 있었다고 헤아려진다. 현실 대 자연의 토론 법에서 신석정 시인의 시심이 성숙해갔으리라고 짐작된다. 그런데 『山의 序曲』에 수록된 「祝祭」에서는 현실 내부의 질곡과 살벌한 대결이 산에까지 미쳐 있음을 고지시키며, 산이 전통적인 신선사상의 함양과 그 안주할 근거를 잃고 현실의 고통을 부담할 수

밖에 없는 당시대적 실상을 작품화하고 있음을 알게 한다. 남북전쟁의 고통이 산에서도 일어났고, 그 역사적 흔적들이 산에 남아 있음을 말하며,

山이여!
痛哭하라!

이렇게 외치고 있음을 보게 된다. 즉 현실의 질곡이 너무 크고 고통스럽고 그 큰 고통이 산하 전체를 물들이고 있음을 노래하고 있다.

6. 맺음말

좀 더 시간을 두고 신석정 시인의 시세계를 탐구해야 하겠지만 몇 가지의 주요 시상(詩想)을 임의로 택하여 살펴보았다. 시의 언어가 개인의 서정적 감수성의 문제로 보이면서도 동시에 시대의 실상과 그 깊이를 헤아리는 높은 지혜의 결정이라는 것을 다시금 확인하게 되며, 보다 높은 가치를 지향하며 시심을 심회시키며, 시대의 중심사상을 일깨우는 기능까지 담당하고 있음을 엿볼 수 있게 했다. 신석정 시인의 시세계를 요약하면, 사회적 모순의 고발과 개혁정신, 그리고 현실의 질곡으로부터의 초탈하려는 선(仙)사상이라고 요약할 수 있겠다.

한용운, 이상화, 김소월, 변영로, 오상순, 이육사, 박두진 등 시인의 시적 전통과 사상적 맥락을 같이 하면서 새 시대를 꿈꾼 시인으로서 신석정 시인의 시사적 위치도 가늠하게 된다.

(2007. 9. 15 신석정 시문학 심포지엄)

잊혀지지 않는 옛 시상(詩想)들

— 하나의 우감(偶感)

1.

잠이 잘 오지 않는 밤 무심히 달을 바라보다가 어려서 듣던 옛날의 속요가 문득 머리에 떠오른다.

어린 동생을 등에 업고 잠재우던 청라동 누님의 목소리도 떠오른다. 세월이 흘러 허리가 굽고, 출입도 뜻대로 되지 않는 나이가 되어도 마음속 어디에 잠겨 있던 옛 노래가 살아 있어 그 노래가 상념 속에서 잔잔히 떠오른다.

일상의 많은 경험들 중에서 오래 오래 의식 속에 살아 있는 가족들의 모습, 친지들의 눈빛과 목소리가 살아나기도 한다. 홍돈, 모롤, 도당굴, 늘적굴, 돌캐, 광천, 독배, 시드물, 파리재 같은 마을 이름과 오서산, 수박재, 질마재, 옥계리, 청라동, 한내 옛 고향 산천의 이름들도 떠오르고….

> 달아 달아 밝은 달아/이태백이 노던 달아/저기 저기 저 달 속에/계수나무 서 있으니/옥도끼로 찍어 내어/금도끼로 다듬어서/초가삼간 집을 지어/양친 부모 모셔다가/천년 만년 살고지고/천년 만년 살고지고//달아 달아 밝은 달아….

이렇게 은은한 목소리로 읊으면서 등에 업혀 칭얼대던 어린 동생이나 조카들을 달랬었다. 초가지붕 위로 뻗어 올라간 박넝쿨에는 흰 박꽃이 너그럽게 핀 초저녁, 뒤꼍 감나무 선 장독대 곁을 서성일 때, 초승달이 떠 있는 저녁일 수도 있고, 귀뚜리 소리가 들리는 한적한 가을의 한때일 수도 있다.

어른들은 들에 나가 농사일을 하였으니 아기 보는 일 또한 애 보는 언년이나 누나, 언니, 오빠들이 번갈아 돌보아야 했었다. 이 속요 속에 담겨 있는 달빛은 그 세월 그분들의 소박하면서도 진정이 깃든 일상적 소원이 담겨 있는 것 같다.

달빛은 햇빛과 달리 정적인 느낌이 있는데, 한국에는 자생하지도 않는 향기 있는 계수나무를 상정하고, 옥과 금으로 된 도구로 소박한 초가삼간을 지으려는 의식은 언뜻 모순된 의미의 결합임을 알 수 있다. 그러나 여기에 쓰인 '옥'과 '금'은 실제 옥과 금이 아니라, 자손들의 정성스런 부모 존중의 간절한 소망이나 그러한 심정이 스며 있는 수사적 장치임을 알 수 있다.

이 속요는 채집자에 따라, 경기도나 충청도의 노래로 알려지고 있으나, 의외로 우리나라 전역에 이 속요가 널리 유포되어 있으므로 꼭 어느 지역의 속요라고 단정할 수는 없을 것이다.

주목되는 것은 '초가삼간'이라는 말에 담긴 소박하고 겸허한, 그러면서도 작은 단위의 단란한 가정의 소중한 섬김과 화목의 의미가 내포되고 있는 점이라 하겠다.

아기를 잠재우는 자장가들이 여러 종류가 있음에도 불구하고, '자장 자장 우리 애기, 자장 자장 자아장'을 몇 차례 되풀이한 후에 무심히 '달아 달아'가 연속되고, 아기가 잠든 후에도 '초가삼간 집을 지어' 청라동 누님의 구슬픈 가락은 연속되었다.

그리고 일제강점기 말 북해도 탄광이나 구주 탄광에 징집되어 잡혀간 아버지나 삼촌들을 그리며 마음이 가라앉아 끝내 침울한 가락으로 바뀌어 가기도 했다. 그 시절 누님들의 등에서 잠든 아기가, 인제는 퇴직하고 칠순을 바라볼 만큼 먼 세월이 흘러갔어도, 마음 한편에는 고향의 노래가 도른도른 살아 있다.

2.

우리 옛 시가에도 평민들이나 서민들의 소원을 다룬 작품들이 있다. 우선 생각나는 작품으로 「원왕생가」가 있다.

널리 알려진 바와 같이 양주동 님이 우리 '고가 연구'에 선구적 업적을 남긴바 그 학문적 성과는 가장 빛나는 위치에 있다고 하겠다. 그 후로 여러 석학들의 후속된 연구도 그에 버금가는 공적을 이루었다.[1]

> 달님이시어 西方까지 가시옵니까/무량수 부처님 앞에 드릴 말씀 전해주옵소서/믿음 깊으신 세존님 우러러/두 손 모와 말씀 올리나이다/왕생을 원하오니 왕생을 원하오니/그릴 님 있다 말씀 올려 주소서/아아 이 몸을 젖혀 두고/四十八 큰 소원 이루시겠나이까.[2]

인용된 「원왕생가」에 보인바, 이 노래에서 살아 있는 사람은 갈 수 없는 서방정토에 달은 변함없이 하늘의 길을 따라 왕래하므로 시적 화자는 그의 소원을 달님에게 의탁하여 왕생의 뜻을 아미타불께 전하려는 것을 말해주고 있다. 이처럼 달에 관한 인식은 이 노래에서는 불교 신도의 신앙의 뜻을 전달해주는 사자(使者)로 인식되고 있다. 범속한 신도는 그 자신의 소원을 부처님께 직접 사뢰기보다 달을 통해서 이루고자 함을 알 수 있다.

---

1) 양주동, 『고가연구』, 박문서관, 1943.
2) 김동욱, 『한국가요의 연구』, 을유문화사, 1961, 99쪽 참조.

그만큼 달에 의존하는 이유는, 우리 세속인이 갈 수 없는 서방정토에 달은 규칙적으로 사계절을 변함없이 가는 종교적 초능력 또는 종교적 신성한 능력을 소유한 성스러운 존재로 인식하고 있음을 규지할 수 있다.

부처님께 기도를 올리는 신자가 달을 선택하여, 서방정토에 왕생할 것을 전해주는 전달자로 선택한 데는, 아마도 세속적 삶에 부정해지고 더럽혀진 속인으로서는 감히 왕생의 소원을 말씀 드리기가 어렵기에 부처님처럼 깨끗하고 탈속한 존재로 '달'을 인식했기 때문이라 짐작된다.

일연 스님은 『삼국유사』의 '광덕 엄장'이라는 항목에서 다음과 같이 풀이하여 독자들의 주목을 유도하고 있다.

廣德이 세상을 뜬 후 친구 嚴莊이 廣德의 妻에게 동거할 것을 제안했을 때, 廣德의 妻가 다음과 같이 답하였다.

"夫子가 나와 10余年이나 同居하였으되 아직 하루 저녁도 자리를 같이하지 않았거늘…(하략) 다만 每夜 端身 正坐하여 한 소리로 아미타불의 이름을 외우고 혹은 16觀을 지어 觀이 이미 숙달하여 明月이 窓에 비치면 그 빛에 가부좌하였다. 그 정성이 이와 같았으니……(하략)."[3]

이처럼, 「원왕생가」에 나타난 달의 의미는 불도의 길을 밝히는 존재이고 부처님과 같은 청정의 화신이라 하겠다. 고전 해설자에 따라서는 달은 곧 부처의 화신이라고 풀이한 예도 있다.

또 생각나는 인상 깊은 가요가 있다. 널리 알려진바 백제의 속요로 남겨진 「정읍사」에도 달을 시적 장치로 제시하고 있다.

둘하 노피곰 도투샤/어긔야 머리곰 비취오시라/어긔야 어강됴리/아으 다롱디리//全져재 녀러신고요/어긔야 즌딕를 드딕욜셰라/어긔야 어강됴리//

---

3) 이병도 교주, 『삼국유사』, 동국문화, 1956, 435쪽 인용.

어느이다 노코시라/어긔야 내가논딕 점그를세라/어긔야 어강됴리/아으 다롱
디리[4]

이 속요는 『고려사』 악지에 설명이 되어 있다. 정읍은 전주의 속현으로
현에 사는 행상인이 늦게까지 돌아오지 않으니, 그 아내가 산에 올라 바
라보며 밤길에 해를 당하지 않을까 두려워했다. 진창물에 비유하여 밤길
의 위험함을 노래 불렀다. 세상에 전하기로, 그 산에 오르면 망부석이 있
다고 한다.[5]

이 노래의 첫 연에 어두운 밤길을 밝게 비추는 달이 나타나는데, 이는
어둠 속에서 위해를 당하지 않을까를 염려하고 걱정하는 아내의 간절한
기원이 담겨 있음을 알 수 있다. 이 노래에서 달은 곧 안전을 보장한다는
뜻과 어둠을 밝힌다는 뜻이 모두 합쳐져 있다고 하겠다.

여기서 행상인이라는 사회적 신분이 문제될 수 있고, 삼국시대라는 시
대적 배경과 서민적인 삶과 그 고달픔이 내장되고 있음을 쉽게 규지할 수
있다. 이러한 의미들이 작품의 문맥에 담겨 있음을 보아, 평민적인 삶에
깃든 고락(苦樂)의 이중적 짜임이 선명히 드러남을 볼 수 있다.

이 「정읍사」에 나타난 삼국시대 서민의 가족애의 정신과 서민의 애환
의 한 구체화된 내용에 공감을 받게 된다. 이 작품에 나타난 달은 우리 서
민들의 삶의 길을 밝히는 상징적인 의미작용이 선명히 담겨 있다. 아내의
기다림은 개인적인 차원에서는 부부애의 표현이기도 하지만, 시대 배경
을 흡수한 의미에서는 백제의 정신문화의 한 틀을 밝혀 주는 의의가 깃들
어 있다고 하겠다.

그런 한편 우리 한국민의 가족의식 속에 전통적으로 이어져 오는 삶의
자세를 엿보게 되는 중요한 의미가 담겨 있다고 하겠다. 유교적 이념에

---

4) 『악학궤범』 권5, 양주동, 『여요전주』, 1955, 을유문화사, 37쪽.
5) 양주동, 『여요전주』, 1955, 1963, 을유문화사, 38쪽 참고.

의한 생활의 규범과 그 실천의 의미보다는 삼국시대의 불교적인 인생관
이나 생활의식에 용해된 자비심이나 섬김의 의식이라 할 것이다.

여기서 남녀의 차별이나 그런 가부장적 권위의식 같은 것을 초월한 보
다 원초적인 인간애의 사상적 원류를 규지할 수 있을 것 같다.

다른 한 작품이 감동스럽게 떠오른다. 혜초 스님의 시에서 들 수 있겠
다. 혜초(704~787) 스님은 젊은 날 당나라 광주에 가, 인도의 승려 금강
지(金剛智)의 제자가 되어 불경 공부를 하였다. 그와 같은 제자로 산스크리
트어에 주석을 달아 경서를 낸바, 혜림(737~820)의 일체유음의(一切乳音
義)에, 혜초 스님의 『왕오천축국전(往五天竺國傳)』을 인용하여 84조가 풀이
되어 있다.6)

혜초 스님은 후에 오대산 건원 보리사에서 여생을 보냈다고 전한다. 그
의 시에 다음과 같은 작품이 남아 있다.

   달 밝은 밤 남천축국 가는 길/구름은 높이 떠 흐르는구나/떠가는 구름편
   에 소식을 전하려 하나/부는 바람 거세어 어쩔 수가 없구나//우리 나라 먼
   북쪽 하늘가/남의 나라 서쪽에 왔으니/남쪽 땅은 기러기도 없어/누가 계림
   에 날아 소식 알리랴.7)

위 작품은 시제가 '南天竺路 上'이라 되어 있다. 혜초 스님의 인도 불
교에 열중한 그의 깊은 불심에의 지향을 엿볼 수 있는 한 편의 작품이라
생각된다. 걷기도 하고, 말을 타기도 하고, 혹 주림도 견디고, 사막을 지
나고, 설산(雪山)도 지나는 험난한 길이었을 것을 짐작하게 되지만, 그 고
행을 감수하고 인도 여행을 간 것은 그의 불교에 관한 학문적 의문을 통
해 터득하려는 열정이 또한 주요한 계기였을 것이라 짐작된다.

6) 홍승혁, 「혜초」, 『조선명인전』, 조광사, 1939, 92쪽.
7) 『고대가요, 고대한시』, 민족출판사, 북경, 1968, 원문 4쪽 및 풀이 118 참고.

위의 내용에 보이듯이, 스님은 달빛이 내린 이국의 밤길을 걸으며 고향도 생각했을 것이라 여겨진다. 이 작품의 내용상 뜻은 고국에의 그리움과 객지생활의 외로움이 담겨 있음을 느낄 것이지만, 8세기의 시대적 배경에서 인도 여행을 감행했던, 혜초 스님의 의지와 불심에 기운 정열이 매우 특이한바 있다.

혜초 스님의 저서 『왕오천축국전』은 프랑스 학자 패리오가 돈황사에서 찾아냈고(1908), 독일의 월터 폭스에 의해 독일어로 번역되었다(1938)고 한다. 동서양 학자들 모두 혜초 스님의 저서가 가장 진솔한 내용으로 학술적으로 매우 평가가 높은바 증명되었다.[8]

3.

사람들 사이에서 만나고 헤어지고 때로는 고향 사람들의 목소리, 동창생들의 어린 때의 별처럼 빛나던 눈동자, 그리고 솔바람 소리, 냇물 흐르는 소리까지…… 무심하게도 떠오를 때가 있다. 아마도 무의식중에 저장된 여러 영상들의 연속된 작은 시냇물 줄기가 형성되어 문득 문득 그 흐름이 의식의 표면에 떠오른다고나 말할 수 있을까.

누구나 고향이 있고, 그 고향에는 할머니나 어머니가 계시기도 하고, 그분들께서 불행하게도 세상을 떠났었을 수도, 더러는 운명적인 헤어짐도 있어, 애틋하고 아픈 그러나 언제고 그리움이 되고 가슴 저리게 하는 그런 슬프고도 소중한 이름들을 가슴속 깊이 간직하고 살고 있을 것 같다.

　　호미도 늘히언 마르는/낟구티 들리도 업스니이다/아바님도 어이어신
마르는/위 덩더둥셩 어마님 구티 괴시리 업세라/아소 님하 어마님 구티 괴시

---

8) 홍승혁, 「혜초」, 『조선명인전』, 조광사, 1939; 양한승, 「혜초, 인물한국사」, 박우사, 1965.

리 업세라.[9)]

자주 읽혀지는 「사모곡(思母曲)」이다. 위 가요는 우리 고향의 농기구인 호미와 낫을 각각 그 예리함의 효능을 생각하고 사랑의 뜻으로 비유한 노래라고 하겠다. 모두가 알고 있듯이 호미는 논과 밭의 잡초를 매는 데 쓰이고, 논밭의 흙을 일구어 벼나 목화 그 밖의 작물들이 잘 자랄 수 있게 하는 농구이다. 낫은 풀을 깎거나, 잘 익은 작물을 베는 데 쓰이는 예리한 날을 가진 농구이고 아마도 이 노래는 농사일과 매우 친숙한 농민들 사이에서 자생적으로 불리운 노래인 듯이 보인다.

아버지의 사랑은 어떤 면에서 보면, 사람들 속에서 살아가는 사람스런 관계의 뜻과 그 행동들의 여러 규범들을 교습시키는데 위엄이나 때로는 다소 억압적으로 그 실천을 확실하게 하는 훈련이나 수련의 의미가 강하다면, 어머니는 자애롭고 부드러운 보살핌으로 자녀들의 성장을 세세히 돕는 의미가 자식인 우리의 마음속에 간직되어 있을 것이라 짐작된다.

그런 점에서 어머님의 사랑은 매우 구체적인 실생활의 세부적 사항을 보살펴 주시는 분으로, 힘들 때나 괴로울 때나 마음에 떠오르는 분이시다. 어려서 먹던 음식, 옷, 목욕 등은 말할 것도 없고, 아플 때에는 아기가 병이 나을 때까지 세심한 마음을 기울이며 정성을 다하여 돕는 분이니, 아버지의 엄격함과는 다름을 노래한 것이라 짐작된다.

이 노래는 낭송하기보다는 누구나 마음속에 담고 있을 듯한 그런 성격을 지닌 듯이 보인다. 넓은 뜻으로 어머니는 고향을 뜻하기도 하지만, 세월이 많이 지난 다음 인제는 낯선 고향을 찾아가도 그 산, 그 마을, 그 냇물, 그 들녘에서는 어릴 적의 다정함이나 슬픔까지도 되살아나는 것이 사실이다.

---

9) 김열규 · 신동욱 편, 『고려시대의 가요문학』, 새문사, 1982.

안채의 뒤꼍 헛간이나 마루방에 베틀을 차려놓고 베를 짜시던 어머님을 생각하며, 한숨짓는 후손들도 있을 것이고, 시부모님 생신을 위해 옷을 지으시거나 혹은 명절 때 수고하시던 어머님을 아련히 떠올리는 자손들도 있을 것이다. 옛 고향은 어머님, 할머님, 아버님이나 할아버님뿐만 아니라 형제들과 동무들 이웃들의 두런두런 이야깃소리도 들릴 듯한 우리 마음의 터전이기도 하다.

고려 때 시인 김극기라는 선비가 있어 「전가사시(田家四時)」를 읊었다. 농민의 가난이나 수고를 노래하면서도 낙천적인 삶의 자세를 나타내었는데 그 '가을' 편에 다음과 같이 노래하고 있다.

> 농가의 고생은/끝이 없지만, 가을 오면 한가하네 잠시 동안은/단풍든 가을 하늘 기러기 날고/국화꽃 핀 강가에 풀벌레 소리//목동의 피리 소리 구름 위에 사라지고/나무꾼의 노랫소리 달빛 속에 들려오네/어서 어서 거두어 들여야 하네/배와 밤 잘도 익었네.[10]

김극기는 문과에 급제했어도, 농촌에 살면서 농민의 삶을 노래했고, 그 시에는 그의 고향의식이 진솔하게 드러나 있다. 고려시대 농가의 어려움을 그 속에 살면서 지은 시편이다. 그는 「촌가(村家)」에서 다음과 같이 읊었다. 그 끝부분에,

> 티끌 세상 밖에서 스스로 노니노라/영화를 좇아 분주함이 우습구나.[11]

선비답게 살아가는 자세가 확연히 드러난 시구라 할 것이다.

이 작품의 배경은 '경사진 비탈에 선 농막 서너 채'로 되어 빈촌의 풍경을 읊은 것이지만, 물론 보기에 따라서는 농민이 아닌 선비의 처지에서

---

10) 홍림 편집, 『고대가요 고대한시』, 민족출판사, 1968, 52~54쪽 참조.
11) 위의 책, 55쪽 참조.

국외자적 시선을 비판적으로 볼 수도 있겠다. 그러나 그럼에도 불구하고 선비다움의 사물 인식을 인정하게 되며, 선비라 하여 농사와 무관하게 산 것이 아니고 농민이며 동시에 선비인 점을 생각하게 된다.

또 이규보(1168~1241)는 널리 알려진바 최씨 군벌 아래서 문인으로서 그의 긍지와 실력을 크게 떨친 인물이다. 「한림별곡」에 당시의 한학자들의 쟁쟁한 이름들과 그 한시의 능함을 알리고 있는바, 이규보 시인을 '雙韻 走筆'로 노래함은 그의 시적 재능이 매우 탁월하여, 한 작품에 운을 두 가지 정하고 시를 지어도 막힘이 없고, 붓을 들어 달리듯이 써내려간 시의 천재임을 말해주고 있다.

수많은 작품들 중에서 한두 편을 소개하려 한다.

> 연기 낀 마을에 방아 소리/토담은 없으나 가시나무 두르고/말과 소는 온들에 풀 뜯으니/바라보면 모두가 태평한 모습//서리 내린 찬 새벽 베 짜는 소리/저물녘 저녁 연기 나무꾼 노래/시골 노인 구중절을 알까마는/만나니 국화 주가 향그럽구려.//산에 아그배 들에 뽕잎 붉게 물들고/서늘바람 벼 향기 풍겨온다네/샘물 긷는 물 소리 나막신 소리/사립분 열린 데 달빛이 차네.[12)

이 작품에도 농촌의 풍경이 선명히 전개되어 고향을 느낄 수 있게 하고 있다. 이규보는 벼슬이 높았지만, 관권을 내세우지 않고, 언제나 물러나고 드는 일을 선비답게 하였고, 권력에 매달리기보다 벗과 자연과 사찰을 소중히 여기며 구애받지 않고 산 고풍스런 자유인이라 생각된다. 유배지에서도 낙관적으로 지냈다고 한다.

저명한 고전학자 나손은 이규보의 탈속 호방한 시인의 기개를 중요시하고 그의 「자찬(自讚)」을 인용하여 그 사실을 밝힌 바 있다.

---

12) 『고전국역총서』 166, 『국역 이상국집 I』, 민족문화추진회, 1980, 121쪽 참조.

뜻은 본디 우주 밖에 있어/천지도 날 제한 못해/기모(氣母, 元気의 모체)
와 함께 무하향(無何鄕)에/노니려네.13)

이처럼 속세의 영화나 직위에서 훨씬 벗어나 있어, 이른바 자유인의 정
신세계를 가진 유유자적한 시인이고 선비였다고 한다.
이규보 시인은 불교에 깊은 이해를 가졌었고, 많은 국사(國師), 선사(禪
師)들과 사귀며 불심의 심원한 경지에 이른 탈속의 불교도이기도 했다.
시인은 능엄경 공부에도 마음을 기울여 시를 쓰기도 했다. 「능엄경 첫 권
을 외우다가 시상이 떠올라 수기 승통에게 보이다」라는 시에서 다음과
같이 읊었다.

　　펴 보고 읽어 보아도 머무를 때 있으니/어찌 마음에 새겨 잠시 떠나지 않
음 같을까/송추 비구는 응당 부끄러워했으리/가타(伽陀) 한 귀 자주 잊기도
하였나니//연화(蓮花)를 잡고 밤낮없이 보려 하였으나/해 저물고 등불 꺼지
면 다시 읽기 어려워/만일 삼성(三性)에 어둠이 깃들지 않으면/이 마음 밝아
서 둘러 보겠지만/유(儒)와 불(佛) 비록 뜻은 같고 다름이 없지 않으냐/때론
선사께 의문을 묻노라/겉보기에 모두 외워 마음 속에 담았으나/어찌 우리
법사님네 경전에서 더 안다 하리요.14)

물론 이규보의 박학과 천착의 깊이를 인정하게 되지만, 당자는 높고 깊
고 넓은 불교적 진리에 있어 여러 훌륭한 대선사들의 깨우침에 미칠 것인
가를 스스로 겸허히 말한 것이다.
시인은 산사에 자주 들러 스님들과 친교하며 불심을 수련하고 스스로
탈속하여 자연과 동화되려 한 것은 아니었던가. 최씨 군벌과 몽고의 약탈

---

13) 김동욱 해제, 앞의 책, 7쪽 인용.
14) 위의 책, 1권, 34~35쪽 참조. 송추 비구(誦箒 比丘)는 둔한 석가의 제자가 가타(伽
陀) 구절을 자주 잊은 고사. 후에 득도함.(능엄경 5).

과 정치적 간섭에 시달렸던 시대에 산 시인의 깊은 고뇌를 불심으로 달래
려 했던 것은 아니었는지.

4.

예부터 우리나라는 북쪽으로부터 여러 나라의 침략을 받았다. 고구려
가 고조선을 하나로 흡수한 후에도 만주족, 말갈족, 한족의 침략이 자심
하였다. 남으로는 왜적의 침략이 있었다.

고구려도 북방의 수 · 당과 전쟁을 했고, 고려는 몽고의 침략을 받고,
조선조에도 금 · 청과의 대결 및 바다 건너 왜국과의 전쟁을 겪었다.

조선 태종은 북방의 수비에 힘썼고, 세종도 또한 그 유업을 계승하였
다. 김종서(1390~1453)는 북방 6진을 설치하는 책임을 맡고, 북방 야인들
의 변경 침입과 약탈 행위를 격퇴했다.

이때 김종서는 함길도 관찰사가 되어 그 책무를 직접 지휘하고 감독하
여 완수한 가장 충직한 세종의 신하였다고 전해지고 있다.

그는 원래가 문관 출신이지만, 1435년에는 함길도 병마절도사를 겸직
하였다. 그 무렵 변방을 순찰하고 6진을 설치하고 지키던 김종서의 시조
한 수가 전한다.

> 朔風은 나모긋틱 불고/明月은 눈 속에 춘듸/萬里邊城에 一長劍 짚고 셔셔
> /긴 파람 큰흔 소릐에 거칠업시 업세라.[15]

이 시조는 김종서의 6진 설치 직후의 작품이라 짐작된다. 두만강 일대의
국경을 수비하는 함길도 병마절도사의 넘치는 기개가 담긴 명편임을 알

---

15) 本『靑丘永言』, 정주동 · 유창균 교주, 명문당, 1957, 1987, 43쪽.

수 있다. 이 작품에 나타난 북방 수비를 담당한 책임자로서의 확신에 차 있는 의지와 기개가 돋보인다. 여기에 보이는 밝은 달은 북방 찬 겨울의 매서운 바람과 얼어붙은 듯 차가운 눈이 결합하여 두만강 85킬로미터의 긴 영역의 야인 지역 전체의 황량함의 의미가 함축되어 있다.

문관이었으나 함길도 병마절도사의 군직을 겸하여 6진을 설치함에 긴 기간 변방을 지키며 진을 구축하였던 대장부의 기개가 살아 있다.

이런 점에서 김종서는 북방의 사령관으로서 장군의 책무까지를 다한 충신이었음을 위 작품 한 편으로 증명되고 남음이 있다.

두만강에서 간도 지역과 아라사 지역에 이르는 눈 내린 겨울밤의 밝은 달빛은 온 세계를 밝게 비추며, 동시에 북방 야인들의 침략을 빈틈없이 방비한 결의에 찬 냉엄한 남아의 의지와 달빛이 일치함을 실감하게 된다.

영하 30도를 오르내리는 강추위 속에서 황량한 북방 변경에 부는 혹독한 겨울바람과 밝고 차가운 '명월'은 비정하리만큼 결이 굳센 남아의 의지와 동질화되고 있다.

이어서 단종의 폐위와 세조의 왕위 찬탈에 사육신의 충정은 끝내 모두 사형장의 이슬로 사라졌으나, 그중에 성삼문의 여러 작품이 남겨져 있고, 박팽년의 시조 한 편도 전한다.

　　　가마귀 눈비 맞아/희는 듯 검노매라/夜光明月이야 밤인들 어두오랴/님 向한 一片丹心이야 變할 줄이 이시랴.[16]

이처럼 어둠을 밝히는 밝은 달이 제시되고, 그 밝음을 통하여 정상적인 삶의 길을 암시하고 있는 것으로 보인다. 이 작품에서 밤은 부정적인 당시의 정치 세력과 부도덕한 왕권 계승(순리를 어긴)의 부당함을 암시한

---

16) 신명균 편, 이병기 교주, 『시조집』, 삼문사, 1943, 9쪽.

것이라 하겠다.

까마귀는 일시 눈을 맞아 흰 듯이 보이지만, 본래의 검은색이 바뀔 수 없다는 뜻을 알리고, 그 검은색을 부정적인 세력으로 비유한 것으로 겉으로 정치적 타당성을 위장한 당시 세조를 비호한 세력을 암시한 것으로 보인다. 조선시대의 유교적 이념과 절의를 굳게 지키는 인물의 심지를 나타낸 정의의 달빛을 엿볼 수 있다.

또 다른 한 작품을 예시할 수 있다. 시대적 배경은 선조조로, 일본의 풍신수길이 조선을 침략하였을 때(1592~1598) 육군의 대전에서는 고니시 유키나가와 가토 기요마사의 조총과 군세에 밀려, 선조가 의주까지 몽진한 사실이 있었다.

이때 이순신(1545~1598) 장군이 전라좌도 수군절도사로 여수항에 부임하여 군비 확충, 군사 조련, 군량 확보, 병기 점검과 수리 및 낡은 판옥선을 수리하고 거북선 2척을 새로이 지어 조선 수군의 병력과 기강을 확립했다.

1년 후인 1592년 4월에 왜의 대군 15만 8800명이 내침하였고, 나고야(名護屋) 본영에는 후속군이 15만 정도가 대기하였다니 모두 동원된 병의 수가 30만이 넘는 대대적인 침략군이었다.[17] 그러나 수군에 있어 이순신 장군의 작전은 해전에서 단 한 번도 패한 적이 없고, 왜적에게 엄청난 피해를 주어 평양까지 진군한 고니시 군과 함경도까지 진군한 가토 군의 식량과 군수품을 조달하는 보급로를 완전히 차단하였다.

이렇게 되니 왜군은 겨울이 임박하게 되자 명군 이여송 부대의 협력도 있었지만 조선 육군의 반격에 의해 후퇴하기에 이르렀다. 이순신 장군의 결정적인 승전으로 왜군은 엄청난 손실을 당하면서 경상도 남해안과 전라도 남해안으로 후퇴한 것이었다. 여러 해전에서 승리한 장군도 조정의

---

17) 貫井正之, 『풍신 정원의 해외 침략과 조선의병연구』, 靑木書店, 1946, 34~35쪽.

당쟁으로 다른 한편으로는 오해와 모략에 의하여 옥고를 치르기도 하였다. 장군은 감회 어린 명편을 남기고 있다.

閑山 섬 둘불근 밤의/成樓레 혼자 안자/큰 칼 녀픠 ᄎ고 기픈 시름 ᄒ는 적의/어듸서 一聲胡笳는 눔의 애를 긋ᄂ니.[18]

위 작품에서 장군의 시작(詩作)에 깊은 뜻이 담겨 있음을 짐작하게 된다. 왜군과 명군의 약탈로 조선 백성들은 헐벗고 풍비박산되었고, 조정은 당쟁으로 안정되지 못한 엄청난 국난의 시기를 실감하고, 무수한 민간 백성과 조선군의 희생을 속속들이 알았기에 위와 같은 작품이 나온 것으로 생각된다.

비록 해전에서 한 번의 실수도 없이 적 해군을 쳐 승리하였으나, 피아의 전상자, 전사자를 생각하고 나라의 황폐함을 깊이 생각한 내용이 담긴 것으로 보인다.

전장의 밤바다에 달빛이 내리고, 장군은 혼자 앉아 작전 계획을 세우면서도 '기픈 시름'에 잠기는 심정의 일단이 나타나고 있다.

그의 다른 한 작품에,

水國秋光暮　바다에 가을빛 저무네
憂心輾轉夜　마음 깊이 근심 깊어 잠 못 이루고
殘月照弓刀　새벽 달빛 활과 칼을 비추네.[19]

대개 장군의 『난중일기』에 의거하여 1595년에 지은 작품들로 추정하고 있다. 위 작품에서도 '憂心輾轉夜'의 시구에서 장군의 군사작전, 난민의

---

18) 진본, 『청구영언』, 명문당, 1957, 1987, 186쪽.
19) 조성도, 『충무공의 생애와 사상』, 명문당, 1982, 1989, 261쪽.

고통, 조정의 당쟁으로 인한 분열 등을 걱정하고 잠 못 이룰 때, 새벽 달빛 속에 고뇌하고 사색하는 한편 장군의 활과 칼을 비추는 광경을 읊은 것으로 그 심각함을 일깨워 독자의 심금을 울려주는 명편이라 말할 수 있다.

선조도 의주까지 몽진하였을 때 한 편의 절구를 남겼다.

痛器關山月 傷心鴨水風　앞산에 뜬 달 보고 통곡하네 압록강 강바람에 마음은 서글퍼
朝臣今日後 尙可更西東　조정의 신하들 아직도 서당 동당 다시 싸울까.20)

당쟁 자체는 정치문제의 논쟁, 민생문제의 토론, 군사전략의 수립 등에 걸쳐 여러 의견을 수렴하여 최선의 길을 택할 수밖에 없는 것이라고 생각된다. 그러나 당리당략에 빠져 현실의 여러 과제 등 나라 통치와 동떨어진 경우 당쟁은 국익에 반하는 것이니, 그 고통을 선조도 피력한 것이라 짐작된다.

위에 든 이순신 장군의 시 두 편은 그 내용이나 말의 조직이 매우 뛰어나 독자들의 마음속에 깊은 감동을 안겨주기에 족하다. 이순신 장군의 달빛은 적과 대치한 전쟁에서 나라의 안위와 해전의 전략을 생각하는 뜻을 담고 있다. 그 어른의 깊은 사색과 외로움까지도 흡수한 의미심장한 달빛이라 생각된다.

5.

다음으로 월산대군(1454~1488)은 성종의 형이지만 몸이 약하여 왕위

20) 이충무공기념사업회, 『민족의 태양』, 홍문사, 1951.

에 오르지 못하고, 시문과 서사(書史)를 좋아하고 특히 시를 좋아한 인물로 알려져 있다. 그의 시조를 보면 다음과 같다.

秋江에 밤이 드니/물결이 차노매라/낚시 드리우니 고기 아니 무노매라/無心한 달빛만 싣고 뷘배 홀로 오노매라.[21]

위 작품은 가을 밤 강에 나와 홀로 낚시를 강물에 드리운 시적 화자의 외로운 처지가 엿보인다. 특히 아무런 거둠도 없이 빈 배에 달빛만 싣고 홀로 돌아오는 모습에서 세속적인 욕망이나 야망이 없음을 알리고 있다. 이 작품에서 '빈 배'는 불교적 '공(空)의 세계'로 인식될 수도 있게 하고 있다. 세속적 집착의 관념에서 완전히 벗어나 허정(虛靜) 또는 공적(空寂)의 경지에 이른바 청정함을 암시하고 있는 듯이 보인다.

왕자로서 왕위에 오르지 못하고, 아우가 왕위에 올랐을 때 아마도 가슴 속 깊이 좌절감이나 소외된 느낌을 적지 않게 받았을 수도 있을 것이라 짐작된다. 그러한 충격에서 벗어나려는 마음의 수련을 평생 쌓은 시적 화자의 정신세계의 고결함을 엿보게 된다.

동시에 달빛도 '무심'함으로 제한하여, 세속적인 비리나 악을 없애고 밝은 공정한 세상을 암시하기도 하지만, 역시 공(空)의 세계를 암시하는 듯이 보인다. 번뇌, 욕망, 인연의 얽힘에서 벗어나 해탈[22]의 경지에 듦을 암시한 것이 아닌가.

이어서 병자호란(1636) 때 척화파로 청나라에 두 번 잡혀갔던 이명한(1595~1645)은 그만큼 나라를 위하는 의지가 굳고 또한 민족적 자존심을 굳건히 지키려는 정신이 살아 있는 학자이며 관료였다.

---

21) 신명균 편, 이병기 교주, 『시조집』, 삼문사서점, 1943, 11쪽.
22) 해탈은 탐애(貪愛), 무명(無名)에서 벗어나 참 지혜에 이름을 뜻함.

西山에 日暮하니/天地에 가이업다/梨花月白하니 임 생각이 새로왜라/杜鵑아 너는 누를 그려 밤새도록 우노니.[23]

　위 작품에서 해가 저무니 천지가 어두워짐을 첫 연에서 말한 것은, 청태종이 침략하여 나라가 굴욕적 항복을 하게 되니, 시대의 고통스런 정황을 암유한 뜻임을 짐작할 수 있을 것이다. 개인적인 경험이면서 동시대 민족 전체의 분노와 저항정신이 그 안에 담겨 있음이 '하늘과 땅에 그 끝이 없다'라고 암시되고, 어둠을 밝히는 달이 뜨니 나라의 최고 권력자인 임금님을 생각하는 뜻이, 어둠을 이겨 내는 밝은 달을 상징적 대상으로 노래한 듯하다.

　그리고 밤 깊을 때 우는 두견새를 서정적 화자의 심정을 대변하듯, 나라의 광복을 염원하는 척화파로서의 화자 자신의 절절한 상념에 잠김을 종연으로 마무리했다고 보인다.

　경우에 따라, 개인적인 연정을 노래한 것으로 풀이할 수도 있겠으나, 그렇다 하여도 그리움의 대상은 가장 소중한 존재자라고 보이며, 시대적 배경이나 작가가 실제 척화파로서 청나라에 잡혀간 사실을 미루어 단순치 않은 대상을 그리워함을 일깨운다고 하겠다.

　그리고 신흠(1566~1628)은 당쟁을 잠재우려고 노력한 관료였다. 선조 때 임진란에 참전하기도 했고, 당쟁이 심했던 시기를 산 문신으로 계축옥사 때는 관직에서 파직당하기도 했다. 그리고 귀양살이까지 했다가 인조반정(1623) 때 복직이 되었다. 이처럼 당쟁 속에서 유배까지 당하였으니 그의 괴로움은 매우 컸으리라 짐작된다.

　그는 한문학자로서도 평판이 높았다. 그리고 시조도 여러 편 지었다.

---

23) 신명균 편, 앞의 책, 60쪽.

냇가에 히오라비 무슴일 셔 잇ᄂᆞᆫ다/無心ᄒᆞᆫ 져고기를 여어 무슴 하려ᄂᆞᆫ다/
아마도 ᄒᆞᆫ 물에 잇거니 이졌슨들 엇더ᄒᆞ리.[24]

이처럼 당쟁의 갈등을 풀고 나라 위해, '흔 물'에 사는 해오라비와 물고
기를 잡아먹는 관계를 해소하고 공존해야 함을 노래했다.

山村에 눈이 오니/들길히 무처세라/柴扉를 여지 마라 날 차즈리 뉘 잇스
리/밤중만 一片明月이 긔 벗인가 하노라.[25]

이 작품은 아마도 유배생활 당시의 심경을 읊은 것으로 짐작된다. 오고
가는 길이 눈에 덮여 왕래가 불가능한 사정을 제시하여, 유배생활의 외로
운 처지가 엿보인다. 사립문 또한 열 필요가 없다는 것은 역시 왕래할 사람
이 없다는 뜻이다. 종연에서 밤중에 하늘에 기웃이 뜬 조각달을 바라보며
마음을 달래는 작가의 감회가 짙은 바 있음을 읊고 있다. 이때의 달은 유
배당한 처지를 달래주는 유일한 마음의 벗이 됨을 암시해준다고 하겠다.

헛가릭 기나 져르나 기동이 기우나 지트나/數間茅屋을 작은 줄 웃지 마
라/어즈버 滿山 蘿月에 다 닉 벗인가 ᄒᆞ노라.[26]

산촌의 초라한 초가집에 거주하지만 초가집에 쓰인 헛가래나 기둥나무
가 길든지 짧든지 또 기둥이 굽어 있든지 간에 산 가득히 담쟁이 넝쿨 사
이로 보이는 달이 떠 비추고 있으니 참된 마음의 벗이라고 노래하고 있
다. 이렇게 고적한 산속 깊이에 사는 심정을 달을 통해, 그 밝음과 빛남을
그리고 눈길 닿는 끝까지 모두를 밝히는 공정함을 노래하여 시적 화자의

---

24) 김천택, 『청구영언』, 주왕산 교정, 통문관, 1946, 40쪽.
25) 위의 책.
26) 위의 책.

경험 속에서 갈등하고, 혹은 피해를 입은 깊은 심회를 스스로 달래고 있음을 엿보게 된다.

조선 중기 4대 문장가 중의 한 사람 이정귀는 신흠(申欽)의 문학을 "東家百余年에 처음 보는 名家라 文余事業이 겸하야 기록하도다."[27]라고 했다. 김태준은 '組繡五彩'라고 칭송했다.

6.

우리 속요에서 누구나 부르고 듣게 되는 아리랑도 떠오른다. 호남지방의 한 예를 들면 다음과 같다.

> 아리랑 아리랑 아라리요/아리랑 고개로 넘어간다//놀다 가요 놀다 가요/저 달이 지도록 놀다 가세요/저 달이 지도록 놀다 가면/삼순아 버선에 볼받아 줄께/저 달이 지도록 놀다 가요/저 달이 지도록 놀다 가세요//아리랑 아리랑 아라리요/쓰리랑 쓰리랑 쓰라려요//저 달이 지도록 놀다 가요/저 달이 지도록 놀다 가세요

위 속요에 깃든 옛 우리 고향 산촌의 다정한 벗들과의 사귐과, 아니 그 노래에 담긴 진솔한 우정과 외로움이 번짐을 알게 된다.

아, 벗님아! 저 달이 지도록 놀다 가시게나. 서둘러 떠나지 말고.

(계절문학, 2011, 가을호)

---

27) 김태준, 『조선한문학사』, 조선어문학회, 1931, 158쪽.

근대시에 나타난 바다와 삶의 인식

우리 문학에 나타난 바다와 삶의 인식은 여러 면에서 찾아볼 수 있으며, 문학사적인 관찰에 의한다면 많은 사례들을 거론할 수 있을 것이다. 그러나 이 글에서는 우리의 근대시에 한정하여 바다와 관련된 삶의 인식을 다루려 한다.

1. 반봉건의식과 계몽사상

1910년대를 전후하여 가장 대표적인 근대시 중에서 바다를 제재로 한 작품은 최남선의 「해(海)에게서 소년에게」[1]이다. 이 작품은 우리 근대시 최초의 시험적인 작품이면서 당시대의 이념을 적절히 반영한 작품으로 알려져 있다. 이 작품은 거세고 힘찬 파도 소리를 통하여 새 시대의 문물과 사조가 밀려오는 것을 상징하고 있는데, 작자는 이 시기의 젊은 지식인으로서 봉건적인 제도와 그 가치에 대하여 비판하고 신사조의 수용을 제창하는 의의를 드높였다고 하겠다.

작품의 제1연에서 화자는 거센 파도가 밀려오는 세력을 성유(聲喩)로 표

---

1) 『소년』 1권 1호, 1908.

현하면서, "태산(泰山)갓흔 놉흔 뫼, 딥태 갓흔 바윗ㅅ돌"을 파괴하는 거센 의기를 읇고 있다. 화자는 그 거센 물결을 의인화(擬人化)하여, 다음과 같이 표현하였다.

> 나의 큰 힘, 아나냐, 모르나냐, 호통까디하면서,
> 싸린다, 부슨다, 문허바린다.
> 텨…ㄹ썩, 텨…썩, 텩, 튜르릉, 콱.[2]

이러한 기세는 물론 뫼·돌을 완고한 구시대의 봉건적 가치로 보고 그것을 파괴하고 새 시대가 요구하는 새 문화를 건설하려는 정열적이고 패기 있는 젊은 화자의 진취성을 보여준다고 하겠다. 이렇게 활기 있고 박진감이 넘치는 청년다운 화자를 설정하여 새 시대 문화 창조의 주인공으로 택한 것은 민족의 미래에 관한 확신감과 성취에 관한 신뢰도가 명확했기 때문이라고 생각된다.

제2연에서는 육지에서 권력을 부리던 지난 시대의 봉건적 정치인들이 비판되고, 제3연에서는 역사상으로 이름 있는 전제군주인 '진시황'과 '나팔룬'이 부정되고 있다. 이러한 비판정신에서 새 시대의 이념에는 봉건주의와 전제주의를 개혁하고 평등 사회와 자유주의를 이룩한다는 뜻이 내포되어 있음을 이해할 수 있다. 제4, 5연은 육지에서의 작은 이권을 둘러싸고 싸우는 것을 비판하고 있으며, 끝 연에서는 바다와 하늘과 소년이 융합되어 새 시대의 문화를 창조할 주역이 됨을 밝히고 있다. 이와 같은 하늘·바다·소년의 융합에서 화자는 민족의 무한한 발전 가능성을 내다본 것 같고, 그 광활한 공간의 의미를 통하여 활짝 열린 세계에로 전진하는 의욕을 나타내 보이고 있는 것 같다. 소년을 통해서는 잠재된 능력을 앞으로 펼치며 구시대의 봉건적 이념에 물들지 않은 '순정'한 새 시대의

---

2) 위의 책, 인용.

주인공을 발견해 내고 있다고 하겠다. 특히 하늘·바다·소년의 융합적 의미는 제한 없는 자유와 평등의 개념을 암시하고 있음을 엿보게 된다. 그리고 이 작품에서 당시의 젊은 신지식인들의 시대 인식을 명확히 볼 수 있는데, 그것은 구시대의 봉건적 제도로서는 신시대의 세계와 문화적 동질성을 획득할 수 없다는 전진적 계몽사상에 의거한 것이었음을 이해하게 된다.3)

2. 자유주의에의 지향

최남선과 이광수의 문학에서 개인의 인격 존중과 평등 사회의 도래를 예견하는 사상이 싹텄는데, 이러한 사상에는 불가피하게 자유의 개념이 뒤따르게 된다. 진정한 개인의 인격 존중과 진정한 평등 사회를 건설하는 일에는 자유가 보장되어야 하기 때문이다. 그런데 1920년대 초는 3·1운동이 일어났던 이른바 격동기로서 일제의 탄압이 극도로 야비한 시기였다. 이러한 탄압을 정신적으로 극복하고 초탈하려는 시적 창의도 보였고 또 저항정신을 내면화하여 시로 표상한 경우도 있었다. 특히 오상순에 있어서 바다의 심상과 시대 인식은 자유주의적 지향성이 우세하였다고 볼 수 있다. 그러나 이러한 자유주의가 일제 치하의 시대적 제한성과 밀접하게 연결되어 있는 것이 그 특징이라고 하겠다. 오상순의 작품 「방랑의 마음」을 예시하면 다음과 같다.

흐름 우에
보금자리 친

오 ―흐름 우에

---

3) 신동욱, 『우리시의 역사적 연구』, 새문사, 1981, 56~57쪽 참조.

보금자리 친
나의 魂……

바다 없는 곳에서
바다를 戀慕하는 나머지에
눈을 감고 마음 속에
바다를 그려보다
가만히 앉아서 때를 잃고 —

옛城 우에 발돋움하고
들너머 山너머 보이는 듯 마는 듯
어릿거리는 바다를 바라보다
해지는 줄도 모르고 —

바다를 마음에 불러일으켜
가만히 凝視하고 있으면
깊은 바다 소리
나의 피의 潮流를 通하여 우도다

茫茫한 푸른 海原 —
마음눈에 펴서 열리는 때에
안개같은 바다의 香氣
코에 서리도다. 4)

이 작품의 제목은 「방랑의 마음」으로 되어 있는데, 내용은 자유 의지와
연결되어 있다. 우선 "흐름 우에" 생활의 근거를 설정한 사실이 독특한
점이라 할 수 있는데, 이러한 유동적인 흐름은 우리의 삶이 근원적으로
시간적 본질인 흐름 또는 발전의 의미와 결합되어 있다는 점을 알려준다.

---

4) 이강록, 『한국명시전집』, 학우사, 1960, 93쪽 인용.

그와 동시에 시대적으로는 삶이 확립되지 못하여 고정성이 희박함을 암시하며 늘 유동적으로 흔들리는 피압박민족의 삶의 인식과도 연결된 시상(詩想)이라고 하겠다. 유동과 정착의 서로 상반되는 모순 논리를 수용하고 그것을 다시 지양할 수 밖에 없는 삶 자체의 본질이 천명되고 있으면서도 일제 치하의 고통이 암시되고 있다. 이 작품에서 바다는 여러 함의를 내포하고 있는 것으로 보이는 한편 화자는 바다가 없는 곳에서 바다를 그리워 하고 있음을 밝히고 있다. 이때의 바다는 무한한 공간, 자유의 공간, 삶의 자율적인 면과 생성적인 면 등이 어울려 있다고 보인다. 이러한 암시적 의미는 제한된 공간으로서의 화자가 선 자리와 관계되어 있다. 그것은 "옛성 우에 발돋움"하고 있는 화자의 자태에서 육지 안의 삶이 제한된 상황으로부터 자유 공간에로 나아가려는 지향성(志向性)을 보이고 있는 데서 알 수 있다.

> 깊은 바다 소리
> 나의 피의 潮流를 通하여 우도다.

위와 같이 바다의 거대한 힘의 작용인 조류와 화자의 정열적인 의지가 통합되어 있음을 보아 불운한 시대에 대하여 울분을 토론하는 거대한 기개를 보여주고 있다. 바다를 흐르는 조류와 화자의 피의 융합은 불행한 시대 전체에 대하여 항거하며 그 잘못을 시정하려는 의지의 표현이고, 정신적 자세를 거대한 힘의 원리에 의거하여 드높이려는 의도도 숨어 있다고 할 것이다.

이러한 자유 의지와 관련된 작품으로 김소월의 「하눌씃」[5]을 예시할 수 있다.

---

5) 『김소월』, 문학과 지성사, 1980, 226쪽 참조.

불연 듯
집을 나서 산을 치다라
바다를 내다보는 나의 身勢여!
배는 써나 하눌로 끗틀가누나!

　이 작품에서도 떠나가는 배를 바라보면서, 일제시대의 생활 공간이 지
극히 제한되어 있었던 사실에 근거하여 화자가 안타깝게 바다를 열망하
고 있음을 나타내고 있다. 구속받지 않는 자유 공간으로 나아가려는 의지
가 표명되어 있다.

　이 밖에도 양주동의 「해곡삼장(海曲三章)」에서 낭만적인 지향을 볼 수
있으나 특별히 시대 인식과의 관련성은 의도되지 않은 것으로 보인다. 또
노자영의 「갈매기」도 예거할 수 있는데 역시 포용과 낭만과 그리움의 서
정으로 나타나 있다.

3. 절망과 그 극복의 의미

　1930년대에 이르면 일제 군국주의의 탄압은 더욱 격심화되어, 문학 활
동에 있어 자유로운 창작은 크게 제한을 받게 된다. 1920년대 저항시의
거센 물결도 상징적 성향이나 은유적 기법에 의거하여 간접화된 표현 수
법을 택할 수밖에 없게 되었다.

　이 시기에 김광섭의 문학 활동은 매우 뜻 깊은 의미를 지니고 있는데,
특히 감상의 배제와 함께 지적인 자세로써 창작하는 시적 태도를 확립하
기에 이르렀다. 그는 교육자로서 반일 애국사상을 고취하였다 하여 1941
년부터 1944년까지 3년간을 옥고를 치르기도 하였다. 1935년에 발표된
「고독」을 보면 다음과 같다.

내
하나의 生存者로 태어나서 여기 누워 잇나니

한間 무덤 그넘어는 無限한 氣流의 波動도 이서
바다 깁흔 그곳 어느 고요한 바위 아래

내
고단한 고기와도 갓다.
        X   X   X
맑은情 아름다운 꿈은 잠들다.
그립은 世界의 斷片은 아즐타.

오랜 世紀의 地層만이 나를 이끌고 잇다.
神經도 업는 밤
時計야 奇異타.
너마저 자려무나.[6]

이 작품에 나타나 있는 화자는 냉철한 시선으로 스스로의 위치를 해명하고 있는데, 마치 심해에 가라앉은 극도로 피곤한 고기와 유사함을 표언(表言)하고 있다. 이러한 상황은 활동이 허용되지 못하는 죽은 공간이며, 맑은 의식이나 꿈을 추구하는 활동조차 불가능함을 천명하고 있다. 화자는 '오랜 세기의 지층만이' 그의 의식에 있을 뿐 실제로는 죽은 존재와 다를 바가 없다는 것을 독자들에게 알려주고 있다. 끝 연에서 시간의식조차 아무런 의미가 없다는 것을 시사하여 문자 그대로 죽음의 시대임을 알려주고 있다. 이러한 바다의 인식은 자유 공간으로서 무한히 발전하는 주체를 수용하는 의미는 전혀 보이지 않는다. 오히려 바다는 절망을 나타내주는 어둠과 압력을 느끼게 하는 수직적 공간 개념이 보이면서 시대의 고

---

6) 김광섭, 『동경』, 대동인쇄소, 1938, 인용.

통이 압력으로 은유화되어 나타나 있다. 이 시인의 시적 특색은 고도로 감정과 감상을 절제하면서 냉철한 비판 인식이 관념적 언어의식과 결합되어 나타난 데 있다고 할 것이다. 같은 시인의 「우수」 같은 작품에서도 절망의식이 다루어지고 있는데, 밤바다와 등대의 관계를 설정하여 희망과 가능성이 매우 희박한 시대 상황을 표현하고 있다.

　1939년 『사해공론』 9월호에 발표된 서정주의 「바다」가 있다. 이 작품의 화자는 격양된 어조로써 시대의 어두움과 절망을 형상적으로 표현하고 있는 한편 조국의 위기를 의식하고 있는 것이 그 특징으로 보인다. 그러나 이 작품 속의 화자가 탈출을 기도하는 강렬한 의지를 보이고 있는데 그것은 시대의 극한적인 한계 상황으로부터의 주체적인 극복의 자세를 암시한 것으로 이해된다.

　　　　귀 기울여도 있는 것은 역시 바다와 나뿐,
　　　　밀려왔다 밀려가는 무수한 물결 위에 무수한 밤이 往來하나
　　　　길은 항시 어데나 있고, 길은 결국 아무 데도 없다.

　　　　아 —반딧불만한 등불 하나도 없이
　　　　울음에 젖은 얼굴을 온전한 어둠 속에 숨기어 가지고…… 너는,
　　　　無言의 海心에 홀로 타오르는
　　　　한낱, 꽃 같은 心臟으로 沈沒하라.

　　　　아 —스스로히 푸르른 情熱에 넘쳐
　　　　둥그런 하늘을 이고 웅얼거리는 바다, 바다의 깊이 위에
　　　　네 구멍 뚫린 피리를 불고…… 청년아,

　　　　애비를 잊어버려
　　　　에미를 잊어버려
　　　　兄弟와 親戚과 동무를 잊어버려,
　　　　마지막 네 계집을 잊어버려,

아라스카로 가라 아니 아라비아로 가라 아니 아메리카로 가라
아니 아푸리카로 가라 아니 침몰하라. 침몰하라. 심몰하라!

오 ―어지러운 心臟의 무게 위에 풀잎처럼 흩날리는 머리칼을 달고
이리도 괴로운 나는 어찌 끝끝내 바다에 그득해야 하는가.

눈 떠라. 사랑하는 눈을 떠라…… 청년아.
산 바다의 어느 東西南北으로도
밤과 피에 젖은 國土가 있다.

아라스카로 가라!
아라비아로 가라!
아메리카로 가라!
아푸리카로 가라![7]

　이 작품에는 시의 화자가 밤바다를 대면하고 있는데, '길'의 의미를 제
시함에 있어 무한한 가능성이 있으면서도 현실적으로는 그 길이 막혀 있
음을 알려주고 있다. 이러한 시상에서 상황 인식의 적절성이 보이며, 동
시에 바다의 생동감과 청년의 의기가 융합되어 있다. 절망의 시대이지만
탈출로를 모색하는 정열이 적절히 드러나 있다. 제4연에서 가족을 잊겠
다는 것은 막힌 시대에 살면서 과감히 출구를 모색하는 정열과 의기를 뒷
받침하는 결단을 보인 것으로 보인다. 즉 가족의 테두리에 머문 일상적이
고 타성적인 삶을 초월하여 넓고 자유로운 세계에로 발전해 나아가려는
청년상이 표현되고 있다. 그런데 "눈 떠라"라는 화자의 외침은 한계 지어
진 테두리를 초탈하라는 깨우침의 소리이기도 하고, 일제 치하에 처한 젊
은이들로 하여 정열과 의기로써 좌절을 극복하려는 의지적 부르짖음이기
도 하다고 하겠다. 마지막 연에서, '아' 소리로 시작되고 있는 지역명의

---

7) 서정주, 『미당서정주시전집』, 민음사, 1983, 55쪽 인용.

되풀이는 열렬한 부르짖음으로써 세계에 참여해가려는 또 절망을 극복하려는 음성 상징의 시적 효능을 발휘하고 있다. 또 '가라'의 되풀이도 당위의 행동을 요구하는 열망이 숨어 있는 힘찬 의미의 가락이라고 하겠다. 화자는 비록 절망의 시대에 살고는 있으나 그것을 극복하려는 의기 · 결단 · 용기 · 행동, 그리고 지속성 있는 시도로 시가 이루어졌음을 알게 하고 있다.

신석초(신응식)의 『석초시집』에 수록된 작품 「最後의 물ㅅ결을」[8]에도 "미친 겨울의 계절"을 통하여 일제의 비인도적 만행을 상징하고 있어서, 그로 인하여 바다의 아름다운 살림 모두 황폐화되어 처참한 광경이 벌어지고 있음을 노래하고 있다. 그러나 서정적 화자는 천고의 옛 역사를 지녀온 민족이 쉽사리 멸망할 수가 없다는 뜻을 보이고 있다.

> 우리들 가진 優雅와 힘!
> 오오 바다여! 너!
> 最後의 물ㅅ결을 쳐 일으키라
> 이 밤 지나 黎明의 빛이 올 때까지……[9]

인용된 끝 연에 보인 바와 같이 절망의 밤이 지난 다음 거센 바다의 힘에 의하여 새아침이 밝아올 것을 기대하고 있는 화자의 확신에 찬 모습이 보인다. 이처럼 바다는 자유의 상징이자 세계로 나아가는 길이며, 부정을 쳐 승리로 이끄는 근원적인 힘으로 시인들은 인식하였다.

4. 자연의 순결성에의 지향

1930년대의 시적 경향의 하나로 주지주의와 사상파(이미지즘)의 창조

---

8) 신응식, 『석초시집』, 을유문화사, 1946, 90~92쪽 참조.
9) 위의 책, 92쪽 인용.

적 경향을 예시할 수 있는데, 이들의 시에서는 초기 작품에서 순결성·건 강성·밝음에 관한 관심이 두드러지게 드러나고 있다. 이들은 종래의 시 가 감상적이고 암울한 정서를 표출하였던 것에 반기를 들고 시의 회화성 과 지적 건강성을 주요한 가치로 보기 시작하였다. 같은 식민지 시대의 지식인으로서의 고뇌가 이들에게도 없었던 것은 아니지만, 또 이들의 시 상에서도 불가피하게 시대의 고통과 압력을 서정적으로 제시할 수밖에 없었던 일면이 있었으면서도, 시의 지적 형상화에 관한 새로운 시도는 어 느 정도까지 성숙되었었다.

이러한 새로운 시운동은 정지용과 김기림의 창작적 시도와 함께 최재 서의 비평적 기여에 의해 두드러진 바 있다. 아울러 김광균·장만영 등에 로 이러한 시의 관심이 이어지면서 주지적 심상파의 시인들이 1930년대 의 시적 특징을 이루게 되었다.[10]

정지용의 '바다'를 주제로 한 여러 편의 시에서는 그의 시적 특색이 잘 나타나고 있는데, 그 연작시 1, 2, 3, 4, 5를 살펴보면 다음과 같다.

바다 1

오·오·오·오·오· 소리치며 달려가니
오·오·오·오·오· 연달아서 몰아온다.

간밤에 잠 살포시
머언 뇌성이 울더니,

오늘 아침 바다는
포도빛으로 부풀어졌다.

---

10) 백철, 『신문학사조사』, 신구문화사, 『백철문학전집 4』, 1968 ; 신동욱, 『한국현대 비평사』, 한국일보사, 1975 ; 문덕수, 『한국 모더니즘시 연구』, 시문학사, 1981 등 참조.

철석, 처얼석, 철석, 처얼석, 철석,
제비 날어들 듯 물결 새이새이로 춤을 추어.[11]

　인용된 제1연에서 '오' 소리의 겹친 시적 효과는 바다의 크기와 공간적
무한대에 감탄하면서 동화되려는 화자의 감정 양식의 한 표백이라고 말
할 수 있다. 그러나 이 시는 공간적인 크기만이 아니라 색조와 동작의 미
까지를 포함하여 그 본연적 있음의 순수미에 공감하는 화자의 노래임을
알 수 있다. 본연적인 있음의 아름다움은 인간적인 조작이나 뜻이 담긴
것과 불가피하게 대조가 되는 것이지만, 인간이 만든 문명과는 근본적으
로 다른 아름다움을 지니고 있다고 할 수 있다. 제2연에서 화자는 게가
옆으로 기는 흉내를 내며 아름답게 펼쳐진 모래를 찬양하는데, 화자는
"한 백년 진흙 속에/숨었다 나온 듯이"에서 문명과 다른 삶의 양상 즉 자
연적인 모습에 동질화되려는 의향을 보이고 있다. 제3연에서 화자는 외
로움을 의식하며 밤이 이른 것을 말하는데, 이 외로움의 의식은 무한대의
바다의 크기와 순수한 있음의 본연적 아름다움과는 근본적으로 이질적인
20세기 문명인의 고독과 아울러 식민지 시대의 지식인의 내면적 고뇌와
연결되고 있다. 제4연에서 그 외로움은 다음과 같이 더욱 심화되어 나타
난다.

바다 4

후주근한 물결소리 등에 지고 홀로 돌아가노니
어데선지 그 누구 씨러저 울음우는 듯한 기척,

돌아서서 보니 먼 燈臺가 반짝 반짝 깜박이고
갈매기떼 끼루룩 끼루룩 비를 부르며 날어간다.

---

11) 정지용, 『정지용시집』, 건설출판사, 1946, 84쪽 인용.

울음우는 이는 燈臺도 아니고 갈메기도 아니고
어덴지 홀로 떠러진 이름 모를 스러움이 하나.

즉 자연의 장엄함과 영원함에 비하여, 이 작품 속에 나타난 화자는 본
연의 아름다움을 자연과 같이 지속적으로 가질 수도 없으며, 또 인간은
근원적으로 문명 속에서 살아갈 수밖에 없다는, 존재에 대한 근원적인 자
각에서 빚어지는 슬픔이라고 풀이할 수 있다. 어둠 속을 비추는 한 등대
의 반짝거림도 자연에 비하여 볼 때 하나의 작은 문명적 기기에 불과하며
그것 역시 자연의 거대한 밤을 밀어낼 수는 없다고 할 것이다. 서정적 화
자는 '물결소리'를 등에 지고 돌아갈 수밖에 없고, 자연과 본질적으로 떨
어져 있는 소외의식을 보이고 있다. 끝 연에서 화자는,

나라는 나도
바다로 각구로 떨어지는 것이,
퍽은 시원해요.[12]

와 같이 그의 내심을 밝혀 바다에 동화하려는 의지를 나타낸다.
    이러한 지향성은 다른 작품 「바다」 1, 2에서도 보이는데, 이 시인의 사
물에 관여하는 지적 투시와 관조가 독자적인 일면이 있음을 알 수 있다.
그것은 있음에 관한 인간적 해석을 가능한 한 절제하고 사물 자체의 있음
과 그 본성을 그 나타난 모습대로 지적으로 이해하려는 자세이다.

고래가 이제 橫斷한 뒤
海峽이 天幕처럼 퍼덕이오. [13]

12) 위의 책, 89쪽 인용.
13) 위의 책, 2쪽 인용.

에서 파도치는 형상을 "천막처럼 퍼덕이오"로 직유하고 있는 것도 그러한 형상대로 관조하는 자세에서 창출된 것임을 알 수 있다. 이러한 묘사시는 심상파 시학이 공통적으로 지향하는 바이지만, 그것은 자연에 관한 인간적인 관여에 의한 왜곡이나 주관적 자의성을 배제하려는 이른바 주지주의 정신의 발로라고 말할 수 있다. 가령 다음과 같은 시구도 그런 예로 볼 수 있는데, 바다라는 자연적 공간이 그 본연의 있음으로 묘사되고 있다.

미역닢새 향기한 바위틈
진달레꽃빛 조개가 해ㅅ살 쪼이고,

청제비 제날개에 미끄러져 도 — 네
유리판 같은 하늘에.
바다는 — 속속 드리 보이오.
청대ㅅ닢처럼 푸른
바다
봄.[14]

이렇게 묘사된 바에 의하면 자연은 순결한 본성 그대로 자율적인 질서를 유지하고 있는 현상으로 포착된다. 이 자율적인 질서야말로 인간의 문화와 문명이 궁극적으로 지향하는 바이고 인간이 흠모해 마지않는 귀중한 가치인 것이다. 그리하여 이 작품의 화자는 자연의 본연성에 동화하려는, 즉 인간적 질서로서의 문명으로부터 초극하려는 시상을 다음과 같이 나타내고 있다.

꽃봉오리 줄등 켜듯한
조그만 산으로 —하고 있을까요.

---

14) 위의 책, 2~3쪽 인용.

다옥한 수폴로 —하고 있을까요.

노랑 검정 알롱달롱한
불랑키트 두르고 쪼그린 호랑이로 —하고 있을까요.[15]

이러한 시구에 보이듯이, 바다와 하늘과 작은 산과 숲, 호랑이와 같은
자연적 존재와 동화의 경지를 갈망하고 있다. 같은 작품 「바다 2」에서도
시각적 영상을 통하여 물결의 형상이 "푸른 도마뱀"으로 직유되어 형상
대로 묘사되고 있는데, 이러한 사물 인식의 근저에는 인위적인 문명이 만
든 여러 어긋남에 대한 부정적 관점이 내포된 듯하다.
　그의 다른 작품 「해협(海峽)」에도 감각적인 사물 인식이 근간이 되어 작
품을 이루고 있음을 확인할 수 있다.

海峽

砲彈탄으로 뚫은 듯 동그란 船窓으로
눈썹까지 부풀어오른 水平이 엿보고,

하늘이 함폭 나려 앉어
크낙한 암탉처럼 품고 있다.

透明한 어족이 行列하는 位置에
훗하게 차지한 나의 자리여!
망토깃에 솟은 귀는 소랏속같이
소란한 無人島의 角笛을 불고 —

海峽午前二時의 孤獨은 오롯한 圓光을 쓰다.
서러울 리 없는 눈물을 少女처럼 짓자.

---

15) 위의 책, 3쪽 인용.

나의 靑春은 나의 祖國!
다음날 港口의 개인 날씨여!

航海는 정히 戀愛처럼 沸騰하고
이제 어드메쯤 한밤의 太陽이 피어오른다.[16)]

　이러한 인용에서 볼 수 있는 묘사의 적절성은 지적인 영상 표현에서 얻어지는 것인데, 이는 1930년대의 감각주의적 시세계를 확립하는 데 이바지하고 있다고 볼 수 있다. '포탄'으로 뚫은 듯한 수사에서 탁 트인 일망무제의 공간적 의미가 감각화되어 있고, 하늘과 바다의 관계를 '암탉'이 알을 품는 것처럼 표현하고 있다. 또 화자는 "어족의 행렬"을 통하여 자연적 질서가 지닌 생동감을 암시하면서, 화자의 귀는 자연을 수용하는 것으로만 나타내고 있다. 그러나 밤의 항해에서 느끼는 외로움의 의식이 엿보이고 자신의 젊음에 미래를 걸고 꿈을 찾아 바다를 건너는 젊은 지식인의 모습이 나타나 있다. 이러한 경지에서 사물시를 추구한 작자의 절제된 감정이 나타나고 있음을 보게 되는데, 이를테면 사물시 내지는 묘사시를 지향한 사상파의 시인에게도 이식의 주체가 바로 시적 자아로 설정된 인간이라는 점이 드러난 셈이다. 이 시인은 이러한 시험을 통하여 삶의 어려움을 주제로 하는 작품세계에로 발전하여 갔지만, 이 시기의 시적 경향과 기법상의 세련성을 성취한 점을 인정해야 할 것이다.
　김기림에 있어서는 바다가 문명 사회의 생활과 적극적으로 연결되고 있는 이른바 포용주의적 자세를 시에 보이고 있다. 그러나 그의 주지주의에는 한계가 보이는데, 그것은 1930년대의 삶의 구체적 현실과의 유기적인 상관관계에서 헤아려볼 때 반드시 내밀한 공감을 형성했다고 보기는 어렵기 때문이다. 그러나 이 시인에게 있어서도 사고의 건강성과 20세기

---

16) 위의 책, 22~23쪽 인용.

의 전진된 과학 문명을 수용하지 않고는 우리가 염원하는 발전을 기할 수가 없다는 시대적 명제와 호응되고 있다는 것은 부인할 수가 없다. 그의 대담한 포용주의적 시상의 일례를 「상아의 해안」에서 들어보면 다음과 같다.

> 海灣은 水平線의 아침에 향하야 분주하게 窓을 연다.
> 주름잡히는 銀빛휘장에서 부스러떨어지는 金箔은
> 바다의 검은장판에 비오는 별들의 失望
>
> 어둠이 갑자기 버리고간까닭에 눈을부비는 늙은 香水장사인 太陽은
> 잠 깨지 않은 물결의딸들의 머리칼우에 白金빛의 香水를 뿌려준다.
> 멀구나무잎사귀들은 총총히떠난 天使들의 잊어버리고간 眞珠목도리들을 안고 있다.
>
> 붉은 치마짜락을 나팔거리는 가시나무꽃들은 防水布처럼 추근한 海岸에 향하야 누른 香내를 키질한다.
> 푸른 空氣의 堆積속에 가로서서 팔락거리는 女子의 바둑판 '케 ― 프'는 大西洋을 건너는 無敵艦隊의 돛발처럼 無敵하다.
>
> '에메랄드'의 情熱을 녹이는 象牙의 海岸은 解放된 제비들 解放된 마음들을기르는 琉璃의 牧場이다.
> 法典을 無視하는 大膽한 血管들이 푸른하눌의 '칸바쓰'에 그들의 宣言 ― 분홍빛꿈을 그린다.
>
> 하나 ― 둘 ― 셋
> 充血된 白魚의 무리들은 어린 曲藝師처럼 바다의 彈力性의 허리에 몸을 맡긴다.
> 象牙의 海岸을 씻는 透明한 입김으로짠 舞衣를 입고
> 부푸러오른바다의 가슴을 차며 달린다.[17]

17) 김기림, 『태양의 풍속』, 학예사, 1939, 161~163쪽 인용.

이 작품에서는 현란한 수식어를 볼 수 있는데, 그 수식어들은 '은빛', '금박', '백금빛', '붉은 치마', '푸른 공기', ' 에메랄드의 정열', '유리의 목장', '분홍빛 꿈' 그 밖에도 '수평선', '태양', '향수', '천사', '진주', '해방', '충혈', '무의' 등의 밝고 강한 어사를 보여주고 있다. 이 시인에게 있어 이러한 특질은 1920년대의 감상주의적 경향 및 퇴폐적 낭만주의의 병폐를 비판하려는 의도적인 시도로 볼 수 있다. 이 시는 바다의 생동감을 묘사한 시이며 건강한 빛과 탄력성과 "7월의 거친물결"을 찬양하는 젊은 시인의 열정과 패기가 살아 움직이는 듯하다. 그러나 이 시를 통하여 서정적 화자가 독자에게 주는 사상적 지표는 열려진 세계에의 창조적 동참이기보다는 생명의 활성화를 고양화시키는 한계를 가지고 있다. 이 점이 바로 이 시인의 민족과 시대에 관한 한계점이 되고 있다. 이 한계는 한 시인의 작품이 그 당대의 독자와 동참하고 있는바 현실적인 삶과 관련되고 있지 않다는 증거가 된다. 동시대의 민족적 고통과 그 진로를 타개하는 시상으로써 그의 건강성과 지적 창조가 융합되었더라면 송욱 교수의 준엄한 비판[18]은 나타나지 않았을 것으로 보인다.

5. 남해와 민족의 고난 극복

남해와 현해탄은 역사적으로 민족의 수난을 극복하는 뜻이 얽혀 있는 해역으로서 자주 시의 대상으로 노래 불려져 왔다.

일제 치하에는 젊은 지식인들이 꿈과 희망을 안고 현해탄을 건넜고, 일반 노무자들은 고달픈 생을 이끌고 생업을 찾기도 하였다. 또 징용에 끌려가거나 혹은 정신대로 끌려가 남지나해를 거쳐 2차 대전 때의 전쟁의 현지에까지 가서 희생되기도 한, 민족의 원한이 서린 바다로서 다루어지

---

18) 송욱, 『시학 평전』, 일조각, 1963, 제7장 참조.

기도 하였다. 그러나 우리의 역사적 경험에 있어 임진란과 이순신 장군의 위대한 승전의 터전으로서 바다의 의미는 매우 뜻깊은 의의가 있고, 그 전시대로 거슬러 올라가면 신라 시대의 '장보고'[19]가 한·중·일 3국의 해상 교역의 중심 인물이 되어 문화 전파의 주동이 된 사례도 물론 빼놓을 수 없다. 조선 시대의 우리 문학에서는 일찍이 『임진록』에서 민족의 수난을 극복한 영웅들의 모습과 일반인의 거룩한 항쟁이 총체적으로 기록 서술되어 있는데, 그중에서도 남해의 해전에 있어 이순신이 원균의 시기로 투옥까지 당하게 되었으나, 그의 결백과 민족애의 탁월성과 충성심에 의하여 옥에서 풀리고 이어 다시 참전하여 임진란을 승리로 이끌었다는 바다의 성스런 영웅의 이야기가 서술되어 있다. 특히 이순신의 덕망은 수많은 해군 병사들과 민간의 존경심을 한 몸에 모으기에 족하였고, 그의 빼어난 해전의 전략은 세계의 해전사상에 그 명성을 날리는 바가 되었다.

김용호의 서사시집 『남해찬가』는 이순신의 충성된 행동을 그 주요한 행정을 중심으로 하여 묘사 또는 표현되고 있는데, 세속적인 명리를 초월하여 민족을 사랑하고 충성을 다한 점을 중요하게 보고 있다. 다음과 같은 시구도 그러한 예가 된다.

> 조정의 돌봄이야 있곤 없곤
> 반남아 썩고 낡은 배를 고치고
> 뱃바닥 창널을 불태워 그슬리고
> 한척 또 한척 새배를 만들고
>
> 각총통 만들고 화살다듬고
> 이름뿐인 수군을 가꾸고 길러
> 이제 八十다섯隻

---

19) 신동욱, 『문학의 비평적 해석』, 연세대출판부, 1981, 143~155쪽 참조.

이제 일제이, 左水營을 떠나
뱃머리 동을 향해 물결을 차면
이 큰뜻에 훌 훌 휘날리는 깃발 깃발들20)

　인용된 부분에 보인 내용에서 버려진 배를 새로 보수하고 무기들을 사
용할 수 있게 손보아두고 예비하는 장군의 모습이 나타나 있다. 이렇게
유비무환의 정신을 발휘하였고, 또 판단력이 뛰어났으며 아울러 용기 있
게 결행하는 데 주저하지 않아, 이순신 장군선이 바다에 나타나기만 하면
우군의 해군 병사들은 의기 충천하는 반면 일군은 의기소침하여 달아나
기에 바빴다고 한다. 이러한 면은 장군이 덕과 인격과 기술과 지혜가 뛰
어난 걸출한 인물이었음을 알려준다고 하겠다. 1592년 임진 이순신의 첫
출전을 5월 4일 새벽(축시, 오전 2시경)에 감행하였다. 이때 출전에 쓰인
배는 판옥선 24척, 협선 15척, 포작선 40척이었는데, 판옥선만이 전선으
로 쓸 수 있었고 나머지는 전투선에 부속된 것뿐이었다고 한다.21) 그러나
그의 첫 승전은 거대한 것이었다. 5월 7일 이순신의 전선들은 옥포 앞바
다에 이르렀고 여기서 왜선과 세 번 접전하여 적선 42척을 격파하였으며
전리품을 고루 나누어주었다고 한다. 시인은 옥포대첩을 다음과 같이 노
래하였다.

全羅, 忠情, 황해를 水路로 찔러
정녕 이 나라를 뒤흔드려는 秀吉의 野望은
정녕 이루워 질것인가

閑山섬 북쪽 노쿠리또를 지나고
巨濟섬 松末浦에 한밤을 새우고

---

20) 김용호, 『남해찬가』, 인간사 간, 1957, 39~40쪽 인용.
21) 이은상, 『충무공의 생애와 사상』, 삼성문화문고 63, 1975, 68~75쪽 참조.

賊船이 우글거리는 天城加德을 향하는 길
玉浦 앞바다

이윽고
神機報變의 斥候船의 魔黃旗
"오! 원수
원수의 배가 보인다"

재빠르게 순신이 탄 장선에
드높이 휘날리는 招搖旗가 나부끼고
따라, 장선으로 장선으로
모여드는 제장들의 긴장된 얼굴들

"조그만 妄動도 하지말고
 고요하고 무겁기 산같이 하라"

이날은 오월 초일해

이날부터 남해ㅅ바다는 뒤끓었느니라
이날부터 남해ㅅ바다는 피로 질벅거렸느니라
이날부터 남해ㅅ바다는 승리의 기쁨에 출렁거렸느니라.[22]

　이러한 전승은 육전에서 겪은 패배를 회복하기에 족하였고, 이와 같이
하여 육전에서는 의병장이 속출하고 온 백성이 단합하여 왜병과 맞싸우
게 되었다.
　이순신 장군은 제2차는 당포(唐布)에서, 제3차는 한산(閑山)에서, 제4차
는 부산에서, 제5차는 웅포(熊布)에서 각각 대승리를 거두었다. 이는 바다
의 신장으로 추앙받기에 충분하며 그의 놀라운 전략과 전술은 이리하여

22) 위의 책, 40~45쪽 인용.

세계에 유례가 없는 걸출함을 보이게 되었다. 그러나 한편으로는 시기를 사서 고생을 하기도 했는데, 그는 그러한 것마저도 초월함으로써 그의 애국 충절은 더욱 빛나게 되었다. 재임용되어 명량(鳴梁)에서 크게 적을 쳐이겼는데, 소위 '울돌목'의 전략이 수립되고 그에 따라 9월 16일에 접전하여 적선 133척을 쳐부수고 그 이래로 적선은 항전하지 못하였다. 우리 배는 겨우 열두 척이었으나 한 척도 깨지지 않았고, 도망하려던 김억추 · 김응성 · 안위도 모두 합세하여 전쟁을 큰 승리로 이끌었다고 한다. 이러한 역사적인 대사건이 바다에서 이루어졌음을 우리는 이해해야 할 것이다. 이처럼 바다는 우리의 삶의 터전이며 우리의 생존이 매어 있는 곳이기도 하다. 다음에는 전쟁이 일어난 제7년째, 장군이 54세가 된 해인데, 이 해 11월 18일 밤이 어두워지자 하늘에 축원하고 이어 19일 노량의 대접전을 벌이게 되었다. 이때 적선 500여 척 중 200여 척을 깨뜨리고 장군은 마침내 1598년 11월 19일 이른 아침에 전사하였다.

시인은 다음과 같이 읊고 있다.

쉴새없이 북은 울려
바다를 온통 덮고
언 바람 이젠 불을 풍겨
더운 땀 샘솟아
고래고래 벅찬 고함을
열을 뿜어
마지막 이 싸움에
줄기찬 露梁바다

고비
고비
한고비
넘으면 넘을수록

북은 힘차게 露梁을 덮어

賊船을 쳐부수고
賊軍을 때려잡고
피어린 밤을 밀어제쳐
이윽고
숨죽여 너흘거리는
돛 돛을 헤치고 먼동이 트면
갈갈이 찢기고 험난 상처를 지닌 채
하나! 둘!
南海 쪽으로 血路를 열어
가쁜 숨 헐떡이며
달아나는 賊船

"어디로 갈가보냐
한쪼각인들
한놈인들
어디로 갈가보냐!"
도망치는 賊船을 재빨리 뒤쫓아
우뚝 뱃머리에서 여전
싸움으 돋구어 버티고 선
舜臣[23]

6. 맺음말

위 본론에서 거론된 내용을 요약하면 다음과 같다. 1910년대에서는 계몽의식에 의하여 바다는 새 문물을 수용하고 새 시대를 창조하는 상징적인 원동력으로 인식되었고, 1920년대에는 자유에의 지향을 바다의 힘과

---

23) 위의 책, 181~183쪽 인용.

영원성에 의거하여 표현하였는데, 이는 당대의 일제 강압에 대한 반작용으로 일어났던 바다 인식의 특색이라고 하겠다. 1930년대에는 저항의 의미와 맑고 깨끗한 가치 지향으로써 바다가 인식되었다. 또는 절망의 인식을 보이면서도 그것을 초월하려는 시도가 보였다. 그 다음으로는 현해탄을 중심으로 한 일제 치하의 식민지 지식인의 가치 지향이 보이었다. 상층 문화로서의 일본에 대한 가치 수용과 민족의식이 결합된 사례가 그러하다.

겉으로는 이순신 장군의 영웅적 해전을 현대인에게 이해케 하는 시에서 민족의 수호자이며 교사로서의 탁월한 인간형이 바다의 생활에서 완성되고 있음을 보았다. 결론적으로 말해 우리에게 있어서 바다는 시대와 민족과 직결된 정치·군사·문화·산업의 주요한 가치 창조의 생활 공간으로서 그 의의가 있음이 근대시를 살펴봄으로써 명백히 밝혀졌다고 하겠다.

(해양과학총서2)

지적으로 성숙된 인간주의의 시업(詩業) 성취

— 한국 시문학사에서 본 청미동인회의 위상과 그 시세계

1.

한국시의 역사적 흐름 속에서 여류시인들의 업적은 적지 않을 뿐만 아니라, 그 미적 가치에 있어 주목되는바, 좀 더 진지한 평가가 요망된다.

우선 광덕 처의 작품으로 「원왕생가」는 정토사상(淨土思想)에 시상의 중심 의미가 담겨 있고, 당시 삼국시대의 사상적 주류를 이루었던 한국 불교의 한 반영이라 짐작된다.[1] 이처럼 그 시기에 살면서 당시의 중심사상의 시적 펼침에 있어 광덕 처는 시사(詩史)상 그 업적을 높이 평가할 수 있을 것이다.[2]

작시자의 명의는 없지만, 「가시리」와 같은 명작을 남겨 애송되는바 남·녀의 별리를 통한 애정의 절실함을 알렸고, 「정읍사」도 역시 아내가 지아비의 안위를 걱정하는 심리적 절실성을 노래하여 애송되는 명편으로 평가되고 있다.[3]

---

1) 양주동, 『고가연구』, 박문서관, 1942를 비롯하여 김동욱, 『한국가요의 연구』, 을유문화사, 1961; 황패강, 『향가문학의 이론과 해석』, 일지사, 2001 외 다수.
2) 신동욱, 「원왕생가와 정토 상부경」, 『한국어연구』 7, 한국어연구회, 2010.
3) 양주동, 『여요전주』, 을유문화사, 1947.

조선시대의 허난설헌(許蘭雪軒)도 그의 명성이 이웃 중국에까지 떨쳤다고 한다.4) 황진이(黃眞伊)의 시조 또한 여성의 생활서정을 작품화하여 우리 시사에 불후의 명편들을 남겨 그 평가가 매우 높다.5) 송욱 님은 황진이의 작품에서 시적 형상과 그 상징적 의미를 도출함에 자연스러운 점을 높이 평가한 바 있다. 평상시의 표본이 됨을 논평하여 시사상 그 업적이 뚜렷함을 평가하였다. 그 밖에도 신사임당의 한시도 거론되고, 기녀들의 작품도 우리 시문학사에 빛을 던지고 있다.

근대문학에서도 여류시인들의 공헌이 적지 않다. 여류시인의 수가 적다고는 하나, 그들만의 시적 업적에 담긴 문학적 가치는 확연하고 빛난다. 노천명(盧天命, 1912~1957) 시인은, 시집 『산호림』(1938)이 발간되고 비평가 최재서의 평가를 받은 바 있다. 정서의 표출과 절제에 있어 주목되는 시인이며, 자연과 인생에 대한 이 시인의 미적 특질을 평가하였다.6) 같은 시기에 역시 저명한 모윤숙(毛允淑, 1910~1990) 시인도 시 창작으로 주목을 받았다. 시집 『빛나는 지역』(조선창문사, 1933)에서 한국민족의 전통적 서정을 중시하는 작품을 보였고, 산문집 『렌의 애가』(신구문화사, 1937)로 여성의 애정문제를 절실성 있게 제시하여, 독서계의 주목을 받았다. 그러나 시인의 서정적 주제는 민족주의 이념에 두고, 작품을 펴 『논개』(광명출판사, 1974), 『국군은 죽어서 말한다』(중앙출판사, 1983)로 시정신은 이어졌다.

1930년대 중·후반의 사실주의와 사회주의의 문예풍조 속에서 한국의 전통적인 삶의 의식과 그 서정을 시화하여 시문학의 한 방향을 이룩해 나간 점을 우리 시사에서 모윤숙 시인과 노천명 시인의 시적 공적으로 평가

---

4) 홍만종, 『소화시평』, 안대회 역주, 국학자료원, 1993, 283~284쪽; 김안서 역, 『꽃다발』, 신구문화사, 1984.
5) 송욱, 『시학평전』, 일조각, 1963.
6) 최재서, 「시와 자제」, 『문학과 지성』, 인문사, 1938, 240쪽 참고.

할 수 있다.

이어서 광복 후에 김남조(金南祚, 1927~) 시인은 시집 『목숨』(수문관, 1953), 『나아드의 향유』(남광문화사, 1955)를 발표하여 시단의 주목을 끌었다. 삶의 현실적 의미와 죄의식 및 신앙적 절제의식과 정염의 모순을 극복하려는 시심은 우리 시문학사상 아마도 초유의 일일 것이고, 박두진 시인이 보인 확신에 찬 구원의식 못지않게 시심을 연마한 가치가 매우 귀하다.

욕망이나 정열이 목숨의 근원적 에너지의 실상임을 알고 그렇게 살아갈 수밖에 없는 존재적 본질인데서 출발하여, 신앙의 승화된 순수 이념에 이르는 지적인 훈련을 가장 잘 시화한 시인으로 독보적 경지를 이루고 있다.[7]

거의 같은 시기에 등단한 홍윤숙(洪允淑, 1925~) 시인은 『여사시집』(동국문화사, 1962)을 펴냈다. 이어서 『장식론』(하서출판사, 1968)을 발간하여 삶의 궁극적 의미를 추구하는 데 시심을 기울여, 평단의 주목을 받았고, 후기로 오면서 지적인 통찰에 의한 성숙한 승화에 그 시심이 기울었다.

위 두 여류시인 또한 그 시상에 담긴 정신적 길항의 승화에의 높은 경지로 시심의 세계를 심화시켜 시단에 빛을 남기고 있다. 이어서 여류 시조시인 이영도(李永道, 1916~1976) 시인은 시집 『청저집』(문예사, 1954)에서 우리의 전통시인 시조의 현대적 계승을 이루고, 아울러 우리 삶에 깃든 전통사상을 시화하였다.

2.

다음으로 1950년대 후반기부터 여류시인들의 활동이 눈에 띄게 나타나

---

7) 김남조, 『김남조 시전집』, 서문당, 1983.

기 시작하였다. 여류시인들의 한 모임이 '청미(靑眉)'라는 동인 명칭으로 결성된 것은 1963년 1월이었다. 이 동인은 김선영(金善英), 김숙자(金淑子), 김혜숙(金惠淑), 김후란(金后蘭), 박영숙(朴英淑), 추영수(秋英秀), 허영자(許英子)의 7명으로, 동인지 『돌과 사랑』(1963)을 발간하였다. 동인은 특정한 이념이나 문학의 유파를 중심으로 모인 것이 아니었으나, 1950년대 이후의 현실적 삶의 문제를 서정적으로 시화한 공통점이 있고, 동시에 시편들이 한국적인 삶의 전통을 이어오고 있다.

그러나 시인마다의 시심의 경지는 개성에 의한 독자성을 지니고, 한 시기 여류의 시적 성취를 이루고 있다. '청미동인'은 후에 그 인원의 몇 사람이 탈퇴하고 이경희(李璟姬), 임성숙(林星淑) 시인이 회원이 되었다.

김선영(金善英, 1938~) 시인은, 첫 시집 『사가(思歌)』(문예사, 1968)를 발간했고, 그 외에도 여러 권의 시집을 발간한 시인으로 평자들에 의하여 그 업적을 평가받고 있다.[8] 작품 「어머니」에서 시적 화자는 우리의 오랜 전통 속에 살아온 어머니의 모습이 자연과 완전히 동화된 심상으로 제시되고 있다. 이러한 어머니상은 가족의 성원으로서 세사에 시달리며 고통을 스스로 이겨내고 오랜 세월 속에서 정신적으로 승화된 하나의 고상한 인품을 시화하였다. 이러한 시상에서 현대사회의 번다함 속에 물든 세속에서 벗어난 고귀한 어머니상이 제시되었다고 하겠다.

이어서 작품 「별」에서는 김 시인의 정결한 시상의 한 표본적 예를 볼 수 있다. 다소 관념적인 별의 심상으로 보이면서도, 세속의 슬픔·잃음·아픔을 견디고 난 후에 정신미나 승화된 마음에 세계를 제시하고 있는 듯이 보인다. 이 작품의 끝 연에서,

---

8) 한영옥, 「시의 위의에 엄격한 청미의 시인들」, 청미동인지, 1998.

인간이여

창자가 바깥에 던져지는 참혹한 절망에도 몇 개 별이 네 속에 없을 것인가

— 「별」 부분

와 같이, 세속의 참혹한 고통을 극복하려는 의지적 또는 지적 노력을 다하는 시심이 돋보이고 있다. 시대가 크게 어긋나 시적 화자의 고통이 격심할 수도 있고, 아니면 개인적인 어떤 비운을 겪으면서도 "신(神)은 또한 별을 주시므로"와 같이 고통이나 불행을 이겨내는 정신적 가치의 지향을 내보이고 있다.

시인이 이와 같은 정신적 자세에서 「석상 앞에서」, 「돌」 같은 작품으로 이어지면서 견결(堅潔)한 삶의 자세를 확립해 감을 감지할 수 있을 것이다. 이러한 시인의 자세는 지적인 절제로써 원초적 정열과 그 모순의 세계와 맞서 치열한 내면적 저항이 지속됨을 알 수 있게 했다.

붙잡아 오는 혼과

붙잡힌 혼이 겹쳐서

돌 속으로 들어갔다가

향기처럼 우러나온 얼굴인 것이다.

— 「석상 앞에서」 부분

두 영혼이 '돌' 속으로 들어갔다가 '향기처럼' 우러나온다는 진술은 불가능한 의미의 상정이지만, 시적 화자는 그만큼 치열한 의지적 지향으로, 현실의 고통이나 불합리를 다스리고 치유하는 투쟁의 시상이라 할 것이다. 시의 흐름이 감미롭거나 순연한 서정이 아니라, 의지적이고, 절제된 지적 훈련으로 다스려진 시 세계를 보이는바 그 개성이 돋보인다.

김혜숙(金惠淑, 1937~) 시인은 시집 『예감의 새』(심상사, 1980)와 『잠깨우기』(문학세계사, 1988)를 간행했다. 서정적 화자의 어떤 사물에 관한

시인 특유의 관찰이나 투시력이 하나의 특징으로 보인다. 주정적이거나 감상적인 것보다는 대상 자체와 시적 화자의 대화와 같은 특징을 지니는 시상들이 우세하다.

초기 작품인 「숨은 꽃」에서는 시적 화자가 미세한 존재에 관한 관찰을 보이고 그 미세함 자체의 온당한 가치나 의미를 말하려는 아량을 보이고 있다. 전통적인 풍경시나 즉물시 같은 시적 전통을 이으면서도 감상이나 영탄에 빠지지 않고 시적 서술은 시인 개인의 혼잣말과 같은 게 하나의 특징이다.

애써 찾는 자에게만
그 눈에 뜨이고 싶은
나는 제일로 키 작은 꽃이예요

　　　　　　　　　　　　　　　　　—「숨은 꽃」 부분

이러한 시구에서 시적 화자와 작은 꽃의 존재는 일체화되어, 홀로 말하기와 같은, 여성적 수줍음 같은 그러면서도 작은 존재의 존재다움의 표명을 세상에 드러내 보이고 있다.

작품 「성냥」은 시적 화자의 관찰을 표명하는 내용이지만 그 암유적인 의미의 번짐은 '어둠'의 일반적 의미역 전체를 포괄하는 일종의 고요한 고발의 시임을 짐작할 수 있다.

동시에 이 작품이 발표된 시기의 사회상과도 접맥되지만, 초시대적인 어둠의 세계를 밝히려는 보편적인 인간의 의식을 뜻하는 것으로 평가된다. 이어서 「노을을 보며」에서는 우리 삶에 내재한 모순이나 비리 또는 불합리나 심한 갈등을 다스리고 있는 시적 화자의 고통이 드러나 있다. 이러한 고통은 시대와 사회의 이념대립과 그 모순을 암시하고 있다.

삶 일반에 관한 시적 화자의 넓은 관심은 「이끼 꽃」으로 이어지며, 큰 것과 작은 것의 존재감 또는 뚜렷한 것과 가려진 것의 의미탐구에서 특히 거의 무시된 존재들에 관한 근원적인 애정의식 같은 게 나타나고 있다. 이러한 작품에서도 동정이나 감상(感傷)이 아닌 있음의 본연한 의미 또는 그에 기울인 시적 화자의 인간애 정신이 암묵적으로 나타나게 하였다.

> 그늘진 곳
> 그 서러운 습기에 엎드려
> 파랗게 꿈을 퍼뜨리고 있는 이끼,
> 애써 피워낸 이끼의 꽃,
> 이끼 꽃을 보신 일이 있나요?
>
> ─「이끼 꽃」 부분

　물론 꽃 일반이 지닌 화려함이나 눈에 쉽게 띄는 것과는 달리 전혀 무시되거나 무관심한 대상에 관한 시적 화자의 정결한 애정의식이 살아 있다.
　모든 언어행위는 비록 개인의 혼잣말이라 해도 전달이라는 기능이 그 어느 기능보다도 우선되고 최종적인 목표가 된다. 이 시인의 시상들이 혼잣말의 경향이 있고, 대상과의 심도 있는 교감으로 작품이 이루어짐이 하나의 특징이라 하겠다. 혼잣말도 사실은 시인이 살아가는 시대와 사회와의 한 대화라고 말할 수 있을 때, 얼마나 내실한 공감이 가는가 하는 문제는 어느 시인에게도 시적 성취의 관건임을 짐작할 수 있겠다.

　김후란(金后蘭, 1934~) 시인은 『장도와 장미』(한림출판사, 1968)를 비롯하여 10여 권의 시집을 간행하여 여러 평자들의 평가를 받고 있다.[9]
　작품 「존재의 빛」에서 시적 화자는 어떤 가치에 관한 그리움을 말하고 있다. 이러한 인간적인 것일 뿐만 아니라 만 가지 사물 사이의 관계 속에서 우러나는 보편적인 기다림이나 소망까지도 포괄하는 시정신이라고 말

---

9) 이가림, 『감상적 꿈과 시적현실』, 창작과 비평, 1997 여름.

할 수 있겠다. 오늘의 세태가 이념의 양분화, 상업주의에 심하게 기운 풍조, 그로 인한 비정한 경쟁으로, 순연한 존재들의 소외현상을 고려할 때 인간적인 유대감은 매우 소중한 시심이라 할 것이다. 작품 「존재의 빛」에서 다음과 같은 시구를 볼 수 있다.

사람들아
서로 기댈 어깨가 그립구나

—「존재의 빛」 부분

이처럼 시적 화자는 인간적인 사귐이나 인간적인 관계의 소중함을 일깨운다. 고립되고, 소통이 되지 못하고, 극도의 대립 등 인간적인 사귐이 사라진 이 시대의 삭막함을 암시하는 동시에 그 극복의 시심임을 알 수 있겠다.

작품 「섬진강 갈대밭」에서도 시적 화자는 존재의 가능한 성취나 값진 이룸에 이르지 못했거나 아니면 어떤 실패 또는 운명적인 헤어짐까지를 포괄하여 그 간절한 바람과 이룸의 심상을 나타낸 한 시상이 돋보인다.

어느 꽃으로도
다 못 피운 마음속 이야기
갈대숲으로 우거져
바람 안고 울어
(…중략…)
아무도 보지 않는 밤
달빛에 쓰러져
은은히 흐느껴.

—「섬진강 갈대밭」 부분

그리움의 서정이 일종의 간절한 연심과도 흡사한 감동스런 시심에 이르고 있다. 이러한 '이룸'에의 시적 갈망은 아마도 우리 삶 일반의 보편

적인 내면의 세계일 것이며, 그러므로 개인적 서정의 폭이 보편적 감동이
나 공감으로 이어질 것이라 믿는다. 작품 「겨울나무」에서도 시적 화자는
'기다림'의 시상이 중심을 이루고 있다.

어떤 가치의 세계에 기운, 그 이룸의 경지에의 갈망은 누구에게나 공명
될 시심이라 믿어진다. 작품 「눈의 나라」에도 시적 화자는 눈의 순수함을
기리며 그에 동화되려는 시심을 보이고, 이 시인의 자세에서 순종이나 견
딤의 시심이 엿보인다. 감상주의에 쉽게 빠지지 않고, 오히려 경건함과
어울려 시적 자세를 이루는 경지에 도달하고 있다.

이경희(李璟嬉, 1935~) 시인은 1980년 시집 『분수』(심상사)를 간행하였
다. 작품 활동은 1963년 『한국일보』에 「분수」를 발표하여 시작하고 있다.
작품 「분수 II」를 읽으면서, 첼로 연주의 실제 모습을 연상케 하는 시상을
보이고 있음을 느꼈다. 그런데 시적 화자는 악기의 연주 현상을 보면서
도, 그 악기와 감각적으로 일체화된 시점에서, 악기의 현과 키의 마찰을
하나의 교감작용으로 인식하고 있다.

첫 연에서 "가슴에 닿는/몸저림의 파문"은 현악기의 진동을 시적 주체
자의 감각적 공명과 합치시키고, 이어서 "우리는 시원의 품에 안겨/작업
에 열중한다"와 같이 악기와 연주자가 일체화된 경지까지 이른다. 여기
서 악기라는 주 대상과 시적 화자가 분리된 입지에서 다시 통합 또는 융
합되는 경지를 고지시킨다.

이러한 시적 경지는 「분수 V」에 이르러 강물과 트럭과 기차가 다리를
사이에 두고 공명을 일으킨다는 시상을 보이고, 결말에서 다음과 같이 말
하고 있다.

> 첼로는
> 울고 있었다.
>
> ― 「분수 V」 부분

이러한 첼로의 연주와 시적 자아의 공명의 현상을 통하여, 세계와 시적 자아의 융합 또는 화합의 황홀을 알려주고 있는, 이경희 시인 특유의 시적 장치를 알게 된다.

2000년대에 쓰인 「별의 철학」에서는 사물 상호 간의 존재스런 관계의 표리의 양면이 서로 교차하면서 서로 다른 질적 특성을 이루는 관계 해명의 시상임을 알 수 있다.

어둠이 있어
반짝이는
너의 존재

허연
반짝임은
어둠을 품고
있음일세 그려

— 「별의 철학」 전문

이 작품에서 사물의 표리나 긍정과 부정, 서로 대척되는 이질적 특질들이 각각의 존재를 떠받들거나 차이지게 한다는 관계 의미를 해명하고 있다. 시제가 무겁지만, 내용은 오히려 선명함이 돋보이는 시상이다.

시적 화자는 존재들의 값은 아마도 상대적이기도 하고, 이반되기도 한다는 상호 존립의 이치를 일깨우는 교시적 기능을 실현하고 있다. 시적 화자의 목소리가 간명, 담백하니 흔히 여성적 감상이나 정서적 과장이 없는 것이 이 시인의 시적 특성이자 매력이라 할 수 있을 것 같다.

임성숙(林星淑, 1935~) 시인은 여성성에 관한 시적 탐구를 하여, 여성의 일반적 삶의 과정과 여성의 위상에 관한 편협한 관습이나 통념에 대하여 인간주의적 시선에서 어긋난 문제를 중심으로 시심을 기울여 왔다고

평가된 바 있다.[10)]

   그런데 작품 「온몸으로」를 읽으면서 시적 펼침이나 목소리의 의연함이
나, 시상 전체의 흥취와 몰입을 읽을 수 있었다. 그러한 시상을 인용하면
다음과 같다.

   태속에서부터 익혀온
   영혼의 몸짓
   언어 이전의 언어
   나는 천부(天賦)의 발레리나

   울려라
   둥 둥 둥 북을 울려라
   불어라
   피리리 피리 불어라
   내 핏속에 잠자는 춤의 요정 깨워라
   바람 속에 숨은 신명 불러내어라

   온몸으로
   온몸으로 사랑하라 찬미 드려라

                                    —「온몸으로」 부분

   이처럼 시적 화자는 거리낌 없는 자아실현의 상승적 황홀을 복종이나
막힘, 또는 갇혀 있음이나 소외로부터의 심리적 고뇌를 떨쳐버리고, 확연
히 자아의 활달한 실현의 높은 경지를 노래하고 있음을 알 수 있다. 극복
과 이룸의 경지에서 시심은 더욱 높이 비상하고 있다. 여성성의 사회적,
통속적 편견으로부터 높이 비상하는 통쾌한 경지를 제시하고 있다.
   물론 우리의 삶은 인내와 견딤의 수련을 굳건히 하여 자아의 본연함을

---

10) 한영옥, 「'여성성'의 끈질긴 탐구」, 앞의 글.

지키는 의지와 지혜를 노래한 「바위」도 이 시인의 여성성의 또 한 면을 인식시키는 시심을 보이고 있기도 하다.

또 "얼마나 오랜 풍랑에 부대끼고 닦였는가"(「자갈을 밟는다」의 한 구절)와 같이 시련을 겪고 스스로 견딤의 지혜를 이룬 사물을 통하여 삶에 내재한 인고의 지혜를 보이기도 한다. 작품 「멀어진 내 귀가」에서도 세월 속에서 황홀경에 이르러 정신적 성숙을 노래하여 이 시인의 시적 경지를 상승시킨다 하겠다.

추영수(秋英秀, 1937~) 시인은 시집 『흐름의 소묘』(선영문화사, 1969), 『작은 풀꽃 한 송이』(1980) 등 여러 시집을 펴냈다. 한 비평가는 청미 시인들의 공통점의 하나를 '상실의 미학'에서 출발하였다고 논급했다. 그리고 이어서 이를 극복하고 '은혜로운 충만'[11]에 지향됨을 지적한 일이 있다. 이러한 논평은 아마도 청미 시인들 중 추영수 시인에게 적절한 평가가 되리라고 생각된다.

추 시인의 작품 「어떤 손」을 보면, 세속의 눈에는 보이지 않는 하나의 신비한 손 또는 어떤 섭리의 비밀한 큰 사랑을 일깨우고 있는 듯이 보인다.

> 고뇌를 뚫고
> 신을 거역하는 돌의
> 탄성
>
> 돌의 가슴에
> 한 줄기 피를 새겨놓고 가는
> 이 손은
>
> —「어떤 손」 부분

---

11) 정영자, 「삶에의 진솔한 통찰력과 여성 특유의 따뜻한 인간주의」, 특집 청미회 30년의 의미와 시세계.

시상에 나타난 '손'은 세속적 존재의 '손'의 의미를 수용한 듯이도 보이지만, 그러나 이 손은 굳어진 '돌'의 즉, 희로애락애오욕의 이른바 인간의 칠정(七情)도, 또 인의예지의 네 가지의 삶의 원리도 굳어져 죽은 상태 즉, 죽음과 유사한 상태에서 벗어나도록 신비의 힘, 아니면 섭리의 힘에 의하여 다시 '피'가 돌게 할 수 있는 근원적인 창조의 손으로 제시된다. 아마도 시적 화자의 손과 섭리의 손이 일체화가 된 어떤 접점을 예감으로나 신앙적 각성에서 우러나는 시상이라 짐작된다.

우리의 삶은 생명현상의 원리에 의하여 생활하는 피조물로서의 원초적인 욕망과 그에 따른 고뇌가 있고, 이 고뇌를 극복하려는 의지 또한 목숨이 살아 있는 날까지 자아 성숙의 기둥으로 버티고 있음은 사실일 것이다. 그러나 실상에 있어 세속적 자아가 정신과 의지와 신앙의 힘으로도 모두 다스려지는 것은 아니므로 이 두 힘은 늘 우리의 의식 내부에서 모순의 싸움으로 이어진다고 하겠다.

작품 「바람」도 그러한 두 힘의 겨룸이 시적 화자의 중심과제로 제시되고 '반 사람/반 신선'의 두 가지 현상의 길항이 적절히 보이고 '열 오르는 몸살/난 몰라야'에서 인간적인 진실한 목소리와 체취까지 암묵적으로 느끼게 한다.

이러한 시적 전개과정에서 볼 때, 우리 자아의 참됨은 끊임없는 연마의 대상으로서, 상존하는 중심 과제로서, 재해석되고 재구성되고, 재생성되는 내적 운동을 지속하게 되고 그러한 내적 길항은 그 자체가 성숙이나 철학적 체념에로 기울게 되는 것이 아닌가.

> 단풍 빛이 꽃보다 아름다운 날은
> 내가 남에게 입힌
> 상처만 환히 돋보입니다
>
> — 「단풍 빛이 꽃보다 아름다운 날은」 부분

이 한 연에 담긴 자아성찰은 우리의 삶이 되풀이되며, 이루어져 가는 어떤 결말들의 연속 속에서 빚어지는 자아와 세계의 어긋남일 것이라 짐작된다. 시적 진실은 심도 있는 삶의 성찰의 지혜 속에서 나타나고 이루어지길 기도하는 것이다.

허영자(許英子, 1938~) 시인은 시집 『가슴엔 듯 눈엔 듯』(중앙문화사, 1966)을 비롯하여 10여 권의 시집을 펴냈고, 여러 평자들에 의하여 평가를 받아왔다.[12] 평자에 따라, 작품을 이해하고 평가하는 시각에 각기 다른 판단을 할 수가 있겠으나 공통적으로 드러나는 점은 시적 화자의 열정과 냉엄성이라 하겠다.

예컨대 「봄」이라는 작품에서는 고착되었거나 결빙상태의 현상으로부터 벗어나는 힘을 암시하는 시상이 보인다. 이 작품에 제시한 '피'는 힘이나 열정, 나아가 생명의 정상적 활성화의 의미를 보이나 '파아랗게 얼어붙은' 상태에서 벗어나 활성화의 기대감을 내다보는 예감을 보인다. 이러한 관점에서, 한 사물에 내재하는 고착 대 활성화의 논리를 제시하여, 존재의 펼침이나 신장을 기대하는 정열과 활성화의 의미를 제시하고 있다.

그런데 우리의 삶의 여러 국면에서는 어긋남이나 실망이 이룸보다는 더 많은 게 사실이므로, 우리의 일반적인 의식은 어떤 단계에 이르러 체념의 지혜를 터득하고 내면적 성숙을 기할 수밖에 없다고 하겠다. 예컨대, 「친전」 같은 작품의 시적 화자는 다음과 같이 말하여 삶에 내재한 이룸과 어긋남의 양립상을 스스로 다스리는 높은 지혜를 제시하고 있다.

절망의 눈비
회의의 미친바람도

---

12) 한영옥, 「내가 만난 허영자─얼음과 불꽃」, 『시와 시학』, 1994년 가을 외 다수.

숙 죽여 좌선하는 고요.

— 「친전」 부분

시적 화자는 「얼음과 불꽃」에서 삶의 여러 현상 속에 내재된 양면성 즉 긍정과 부정, 열정과 냉정, 이룸과 실패 등의 현상을 투시하며 그 실상을 안고 살아가는 존재의 지적 및 의지적 훈련을 암암리에 알려주는 듯이 보인다.

있음과 있어야 할 것 사이, 본연적인 것과 사회적 제약 등 실로 복잡하게 얽힌 현상 일반을 지적인 분석을 가하면서도 시적 화자의 본연한 힘이 나타나 오히려 지적인 성찰을 무리 없이, 과장 없이 보이기도 한다. 작품 「봄바람」은 그러한 점에서 봄의 현상을 순연하게 고지시킨다고 하겠다. 정한과 지적 절제. 이러한 시상의 실현에서 삶의 본연한 모습을 감상화하기보다 객관화한다고 보인다. 추구하는 가치의 원숙한 경지에 지향하는 시심(詩心)이 돋보인다.

3.

앞에서 본 바와 같이 우리 한국 시사(詩史)에서 여류시인들의 시적 성취가 매우 값질 뿐만 아니라, 그 시기 그 시대마다의 삶의 중심과제와 어울리는 작품을 발표한 사실도 역시 시사적 의의를 지님을 볼 수 있다.

우리의 민요시나 부요(婦謠)에 나타나 있는 풍요로운 시 창작의 전통을 중시하게 된다.[13] 시집살이요. 베틀노래, 농사일과 관계된 노동요 등 여성의 생활을 구체적으로 시화한 풍부한 자료들이 있어왔음을 시 창조의 큰 흐름으로 볼 수 있다.

---

13) 임동권, 『한국민요집』, 동국문화사, 1961.

청미동인들은 그 시적 성취가 각기 다른 개성에 그 뿌리들을 두고 있으나, 1960년대에서 오늘에 이르기까지 그 시적 성취는 매우 뜻있고 귀중하다 하겠다.

그 모두의 한 공통적인 시 창조의 특징을 요약한다면, 여성적 영탄이나 애상에 물들지 않고, 삶에 내재된바 그 근원적인 생명적, 존재적 고통을 극복하고, 지적으로 성숙된 가치세계를 지향하고 있음을 말할 수 있다.

우리 시사에 내적, 원생적 및 사회적, 여러 모순들을 지적으로 극복하고 쉽게 감상에 빠지지 않는 시업을 이룬 점을 귀한 가치로 평가한다. 20세기 중반 후부터 상업주의의 풍조, 이념의 양분화와 국토의 양분화, 일부 독재 정권의 세월들을 거치면서도, 지적 절제로서 인간주의의 시업을 이룬 청미시인들의 업적에 적지 않은 감동을 받게 된다.

(2013, 가을)

고향 체험에서 깨달은 삶의 진실성

― 김년균 시와 삶의 의식

1972년 문단에 나온 김 시인은 활발한 작품활동으로 오늘에 이르고 있다. 우리 현대사에 나타난 시대적 문제를 몸으로 겪은 세대로서 그의 시 창작은 각별한 뜻을 지니고 있다. 말하자면 작품의 모태가 되는 개인 생활이라 해도 그것은 곧 시대의 흐름과 연관되고, 생장 환경이나 교양과도 깊게 연관되는 것이 일반적이기 때문이다.

시인이 붓을 드는 동기는 물론 창작의 충동을 받을 때이고, 또는 오래 사색하고, 탐구해온 문제가 어느만큼 성숙되었다고 느낄 때가 아닌가 짐작한다.

김 시인의 시집에 보이는 고향의식은 각별한 뜻이 있는 것으로 보였다. 고향의 의미가 시대상과 조명되면서 김 시인의 독자적인 의미가 드러나면서도 좀 더 일반적인 의미에로 확산되고 있는 점도 알게 되었다.

1. 고향, 아버지의 노여움

1972년, 작품 「출항」이 『풀과별』(10월호)에, 「작업」이 12월호에 추천 완료됐고, 「나의 찬 손」(『조선일보』, 12. 19)이 발표되었다.

1986년에 간행된 시집 『풀잎은 자라나라』(지학사)에 수록된 1970년대 작품들을 읽으면서 각별히 고향에 관한 시인의 애착이 보였다.

1972년에 발표된 「연가(戀歌)」를 보면 시적 화자가 '새'가 될 것을 한 대상에게 말하고 있다. 그 새는 하늘 높이 날아오르는 능력을 지녔고, 날아오른 새는 하늘을 맴도는 것으로 '자연(自然)'이 됨을 기대하고 있다. 이러한 시상(詩想)에서 현실의 질곡이나 어떤 모순의 국면으로부터 바람직한 세계에의 출발을 말함을 엿보게 된다. 날아오름의 자연화는 이상이나 이념의 긍정인 동시에 어떤 보편적인 가치의 기준이나 지향의 암시로 풀이할 수 있을 것이다.

그리고 화자는, 나뭇가지에 살아 있는 잎새들이 아닌, 인위적으로 만든 풍선들이 바람에 날리는 현실의 실상을 제시하고 있다. 이는 어떤 면에서 보면 전시효과나 목적을 위한 그럴듯한 현혹을 암시한다고 이해되기도 한다. 바람 자체는 물·햇빛·흙 등과 어울려 모든 목숨들을 생생력(生生力)으로 키워내는 의미가 있지만, 그러한 생생력과 달리함으로써 다른 목적을 나타낸다면, 분명히 휩쓸어버리는 억압적인 힘을 암시하여 가치부정적인 뜻을 풍기게 하는 시적 장치일 수 있다.

그 다음으로 '외할머니 머리빗'을 통해서, 길을 잘못 가고 있는 눈먼 자들을 정화시키는 의미를 암시하고 있는데, 이는 시인의 고향 체험에서 깨달은 삶의 진실성이라고 풀이된다. 즉 하늘을 나는 새의 이념의 순수함이 자연 본래의 의미인 것처럼, 고향의 외할머니의 삶 또한 '자연(自然)스런' 모습임을 고지시키고 있다. 어떤 삶의 보편한 가치 기준에서 볼 때, 우리 삶 일반이, 이를테면 왜곡되었거나 어긋났다고 보일 때, '자연스런' 것은 원래 질서나 가치를 회복하고 실현한다는 의미이다. 1970년대라는 시대적 배경에서 청년 시인의 눈에 보이는 긍정적 가치의 한 표현으로 이해됨직하다.

의상(衣裳)은 하얀빛에 외할머니 머리빗에
눈먼 자 길을 찾아 부정(不淨)을 씻어 주며,
담홍색 향수(鄕愁)가 이슬처럼 젖어 오면
풀피리도 부르다가
노을이 붉게 타는 저녁이 오면
노을과 함께 지는 서러운 무리들의
길잡이가 되어주며,

때로는 깊숙이 서가(書架)에도 찾아들어
지팡이도 되어주고,

— 「연가」, 『한국일보』, 1972. 11. 28

　위에 보이듯이 외할머니의 형상을 통해 자연의 순리를 암시하고, 그 힘
이 순리에의 지향을 제시하고 있는 것 같다. 어쩌면 원상으로서의 자연(自
然)이 삶의 본원적 모습이라는 시상을 통하여 병들고 빗나간 1970년대의
상업·산업주의의 폐단을 광정하려는 뜻이 담겨 있는 듯이 느껴진다. 시
대의 상업·산업주의의 큰 욕망에서 벗어났거나 희생되는 '서러운 무리
들'에게 자연의 순리와 참슬기를 고지시키고, 끝 시구에서 '새가 되어 높
이 날아' 오르는 순정한 이상의 세계를 지향케 하려는 시적 의미가 담긴
것으로 보인다.
　작품 「종소리」(『풀과 별』, 1973. 5.)를 읽으면, 종소리의 울림이 '구제
할 수 없는 형식(形式)들'을 허무는 힘으로 암시되고 있다. 시에는 '허위
의 벽(壁)'이 무너질 만큼 큰 힘을 나타내는 뜻을 지니고 있는 그런 종소
리로 의미화되고 있다. 군권에 의해 산업화가 진행될 때, 자유주의의 지
식인들의 저항이 있었지만, 그러나 그러한 순리보다는 '시급한 민생고'
를 해결한다는 정치적 책략과 그 실천 아래 억압된 민권을 시인은 의식하
고 있는 듯하고, 그러한 시대의 목소리를 담아내고 있는 것 같다. 자유주
의 이념이 시대의 고통을 풀어나갈 수 없다는 논리가 군권 정치의 중심의

미였을 때, 그러한 논리를 인정한다 해도 우리 삶의 순조로움과, 인권은 보장되어야만 한다는 시인의 논리가 여실히 보이는 작품으로 이해된다.

> 살점들이 뚝뚝 떨어져 나간다.

이러한 진술은 두 힘의 대립과 갈등의 현장적 진실을 암시하는 것이며, 그 엄숙하고, 잔학하고, 그러면서도 그것과 맞서는 희생적 투쟁정신을 충분히 표현하고 있다고 보인다. 시인도, 지식인도, 군인도, 농민도, 공무원도, 학생도, 기업가도, 시대를 만들어가는 주체자들이라고 할 때, 소극적인 경우나 적극적인 경우나 모두 그러한 살벌하기까지 한 정황을 만들어낸다는 역사적 과정의 의미를 이 작품은 풀이하고 있는 듯이 보인다. 아마도 우리 시대를 만들고 이끄는 우리의 지혜가 심히 부족한 점을 시인은 큰 성찰의 안목으로 말하는 것 같다. 이 작품의 화자는 다음과 같이 하나의 개혁적 정황을 시상으로 표현하고 있다.

> 피보라가 넘치는 시위(示威) 속을 벗어나
> 저 광활한 천지(天地)를 번뜩이는
> 불길로 타올라서, 훨훨 타올라서,
> 고종(高宗)때 녹두장군 같은 이의
> 호각소리로, 호각소리로,
> 가득히 차오른다.
>
> ―『풀과 별』, 1973. 5.

시적 진술이 어떤 때는 극도의 절제를, 어떤 때는 격렬한 정열로, 또 어떤 때는 고요한 명상으로 표현되는 것이지만, 작품 「종소리」는 상황적 진술이되 상황에 동참하는 정열로써 작품의 뜻을 다스려내고 있다.

녹두장군은 고향의 농촌적 부성(父性)을 나타내면서도, 시대 전체의 왜곡됨과 외세의 개입으로 나라 전체가 그 기틀부터 흔들리는 시대에 하나의 개혁적 지도자상(像)으로 역사적 사명감과 함께 제시됨을 알 수 있다.

고향의 지도자상인 동시에 고향의 한 아버지임을 고지시키는 의미를 알려주며, 동시에 고향의 또 하나의 다른 아버지, 1960년대에서 1970년대 산업 부흥을 주도한 당시의 풍조에 대한 대립을 암시하고 있다.

이런 점에서 시는 시대의 대립적인 힘을 표현하는 일반적인 역사기술과 다른 시적 표현에 의한 역사물이라는 점도 우리에게 일깨운다.

어머니의 심상은 시적 자아가 지쳤을 때, 작품 「오후(午後)에」(『신동아』, 1974. 4.)에서와 같이 '어머니'는 태양으로 비유되고 있고, 근원적인 힘을 나타내어, 시적 자아를 분발케 하는 힘의 원상(原像)으로 제시되고 있다. 이러한 어머니는 우리를 키우고 보살피는 고향의 자애로운 친어머니의 의미보다는 시대 전체를 밝히는 지도적인 힘의 상징을 지닌 대상으로 암시되고 있다. 곤충으로 비유된 시적 자아는 하나의 비하된 어사(語辭)로써, 시대의 부정적 풍경에 휩쓸릴 위험을 느끼며 스스로 무력함을 자각하고, 그 대신 어머니의 힘을 '거리마다 쨍쨍 솟는 해가 되세요'와 같이 어둠을 압복하는 힘, 즉 절대적 논리에 따르겠다는 의미를 작품화한 예라고 할 것이다. 시인이 택하는 어사들과 그 문맥은 분명히 시인의 의도에 의하여 일정한 맥락을 이루도록 제한하고 규제하고 있음에도 불구하고, 읽는 독자의 교양이나 감성에 의해 적지 않게 시인의 '의도'에서 벗어난 풀이를 할 수도 있다. 아마도 그러한 독자들의 자의적 개입이 한 편의 작품이 작품으로써 존립하고, 끝내는 어떤 객관의 가치해명을 얻어내는 것이라고 하겠다.

다음으로 「바다에서」(『신동아』, 1977. 10.)는 아버지의 뜻이 시적 서술자에 의해 바다의 힘으로 암시되고 있다. 거세게 물결치는 끊임없는 운동을 통하여 아버지의 어떤 도덕적인 지표나 삶의 지향을 일깨우는 작품으로 보인다.

아버지의 노여운 손.

아버지의 거친 파도.

— 「바다에서」 부분

일반적으로 어쩌다 경험하는 바다는, 넓고 시원한, 또는 해수욕을 즐기거나 좀 색다르게 요트를 타거나, 아니면 거친 파도와 싸우며 게를 잡거나, 참다랑어를 잡기 위해 먼 바다로 나아가 고전하거나 하는 것으로 직·간접의 체험을 할 수가 있다. 그러나 시적 화자는 바다와 같이 끊이지 않고 움직이는 파도를 아버지의 '노여운 손'으로 말하면서 지상적(地上的)인 삶의 왜곡됨을 질타하는 원리로써의 힘임을 암시하고 있는 듯이 보인다.

2. 되살아나는 민초

옛 시인들뿐만 아니라, 보통 사람들은 오늘날에 있어서도 시대의 풍조에 순응하며 살아가는 것이 일반이다. 그러나 시대의 모순을 인식하고 순응할 수 없는 한계점에 이르면, 어떤 형태로든 개혁의 운동이 일기 마련이다. 그러한 역사의 흐름은 굴곡이 심하고, 이로 인하여 사회적 안정이 깨어지고 불투명한 상태로 도달하게 되기도 한다.

우리의 현대사는 그러한 역사적 격동기를 여러 고비 겪어왔다. 예컨대 김수영 시인의 목소리는 4·19혁명 전후의 민권의식을 격앙된 어조로 말했다. 김지하 시인은 군부정권에 대한 항거정신을 드러내어 정신적 자세의 한 표준을 알려주었다. 시인은 순전한 이면의 길을 제시하며 옥고를 치렀다.

그러나 시는 사회적 여러 병폐나 부조리를 고발하고 예언할 수는 있어도, 시의 힘이 곧바로 제도나 제도 운영자를 바꾸는 예는 거의 없는 것 같다.

시인의 말은 읽는 독자들에게 새로운 지향을 고지시키는 기능이나 고통의 문제를 증언할 수 있거나, 정서적 공감을 확대하고 의식을 새로이

하는 뜻을 지닌다고 하겠다.

나에게 빛을 다오.
어제를 보는.
내일을 보는.
우리가 가고 있는 능선을 넘어
가다가다 지치면 머무르는 곳,
어디메인지.
어디메인지.
나에게 길을 다오. 신(神)이여.

— 『시문학』, 1979. 3.

이러한 시편에서 김년균 시인은 1970년대의 시대풍조의 어긋남을 증언하고 있는 것 같다. 과거와 현재를 명징하게 투시하고, 그리고 바람직한 미래에로 발을 내딛겠다는 시적 의도가 담겨 있다.

1970년대는 산업화가 이루어지고, 대기업들이 크게 성장하는 시기였음에도 불구하고, 시인의 작품에 설정된 화자는 길이 보이지 않는다는 의미를 말하고 있다. 즉 산업화와는 다른 사회적 국면은, 어둡고 고통스럽고 미래가 보이지 않는다는 일종의 증언이라고 하겠다.

시인은 또 다음과 같이 어둠을 고지시킨다.

이 밤은 누가 떠나가는가.
그러면 나는 다시 손을 흔들고
바람은 찢어진 길을 밟는다.
누가 떠나가는가. 아무도 모르게
짓밟혀진 목숨이여.
오늘은 내가 너를 사귀고
이 밤이 지나면 손을 흔든다.

— 『한국문학』, 1979. 8.

밤길을 떠나는 사람을 제시하며, 그가 가는 길은 온전한 길이 아니고 '찢어진' 길임을 조건으로 설정하고 있는데, 그 길조차도 '바람'이 사람과 함께 또는 사람을 앞질러가는 어둠에 싸인 길이다. 이처럼 밝은 대낮에 제대로 온전성을 지닌 길이 아닌데서, 시대의 분위기가 부정적 의미로 나타나고 있다. 그런데 이 '떠남'의 길은 몇 가지 복합적인 의미가 담겨 있다는 데 주목하게 된다. 밤길을 걸어가는 끝에는 새벽이 오고, 새벽이 오면 밝은 대낮을 맞게 될 것이라는 함의가 말들의 밑바닥에는 담겨 있고, 다른 하나는 '목숨'이 다하고 어둠 속에서 세상을 떠나는 사람이 있음을 암시할 수도 있다. 특히 '짓밟힌'의 수식은 타의에 의했거나, 억압적인 폭력에 의해서거나, 아니면 시위운동의 현장에서 살벌한 힘에 의해 심한 고통에 빠졌거나, 세상을 버렸거나 한 여러 함의가 내장되었다고 생각된다.

1970년대가 끝나려 하는 시기에 현실적으로는 부·마 사태가 일어났고, 젊은 학도들이 희생된 사실도 있으며, 지식인 일반이 겪은 지적 자유의 극심한 제약 등이 일어났던 시대의 분위기가 이 작품 탄생의 배경이라고 짐작할 수 있겠다. 시인은 끊임없이 삶의 건강함이나 온전성을 지향하고, 그것이 여러 형태의 모순에 직면했을 때, 하나의 증언적 언어로 작품화할 사명감을 실현하는 사람이라고 하겠다.

민초들은 힘에 눌려 굽히고, 꺾이고, 굴복도 하지만, 그러나 그와는 달리 다시 일어나고, 버티고, 대항하기도 한다. 역사의 흐름에 여러 굴곡이 있게 됨은, 삶의 내재적 구조와 힘이 그만큼 힘의 움직임으로 이루어지며 진행된다고 하겠다.

작품 「저문날」(『시문학』, 1978. 7.)을 보면, 민초든 혹은 대중들의 기운 빠진 모습이 시적 서술자에 의해 잘 제시되고 있다.

> 우리는 태어나서
> 길을 떠돌며

꽃다운 꽃도 없는
산나물처럼
사는가.

이제는 앞이 막혀
어둠에 가려
눈도 못뜨고,
길도 못가고,

우리는 풀밭에 누워
철늦은 풀을 보며
웃었지.

이 작품에 나오는 화자는 민초의 삶 일반을 요약적으로 암시하는 뜻을
보이고 있다. 생애를 통하여 한번도 '꽃다운 꽃'도 핀 적이 없는 메마르
고 빈약한 삶 일반이 암시되고, '어둠에 가려' 미래를 내다보고 살아갈
가능성조차도 단절된 상태임을 말하고 있다. 이 작품의 끝 연에서 화자는
자조의 웃음을 웃고, 늦가을의 메마른 잡초를 자신의 삶으로 보고 있다.
　이러한 작품이 고도로 산업화되어 가던 시기에 발표되었다는 점에 유
의해야 할 것 같다. 서민 일반의 삶과 무관하게 대기업가들의 성장이 이
루어졌다는 사회적 성취와 다른 한편으로는 해결되지 않은 시대의 모순
을 시인은 절실하게 느꼈던 것으로 짐작된다.
　우리의 시대가 균형 잡힌 사회로, 소외됨이 없는 건전한 방향으로 나아
가지 못하고, 어떤 세력의 독점들에 의하여 심한 균열이 벌어져 산업화의
부정적 의미가 표면화되었음을 고지시키는 작품이라 하겠다.
　그런데, 「풀잎은 자라나라」(『현대문학』, 1986. 12)에서 풀의 의미가 좀
더 선명한 뜻으로 나타나고 있다. 시의 화자는 부정적 세력들의 삶을 나
타내는 '모리배', '무뢰한' 들에게 부화하지 않고 '버려지'고, '짓밟' 혀도

자기 동일성을 유지하는 존재로 비교되고 있다. 이를테면 세상의 큰 흐름, 또는 큰 흐름을 주도하는 세력에 의하여 그들의 권역 밖으로 밀려난다 해도, 또 비록 천한 삶에로 떨어져 '설움'을 받아가면서도 저들의 편으로 섭입되지 않고, 살아가면서도 자족한다는 뜻인가.

    나는 왜 하늘을 두려워하지 않는가.

이러한 진술에서 적지 않게 근원적인 의미에서, 혹은 도덕적인 의미에서 '하늘을 두려워하지 않는' 자긍심을 보이는 것인가. 아마도 어떤 의미에서든지, 즉 사회생활이나 개인생활에 있어 조금도 도덕적 하자가 없다는 뜻을 암암리에 나타내는 것이라고 짐작한다.

산업화라는 시대의 큰 수레바퀴를 돌리는 일에 적극가담한 주도적 세력군에 속하는 삶의 의미의 양면성 즉, 긍정과 부정 혹은 부도덕성이나 그 정신적 타락상을 염두에 두었을 때, 시적 화자는 상대적인 뜻에서 도덕적 하자가 적거나 없다는 뜻은 아닌가.

끝 연에 이르러서

    밟히면 일어서고
    뽑히면 다시 난다.
    세상 끝까지.

이렇게 진술하여 민초의 생명성과 불굴성을 담담한 어조로 맺고 있다.

3. 길, 어디로 가는

시집 『오래된 습관』(다윗마을, 2003, 재판 2004,)을 읽으면서, 시대의 갈등이나 모순의 실상에서 한 발 물러서서, 삶 자체의 바람직한 지향에 관하여 시인은 마음을 기울이고 있는 듯이 보인다.

작품 「서시(序詩)」(『문학세상』, 1994. 12.)에서 그러한 시인의 자세가 나타나 있다고 하겠다. 일상적인 삶의 한 장면의 풍경화처럼, 그러나 전통적인 모습을 잘 요약한 시편으로 보인다.

어디서 웃음소리가 난다.
누군가 웃고 우르르 따라 웃는다.

굴뚝에선 새로이 밥 짓는 연기가 나고
사람들은 기쁘게 하늘을 본다.

나는 새가 길을 찾으며
힘차게 다가온다

—「서시」 전문

이 작품 속에 담긴 '웃음소리'와 '우르르' 따라 웃는 소리에서, 한 농촌 가정의 단란함이 잘 담겨 있다고 보이며, 객지에서 일하다 고향집을 찾아온 아들이나 딸 혹은 손녀, 손자를 맞아 화목하게 회포를 풀며 지내는 장면이 웃음소리와 연기로 요약되어 잘 나타나 있다.

다음 연에서 농가의 굴뚝에서 '밥 짓는 연기'가 평온하며 낯익은 것으로 느껴지고, 한국 농촌의 한 전통적 모습이 담담한 어조로 보이고 있다. 도회생활에서 오래 잊었던 고향의 다정하고 단순하고 그러나 늘 우리들의 마음속에 그리움의 대상으로 내장된바, 돌아가야 할 곳의 의미가 적절히 시화되고 있다.

우리를 키우고 사랑으로 보살핀 가족들의 원래의 터전으로서의 고향의 의미가 보이고, 그 고향에로 지향하는 의식을 소폭의 마음의 풍경화로 그려낸 수작이라 하겠다. 이러한 지향성을 통해 우리의 근원적이고 원초적인 고향의식을 확인하게 된다. 그리고 고향에 돌아온 사람들은, 역시 고향 사람들과 함께 기쁜 마음으로 '하늘'을 바라보고, 하늘이 명하는 순리에 따라 살아가는 내적인 기쁨을 느끼는 것으로 작품의 의미를 이해할 수 있겠다.

작품의 끝 연에 이르러, 다음과 같이 마무리하고 있다.

> 나는 새가 길을 찾으며
> 힘차게 다가온다.

여기서, 시인은 '새'를 제시하고, 그 새를 통하여, 다시 한 번 순리대로 살아가는 참된 가치 지향의 자세를 일깨우고 있다고 하겠다.

그렇다고 하여, 시대의 모순을 풀기 위하여 혼자서만 그 과제를 알고 해결한다는 듯이, 거세고 격앙된 목소리로 외치며 지도자연하지도 않고, 그러한 모순의 실상을 제시하고 시적 사명을 이룬듯이 자만하는 자세도 보이지 않고 평범한 일상인의 처지에 서서, 평범한 민초들이 공감하는 생활 안에서 담담하고 온당한 그러면서도 적실한 의미를 편안하게 일깨운다. 여기서 김년균 시인의 시인적 사명이 겸허한 자세와 융합되어 나타남을 알게 된다.

작품 「길을 걷노라면」(『시문학』, 2003. 11.)을 읽으면서, 그러한 담담함과 안온함의 자세를 재확인하게 되며, 우리가 걷는 '길'의 우여곡절을 받아들이며 살아가는 자세를 제시하고 있는 데 주목하게 된다.

우리의 방법에는 가치 선택의 의식이 항상 움직이고, 그 의식에 따라 행위하는 것이지만, 부정적 측면의 굴곡이 오히려 삶의 견실한 훈련이 되고, 고통이나 수난까지도 어떤 면에서는 우리의 삶의 내용을 견실하게 이끌어가는 힘이 됨을 암암리에 순탄한 말로 말해주고 있다.

> 찬바람 넘치는
> 그곳에서 쉴새없이 넘어지고 찢겨지고
> 온갖 고초 당하다가 겨우 일어서

또다시 나서면,

어느 길에 닿을까.
끝이 있으리.

이처럼, 우리가 걷는 길을 적지 않은 고통이 내재한 것이고, 그 고통은 아마도 누구나 스스로 겪어내고, 겪어가며 살아가는 당연한 것으로 이해하고 있다. 분노나, 억울함이나, 반항의 대상이 아니고, 우리 스스로가 개개인마다 겪어가며 살아간다는 논리를 고지시킨다. 불교의 용어로 제념(諸念, 체념)의 경지에 든 정신적 자세로도 이해할 수 있는 시적 자세라고 할 것이지만, 그런 점보다는 근원적인 원리를 알아차린 자세라고 해야 옳을 것 같다.

이 길을 가노라면 끝이 있으리.
사무친 그리움도 끝이 있으리.

이 작품은 한 개인이 추구하는 삶의 궁극적인 가치가 종명의식으로 마무리되고 있지만, '끝'이라는 용어는 반드시 종명의식만이 아니고, 가치 추구 정신의 극한적인 점을 암시한 결말이라고 생각된다.

즉, 중도에 포기하지 않고, 종명에 이르도록 가치 추구를 마지않겠다는 함의도 함께 포함된 것이 아닌지. 물론, 우리는 세속적 존재이고, 시간상으로 유한한 목숨이므로 위와 같이 작품에 보인바, '파아란 꿈들이 몽실몽실 자라고'에 보이듯이 가치 추구는 세대에서 세대로 이어질 수 있고, 그것이 우리의 역사적 맥락을 이룸에는 틀림이 없다고 하겠다.

가야 할 길은 우리가 선택한 길일 수도 있고, 그러나 보이지 않는 운명의 힘이 결정한 과정들을 하나하나 밟아가며, 겪어내며 걸어가는 길일 수도 있지 아니한가.

작품 「허무조(調)」(『시와 사람』, 2003. 가을)에서 길은 선(禪)적인 인식으로써, 이른바 앞으로 나아가는 삶의 행로와 같은 것이기보다, 고여 있거나 반복적인 것의 되풀이로 인식되고 있다. 작품의 첫 연에서는 '갈 곳 없는 사람들'을 제시하고 '수만 년 전에 떠 있었을 듯한' 구름을 제시하여, 펼침이나 전진이 아닌 정태적이고 부동적인 것으로 나타나 있다.

> 어느덧 넓고 깊은 강과 바다엔
> 눈물과 한숨이 하얗게 모여들어
> 끊임없이 출렁거린다.

이렇게 마무리 지어, 바람직한 삶에로 지향함이 없고, 고통이나 슬픔의 시간이 반복적으로 나타남을 알려주고 있다.

이 작품들의 시대배경이 문민시대나 민주화시대였음에도 불구하고, 시적 의미맥락은 성취의 시간이 펼쳐지는 전진의 의식이 없고, 우리의 자연조차도 '파랗게 질린 얼굴'로 '원망스레 하늘만 바라본다'와 같은 진술을 통해 어떤 시달림을 암시하는 듯이 보인다. 시대의 풍조가 이룬 부정적 의미가 '출렁거리'는 삶의 실상이 제시되고 있다.

이러한 시상은 「순리(順理)를 따라」(『불교문예』, 2003. 겨울)에 적절히 요약되어 있다.

> 길은커녕 개똥조차 보이지 않는다.

이와 같은 시적 진술은, 기대와 배반이라는 반복의 시간의식을 적절히 고지시키는 내용이라 할 것이다. 위에 보인 바와 같이, 길은 주어진 의미도 있고, 또한 동시에 개척해야 할 과제인 점도 있을 것이나, 부정적 의미의 반복으로 더 강조됨을 알 수 있다.

이러한 부정적 시상들은 「낯선 새」(『현대문학』, 1989. 3)에서 간결하면서도 함축된 말로 다음과 같이 맺고 있다.

> 낯선 새여, 눈먼 세상 떠도는
> 서러운 새여.
>
> ── 「낯선 새」 부분

이렇게, 어둠의 시공간의식을 제시하여, 우리 시대의 새로운 이념적 돌파구와 진로를 어디서 모색해야 할 것인가 하는 역사적 과제를 문제로 나타내고 있다. 문제가 있고, 풀어가야 할 길이 없는 고통의 시대를 시인은 증언하고 있는 것 같다.

순리의 삶은 절망과 고통을 통하여 더욱 그리워하게 되는 오래 인식되어 온 보편한 삶의 길인 것을 시인은 더욱 절실히 노래하고 있는 것 같다.

4. 그리운 사람들

어려운 시대를 겪고, 고통을 견디고, 그리고 바람직한 삶을 찾아 그 길을 헤매기도 하는 동안 한 순환의 삶이 다하여 감을 시인은 「그리운 사람」(『계간문예』, 2007)에서 노래하고 있다.

작품 「낙엽」(2005. 10. 5.)에서 시인은 화자의 말을 통하여, 다음과 같이 떠남을 술회하고 있다.

> 벌써 돌아들 가고 있네요.
> 산 너머 바다 건너 이만큼 가고 있네요.
> 많이도 늙으셨네요.
> 세월을 먹은 탓에 주름살이 늘고
> 억세게 산 탓에 몸이 다치셨네요.
>
> ── 「낙엽」 부분

한 사람씩 나뉘어진 운명으로써의 시간이 종반에 이름을 인식한바, 말하자면 이 세상의 삶으로부터 떠나야 함을 말하고 있다. 이러한 깨달음은 관념이나 지식으로서가 아니라 다하여 가는 개인의 실존적 시간의 소진을 자각하는 말이라 여겨진다.

이러한 시상에서 우리는 시간 앞에서 매우 작고 보잘것없는 존재임을 깨닫게 되고, 설사 '꽃'을 들었다 해도, 또는 흉측하게 '칼'을 쥐고 있다 해도, 시간이라는 절대적 원리와 힘 앞에 사라지는 작은 존재임을 일깨우고 있다.

그러므로 실제로는 우리가 '돌아갈 곳'은 우리가 정한 바가 아니고 오히려 시간적 순서 또는 절차에 따르는 그 존재임을 인식하고 시간 속으로 돌아가야 할 운명적 깨달음을 느낄 뿐이다. 여기서 반가운 이웃의 인식은 젊어서 뿔뿔이 흩어져 각자의 길을 걷다가 각자의 일을 경영하다가 다 늙어서 혹은 '꽃'을 들고 혹은 '칼'을 들고 각자의 길에서 살아온 자취를 지닌 모습으로 오랜만에 만나는 반가움을 말하고 있다. 시적 서술자의 목소리는 오히려 담담하고 절대적인 힘인 시간 앞에 겸허히 스스로를 운명에 맡기는 자세를 보인다. 이러한 목소리는 종명에 관한 성숙된 수용 자세를 내포한 것이라고 하겠다.

그런데, 길을 가는 일은 여러 우여곡절들이 있고, 그리움이나 좋은 뜻의 기다림에서 오는 가치충족을 예감하는 것만이 아니고, 작품 「이웃」(2005. 7. 20)에서 보이듯이 일제 때 징용에 끌려갔던 그 시대의 고통이 담겨 있고, 그러한 고통은 아버지라는 가족의 기둥을 중심으로 재확인되고 있다. '이웃'을 잘못 둔 까닭에 징용을 갔고, 그럼으로 하여 '만신창이'가 되어 돌아오기도 한 일제 강점의 체험이 제기되고 있다.

광산에 가서 석탄을 캐는 일이나, 비행장을 만드는 일, 또는 토목공사에서 강제로 노역을 하고, 군수공장에서 강제 노역을 하고 병들어 사망한 이들, 또는 귀국하여 병사한 아버지들도 있었던 게 역사적 사실로 또는

개인의 가정적 생활에서 생생하게 경험하기도 했던 것이다.[1]

이러한 '아버지' 인식에서 광복 후에 귀국한 젊었던 아버지의 깊은 마음의 상처를 보여주고 있다. 병고를 치루면서 한 생을 헤매면서 산 우리의 역사적 진실을 말하고 있다.

> 동(東)으로 갈까, 서(西)로 갈까.
> 아니면, 다른 세상으로 옮겨 갈까.
> 그곳은 눈 감고도 살만 할까.
>
> ― 「아버지」 부분

이러한 아버지상(像)에서 가혹한 세월 속에 늙어간다는 내용이 증거되고 있다. 이런 점에서 역사적 진실은 시적 진실과 합치되며, 역사 서술과 시적 표현 사이의 수사적 기술의 차이가 있을 뿐임을 알게 된다.

누님의 초상을 말하는 작품에서도, 누님의 가난과 고통, 그리고 일찍 세상을 떠난 불행한 여인으로 제시되고 있다.

> 세월이 가도 잊을 수 없는 가련한 얼굴
>
> ― 「그리운 사람」 부분

이 한 줄의 내용에 함축된 고향의 옛 여인들의 모습이 요약되고 있는 듯이 느껴진다. 여성 희생적 관습이 보이는 한 측면이기도 하고, 남성 우월적 생활문화의 모순을 알려주기도 한다.

그리움의 마음은, 그것이 잊혀지지 않는 지나간 일이나 사람이기도 하지만, 멀리 떨어졌거나 가까이 있으면서도 마음을 서로 열어 보이고, 아무런 이유 없이 화합하는, 그리고 서로가 서로를 섬기거나 돌보려는, 혹은 살뜰히 여기는 다른 형태라고 할 것이다.

---

1) 이기백, 『한국사신론』 개정판, 일조각, 1982, 414~415쪽.

아마도 깨닫지 못했었거나, 먼 지난날의 애틋함이 깃들였던 관계의 의미까지도 오래 잃었었거나 한 사람과 이웃과 가족 간의 관계들을 어떤 계기에 다시 절실하게 회상하기도 할 것이다.

시인은 「나무」(『한국문학』, 1982. 5.)에서 다음과 같이 노래하고 있다.

> 그렇다. 사랑에 눈 뜬 사람은
> 가슴에 한 그루의 나무를 심어도
> 바람을 일으킨다.
> 산천이 흔들린다.

이처럼, 사랑의 뜻이 나무로 은유되고 있는데, 이 나무는 바람에 흔들리면서도 사랑을 실현하는 어려움을 감수하고 있는 듯이 느껴진다. 아마도 어떤 어려움이나 어떤 시련이 주어진다 해도 시인은 그의 마음속에 키워온 사랑의 나무를 간직하며 살았을 것이고, 살아갈 것이다. 그 사랑나무가 어떻게 나와 그 있음의 의미를 지탱하고, 그것이 사람마다의 그 특유의 운명을 모습 짓게 하는 힘이 아닌가.

김년균 시인의 시세계를 우세한 사물의식을 중심으로 살펴보았거니와, 근원적으로 왜곡됨에서 벗어나 순리에로 지향하는 정신을 확립하는 것으로 보였다.

가족 사랑의 정신이 고향의 근본적 의미로 보이고, 모순의 세계에서 스스로 바람직한 세계를 지향하며, 사물을 그리움의 서정으로 감싸 안은 시적 자세가 아름답다.

우리 시사(詩史)에서 그의 진실성을 지향하는 시심(詩心)을 귀히 여겨야 할 시인임을 재확인하게 된다.

(펜문학 통권 91호, 2009, 여름)

문효치의 시와 의식

1. 가치 선택의 말과 의식

우리는 어쩌면 평범한 일상 속에서 되풀이되는 행위들 안에서 바람직한 방향을 찾아 실천하려 하고 동시에 어떤 가치들과 어울리도록 노력하는 삶을 이루어간다고 말할 수 있을 것이다.

이렇게 생각한다면 항상 가치 선택의 연속성을 이루어가는데, 직업의 선택이든, 신교의 선택이든, 어느 특정 이념을 정신의 중심에 두고, 그러한 선택된 가치관에 의하여 사물을 이해하고 바라보게 될 것 같다.

그러나 다른 한편에서 보면, 아무리 이성적으로 혹은 중립적으로 사물을 바라보고 이해한다 해도 자신도 모르는 사이에, 감각적인 느낌이나 정의적인 울림 같은 심정적 반응을 나타낼 것이다. 이념이나 신교나 기존의 도덕적 관점, 혹은 풍속적 규제 같은 것에서 벗어나는 욕망 때문에 스스로를 엄하게 다스리는 훈련 같은 노력 또는 참고 자제하는 노력도 하게 될 것이다.

어떤 행위나 일이, 비록 신교나 이념에서 벗어났음에도 불구하고, 심정적 반응이 오히려 감성, 본능 같은 것과 더 직접으로 연결된 결과로 우리 행위의 방향에 더 큰 영향을 줄 수도 있지 않을까 하는 생각이 들기도 한다. 그리고 가치 선택이라는 것도 그를 에워싼 사회적 환경이나 가정환경과도 직결되어 있고, 보다 더 직접적으로 한 개인의 생체·심리적 조건이라는 일정한 제한을 받고 이루어내는 것이 아닌가 생각된다.

시인은 아마도 그런 뜻에서 흔히 말하는 가치 규범 안에 숨은 모순을 더 깊게 이해하는 투시력을 가지고, 세상을 바라보는 게 아닌가 생각해본다. 또는 설명할 필요도 없이 스스로 미적 감동에 젖어들어 어떤 사물들을 통하여 그 의미나 감추어져 있는 모순 같은 것을 말할 수도 있을 것이다.

2. 병(病)과 갇힘의 의식

문효치 시인의 첫 작품집 『연기 속에 서서』에 수록된 「병중(病中)」에서 화자는 병을 얻은 것으로 말하고 있는데, 이는 물론 개인의 생체적 조건과 관련된 병일 수도 있고, 또는 환경적 조건에 의하여 얻은 정신, 심리적인 병일 수도 있을 것이다.

그런데 서정적 화자는 개인의 생체적 병만이 아닌 것을, 그 근원이 무엇 때문인가를 알아내려는 의도를 나타내는 것같이 보인다.

> 어디가 아픈지 모르지만
> 하여간 나는 앓고 있다[1]
>
> ─「병중(病中)」 1연

이러한 첫머리의 제시에서 볼 수 있듯이 불확실한 병의 문제를 말하고 있다. 이어서 "맹수(猛獸) 우리"와 같은 "창고(倉庫)"에 갇혀진 상태를 말하여, 자유를 극히 제한받고 있음을 알려주고 있다.

서정적 화자는 갇힌 상태에서 창을 통해 나무를 바라보고 있고, 그 나무에는 연이 찢어진 채로 걸려 있는데, 이러한 사물의 의식에 비치는바,

---

1) 문효치, 『연기 속에 서서』, 신라출판사, 1976, 24쪽.

어린 시절부터 꿈이 상식적으로 이루어지기보다는 꿈 자체가 부숴진 상태임을 암시하는 것같이 보인다.

이어서 서정적 화자는 전쟁에 희생된 젊었던 아버지를 회상하며, 화자 자신의 처지에 대해 다음과 같이 밖으로부터의 두려움이 있음을 말하고 있다.

> 아무데서나 오가는
> 죽음의 소란한 발자국 소리에 지쳐
> 밤마다 나는,
> 기름기 걷히워 가는 나의 백골(白骨)을…
>
> ─「병중(病中)」 4연

위의 내용에 암시된 바와 같이, "아무데서나", "죽음의 발자국"을 듣고 있는데서, 화자가 처한 시대의 환경이 비정상적 징후를 나타내고 있음을 의식한 것으로 풀이된다.

여기서 개인의 병이 동시에 시대의 병임을 엿볼 수도 있고, 우리가 살아온 길이 "전쟁과 전쟁 사이"라는 비상한 상황이라는 어려움을 이해할 수도 있을 것 같다. 병든 시대를 살아가는 고통을 시적 화자는 말하고 있는 것 같다.

이어서 「삶」이라는 작품에서는, 현세적 삶이 과거의 죽음을 통하여 다시 삶을 얻어낸 것이고, 그러한 논리에서 현세적 삶은 다시 내세적 삶을 위하여 죽음을 통하여 얻어진다는 논리를 일깨우고 있는 것같이 보인다.

> 지금 저승에 와서
> 다시 새로운 인연으로
> 홀어머니와 형제와 친구와 남들을 만나고
> 그래서 새로운 살림을 마련하고[2]
>
> ─「삶」 부분

───────────

2) 위의 책, 22쪽.

이처럼 삶과 죽음의 순환론적 인식을 제시하여 시인 특유의 죽음의식을 보이고 있다. 아마도 불교적 삶 인식에 보이는 삼세(과거, 현재, 미래)의 순환논리와 상통하는 시상이 내포된 게 아닌가 짐작되기도 한다.

작품 「섬광(閃光)의 쇠여」에서 죽음의식이 다루어지고 있는데, "칼"이라는 무기로도 "뿌리에 서려 있는 질긴 생명"을 완전히 없애버리지 못함을 밝히고 있다. 아마도 칼이나 쇠붙이로 암시된 무력으로도 생명의 근원을 끊을 수 없는바, 생명 그 자체의 강인함을 인식하고 있는 것같이 보인다.

이렇게 보면, 목숨을 위협하는 쇠붙이를 정신적으로 어느만큼은 극복하려는 어떤 견딤의 의지 같은 것을 암시하는 것으로 보인다.

3. 떠남 또는 괴멸의식

바람의 연작시편에서도 죽음의식이 나타나 있다. 서정적 화자는 어부로 설정되고 있는데, 그는 풍어를 기대하지만 실제로 거두어들이는 것은 "창백한 시체뿐"이라고 서술하고 있다. 다음 작품 「바람(II)」는 "성곽"이나 "사랑"까지도 모두 짓밟기는 하지만 바람 자체는 참된 의미 기능이 없는 사물로 제시된다. 말하자면 시대의 바람이 거세어서 기존의 전통이나 가치를 암시하는 듯한 "성곽"까지도 짓밟고 있지만, 바람 자체의 뜻은 제시되어 있지 않다. 짐작컨대, 무가치한 시대의 세력이 힘은 강하지만 그 힘 자체의 도덕적 가치는 공허함을 암시한 것이 아닌가 생각된다.

서정적 화자는 「바람(II)」에서 좀 더 확실하게 폭력이나 죽음의 의미로 위협하는 어떤 힘임을 천명하고 있다.

바람이여, 폭우와 해일을 이끌고 나에게 상륙(上陸)하는 바람이여, 내 가련한 어머니와 애인과 겨레를 잡아먹고 아직 비린내 나는 이빨을 드러내고

달려온다.3)

—「바람(II)」 부분

이러한 바람은 짐작컨대, 태풍의 험상한 파괴력을 빌어, 비정상적인 시대의 힘이나 전쟁 또는 제도 같은 것을 암시하는 듯이 느껴지기도 한다.

젊음을 구가하며 손수 울리던 색색의
깃발이 밟힌다4)

—「바람(II)」 부분

이러한 서술에서 자유로운 삶의 의미 또는 자유로운 개개인의 삶, 개성이나 개인의 사색 또는 개인이 존중하는 이념 같은 것들이 바람이라는 거대한 폭력에 의하여 짓밟히고 있음을 암시한 것으로도 풀이할 수가 있다.
삶의 온전성을 회복하려는 노력이나 끈질긴 대결 같은 것보다는 상실감이나 괴멸되는 심상이 나타나 고통을 되풀이하여 호소하고 있다.
작품 「꽃」의 연작에서도 온전한 꽃이 그 자체의 생명적 충족을 보여주기보다, 떠나버리거나, 처벌받거나 하는 의미를 보이고 있다.

잠시 한 초롱불을 켜고
신접의 이삿짐도 들이고
똑닥 거리며 집도 짓다가

그대여, 갑자기
불을 끄고
집도 헐고

---

3) 위의 책, 46쪽.
4) 위의 책, 46쪽.

다시 향기와 빛깔을 거두어
가버리는 그대여[5]

— 「꽃(I)」 부분

흔히 꽃은 어떤 가치의 충족상태나 성숙됨을 암시하기도 하지만, 더러
는 이념의 완숙을 뜻할 수도 있을 것이다. 시련의 시간과 고통들을 견디
고 겪고 난 다음 꽃이 개화한다면 아마도, 그런 꽃은 어떤 성취나 가치의
펼침이 순탄함을 의미할 수도 있을 것이다.

그러나 위에 인용된 바와 같이 꽃은 한동안은 화자의 기대나 바람직한
공존 혹은 동질감을 지속시키며 삶의 기쁨을 나타내지만 그보다는 성취
하기도 전에 곧바로 가버린다고 말하고 있다.

또 「꽃(II)」에서도 처벌받는 꽃을 제시하고 있다.

밤마다 머리맡에서
비명을 지르며
수레에 실려 유형되어 가는 꽃[6]

— 「꽃(II)」 부분

서정적 화자가 가꾸고, 받아들이고, 소중히 여겨온 또는 간직해온 가치
로서의 "꽃"은 오히려 처벌받고 유형지로 떠난다는 가치 상실 및 훼손됨
을 알려주고 있다.

이러한 의식들은, 시인이 경험해온바, 20세기 중반기에서 후반기에 이
른 역사, 사회적 흐름에서 체험한 가치의 왜곡현상의 한 면을 증언하는
심상 등이 주요하게 나타나 있다고 하겠다.

---

5) 위의 책, 48쪽.
6) 위의 책, 49쪽.

이러한 시인의 사물 인식에서, 「회상의 사월」도 의미의 맥락이 연결됨을 엿보게 된다.

> 무리지어 하늘을 향해
> 비통의 울음을 울던 새가
> 작은 부리로 토해 놓고 간 핏빛이
> 하늘을 덮는 황금 나비떼의 날개에
> 실려 나부낀다.
>
> (…중략…)
>
> 이윽고 나무의 눈이 되고
> 잎이 되고, 꽃이 되는
> 수많은 주검 앞에서
>
> 나는
> 날아오르는 새이고 싶다
> 울부짖는 새이고 싶다[7]
>
> ― 「회상의 사월」 부분

인용된 내용에 나타난바, 봄(4월)이라는 계절이 가져온 싹틈과 성장과 꽃의 함축된 의미가 "주검"으로 바뀐 사태를 서술하고, 그 생명의 소중함을 "울부짖는" 역할을 서정적 화자는 자원하고 있다.

죽어서는 안 되는 가치를 영속적으로 알리고 고지시키는 사명감을 스스로 자원하여 실행할 수 있는 "새"의 심상을 제시하고 있다. 새의 시각은, 지상에 머문 사람들의 시각보다 넓을 뿐만 아니라, 있음을 있음 그 자체로, 또는 현상을 현상 그 자체로, 상황을 상황 그 자체로 포착하는 시선

---

7) 위의 책, 60쪽.

을 가진다는 전제에서, 공정한 관찰자의 입지에서 시대 전체의 모순이나 아픔을 고지시킨다는 암시성을 시적 장치로 채택한 것은 아닌가.

한 예로서 4·19혁명에 희생된 고상한 젊은 영혼들의 숭고한 희생과 그 정신의 계승이라는 시적 표현이라고 말할 수 있겠다.

여기서 시적 진술 방식의 언어 조작과 역사적 진실의 현상을 기술하는 문장에 그 표현의 차이가 있고 역사적 사실을 사실대로 기술하는 말과 시적 표현의 정서적, 암시적, 정의적 언어조정과 표현에서 그 느낌이나 감동이 적지 않은 변별적 효능이 있음을 실감케 된다.

시의 화자는 "새"의 심상을 통해, "핏빛 하늘"로 그 절규의 뜻을 보편적 가치임을 알려주고, 이어서 "나무"의 생명적 특징을 빌어 새로이 싹트는 가치로서 영속됨을 암시하고 있다.

4. 새로 태어남, 옛 유물의 의미

재생이나 부활의 사상은 종교적 상상력에 의하여 현세적 삶의 불행이나 극심한 재앙으로 부터 신교적인 구원의식과 연결되고 있겠다.

그러나 전통적으로 무속신앙에서도 불교적인 세계관과 연결되어 재생의식이 이어오고 있기도 하다. 그런데 자연현상 속에서 찾아볼 수 있는 재생의 의미도 또한 매우 값진 의식이라 볼 수 있다. 인간계 자체가 자연에서 분리된 것이 아니고 자연의 연속성에 깊게 포섭되고 있기 때문이리라.

이 시인의, 앞에서 본 바, 죽음의식도 사실은 삶의 의식 또는 생명의식의 앞면과 뒷면이라는 점을 간과할 수 없는 것이라고 말할 수 있겠다.

시인은 「정동(貞洞)에서」라는 작품에서 다음과 같이 새봄의 생명이 싹틈을 말하고 있다.

보인다 눈을 트고 있는
능수버들이 머리카락에

스믈스믈 부어내리는
부활의 물

평범한 하루
골목을 누비는
바람의 향기처럼
새로운 생명은 언제나
탄생된다[8]

— 「정동에서」 부분

긴 기간을 두고 죽음의식이나 잔혹한 파괴의식에서 벗어나는 의식의
전환이 위 작품에서 보이고 있다. 봄비와 봄바람을 느끼며, 보며, 정동 골
목을 빠져나오는 시적 화자의 걸음걸이까지 느낄 정도이다. 누구나 봄이
오면 흔히 느낄 수 있는 일상적인 자연현상이지만, 이 작품에 제시된 시
적 화자에 있어서는 다시 태어남의 인식이 의식 속에 싹트고 있음을 알려
주는 하나의 전환의 징후로서 의미가 있다.
다음 「황토(黃土)」라는 작품에서도 시인은 서정적 화자를 통하여 다음
과 같이 흙의 생생력에 착목하고 있다.

부활하는 생명의 열락을 시작하라[9]

— 「황토」 부분

인용된바, 황토의 생명 탄생의 터전으로서 새삼스런 깨달음의 인식을
제기하고 있다.
일반적인 의미의 흙이라기보다는 역사적 의미를 내장한 황토를 말한

---

8) 위의 책, 86쪽.
9) 위의 책, 86쪽.

것인데 시인의 어떤 의도가 담긴듯이 보이기도 한다. 죽음의식에서 차츰 벗어나, 역사 속에 묻힌 옛 왕국의 귀중한 문화의 재발견을 시도한다. 여기서도 시인은 잊혀진 옛 시간 속에서 새로운 가치로 재탄생되는 바 시인 특유의 역사의식이 보이기 시작한다.

역사 속에 묻힌 또는 흙속에 묻힌 왕조의 유물에 담긴 의미를 다시 일깨우는 작품들이 보인다. 예컨대, 「무령왕의 청동식리」, 「무령왕의 목관」, 「무령왕의 도자등잔」 등이 그러하다. 시인의 교양이나 어떤 역사의식에 의하여 이러한 작품을 발표한 것으로 보인다. 한 왕조의 빛나는 문물은 오늘날의 후손에게 재인식시킬 의도가 있었다고 짐작이 간다.

고조선의 유물이나 구 삼국시대의 묘나 석굴 또는 벽화 같은 것이 아니고, 백제 왕국의 유물에 착목한 데는 그럴 만한 이유가 있었다고 하겠다.

백제 왕국의 문화유산이 파괴되고, 없어졌던 것은 나당 연합군의 무자비하고 야만적인 파괴행위에 의한 것이었으므로, 그리고 무자비한 문화재의 약탈에 의하여 없어졌으므로 그 가치가 가려졌었는데 1970년대 무령왕릉이 온전한 상태로 발굴되어 그 숨은 옛 백제문화의 가치가 재발견되기에 이른 것이었다.

한편 『삼국사기』나 『삼국유사』가 우리나라의 역사서로서 귀중한 가치가 있는 것은 사실이나, 그 저서들이 모두 신라사 중심으로 기록되고, 구 사료를 신라사 중심으로 선별 수록하여 한국사이기보다는 신라사 지방사로 치우친 바 있음을 이 방면의 독서인이면 누구나 시인할 것이라고 말할 수 있다.

이러한 편향된 저술 태도에 대하여 어떤 공정성 및 한국 고대사의 온전한 점을 고려한 시인의 독특한 역사의식에 의한 시편들이라 말할 수 있을 것이다. 출토된바 유품들은 신라 왕릉의 유품과 하등의 열악함이나 거친 것이 없고 오히려 한층 높은 세련성이 돋보이기도 한다.

신라 천마총이 견혈식(堅穴式) 적석총(積石塚)이기 때문에 고구려의 고분에 보이는 벽화가 없으며, 그 대신 부장품이 현존하여 신라 금공예의 우수함을 보인다. 그러나 송산리 무령왕릉에서 출토된 금제품들은 신라 것 못지않게 섬세, 우아한 것도 사실이다.

오늘날 현전하는 미술품도 주목할 만한데, 서산의 마애석불이나 금동미륵반가상과 같은 작품은 세계에 유래가 없는 미적 가치를 보유하고 있음은 알려진 바 있다. 일본 나라에 있는 법륭사의 목각불상은 백제인의 우수한 예술적 기량이 돋보이는 걸작품임이 알려졌다.[10]

> 천년의 세월 속에 오히려 꺼질까
> 삼베 심지에 배어드는 들기름은
> 님의 머리맡에서
> 노랗게 익어가는 백골을 비추고
> 자유로이 나래펴는 영혼을 밝히고[11]
>
> — 「무령왕의 도자등반」 부분

위에 인용된 부분에서 천년의 세월을 불 밝혀 백제문화의 빛을 지킨 점을 시의 화자는 오늘의 독자에게 전하여, 다시 살아 있는 옛 백제의 창조적 힘을 알려주고 있는 것 같다.

이어서 「날아오르는 것이 어찌 새뿐이랴」에서, 천년이 지난 시간 속에 묻힌 옛 우물에 서린 새로운 빛을 노래하고 있다.

> 날아오르는 것은 새만이 아니었다.
> 공산성(公山城)에서는
> 한 덩이의 기와쪽에서도
> 한 조각의 사금파리에서도

---

10) 이기백, 『한국사신론』, 일조각, 1967~1982.
11) 문효치, 『연기 속에서』, 신라출판사, 1976.

반짝이는 혼령들이 태어나
낼갯짓을 하며 날아오르고 있었다[12]

　　　　　　　　　　　　　　— 「날아오르는 것이 어째 새뿐이랴」 부분

　옛 유물의 의미가 다시 살아나, 옛 문화의 빛을 발하는 시적 상상력에
는 옛 삼국시대의 정신이 깃들어 있음을 감지한 때문이라고 하겠다.
　또 다른 작품 「무령왕을 만나고 나오다가」에서도 역사적 사건 속에 숨
은 그 시대의 절박한 상황의 의미가 한 부분 되비쳐져 일상적이고 세속적
인 삶 인식에 생동하는 긴장감을 고지시키려는 의도가 담긴듯이 보인다.
　물론, 지난 역사가 동족의 분열과 통일이라는 논리에 마무리된 오랜 세
월이 지난 일이기는 하나, 오늘의 분단 상황의 민족적 모순에 되비쳐 본
논리는 이해할 수 있을 것 같다.

　　울타리 너머
　　감자밭을 지나, 바람은
　　황산벌에서 죽어간 백제 병사의
　　서러운 아낙의 목소리를 싣고
　　소나무 머리에서 참나무 머리 건너뛰며
　　성으로 오르고 있었다[13]

　　　　　　　　　　　　　　— 「무령왕을 만나고 나오다가」 부분

　이처럼 통일의 대업에 담긴 모순과 고통의 상황을 요약한 표현으로
"바람"의 심상이 적절히 나타나고 있다. 역사적 사실 속에 담긴 상황의
의미를 엿볼 수 있게 했다.
　이처럼 백제에 마음을 기울이는, 시인에게 있어서의 내적 도구는 좀 더

12) 문효치, 『백제의 달은 강물에 내려 출렁거리고』, 홍익출판사, 1988.
13) 위의 책, 44쪽.

구체적인 제시가 요구됨 직하다.

시인은 「무령왕에게」에서 다음과 같은 불교예술품을 통하여 특히 백제불의 의미를 주목하고 있다.

> 당신의 거느리던 영토는 잃었지만
> 당신의 영혼과 피는 여전히 살아서
> 금강 언저리에 출렁입니다
>
> 내 앞에서 강은 언제나
> 반가사유상으로 몸을 일으켜 앉고는
> 바른 손으로 턱수염을 긁적거리며
> 입을 쫑긋쫑긋 말을 합니다
>
> (…중략…)
>
> 나는 기슭을 서성이며 귀 기울입니다[14)]
>
> ─「무령왕에게」 부분

이 작품에서 지난날 왕의 말을 시적 화자는 듣고 있는 자세를 보이면서, 반가사유 불상과 합치시켜, 백제의 정신이나 백제문화의 숨은 뜻이 현존함을 알리려고 하는 것 같다.

불교에서 "반가사유상(半跏思惟像)"은 성불 이전의 석가모니의 성불에의 자세를 나타낸바 고뇌와 사색을 말하는 의미가 내장되었다고 한다. 그러나 한국 땅에서는 미래불의 의미가 더 깊게 숨어 있어 미륵보살의 신앙적 대상으로 그 의미가 큼을 엿볼 수 있다.

이런 점에서 미래불의 의미는 시적 화자가 마음 기울인바, 오늘날의 시

---

14) 위의 책, 45~47쪽.

대적 고통을 극복해 민족 내부의 모순을 크게 지양할 정신의 주체자로 인식되게 한 점을 간과할 수가 없다.

지상에 조각된 어느 나라 어느 시대의 불상보다도 특히 백제 반가사유상은 최고 작품으로 평가받고 있기도 하다.

지옥문 앞에 고뇌하는 로댕의 이른바 〈생각하는 사람〉의 미술적 평가가 매우 높고 그 숨은 뜻의 오묘함에 감상자들이 감동되어 경의를 표하는 바 그 가치의 걸출함을 더 이상 논급할 게 없다. 그러나, 백제 반가사유상 앞에 선 뜻있는 모든 사람들은 그 자세와 표정에서 풍겨오는 극복, 초월, 원융의 뜻을 크고도 깊은 체념(諦念)의 철학적 형상에 머리 숙이지 않을 수 없다.

시적 화자는 사라진 왕조의 여러 유물에서 미래불인 미륵상을 시의 중심사상으로 채택한 것같이 보이기도 한다.

그런데 옛 삼국시대의 특정한 지역의 전통이라는 관점보다 더 중요한 것은 대동사상(大同思想)의 입지에서 겨레 전체의 중심사상으로서 더 큰 뜻이 있음을 넓게 통합하는 자세로 시심(詩心)을 심화시켜 나아가야 하리라고 생각한다.

5. 시적 자아의 성찰과 그 심상들

위에서 본 바와 같이, 시대의 거친 힘에 의하여 고통 받고, 시련 속에서 방황하기도 하고, 그러나 우리의 자아는 자기 자신의 내부를 성찰함으로 더 성숙한 단계로 또는 심화된 참 지혜를 가까이할 수도 있을 것이다. 가령 「놀부의 혼잣말」 같은 작품에,

　　　빈 항아리처럼
　　　속을 비워내고

(…중략…)

아, 이제부터는
나도 가벼운 몸으로
제비처럼 자유로운 비상을 하리[15]

— 「놀부의 혼잣말」 부분

이러한 시구에서 마음을 비우려는 시적 자아의 노력을 보이고 있다. 다음 「지리산 시(산에 오른다)」에서도 자아가 부딪힌 무거운 현세적 짐을 해결하기 위해 산을 오르는 시상이 제시되고 있다.

배낭 속에
무거운 숙제

산에게 묻기 위해
안개를 따라 오른다.

(…중략…)

산이 내가 되고
내가 산이 되어서

무거운 숙제를
풀어보고 싶다[16]

— 「지리산 시」 부분

이처럼 쉽게 씌어진 것 같은 작품에서 시적 화자는 그 자아가 부담하고 있는 욕망, 세속과의 인연들로부터 좀 더 멀찍이 벗어나 자연 그 자체와

---

15) 『진단시』 12, 동천사, 1988, 67~68쪽.
16) 위의 책, 69~70쪽.

동화되어 세속적 삶의 경계를 벗어나려는 시도가 보인다.

우리의 현존과 얽힌 세속적 욕망으로부터 초탈하려는 정신적인 자세의 한 변전을 기하려는 시상으로 볼 수 있다. 그러나 현존이라는 삶의 운영은 반드시 욕망이라는 본성과 어우러져 있으므로 초탈이라는 경지에 이르기는 쉽지가 않은 우리의 일상적 삶의 과제이기도 한 것이다.

시적 화자는 현존하는 백제 사찰의 고전적 가치가 있는 수덕사를 다음과 같이 노래하고 있다.

> 적막이 너무 무거워
> 목을 뒤트는 나무 잎사귀
>
> 푸른 하늘도
> 견고한 적막에 부딪쳐
> 깨지고 으깨져
> 골짜기로 떠내려가고
>
> 수덕사 독경소리마저
> 그대로 굳어 법당 앞에 쌓여있는데[17]
>
> ― 「수덕사의 뜰」 부분

이 작품에 보인 "적막"의 의미는 수덕사라는 일정한 공간적 의미만이 아니라 시간상으로 도달한 시의 화자가 깨달은 바의 고요함의 초월적 의미까지 포함시키고 있는 것 같다.

> 여기 들어온 순간
> 내 몸 또한
> 아무 뜻도 없는 한 점 적막 일뿐

---

17) 문효치, 『남대리 엽서』, 문학아카데미, 2001, 71쪽.

색도 형체도 보이지 않는
태어나기 이전의
한 낱 허공일 뿐[18]

— 「수덕사의 뜰」 부분

이처럼, 불교사상의 핵심이자 정수인 정신적 성숙의 순간을 포착하고 그에 감응하며 동질감을 느낀 서정적 표출로 풀이된다.

불도에 마음을 기울이는 이라면 알 수 있겠지만 『반야바라밀다심경』에 그 중심적 의미가 선명히 나타나 있다.[19] 구도자로서의 관음(觀音)이 심원한 지혜의 완성을 이루려 노력할 때, 우리 현존하는 삶에 얽힌 바 다섯 가지의 구성체로 나타나나, 그 근원은 실체가 없는 것임을 통찰한 내용이다. 흔히 인용되는 "색즉시공 공즉시색"의 의미를 해명한바 관음의 높은 지혜이다.

서정적 화자가 시대의 극단적 불안과 죽음의 세계에 갇혀 고뇌하다가, 그리고 떠나고 붕괴되는 현상에서 번민하고, 방황하다가, 자연의 순환원리 속에서 재생의 뜻을 공감하였다.

그런 연후에 서정적 화자가 발 디딘 곳이 "관음"의 정신세계에 이른 것으로 짐작이 간다. 우리 삶 전체의 운영을 공의 세계와 일치시킨다 해도 "있음(또는 현존)"은 시공적 얽힘과 인연이라는 연결고리로부터 완전히 자유로울 수는 없기에, 어느 순간, 그 경지에 투신함을 포착한 시상이 아닐 수 없다.

염불이 끝나고
스님 두어분
방금 바다에서 건져 온

---

18) 위의 책, 71쪽.
19) 『반야바라밀다심경』 참조.

파도 소리 하나
반질거리는 방바닥에 굴리며
귀 기울이고 있네
어느새 들어온
달빛, 물감 풀어 바르며
함께 듣고 있네

(…중략…)

큰 바다의 파도소리들
청조헌 방안으로
목을 늘여 넘겨다 보네[20]

— 「망해사」 부분

　바다의 파도소리와 자아가 일체화된 심정을 노래하고 있다. 아마도 이
때 서정적 화자는 그 자신이 바다의 물결일 것이고, 어쩌면 그런 의식까
지도 바다 소리에 용해되어버렸을 것이다. 이러한 시상들에서 시적 자아
와 자연의 융합을 보이면서 어떤 영생(永生)을 암시하는 듯이 보인다. 혹
은 시간 속에 묻혀버린 가치들이 되살아나는 뜻이 엿보이기도 한다.

6. 맺음말 – 자아 훈련과 수련의 의식

　어떤 바람직한 가치에 이르기 위한 자아의 훈련은 흔히 있기 마련이지
만, 완성되었다거나 완결된 상태의 앞선 선례를 따른다는 일종의 학습과
정이나 동화과정 같은 사례도 있을 수 있을 것이다.
　그러나, 실제 개개인의 체험이나 사례들은 개별적 특수성이 있으므로

---

20) 문효치, 『남대리 엽서』, 앞의 책, 81쪽.

일반화된 또는 상식화된 관점에서 쉽게 판단할 일은 아닌 것 같다.

작품 「바다의 문(13)」의 예를 들면 다음과 같다.

> 허리 굽은 소나무 한 그루
> 속살을 열어
> 상처를 씻고 있다
>
> 바닷물
> 한 사발씩 퍼서
> 붉은 상처에 끼얹어가며
> 긴 긴 울음 토해내고 있었다.
>
> 수마에 다듬어진
> 차돌 위에
> 달빛 주워보아
> 짓 찧어 바르고 있었다.[21]
>
> ― 「바다의 문(13)」 부분

인용된 작품에 나타난 소나무는 바닷가에 선 실제의 한 소나무일 수도 있지만 시적 화자는 파도에 또는 파도로 함축된 시련의 시간에 시달리며 서 있는 모습을 "붉은 상처"로 제시하여 고통의 의미를 의인적인 뜻으로 느낄 수 있게 하였다. 그러니까, 시간의 의미를 대행하는 바닷물로 하여 시대가 만든 고통이 자아의 고통으로 연결되고 있다.

그런 해석을 가능케 하는 "수마"는 시간의 가혹함이나 역사의 의미가 흡수되어 바위 같은 견고한 사물조차도 "물"의 힘 또는 의지에 의하여 "다듬어진"다는 심상에서도 그러한 풀이가 가능한 작품이다.

---

21) 문효치, 『바다의 문』, 인문당, 1993, 5쪽.

마지막 행에서 "달빛"은 누구나 경험하듯이 어둠을 비추어 사물의 있음을 밝히는 힘으로 이해한다면 그 밝음의 의미에 의존하여 아픈 자아의 정신적, 심리적, 가치지향의 고된 훈련임을 느낄 수 있게 하는 것은 아닌지.

시 속에 숨어든 시적 화자의 정신세계가 모두에게 전해지는 수도 있고, 그렇지 않을 수도 있다. 그러나 시인은 분명히 시적 화자를 내세우고 그 입과 마음을 빌어 이 시대에 사는 이들이 눈여겨볼 만한 또는 한 번쯤 눈길을 돌려볼 만한 무엇이 담겨 있음에 틀림없다.

시대의 아픔을 증언하든지, 개인의 고통을 읊조리든지, 할 이야기가 있기에 작품이 세상에 알려지는 것이라면, 그 누구도 그 시의 화자가 말하는 뜻은 나와는 무관하다고 말할 수는 없을 것이다.

시대의 불행이 개인들에게 끼친 고통은 그 받아야 할 개인들의 삶의 방식에 따라 또는 의식에 따라 달라질 수는 있겠으나 그러한 시대의 흐름이나 힘의 영향에서 아무도 벗어날 수는 없을 것이다.

시인은 보이지 않는 시대의 큰 힘에 맞서서 그들만의 감정과 의식으로 감추어진 힘들의 진실을 개별화하여 말하는 책임을 다하는 언어의 주관자가 아닌가.

(2010. 5)

제2부
작가정신과 삶의 해석

신채호의 『리슌신젼』 고찰

1. 머리말

이순신의 역사적 공적은 여러 문헌에 나타나 있어 역사, 전기, 소설, 영화 및 그 밖의 여러 문예양식에서 자주 다루어져, 이른바 이순신학을 세울 만큼 그 범위가 방대하다. 특히 임진란과 관련된 민담이나 설화적 내용으로부터 동화, 영화, 연극, 만화, 방송극 등에 걸쳐 되풀이되는 이야기의 주인공으로서 다양한 해석과 형상적 특성을 지니고 있다.

근대문예에서도 많은 작품들을 볼 수 있는데 신채호의 『리슌신젼(李舜臣傳)』(『대한매일신보』, 1908. 6. 11~10. 24; 『단재신채호전집』, 개정판, 별집, 형설출판사, 1977)을 위시하여, 이광수의 『이순신(李舜臣)』(『동아일보』, 1931. 6. 26~1932. 4. 3; 『이광수전집』 제12권, 삼중당, 1962), 박종화의 『임진왜란(壬辰倭亂)』(을유문화사, 1955, 1958), 김성한의 『임진왜란(壬辰倭亂)』(어문각, 1985; 행림서원, 1990) 등이 그 주요한 작품들로 알려져 있다.

그러나 이 밖에도 읽을 가치가 있는 노작들도 상당히 있으므로 소설과 전기를 모두 찾아낸다면 적지 않을 것으로 보인다. 전기체로 쓴 저작물들은 역사적 고증에 더 세심한 공력을 들였을 것이고, 소설가들도 역사적 사실을 소홀히 한 것은 아니지만 비교적 문예적 형상화에 더 고심했을 것으로 보인다.

이은상의 『충무공의 생애와 사상』(삼성문화재단, 1975)과 조성도의 『충무공의 생애와 사상』(명문당, 1982) 등에 보이는 참고문헌도 국내외를 망라 40종 이상이나 된다. 물론 시가나 전적지를 고증한 답사기나 기행문 형태의 저작들까지 모두 종합하려면 자료조사에만 한하여도 적지 않은 노력을 기울어야 할 것으로 보인다.

본 연구에서는 신채호의 『리슌신전』을 검토하면서, 작가의 저술목적과 그 형상적 특성이 무엇인가를 살피면서, 이순신을 어떻게 이해하고 평가하고 또 형상화했는가를 알아보려고 한다. 이광수나 박종화의 작품과도 대비할 만한 연구사의 방법도 가능하나 본고에서는 신채호의 작품에 한정하여 고찰하려고 한다.

2. 이순신상의 형상화와 애국계몽의식

1) 국문소설의 가치 인식

역사학자인 신채호가 역사서를 저작하는 것으로 만족하지 않고 전기소설을 쓴 것은, 전기소설을 써야 했던 시대적 요구와 작자의 창작동기 때문이었을 것으로 보인다. 즉 한말의 국제열강의 한반도 진출에 따라 국기가 흔들리는 위기에 처하여 애국사상과 계몽사상으로써 일반 민중을 깨우쳐 독립국가의 확고한 지반을 다지려는 데 영웅전기소설을 펴낼 목적이 있었다고 보인다.

여기서 일반 독자들이 쉽게 접할 수 있는 책은 순 한글로 써야 할 것이라는 방법도 아울려 생각했을 것이라 짐작된다. 그러나 처음에는 『이태리건국삼걸전』(광학서포, 1907), 『을지문덕』(광학서포, 1908), 『이슌신전』

등 한문을 주로 한 혼용체로서 한글은 의미의 흐름을 조정하는 조사나 어미활용 부분만을 표기하여 썼으므로 거의 한문 문장에 가까운 것이어서 일반대중이 이해할 저작은 아니었다. 즉 순 한글로 된 책의 형태는 일반 독자를 위하여 필요했던 것이고, 신채호는 그러한 요구를 이해하여 '패셔싱'으로 하여금 역술하여 『리슌신젼』을 펴내게 했었을 것이라 보인다.

신채호는 국문소설에 관하여서도 그 효용성을 중요하게 인식하고 독자 수용의 문제를 다룬 적도 있다. 그는 한 사회의 인심과 풍속을 건전하게 하려면 소설의 내용이 건전해야 한다고 말하였다. 이는 어떤 사상적 저술보다도 누구나 쉽게 접할 수 있는 국문소설이 광범한 독자층을 가지고 그 읽는 이들의 의식과 사상에 지대한 영향을 끼친다는 의미가 들어 있음을 말한 것이었다. 이어서 '俠情 慷慨的 小說이 많으면 국민이 감화된다'고 믿었다. 심지어는 '小說은 國民의 魂'[1]이라고까지 말하여 민족정신의 반영으로서 의의가 큼을 논파하기도 하였다. 이러한 신채호의 소설 인식에서 역사적 저작보다도 국문소설의 영향력이 더 큼을 인식하고 저작에 임하였음을 짐작할 수 있다. 순 한글체 전기는 신채호의 국한문 혼용체를 역술한 '패셔싱'으로 되어 있으나, 그렇게 간행할 것을 허용한 데서 신채호의 시대를 앞서가는 전진적 지식인으로서의 의도가 명백히 살아 있음을 알 수 있다.

또 「소설가의 추세」에서도 다음과 같이 그 영향의 지대함을 강조하였다. 그리고 당시의 소설이 남녀의 사랑에서만 취재하여 민심을 퇴폐로 이끎을 경계하였다.

小說은 國民의 羅針盤이라. 其說이 俚하고 其筆이 巧하여 目不識丁의 勞動者라도 小說을 能讀치 못할 者ㅣ 無하며, 又 嗜讀치 아니할 者ㅣ 無하므로, 又 嗜讀치 아니할 者ㅣ 이 하므로, 小說이 國民을 强한 데로 導하면 國民

1) 신채호, 『단재신채호전집』 下, 형설출판사, 1975, 18쪽.

이 強하며, 小說이 國民을 弱한 데로 導하면 國民이 弱하며, 正한 데로 導하면 正하며 邪한 데로 導하면 邪하나니, 小說家된 者ㅣ 마땅히 自愼할 바어늘……2)

이러한 견해에서 효용론을 중시한 신채호의 문예관이 분명히 나타나 있다. 즉 일반 대중의 의식을 바른 데로 이끄는 데 한글소설의 역할이 지대하므로 그 작가는 건전한 가치관을 가져야 할 것이라고 논평한 것이라 보인다. 즉 국민을 계도한다는 목적이 나타나 있다.

2) 이야기의 짜임

전기소설의 주인공을 역사적 인물로 택하였으므로, 그 인물의 행적을 역사적 자료에서 객관적으로 취택하여 이야기로 엮을 수 있게 배열하였을 것이다. 즉 소설적 형상에 요구되는 인물의 심리적 동기의 발견과 행위에 어울리는 타당한 논리나 여러 묘사적 장치 등 그리고 가정환경이나 사회환경과 관련된 행동양식 등이 고려되었을 것은 말할 것도 없겠으나, 그보다는 역사적 사건으로서 의미 있는 행위가 이미 사료에 보존되어 있는 인물이므로 역사적 자료의 객관적 취재가 요긴했을 것이다. 그리하여 전기소설의 일반적인 서사 배치의 관례인 편년체에 따랐을 것으로 보인다. 편의상 그 장별 항목을 보면서 내용을 검토하려 한다.

1장 서론
2장 리슌신의 어려슬 때와 쇼시ㅅ적의 일
3장 리슌신의 츌신과 그 후의 곤란
4장 오랑캐를 막던 조고만 싸홈과 죠뎡에서 인직를 구함
5장 리슌신이 젼징을 쥰비

2) 신채호, 「소설가의 추세」, 『대한매일신보』, 1909.12.2, 1面, 談叢.

제시한 바와 같이 장별로 나뉘어져 있는데, 이는 고소설의 회장체 구성 양식과 같은 방법이다. 그리고 이러한 장은 이순신의 행적에 따라 19장으로 나뉘어 생장, 관직생활 및 전선생활 등으로 대별되고 있다.

전기소설의 서사 배열은 역사서의 '열전(列傳)' 양식에서 비롯되어 역사적 의미와 개인사가 합쳐지는 객관적 서사임을 알 수 있다. 상상적이고 허구적인 이야기라면 예술적 장치로서의 서사 배치의 효과적인 솜씨를 우선적으로 고려할 수 있지만,[3] 객관적으로 거의 확정된 인물을 전기소설로 다룰 때에는 예술적 고안보다는 역사적 사실 또는 진실을 더 주요한 서술대상으로 말하려는 경향이 큼을 알 수 있다.

이러한 편년체의 형태는 신채호의 다른 소설 『을지문덕젼』에서도 서론과 내용 15장 그리고 결론이 거의 같은 방법을 따르고 있음을 볼 수 있다.

---

3) 최명진, 『자결고』, 삼성문화재단, 1986. 이 작품에서는 이순신이 형을 받는 장면부터 시작된다.

그리고 역시 『이태리건국삼걸전』도 서론, 결론이 있고 총 26절로 나뉘어 장회체 구성의 이야기로 짜여 있다.

3) 청소년기의 성격 : 강직함과 정의감

앞에서 말한 바와 같이 단재는 국기를 확립하려는 큰 뜻을 품고 애국 계몽의 정신을 펼 것을 목적으로 전기소설을 창작하였으므로, 위기를 구한 큰 영웅을 대상으로 창작하였을 것이다. 그런 까닭에 이순신의 지대한 인내력과 희생적 봉사정신을 통하여 한말의 정치적, 경제적 위기를 극복하려고 한 것으로 보인다. 여기서 영웅적 인물이 문제될 수밖에 없었을 것이며, 신채호 자신의 사관과 국가관 속에는 영웅숭배주의가 깃들어져 있음을 쉽게 발견할 수 있다.[4] 신채호는 한말의 국난을 극복하기 위하여 독립투쟁을 했고 스스로 그러한 전기소설을 저작하였다.

> 我所願而所求는 只是 我國에 有愛國者로니, 嗚呼라 雖 無量의 人口 · 無量의 土地 · 無量의 寶貨 · 無量의 産業이 有할지라도 愛國者가 無하면 虎吻 耽耽에 皮肉이 鑠盡하고 屠刀霍霍에 若痛이 滋甚하리니 其誰保持며 其誰 救之리오.[5]

이처럼 사람과 물질이 많아도 애국자가 없으면 나라가 망함을 말하며, 구국의 애국자를 기다리고 출현하기를 기대하고 세 편의 전기소설을 썼음을 짐작할 수 있다.

서론에서 작가는 왜국의 침략에 항전하지 못한 수치를 말하며, 민족의

---

4) 신채호, 「영웅과 세계」, 『단재신채호전집』 별집, 111쪽. 그 밖에도 여러 논설과 역사서에서 영웅을 중요시하고 있음을 발견할 수 있다.
5) 신채호, 『이태리건국삼걸전』, 서.

명예를 대표할 인물로 광개토왕, 신라 태종왕, 근세의 김방경 · 정지 · 이순신을 내세우고 있다. 여기서 이순신의 '정신'을 설명하는 것이 책을 지은 목적임을 밝히고 있다.[6]

2장에서 서술자는 이순신의 유소년기 생장과정을 소개하면서, 외적의 침략(병인양요)에 항전하지 못하고 피란 가는 데만 온 힘을 기울인 역사적 사례를 들어 비판하고 있다. 그리고 위난을 구한 이순신의 위대함을 말하고 그 생장과정을 서술한다. 이와 동시에 일본에서 풍신수길이 일본의 3섬을 통합하고 관백이 된 다음 조선을 엿보는 사실을 소개하고 충무공의 탄생을 이야기하고 있다. 그가 탄생할 무렵(1545년 3월 8일, 인종 원년)에 충무공의 부친 정의 꿈에 조부가 현몽하여 이순신의 이름을 지어주었다고 서술하여, 이순신의 탄생에 조상신이 움직인 사실을 들어 신성한 의미를 부여하고 있다.

조성도의 전기에는 이순신의 어머니 변씨의 꿈에 시아버지가 나타나 귀하게 될 아기의 이름을 순신이라고 짓는 게 좋을 것이라고 현몽한 사실을 말하여, 이러한 이름에 얽힌 설화가 전해 내려온 것을 입증하고 있다. 이은상의 전기나 이광수의 소설에는 이러한 현몽설화가 나타나 있지 않다.

충무공이 22세(1566) 때 훈련원 별과시험에 낙마하여 왼다리가 절골이 되었으나 버들가지를 꺾어 다리를 매고 다시 말에 오른 일화를 소개하며, 신채호는 다음과 같이 논평하였다.

> 오호ㅣ라. 이거시 비록 적은 일이나 크게 불발ㅎ고 크게 인내ㅎ는 영웅의 ᄌ격인 줄을 가치 알지니[7]

이러한 논평의 태도는 신채호의 결연하고 열의 있는 신념에서 우러난

---

6) 신채호, 『전집』 별집, 427~428쪽.
7) 위의 책, 430쪽.

목소리의 강경한 특색으로 보인다. 그리고 이러한 목소리의 특색은 확고한 애국적 신념으로써 이 작품 전체의 의미를 일관성 있게 이끌어가는 데 기여하고 있으며, 작품의 미적 통일을 이루는 구실도 함께하고 있다.

서술자는 청년시절의 한 행동에서 '크게 분발ᄒ고' '크게 인내ᄒ는 영웅'의 자질을 보고 있다. 그리고 이러한 서술자의 논리는 사실 이순신의 관직생활에서도 일관된 기질 및 성격의 특성으로 드러냄으로써 작품 전체에서 신념의 인간으로서 논리적 타당성을 지니게 하고 있다.

이보다도 더 어린 유소년기 일화 한 토막의 묘사적 서술에서도, 다음과 같은 대목이 보인다.

> 대뎌 리슌신이 어렷슬 때에 여러 ᄋ희들과 작란ᄒ시 싸흠ᄒ는 진을 버리고 도원슈라 ᄌ칭ᄒ며, 나무를 싹가 활과 살을 ᄆ들어 두고 동닉ㅅ 사룸즁에 불합의 ᄒ 쟈가 잇스면 활을 다리여 그 눈을 쏘려 ᄒ더라.[8]

이러한 토막 이야기에서도 성격적 특성을 적절히 설정하면서 인물의 의지, 심리, 신념, 행위 등이 무리 없이 통합적 일관성을 유지하도록 묘사하고 있다.

그런 후에 글을 읽으며 수학하던 소년기를 보내고 무예를 배우는 청년기에 이름을 다음과 같이 서술하고 있다.

> 개연히 붓을 던지고 무예를 빅호니 그 때에 나히 이십일세러라.[9]
> 리슌신이 일즉 션영에 셩묘ᄒ러 갓더니 분문 압헤 쟝군셕이 넘어졋ᄂ듸 하인 수십명이 들어 니르켜 세우려 ᄒ다가 힘이 못자라 슯이 모도 헐쎅헐쎅 ᄒ거늘 리슌신이 소래를 질러 ᄭ지져 믈리치고 쳥도포를 닙은 치 등으로 져다가 제 자리에 세우니 보든 쟈들이 대경ᄒ더라.[10]

---

8) 위의 책, 같은 곳.
9) 위의 책.
10) 위의 책, 430~431쪽.

이러한 일화의 소개에서 선비 집안에서 글을 읽다가 어째서 무술 공부에 전념했는지에 대한 동기 설정은 보이지 않으나 무인으로서의 자질이 소개되고 있다. 이에 비해 조성도의 전기는 충무공의 가계를 상세히 소개하였고, 다시 어린 시절의 일화로 어른이라도 잘못하면 활로 그 눈을 쏘려 했다는 남다른 정의감을 소개하고 있다.

3장에서 이순신이 32세(1576)로 무과에 합격한 사실을 기술하고, 39세가 될 때까지의 관직명을 요약하고 있다.

> 32세 : 무과급제. 함경도 동구비보에 권관이 됨.
> 35세 : 훈련원 봉사. 겨울에 충청병사의 군관이 됨.
> 36세 : 발포수군 만호로 임명됨.
> 37세 : 파직됨. 가을에 훈련원 봉사로 복직됨.
> 39세 : 함경남도 병사의 군관으로 임명됨. 가을에 건원보의 권관이 됨.

이러한 약보를 제시한 다음, 세력 있는 가문의 자제들은 승진이 빠른 사실을 비판하고, 이순신은 미관말직에서 세월을 보냈음을 애석히 말하고 있다.

서술자는 다음과 같이 이순신에게 기대하는 내용에 서술자의 뜻을 통합시켜 말하고 있다.

> 만일 일즉 됴흔 디위를 엇어 쾌히 그 지분디로 ᄒ게 ᄒ엿더면 참담ᄒ 풍운을 쓸어 헛지고 길림과 봉텬의 이젼 ᄶ앙을 회복ᄒ야 고구려 광기토왕의 긔렴비를 다시 세우기도 ᄒ엿슬지며 대판과 살마의 모든 셤을 토벌ᄒ야 신라 태종대와의 빅마——왕이 일본을 세 번 졍벌ᄒ야 항복밧고 빅마를 잡아 밍셰함——무덤을 다시 슈축ᄒ기도 ᄒ엿슬지어늘 비루하고 용렬ᄒ 무리들이 죠명에 츙만ᄒ엿스므로 능히 동졍셔벌——동편에 잇ᄂ 나라도 토벌ᄒ고 셔편에 잇ᄂ 나라도 침탈——ᄒᄂᄂ 헌헌ᄒ 대쟝군을 좁고 좁은 강산에 오래도록 가도와 두엇도다.[11]

---

11) 위의 책, 432쪽.

이러한 서술에서 신채호의 국토 회복의 의지가 보이며, 정치가들의 부패상도 아울러 비판하고 있음을 보게 된다. 한말의 전진적 지식인이었다 해도 열강의 제국주의 세력에 흔들리는 나라의 형세를 볼 때, 강대국의 명예를 누렸던 우리의 지난 시대를 생각하며 그 실지 회복을 생각하지 않을 수 없었을 것이다. 즉 약소국의 운명을 탈피하고 강대국의 지위를 꿈꾸는 대목이라 하겠다. 이러한 논리의 이면에는 신채호의 강력한 의지가 담겨 있음을 보게 되며, '개화 · 자강적 애국계몽운동파'의 정신적 풍모를 엿볼 수 있다. 그는 관념적 계몽사상가이기보다는 '실천적' 인물이었으며 온건한 준비론자이기보다는 과격한 '혁명적 투쟁'론자였다.[12] 그것도 민중혁명을 통해서만 일제를 파멸케 하고 조선의 독립을 이룩할 수 있다고 주장하였다. 그리고 독립운동과 민중해방운동을 동일시하였다.[13]

이러한 신채호의 가치관에서 볼 때, 옛 땅을 회복할 역사적 계기를 이룰 인물들에 관한 애착은 컸을 것으로 보인다.

이순신의 강직하고 독자적으로 자립정신이 투철한 성격적 특성에 관하여 서술자는 찬양하며, 당시의 병조판서 김귀영(金貴榮)이 서녀를 이순신의 첩으로 보내려 한 것을 거절한 사실과 이순신이 만호로 있을 때 좌수사 성박(成鎛)이 사람을 시켜 객사의 뜰에 선 오동나무를 베어다 거문고를 마련하려 할 때 관가의 물건을 사용(私用)함이 불가하다고 거절한 일, 재상 류전(柳㙉)이 이순신이 지닌 전통을 갖고자 청했을 때 남의 이목에 옳지 않음을 말하며 역시 거절한 일을 제시한다.[14] 그리고 이율곡이 이조판

---

12) 천관우, 「신채호 선생의 민족주의 사상」, 『신채호 전집』 별집, 5쪽.; 신채호, 「조선혁명선언서」(전집, 下 35~36).; 이기백, 『한국사신론』, 일조각, 1982.

13) 하기락, 『한국 아나키즘 운동사』(前篇), 형설출판사, 1978(1983), 145쪽.

14) 『충무공전집』 권9. "箭筒則不難眞納 而人謂大監之受何如也 小之納又何如也 以一箭筒而大監與小人 但受汚辱之名 則深有未安".; 조성도, 『충무공의 생애와 사상』, 명문당, 1982(1989), 48쪽 재인용.

서로 있으면서 서애 유성룡을 통하여 이순신을 만나보려고 했을 때에도 거절하였다. 서술자는 그 목소리를 현장화하여 생동감 있게 다음과 같이 제시하였다.

나와 동성이니 셔로 보아도 관계치 아닐 거시로ᄃᆡ 출력ᄒᆞᄂᆞᆫ 디위에 잇을 ᄯᅢ 볼 수업노라[15]

이러한 강직 근신의 성격으로 하여 관직의 승차가 안 될 뿐만 아니라 공적을 세울 때마다 상관의 미움까지 사는 일이 많았다. 한 예로서 건원보의 권관으로 재임할 때 여진족 추장 울지내(鬱只乃)가 난을 일으키자 '긔특ᄒᆞᆫ 계교'로 그를 잡는 공을 세웠으나, 상관인 북병사(北兵使) 김우서(金禹瑞)가 시기하여 임의로 일을 하여 지휘관도 모르게 병(兵)을 동원하였다고 보고하여 상을 받지 못하게 하였다.

이러한 작은 이야기에도 이순신의 강직한 성격이 보인다. 이순신이 40세 되던 해에는 친상을 당하고 거상하여 휴직하였다. 그가 43세 되던 해에 함경도 녹둔도(鹿屯島) 둔전관(屯田官)을 지낼 때 여진족의 내침을 이겨내고 아군 포로 60여 명을 되살리는 큰 공을 세웠으나, 직속상관인 병사(兵使) 이일(李鎰)이 시기하여 조정에서는 삭탈관직하고 백의종군하라는 명을 내렸다.

이순신의 친구 관거이(官居怡)가 이순신이 이일의 문초를 받으러 들어갈 때 술을 마시고 매를 맞거나 형벌을 받으면 덜 아프다고 말하며 술을 권했으나 이를 거절하였고, 이일은 오히려 이순신의 당당함에 수치심을 느꼈다고 서술하고 있다. 이런 점에서 이순신의 담대하고 정정당당한 남아의 기개를 십분 느낄 수 있게 했다.

---

15) 신채호, 『전집』 별집, 앞의 책, 433쪽.

44세 때 정읍현감으로 근무하면서 태인혐감도 겸임하게 되었는데, 밀린 민원사무를 공정하고 신속히 처리하여 고을 사람들의 칭송을 듣기도 했다. 훈련원 봉사로 있을 때 병관정부(兵官正部) 서익(徐益)이 그의 친지를 승차시키려고 그 서류를 만들게 명하였으나 이순신은 서열을 어기고 사정(私情)으로 승차시킴이 부당함을 말하고 서류를 꾸며 올리지 않았다. 이러한 사실에서 이순신의 공정성과 정의감이 특출한 인물이었음을 규지할 수 있다.

훈련원 봉사직에서 충청도 병마절도사의 군관으로 부당하게 좌천된 것도 상관의 미움을 살 정도로 정직하고 원칙대로 근무했기 때문이었을 것이다. 충청도 해미에서 군관으로 근무하면서도 휴가를 얻어 귀성차 집에 다녀와서는 휴가 동안 남은 양식을 병영에 반납하면서 사사로운 집안 일로 다녀왔으니 그동안 먹지 않은 근소한 몇 끼니의 군량미조차 나라의 것이므로 반납한다고 말하였다.[16]

이순신의 신념, 성격, 행위는 완전히 통합된 사실을 기록한 여러 자료들에서 명백히 볼 수 있다.

4) 충직한 전략가 : 대담성, 치밀성, 슬기로움, 실천과 자립의지

신채호는 편년체에 따라 인물의 역사적 사실과 행적을 중요시하면서도, 이순신의 강직하면서도 충직한 성격과 함께 신념의 인간으로서 일관된 모습을 보여주고 있다. 그런 한편 이순신의 애국심과 전략가로서의 대담하고 충직한 성격, 매사에 치밀한 계획과 예비적 전망에 따른 대책을 주도적으로 강구하며 이루어간 점, 그리고 천재적인 고안과 연구로 군비 확충에 기여한 점까지 필요한 요목들을 적절히 서술하고 있다. 앞에서 보

---

16) 조성도, 앞의 책, 40쪽 참조.

앞듯이 이순신이 녹둔도 둔전관을 겸임했을 때, 여진의 침략이 자심함을 간파하고 상부에 군을 증파할 것을 청하여 미리 돌발적 사태에 대비하는 작전가의 면모를 보였다. 서술자는 다음과 같이 말하여 이순신의 성격과 신념과 행위가 일치함을 암시하였다.

> 리슌신은 궁곤ᄒ거나 부귀ᄒ거나 젼혀 싱각지 아니ᄒ고 졍의(바르고 올흔 것)로만 스ᄉ로 쳐ᄉᄒ야 위엄에도 굴하지 아니ᄒ며 권문에도 붓치지 아니ᄒ니 이거시 녯 사롭의 닐ᄋ바 호걸이오, 셩현이로다.[17]

정의감과 자립심이 강한 기개의 남아상이 제시되어 위의 해설적 논평에서 신채호가 택한 서술자의 목소리와 이순신의 행적이 통합되고 있음을 발견하게 된다. 강직, 정의, 기개의 인물로서의 특성이 정여립(鄭汝立)의 역모에 얽힌 일화에서도 잘 보인다. 금부도사가 문건 일체를 압류하여 서울로 가져갈 때 이순신의 안부 편지가 한 통 들어 있었다. 그것을 빼줄까 하고 금부도사가 이순신에게 물었을 때 이순신은 단호히 거절하고 공무 집행의 공정성을 우선하는 자세를 보였다. 역모에 걸려들면 비록 안부 편지라 해도 크게 위험스런 것이었는데도 이순신은 거절했던 것이다.

다음에는 이순신의 군략가로서의 성실하고 주도적인 면모를 알려준다. 이순신의 군장비 정비와 거북선의 완성과 군량미 비축, 그리고 병의 훈련 등 군략가로서의 치밀하고 창조성 있는 모습이 소개된다.

이순신의 전쟁 준비가 그의 무인으로서 호전적인 성격이나 침략적 야망에 의한 것이 아니고 왜적의 침략에 대비하는 호국의 신념에서 비롯됨을 서술자는 말하고 있다. 이어서 풍신수길의 침략이 임박했음을 다음과 같이 알려준다.

---

17) 신채호, 『전집』 별집, 앞의 책, 433쪽.

이 째를 당ᄒ야 풍신슈길이 저희 나라 안에 모든 쇽방을 ᄒ칙직으로 통
합ᄒ고 야심이 발발ᄒ야 서편으로 엿보며 ᄉ신을 보내여 우리 나라의 ᄂ졍을
탐지ᄒ고 자됴국셔를 보내여 릉욕이 ᄌ심ᄒᄆ 량국간에 ᄀ젼할 긔틀이 임의
박두ᄒ엿거늘 아모 쇠도 업는 만죠뵉관들은 어리셕게 편안이 안자셔 왜가
아니 온다고 쥬쟝ᄒ며, 왜가 쟝춧 동ᄒ리라고 혹 말ᄒᄂ 쟈도 불과시 한담 슴
아 니야기ᄭ리로 돌니고 뎌 나라의 ᄉ신이나 참ᄒ쟈고 ᄒ며, 명나라에 구원
이나 쳥ᄒ쟈고 하야 ᄌ쥬ᄌ립ᄒ기를 구ᄒᄂ 쟈는 도모지 업ᄂᄃ.[18]

이러한 급박한 국면에 처하였어도, 조정의 중신들은 논의만 분분하여
대비책을 수립하지 못함을 비판하고 있다. 이 대목에서 서술자는 중신들
이 명나라의 원병이나 청하자는 자세를 비판하며, 'ᄌ쥬ᄌ립' 하기를 강
구하지 못함을 밝히고 있다.

신채호에 있어 자주자립의 사상은 국체의 완전독립을 보장하는 유일한
철학이고 또 길임을 알고, 독립투쟁에 헌신한 사실을 알 수 있다.

ᄒ 모퉁이에 믁믁히 안자셔 잠도 아니자고 밥도 아니 먹고 훗날읫 큰 젼징
을 쥰비ᄒᄂ 쟈는 오직 젼라좌도 슈군절도ᄉ 리슌신 ᄒ 분ᄲᆞᆫ이러라. 본영문과
부쇽한 각진에 지휘ᄒ야 군량을 져쵹ᄒ며 병긔를 슈습ᄒ며 군병을 조련ᄒ고
슈로를 ᄌ셰히 슓히고 힝군ᄒ야 왕ᄅ홀 길을 심즁에 믁믁히 ᄒ지라.[19]

이는 이순신의 묵묵한 실천의 면모를 간명하게 서술하고 군기가 매우
엄했음을 기술하는 대목이다. 그런데 전라좌수사로 임명되는 과정을 보
면 행정이 얼마나 일관성이 없이 조변석개가 되풀이되었는가를 알 수 있
다. 이에 비하여 한 군인이 실천한 행위는 예비심이 있고 확실하며 위대
했음을 알 수 있다. 그리고 행정의 일관성이 없이 당론에 의하여 임명이
자주 번복하는 사실도 비판하고 있다.

---

18) 위의 책, 436쪽.
19) 위의 책, 같은 곳.

정읍현감 후에 선조 23년(1590) 평북의 高沙里鎭의 兵馬僉節制使로 임명됨. 당쟁의 논의에 영향되어 1개월 후에 다시 정읍현감으로 발령됨. 그후 萬浦鎭 水軍僉節制使로 임명되나 당론을 중시한 台諫들에 의해 현감으로 다시 유임됨.

1591년 2월에 전라남도 珍島郡守로 임명되나 부임도 하기 전에 加里浦珍水軍僉節制使로 임명된다. 그러나 역시 부임하기 전 취소되고, 1591년 2월 13일 전라좌수도 수군절도사로 임명되었다.[20]

그런데 발령 후에도 당론에 영향을 받은 대간들의 반대가 두 번에 걸쳐 일어났으나 왕의 재가는 받지 못했다고 전한다. 이러한 발령과정에서 당론에만 의하여 정부의 시책이 흔들리는 사실을 분명히 볼 수 있다. 이에 비해 일개 군인으로서 이순신은 의연하였으며 군장비의 확충과 조련의 실천은 위대하다고 말할 수 있다. 이 점을 신채호는 크게 주목하고 있다. 특히 정부의 무사안일함에 비하여 이순신의 전비태세는 훌륭한 바 있었다.

오호 – 라, 리슌신이 이 관직으로 도임한 지 일년 만에 왜란이 니러낫스니 이러케 일월이 얼마 되지 못하는 동안에 슈습한 것으로도 맛춤내 큰 공을 일우웟스며, 또한 긔특한 지혜를 내여 병션을 신발명하엿는디, 압혜는 룡의 머리와 곳치 입을 믄들엇고 등에는 강텰노 칼날과 곳치 길이로 박앗고 비 안에셔는 밧글 내다보아도 밧긔셔는 안을 드러나 보지 못하게 하야 수빅쳑 되는 젹션 가온디로도 아모 탈업시 임의로 왕리하게 믄들엇스니 그 형샹은 거북과 방불하다 하야 그 일흠은 거북션이라 하엿더라. 그것으로 왜구를 토멸하고 한째에 큰 공을 일우웟슬 쑨더러 곳 지금 세계에셔 쓰는 텰갑션의 조샹이라 하야 셔양 각국 히군가에 각금 그 일흠을 긔록한 거시 잇느니라.[21]

인용문에서 볼 수 있듯이, 거북선을 만들기까지 그의 노력은 지대한 것이었다. 1590년에 파견한 통신사 황윤길(黃允吉)이 전쟁 준비의 기미가 있

20) 조성도, 앞의 책, 62~63쪽 참조.
21) 신채호, 『전집』별집, 앞의 책, 436~437쪽.

음을 분명히 보고했는데도, 부사 김성일(金誠一)이 그렇지 않다고 우기자 정부는 무사론을 택한 사실에서도 군비에 무관심했음이 드러난다. 또 일본측의 명나라 침략시에 길을 빌린다는 말이 통신사가 가지고 온 풍신수길의 서신에 나타나 있는 사실까지도 소홀히 한 점은 조정의 안일주의를 드러낸 것이라 하겠다.

축성과 참호를 만드는 데 국민을 부역케 함이 부당하며, 군량미를 비축하고 군포를 준비하는 등등이 모두 백성을 괴롭히는 일이니 편안한 상태로 지내는 무사안일론이 당시 조정의 지배적인 견해였던 것이다. 그런데다 신립을 중심으로 한 육군 우위론에 지배되어 수군과 육군의 균형 있는 양병책은 무시되었다. 이순신이 해군의 역할이 중차대함을 주장하였어도 그 뜻을 존중하여 그에 합당한 정책을 세울 조정의 자세는 전혀 마련조차 되지 않았다. 그리하여 이순신은 그의 직책인 좌수사의 테두리 안에서 한정된 준비밖에는 할 수가 없었다.

조성도는 자료를 널리 검토하여 포(砲), 전(箭), 조선, 거북선 등에 관한 상세한 준비내용을 제시하여 이순신의 치밀한 군략가의 면모를 보여주고 있다.[22] 당시 이순신이 보수, 제작한 전선(戰船)에 장치한 포는, 천자포(사격거리 1,200보), 지자포(88보), 현자포(2,000보), 황자포(1,100보) 등과 질려포, 호준포, 승작총통, 대발화 등으로 왜의 조총이 육군에서는 유용했으나 해전에서는 포의 위력 앞에서 거의 쓸모 없는 장난감에 불과했으니 이순신의 병기 제작의 작전적 전망이 천재적이었음은 오늘날에도 찬탄할 수밖에 없다고 하겠다. 그리고 거북선의 성능에 있어서도 구백 척의 왜선 가운데로 자유로이 드나들며 작전을 수행할 수 있게 제작한 천재적 고안에 역시 오직 경의를 표할 수밖에 없다. 또한 그 제작에 정부의 도움 없이 좌수사의 직권 안에서 자신의 능력으로 조선한 바로 그 점이 자립의 정신

---

22) 조성도, 앞의 책, 71~85쪽.

에 의한 것임을 알 수 있다. 신채호는 이 점을 중시하고, 이순신의 애국정신을 찬양한 것이라 하겠다.

이어 병선 제작가로서의 창조적 능력에 관한 평가는 그 당시에 본다면 아마도 세계적 수준의 것이어서 재론할 여지가 없을 것이다. 그런데 거북선의 창안에 대해 이미 『태종실록』(권25)에 다음과 같은 기록이 나오고 있음을 보아 그 창안은 1세기 이상된 조선술의 보유에 힘입었음을 알 수 있다.

> 왕이 임진강을 지나며 거북선과 왜선이 서로 싸우는 것을 보다
> — 太宗 13년 2월 67일조

> 거북선의 제작술은 많은 적과 충돌하더라도 적히 해칠 수 없으므로 과연 승전할 술책이다 말할 수 있사오니 다시 만들도록 명하시어 전쟁에 이길 수 있는 기구를 갖추게 하소서
> — 『태종실록』 권30, 태종 15년 7월 16일조[23]

<거북선 비교표>[24]

거북선의 종류 구분	이순신의 보고서에 나타난 거북선 (1592)	이분의 행록에 나타난 거북선 (1592)	통제영 거북선 (1795)	전라 좌수영 거북선(1795)
선수면	용두를 붙이고 그 아구리로 포를 쏜다	용두를 만들어 그 아구리는 총구멍이 되게 한다	거북 머리를 붙이고 그 아구리로 연기를 낸다	거북 머리 아래 또 귀두(鬼頭)를 붙인다
蓋版	쇠못을 꽂았다	십자세로를 내고 그 외는 모두 칼과 송곳을 꽂았다	판자를 비늘처럼 서로 마주 덮는다	거북 무늬를 그리다
포문	?	14문	36문	74문

---

23) 이은상, 『충무공의 생애와 사상』, 44~45쪽에서 재인용.
24) 해군사관학교 충무공연구위원회, 『충무공 이순신』, 해군 교육단 교재창, 1968. 제3장 참조 인용, 94쪽.

이러한 문헌에 나타난 바에 따르면 이미 고려말 조선초에 조선술, 특히 병선조선술의 기술적인 구비가 완전히 수립되었음을 짐작할 수 있다. 그러나 중요한 문제는 이러한 전통을 이어받아 이순신이 재창조하여 임진란의 국가적 위기를 극복하는 데 제작 대응한 실천가로서의 높은 지혜이다.

참고로 이순신의 장계에 나타난 거북선과 『이충무공전서』(정조 19년)에 도해된 거북선과 이순신의 조카 이분(李芬, 정유재란 때 이순신과 참전)의 『이순신행록』에 나타난 거북선의 형태는 앞의 표와 같다.

이러한 점을 미루어 이순신의 전략가로서 그의 탁월한 창의와 충직한 실천력에 경의를 표하지 않을 수 없다.

5) 이순신의 공적과 충절의식

앞에서 본 바와 같이 이순신은 공정하고 근실하게 근무하며 공적을 이루었어도 상관의 시기를 사 좌천되거나 처벌을 받고 파직되는 부당한 처사를 받았다. 그러나 이순신은 미동도 하지 않고 그 본분을 지키며 근무에 충실하였다.

임진년(1592) 3월 13일에 풍신수길은 왜군 16만여 육군과 9천여 수군과 7백여 척의 병선을 동원하여, 3월 14일에는 부산성을 공략하여 상륙을 시도하였다. 부산성 첨사(僉使) 정발(鄭撥)이 지휘하여 항전했으나 전세가 심히 불리했고 또 병력도 비교가 안 될 정도로 열세여서 그날 함락되고, 15일에는 동래성의 부사 안상현(安象賢)이 분전하다 전사하고 성은 적에게 떨어지고 말았다.

왜의 1진은 소서행장(小西行長)을 수장으로 하여 상주를 무너뜨리고 조령을 넘어 충주에서 신립을 물리치고 서울로 파죽지세로 밀려갔고, 2진은 가등청정(加藤清正)을 수장으로 하여 죽령을 거쳐 서울로 향하고, 3진은 흑전장정(黑田長政)을 수장으로 하여 추풍령을 넘어 서울로 향하여 5월 3

일에는 서울이 왜병의 야만적 침공에 함락되기에 이르렀다.

그런데 경상우도(慶尙右道) 수군절도사 원균(元均)이 이순신에게 관문을 발송하였다. 4월 15일에 왜병선 90척이 내침함과 4월 16일에 경상도 관찰사 김수의 관문에 왜병선 4백여 척이 부산포 맞은편에 정박함이 이순신에게 알려졌다. 같은 날 원균의 관문에서 부산 함락이 알려졌다. 이때 이순신의 해군이 어째서 즉각적인 대응전을 펴지 않았는가 하는 점은 작품의 서사논리상으로나 당시의 전세로 보나 마땅히 문제되어야 할 과제가 된다.

4월 20일에 경상도 관찰사 김수로부터 구원병을 청하는 관문을 받고도 동병명령을 내리지 아니한 것은 그만큼 신중하고 사세판단을 정확히 하고 왕명을 기다리며 군을 정비하려는 것이었다. 특히 이순신의 휘하에 있는 장군들조차도 전라좌수영을 지키는 것을 주장하기도 하여 출병의 사기를 앙양시킬 필요도 있었다. 여기서 이순신은 난리가 전국에 번져 손쓸 곳이 넓어짐에 따라 요체가 되는 지역에서 왜적에게 결정적인 타격을 주는 작전을 궁리했던 것이다. 아군은 적고 적군은 비교가 안 될 정도로 많았으므로 효과적 전술만이 대적할 방책이었던 것이다.

이순신은 4월 27일에 경상도를 구원하려는 장계를 냈고, 29일에 출병할 것을 결심했으나 준비 불충분으로 연기할 수밖에 없어 30일에 두 번째 동병의 장계를 냈고, 5월 1일에 전라도의 장수를 집결시켜 진해루에서 출정토의를 주재했고, 5월 4일에 여수영(麗水營)을 떠나며 출정의 장계를 냈다.

신채호는 이 대목에서 이순신의 전략과 고민과 정세 판단을 다음과 같이 서술하였다.

대뎌 남히는 우슈영과 샹거가 멀지 아니ㅎ야 호각 소리가 셔로 들리고 안 잣는지 섯는지 ᄉᆞ룸의 형상을 력력히 아는터인뒤 그 고을이 임의 븨엿슨즉 본영에도 적환이 박두ㅎ엿도다. 그러나 본영만 안자셔 직희고져 ᄒᆞᆫ즉 ᄉᆞ면의 적

셰눈 날노 크게 챵궐ᄒ야 팔도 인민의 호곡ᄒᄂ 소ᄅᆡ가 텬디에 진동ᄒᄂᄃᆡ 쟝슈의 명의를 가지고 안자셔보며 구원치 아니ᄒ면 불인ᄒ 일이니 가히 ᄒᆯ 수 업고 각 디방을 모두 구원코져 ᄒ 즉 부산에 보낼 구원병도 잔약ᄒ기가 막심ᄒ여 리두의 승산이 묘연ᄒᆫᄃᆡ 만일 군ᄉ를 ᄂᆞ호면 싸홈ᄒᆯ 수 업스ᄆᆡ 지혜가 아니니 가히 ᄒᆯ 수 업ᄂ지라. 밤즁에 잠을 자지 못ᄒ고 눈물을 ᄲᆞ리며 방황ᄒ다가 이튼날에 장계를 올니고 부산 바다로 향ᄒ야 원균을 구원ᄒ러 갈ᄉᆡ, 비의 척수눈 적함의 빅분지 일이 못되며 군ᄉ의 익수눈 적군의 쳔분지일이 못되며 긔계도 적병과 ᄀᆞᆺ치 정리치 못ᄒ며 셩셰도 적병과 ᄀᆞᆺ치 광대치 못ᄒ며 싸홈에 관숙ᄒᆷ도 적병만 못ᄒ여 물에 련습ᄒᆷ도 젹병과 못ᄒ것마ᄂ 다만 '의'ᄉᄌ ᄒ ᄌ로만 군심을 격동식혀 개개히 됴젹과 더브러 ᄀᆞᆺ치 살지 아닐 ᄆᆞᆷ으로써 싸홈ᄒ러 나가는 길에 드러셔니, 판옥션이 이십ᄉ쳑이고, 죵션이 십오쳑이고, 포작션이 ᄉ십룻쳑이러라.[25]

국토 전 지역에서 잔학한 난동을 부리는 왜군을 적은 수의 전라 좌수영의 군으로서 평정시킬 수도 없고, 원균과 김수의 관문에 따라 원병하는 것도 치밀한 계획이 아니면 전과를 세울 수 없는 곤경에 처하여, 고뇌하는 광경을 비록 간략히 묘사했으나 그 깊은 뜻을 짐작할 수 있게 하였다. 특히 중요한 것은 장계에서 밝힌 바와 같이 조정의 명령을 받아야 할 자신의 지위에 충실하는 한편, 적의 형세를 정확히 판단하기 위해 세밀한 정보수집을 하고 군을 격려하며, 전의를 드높이고 전비를 튼튼히 한 것 등이었다. 이러한 이유들로 하여 원균과 김수의 구원에 이순신이 급히 응하지 못한 것이었다.

5월 4일 출병의 첫 새벽의 다음과 같은 광경 묘사에서 신채호의 비판이 실감된다.

초ᄉ일(1592년 5월 4일 : 필자주) 첫 ᄃᆰ 울이에 밧틀 쯰여 급히 힝홀ᄉᆡ 연로에 지나는 곳마다 쌍가마와 부담물에 안ᄒᆡ는 압셔거니 남편은 뒤서거니

---

25) 신채호, 『전집』 별집, 앞의 책, 439~440쪽.

ᄒᆞ야 쳐량ᄒᆞᆫ 힝식으로 달녀가는 쟈ㅣ 길이 메고 줄이 다앗스니 뎌쟈들은 다 엇던 ᄉᆞ롭인고. 모다 평졍시절에 후ᄒᆞᆫ 록만 먹고 포식난의 ᄒᆞ며 금관ᄌᆞ나 옥관ᄌᆞ를 붓치고, 슈령이니 영쟝이니 ᄒᆞ는 인물노셔 피란ᄒᆞ러 가는 힝ᄌᆞ들이러라.26)

신채호는 평소에 녹을 먹고 잘 지내다가 전쟁이 나도 출전하려는 의지는 없고 오직 개인적 보신만을 생각하는 관원들을 비판하고 있다. 그리고 조정의 신료들의 태도에서도 자립의 의지는 없고, 명나라의 군사에 의존하여 문제를 해결하려는 사대적 근성을 비판하는 한편 백성들의 무사안일적 이기주의도 역시 비판하고 있다. 신채호는 이어 다음과 같이 조정의 신료들을 비판하였다.

아모 ᄭᅦ도 업는 만죠빅관들은 어리셕게 편안이 안자셔 왜가 아니 온다고 쥬쟝ᄒᆞ며, 왜가 쟝ᄎᆞ 동ᄒᆞ리라고 혹 말ᄒᆞ는 쟈도 불과시 한담 숨아 니야기 ᄊᆞ리로 돌니고 뎌 나라의 ᄉᆞ신이나 참ᄒᆞ쟈고 ᄒᆞ며 명나라에 구원이나 쳥ᄒᆞ쟈고 ᄒᆞ야 ᄌᆞ쥬ᄌᆞ립ᄒᆞ기를 구ᄒᆞ는쟈는 도모지 업는듸 ᄒᆞᆫ 모통이에 묵묵히 안자셔 잠도 아니 자고 밥도 아니 먹고 훗날읫 큰 젼징을 쥰비ᄒᆞ는 쟈는 오직 젼라좌도 슈군졀도ᄉᆞ 리슌신 ᄒᆞᆫ분 쑌이러라.27)

이처럼 신채호의 비판정신은 준열하며 특히 'ᄌᆞ쥬ᄌᆞ립'하는 정신을 드높이며 이순신의 실천과 자립사상을 크게 찬양하고 있음을 볼 수 있다.

이순신은 5월 4일 여수영을 떠나 출전하였다. 이때 5일, 6일 양일간에 경상도와 전라도에 흩어졌던 '계쟝들이 츄후ᄒᆞ야 ᄯᆞ라오는쟈ㅣ 만커늘'과 같은 대목에서 볼 수 있듯이 이순신 장군의 덕망과 군략가로서의 실력이 이미 널리 알려져 존경을 받았기에 이순신의 출전에 동참한 것이다. 5

---

26) 위의 책, 440쪽.
27) 위의 책, 436쪽.

월 7일 새벽에 출병하여 옥포 앞바다에서 척후대장 김완의 신기총으로 적선 발견의 신호가 들리자 이순신은 다음과 같이 말하였다.

산과 굿치 졍즁ᄒ고 망동ᄒ지말나(勿令妄動 靜重如山 :「玉浦海戰 狀啓」[28])

이러한 장군의 작전과업에서 실수가 있을 수 없을 것이다. 옥포에서 50여 척의 적선과 싸워 26척을 격파했고, 적병은 배를 버리고 산속으로 도망했다. 이어 합포 앞바다에서도 적선 5척과 적진포에서 적선 13척을 격파하였다. 이순신의 작전에 왜병들은 수천이 죽고, 육지도 도망간 왜병들의 민폐가 극심하였다는 이신동의 보고를 받게 된다.

육상으로 도망간 왜병의 부녀 겁탈, 물자 약탈, 인력 징발, 방화 등 피해가 심하므로, 이순신은 싸울 때마다 끝까지 추격하지 않고 빈 왜병선 한두 척을 태우지 않고 놔둬 왜적의 퇴로를 터줌으로써 육상의 피해를 줄이는 데까지 세심한 작전을 실시했었다. 이순신은 5월 8일에야 서울이 함락되고 어가가 평양으로 파천했다는 소식을 고성 월명포에서 듣게 된다.

이어 전라 우수군절도사 이억기 장군과 6월 3일에 부산의 왜병을 토멸할 것을 약속하고 작전계획을 수립하였다. 거북선은 당포작전에서 처음 사용하게 되었다. 5월 29일 노량 앞바다에서 적선 여러 척을 격파한 후에 사천항에서 왜선을 유인하여 여러 척을 격파하였다. 이때 이순신은 적탄에 맞아 어깨에 상처를 입었으나 오래도록 낫지 않고 고생스러움을 유성룡에게 말하여, 쾌차하지 못하여 병무에 충실하지 못함을 내심 민망히 여긴다는 뜻을 말하였다. 이러한 서신에서 총상을 입고도 군무에 소홀하지 않았으면서도 그렇게 말한 이순신의 겸양지심이 아름답게 드러남을 보게 된다.

---

28) 위의 책, 440쪽.

당포 싸움에서 거둔 전과로 왜선 72척을 깨뜨렸다. 한편 아군의 피해도 적지 않아 34명의 전상자를 내기도 하였다. 당포의 작전에서도 왜적을 유인하여 넓은 바다로 이끌어내어 치명적 타격을 주었다. 그리고 당포에서 전공을 세운 아군의 세부적 기록을 낱낱이 장계에 밝혀 장군에서 사병에 이르기까지 포상에서 빠지는 소홀함이 없게 하였는데, 이에서 이순신의 공정한 집무자세, 그의 고결한 인격을 충분히 엿볼 수 있게 단재는 서술하였다.

7월 8일 이순신, 이억기, 원균의 연합 함대가 견내량에 추격하여 넓은 바다로 유인하여 한산도 앞바다에 대접전이 일어나 적선 59척을 격파, 침몰시키는 역사상 대전과를 올리기에 이르렀다. 적선 73척 중에서 14척은 접전 전에 미리 도망쳤으므로 참전한 왜선 59척을 완전히 격파한 것이었다. 이렇게 대승첩을 거둔 것은 피란민 김천손과 같이 이순신을 존경하고 믿던 백성들이 정확한 제보를 하였고, 또한 이에 따른 이순신의 작전이 주효했기 때문이었다. 신채호는 다음과 같이 서술하고 있다.

> 리슌신이 디형을 이윽히 보다가 계쟝을 도라보며 글 ᄋ디 '바다이 좁고 물이 엿흐니 영웅의 군ᄉᆞ를 쓸 ᄯᅡ이 아니라 내 쟝ᄎᆞᆺ 뎌희를 쾌활ᄒᆞᆫ 대양즁으로 인도ᄒᆞ야 멸ᄒᆞ리라' ᄒᆞ고, 가판션 오륙쳑을 지휘ᄒᆞ야 도적의 션봉을 엄습ᄒᆞᄂᆞᆫ 모양을 뵈이니 각션 왜적이 일시에 돗을 돌고 쫏거늘 우리 빅가 거즛 패ᄒᆞ여 다라나는 톄 ᄒᆞ야 대양즁으로 유인ᄒᆞ여 나오니 승패의 긔틀을 이믜 결단ᄒᆞ엿더라.
>
> 용용ᄒᆞᆫ 물결은 쟝ᄉᆞ의 의긔를 고동ᄒᆞ며 광활ᄒᆞᆫ 바다 하늘은 쟝군의 회포를 돕ᄂᆞᆫᄃᆡ 놉흔 쌍 억긔에 ᄉᆞ쳔년 국가의 운수를 담부ᄒᆞ고 ᄃᆡᄃᆡ로 원슈 되ᄂᆞᆫ 왜적과 승부를 시험ᄒᆞ니, 오호ㅣ라. 대쟝부가 이에 니ᄅᆞ미 비록 죽은들 무슴 ᄒᆞᆫ이 잇스리오. 승ᄉᆞᄌᆞ총을 ᄒᆞᆫ번 노흐미 귀션이 돌연히 나아가셔 왜션 삼쳑을 쳐셔 파ᄒᆞ니 모든 왜적은 혼을 일코 우리 군ᄉᆞᄂᆞᆫ 긔운이 양양ᄒᆞ더라.[29]

---

29) 위의 책, 448~449쪽.

이러한 서술자의 목소리에서 민족의 원한을 이순신을 통하여 푸는 강개가 깃들어져 있음을 알 수 있다. 즉,

　ᄉ천년 국가의 운수를 담부ᄒ고 뒤뒤로 원슈되는 왜적과 승부를 시험ᄒ니, 오호ㅣ라. 대장부가 이에 니르미 비록 죽은들 무슴 혼이 잇스리오.[30]

신채호의 목소리가 이순신의 업적과 통합되어, 일제 치하의 분통함이 나타나고 일제를 쳐부수려는 기개를 살려내고 죽음을 불사하겠다는 비장한 각오가 전해진다. 이와 동시에 참된 충성과 애국이 백성을 사랑함에 있음이 다음에서도 드러난다.

　리슌신이 또 가만히 싱각ᄒ되 만일 그 ᄇᆡ를 모다 불살으며 뎌희는 반ᄃ시 너가에셔 궁구가 되어 숨어 잇는인민을 살해ᄒ리라 ᄒ고 일리ᄶᅳᆷ을 물너가셔 그 다라나는 길을 열어 주니, 오호ㅣ라, 어질도다. 나랄를 ᄉᆞ랑ᄒᆞ는 쟈는 반ᄃ시 ᄇᆡᆨ셩을 ᄉᆞ랑ᄒᆞᆫ도다.[31]

이러한 서술에서 이순신의 애민의식이 드러나고 있다. 즉 패망한 왜병이 육지로 나아가 무고한 백성을 살해하고 재물을 약탈할 것을 미리 예견하고 패한 적군의 퇴로를 열어주었던 것이다.

부산 앞바다의 싸움에서도 이억기와 연합하여 8월 24일에 출병하여 9월 1일부터 4차에 걸친 접전을 폈다. 절영도 앞바다에서는 적선 24척을 침몰시키고, 부산성 동편의 적선 480여 척 중 100여 척을 격파하는 대전과를 올렸다. 이때 이순신과 작전을 같이 했던 정운(鄭運) 장군이 장렬한 전사를 하였다.

---

30) 위의 책, 447~448쪽.
31) 위의 책, 448~449쪽.

이러한 전공으로 이순신은 1593년 겸삼도수군통제사(兼三道水軍統制使)로 승진되어, 한산도에 수군의 진영을 옮기고 전선 정비 및 그 제조에 힘쓰며 군인원을 보충 확보하고, 둔전(屯田) 제도를 실시하여 군량을 확보하고, 탄약과 화살을 준비하는 데 총력을 기울였으며 전란으로 흩어졌던 백성으로 하여 농사일과 어업과 직포 짜는 일과 그 밖의 생업에 종사하도록 도와준다.

그런데 육군에서 아군이 패하여, 모병관이 내려와 사람을 뽑아감에 관하여 이순신의 장계에 다음과 같이 실토가 나타나 있다.

> 연히 각진에셔 디경을 쓰러셔 바다로 ᄂ려 간 거시 ᄉ만명에 지나지 못ᄒ
> ᄂᄃᆡ 모다 농민이라 젼혀 농ᄉ를 폐ᄒ고 다시 츄슈홀 여망이 업ᄂ지라 우리
> 나라 팔방즁에 오직 호남이 적이 완젼ᄒ야 군량이 모다 이곳으로 말믜암아
> 니바지 ᄒᄂᄃᆡ, 이곳 쟝뎡은 모다 슈군과 륙군에 부역ᄒ고 늙은 쟈와 어린것
> 들이 량식을 운젼ᄒ야 밧히 봄이 지나도록 젹젹무인ᄒᄆᆡ 빅셩이 실업만 홀
> 쑌아니라 군량과 국고직졍이 쏘ᄒ 날ᄉ᷎ᄃᆡ가 업다.[32]

이처럼 통제사로서 전략상의 문제를 소상히 알리고, 특히 바다를 지켜야만 호남평야의 양곡을 지켜 나라의 재정을 확보하고, 그 기초를 확고히 하여야만 동병할 수 있음을 장계로써 알렸던 것이다. 이 한 장의 장계 내용을 신채호가 인용한 것은 전략가로서의 전체적 전망과 그 대책의 객관성을 이순신이 견지했음을 알려주기 위한 것이었다고 이해된다. 또 원병으로 오는 명나라 군대가 민폐를 심하게 끼침을 역시 장계로써 조정에 알려 그 피해에 대비토록 하였다고 여겨진다.

신채호는 이처럼 이순신의 애민사상과 전체적 전망을 투시하는 재능과 철저한 충절의식을 알려주고 있다.

---

32) 위의 책, 453~454쪽.

6) 시련과 극복 : 거인적 국량과 성스런 호국신

1594년 선조 27년 갑오년부터는 실질적으로 왜 수군이 활동을 못하고 명나라의 장수와 내통하며 겉으로 화친을 가장하고 이순신에게 타격을 주려는 여러 음모를 꾸몄다. 이순신의 위력에 위축된 왜병이 어촌을 다니며 작폐가 심하여 2월 1일에 왜적을 치라는 유서(諭書)가 있었는데, 당시 도원수 권율(權慄)에게서는 명의 심유경(沈惟敬)이 왜와 화친을 맺었으니 싸울 수 없다는 관문이 내려왔다. 여기서 다시 중앙 조정과 일선 지휘관 사이의 명령체계과 작전체계의 허술함을 엿볼 수 있다. 이에 감연히 왜적을 토멸할 의지로써 이순신은 출병하여 당황포에서 3월 3일과 4일에 왜선 30척을 격파하였다. 6일에 이순신은 남해현령 기효근(奇孝謹)으로부터 왜군과 싸우지 말라는 '금토패문(禁討牌文)'을 받았다. 이러한 엄청난 정부의 오판에는 왜의 간사한 모략과 계교가 담겨 있음을 이순신은 간파하고 있었다. 왜병이 거제, 웅천, 김해, 동래 등지에서 약탈을 일삼던 때인데도, 조정에서는 당쟁만 일삼으면서 터무니없는 유서를 내려 왜를 격멸시키지 말라고 명령을 내렸던 것이다. 이순신의 분노와 번뇌가 컸음을 알 수 있는 내용이라 하겠다.

그럼에도 불구하고 이순신은 원균의 전쟁 회피와 공물을 탐하는 행위도 큰마음으로 보아 넘기고, 오히려 전공을 원균에게로 돌려주는 아량도 베풀었던 것이다. 8월에 우의정인 도체찰사 이원익이 순시차 내려왔을 때, 아무런 행사도 없이 떠나려 하자 이순신이 우의정의 이름으로 군을 격려하는 큰 잔치를 베풀기도 했다. 그것은 이원익을 위한 것이 아니라 나라에서 수고하는 군을 아끼고 사랑하고 격려한다는 뜻을 군사들에게 실감케 하려는 이순신의 거룩하고도 거인적인 국량에서 나온 애국사상의 발로로 풀이할 수 있다.

1595년 1월(乙未)에 명의 유격장 진운홍(陣運鴻)과 왜장 소서행장이 화친강화를 논하고, 1596년에 명의 사신이 풍신수길과 화친을 논하였다. 이러한 동안에 당쟁과 모해의 암투와 왜장의 간계가 합쳐져 1597년 1월(丁酉)에 이순신을 투옥한다는 역사상 유래가 없는 크게 수치스런 사태가 벌어졌다.

한산 수군영에서 전선에 실은 것을 제외한 군량미 9천9백여 석, 화약 4천 근, 총통 3백 정 및 군복 등을 마련하고 군선을 수리 제작하고 병을 조련하는 등 큰 공적을 세웠으나, 투옥하기 전 윤두수(尹斗壽), 이산해(李山海), 윤근수(尹根壽), 김응서(金應瑞) 등 서인의 세력들이 하수인 남이신(南以信)을 특파어사로 임명하여 이순신의 비행을 조사 보고하게 하였다. 가등청정의 배가 돌섬에 걸려서 7일 동안이나 움직이지 못하였는데도 이순신은 그것을 잡아오지 않았다고 무고하여 조작, 처벌케 한 것이다. 이 일이 성사되도록 소서행장은 왜간첩 요시라(要時羅)를 시켜 가등이 올 시기를 경상좌병사 김응서에게 진중밀사로 알리고 계략을 세웠다. 이순신은 아무리 적장끼리의 갈등이 있기로 소서가 가등을 치려고 우리 측에 바른 정보를 줄 리가 없음을 깨닫고 그에 응하지 않은바, 이것은 서인들이 간특한 하수인 남이신을 시켜 조정에 무고케 한 사악한 작희였던 것을 후세 사학자들이 밝혀낸 것이다. 이는 바로 정당싸움에서 권력과 지위만을 생각하는 데 온 계략을 기울였던 조정 중신들과 선조에게 막중한 책임이 있었던 것임을 새삼 말할 여지가 없다.

신채호는 이순신을 처벌한 죄가 당파싸움에 있음을 다음과 같이 단정하고 있다.

> 리충무의 구나를 당훈 거슨 힝쟝의 죄도 아니오 원균의 죄도 아니라 ᄒ니, 그런즉 이거시 뉘 죄인가 ᄒ면 나는 감히 훈말노니 결단ᄒ여 굴ㅇ디 '이는 죠명 계신의 ᄉᄉ당파된 쟈들의 죄라 하노니, 션묘죠 닷톨ᄉᆡ, 이 당파가 득세ᄒ면 뎌 당파의 ᄒᄂᆞᆫ 바는 시비와 곡직을 물론ᄒ고 모다 빅척ᄒᄂᆞᆫ 고로, 왜적이 동ᄒᆫ다 아니 동ᄒᆫ다 ᄒᄂᆞᆫ 문뎨ᄂᆞᆫ 하등 즁대ᄒᆫ 문뎨인디.[33]

33) 위의 책, 456쪽.

이러한 논단에서 신채호의 선명한 논리를 발견할 수 있다. 이와 같은 국난에 대처하여 주견을 확립하고 정론으로써 시정을 펴지 못한 선조의 우유부단한 책임도 막중한 것이다. 즉 한 나라의 국정을 책임진 왕과 신료들이 공정한 정론에 입각하지 않을 때, 예나 이제나 국정이 바로 잡힐 리가 없다고 할 것이다. 능력도 지혜도 정직성도 또한 근면성도 없이 지위와 재물과 힘을 탐내고 백성 위에 군림했던 간교한 집단을 이룬 당시의 조정이 심히 부끄럽게 보인다.

신채호는 이순신의 투옥의 장에서 다음과 같이 그의 투옥이 미치는 영향과 남도군민의 반응을 보여주고 있다.

> 오호ㅣ라. 리츙무 흔 사롬의 죽는 거시 엇지 리츙무 흔 사롭의 죽는 것 쑨이리오 곳 리억긔 등 졔쟝이 죽는 거시며, 쏘흔 엇지 다만 리억긔 등 졔쟝의 죽는 것쑨이리오 곳 삼도슈군의 죽는 거시며, 또 엇지 삼도슈군의 죽는 것쑨이리오 곳 젼국인민의 죽는 것이로다. 그런고로 남도 군민이 밤마다 하놀의 고ᄒᆞ야 리슌신의 듸신 ᄌᆞ긔몸이 죽기를 원ᄒᆞᆫ 쟈ㅣ 심히 만터라.[34]

즉 이순신의 죽음은 한 사람의 죽음이 아니라 나라의 죽음을 뜻한다고 격앙된 어조로 말하고 있다.

이때, 이원익의 상소, 이덕형의 호소 그리고 정탁의 피눈물나는 '구차(救箚)'로서 이순신은 죽음을 면할 수가 있었다.[35] 그리하여 2월 26일에 서울을 향하여 떠나, 3월 4일에 투옥되어 국문을 받고 4월 1일에 백의종군하라는 명을 받고 서울을 떠났다. 13일에 안흥에서 그 모친이 별세한 소식을 받게 된다. 남다른 효성을 지녔던 이순신은 슬픔으로 "하늘의 해조차 캄캄"함을 느꼈다고 그의 『난중일기』에 술회하고 있다. 여기에서 신

---

34) 위의 책, 460쪽.
35) 이은상, 앞의 책, 174~175쪽.

채호는 이순신이 신적인 인물임을 말한다.

> 젼일 바다 우헤서 통졔ᄉ의 뷰월을 잡고 삼도 슈군을 지휘ᄒ던 리슈신이 이제 다른 사롬의 관하에서 ᄒ 군ᄉ가 되여, 동으로 가나 셔으로 가나 남으로 가나 북으로 가나 늠의 명을 기ᄃ려 ᄒ니 영웅의 회포가 맛당히 엇더홀가. 비록 그러나 리츙무는 하늘이 보내신 신인이라. 죽고 사는 것도 쏘한 도외로 알거든, ᄒ믈며 잠시의 영욕을 개의ᄒ리오.36)

이러한 서술에서 신채호가 이순신을 육신은 사람의 형상을 가지고 있으나 정신과 행위에서 신(神)이었음을 말하고 있다. 서술자는 제2장에서 훈련원에서 별과시험을 보다 말에서 떨어져 절골되었을 때 일어나 버드나무 껍질로 다리를 매고 다시 말을 탄 사실을 들어, '크게 분발하고 크게 인내ᄒ는 영웅'의 정신을 말한 바와 서사적 성격의 논리적 맥락을 적절히 이은 풀이로 볼 수 있다.

4월 11일에 이순신의 어머니께서 세상을 떠나셨다는 소식을 4월 13일에 듣고 장례를 모시고 금부의 관원에 이끌려 백의종군하는 감회가 다음과 같이 그의 일기에 기록되고 있다.

> 19일(기묘) 맑음. 일찍 길을 떠나며, 어머님 영 앞에 하직을 고하고 울며 부르짖었다. 어찌하랴. 어찌하랴. 천지간에 날 같은 사정이 또 어디 있을 것이랴. 어서 죽는 것만 같지 못하구나.37)

이러한 대목에서 돌아가신 어머니와 아들 사이의 곡진하고도 절실한 정이 나타나 있다. 또한 절망적인 술회를 하고 있어, 한 인간으로서의 아픔이 잘 드러나 있다. 신채호는 다음과 같이 이순신을 말하고 있다.

---

36) 신채호, 『전집』 별집, 앞의 책, 462쪽.
37) 이순신, 이은상 역주, 『난중일기』, 현암사, 1972, 158쪽.

모친이 죽으미 림종을 못ᄒ고 아들이 죽어도 듯지 못ᄒ며 몸이 쏘ᄒ 이 디
　　경이 되엿스니, 오호ㅣ라. ᄌ고로 나라를 붓들고 ᄇ빅셩을 구원ᄒᄂ 대영웅은
　　엇지 비싁훈 운수가 이ᄀ치 만흔고.[38]

　이 대목에서 국운을 걸머진 애국자의 고난, 즉 개인적 삶의 상식적인 관
계가 유지되지 못하고 비운과 고통만이 뒤따름을 여실히 보여주고 있다.
　원균은 이순신을 모략으로 벌을 받게 하고 그의 뜻대로 삼도수군통제
사가 되었다. 유성룡의 『징비록(懲毖錄)』에는 이 무렵 원균의 한산도 수영
생활을 비교적 상세히 적어 그 그릇됨을 후세에 알리고 있다. 즉 원균은
이순신의 신임을 받던 장교를 내쫓고, 그가 이루어 운영하던 제도도 모두
변경하고 또 이순신이 막료장군들과 군사회의를 하던 운주당(運籌堂)을 사
처로 쓰며 애첩을 들여 술을 즐기며 군무에는 등한하였다.[39]
　이 해 5월에 왜는 재침을 계획하여, 가등청정의 주전론에 따라 총병력
14만여와 대선단으로 내침하였다. 이때 도원수 권율은 원균에게 출병 명
령을 내렸으나, 원균은 육군이 안골포의 왜적을 공략한 다음에야 동병한
다는 장계를 내고 이리저리 회피하였다. 그러다가 안골포에서 적과 만나
후퇴하여 칠천도(七川島)에서 크게 패하였다. 이러한 사실을 알고 권율은
원균을 불러다 곤장으로 치죄하였고 부산의 왜병을 치라는 명을 다시 내
렸다. 그러나, 7월 1일 부산 절영도 앞바다에서 무리한 작전을 시행하여
아군은 참패를 당하게 되었다. 그리고 7월 15일에 왜병의 기습을 받아 원
균은 도망치다가 왜병의 칼에 숨지고, 이 싸움에서 명장 이억기(李億祺)와
최호(崔湖)가 전사하기에 이르렀다. 이것이 임진란 때 우리 수군이 참패한
유일한 사례였다.
　이때 이순신이 한산수영에 있으면서 온 힘을 기울여 정비한 군비가 한

---

38) 신채호, 『전집』 별집, 앞의 책, 462쪽.
39) 류성룡, 『징비록』 권2 참조. 이은상, 앞의 책, 180~181쪽 참조.

접전에 모두 무산되고 우리 병선도 거의 다 깨어졌다. 원균이 패하자 도원수 권율은 이순신을 찾아가 시찰케 하였다. 이순신이 이르는 곳마다 황폐한 고을을 보며 애석해 한 것을 신채호는 간추려서 서술하고 있다. 그런데 이런 어려운 중에도 이순신은 피란 가는 백성을 위무하고 빈 고을이나 읍의 양곡, 무기 등을 단속하며 권율의 막하로 향하였다. 8월 3일에 선전관 양호(梁護)가 이순신을 삼도수군통제사로 복직한다는 교서와 유서를 전했다.

이순신이 다시 통제사가 되어 모군한 수가 모두 120명이고, 8월 29일 어란진(於蘭津)에 모은 병선은 13척뿐이었다. 그러나, 이러한 형편을 돌볼 여유도 없이 9월 16일(1598)에 명량해전이 벌어졌다. 왜병은 부산의 승전에 힘입어 133척의 대함대로 에워싸니 다른 장수들은 눈치만 보고 접전을 하지 않고 물러났다. 이때 이순신은 진두지휘하며 사기를 올려 밀집된 곳에 직충하여 과감히 전투를 벌여 나갔다. 즉 전술과 용기가 합쳐진 해전으로서 적선 31척을 잠시 동안에 깨뜨렸다. 아마도 해전 사상 이러한 사례는 전무후무한 전과였을 것이다. 백성들은 환호하며 군량미를 진납하고 군복을 지어내고 이순신을 찬양하였다. 그러나 이 대승첩을 이순신은 다음과 같이 말하였다고 신채호는 기록하고 있다.

> 나의 명량에셔 한번 새로 모집한 조련 업눈 군亽 몇 빅명과 불과 십여척 되
> 는 튼튼치 못한 비로 수십척의 적선과 수만명의 적병을 이긔엿으니, 이눈
> 하늘의 도으심이오 국가의 홍복이라 우연히 꿈亽 속에 싱각ᄒ여도 샹쾌홈을
> 말지 아니ᄒ노라.[40]

이러한 데서 이순신의 마음의 큼을 볼 수 있고 자만하지 않고 겸손함을 볼 수 있고, 그 일기에도 스스로 '천행'이었다고 기록한 데서 그의 고결

---

40) 신채호, 『전집』 별집, 앞의 책, 468쪽.

한 인격을 알 수 있다,

적선 133척이 불과 13척의 배와 대적하여 크게 패한 데 대해 왜장들은 분통하고 부끄러워, 이순신의 본가 아산에 파병하여 셋째 아들 면을 죽게 하였다. 이렇게 엄청난 개인적 비운을 겪으면서 이순신은 다음 전쟁을 위하여 역시 조련과 모병과 조선에 힘을 기울렸다. 명나라 수군도독 진린의 오만 무례함도 이순신은 잘 다스려 진린이 이순신의 작전에 따르게 하였으며, 녹도 앞바다에서 왜선을 격파하고 그 전과의 일부를 구경만 한 진린에게 주는 등 관대함을 보여주었다. 그러자 이후부터 진린의 군인들이 민폐를 끼치지 못하게 되었다. 나라에서도 어찌지 못한 진린을 이순신은 그의 휘하에 복종시키는 지혜도 지녔던 것이다. 그러나 진린이 왜장병의 뇌물을 받고 풍신수길이 죽은(1598. 8. 18) 뒤 왜병들이 철수할 길을 열어주려 하자 이순신은 어떤 말도 듣지 않고, 11월 19일에 왜병선 2백여 척을 대파시켰다. 이때 적탄에 맞아 숨지면서 이순신은 자신의 죽음을 알리지 말고 격전이 급하니 싸움을 진행하라는 마지막 말을 남기고 1598년 11월 19일 이른 아침에 운명하였다.

싸흠이 방장 급ᄒᆞ니 내가 죽거든 곡성을 내여 군심을 경동치 말라.[41]

이러한 이순신의 행적을 통하여, 호국의 수호신으로서의 면모가 여실히 드러나게 신채호는 서술하고 있다.

3. 맺음말

이상에서 살펴본 바와 같이 단재가 본 이순신은 다음과 같은 성격적 특성과 신념의 인물로 묘사, 제시되고 있다.

---

41) 위의 책, 478쪽.

첫째, 강직한 성격과 정의감이 강함.

둘째, 남의 힘에 의존하여 출세를 생각지 않음.

셋째, 크게 분발하며 크게 인내하는 덕을 지님.

넷째, 공을 세울 때마다 상관의 시기를 사고 완강한 성격 탓으로 미움을 받아 승진이 늦어짐.

다섯째, 직무에 충실하며, 군인을 조련시키며, 병선을 수리 제조하며, 군량미를 마련 비축하고, 업무처리가 공정 신속 정확하여 백성과 군인들의 존경을 받음. 대비책을 강구하는 성실성이 뛰어남.

여섯째, 조정의 명령이라도 전략상 불합당하면 불복종함. 백성들을 위무하고 생업에 종사케 하며 덕을 베풀어 민심을 수습함.

일곱째, 뛰어난 애국충절의 철두한 신념으로써 희생적으로 봉사함. 전공을 다른 장군들에게 나누어주며, 무고한 처벌에도 묵묵히 복종하며 오로지 국가를 위해 일함.

이상과 같은 성격과 신념의 신적 인물로 묘사하여, 이순신을 신채호의 애국계몽사상의 실천적 주인공으로 형상화하였음을 발견할 수 있다. 또 인물의 신성화에서도 관념적으로 말하기보다 구체적 행적을 묘사하며 인간적 고뇌까지도 그려내어 묘사한 점을 평가할 수 있다.

작품의 구조는 편년체 전기소설로서 회장을 구분하였고, 서술자의 목소리가 격양되어 있다. '오호라! 슬프도다! ……할진저, ……아니리오, ㅎ노라, 하도다'와 같은 문체의 감탄적 목소리가 특이하게 강조되어 있다. 이처럼 격앙된 서술자 목소리의 특성은 한말의 위급했던 나라의 정세를 수습하려는 신채호의 의지와 정열이 융합되어 이루어진 것으로 보인다.

고소설에서는 김덕령, 곽재우 같은 평민의병이 이야기의 주인공으로 많이 다루어졌으나, 신문학기 이후에는 이순신을 주요하게 형상화시킴을 볼 수 있는데, 이는 고소설의 작자층이 평민적 세계관을 지녔으므로 의병장을 높이 찬양한 것이고, 일제 치하에는 왜를 격파하여 승전을 이룬 이순신을 주인공으로 묘사하여 민족의 자립과 자존심을 크게 문제로 의식화시키는 서사적 목적에 의한 것이었음을 알 수 있었다.

신채호는 조정의 당파싸움과 대책 없이 권력만 탐하는 것을 혹독하게 비판하였으며, 그 논리에서 구한말의 우리 정부도 냉정하게 비판하고 있음이 드러난다. 또한 무위도식하며 개인의 안일만을 도모하는 적지 않은 백성들 일반도 가차 없이 질타하고 있다. 그리하여 자력으로 자립하여 나라를 위해 헌신적으로 봉사하는 일꾼을 기다리며 찬양하는 한글로 된 전기소설을 썼음을 알 수 있었다. 다만, 선비집안에서 한학을 공부하던 이순신이 어째서 20대에 무술을 연마하여 무관이 되었는가 하는 서사의 펼침에 요구된 논리가 분명히 밝혀지지 않은 점은 하나의 의문점으로 남겨져 있다.

또 신채호가 넬슨과 이순신을 비교한 것도 의문시된다. 이순신은 이순신의 특성으로서 세계 최대의 호국신이 된 것이므로 넬슨 같은 인물과 비교될 성질이 아닌데도 뱀꼬리를 달아 이순신의 독자적 인격과 업적을 적지 않게 속화시킨 점도 신채호의 서사논리에 어긋난 점이라 보인다.

이순신과 임진란의 자료가 많으므로 앞으로도 더욱 이순신의 형상화에 관한 여러 관점들의 비교연구는 하나의 과제로서 남겨진 셈이다.

▶ 이 글은 필자가 쓴 「신채호의 문학과 애국계몽의식」(2005. 『펜문학』 겨울호)의 한 부분을 이루는 소설작품론의 성격을 가지고 있다. 이 글은 1992년 『임진왜란과 한국문학』(민음사)에 수록되었던 것을 재교정하여 수록하였다.

소설 속에 나타난 물의 몇 가지 의미

1. 신화와 물의 뜻

옛 문헌에도 물의 중요함을 말한 예가 적지 않다. 사람들의 삶은 물론이며 생명체 일반이 물에 의존하여 그 목숨이나 수명을 지탱한다는 점에서 물은 근본적인 중요성이 있다고 하겠다.

환웅이 천하에 뜻이 있어, 그 아버지 환인이 삼위태백(三危太白)을 내려다보고 '세상을 널리 이롭게' 할 만한 곳임을 알고, 아들에게 천부인 세 개를 주었다. 환웅은 풍백(風伯), 우사(雨師), 운사(雲師)를 거느리고 신단수 아래로 내려왔다.[1] 여기서 신시(神市)를 열고, 그 아들 단군(檀君)왕검이 1500년을 다스렸다고 되어 있다. 이 글에서 '비'와 '구름'은 바로 물의 뜻을 말한 것이고, 이 물이 있어 농사를 지을 수 있었기 때문이고, 그러므로 사람들을 널리 이롭게 한다는[弘益人間] 뜻이 담겨 있음을 짐작할 수 있다.

고구려 왕 주몽의 어머니 유화(柳花)부인은 하백(河伯)의 딸로 압록강에서 해모수(천제의 아들)와 만나 주몽을 얻은 것으로 기록되고 있다.

---

1) 이병도 역주, 『삼국유사』, 동국문화사, 1950, 1962, 180쪽.

이 내용에서도 물, 강물은 탄생의 의미와 밀착되어 있음을 깨닫게 된다.[2]

이러한 신화, 전설은 신라 시조 박혁거세의 탄생에서도 나정(蘿井)이라는 우물과 연관되어 있고, 그 왕후의 탄생도 역시 알영정(閼英井, 娥利英井)이라는 우물 물과 연결되고 있다.[3]

옛 신화에서 왕권의 확립과 그 신성성 및 지배와 통치를 위한 절대적인 능력은 듀메질 같은 신화연구가에 의하여 천명된바, 3가지의 기능 중에 물은 풍요, 탄생, 신성성이 내포된 바를 밝히고 있다.[4] 듀메질은 인도, 구라파의 신화와 전설을 그 기능면에서 천(天)은 절대권력의 신성성을 땅[陸地]은 사회 및 전쟁과 통치기능을, 그리고 물은 풍요와 생산의 기능임을 각각 밝히고 신화와 전설의 의미를 기능별로 말하였다.

신라 31대 신문왕(神文王)이 부왕 문무대왕(文武大王)을 위하여 감은사를 세웠다. 이 절의 한 기록에는 문무대왕이 큰 용이 되어 왜병(倭兵)을 진압하였다고 되어 있다. 이 전설에서 동해 바다는 왜병의 침략의 공간이고, 또 왜 해적이 해적질하는 뜻이 있으므로 왕은 자신의 유해를 거북바위에 수장하게 했다는 내용이 보인다.[5]

신문왕과 문무대왕의 이러한 역사적 기록에서 물 또는 바다의 의미는 국권의 수호기능을 암시하는바 국가 경영의 중심개념을 말하고 있는 것 같다. 문무대왕이 용이 되었다는 것은 물과 하늘을 자유자재로 왕래하고 뜻대로 이용함으로써 신(神)의 신성성과 동시에 만능의 재능과 지혜와 힘으로써 국가를 수호한다는 매우 중차대한, 이른바 저 제1기능과 제3기능

---

2) 위의 책, 190쪽.
3) 위의 책, 195~196쪽.
4) 듀메질, 길전돈언 편, 『비교 신화학의 현재』, 조일출판사, 1975. 길전은 본 신화를 중심으로 듀메질의 이론을 적용하고 있다.
5) 이병도 역주, 앞의 책, 238~239쪽.

을 두루 겸비한 신성한 이야기이고 역사적 의미를 포함한 것임을 알려준다. 인도 신화에서 미트라와 바르나는 '구름을 동반하고 뇌성을 울리며 접근하고 비를 오게 한다' 는 절대 신으로서 제시되고 있다.[6]

2. 고전문학과 물의 의미

우리 고전문학에서 주목되는 작품의 하나는 「심청전」이라고 생각한다. 널리 알려진 바와 같이 조선시대 효사상의 한 대표적 작품이기도 한데, 여기서 효(孝)의 뜻이 우리 전통사상의 중심개념 중 하나임은 두말할 것도 없다. 효와 똑같이 충(忠)의 사상이 나란히 하고 있는데, 이것은 국체의 안존과 가족과 그 성원 사이의 사랑을 실현하는 전통사상이라 하겠다.

고전작품들은 여러 이본(異本)들이 있기는 하나, 「심청전」의 경우 그 이야기 짜임의 개요를 제시한다면, 다음과 같다.

심봉사 부부가 태몽을 얻어, 딸 청을 낳고 난 후, 모가 병으로 사망한다. 청의 모가 사망 후 청의 아버지는 눈병으로 실명한다. 청이 걸식하여 , 그 아버지를 봉양한다.

심봉사가 청이 돌아옴을 기다리며 마중 나가다 실족하여 구렁에 빠졌을 때, 스님이 구해 주며, 시주하면 눈을 뜰 수 있다 하여, 공양미를 시주할 것을 약속한다.

청은 꿈에 노승을 만나, 공양미 시주할 것을 알게 되고, 죽게 되더라도 피하지 말고 실행할 것을 부탁받는다.

그런 후 남경을 왕래하는 상인에게 몸을 팔고, 공양미를 부처님께 바치고, 행선 날, 부녀는 애절한 이별을 한다. 그리고 인단소에 투신하나 용왕의 시녀들에게 구함을 받고, 용왕을 만나, 전세, 현세의 고난의 운명을 알고 난 다음, 용궁에서 지내다, 연꽃으로 화하여, 귀선하는 남경 상인들에게 발견된다.

---

6) 듀메질, 길전돈언 편, 앞의 책, 175쪽.

상인들은 귀히 여겨 그 꽃을 국왕에게 바치고, 상처한 왕의 사랑을 받고, 청이 그 꽃에서 나옴으로 혼인하여 선정을 베푼다, 청이 그 아버지를 만나고 자 맹인잔치를 열게 되고, 심봉사를 만나게 되고, 이때 심봉사는 눈을 뜬다 는 감격스런 결말을 보인다.

여기서 인당수 또는 인단소는 물이고, 그 물의 주인은 용왕으로 설정된다. 심청이 지극한 효심으로 재생하는 내용인데, 이 작품에서 물은 재생의 의미를 지님을 볼 수 있다.

그런데 효의 개념은 유교나 무교(巫敎) 모두 중요한 의미를 지니는 하나의 전통사상임을 알게 된다. 그러나 이 작품에서 특별히 불교(佛敎)의 전생(前生), 현생(現生), 내생(來生)의 윤회적 생명관을 중심에 두고, 그 구제의 신비한 힘을 용왕이 발휘하게 이야기를 펼치고 있다.

여기서 불교적 인과론에서 삼세(三世 : 과거, 현재, 미래) 개념이 뚜렷해지고 있는데, 아마도 유교적 제도 안에서 불교의 신앙이 민간에는 크게 유포되고 신교생활의 중심을 이룬 것같이 보인다.

이 작품을 신분상승의 의미로 풀이한 예도 있다.[7] 어원을 상고한다면 '용' 이라는 한자를 '미르' 로 적고 있는데,[8] 이는 우리말 '물' 의 전 단계 발음임을 엿볼 수 있고, 이를 참조한다면 용은 물의 신임을 쉽게 알 수 있다. 재생의 의미가 물과 연결되고 다시 불교의 인과론적인 운명의 고리를 깨닫게 된다.

용은 민속에서 비의 신으로 숭앙되어, 기우제에서도 용신제를 지냄은 물론, 어선이나 무역선이 안전운행을 기원할 때에도 역시 용신제를 지냄을 알 수 있다.

조선시대 악장의 하나인 「용비어천가(龍飛御天歌)」도 조선왕 태조의 선

7) 김태준, 『조선소설사』, 학예사, 1939, 151~152쪽.
8) 단국대학교 동양학연구소, 『훈몽자회』, 1971, 1995. 46쪽.

조 6대를 신성시하고 예찬하여 조선왕조 개국의 건국이념과 그 합당성의 신성한 의미를 노래한 작품인바, 역시 물의 신인 용을 상징적 의미로 전용한 문예작품임을 엿볼 수 있다.

여기서 물의 순환원리 즉, 물, 습기, 안개, 구름, 파도, 비, 눈, 바다, 내, 강, 호수, 얼음 또는 무지개 등을 가장 힘찬 주체적 및 신비적 원리로서의 용을 하나의 상징적 주체자로 상정한 동양의 문화의식도 함께 규지할 수 있을 것 같다.

또 다른 역사전승의 이야기에, 김춘추가 고구려 사정을 살피려 입국해서 감옥에 갇혔을 때, 선도해가 옥에서 탈출할 지혜를 귀토설화로 암시한 예가 있다. 이 설화는 후에 「별주부전」으로도, 판소리로도 정착되었다.[9]

이 밖에도 용설화나 무속신앙 및 풍속에 물의 주재자로 용이 주요한 주체자로 전승되고 있다.

3. 근대작품들에 있어서의 강의 의미

1) 홍수의 파괴적 의미

우리 문학에서 물을 주요하게 다룬 문인은 윤선도라고 생각된다. 그러나 최남선도 주목되는 작품을 썼고, 변영로도 명편을 남겼다.

여기서는 근대 산문문학에 보이는 주요 작품을 검토하려 한다. 널리 알려진 바와 같이 이광수의 『무정』에는 재해(홍수)의 의미로 강이 제시되고 있다. 근대학문을 배우러 가는 유학생들이 도중 삼랑진에서 차가 멎게 된다. 낙동강이 범람하고 철로가 끊기고, 농민들이 집을 잃고, 농토 침수로 인하여 작물이 모두 버린다는 작품의 끝부분이 이야기 내용이다.

---

9) 김부식 · 신호열 역, 『삼국사기』, 동서문화사, 1976, 908~909쪽.

"저것 보게, 저긔 집들이 반이나 잠겻습니다. 그려!" 하고 마산선으로 갈려 나가는 길가에 잇는 초가집들을 가라친다. 과연 대단한 물이로다. 좌우편 산을 남겨 노코는 왼통 싯벍언 흙물이로다.

사람들의 녀름에 애써서 길러노흔 곡식들도 그 붉은 물결 속에서 부댓기고 또 부댓기고 또 부댓기어 그 약한 허리가 부러지는 것도 잇슬 것이요(…중략…)

왼 땅은 전혀 붉은 물의 세력하에 들어가고 말앗다. (…중략…)

집을 일흔 무리들은 산기슭에 선대로 비를 함빡 마져서 젼신에서 물이 쪽 흐르게 되엇다. 어린 아해를 안은 부인들은 허리를 굽혀서 팔과 몸으로 아해를 가리운다.[10]

이러한 낙동강의 범람의 현장을 작가는 사실적으로 묘사하여 자연재해의 가혹함을 제시하고 있다.

여기서 자연재해에의 대비라는 문제가 심각히 제시됨은 물론이며, 오늘날까지도 강의 범람은 큰 문제로 남겨지고 있다. 작가는 이러한 어려움을 극복하는 데 과학, 지식을 배워야 함을 강조하고 있다.[11]

이러한 폭우와 강의 범람을 문학의 주제로 다룬 최서해의 「큰 물진 뒤」를 들 수 있다. 이 작품에서도 홍수로 인하여 한 마을 전체가 물에 잠기는 참상이 묘사되고 있다. 춘원이 관념적, 지도자적 자세로 계몽주의자로서의 자세를 보이는 데 비하여, 최서해는 사실적 묘사를 충실히 함으로써 관념이 아닌 현장의 실상을 적절히 묘사하여 사실주의 문학의 특징을 드러내고 있다.

윤호는 방으로 뛰어 들어갔다. 방에는 물이 홍건히 들었다. 아내는 물 속에서 애를 안고 어쩔 줄을 몰라한다. 물은 방 안에 점점 들어온다. 어디서 쏴 - 하는 소리가 들렸다. 돌아보니 뒷벽이 뚫어져서 물이 디미는 소리였다.

---

10) 이광수, 『무정』, 회동서관, 1918~1924, 524~528쪽.
11) 위의 책, 544쪽.

윤호는 아내를 둘러업고 애기를 안았다. 이때 초인간적 굳센 힘이 그를 지배하였다. 그는 문을 차고 밖으로 뛰어 나왔다. 어느 새 물은 허리를 잠겼다. 물살이 어떻게 센지 소 같은 장사들도 견디기 어려울 지경이었다. 그는 쓰러졌다가는 일어서고 일어섰다가는 쓰러지면서 물 속을 헤저어 나갔다.[12]

이처럼 수재민의 초급한 탈출의 현장을 묘사하였다. 관찰은 치밀성을 통하여 독자들의 독서행위가 체험적 진실을 느낄 수 있게 하였다.

위 두 작품에는, 인간의 능력 밖에 있는 자연재해라는 홍수의 의미를 제시하고 있다. 두 작가는 이러한 자연재해의 극복이라는 시대적 및 사회적 과제를 주제로 보여주고 있다.

최서해의 작품에 등장하는 윤호는 홍수로 인하여, 집, 농작물, 아내, 아들을 모두 잃는 참상의 주인공이 되고 있다. 그리고 홍수가 끝난 뒤, 노무자로서 연명하며, 병, 굶주림, 모욕 받는 일들이 연속되는 내용이 나타나 있다. 끝에 이르러 주인공이 강도로 변한다는 결말로 되어 있다.

김정한의 「모래톱 이야기」에서는 낙동강의 홍수와 모래톱의 땅 소유를 고위층이 바뀔 때마다 새 주인들이 나타나 주민들은 이중의 고통을 받게 한다는 내용이 보인다.

작품의 주요인물인 건우 할아버지의 입을 빌어 작가는 모래톱 소유자들이 바뀌어온 사실을 알려준다. 일제의 '조선 토지사업'에서 역둔토, 산림 등을 모조리 일제의 국유로 만든 사실, 광복 후에는 유력인사들이 토지 소유를 주장한 사실들이 제시되어 있다.

그 까진 국회의원이 다 먼교? 돈만 있음 X라도 다 되는 기고, 되문 나라 땅이나 홅이고 팔아묵고 그런 놈들이 안 많던기요? 왜 내 말이 어데 틀렸읍니꺼?[13]

---

12) 최학송, 「큰 물진 뒤」, 『한국현대문학전집』, 삼성출판사, 1978, 1981, 360쪽.
13) 김정한, 「모래톱 이야기」, 『한국현대문학』 23, 삼성출판사, 1978, 1981, 113쪽.

이어서, 낙동강 대홍수의 현장을 다음과 같이 묘사하고 있다.

> 어느 산이라도 뒤엎었는지 황토로 물든 물굽이가 강이 차게 밀려 내렸다. 웬만한 모래톱이고 갈밭이고 남겨 두지 않았다. 닥치는 대로 뭉개고 삼킬 따름이었다. 그러고도 모자라는 듯 우르르하는 강울림 소리는 더욱 무엇을 노리는 것같이 으르릉댔다.
> 둑이 넘칠 정도로 그악스럽게 밀려 내리는 것은 벌건 물굽이만이 아니었다. 얼마나 많은 들녘들을 휩쓸었는지, 보릿대랑 두엄 더미들이 흘러내리는가 하면…….[14]

김정한 작가의 홍수 묘사는 맹수들이 포효하는 듯한 살벌하고도 공포감이 넘치게 제시되며, 동시에 조마이섬 전체가 물에 잠겨 섬사람이 모두 피란 간다는 참상이 보인다.

그런데 이 모래톱 토지와 얽힌 내용이 동시에 제시되어 자연재해 못지않게 권력층의 비리도 또한 간접적으로 제시하여, 사회적 문제임을 고지, 고발하는 데까지 작가의 시선이 미치고 있음을 알 수 있다.

2) 음료수 : 비인도적 식민지 통치하의 갈증의 시학

일제는 청·일전쟁(1895), 노·일전쟁(1905)을 승리로 마무리하고, 곧바로 을사조약을 맺어 조선의 외교권, 군사권을 박탈하고 1910년 강제로 조선을 합방하여, 기존의 애국단체, 독립단체에 강압적으로 제재를 가하였다.

이로 인하여 애국단체의 인사들과 독립운동단체들의 인사들이 해외로 망명하여 독립투쟁의 운동을 지속했다. 국내의 애국계몽운동가들과 협력하여 해외의 독립운동가들 모두가 1919년 일제히 항일독립투쟁의 한 형

---

14) 위의 책, 120~121쪽.

태로 3 · 1 독립만세운동을 거국적으로 일으키고, 비인도적 식민지 경영의 주체자인 일제의 만행을 전 세계에 알리게 되었다. 일제의 통치는 더욱 악독하여져 많은 애국지사들을 투옥시키고, 극도의 고통을 주었으며, 비인도적으로 혹독한 감옥생활로 유례가 없는 가혹한 고통을 주었다.

김동인은 그 자신도 옥고를 치른 체험적 소설을 썼다. 잘 알려진바 「태형」, 전영택의 「생명의 봄」 등이 있다. 그리고 김남천의 「물」, 이광수의 「명암」 등이 있다. 이들 작품 중 특히 물의 의미에 비중을 둔 「태형」의 예를 들 수 있다.

> 빽빽히 앉은 사람들은 모두들 힘 없이 머리를 느리우고 입을 송장같이 벌리고, 흐르는 침과 땀을 씻을 생각도 안 하고 먹먹히 앉아 있다. 둥그렇게 구부러진 허리, 맥없이 벌어진 입, 생기없는 눈, 흐터진 머리와 수염, 모든 것이 죽은 사람이었다. (…하략…)
> 그러나 그들의 머리에는 독립도 없고, 민족 자결도 없고, 자유도 없고,
> (…중략…)
> 무거운 공기와 더위에게 괴로움을 받고 학대받아서, 조고맣게 두개골 속에 웅크리고 있는 그들의 피곤한 뇌에 다만 한 가지의 바램이 있다 하면, 그것은 냉수 한 모금이었다.[15]

이와 같은 묘사에서, 3 · 1운동 당시와 그 전후 애국운동에 가담한 인사들의 옥고를 충분히 알 수 있게 했다. 한 방에 성인 서너 명이 누울 수 있을 정도의 감방에 30명, 또는 더욱 심한 경우 수양동우회 사건 당시의 애국지사들의 처우 등에서 50명을 수감하여 한여름을 나게 하는 비인도적 처사가 보인다.

김동인은 또 다음과 같이 옥고의 고통을 기술하고 있다.

15) 김동인, 『김동인전집』 7, 홍자출판사, 1956, 234~235쪽.

게다가 똥 오줌 무르녹은 냄새와 살 썩은 냄새와 옴 약내에 매일 수없이 흐르는 땀 썩은 냄새를 합하여, 일종의 독가스를 이룬 무거운 기체는 방에 가라앉아서 환기까지 되지 않는다.[16)]

이러한 물의 의미는 물 자체의 순수한 물질의 온전성과는 무관하게 비인도적 처벌에 의하여 목숨을 위협하는 데로 부정적 의미를 제시하고 있다.

다음으로는 1930년대의 지식인으로서 민족적 자존심을 지키며 반일의식을 지닌 지식인들이 겪는 옥중 체험을 작품화한 김남천의 「물」을 예로 들 수 있다. 독서회 사건으로 투옥된 작중인물 나는 두 평 좀 넘는 방에 13명의 수인들의 고초를 다음과 같이 말하고 있다.

땀은 흘넛다. 몸뚱이에 둘는 옷이 전부 물주머니가 되도록 땀을 흘넛다. 그리고 땀 때 가 밝앗게 열통이 져서 말툭하게 골마 올랏다. 그것이 바늘로 찔느듯이 콕콕 쏘앗다. (…중략…)
돌중갓치 깍근 머리에는 땀때종이 모여서 헐고 진물이 흘넛다

오후 세 시나 되엇슬는지 태양에 쪼인 벽돌바람이 흑근흑근하게 달아왓다.[17)]

여기 모인 13인의 수인 아닌 수인들은 땀으로 몸에 종기가 나 끓고, 온 방 안이 더위로 숨조차 쉬기 힘든 처지가 기술되어 있다. 이런 묘사에서 일본인 죄수는 편히 누워서 부채질하며 수인으로 지내고 있어도 특별대우를 받고 있음을 알려주고 있다.

나는 산 속에서 흘러내리는 물을 몃번이나 눈 압헤 그려보게 되엿다. 물! 물! 가슴이 바직 바직 타고 숨이 목구멍에서 맥히는 듯하였다. 나무숲을 거닐

---

16) 위의 책, 239쪽.
17) 김남천, 「물」, 『대중』 3호, 1966. 6, 55쪽.

며 지내가는 저녁의 싸늘한 바람 백양목 나무 냄새들 산들산들 흔드는 그 바람—나는 일순간도 견딜 수가 업섯다.[18]

이처럼 마실 물과 신원한 바람이 극도로 제한된 감방에서 지내는 고통을 적실하게 말하고 있다. 물의 생명감 있는 기억을 통하여, 현실의 물결핍의 비인도적 광경이 드러나게 하고 있다.

다음으로 이광수의 「명암」이라는 작품은 수양동우회 사건[19]으로 투옥되어, 병감에서 지낸 체험을 중심으로 쓴 것으로 알려지고 있다. 이 작품에서는 애국지사들의 옥중생활을 직접 다루지 않고, 병감에 수용된 일반 범인들의 행태에 반영된 인간의 본능, 질투, 시기 등을 잘 포착하고, 역시 물의 결핍 등을 묘사하였다. 특히 일제의 한국인 수인들에 관한 비인도적 측면을 간접화시켰다.

3) 농민소설과 농업용수

1930년대 창작 경향 중 하나의 흐름은 농민소설이 한 주요한 흐름을 이루고 있다는 점이다. 이광수의 『흙』, 심훈의 『상록수』, 이기영의 『고향』, 이무영의 「농민」, 이태준의 「농군」, 김정한의 「모래톱 이야기」, 「사하촌」 등 주목할 만한 작품들이 출간되었다.

농민들의 주요한 일 중의 하나는 농업용수를 확보하는 일이고, 다른 하나는 소작인들이 지주나 마름에게 소작료를 내는 일과 얽힌 쟁의 및 농사

---

18) 위의 작품.
19) 수양동우회 사건은 1937년 국내에 있던 애국지사들의 단원을 검거 투옥시킨 사건으로 안창호, 김동원, 김윤경, 이광수, 조병옥, 장리욱 등 흥사단계의 인사들이 연관되어 있으며, 관련 재판으로 1941년에 무죄 판결을 받았으나 이 기간에 사망한 인사들이 적지 않았다.

의 개량, 시비, 농약, 수확을 높이는 종자개량 등의 일이었다. 이러한 일들 중에 첫째 과제는 농업용수의 확보였다. 그런데 작가의 시선이나 농민의 생활을 이해하는 관점에 따라 농촌문제의 중심과제가 달라지고, 인물설정 또한 달라질 수밖에 없다.

이광수 작가는 농업용수와 직결된 문제보다는 농민의 가난을 극복하고, 농촌생활의 개선에 주목하였으므로 농업용수의 심각성에 작품의 비중을 두지 않았다.

> 살여울 보에 기다리던 물이 늠실늠실 붙었다. 삼사일 이어 오는 비에 살여울 강물이 소리를 내며 흘러, 오랜 가물에 늦었던 모를 내게 된 것이다.[20]

이처럼 보에 물이 차기를 기다리는 농민들을 묘사했다. 그러나 이태준의 「농군」에서는 중국 농민과 중국 경찰들이 조선 농민들이 물길을 내어 수답을 개간하는 데 훼방함에 대하여 치열한 대립상이 묘사되고 있다.

> 얼마를 안 파면 물은 서게 되었다.
> 병정들은 나중에 총을 쐈다. 총소리는 이들에게 물길이 아니면 무덤이란 각오를 더욱 굳게 하였다. 총 소리를 들으면서도 멀리서는 자꾸 팠다.[21]

농사 이민을 간 창권이 겪는 목숨을 건 물 확보의 심각성이 제시되고 있다. 이와는 다른 관점에서 이기영의 「홍수」는 홍수 피해의 심각성을 다루면서도 농촌의 개혁이 사회평등과 연결되는 이야기의 펼침을 보이고 있다.

> K강은 별안간 새빨간 뱀(蛇)으로 변하였다. (중략) 인제는 강변의 농작물

---

20) 이광수, 「흙」, 『이광수 전집』 제6권, 삼중당, 1968, 79쪽.
21) 이태준, 「돌다리」, 박문서관, 1943, 121쪽.

은 말할 것도 없이 모두 침수가 되고 산 밑에 있는 마을 집들까지 물 속에 들여갈 지경이었다.22)

이러한 큰 홍수를 겪는 농민들의 고난의 현장이 제시되고 있지만, 홍수의 피해를 겪으면서 홍수의 재해에 대처하는 어떤 노력이나 대책은 전혀 보이지 않고, '공동생활'을 강조하고 있다. 그리고 간접적으로는 사회개혁, 또는 토지개혁 등을 암시하는 듯하다.

이무영의 「기우제(祈雨祭)」는 가뭄 때문에 농사에 쓸 물을 얻기 위하여, 직접 우물을 파 물을 해결하려는 주인공이 제시된다. 기존 작가들이 가난, 무지, 불평 등을 중심으로 농민을 이해했다면, 이무영 작가는 농민 스스로 문제해결의 주체가 되고 있다. 이러한 농민상을 묘사한 이무영 작가의 안목과 자립사상이 돋보인다고 하겠다.

> 칠보는 코 속에서 단내가 나도록 피곤을 느끼면서도 그 많은 흙을 말끔히 저 내었다. (중략) 물줄기가 아까 보다도 행결 굵어지지 않았는가? 「오─냐. 인저 살았다!」 칠보는 또 한 번 고함을 지르고 팔을 내어 저었다. 길 반이나 팠으니 물이 나와도 좋을 때이기도 하다.23)

이처럼, 칠보 영감은 논물을 확보하기 위해 진력을 다하고 물을 얻는 데 성공하나 과로로, 그리고 자신이 판 우물 물에 빠져 목숨마저 잃는다는 내용이다.

위에서 본 바와 같이 농업용수는 농민들의 생산과 직결된바, 그 중차대한 의미가 제시되고 있다. 심훈은 『상록수』의 맨 끝부분에서 다음과 같이 농사의 현장을 묘사하고 있다.

---

22) 이기영, 「홍수」, 『농민소설집』, 별나라사, 1933.; 한수영 엮음, 『식민지시대 농민소설선』, 1989, 113쪽.

23) 이무영, 「기우제」, 『농민소설선』, 협동문고, 1952, 113쪽.

이번에는 훤하게 터진 벌판에 물이 가득히 잡혔는데, 희원이 오리 떼처럼 논바닥에 가 하얗게 깔려서 일제히 이앙가(移秧歌)를 부르며 모를 심는 장면이 망원경을 대고 보는 듯이 지척에서 보였다. 동혁은 졸지에 안계가 시원해졌다.[24]

인용문에 제시된 것처럼 물의 생산적 의미가 감동 깊게 묘사되고 있다. 물은 여기서 추상화되거나 관념 속에서 기술된 것이 아니고, 농민들의 농사현장을 사실적으로 보이려고 한 점을 알 수 있다.

4. 현대작가들의 물 인식과 오염문제

우리나라가 산업화시대로 접어들면서 환경문제가 문제시되기 시작했다. 특히 공장폐수는 심각한 해결과제로 인식되기에 이르렀다. 강이나 샘물, 그리고 바닷물이 중금속에 오염되고, 물이 썩거나, 중화학 공장에서 나오는 정화되지 않은 산업찌꺼기들의 문제가 심각하게 대두되기 시작했다.

조세희의 『난장이가 쏘아 올린 작은 공』은 물부족 현상, 폐수, 공기오염 등이 되풀이 되어 고발되어 있다.

신애는 마당가 수도꼭지 앞에서 앉아서 물이 나오기를 기다렸다.(…중략…) 물은 낮은 지대, 앞 수도꼭지에서만 아주 조금씩 흘러나왔다.(…중략…) 꾸르륵 꾸르륵 소리를 내며 물은 끊겨갔다. 네 시 반 하늘이 밝기 시작했다.[25]

위의 예문에서 고지대에 사는 서민층 동네의 물 부족에 의한 고달픈 사정이 제시되고 있다. 한강물이 불결해지니 시민들은 약수를 떠먹거나, 생

---

24) 심훈, 「상록수」, 『한국현대문학전집』 6, 삼성출판사, 315쪽.
25) 조세희, 『난장이가 쏘아 올린 작은 공』, 문학과지성사, 1978, 33쪽.

수를 수입해서 마시거나 할 상황에 이르렀다. 한국이 가난으로부터 벗어나기 위하여 1960년대부터 1970년대에 이르는 사이에 새마을운동을 펴일정한 성공을 거둔 것도 사실이지만, 다른 한편으로는 하천과 식수의 오염으로 큰 고통을 겪는 시대로 접어들었다.

조세희 작가의 작품 속 인물 난장이와 그 가족들의 이야기에서는 시의 구획정리로 집을 빼앗기고 입주권 한 장만 가지고 나앉게 되는 엇나간, 근대화의 모순상이 드러나 있다. 난장이의 공은, 모순의 세상을 벗어나 이상적인 세계를 꿈꾸는 작가의 사상을 암시하는 예술적 장치이지만, 작가의 놀라운 상상력을 적실히 이야기 장치로 묘사한 것임을 공감하게 된다.

난장이네 식구가 아침을 먹고 짐을 꾸리고 나오고, 지섭은 철거반 직원을 때리고, 철거반원들은 쇠망치를 들고 지섭을 치고, 난장이 가족은 거처를 잃고 만다.

> 나는 햇살 속에서 꿈을 꾸었다. 영희가 팬지꽃 두 송이를 공장폐수 속에 던져 넣고 있었다.[26]

이러한 서술 내용에서 사회적 비리와 공장폐수의 문제가, 이중 삼중으로 복합되어 나타나고 있다. 만물의 생명력을 지탱하는 물의 본연의 의미가 산업시대에는 크게 훼손되어 있고, 그에 따라 '팬지꽃'으로 암시된 순연한 삶 자체가 썩어 버리고, 보편적인 삶의 제도로서의 실천상의 도덕율이 동시에 썩어 버리는 모순의 의미를 폐수를 통해 암시하고 있다.

공기 오염도 다음과 같이 언급하고 있다.

> 거리에서는 기름타는 냄새, 사람 냄새, 고무타는 냄새가 났다.[27]

---

26) 위의 책, 132쪽.
27) 위의 책, 153쪽.

영악한 후세들이 장군을(이순신 장군 동상) 배기 개스 속에 세워 놓고 고문했다.[28]

어린 공원들은 생활의 리듬을 기계로 맞춥니다. 생각이나 감정을 기계에 빼앗깁니다.[29]

죽은 난장이의 아들딸도 그곳에서 일하고 있다. 그곳 공기 속에는 유독가스와 매연, 그리고 분진이 섞여 있다. 모든 공장이 제품 생산량에 비례하는 흙갈색, 황갈색의 폐 수 폐유를 하천으로 토해낸다.[30]

위와 같은 산업사회의 모순을 작가는 속속들이 밝혀내어, 부를 꿈꾸는 산업시대의 실상을 적나라하게 기술하고 있다. 삶의 풍요를 이룩하는 여러 사회적 사업들이 오히려 삶을 황폐화시킨다는 모순을 작가는 고발하고 있다. 작가는 에필로그에서 어둠 속에서 차를 기다리는 곱추와 앉은뱅이를 다음과 같이 말한다.

"봐! 개똥벌레야!" 친구의 목소리가 들려왔다.
"저게 어떻게 살아 남았을까!"[31]

이러한 마무리에서 어둠 속에서 가냘픈 자연의 불빛을 제시하여 가냘프지만 그리고 어둠의 크기에 비하여 너무나도 미약하지만 자연의 본래적인 뜻 그대로의 삶의 빛을 암시하고 있다. 작가의 이상을 시적 장치로 암시하여 시대의 목소리로 집약한바 놀라운 작품으로 마무리하고 있다.

다음으로 이승우의 「못」을 보면, 바다의 오염이 다루어지고 있다. 작중

28) 위의 책, 155쪽.
29) 위의 책, 176쪽.
30) 위의 책, 197쪽.
31) 위의 책, 338쪽.

인물을 통하여 다음과 같이 바다의 오염을 말한다.

괜히 월미도에 왔어. 바다도 병들었고, 병든 바다 말고는 볼 것도 없고[32]

위와 같이 바다의 오염을 제시하고 있다. 이어서 홍성원의 「남도 기행」에서도 외국선박이 기름을 유출시켜 바다가 오염됨을 제시하고 있다. 양식장 시설물들, 쓰레기 유입, 공장폐수 유입 등이 기술되고 있다.[33]

이어서 서정인의 「붕어」에도 썩은 물의 문제를 다루고 있다.

5. 맺음말 – 물의 의미

앞에서 살펴본 바와 같이 신화적 및 전설적 물의 의미는, 풍요와 탄생의 중심적 가치로 인식되고, 나아가 신성한 국가 권력을 암시하는 기능을 지님을 볼 수 있었다.

다음으로는 불교적 내생의식에서 비롯되는 재생의 기능으로 인식되었고, 용(龍)은 물의 신으로서 숭앙되고 농경신으로 알려져 있다. 우리 무속신앙과 불교는 물의 기능에서 같은 믿음을 지닌다.

근대문학에서는 홍수와 관련된 작품들에서 물은 파괴적 의미로 인식되고, 동시에 다스려져야 할 사회적 과제로 인식되고 있다.

강물은 그 자체로 우리 삶을 풍요롭게 하지만, 동시에 다스리지 못할때는 파괴적 폭력을 발휘하여 삶 전체의 근거를 휩쓸어 버리기도 한다는인식이 매우 큼을 볼 수 있었다.

그러나 민족 간의 대립을 초래하여 투쟁을 유발시키는 경우도 있다. 경

---

32) 이승우, 소설집 『일식에 대하여』, 문학과 지성사, 1989, 204쪽.
33) 홍성원, 「남도기행」, 『1994 현장 비평가 뽑은 올해의 좋은 소설』, 현대문학사, 1995.

우에 따라 물 결핍을 주체적으로 해결해야 한다는 자립정신을 촉구하는 것도 사실이다.

물은 부당한 세력에 의하여, 비인간적인 처사로 개인을 처벌하고 극한 적 고통을 주는 잔혹한 물질로도 이용된다. 특히 식민지시대 애국자들의 옥살이에서 증명되고 있다.

끝으로 물은 산업사회의 공해로 인하여 오염되며, 물 본래적인 목숨을 살리는 창조적 의미와 이반되는 모순의 물이 문제시됨을 지적하는 작가 가 속출하고 있음을 알았다.

자연상태의 순수한 물은 모든 생명체를 생성케 하는 원리이며, 신성한 물질인 동시에 신성한 존재임을 알려주고 있다.

물의 환상적 아름다움을 빠뜨릴 수가 없다. 하천이 훼손된 일제강점기 민족 주체의식의 생생한 강물을 소재로 한 김영랑 시인의 노래를 여기 수 록하여, 물의 신성한 근대적 의미를 재확인하려 한다.

> 내 마음의 어딘 듯 한편에 끝없는 강물이 흐르네
> 도처오르는 아침 날 빛이 반질한 은결을 도두네
> 가슴엔 듯 눈엔 듯 또 핏줄엔 듯
> 마음이 도른도른 숨어 있는 곳
> 내 마음의 어인 듯 한편에 끝없는 강물이 흐르네

김영랑 시인은 민족정신의 생생한 생명성을 아침 햇볕에 빛나는 강물 을 통하여 노래한 바 있다.

춘원의 『이순신』, 박종화의 『임진왜란』, 송지영의 『장보고』, 이 세 작품 에 나타난 바다의 의미에 관하여는 후일을 기하여 논급하려고 한다.

(문협 세미나 발표 및 한국어연구. 8. 2011)

염상섭론

1. 폐허에서의 출발

염상섭(廉尙涉)은 1897년 8월 30일 서대문구 행촌동에서 출생하여 1963년 3월 14일 세상을 뜨기까지 소설을 업으로 일관된 생애를 보냈다. 조영암의 『한국대표작가전』(수문관, 1953)에는

> 상섭이 집안은 고려말엽 이후로 벼슬에서 추방되어 오백 년 가까이 서민(庶民)이었다. 상섭의 문학적 재질은 그의 고조모가 문학적 소양에 풍부하여 종송기사(種訟記辭)라는 저술이 있어서 오늘까지 가전지보(家傳之寶)로서 전해 오고 있는데, 실로 이 고조모의 혈통을 받은 바가 많다. 조부 인식(仁湜)은 대한제국 때 중추원 참의까지 지냈고, 부친 규환(圭桓)은 의성(義城), 가평(加平)의 수령(守令)을 역임하였다.[1]

라고 기록되어 있다. 이 기록에 의하면 염상섭은 소년기를 비교적 유복하게 지냈음을 짐작할 수 있다. 1912년 16세 되던 해에 일본의 마포중학에 다니고 있었는데, 그 당시에 이 학교는 상류사회의 자제들이 다니는 학교

---

1) 조영암, 『한국대표작가부』, 수문관, 1953, 171~172쪽.

였음을 미루어 보아도 역시 이 작가의 유복한 소년기를 짐작하게 한다. 1917년에는 경도부립이중을 졸업하고 게이오기주쿠대학(慶應義塾大學) 영문과에 입학하였다. 이 무렵의 일본은 자연주의 문학의 성숙기였으므로 염상섭의 문학수업에 있어서 문학적 환경을 엿볼 수 있다.

그러나 1919년의 3·1운동에 가담한 염상섭은 1년간의 옥고를 치뤄야 했다. 이러한 충격이 유복한 소년이라는 생활의 테두리를 전면적으로 새롭게 이해하는 계기가 되었음은 쉽사리 짐작할 수 있는 일이며, 일본 속의 한국인이라는 민족적 자아를 체험으로 깨닫게 되는 중요한 계제가 된 것이라고 짐작된다. 그가 학업을 중단하고 1920년에 『동아일보』 창간사원으로 입사하게 된 것도 그러한 바탕에서 출발한 정신적 행동으로 이해된다. 일제의 식민지 지식청년으로 겪어야 했던 여러 체험은 이 작가의 문학적 자원이면서 동시에 이 시대의 한국인 전반에도 깊은 관련이 있는 생활상이기도 하다.

이 해 『폐허』 동인의 결성이 있었는데, 염상섭은 다음과 같이 말하고 있다.

> 이 무리의 무엇보다도 굿센 決心은, 서로에게 許諾한 盟誓는, 이 『廢墟』에 솟아 나오는 쩍닙의 낫낫이, 그 瞬間 瞬間의 새로운 생명을, 무엇에게도 蹂躪되지 안코, 阻害밧지 안코 열매가 매즐 째까지, 自己네들은 옷깃을 난호지 안켔다는 것이외다. (…중략…) 『荒野』에 澎湃한 過去의 光熙와, 眼前에 展開한 甦生의 金波가, 眞理의 新香을 彼等의 露魂에 쑴어너흘際, 그 무리는 그것에만 滿足지 안습니다.[2]

이 글에 나타난 바와 같이 한국을 폐허로 의식하고 여기에서 다시 재생할 것을 결의하고 있음을 알 수 있다. 이러한 정신적 자세는 문학적인 측

---

2) 염상섭, 창간사 「폐허에 서서」, 『폐허』 창간호.

면에서 여러 사조의 영향이라는 표면적인 사실을 넘어 민족의 현실적 좌절을 통감하고 새로운 깨달음에 도달하고 있음을 짐작하게 된다. 이렇게 미루어 볼 때, 체험을 통하여 시대를 바라보는 시선이 이루어지고 그것이 문학이라는 형식에 용해되고 형상화되는 게 아닌가 생각된다.

1921년 5월 『개벽』지에 발표된 「표본실의 청개고리」는 체험적 바탕에서 만들어졌으므로(「나와 自然主義」, 1955 참조) 이해의 실마리를 이러한 측면에서 잡을 수 있으리라 생각된다. 물론 백철(白鐵) 교수가 지적했듯이 '퇴폐적 문학·병적 낭만 문학'[3]의 영향을 도외시할 수는 없다. 그러나 그러한 외적인 것보다 작가 자신의 절실한 체험의 형상적 표백이 더욱 직절(直截)하게 느껴진다. 작중인물인 나의 방황과 우울은 광인 김창억과 대응되게 묘사되어 있는데, 여기서 '나'의 나됨의 동일성에 대한 확인과정이 나타나고 있음을 짐작하게 된다. 이 작품의 나는 시대의 우울을 대표하는 것으로만 제시된 것이 아니라 나됨의 민족적 동포애로서의 확대에 지향되고 있음을 발견하게 된다. 이러한 작품의 발상은 민족의 현실을 직시하는 데서 우러난 것이라고 생각할 수 있다. 1922년에 「개성과 문학」이라는 논문을 발표하고 있는데, '자연주의 운동은 覺醒한 自我의 叫呼며 그 완성의 途程인 것'[4]을 미루어 근대에로 지향된 자아의식의 시대적 각성임을 말하고 있다. 이 사실은 권위와 인습으로부터의 탈피이며 새로운 창조정신의 기본적인 틀을 의식하고 있음을 알려준다. 자연주의 문학론의 발신에 대한 조회는 그것대로는 지식의 차이나 양상의 이질성을 밝히는 작업으로 유용하나 1920년대에 있어서 한국의 문화 문맥 속에서 어떻게 긍정적으로 의미화되고 있는가 하는 더욱 중요한 점을 간과할 수 없다. 이렇게 볼 때, 염상섭의 개성론은 자연주의론을 능가하는 지적(知的)

---

3) 백철·이병기, 『국문학전사』, 신구문화사, 1961, 322쪽.
4) 『현대평론수필선』, 백철 편, 17쪽.

요소로 문제가 된다. 우울로 집약되는 민족적 좌절을 일제 속에서 한국인의 일반적인 운명으로 노출할 때, 이 작가의 시대관은 자아의 대타적(對他的) 확대에로 지향하는 동적(動的)인 자세를 취하게 된다. 이러한 상황에서 자기 동일성의 회복은 절실한 문제로 노출되며 동시에 차츰 민족적 동일성의 회복에로 자아확대운동이 필연적으로 야기되게 마련이다.

2. 자아의 발견과 현실의 의미

1923년에는 『시대일보』에 「만세전(萬歲前)」을 연재하고 있는데, 이 작품에는 작가의 첫 작품에서 싹튼 자아와 시대와의 전반적 관련성은 점차로 명확성을 나타내기 시작하면서 자아가 뿌리 박고 있는 현실 사회를 조명하기에 이른다. 이 작품을 통하여 작가는 비교적 눈에 띌 정도로 객관적 묘사를 시도하고 있는데, 그의 첫 작품에서 풍겼던 부화(浮華)한 수사(修辭)가 가셔지기 시작한 징조이기도 하다. 이러한 변화는 이 작가에게 있어서는 중요한 의미가 있다고 생각된다. 문학이 수사적 수준에서 논의될 경우라도 가려진 진실을 해명하고 외부세계를 자기 현실로 받아들이는 참된 사랑의 실현을 나타내는 엄정한 언어 행위로 문제 삼을 때 가치가 있게 된다. 이러한 입론(立論)은 염상섭 문학이 객관적 사실주의라는 사실을 더욱 타당하게 할 가능성을 짙게 한다.

이 작품은 발표 당시에 「묘지(墓地)」라는 제목으로 현실을 암시하고 있다. 이야기는 이인화라는 유학생이 고국으로 돌아오는 동안에 겪는 여러 일을 통하여 전개된다. 주인공은 아내의 위독 때문에 귀국하게 되지만 사랑으로 결합된 사이가 아닌 사실을 드러내어 어긋난 행동을 다소간 보여주고 있으며, 관습적 혼인에 대한 비판적 자각을 촉구한다. 주인공은 표면상으로는 불륜한 애정행각을 보여주지만 이것을 통하여 전통사회의 기반에서 벗어나려는 구체적인 계기를 작가는 마련하고 있다. 주인공의 이러한 행위에서 전통적 윤리관에는 저촉되지만 본연한 자기 동일성을 실천으로 보여주는 면에서는 가치 지향적 행동임을 깨닫게 하는 이중적 의미가 부여되어 있음을 이해케 한다.

이와 같이 관습적인 것과 본연한 것 사이에서 자아의 갈등이 이루어지고 있으며, 동시에 자기 자신(본연한 것)과 외부(관습적인 것)와의 싸움의 서전(序戰)임을 알려주는 곳이기도 하다. 이 갈등이야말로 이 작가가 구체적으로 발견했고 또 직면한 발전의 운동이며 다시 이 갈등의 드라마는 개인적인 남녀 간의 사랑을 거쳐 차츰차츰 일반적인 사회 현실에로 심화 확대되어 간다.

주인공은 주권을 빼앗긴 민족이라는 사실을 의식하고 있으나, 특별히 남다른 행동을 하지는 않고 있다. 7년 가까이 일본에 살면서 경찰 이외에는 민족의식을 건드리는 경우가 없었다. 귀국 도상에서 하관(下關)의 경찰과 헌병의 조사를 받을 때부터 잠든 그 의식이 다시 살아난다.

배 안의 욕장에서 들은 일인(日人)들의 이야기는 주인공에게 대단한 충격을 준다. 노무자를 모집하기 위하여 한국에 간다는 일인들이 한국인을 가축처럼 생각하는 데 이르러 23세의 문학청년인 주인공은 그가 생활해 온 정신적인 세계가 뒤집힐 정도의 깨달음에 도달하게 된다. 이 장면에서 주인공의 심경은 다음과 같이 작가에 의하여 조명되고 있다.

스물 두세쯤 된 책상 도련님인 나로서는 이러한 이야기를 듣고 놀라지 않을 수 없었다. 인생이 어떠하니 인간성이 어떠하니 사회가 어떠하니 하여야 다만 심심파적으로 하는 탁상의 공론에 불과한 것은 물론이다. 아버지나 조상의 덕택으로 글자나 얻어 배웠거나, 소설 권이나 들춰보았다고 인생이니 자연이니 시(詩)니 소설이니 한대야 결국은 배가 불러서 투정질하는 수작이요, 실인생 실사회의 이면의 이면, 진상의 진상과는 얼마만한 관련이 있다는 것인가? …… 아침 저녁으로 호밋자루를 잡는 것이 행복스럽지 않고 시적(詩的)이 아니라는 것이 아니다. 그러나, 일 년 열 두 달, 소나 말보다도 죽을 고역을 다하고도 시래기죽에 얼굴이 붓는 것도 시(詩)일까? 그들은 흙의 노

예다. 그리고 주림뿐이다.[5]

이 대목에서 개아적(個我的) 자기 동일성은 민족의 현실을 자기화하는 비약적인 힘을 획득하고 있다. 지식의 세계에 머문 주인공의 감각이 생활의 실제에서 새로운 의미를 깨닫고 있는데 이 점이 이 작품 전체의 짜임을 유기적으로 조종하는 핵심적인 힘이 되고 있다. 일인의 입을 빌어 제시되는 동족 농민의 진상은 단순히 경제적인 격차 때문에 놀랍게 느껴지는 것이 아니라, 엄연한 사회적 현실을 자기 현실로 맞이하지 못한 무관심이나 지식청년인 자신이 자기 세계에 몰입된 사실로부터 깨달음에 이른다. 이 개안(開眼)에서 한국 사회 전반의 모습이 선명하게 드러나게 되어 있다. '冷徹한 姿勢'와 '誇張하지 않는 修辭'는 현실을 현실로 맞이하는 정직성의 발로이며 이 작가가 할 수 있는 가장 최선의 문장술(文章術)이자 작가정신이기도 하다. 지식인의 일반적 통폐의 한 가지를 지적한다면 실제생활과 크게 유리된 지식이나 관념을 자가류(自家流)로 정서화 하는 것을 자주 듣고 읽을 수 있는데, 이러한 자유수사적(自由修辭的)인 일체의 행위를 거부하는 진솔함을 이 작가에게서 발견하게 된다. 주인공의 여행은 이 소설의 축을 이루고 있으며 많은 삽화적 장면을 통하여 일제하에 있어서 한국 사회의 상·하 격차와 낡은 세대와 새 세대 사이의 대립을 제시하고 있다.

여기서부터 현실 사회의 문제를 누비면서 민족적 자아로 확대되며 한국인과 일본인이라는 대립의 의미를 적극적으로 노출시킨다. 이러한 장면을 예시하면,

우리 고을엔 전등도 달게 되고 전차도 개통되었네. 구경오게. 얌전한 요릿집도 두서넛 생겼네. (…중략…) 자네 왜갈보 구경했나? 한번 보여줌세.

5) 『한국장편문학대계』 3권, 성음사, 340쪽.

양복쟁이가 문전 야료를 하고, 요리 장사가 고소를 한다고 위협을 하고, 전등값에 졸리고 신문대금이 두 달 석 달 밀리고, 담배가 있어야 친구 방문을 하지, 원 찻삯이 있어야 출입을 하지, 하며 눈살을 찌푸리는 동안에 집문서는 식산은행의 금고로 돌아 들어가서 새 임자를 만난다. 그리하여 또 백 가구가 줄어지고 또 이백 가구가 줄었다.[6]

에서 보이듯이, 의식할 새 없이 일인에게 밀려나는 한국인의 생활상을 서술하고 있다. 주인공은 한국을 '패자의 떼'로 의식하고 있으나 그 밑바닥에는 동족에의 깊은 사랑이 깔려 있다. 무덤으로 암시된 한국은 다양한 해석을 허용하면서도 그것을 딛고 재생을 성취해야 될 역설임을 이해할 수 있다.

아침밥을 먹으려고 음식점에 들렀을 때, 한국인 어미와 일인 아비 사이에 태어났다는 한 소녀가 한국에 살아 있는 어머니보다도 그들 모녀를 버리고 도망친 불륜한 일인 아비를 찾아가겠다는 말을 듣게 된다. 이 짧은 삽화는 독립된 이야기가 아니라 이 작품을 지배하고 있는 작중 화자인 주인공의 엄정하게 일관된 관점을 통해서 통일화되고 있다. 이와 같은 역설은 순응과 저항의 주제를 동일한 수준에서 대립으로 깨닫게 하는 효과를 지니며, 정적이고 수동적인 자세를 동적이고 자발적인 자세로 전환케 하는 힘을 지니고 있는 이 점이 바로 서사문학이 발휘할 수 있는 발전에로 지향된 근원적인 힘이 되고 미적 효과가 된다. 이와 같은 사소한 듯한 한 소녀의 삽화가 한국인의 일상적 타성을 일깨우고 민족의 동일성을 실감화하는 데 이바지하고 있다. 첩을 거느리는 몰아적인 형, 차 속에서 만난 갓 장수의 비굴, 공동묘지의 토론, 종갓집 장손의 비현실적인 생활 태도, 벼슬 집착의 망령증에 걸린 노인 등등의 여러 이야기는 시대와 사회가 눌리고 있는 인습적 압력을 꿰뚫고 비판의 형안이 엽엽하게 미침을

---

6) 위의 책, 358쪽.

깨닫게 한다.

3. 세대교체의 사회적 의미

1931년에는 『조선일보』에 『삼대』를 발표했는데 이 작품은 많은 비평가들이 지적하고 있듯이 한국 근대소설의 대표적인 장편소설로 꼽히는 작품이다. 조·부·자(祖·父·子)의 삼대에 걸친 세대교체를 통하여 일제하의 한국 사회가 어떻게 조명되는가를 성실하게 묘사하고 있다. 「만세전」에서 제시된 자아의 대타적 확대는 세대의 격차나 대립 양상을 보여주었으나 이 작품에서는 세대의 교체라는 적극적인 드라마를 제시하여 근대 사회에로의 발전을 문제 삼고 있다.

대지주이며 재산가인 조부는 돈으로 양반도 벼슬도 서슴없이 사들이는 전형적인 봉건적 구세대를 대표하는 인습적인 인물이다. 향락과 영달은 이 노인의 추구하는 가치 내용이고 돈은 그 매개체로서 인간다움을 거의 찾아볼 수 없는 성격의 소유자다. 아버지(相勳)는 기독교 신자로 교육자로 행세하는 새 시대의 모습을 지닌 인물이지만, 이면생활에 있어서는 위선과 비인간적인 향락에 탐닉된 사이비 근대적 지식인이다. 손자 덕기는 인간성은 선량하지만 실제로 중요한 문제에 봉착했을 때는 행동하지 못하는 순응형의 젊은 세대를 대표한다. 이러한 삼대는 돈을 중심으로 추악한 드라마를 나타내고 있다. 그러나 이와는 달리, 덕기의 친구 병화는 정의의 편에 서서 행동하는 지식청년으로 묘사되어 있다.

조부는 시장형의 성격을 소유하여 사적 욕망을 실천함에 있어서 이해(利害)에만 고착된 반응을 나타낸다. 돈을 돈으로 지키는 일은 다양한 욕망으로 확장되는데 그 한 예로 당대의 세속적이고 인습적인 한국의 상류 사회에 공통되는 신분적 우위와 존엄을 누리고 과시하기 위해서는 양반의 가문이 필요했으므로 추호의 주저함도 없이 양반 족보를 사들인다. 뿐만 아니라 이 노인은 양반의 행세를 충분히 발휘하기 위하여 사들인 남의 조상의 묘소를 웅대하게 건조하는 데 거금을 낭비한다. 이러한 인물의 생활태도는 일제강점기 일반 서민의 그것과 크게 격차가 날 뿐 아니라 정의에 비추어볼 때, 사회적 부조리 현상으로 보여진다. 이러한 문제 제시는 이 작가가 이미 사회조직의 당시대적 모순을 파헤치는 작가의식의 소유자임을 증거한다.

이 집안의 서조모(庶祖母)·모·손부도 각각 불협화한 상태에 있는데, 그들의 성격이나 교양의 차이 때문에 일어나는 불협화가 아니라 경제적인 주도권 때문에 일어난다. 돈 그 자체는 조금도 부끄럽거나 부도덕적인 것은 아니지만 돈의 정당하고도 합리적인 관리는 한 가정은 물론 사회에 이르기까지 중요한 인간생활의 문제가 된다. 조부 못지않게 상훈(父)도 축첩과 욕망의 포로가 되고 있는데 이러한 행동에 대하여 상훈의 처는 남편을 증오할 줄은 알면서도 그러한 남편을 선도하거나 도덕적인 회복을 기도하는 일은 전혀 하지 않고 그녀 자신의 사욕만이 중심이 된다.

김의경은 상훈의 첩으로 들어간 몰락양반의 딸이다. 그녀는 신교육을 받은 유치원의 보모이지만 밤에는 작부생활을 하는 여인이다. 그녀를 통하여 염상섭은 봉건 양반의 몰락상을 단적으로 제시하고 있다. 이 두 남녀는 이 시대에 있어서 가장 첨단적인 신지식인이면서도 가장 불합리한 생활을 하고 있다는 작가의 관찰안이 나타나 있다.

상훈에 의하여 희생된 여인 중에서 특별히 강하게 대조적 의미를 보여주는 경애는 의미 있는 인물이다. 독립투사의 유족을 돕는 상훈의 동정심이 또는 일종의 유의한 자선적 행동이 표면적으로는 남의 존경을 받을 행동으로 나타나지만 인간다운 노력을 바쳐 번 돈이 아닌 부는 그 본색을 드러내어 경애를 첩으로 삼는다. 이 부는 조씨 일가의 생활태도를 여실히 폭로하는 구실을 하고 있다. 부의 힘 앞에서 비참하게 짓밟히는 양식을 체험적 감동으로 형상화한 대목이다. 이러한 작가의 냉엄한 관찰 속에 동족에 대한 깊은 사랑이 숨어 있고 이 점이 상섭 문학의 소중한 가치가 될 것이다. 참으로 크게 깊게 사랑할 마음을 가진 자만이 말할 수 있는 문제라고 생각된다.

이와 같은 조씨 일가의 생활사를 병화라는 젊은이의 눈을 통하여 작가는 비추어 내고 있다.

> "사랑문을 꼭 닫아 두고 누가 오든지 없다고 해라." 이댁 나리(相勳)는 하느님 앞에서는 누구나 형제지만 집에 들어 오면 양반이라 해라를 하는 것이다. (……) "여기서처럼 술도 먹고 밥먹을 때 기도도 않고 하면 들어가도 좋죠만 집의 아버지(병화의 父)는 아편중독에도 삼기가 넘으셨으니까요." 하고 픽 웃는다. 그네들은 종교를 아편이라고 부르는 버릇이 있다…… 사실 그들은 집에서 처자와 밥상 받을 때에는 기도를 하나 지금 여기서는 기도할 것을 잊어버렸다. 청국 요리와 술에 대하여는 하느님의 기도를 면제하여 준 것같이!
> ─「삼대」부분

정의감이 살아 있는 젊은 병화의 눈으로 사이비 지도자를 비판하는 대목이면서, 동시에 인간다움의 마비현상을 문제 삼고 있다. 이러한 마비증상은 그러한 부류의 생활이 있다는 사실을 객관적으로 제시하는 것에만 목적이 있는 것이 아니라, 사람다움의 회복을 위한 사려깊은 사랑에 의하여 독자 앞에 제시된다. 염상섭은 일제하에 있어서 한국인과 한국 사회에 있어서의 근원적인 결핍을 가장 통절하게 깨달았다고 이해된다. 한용운의 님의 결핍의식은 종교적인 귀의의식(歸依意識)이 곁들여 있으나 염상섭의 그것은 철저하게 사람의 능력과 힘을 확신하는 데 기초를 두고 있다는 점에서 큰 차이를 지니고 있으며, 동시에 이 점이 사실주의 문학의 고봉(高峰)을 이룬 점이 된다고 생각한다.

이러한 이해를 바탕으로 할 때, 상섭 문학에서 가장 남성적인 주제가 더욱 선명하게 해명된다고 생각된다. 바야흐로 우리는 고집이 세고 돈이 많을 뿐만 아니라 칠십의 고령에도 불구하고 20대의 미첩(美妾)을 거느린 낡은 세대의 대표자인 조 노인이 타계하는 장면에 직면하게 된다. 우리 사회의 봉건적 잔재가 사라지려는 예감을 이 장면에서 읽을 수 있다. 이 장면에서 이 집안의 온 식구가 심지어는 심부름꾼까지가 갑자기 생기가 떠돌고 활발하고 기민한 눈빛이 떠도는데, 그것은 이 노인의 죽음에서 자기들 앞에 배당되는 유산이 얼마나 될 것인가를 헤아리기 때문이다. 엄숙한 죽음의 현장에서 이보다 더 비정한 반어적 대조를 발견하기는 어렵다. 이러한 양상을 생존자의 법칙으로 생각하고 현실의 냉엄함을 수긍한다 하더라도 돈의 주변에 맴도는 비인간적인 추악한 욕망을 여실히 발견할 수 있다. 이 노인의 죽음과는 달리 병화들의 투옥사건, 병화의 하숙집 딸 필순 아버지의 불운한 일생이 끝난다. 가난했지만 신념과 지조를 깨끗하게 지킨 필순 아버지의 죽음과 동지를 위해서 옥중에서 자살할 수밖에 없었던 한 무명 청년의 죽음은 끝나는 이야기가 아니라 동족에의 사랑이 시작되는 이야기로서 재생의 의미를 내포하고 있다.

이 모든 이야기는 추위를 몰아오는 겨울에서부터 시작하여 봄이 바야흐로 그 쌀쌀함을 녹이려는 계절 사이의 이야기이다. 이것은 세대의 교체를 말하는 주제로서 상섭 문학의 요체의 하나가 되며, 역사가 바뀌고 발전하는 힘을 자기 문제로 받아들이는 자아확대의 성실한 문학임을 깨닫게 한다. 이러한 주제야말로 서사문학의 기본적인 과제이고, 서사문학의 본질이 된다. 그러므로 소설은 개인과 사회의 문제를, 계층의 대립을 문제 삼으며, 그 대립과 갈등 속에서 역사적 전환점을 발견하는 데로 주제가 집중된다. 세대교체의 사회적 의미를 자기화한 작가로서 염상섭을 바라볼 수 있다.

4. 사실주의의 성숙

이 기간에 염상섭은 「조그만 일」을 위시하여 주목할 만한 단편을 많이 써냈고, 『삼대』를 위시한 몇 편의 장편도 냈다. 그는 광복 후 여러 직을 맡으면서도 소설가라는 본업을 가장 소중한 것으로 생각한 사람이라고 한다.[7] 그의 성격면에 있어서도 주목할 만한 점을 볼 수 있는데 대체로 우울질, 타향성, 원활성, 회귀성, 의식 인격형[8]으로 요약되고 있다. 이 점은 의지적이며 신념의 소유자라는 것을 짐작케 하며, 많은 사람들이 일본에 협력했고 꼼짝할 수 없었던 그 시절에 상섭과 월탄은 조금도 동함 없이 최후의 절조를 더럽히지 않았다[9]는 의지를 나타낸 기록을 미루어서도 분명해진다.

이와 같은 작가의 신념과 성격은 이 작가의 작품 활동을 엿보는 데 중요한 실마리가 될 것으로 보인다. 염상섭은 1955년 9월 30일자 『서울신문』에 「나와 자연주의」라는 글을 발표하고 있는데, 이 글에서 "나를 자연주의 작가 혹은 사실주의 작가라 한다. 하등의 이의도 불만도 없다. 그것은 내가 新文學 運動에 있어 始終一貫하게 本軌道를 걸어왔다는 意味"라고 말하고 있다. 그는 사실주의가 신문학의 본궤도라고 이해하고 있음을 보아 누구보다도 사실주의 문학을 중요하게 인식했다는 것을 알 수 있게 한다. 한국의 근대문학을 사실주의로서 본궤도를 삼았다는 것은 표면적으로 보기에는 한 작가의 취향으로 돌릴 수 있으리라고 생각하기 쉽다. 그러나 다음과 같이 "創作(小說)은 다른 藝術보다도 時代相과 社會環境을 더욱 反映하는 것이기 때문에 自然主義的 傾向을 가진 作品을 낳게 한 것"이라고 할 때 한국 문학의 중요한 핵심을 찌른 소신 있는 발언임을 이해할 수 있다.

現在의 내 立置를 말하라 하나 내 입으로 말하기는 거북하다. 그러나 한

---

7) 김우종, 『한국현대소설사』, 선명문화사, 1968, 137쪽 참조.

8) 이인모, 『문체론』, 동화문화사, 1960, 411~419쪽 참조.

9) 조영암, 『한국대표작가전』, 1953, 180쪽.

마디 할 수 있다. 寫實主義에서 한 걸음도 물러나지는 않았고 文藝思想에 있어서 自然主義에서 한걸음 앞선 것은 벌써 오랜 일이었다는 것이다.[10]

60세에 가까운 노장(老壯) 대가(大家)가 자신의 청년기에 착수했던 길을 그대로 견지해왔다는 사실은 놀랍고도 엄숙한 자세라고 말할 수 있다. 그는 또 "소설을 志向하거던 사실주의를 연구하고 여기에 철저하라고 권고하고 싶다"고 작가 지망생에게 말하고 있다. 그런데 여기에서 이 작가의 성격이 어떻다는 이야기보다도 한 생애를 바치고도 오히려 부족하여 그것을 후배에게 권할 수 있을 정도로 사실주의 문학의 의의 깊은 바를 절감한 결과 위와 같이 말한 것으로 이해된다. 예술에서는 부단히 새로운 내용과 새로운 형식에의 탐구가 시도되는 법인데, 그러한 것을 감안하면서도 역시 사실주의 문학을 주장할 수밖에 없었다는 것은 염상섭의 도저(到底)한 인간 이해의 바탕에서 우러나온 참된 목소리가 아닌가 생각하게 된다.

1949년에는 「두 파산」이라는 단편소설을 발표했다. 이 작품은 제목과 같이 옥임의 정신적 파산과 정례네 집의 경제적 파산을 다루고 있다. 교장과 옥임의 돈을 빌려 학교 앞에 문방구점을 차려놓은 정례 모친은 이자를 꼬박꼬박 물어 나가면서 호구를 도모한다. 하잘것없는 문방구점이 재미있는 벌이가 됨을 알아차린 옥임은 빌려준 원금을 교묘하게 이용하여 문방구점을 교장에게 빼앗아 넘기고 자신은 이익금을 취한다. 이야기가 이 고비에 이르러 동창생이고 둘도 없는 친구였던 옥임과 정례 모친은 결정적인 적대관계로 우정의 위치가 바뀐다. 반민법(反民法)에 묶인 옥임의 늙은 남편이 현실적인 무능력자가 되자 옥임은 우애도 체면도 최소한도의 의리감도 내팽개치고 그것이 어떠한 것이든 누구의 돈이든 헤아리지

10) 염상섭, 「나와 자연주의」, 『서울신문』, 1955.9.30.

않고 모으기에 광기를 나타낸다. 교직을 버린 교장도 물론 '검은 주머니'를 차고 고리대금에 빠져버린 교활한 인물로 그려져 있다. 이 세 사람이 엮어내는 이야기는 광복 후의 한국의 사회상과 그 풍조의 단면을 절연(截然)하게 묘파하고 있다.

이 이야기는 나이 어린 정례의 관점을 통하여 선명하게 비판되며 전개되었다. 염상섭의 작품에서는 이야기를 관찰하고 그것을 비판하는 관점을 거의 젊고 순진한 인물에게 부과하고 있다. 이 눈은 소설의 이야기에 참여된 인물이면서 동시에 작품 전체를 통일화하는 조절의 역할을 담당하는 듯이 느껴진다. 이 관점이야말로 이 작가의 눈이고 동시에 독자를 대변하는 순결하고 정직한 눈이기도 하다. 일제강점기에 도지사를 지내고 광복 후에는 반민법에 걸린 자의 아내이자 지식인인 옥임이와 교직을 버린 늙은 교장이 광복의 어수선한 틈을 타 2할의 고리를 놓아먹는 행위를 비판하는 냉엄한 관점이다. 이 작가에게 문제된 이러한 이야기는 실상은 특별한 문제이기 때문에 작품화한 것이 아니라, 오히려 도시민의 일반적인 생활풍조라는 점에 유의한 때문이라고 이해된다. 특수한 문제가 일반성을 선행할 경우도 있으나, 대개의 경우는 일반적인 문제의 비중이 큰 것이 상례이다. 이때의 비판안은 사회적 문제로 드러난다. 나라는 일제로부터 해방되었다고는 하나 남과 북으로 양분되었고, 도처에서 민란이 일고 생활고를 겪어야 했던 그 당시의 어려움에 비추어 볼 때, 지식인인 교장과 옥임의 이야기에 보이는 역반응이 강한 대립의 의미를 지닌다. 이러한 어려움을 자기 문제로 받아들이는 자세는 고사하고 돈을 모으는 것으로써 그 어려움을 이겨낼 수 있을 듯이 행동하는 일반적 풍조에 대한 비판이다. 이렇게 볼 때, 염상섭의 가치결핍에 대한 감응의 한결같은 지속성과 일관된 시대의식이 생애를 두고 변치 않았다는 사실이 뚜렷해진다. 이러한 주제는 이 작가에게 있어서는 되풀이되고 심화되어 나타났다. 옥임의 정신적 파산을 통하여 결핍의 실재를 제시했고, 지식인의 순응방식을 비판했다. 이러한 인물은 역사의 흐름 위에서 마땅히 문제되어야 한다는 수준을 넘어 회복에의 필연한 계기를 마련한다는 의미에 중요성이 있다.

1952년에 발표된 『취우(驟雨)』에서 이 작가는 시대적 환경과 개인의 관련성을 되풀이하여 문제화하고 있다. 6·25전쟁에서 갇힌 시민들의 생활 태도를 구체적으로 제시하고 있는데, 『삼대』를 발표한 지 20년 후에 다시 염상섭은 『삼대』에서 다루었던 유사한 문제의 틀을 만나고 있다. 『취우』의 김학수는 거대한 무역회사의 사장인데, 『삼대』의 조부와 유사한 경로를 걷고 있다. 이야기의 주역은 부정적인 인물이지만 가치의 주역은 항상 정직한 관찰자에 의하여 발견된다. 이 관찰자는 이야기의 테두리에서 벗어나 중립지에 선 사람이 아니라 자신의 현실과 상황 안에 살고 있는 사람이다. 젊고 정직한 신과장은 6·25를 겪어 나가면서 사랑을 말해준다. 이것은 이 작가가 청년기에 써냈던 초기 작품에서 제출된 문제로 회귀했다는 사실을 알려준다. 동시에 자아의 대타적 융합과 민족적 확대를 보여준다. 여기에 이르러 염상섭의 주제가 반복되어 다루어짐을 다시 확인하게 된다.

5. 염상섭 문학의 위치

첫째로 염상섭은 여러 번 지적되었듯이 일관된 사실주의 작가이다. 일제하로부터 광복 후 6·25를 거쳐 4·19를 겪는 역사적인 여러 고비마다 많은 작가들이 다양하게 변화 곡선을 긋고 작품활동을 한 데 비하여, 이 작가는 굴절회로를 나타내지 않고 엄정하게 사실주의를 확립해왔다.

둘째는 근대적 자아의식을 사회화하는 진지한 첫 실천자이다. 이 점은 매우 중요한 한국 문화 문맥의 깊은 뜻을 지닌다. 자아의식으로부터 출발하여 타인과 나와의 관계를 묻는 근대적인 인간의식의 기본요소를 작품화한 사실이다.

셋째로 그러한 토대에서 출발하여 개인과 사회의 현실적인 문제를 공평성·정의감으로 조명하고, 어려운 현실의 문제를 자기화에로 지향·발전되게 하는 작품을 썼다. 사람됨의 결핍을 극복하는 대타적 사랑의 보편성을 생애를 통하여 추구했다. 이 점을 특히 신앙이나 교리에 기대지 않고 인간됨의 능력과 힘을 신뢰하는 데 바탕을 두었다는 점에서 인간주의의 승리를 확신한 것으로 보인다. 그러므로 현실을 비판할 수밖에 없었고, 동시에 현실을 지양하는 필연을 기대한 것으로 이해할 수 있다.

넷째로, 그러므로 현실의 분석이 불가피했는데, 여기서 상·하의 계층과 신·구세대의 드라마가 정적인 사실로 나타나지 않고, 동적인 역사발전의 힘으로 이해되어 작품의 중심을 이루었다. 이러한 주제는 특히 장편소설에서 훌륭하게 성공된 예를 우리에게 보여주고 있다.

다섯째로 단편소설의 기교주의 전통을 불식하고 장편소설의 서사 중심의 가치 우위를 가능케 한 공로자이다. 더구나 현실을 문학화하는 장르를 확고하게 굳히고 있는데, 이 점에 있어서는 진정한 소설가의 본령을 훌륭하게 발휘한 작가이다.

여섯째로는 산문 문장의 본보기를 수립했는데 그 이유는 구체적이고 세부적인 묘사체 문장 때문이다.

일곱째 양에 있어서 작품 편수가 많은 점이다.

이상과 같이 그의 문학을 간략하게 요약한 것이 얼마만큼 타당성이 있는지 알 수 없으나, 이 밖에도 고전문학과의 연결성 문제, 비평작업에 대한 가치 규명문제 등 더 많은 점에 대한 검토와 그 밖에 이 작가의 많은 작품에 대한 세부적인 연구가 계속될 것은 물론이다.

(『창조』 26호, 1972.10)

여성의 운명과 순결미의 인식

— 김말봉 작품을 읽고

1. 머리말

일반적으로 대중적인 흥미를 다룬 소설에 대하여, 감상주의, 배금주의 그 밖의 퇴폐적 장면의 제시 등이 그 주요소로 지적되고 있다.[1] 그리하여 부귀공명과 퇴폐적 장면이 비판의 요소로 대두된다 하겠다. 그러나 근대소설이 인간의 세속적 욕망과 밀접하게 관계되는 예술 형식이라는 사실에서 볼 때, 대중적인 흥미라는 것이 반드시 부정적인 가치로 인식될 것은 아니라고 생각된다.

대중적인 것과 대비되는 소설은 비 대중적인 것으로서 본격적인 순수소설이라고 말할 수 있는데, 순수소설이라 해도 인간의 욕망과 그 갈등의 문제를 다루지 않을 수 없다고 하겠다. 서구의 근대소설로서 문제작으로 평가되는 톨스토이나 도스토예프스키의 작품들도 대중적인 흥미를 지니고 있으며, 또 우발적인 사례도 다루고 있다. 다만 대중적 소설이 오락적 감각을 위주로 하고 그것을 비대화시키는 것만을 소설의 주제로 이끌어 갔다면 그러한 경우는 단순히 오락적 의미만을 지니게 될 것이다. 널리

---

1) 김기진, 「通俗小說考」, 『조선일보』, 1928.11.9~11.20 참조.

알려진 바와 같이 톨스토이나 도스토예프스키의 대중적 호응은 세속적 욕망을 다루되 그 모순과 부딪침을 많은 갈등과 고난을 겪으면서도 극복해가는 주인공들의 진지한 노력을 통해 또는 고난을 겪어가는 고통의 실상을 묘사함으로써 감동을 유발케 한 것이었다. 그러므로 대중소설과 본격소설이 따로 있다는 견해보다는 세속적 삶의 문제를 다루되 그 인간적 한계를 예술적으로 승화시켜 가는 작가의 예술적 상상력의 융합을 작가의 성숙된 기량으로 얼마나 성공시키고 있는가의 여부나, 또는 정신적 성숙의 주제로 형상화된 그 심각성의 정도를 판단하는 것이 중요하다고 생각한다.

김기진(金基鎭)은 다음과 같이 말하였다. 즉, 가족 간의 도덕적 문제라 해도 그것 자체의 고립된 한계 내에서 보는 것을 경계하면서 개인적 심리를 결정한 외부적 요인들을 입체적으로 묘사할 것을 말하였다.

그들의 자유의사 내지, 취미, 기분까지를 좌우하는 역사적 사회적 물질적 제 원인과 동기를 집어 보이면서 설명하여야 한다.

이러한 논평은 소설에서 다루어져야 할 문제와 그 문제를 어떤 각도에서 묘사해야 좋을 것인가를 알려주는 것이지만, 어느 작가든 자신의 시대와 사회적 환경과의 관계를 떠나서는 어떤 문제도 묘사할 수 없을 것이라 짐작된다. 즉, 인물과 환경의 통합적인 맥락을 소홀히 할 수 없다는 뜻이다. 이러한 말은 인물이나 문제를 이해하는 데는 복잡한 내적 필연성을 포착해야 한다는 뜻이며, 사건들도 많고 적은 것만이 문제가 아니라 서로 얽혀 있는 여러 구체적인 실마리들을 적절하게 풀어 보여줌으로써 독자들의 공감을 받을 수 있다는 뜻이다.

이렇게 생각해 본다면, 소설은 개인과 사회의 관계를 이루고 있는 인간의 욕망의 움직임을 전체적으로 투시해 볼 수 있게 하는 하나의 큰 거울과도 같은 투명한 구조물임을 깨닫게 된다. 근대소설은 이처럼 욕망의 복잡한 관계 구조를 투시하면서 인간적인 가치 실현을 보다 바람직한 것으로 지향케 하는 의미를 보여주는 예술이므로, 세속적 욕망이 직접적인 묘사의 대상이 된다. 김말봉 문학에서 자주 되풀이되는 이 욕망의 문제는 근대적 작가의 일반적인 주제와 동일한 인생의 문제이지, 결코 특정한 개별적 문제로서 저속한 흥미를 유발케 하는 오락적 통속문학의 전유물이 아님을 알아야 할 것이다. 대중소설이란 개념이 1930년대에 접어들면서 문제가 된 것은, 독자층이 그만큼 확대되었다는 사실을 알려주며, 그만큼 신문매체와 독자와의 관계가 신소설부터 밀착해왔다는 사실도 알려주는 것이다. 국초의 「혈의 누」, 춘원의 『무정』, 염상섭의 『삼대』, 채만식의 『탁류』 등도 모두 신문의 연재소설이었다는 점은 우리의 근대 장편소설들의 독자 미학적 성격을 단적으로 증거한다. 그렇기는 하나 김말봉의 장편들은 흥미 중심의 멜로드라마가 많아 현실감이 약화된 것은 사실이었다.

2. 단편소설에 나타난 순결미 의식과 운명의 극복

김말봉의 초기 단편들을 보면, 운명의식과 순결의식이 작품의 주제를 이루고 있음을 알 수 있고, 작품을 꾸며내는 주요한 기교는 대체로 경이적 결말로 마무리되어 있음을 알 수 있다.

『현대한국단편문학전집』 제5권에 수록된 김말봉의 작품은 「편지」(1934), 「고행」(『신가정』, 1935.7), 「여심(女心)」(『현대문학』, 1955.2), 「어머니」, 「전락(轉落)의 기록」, 「바퀴소리」(『문예』, 1953.1) 등 6편이 있다. 그리고 『세계문예대사전』 상권(성문각)에는 「성좌는 부른다」(『연합신문』, 1949.1), 「망령」(『문예』, 1952.1), 「이슬에 젖어」(『현대공론』, 1954.12), 「사랑의 비중」(『여범』, 1954.4), 「이브의 후예」(『현대문학』, 1960.4) 등의 작품명이 나타나 있다.

1934년에 발표된 「편지」를 보면, 은희는 급성 폐렴으로 사별한 남편이 생전에 근무하던 회사로부터 발신인을 인순이라고 서명한 한 통의 편지를 받게 된다는 이야기로 실마리가 제시된다. 그 편지의 내용에는 가정을 가졌으면서 인순에게 학비를 보내주는 일에 감사한다는 뜻과 졸업반이 되어 평상시보다 경비가 50원쯤 더 들게 되었으니 보내주면 고맙겠다는 사연이었다. 평소에 남편을 신뢰하고 존경했던 은희로서는 비록 사별한 후에 안 일이지만 배반감 때문에 충격을 받았을 것이다. 그리하여 은희는 미지의 학생 인순에게 보복하려고 자기 집으로 오도록 일을 꾸몄다. 질투심과 적개심으로 그리고 초조와 분노감으로 기다리던 그날 은희 앞에 나타난 것은 여학생이 아니라 남학생이었다. 학생은 은인의 부음조차 전해 주지 않은 일을 오히려 섭섭히 생각하고 있었다는 전복적인 결말 처리로 이야기가 끝나고 있다.

이러한 이야기에서 남녀 간의 신뢰감과 순결의식이 주요한 과제로 나타나 있음을 확인하게 된다. 미망인인 은희로서는 비록 사별한 사이지만 남편과의 생전의 신뢰감과 순결한 사랑을 삶의 지주로 삼고 싶었을 것이고 또 그러한 정신적 가치는 삶을 지탱해주는 힘이 된다고 말할 수 있다. 이런 점에서 작은 한 편의 단편이지만, 작가는 순결의 가치가 중요함을 인식시키고 있는 것 같다. 한편 여성의 약삭빠른 일면도 노출되어 있다.

작품 「고행」은 이런 뜻에서 한 차원 더 높은 사랑의식이 보인다. 같은 날에 아내와는 영화 관람을 약속하고, 정부와는 온천행을 약속한 일로 '나'는 곤경에 빠진다. 어쩔 수 없이 아내를 속이고 그날 밤 정부인 미자와 친한 '나'의 아내가 미자에게서 자고 가려 하여, 벽장 속에 갇힌 나는 더욱 곤욕을 치르게 된다. 얼마 동안을 이야기하며 머물다가 '나'의 아내는 어린 아들 용주가 엄마를 찾고 울 것 같다고 말하면서 집으로 돌아간다. 여기서 겨우 곤경에서 풀려난 나는 아내를 뒤이어 곧 집으로 돌아와 가정을 지키려는 마음을 갖게 된다는 결말로 끝나고 있다. 이러한 이야기는 남편들의 무절제한 여인들에의 섭렵 행각을 야유하면서도 궁극적으로는 가정의 건전함을 유지한다는 데 내용의 초점을 두고 도덕적 건전성을 일깨워주고 있다. 이러한 작품에서 남편을 응징하는 소설적 상상력은 특이하며 여성적 민감성과 아울러 아슬아슬함을 극적 효과로 잘 형상화시키고 있음을 볼 수 있다. 다분히 익살스런 면과 야유조의 미적 효과를 겨냥한 것이라 하겠다.

그러나 「여심」에서는 위암으로 입원한 남편과 함께 죽을 각오를 한 아내 온녀가 동경에 남편의 정부가 있다는 사실을 알고, 자살하려고 준비했던 약을 변소에 버린다는 내용을 다루고 있다. 이러한 여성적 심리는 약삭빠른 기민성과 이해관계에 민첩한 반응을 포착하여 다룬 것이지만, 아마도 여류작가의 감성적 예민성과 어울린 작품이라 생각된다.

이러한 작품세계에서 근대적 시정인의 이해타산에 대한 민첩성이 보이고 있으며, 그 이면에는 늘 삶의 건전성을 측정하고 유지하려는 작가의 도덕의식이 살아 있음을 규지할 수 있다.

이와는 다른 차원에서 여성의 순결의식을 다룬 「어머니」가 있다. 지적인 판단력이나 독자적인 가치의식이 확립되지 못한 한 젊은 아내 남순은 경사였던 남편과 6·25 와중에서 헤어지게 되었다. 많은 고생을 겪으면서, 고향을 찾아가는 과정이 이야기의 주요한 내용이 되고 있다. 무작정 무일푼의 상태로 집을 나선 남순은 극도의 주림과 지적 박약성으로 하여 아무런 가책 없이 그때 그때마다 필요에 따라 남자들의 요구를 들어주면서 고향에 도착하게 된다. 그런데 그녀가 고향에 와보니 남편은 미리 고향에 도착해 있었던 것이다. 그리고 부모들은 남순이 아비 없는 아이를 임신한 사실에 놀라, 그 아이를 남에게 주려 했다. 그러나 남순은 분만한 아이를 데리고 고향을 등지고 만다는 운명적인 모성애의 이야기가 담겨 있다. 이러한 이야기에서 6·25라는 민족적 시련이 한 개인의 운명을 엄청난 비극적 사태로 바꾸어 놓았으나 어머니가 된 남순은 어머니로서의 근원적인 도덕적 책임을 운명적으로 감수한다는 감동 깊은 이야기로 처리되어 있다.

이러한 이야기는 통속적인 흥미도 아니며 매우 진지한 윤리의식의 심화를 기한 작품으로, 참된 순결의 의미가 오히려 지성이 박약한 남순에게서 실현되고 있는 감동 깊은 이야기라 할 것이다. 이 작품에서는 여성의 약한 점과 강한 점이 복합적으로 다루어지고 있으며, 성의 도구화 문제와 모성적 신성성이 동시에 문제화되고 있음을 이해할 수 있다.

다음 「전락의 기록」은 젊은 여학생 순실이 가정교사로 들어가 주인 장씨에게 농락당한 내용을 다루고 있다. 장래를 약속한 의대생도 다른 여인과 혼인하게 되고 순실도 장씨와 부부가 되었다. 그런데 주인 장씨가 다른 정부를 둔 사실을 순실은 목격하고 충동적으로 남편의 눈을 멀게 한다. 이 사건으로 순실은 쫓겨나고 매춘부로 전락하게 된다는 결말을 보이고 있다. 이러한 이야기에서 통속적인 흥미가 보이고는 있으나, 그 이면에는 여인의 운명과 불가피한 그 귀추가 독자의 심금을 건드린다고 하겠다. 이러한 이야기의 흥미는 작은 문제든 큰 문제든 우리의 삶에 내재한 욕망의 힘이 운명적으로 운행되어 가는 과정을 문제 삼은 것으로서 세속적 의미의 삶을 건전한 방향으로 이끌려는 작가의식의 소산이라 할 수 있다.

가령 「바퀴소리」에서 작가는 핀 한 개의 오해로 인하여 한 여성이 불구자가 되는 엄청난 운명극을 보여주고 있는데, 이러한 작은 오해에 의해서도 한 인간의 존재가 근본적으로 다른 방향으로 바뀔 수 있다는 하나의 우연성 또는 운명성의 인식이 매우 예민하게 드러나고 있다. 그런데 그 희생이 주로 여성 주인공에게 야기된다는 데서 여성 수난의 사회적 문제가 제기되고 있다.

이러한 운명의식은 1952년 2월 『문예』에 발표된 장편 『망령』에서도 극적인 긴장미로 다루어지고 있다. 6·25 당시에 전쟁에 나아간 남편에게서 아무런 소식이 없자 그 아내는 남편이 전사한 것으로 알고 빈손으로 부산에 피란 와서 식모살이를 하게 된다. 식모살이의 첫 날, 임신한 여주인으로부터 부사견 와이셔츠를 받아 빨면서, 그녀의 남편 것과 똑같은 것임을 발견하게 된다. 다음에는 침실 청소를 하다가 자신의 남편과 함께 찍은 결혼사진을 발견하게 된다. 식모는 드디어 남편의 이름까지를 확인하고 그 집을 나와 버린다는 충격적인 결말로 끝난다. 이러한 내용에서 김말봉은 여성의 운명을 냉정한 눈으로 투시하고 있음을 보게 된다. 즉, 여성 희생적 풍속과 여성 수난을 전제로 한 사회적 통념을 문제시하고 있음을 독자들은 알아차릴 수 있다.

김말봉은 해방 후에 공창 폐지 운동과 박애원을 경영했던 사실이 있는데, 이로 미루어 여성의 사회적 지위와 그 법적 평등에 집요한 문제 해결의 의지를 불태웠음을 작품의 경향을 통하여 넉넉히 짐작할 수 있게 한다. 이러한 관심에서 작가는 여성의 희생과 수난의 운명을 사회적 제도로써 초극하고 시정하려는 문학적 지향과 아울러 사회운동을 펼쳤던 사실을 높이 평가할 수 있다.

3. 장편소설에 나타난 여성의 운명

그의 첫 장편은 『밀림』으로서 1935년 9월 『동아일보』에 연재되었고, 초기의 대표작 『찔레꽃』은 1937년 3월부터 10월까지 『조선일보』에 연재되었다. 해방 후에는 『화려한 지옥』(1945)을 발표하였고, 그리고 후기의 대표적 작품으로 꼽히는 『생명』이 1956년 11월부터 『조선일보』에 연재되었다. 그 전에 『푸른 날개』(형설출판사, 1954)가 간행되고, 『별들의 고향』(정음사)이 1956년에 출판되었다. 이 밖에도 장편이 여러 편 더 간행된 것으로 알려져 있다.

먼저 초기의 대표작인 『찔레꽃』을 보면 단편에서 추구했던 주제인 여성의 순결문제와 그 운명적 수난의 이야기가 세속적 욕망과 어울려 펼쳐지고 있다. 이러한 이야기들은 삶에 내재한 욕망과 밀착되어 있으며 흥미를 유발시키는 많은 사건들로 짜여져 있다. 그러나 사건의 맥락은 욕망의 논리에 따라 전개되고 있는 것이 그 특징이라 할 것이며, 사건의 복잡성은 신문소설이 매일매일 연재됨에 따라 일일분마다의 흥미를 유도하는 제한성과도 관련되어 있다.

작품의 내용을 개략적으로 살펴보면 다음과 같다. 아버지의 입원비와 집안의 곤궁한 형편 때문에 주인공 안정순은 은행 두취인 조만호의 집에 가정교사로 들어간다. 조만호는 젊고 아름다운 안정순에게 호감을 가지고 대하게 된다. 한편 조만호의 아내는 오랜 지병으로 인하여 사망하게 된다. 그리하여 조만호의 안정순에 대한 구체적인 접근이 적극화되어 후처로 맞을 생각까지 갖게 된다. 그런데 안정순에게는 학생 이민수라는 애인이 있었고, 이민수의 아버지는 몰락하여 토지를 은행에 저당하였던바 은행의 경매를 당하는 초급한 처지에 있었다. 그리하여 안정순은 이민수가 친척이라고 말하면서 은행 경매를 늦추어달라고 간청하기에 이른다. 여기서 안정순이 이민수와 친척 사이라고 말한 사실은 안정순의 모든 일을 꼬이게 하는 원인이 되기도 한다. 부탁한 보람도 없이 이민수의 아버지는 조만호에 의하여 그 토지가 경매됨으로써 몰락하게 되고, 여기서 안정순과 이민수는 상류층의 삶의 방식에 크게 실망하게 된다. 한편 동경에서 미술을 공부하던 조만호의 딸 경애는 일본에서 유학할 당시 남학생과의 관계에서 큰 실망을 경험하고 나서 독신주의를 지켜 나아가려 한다. 그러다가 안정순의 애인 이민수에게 호감을 갖게 된다. 이어 조만호의 아들이 외유에서 돌아와 역시 가정교사 안정순에게 호감을 갖게 된다.

그런데 이 집 침모는 자기 딸을 조만호의 후처로 들여보내려는 욕심으로 조만호를 속여 안정순과 동침하는 것처럼 가장하고 자기 딸을 그 방에 들여보내게 된다. 이때 뜻밖에도 침모의 딸이 살해당한다. 살해자는 조만호의 기생첩으로서 안정순에게 늘 질투를 느껴오다가 동침하는 현장에서 침모의 딸을 안정순으로 오인하고 살해한 것이었다. 이민수는 조만호의 아들 조경구와 안정순의 사이를 오해한 사실이 있으므로 안정순에게 사과하고 다시 장래를 약속하려 하나 안정순은 이를 거절한다. 왜냐하면 이민수가 조경구와 안정순의 사이를 오해하고, 조만호의 딸 조경애에게 의도적으로 접근하여 이미 약혼까지 했기 때문이었다.

이야기는 표면적으로 볼 때 애욕의 갈등극인 것처럼 보이나 이면적으로는 경제적 불균형이라는 사회제도 문제와 짙게 연결되고 있다. 안정순과 이민수의 순수한 사랑과 경제적 궁핍 그리고 조만호를 중심으로 한 부도덕한 애욕과 침모의 타락한 세계가 서로 얽혀서 상류층 사회를 에워 싼 비리가 나타난다. 이러한 갈등은 삶에 내재한 욕망에 의하여 빚어지는 근원적 문제임을 작가는 알려주고 있다.

이 갈등에서 이민수의 아버지를 통하여 농민의 몰락이 선명히 보이고 있고, 아울러 봉건적 가치 인식의 한계가 노출되고 있다. 즉, 그것은 농촌의 전통적 실천 도덕의 한 형태로서 관혼상제 때 접빈객의 후한 대접을 과시하는 하나의 폐습을 문제시한 것이다. 그로 인하여 농촌의 피폐화를 초래한 사실을 작가는 심각히 다루고 있다. 일제의 경제적 수탈도 큰 것이었지만 자작농이나 지주들이 관혼상제의 과다한 비용 때문에 소작농으로 전락하는 내부적 모순을 비판한 것이었다. 이러한 비판과 함께 상류층의 도덕적 허약성도 다루면서 애욕과 어울린 내적 모순을 운명극으로 소설화한 것이라 하겠다.

다음에는 일반적으로 기대된 가치의 성취가 이루어지지 않는 반어적 사태에 관한 작가의 예술적 인식을 평가할 수 있다. 안정순과 이민수의 순수한 사랑도 그에 내재한 경제적 결핍이 원인이 되어 깨어지는 사실을 발견하고 그것을 초월하려는 작가의 의도를 엿볼 수 있다. 즉, 기대와 결과의 논리는 인간적인 세계에 속하기는 하나 보다 먼 거리의 운명에 의하여 조정됨을 작가는 일깨워주고 있다 하겠다. 우리의 현실은 우리 스스로가 개척하고 이루어가는 것이면서도 현실을 구성하는 보이지 않는 원리에 의하여 개인은 또 타율적으로 살아갈 수밖에 없는 존재임을 동시에 일깨워주고 있다. 조만호와 안정순의 관계 논리는 조만호의 호색적 애욕에 의한 것이지만, 안정순과 이민수의 관계는 순수한 사랑의 자율적 과제임을 알려 준다.

그러나 사랑, 감정, 의지, 도덕 등 정신세계에 귀속되는 가치들도 불가피하게 돈, 욕망, 지위 등의 현실적인 것과 서로 얽혀 있고, 그로 인하여 물질과 정신이 분리되지 않는 어떤 본성을 비침을 알 수 있게 한 작품이기도 하다.

기생 백옥란이 침모의 딸을 살해하는 갈등에서도 그 근원적인 원인은 물질적인 삶을 대표하는 돈과 정신적 삶을 암시하는 사랑의 동시적 개입에 의한 것임을 엿볼 수 있다. 작가는 가치 있는 것들이 오해나 왜곡에 의하여 뜻대로 이루어지지 못하는 인간적 질서의 한계 내지는 인간적 욕망의 빗나간 사실과 그 부조리를 선명히 노출시키고 있다. 그러나 작가는 안정순의 순결한 아름다움을 끝까지 수호하였다. 그럼에도 불구하고 그 사랑은 이루어지지 못한 것이었다.

> "찔레꽃 같이 괴론 그대 맘같이
> 내 가슴 내 가슴에 품어 주게나
> 시내 언덕 풀숲에 찔레꽃 피네
> 희고 고운 찔레꽃 피었다지."

하는 모 성악가의 독창이다.

창 너머 잎도 떨어지고 가지도 시들어진 찔레 덤불 위에는 때 아닌 찔레꽃이 송이송이 날고 있으니 그것은 겨울의 선물, 흰 눈이다. 가지 위에 나부끼는 눈송이! 다음 송이가 와서 앉을 동안 자취 없이 스러지는 눈송이! 그것은 하염없이 흩어지는 찔레꽃 화변의 하나하나이다. 아니 덧없는 인생 행복…
정순의 가슴을 길이 가시처럼 할퀴어 주고 간 민수의 사랑이 아닐까?

—『찔레꽃』부분

이처럼 순결한 가치가 의도와 관계없이 왜곡되어 반어적 사태로 귀결되는 삶의 운명적 현상을 통찰해 낸 작품이라 하겠다.

다음으로는 1945년에 발표된 『화려한 지옥』(문연사, 1952; 대일출판사, 1976)으로서 작가는 이 작품을 통하여 공창 폐지라는 사회적 주제를 다루고 있다. 이러한 문제는 해방 당시의 경제적 궁핍과 함께 외국 군대의 진주, 외국에서 돌아오는 귀환 동포, 이북에서 넘어온 월남 동포, 그리고 이남의 빈한층 등에서 자생한 삶의 문제로서 크게 사회적 표면으로 부상한 과제이기도 했다.

이 작품에서 주인공 오채옥은 일월루의 기녀로 설정되어 있는데, 그녀가 임신한 사실을 포주가 알고 낙태시키려 하나 순정한 여인인 채옥은 이를 거부하고 탈출한다. 그러나 탈출한 보람도 없이 김화룡을 만나 그의 주선으로 오히려 흑인의 능욕을 당하게까지 된다. 채옥을 임신케 한 황영빈은 학생 단체의 간부이며 애국적 발언을 하는 위선적인 인물로 설정되어 송희라는 여학생을 사귀어 그녀에게 매독을 감염시키기도 한다. 채옥은 곤경에 처하여 자살을 시도하려다 아이를 생각하고 단념하고, 공창 폐지운동에 앞장선 정민혜 여사의 도움으로 기독교인이 되면서 창녀세계에서 구출된다. 한편, 마약 밀매로 돈을 번 손성목은 품위 있는 정민혜 여사에게 접근하여 돈으로 그녀를 유혹하려 하나 뜻을 이루지 못하고 끝난다. 그리고 황영빈은 송희와의 약혼을 발표하려 했으나 전날 채옥과의 관계가 탄로됨으로써 송희는 황영빈과의 관계를 모두 청산하기에 이른다.

이야기는 끝에 이르러, 송희의 총에 맞아 황영빈은 죽게 되고 송희도 자신의 총으로 자결한다. 그리하여 송희의 어머니는 돈을 희사하여 창녀 구제기관인 희망원을 설립한다는 결말로 맺어진다.

이러한 이야기에서 몸은 비록 창녀였지만 정신적으로는 순정한 채옥과 그녀의 수난 이야기가 주축을 이루면서 삶의 모순을 극복하려는 주제를 형상화하고 있음을 볼 수 있다. 그리고 이러한 작품에서 작가의 인도주의 정신이 명확히 나타나 있음을 알 수 있는데, 실제로 작가는 공창 폐지운동의 선봉에 서기도 한 실천가이기도 했다.

1954년에 발표된 『푸른 날개』에서는 이북에 처 탄실과 부모를 두고 월남해온 권상오를 중심으로 벌어지는 이야기를 다루고 있다. 권상오는 학교의 역사 교사이며 몇 사람에게 영어를 가르치고 있다. 피아니스트인 한영실, 양품점 주인인 이혼녀 미스 현, 바(Bar)의 마담 윤지순, 추백련, 송현숙 등이 권상오를 중심으로 관련된 여인들이다.

여기에 곁으로는 어선을 가진 부자인 김상국이 등장하여 피아니스트 한영실과 약혼을 하게 되고 이어 혼인의 단계까지 간다. 그런데 이혼녀 미스 현은 평소부터 애정을 나누던 김상국이 피아니스트 한영실과 혼인 단계에 이르자 이를 질투하고 훼방하여 혼인은 깨어지고 만다. 이 일로 하여 미모였던 미스 현의 얼굴은 김상국에 의해 상처가 나 심히 훼손되고 실망한 나머지 자결하게 된다.

한편 추백련과 권상오는 가까워져 역시 혼인 단계에 이르렀는데, 죽은 것으로만 알고 있던 그 아내가 혼인식장에 나타나므로 그 충격으로 권상오는 아내 탄실을 데리고 나와 택시로 달리다 교통사고를 당한다. 이로 인하여 탄실은 죽고 권상오는 한쪽 다리를 잃게 된다. 추백련은 권상오가 불구자가 된 사실을 알고 물러나고, 오직 한영실만이 권상오의 곁에 남아 있게 된다는 이야기이다.

이 작품은 월남한 기혼남의 문제를 다룬 것으로서 사회적인 해결 과제를 제시한다. 이북에 처자를 두고 단신으로 월남한 경우 세월이 흐름에 따라 재혼의 문제가 제기될 수 있으므로, 이는 흔히 있을 법한 현실적인 제재라고 하겠다. 그리고 삶의 논리가 삶에 내재한 욕망에 의한 것이라 할 때, 삶의 욕구로서 생 자체의 본질을 이루는 문제를 작가는 냉엄히 들여다본 것이라 하겠다. 작중 인물 중에 납치 미망인 윤지순의 경우도 납치된 남편이 언제 돌아올지도 모르면서 기다리며 살아야 하는 고통이 있다. 겸손하고 인내심이 있는 여성이기는 하나 여자 혼자의 힘으로 살아가기에는 시대의 변혁이 너무도 큼을 실감케 한다. 해방과 6 · 25를 거치면서 평범하고 정상적인 가정이 깨어짐을 작가는 동정어린 눈으로 묘사하고 있고, 고통과 격변의 밑바닥에 인간주의의 지고한 사상을 펴 보이고 있다.

다음으로 1956년에 발표한 『생명』을 들 수 있다. 이 작품에서도 애욕의 문제를 중심으로 하여 많은 사건이 벌어지고 있다. 월남하여 동생 창수와 함께 어렵게 살아가는 여대생 창님은 피를 팔아야 할 만큼 곤궁했고, 창수는 수업료를 독촉 받고 해결의 방도가 없음을 알고 가출하여 자결한다. 그로 인하여 창수의 담임 설병국이 창님과 만나는 계기가 이루어진다. 이 두 사람의 만남에서 서로 아끼고 애모하는 정이 싹트게 되지만, 돈 많은 유한마담 유화주가 나타나 설병국은 그녀의 노리개로 차츰차츰 빠져들어간다.

한편으로는 창님의 친구 김정미의 이야기가 펼쳐지면서 부유한 집안의 현실적 문제들이 다루어진다. 즉, 김정미의 아버지는 아들을 얻기 위하여 첩을 두고 있는데, 이 사실은 김정미에게도 고통이 되고 있다. 그리고 설병국을 노리개로 한 유화주는 김정미의 아버지 김한주의 숨겨둔 첩이기도 하여 늘 김한주로부터 욕심껏 돈을 받아내려 한다. 이러한 이야기의 얽힘 속에서도 설병국과 창님은 유화주의 도움으로 결혼까지 생각하지만, 창님은 설병국과 유화주의 밀회까지 목격하게 되어 결혼은 성립되지 못한다. 그리하여 창님은 전도사의 일을 도우며 헌신적인 봉사활동을 하게 된다. 설병국을 노리개로 이용한 유화주는 밀수에 손을 대고 경찰에 체포되면서 설병국과 유화주의 관계도 끝난다.

이러한 우여곡절 속에서 창님은 선교사 부부의 신임을 얻고 미국 유학의 길을 떠나게 되나 이미 설병국의 아이를 잉태한 상태였다. 그녀는 미국에서 자리를 잡게 되었다. 모든 일이 무위로 돌아간 설병국 앞에 정미가 나타나 두 사람은 급격히 친밀하게 되고, 이들도 미국으로 유학 가게 된다. 그런데, 공교롭게도 설병국과 정미의 호화로운 결혼식에 창님이 설병국의 아이를 데리고 나타났고, 정미도 이 사실을 알게 되자, 신부의 자리를 창님에게 양보함으로써 설병국과 창님이 고난 끝에 결합되는 결말을 갖게 하였다.

　이러한 우여곡절이 많은 이야기는 통속적 흥미를 유발하기 마련이지만, 그럼에도 불구하고 그 밑바닥에는 인간적인 관용과 사랑의 의식이 작용하여 독자들에게 건전성을 촉구하는 문학적 의도가 명백히 살아 있음을 보게 된다.

　작가는 이 이야기 중에서 성실한 여성 창님을 형상화함으로써 현실적 고난을 극복하는 여성상을 제시하고 있다. 그리고 설병국을 통해서는 선량한 인물이기는 하지만 줏대 있는 일관성이나 세계관의 확고함이 결핍되어, 자신도 모르는 사이에 타락의 길로 들어서는 내용을 보여줌으로써, 하나의 타산지석의 예가 되게 하였다. 말하자면 선량했던 성격, 즉 우유부단했기 때문에 고통을 받아야 하는 삶의 일면을 철저히 파헤친 것이라 하겠다. 끝에 가서 창님과 설병국이 결합하는 결구는 다소 조작된 것이기는 하나 정상적인 남녀의 길을 인도하는 소설적 의도로서 적절한 결말이라 인정할 수 있다. 이러한 결합만이 정상적인 결합이 된다는 인도주의 사상의 논리가 소설의 결구를 지배한 것이라 할 것이다.

　그런데 창님의 형상화는 설병국보다 훨씬 현실감이 짙다. 그 이유는 동생 창수의 죽음을 경험할 때 창님은 사회에 대하여 원망과 증오심만이 가득 차 있었으나, 설병국의 도움으로 증오에서 사랑으로 정신적 변모를 이룩하고 있는 데서 그 실마리를 찾아볼 수 있다 할 것이다. 그리고 설병국의 아이를 가짐으로써 차원 높은 인간애의 각성이 싹트기 시작한 것도 또한 사실이었다. 작가는 창님의 재기의 계기를 다음과 같이 서술하여 삶의 참된 의의를 일깨우고 있다.

"사람은 연약합니다. 흙에서 나왔기 때문에, 다 흙으로 돌아갈 수밖에 없는 아담과 이브의 자손들이지요. 실수하기 쉬워요. 그러나 전 창님 내 말 자세히 들으시오"

허드슨 부인은 심각한 눈으로 창님의 얼굴을 들여다보며,

"실수가 무서운 것이 아닙니다. 실수하고도 다시 일어서 보겠다는 간절한 마음이 있으면 그 사람 구원받을 수 있지요. 그러나 어떤 여자 한 번 넘어진 다음 나는 이왕 이렇게 됐으니 아무렇게 돼도 할 수 없다고 아직도 사회가 버리기 전에 자기가 먼저 자기를 버리는 일 이것이 무섭단 말입니다. 내 말 알아듣겠소? 전창님"

하고 허드슨 부인은 창님의 대답을 기다린다.

"네, 알아듣겠어요. 참 좋은 말씀에요"

"우리가 호숫가로 말을 데려갈 수는 있어요. 그러나 물을 마시는 것은 말이 할 일입니다. 우리가 흙을 준비하고 기다리고 있는데도 이것을 이용해서 인생을 재출발할 기회를 붙들고 안 붙드는 것은 그 여자들의 자유입니다."

― 『한국문예전집』 15권, 민중서관, 1960, 369쪽

위의 대화에서 불행을 극복하는 삶에의 의지가 제시되고 있다. 이러한 재활에의 정신적 자세는 김말봉 문학의 한 중추적 주제이며, 해방과 6·25를 거치는 혼란된 사회상을 극복하는 한 시대의 요망하는 자세로 볼 수도 있을 것이다. 이런 뜻에서 김말봉의 장편소설이 흥미 중심의 오락적 이야기로서보다는 한 시대의 사회적 풍조를 파헤치고 그 속에 내재한 비리와 모순을 발견하고 이를 다시 극복해내는 의지의 인간성을 형상화한 데 그 문학의 주요한 의미가 있다고 할 것이다.[2]

2) 박산향, 「김말봉 장편소설의 남녀 이미지 연구」, 부경대학교 대학원, 2014.

4. 맺음말

위에서 살펴본 바와 같이, 초기 단편들은 여성의 순결미에 대한 관심이 중심을 이루고 있었다. 그리고 기교에 있어서는 간결한 문장과 놀랍게 전복하는 결말을 보이는 특징을 보였다. 특히 반어적인 삶의 양상에 관한 작가의 투시력도 발견되었다. 이야기는 전체적으로 보아 인간적인 안목을 중심으로 짜여져 있었다. 그리고 주어진 운명을 극복하려는 인물들의 의지가 나타나 있었다.

초기의 대표적 장편인 『찔레꽃』에서는 초기 단편에서 보인 순결의식을 더욱 추구해 가면서도 안정순의 운명과 그 반어적인 펼침을 주요하게 추구하고 있다. 그런데 타락한 세계와 순결한 세계의 양분법적 대립은 욕망의 부딪힘에 의하여 비록 멜로드라마 풍으로 전개되고는 있으나 인간주의의 지고한 가치론에 뒷받침되는 작가정신이 숨어 있음도 발견되었다. 순결하고 아름다운 것들이 불결하고 추한 것 속에서도 의연히 그 순결함을 지탱할 수 있게 한 작가의 창작적 의도는 그의 인도주의적 발상에 의한 이야기처리로 볼 수 있었다.

『화려한 지옥』에서는 공창문제를 소설화하여 사회적 수평으로 끌어내어 사회적 해결을 모색한 작품이었음을 알 수 있다. 작가는 오채옥의 기구한 운명을 통해 사회적 부조리를 비판적 안목으로 투시하였다. 그리하여 기독교도의 구제 사업에 힘입어 인간회복의 주제에 합당한 재생의 길을 걷게 하고 있다. 삶에 내재한 모순을 발견하고 그것을 극복해가는 과정을 창님이라는 여성을 통하여 훌륭하게 형상화한 데서 장편 『생명』의 문예적 가치가 드러났다. 전체적으로 보아 김말봉 문학의 특징은 인도주의 사상의 실현으로써 이루어졌음을 이해할 수 있으며, 그것이 현실의 실상을 파헤치는 진지한 탐구정신과 연결된 점도 작가적 성실성으로 평가할 수 있을 것이다.

손소희 작품 평설

---

1. 머리말

손소희(孫素熙, 1917~1987) 작가는 함경북도 경성 출생으로, 일본 대학에 유학했다가 신병으로 귀국한 다음 『만선일보(滿鮮日報)』 기자와 대륙과학원 도서관 직원으로 근무했다고 전해지고 있다. 구만주 체재 기간은 1939년에서 1943년까지이고, 이 기간에 『재만조선인 10인 시집』에 여러 편의 시를 발표한 것으로 작가 연보에 기록되어 있다.

작가도 시대를 살아가며 사회적 제도나 시대의 풍조에 영향을 받기도 하고 배우고 체험하게 되고 그리고 창조적 자극을 받고 작품을 생산한다고 볼 때, 어느 문화권 혹은 어느 사회배경에서 체험을 축적하느냐 하는 물음은 그 작가의 작품 내용을 이해하는 데 하나의 관건이 됨 직하다.

알려진 바와 같이 훌륭한 작가일수록 뛰어난 상상력과 삶의 문제를 투시하는 통찰력이 있게 마련이지만, 그러나 그러한 재능이나 창조력조차도 그 작가의 체험과 살아온 환경 등 개인적인 자료들을 토대로 하여 성장해온 것임을 유념하게 된다. 손소희의 작품들 중에 구만주를 배경으로 주요하게 다룬 장편들이 있는 사실도 작가의 체험과 밀접하게 관련되었다고 보인다.

2. 이야기의 역전적 짜임과 모순의 삶

손소희 소설에서 특히 눈에 띄는 점은 삶에 담겨진 모순의 문제라고 생각되었다. 초기 작품을 대표하는 「이라기(梨羅記)」(1948, 『신천지』, 4·5 합병호)에서도 그 내용의 줄거리는 연애문제의 엇갈림이나 그 갈등으로 짜여져 있다. 작품에 등장하는 인물들은 항일 독립운동에 참여한 젊은 독립투사로 설정되어 있다. 독립운동에 직접 참여한 남편 이영은 만주에서 활동하면서도 아무런 소식도 전하지 못하고 항일 투쟁에 몰두하게 된다.

그 아내 이라(리라)는 생계문제가 심각해져 교사로 취직하여 일하게 되고 여기서 독립운동에 가담한 젊은 교사 진성의 구애를 받게 되지만, 이라는 독립투쟁에 헌신하는 이영을 생각하고 거절할 수밖에 없는 처지가 제시되고 있다. 이러한 이야기의 펼침에서 이라는 마음의 동요를 겪으며, 심리적 갈등과 연모의 감정이 뒤얽힘이 보인다. 주로 열정의 문제를 다룬 작품임을 알 수 있다. 그런데, 항일운동에 관여한 주인공을 설정한 데 일정한 의미가 담겨 있고, 이것은 동시에 작가의 구만주 체험과 연계된 것임을 짐작하게 된다.

이야기의 결말부에 이르러 진성은 이라도 독립운동에 참여한 가족임을 알고 스스로 자제하게 된다.

이들은 광복 후 고국으로 돌아오게 되지만 기다리던 남편 이영은 러시아 여인 니나를 대동하고 나타난다. 아내의 기대에 어긋난 역전적인 이야기의 결말로 마무리되고 있다. 이야기의 역전적 구조는 미적 장치이기 전에, 이미 우리 삶의 내재적 모순을 뜻하는 것이라고 생각된다.

이러한 결말의 구성은 1920년대를 이어 한국의 단편소설 일반에 나타난 것으로, 우리의 삶에 내재된바 반어적 제 현상과 밀접하게 연계된 이야기 구조로 볼 수 있다.

이야기 구조의 이면에서 그 시대의 또는 그런 사회의 내재적인 삶의 실상을 엿볼 수 있고, 우리 개개인의 흔들리며 뒤얽히는 모습과 그 특성이 보이게 된다. 작가의 상상적 창조가 사실은 우리 삶 일반에 내재한 여러 자료들을 참고한 것이고, 숨은 욕망의 구조를 투시하는 기능을 실현화한 서사 장치라고 할 것이다.

다음으로 주목되는 또 하나의 단편을 거론한다면 「창포(菖蒲) 필 무렵」 (1956)이라고 하겠다. 이 작품은 사춘기 소년의 심리적 동향을 다루고 있다. 소학교 6학년생인 화자 "나"의 시선으로, 학교 친구 동수의 사촌누나의 미모에 민감하게 첫사랑을 느끼고 심하게 집중하는 소년이 주동적 인물로 제시되고 있다.

> "나는 재삼 재삼 여자의 아름다움을 상기하며 집에 와서 저녁밥을 치르고 밖에 나오니 서편 하늘에 여러가지 빛깔의 놀들이 두껍게 비껴 있었습니다. 무언지 가슴이 두근거리는 것을 깨달으며 나는 언제나와 같이 동수를 찾아 이모님댁으로 갔습니다."
>
> ─「창포 필 무렵」 부분[1]

작가는 이모님 댁에 온 소학교 친구 동수의 사촌누나를 본 소년의 심리적 동향의 한 단서를 묘사한 대목에서 "여러가지 빛깔의 놀"로 함축하고 있다. 아름답고 황홀한 노을이기는 하지만 이러한 사라지기 쉬운 노을의 묘사를 통하여, 이 소년과 병 치료차 동수네 집에 온 미모의 청순한 처녀의 비극적 운명이 내장되어 있음을, 이야기의 결말에 이르러 독자들은 이해하게 된다.

소년은 동수 사촌누나가 냇가의 바위에 앉아 있을 것을 기대하고 동수와 가재 잡기를 하지만 그 미모의 동수 사촌누나는 와 있지 않았다. 여기까지의 행동과정을 작가는 "나는 동수의 그늘에 숨어서 동수 사촌누나를

---

1) 『한국문학전집』 단편집 하, 민중서관, 1960, 19쪽.

눈이 아프도록 봐야만 하겠다는 것, 이러한 여러 가지 조건을 가슴 속에 깊숙이 간직하고…"와 같이 그리고 있다. 그녀를 보고 싶고, 만나고 싶은 소년의 마음은 더욱 더 간절한 것으로 발전해간다. 이러한 기다림과 만남의 반복을 통해 동수의 사촌누나도 이 소년의 연모의 마음을 감지하게 되고, 소년은 그녀 앞에서 부끄러움의 감정을 느끼게 된다.

나중에 동수 사촌누나가 소년의 집에 왔을 때 당황하는 모습과 소년의 큰형하고 한 방에 있는 것을 알게 된다. 또 큰형은 여느 때와는 달리 "담청색 넥타이"를 매고 밝은 표정을 하고 마주앉아 있었다. 그리고 두 사람이 영화구경 간다는 것을 알게 되고, 심한 갈등 속에서 소년은 눈물이 자꾸 난다고 묘사하고 있다.

이처럼 작품은 사춘기에 접어드는 소년의 심리묘사에 주안점을 두고 연상의 처녀를 연모하는 순정적 성격을 주요하게 드러내고 있다. 소년은 동수와 등교를 같이 한다는 것을 빙자하고 매일 아침 들르게 된다. 이때 그 누이는 소년의 눈을 통해 다음과 같이 묘사되고 있다.

> 옥색 숙고사 저고리에 달걀색 메린스 치마를 입은 동수 사촌누나는 다른
> 어느 때보다도 예뻤습니다.
>
> — 「창포 필 무렵」 부분2)

이처럼, 전통의상의 선연한 색감과 어울린 조선 처녀의 단아한 아름다움이 독자의 상상력에 의지하여 간접화되고, 소년의 연모의 정은 점점 깊어가고 있음을 느낄 수 있게 묘사되고 있다. 이러한 색감과 조화된 처녀의 아름다움은 작가의 미감을 소년 주인공에게 전이시켜 묘사한 것임을 짐작할 수 있다.

형에게 따끔하게 훈계를 받은 후 소년은 창포를 꺾어다 동수 사촌누이

---

2) 위의 책, 25쪽.

에게 주려고 갔지만, 그 꽃을 소년의 친누나에게 가져다주라고 동수 사촌누나는 말한다. 소년은 밖에 나와 그 꽃을 모두 동댕이쳐 버린다. 여기서 꽃은 소년의 연모의 심정을 나타낸 심리·정서적 대체물이지만, 동수 사촌누나가 받아들이지 않은 데 대한 배반감으로 심리적인 불협화의 틈이 벌어지게 된다.

이 서사 단락에서 작가는 소년의 마음에 직접 상처를 준 동수 사촌누이의 행동을 계기로 심리적 갈등이 심화되었음을 보여준다. 그 후 소년은 재차 산에 올라 창포꽃, 은방울꽃, 초롱꽃 등 한 아름을 꺾으며 동수 사촌누이에게 주려고 마음먹고 있었다.

그런데 어디서 노랫소리가 들려오므로, 나무 사이로 훔쳐보니 형과 동수 사촌누나가 앉아 노래하는 것을 보고, 심한 질투심을 일으켜 충동적으로 던진 돌이 공교롭게 동수 사촌누나에게 맞고, 그녀는 쓰러지게 된다.

소년은 동수 사촌누나가 늘 앉았던 냇가의 바위로 뛰어가 그 꽃들을 물에 담가 놓았다. 해가 저물자, 그 꽃을 안고 동수네 집에 가 각혈하고 누운 창백한 동수 사촌누나에게 건네준다.

형의 말에 의하면 돌에 맞은 충격으로 동수 사촌누나가 각혈을 했다는 것이다. 서울대학병원에 입원한 후 동수 사촌누나가 사망했다는 부음이 전해지고, 소년은 산에 올라 자신이 던졌던 크기의 돌을 몇 개 찾아 손에 피를 흘리며 더 큰 돌로 깨고 있는 것으로 자신의 잘못을 스스로 응징하는 내용이 묘사되고 있다.

마무리 부분에 이르러, 가재를 잡아도 동수 사촌누나가 늘 앉아 있던 그 바위에 앉아 잡은 가재를 다시 냇물로 놓아주고 있는 소년을 제시하고 이야기는 끝나고 있다.

사춘기 소년의 애증이 교차되는 작품으로서 심리묘사가 질감 있게 뛰어난 작품으로 평가할 수 있다.

다음으로, 세태의 변모하는 과정을 묘사한 「닳아진 나사」(『문예』 1953년 6월호)를 검토할 수 있을 것이다. 훈장인 지노인은 전통적 선비의 가계를 이어온 인물인데, 그 아들은 지게꾼이라는 막벌이 노동자로 간고한 생활을 한다는 내용이 제시되고 있다. 한편 종머슴의 아들 병달은 지훈장의 착실한 서당 제자로 국민학교(지금의 초등학교) 훈도가 되어 안정된 생계를 유지하는 내용이 보인다. 지훈장은 궁여지책으로 길가에 나앉아 사주풀이 하는 일로 생계를 이어가나 차에 치여 절명한다는 결말이다.

이러한 지노인을 제시하여 변동하는 사회에 적응하지 못하는 인물을 주목한 작가의 시선을 통하여 연민의 정을 느끼게 했다.

1957년 『자유신문』에 연재된 「창백한 성좌」에는 일본에 유학한 마름집 아들 윤상호와 연애하는 이혜순 선생이 등장한다. 두 사람은 혼인을 약속했으나, 이혜순은 처녀로 임신하여 출산한 딸 지연을 기르게 된다. 이혜순은 딸을 외국유학을 보내어 사회적으로 안정된 삶을 살기를 염원한다. 한편, 윤상호는 동경서 일본인 여성과 이미 혼인한 인물로 설정되어 있다.

그런데, 이혜순 선생 집에 세 들어 온 중년의 피아노 선생과 딸 지연이 사귀게 되며, 동시에 이혜순 선생과도 정을 통하게 된다. 이러한 욕망의 엇갈림을 묘사하여 전통적인 인간의식이 변모해가는 1950년대 애욕의 풍속도를 그려내고 있다.

가족이라는 인간관계의 도덕적 연결고리를 중요하게 인식하고 지켜온 전통적 가족의식이, 세속적 및 쾌락적 욕망에 의하여 훼손되는 과정을, 두 남성 윤상호와 피아노 선생을 통해 작가는 비판적으로 묘사하고 있다.

다음으로 분단시대의 혼란과 전쟁을 통해 희생을 치른 1950년대의 고통스런 사회 풍경이 여러모로 분석되고 비판되고 있음을 알 수 있다. 이러한 작가의 관찰에서 주제의 심화과정을 엿볼 수 있다. 국토 분단과 전쟁에 의해 가족과 그 안정된 생계의 지반을 잃은 피란민의 삶을 관찰하고, 그 내부에 도사린 비리와 모순을 드러내 보이며, 고통의 실체를 인식하게 한다.

그러한 제재들 중의 하나인 「강남피혁상회지(江南皮革商會志)」(1953)가 있다. 이 작품에는 피란민 가족이 소개된다.

길수는 한 다리로 왼쪽 볼기짝을 고이고 꽁무니가 다 타버린 담뱃재를 들여다보고 앉아 있다. 치질도 암치질이라 해서 장정신체검사에 합격이 못된 것을 때로는 건성으로, 때로는 정말로 탄식하며 넝마장사를 하는 홀어머니와 소학교에 다니는 누이동생에게까지 자기는 주체스런 짐이라고 미안쩍어하며 그러나 어떻게도 할 수 없이 늘 그렇게 빈 방을 지키고 있었다.

— 「강남피혁상회지(江南皮革商會志)」 부분[3]

이처럼, 구체적으로 한 피란민 가족의 생활 모습을 제시하고, 그 가족 내부에 서려 있는 좌절감이나 불만족이라는 심리풍경의 약도를 드러내고 있다. 각박한 삶의 풍경인 동시에 50년대의 많은 사람들이 겪어야 했던 있음 직한 심리 징후이기도 하다.

길수라는 청년은 강남피혁상회에 취직은 되지만 별반 하는 일이 없고, 무슨 일을 하는지도 모르는 회사 직원이 되어 잡심부름이나 하거나 서류 정리를 한다. 흔히 담배꽁초를 찾아 피우고 지낸다.

사장과 상무가 있고 전무도 있기는 하나, 사업의 내용이 전혀 보이지 않는다. 어쩌다 손님이 오면 다방에 안내하거나, 저녁때가 되면 대폿집에 모여 외상술을 마시거나 한다. 어떻게 하여 거간 역할을 하여 구전이 생기면 돈을 나누기도 한다. 길수도 이십만 원을 한번 받았지만, 피혁을 무역한 것인지, 그 출처가 불명한 것이고, 또 거기 찾아오는 사장의 동창도 초라하기 짝이 없어 그 정체가 불명하다.

이야기의 끝부분을 소개하면 다음과 같다. 찾아온 동창의 말이다.

---

3) 『한국문학전집』 20, 어문각, 1978, 504쪽.

"…나 오늘 자네 회사에 구걸을 왔어. 무슨 수가 있을까 하구 왔지… (…
중략…)"

— 「강남피혁상회지(江南皮革商會志)」 부분4)

이러한 결말부의 말 속에 6 · 25 직후의 삶이 요약되고 있음을 짐작할
수 있을 것이다. 작품의 서술자는 전체적으로 관찰의 입지를 견지하여,
동정이나 인정주의에 의하여 내용을 감상화하지 않고 있음에 유의하게
된다. 한 시기의 사회적 고통과 그 실상이 객관적으로 인식되게 한 묘사
기법이라 하겠다.

이러한 작가의 현실 인식의 맥락은 1960년대로 이어지고 있다. 이 시기
에 사회적 빈곤의 문제가 주요한 것으로 작품에 취재되고 있다. 예를 든
다면 「하늘과 땅」(『현대문학』, 1968. 10)에 등장하는 호떡장수 추노인의
처지가 그러하다. 국민학교 담 밑에 리어카를 세워놓고 추노인은 호떡장
사로 생계를 꾸려 나간다. 그런데 맞은편에 새로 "돌팔이" 여인네가 애교
를 부리며 호떡을 구워 팔고 있으니, 추노인의 단골이었던 복덕방 사람들
이 모두 새로 난 호떡집으로 몰려가 호떡 품평을 하며 사 먹게 되어, 추노
인의 매상고가 떨어지고 생계까지 영향을 받게 된다.

"돌팔이" 여인네는 복덕방 사람들에게 "빙글 빙글" 웃어가며 "기름이
상질이라예, 냄새가 히얀하게" 좋다고 애교를 부리며 호떡을 파니 모두
그리로만 손님들이 몰려가 버린다. 여기서 "돌팔이" 여인의 애교가 상품
판매의 이점이 되어 추노인의 수입에 타격을 주는바, 판매책략의 주요한
요건이 됨을 알려준다.

이렇게 되어 추노인은 그의 생계에 타격을 받고, 나이든 남편을 군에
보내고 아이를 기르는 며느리를 볼 면목이 없게 된다.

---

4) 위의 책, 516쪽.

여기에 보이는 갈등은 리어카 장사끼리의 경쟁이고, 그 경쟁에서 밀려 나는 노인의 가난을 통하여 빈곤층을 조명한 것이다. 이야기의 결말부분에 이르러, 담장집 주인 아주머니가 추노인이 굽는 호떡기름 냄새를 이유로 떠나 달라는 요구까지 하게 된다. 그러나 "돌팔이" 여인네는 그 담장집 주인의 말을 무시하고 소리치며 호떡을 선전한다. 이렇게 되어 말싸움이 일어 구경꾼들이 모여들고 소란해지니, 추노인은 백차가 오면 큰일이라며 리어카를 끌고 학교 모퉁이를 돌아가 버린다. 그러나 "돌팔이" 여인은 뱃심좋게 호떡을 팔고 버티고 있을 때, 추노인이 나타나 "돌팔이" 여인의 리어카를 끌고 건너편 담모퉁이로 가버리니, 할 수 없이 그녀도 그녀의 리어카를 따라 이동하게 된다.

　이처럼, 리어카 장사들의 경쟁과, 또 주변 사람들의 간섭, 경찰의 감독 등에 의해 호떡장사조차 불안정한 상태에 놓여 있음을 밝혀내고 있다.

　이러한 작가의 관심에서, 1960년대의 여러 작품들을 통해 사회의 저변층 즉 피난민, 실향민, 무직자들의 고통을 되풀이하여 구체적으로 조명해 내고 있다. 단편 「세한부(歲寒賦)」(『현대문학』, 1967. 5)도 맥락을 같이 하고 있다. 아들의 진학문제를 두고 고민하던 아버지가 친구인 사장을 만나 사정을 호소하고자 하나 뜻대로 되지 않자, 부자가 자결한다는 내용이다.

　그 밖에도 「행복한 산신」(『현대문학』, 1967. 8)에서도 소외된 노인의 이야기가 나온다. 큰 아들, 조카 등은 사회적으로 안정된 직장생활을 하지만, 시골에 남겨진 늙은 아버지와 딸은 최저생활을 한다는 내용이다. 가족 내부의 성원 사이에서 빚어지는 소외 현상을 개인 중심의 이기주기와 관련시켜 작품화했다고 보인다.

　그런데, 단편 「갈가마귀 그 소리」(『현대문학』, 1970. 11)는 가난과 얽혀 있는 문제를 다루고는 있으나, 보다 더 가족 구성의 전통적 일면에 내장된 모순의 문제와 개인의 도덕의식과 관련된 내용이 제시되고 있다.

약혼자가 어린 나이에 병사하니, 그 약혼녀는 결혼도 하지 못했음에도 불구하고 장례를 치르고 3년 동안 거상한다. 그 후 그녀의 부모는 처녀 청상이 된 딸을 위하여 송영감과 도주케 하여 구만주 땅에서 착실한 농가를 이루어 살게 하고, 노후를 지내게 된다. 그런데, 죽은 신랑의 양자는 고을댁이 잘 산다는 소문을 듣고 찾아가 아들이 어머니를 뫼시고 살아야 함을 간청하니, 고을댁은 송영감과 헤어지고 가산을 반분한 재물을 가지고 양자 집에 와 죽은 전남편의 면례를 성의를 다하여 치르고, 친척 등과 마을 동민들에게 칭찬을 받는다.

그러나, 이와는 반대로 양자 천수와 천수의 처는 혼례도 올리지 못한 옛 남편의 무덤을 면례함에 지나치게 낭비한다고 비난하고 타박하게 된다. 고을댁이 택한 전남편에 대한 의리와 개인적 속죄 의도와 달리, 심하게 어긋난 처지에 놓인다. 귀향이 무의미하게 된 것이다. 작가는 전통적 가족의식 속에 도사린 운명의 아이러니를 조명해내고 있다.

이처럼, 전통적 가족의 도덕의식이 가난이나 금전의 문제에 얽혀 폄하되고, 오히려 고을댁이 재가한 사실을 들어 비난을 받은 반어적 현상을 묘사하여, 그 내재적 어려움과 갈등을 선명히 노출시키고 있다.

이러한 이야기에서 한국의 여성이 겪어야만 했던 숙명적 고통이 과장 없이 추구되고 있다.

가족사적인 관점에서나, 빈곤과 도덕의식의 관련성에서나 높게 평가받을 만한 수작이라고 하겠다.

이 한 작품을 통해 손소희 소설의 미적 가치가 한국 단편소설의 사적 위치에 확고한 자리를 차지하게 되었다.

고을댁은 양자의 천대를 받으며 갈가마귀의 울음소리를 들으며 다음과 같이 뇌이고 있다.

"영감, 갈가마귀 우는 소리를 앙이 들었더면 좋았겠읍지? 내가 갈가마귀 같이 고향을 찾아 그곳으 떠나온 것은 잘한 일인지 앙인지 갈가마귀게다 묻고 싶꼬마. 앙이 역시 잘한 일이겠습지비…"

— 「갈가마귀 그 소리」 부분, 금강출판사, 1971, 330~331쪽

이렇게 운명의 반전 또는 역전을 스스로 감내하는 고을댁의 심정에 담긴바, 절의를 지키려는 인고의 자세에 여성의 희생정신이 숨쉬고 있음을 볼 수 있게 했다. 여기서 갈가마귀 소리는 귀향을 암시하는 의미도 있고, 동시에 간고한 운명을 상징하는 음성시학적 장치로서, 작품 전체의 주제를 특징 짓고 있다.

작품의 구성면이나, 사실적이며 암유적인 묘사에 있어서나, 현진건의 명편이나 이태준의 수준 높은 작품들 그리고 광복 후의 황순원의 몇몇 수작에 비견될 만한 또 하나의 명편이라 평가된다.

3. 장편에 나타난 민족의식

앞에서 말한 바와 같이, 작가의 연보에 의하면 1939년부터 1943년까지 구만주에 체재하며 기자생활도 체험했고 도서관에도 근무한 것으로 기록되고 있다.

이 지역에 체재하여 구만주 지역에서 일본인으로부터의 차별 대우를 받은 일이 있었는지는 기록에 나타나 있지 않다. 그러나 장편소설 『남풍(南風)』(을유문화사, 1963. 2)에서는 그러한 민족차별의 문제가 보임과 동시에 구시대적 도덕의식에 의하여 희생되는 여인상이 제시되고 있다.

최남희와 진세영 두 남녀의 연애를 주요하게 다루면서, 마을의 지도자인 최남희의 아버지 최치만에 의해 구도덕의 질서를 유지하는 내용이 조명된다.

진세영의 어머니는 과수댁으로 잉태하여 마을의 기강을 어지럽혔다는 이유로 처벌을 받는다. 그런데, 진세영의 어머니는 수치심 때문에 스스로

목숨을 끊었으므로, 시신이 들어있는 관을 앞에 놓고 마을 주민이 모인 가운데서 치죄한다는 기괴한 이야기가 보인다.

북촌 양반의 가문과 어울리지 않게, 최남희는 바로 그 동민들 앞에서 태형을 받은 정절을 지키지 못한 과수댁의 아들 진세영과 연애를 하니, 마을의 지도자인 최치만이 둘 사이의 결합을 단호히 반대하게 된다.

한편 진세영은, 고향을 등지고 뜻을 세워 일본의 한 의과대학을 졸업하고 귀향한 것은 오직 최남희와 혼인하고 싶어서였는데, 그녀의 아버지로부터 정면으로 거절당한다. 그는 만주땅 신경에 있는 의과대학 부속병원의 외과의사로 근무하게 된다.

최남희는 아버지가 정혼해준 하동사람 이상준과 강제로 혼인하게 되나, 이상준이 마약 밀수에 연루되고 직을 잃게 된다. 최남희는 점점 신경이 쇠약해지고 나중에는 우울증이 되고 끝내는 정신 이상자가 되어 친정에 와 살게 된다.

이러한 이야기를 펼침에서, 전통사회의 풍속과 규범에 묶인 여성이 치르는 희생이 얼마나 가혹한가를 작가는 밝혀 보이고 있다.

최남희는 남편 이상준이 투옥되어 면회 차 신경에 왔을 때, 마침 콜레라병이 만연하여 거리의 방역반에게 예방주사를 맞게 되었고, 우연히 진세영을 만나게 된다. 그러나 그때에 진세영은 그녀의 숙소를 찾았으나 만나지 못하고, 후에 그녀가 정신분열증 환자가 되어 고향 친가에 가 있는 것을, 그녀의 오빠에게 듣게 된다.

만주 신경의 병원생활에서 일인 의사들에게서 소외된 진세영의 생활이 보이면서, 일인 여성 간호원 오까 유리꼬는 진세영을 사랑하나 세영 스스로는 조선인이므로 결혼할 수 없다고 거절한다. 오까는 장질부사로 끝내 사망한다.

이러한 사람관계의 엇갈림 속에서, 간호원 미다는, 진세영에게 수술을 받고 치료받는 한국인 여성 황여사가 그녀의 친어머니인 것을 알면서도 딸인 것을 밝히지 않고, 자신은 일본인인 것을 내세우는, 심한 종족적 편견을 드러내는 인물로 등장한다.

전쟁이 끝나자 만주에 소련군이 들어오고, 조선인, 일본인의 귀국 행렬이 이어지고, 세영도 남희의 오빠 최동준이 있는 주을로 와 개인 병원을 차리고 남희를 데려와 치료하게 된다. 이러한 소용돌이 속에서도 최동준은 주을 온천 선장호텔을 경영한 무라이 형제들과 그 아버지를 굴에 숨겨두고 식량 도움을 주고 보호하게 된다. 진세영도 그들을 도왔으나 일인들은 자결하기도 하고 도망가기도 했다는 내용이 다루어지고 있다.

이처럼, 진세영, 최동준 등의 행위를 통해 작가는 인정주의가 아닌 인도주의적 삶의 의식을 드러내고 있고, 나아가 한국인을 억압하고 인권을 유린한 일인들에게까지 인간적 우애정신을 보여주고 있다.

최치만 노인은, 인민재판에서 진세영의 모와 사귀어 잉태시킨 사실이 밝혀지고, 또 농민을 착취한 지주로서 비행장의 터를 닦는 강제노동의 처벌을 받게 되고, 끝내 자결하고 만다.

결말부에서 최남희는 다리 폭파 때 그 충격으로 정신착란 상태를 벗어나나, 그 순간 폭음에 의하여 진세영은 귀머거리가 되어버린다. 진세영은 최남희의 귀를 가려주었기 때문에 자신의 귀를 가리지 못하여 그러한 결과가 되었다.

이야기의 펼침 전체가 개인의 운명을 밝히는 짜임이고, 여인들의 희생이 두드러지게 부각되고 있다. 전통적 가치 인식의 중압과 시대적 압력에 의해 개인의 운명이 결정되는 사실을 질감 있게 묘사한 또 하나의 수작임을 알 수 있다. 그리고 손소희의 인간애 정신이 드러난 수작임을 재확인하게 된다.

다음은 장편 『그 캄캄한 밤을』(『한국문학』, 1974. 3~1975. 2 연재)을 살펴보기로 하겠다. 이 작품의 "후기"에 작품 제작의 중심의도를 말한 곳을 참고하려고 한다.

'지금은 잊혀져가는 일식(日蝕)의 계절, 1920년대에서 1940년대에 이르는 20여 년 동안 피끓는 가슴을 오직 조국의 제단(祭壇)에 바친 순국열사와 의사 지사들의 얼과 넋을 애도하는 촛불로서 이 작품은 불켜지고자 한다'
　　　　　　　—『그 캄캄한 밤을』 후기, 한국문학사, 1982, 299쪽

일제강점기를 살아본 사람이라면 위에 기록된 바와 같이 항일투쟁을 위해 목숨을 바친 영령들께 경건한 마음을 가지게 마련일 것이다. 더구나 구만주에서 살면서 항일투쟁을 해온 여러 애국지사들의 이야기나 영웅적인 투쟁을 적지 않게 들었을 수도 있을 것이다. 그런 점에서 작가의 창작 동기나 목표 같은 게 우러나, 여러 사료를 조사 검토하며 창작했을 것으로 짐작된다.

작중 인물 최용준은 독립군으로 떠난 정상홍의 행방과 소식을 더듬어 길을 떠나와, 러시아의 자유시(自由市) 부라코베센스크(Blacovescensk)까지 이른다.

그런데 용정에 있는 일본 총영사관에 근무하는 경찰의 부하이며 밀정인 김진수는 최용준을 찾고 있어, 자유시의 숙박업자 이원재가 그 사실을 규지하고 최용준을 도와준다.

이원재는 일본인들의 만행에 복수할 결심을 하고 원산을 거쳐 블라디보스토크에서 독립군의 말먹이 담당으로 일한다. 그 아내는 러시아인의 집에서 심부름을 하고 통역도 하며 지내다가 이원재와 함께 자유시로 이주한다. 여기서 독립군 지망자 수가 크게 늘어나게 되고, 이원재도 독립군의 하급 지휘관이 되어 병기 훈련을 실시하게 된다.

한편, 이동휘 장군이 사회당을 조직하여 당수가 되고 상해파 고려공산당으로서 그 세력이 커진다. 이 무렵 치타에 적군의 완충정부 "부펠"(buffer state)이 만들어진다. 큰 세력을 이룬 이동휘 장군이 치타를 장악하자, 이미 1918년에 조직된 치타의 한인공산당이 일어나 주도권 싸움을 일으키니, 독립군의 주목적인 항일 독립투쟁의 기본목표와는 달리 두 공산

당의 각축전에서 귀중한 동포의 목숨 7~800여 명이 희생된다.[1]

이에 실망한 독립군은 이탈자가 많이 났다. 이원재 부부도 이탈하여 길냐족의 복장을 하고 하바로브스크의 광산촌에서 채금을 하여 돈을 모으고 자유시로 와 숙박업을 하며 한인들을 도와주게 된다.

청산리 전투에서 행방이 묘연해진 정상흥의 소재와 소문을 찾아온 최용준을 미행하는 밀정이 있음을 간파한 이원재는, 최용준을 질라깨족의 배에 태워 미행자를 완전히 따돌리고, 23일 만에 이만과 흥개호의 중간지역의 전태호라는 안동 출신 한국인 집에 유하게 된다. 전태호도 그 아버지가 일본인을 살해하고 총살을 당한 후 외갓집에 솔가해 있다가 러시아로 이주했다. 전태호는 러시아인 살리예프의 관리인으로 지내다 흥개호 지역 한인들의 농사짓는 곳으로 이주해왔다.

이러한 이야기의 펼침에서, 1920년대를 전후한 구만주 지역과 러시아 지역에 이민해온 한인들은, 그 배경에 항일의식이 깊게 뿌리내린 사람들이었고, 직접 항일투쟁에 가담한 가족들 및 관련된 사람들임을 알 수 있다.

최용준은 전태호의 집에서 말을 타다가 낙마하여 발을 다쳐 이만의 병원에 입원하게 되고, 여기서 카츄사라는 간호원과 알게 된다. 카츄사는 한국어, 러시아어도 말하는데, 그 외조부가 한국인이고, 의병으로서 구한말에 일본인을 살해하고 시베리아로 이주해온 사람이다.

그리고 나중에 독립군 장군 이석으로 밝혀지지만, 몽고인 아므로 씨도 최용준과 같은 병실에서 알게 된다. 퇴원 후 아므로 씨가 떠나며 최용준에게 꼭 흥안령에 있는 자기 집으로 오라는 말을 남기고 떠난다. 같은 방에 정상흠이라는 사람도 같이 지내며 알게 된다.

이야기는 이석 장군 집에 모이어, 최용준과 카츄사(한국 이름 정진주)

---

1) 자유시 사건 : 상해파 고려공산당과 치타파 한인공산당의 격돌로 희생자가 700여 명에 이르렀다. 이기백, 『한국사신론』(1982, 개정판, 428쪽)에는 '자유시사변'으로만 기술되었다.

와 결혼하게 되고, 이석 장군의 독립군 조직 이야기들이 보인다. 이석 장군의 이야기에서, 장작림의 비호를 받던 조선독립군은 장작림이 서거하고 아들 장학량이 권력을 장악하게 되자 강제로 무장해제를 당한 이야기도 밝혀지고 있다.[2]

한편 정상흠은 죽은 아들 정상홍의 넋을 찾아 구만주와 시베리아를 유랑하는 인물로 등장한다. 이석 장군의 항일 전투 회고담에 정상홍 독립군의 충성스런 전투담도 소개된다. 이 장면에서 정상홍은 소년 독립군 조흥준의 아버지로, 본명은 조두옥 씨로 밝혀진다. 조흥준은 학생 때부터 독립군 군수 물자를 비밀리에 송달하는 중요한 책무를 이행해온 학생으로, 후에 이석 장군의 기관총 사수로 전사했다.

이석 장군의 회고담에 담긴 소년 조흥준을 다음과 같이 그리고 있다.

> 유연하게 피어있던 한 송이 겨레의 꽃이여,
> 지구 최후의 밤을 탈출해 온 소년이여,
> 그 연연한 생명의 목줄기를 뽑아들고
> 동족을 지키던 어린 넋이여
> ―「그 캄캄한 밤을」, 한국문학사, 1982, 186쪽

이 이야기에서 독립운동에 가담하는 행위나 결의가 감동이나 열정만이 아니고, 목숨을 바쳐 헌신해야 하는 현실적인 일이고, 그것은 민족의 역사적 과제인 조선독립을 위해 일제와 전투행위를 전제로 한 독립군을 조직하고 활동한 내용임을 규지하게 한다.

독립군 총사령관 김좌진 장군의 휘하에 있으면서 몽고와 러시아의 접

---

2) 장작림(張作霖, 1875~1928) : 구만주를 지배한 군벌. 1918년 동삼성순관사, 1919년 길림성 장악.
   장학량(張學良, 1901~) : 장작림의 아들.

경지대에서 체코군의 협력을 얻어 체코제 병기를 공급받은 이야기, 북로 군정서의 사관생도와 병력 모두가 국내파 민족주의자들의 협력으로 무장한 일, 일본군이 조선인 3만여 명을 학살한 이야기 등이 회고된다.

이석 장군은 재기할 계획으로 외몽고 수렵지구로 들어가 오론촌족과 접촉하고 추장 만가부(萬家富)에게 친절히 하여 독립군으로 편성하는 계획을 꾸민다. 뜻한 대로 300여 명의 오론촌 청년들을 무장까지 시키기에 이른다.

그러나 1930년 정월달 총사령관 김좌진 장군이 암살당한 소식에 이석 장군은 통곡하며, 상해로 투쟁의 근거지를 옮기는 것으로 이야기는 마무리되고 있다.

이 작품에 등장하는 인물들은 반역자를 제외한 모든 사람들이 민족주의자들로서 일군과 전투하여 조선의 독립을 꾀하는 일에 헌신한다. 이러한 이야기에서, 민족의식에 의해 개인의 운명이 결정되는 이념형의 인물들이 활동한 내용을 담은 문학작품임을 알 수 있다.

이 작품의 구조상 주목할 점은, 최용준이 길 떠남과 이르는 곳마다 만나거나 알게 되는 사람들과의 이야기로 꾸며진 것이다.

일종의 나그네 기록자의 시선으로 그 만나는 사람들의 내력을 소개하는 이야기로 짜여진 서사구조라고 말할 수 있다. 또 한 편의 뛰어난 손소희 문학으로 평가할 수 있을 것이다.

이야기를 이끌며 펼쳐가는 주동적 인물 최용준의 긴 나그네 길에 얽힌 항일 독립투쟁과 그 고난의 이야기가 설득력 있게 짜여진바 주목되는 역작이라 하겠다.

앞에서 살펴본 바와 같이, 단편소설에서는 가난과 부적응의 문제가 주요하게 나타나 있다.

단편 「이라기」에서는 독립운동에 참가한 남편이 광복 후 니나라는 외국 여성을 데리고 오므로, 고생하며 기다렸던 젊은 부인이 배신을 당했다는 내용으로, 결혼과 어긋남의 문제가 다루어지는 한편 민족운동이라는 시대적 과제에 얽힌 삶의 모순이 보인다.

단편 「창포 필 무렵」에서는 한 소년의 사춘기의 연애 감정과 질투심으로 점철되는 내용이 보이고, 끝내는 연모하는 환자였던 연상의 처녀를 심한 질투심으로 인하여 죽음에 이르게 한다는 이야기이다. 이 작품에서도 기대와 어긋남의 문제를 조명하였다. 그리고 「창백한 성좌」에서는 여대생인 딸과 중년의 어머니가 한 중년 남자를 사이에 두고 일어나는 애욕의 이반 문제가 보이고 있다.

딸과 어머니 사이는 가족간의 윤리의 문제로, 중간에 끼어든 중년 남자와는 욕망의 문제로 얽혀 있다. 이러한 애정문제는 단편 「갈가마귀 그 소리」에서보다 더 전통적 가족관계의 도덕적 연결고리와 여인의 운명의 문제로 심화되어 주목할 만한 수작을 창작했고, 이 한 편으로써 한국 소설사에 빛날 수작을 남기고 있다.

다른 단편들에서는 주요하게 50년대와 60년대를 배경으로 한 가난과 부적응의 문제가 추구되고 있다.

일련의 이러한 부적응의 문제 추구의 작품들 중에서, 단편 「강남피혁상회지」의 인물들의 행위와 그들을 지켜보는 길수라는 인물이 보여주는 시각이 흥미롭다. 이 작품의 특징이라면, 피혁상회라는 간판만 세든 방에 걸어놓고 거간으로서 구전을 챙기는 행위라고 하겠다. 실향민 또는 월남해온 인물들의 곤궁한 삶이 암시되어, 시대의 배경을 투시한 좋은 작품이라고 할 것이다.

이와 유사한 맥락에서 호떡장수 노인과 "돌팔이" 여인과의 갈등이 「하늘과 땅」에 잘 묘사되어 있고, 1950년대와 60년대 빈민층의 생활고의 한 단면이 선명히 노출되고 있다.

장편소설에 있어서는 일제치하에 사는 피지배자로서의 한국인의 삶의 고통과 구한말을 이어 오는 전통적 봉건제의 삶의 의식과 근대적 인간의식과의 격심한 대립과 갈등이 분석되고 있다. 구만주 지역에서 일본인과 한국인의 인종적 차별의식도 구체적으로 묘사되면서 피지배자의 입지가 인식되게 하고 있다. 장편 『남풍』의 진세영은 전통적 가족윤리의 희생자 이지만, 그러나 그러한 시대적 장애를 극복하고 하나의 의지적 인간상으로 묘사되면서 인간애 넘치는 성격을 견지하고 있다. 이와 짝이 되는 최남희는, 그녀 자신의 희생을 통하여 가치변동기의, 즉 구시대의 전통과 근대적 평등의식 또는 개인존중의 논리 사이의 갈등이 구체화되고 설득력 있게 천명되고 여인의 간고한 운명이 부조되고 있다.

일제강점기의 민족문제와 나란히 항일 투쟁의 문제를 펼쳐보인 장편 『그 캄캄한 밤을』에 이르러 몇 사람의 인물들이 감동 깊게 묘사되고 있다.

독립운동에 참가한 동향인을 찾아 길 떠나는 최용준을 따라가며, 그와 만나는 사람들의 내력과 함께 구만주 지역과 극동러시아 지역에서 독립운동에 헌신한 큰 뜻을 품은 한국인들의 저항과 투쟁의 내용들이 구체화된다.

이석 장군은 항일전투를 지휘한 인물로서 그 항일투쟁의 의지가 굳고 탁월한 지도적 역할을 하는 인물로 묘사되고 있고, 몽고족을 끌어들여 조선독립군으로 무장시킬 정도로 활동하는 역량이 뛰어난 장군으로 형상화되고 있다.

자유시의 숙박업자 이원재는, 항일운동의 선봉에 섰던 하급장교로 군사훈련까지 한 독립군의 군관이었으나, 상해파 고려공산당과 치타파 공산당 계열의 대립으로 일제와 전투도 하지 못하고 동족 간에 싸워 인명손실을 크게 본 사건의 목격자로서, 크게 실망하고 독립군을 이탈한다.

이러한 인물의 체험담을 제시하여, 독립운동의 분열상 및 대립상이 매우 격했고, 조선인의 응집력이 부족한 사실도 명백히 분석적으로 천명되고 있다.

최용준이 만나는 전태호는 선량하면서도 인간미가 있고 동시에 꿋꿋하게 민족의 장래를 위해 살아가는 의지적 농민상으로 묘사되고 있다. 전태호가 보여주는 호의는 톨스토이적 인도주의의 맥을 잇고 있다 할 것이다. 그의 집에 선 큰 나무에 설치한 "루즈다니크"의 삽화도, 이야기 전체의 상징적 장치로서, 인간애가 넘치는 서사 삽화로서 뜻이 깊다고 할 것이다.

어린 소년으로 무기 공급, 군수품 공급에 헌신한 다음 항일 전투에서 전사한, 아들 조흥준의 혼을 찾아 구만주, 몽고, 러시아를 떠도는 조두옥 씨의 방랑의 길 또한 독자들의 심금을 울리는 서사로 묘사되고 있다. 살아가는 목표가 오직 조국광복에 있었고, 그 때문에 목숨을 건 인물들에 관한, 역사적 진실에 입각한 손소희 작가의 애정 깊은 관찰과 묘사는 돋보인다.

다음으로는 조선독립군에게 무기를 공급해준 체코군의 협력문제도 밝혀지고, 카츄사와 그 외조부의 감동어린 이야기도 보인다.

이 밖에도 「우기의 해와 달」에서, 장편 『남풍』의 진세영과 최남희의 이야기가 이어지며, 내용은 국민방위군의 부정사건으로 희생되는 장정들을 상세히 발굴하여 묘사하여, 1950년대 6·25전쟁의 한 부분을 작품화하였다. 군의 비리와 비인간적 처사가 면밀히 묘사되었다.

4. 맺음말

손소희 문학이 지닌 소설사적 위치는 재조정되어야 할 것으로 보인다. 박화성, 강경애, 최정희, 손소희, 박경리로 이어지는 여류소설가의 계보뿐만 아니라, 1950년대의 작가로서 소설사의 위치에서 보아 확고한 지위에 있음을 알 수 있었다.

(참고서적 : 『손소희의 문학 전집』, 나남, 1989.)

문학의 제재로서의 바다와 그 역사적 인식

1. 머리말

우리 문학작품 중 바다를 제재로 한 예들이 적지 않음으로 한국 문학작품에 나타난 바다의 의미가 단순하지 않을 것으로 보인다.

1994년에 간행된 『해양과 인간』[1]이라는 연구책자가 나와 있고, 같은 해 『해양문학을 찾아서』[2]가 출간되었다.

위 두 연구서에 보인 바다를 제재로 한 문학작품들의 범위가 매우 넓고 다양하여 여기서는 필자가 읽었던 작품들에 한정하여 말하려고 한다.

그리고 바다와 관련된 기록문학, 기행록, 서사작품 등을 시대의 흐름에 따라 살펴보려 한다. 시가문학에도 바다를 시적 제재로 다룬 예가 매우 많으나 그 많은 작품들을 언급할 수 없었다.

---

1) 한국해양연구소, 『해양과 인간』, 1994.
2) 조규익 · 최영호 엮음, 『해양문학을 찾아서』, 집문당, 1994.

2. 장보고와 서해의 해적(海賊)

송지영(宋志英, 1916~1989) 작가는 중국 남경 중앙대학에서 수학했다. 그 무렵 독립운동에 참여하여 1942년 일본 장기현(나가사키) 이사하야 감옥에 수감되어 1945년 10월에 주일 미군의 심사를 받고서야 풀려났다.

귀국하여, 동아일보를 비롯한 언론사에 근무하며 작품활동을 하였다. 그의 『대해도(大海濤)』는 후에 『장보고』(호암사, 1993)로 출간되었다.

이 작품에서 서술자는 한 배를 탄 스님, 학자, 상인들이 청해진을 떠나 당나라 등주(登州)로 향하는 장사배의 항해를 제시하며 이야기를 펼치고 있다. 바다의 풍랑 때문에 고통 받고 목숨을 잃지 않을까 하는 큰 두려움까지도 안고 항해하는 것으로 설정되어 있다.

> 해적의 무리들을 만나기만 하면 요행을 바랄 수는 없는 것이었다. 수백 수천을 헤아리는 신라의 순하디 순한 백성들이 놈들에게 붙잡혀 당나라의 곳곳에 팔려 불쌍하기 이를 데 없는 종살이를 하고 있는 것이었다.
>
> 물건을 빼앗기는 것은 열 번, 백번이라도 감당해 낼 수 있었지만 몸이 남의 나라의 노복으로 팔려가는 것은 차라리 없는 목숨이나 마찬가진 것이었다.[3]

위와 같은 서술자의 말은 작가의 상상적인 서사 전개로 설정된 항해자들의 심리적 동향을 서술한 것이었다. 그런데 장보고(張保皐, ~846)는 『삼국사기』 열전[4]에 수록된 인물로서, 일찍이 당나라에 가 무령군소장(武寧軍小將)이 되었다. 그리고 신라본기에 "장궁복(張弓福)"으로 기록되어 그의 청해대사로서의 역할과 사망의 이유 등이 기록되어 있었다.[5]

---

3) 송지영, 『장보고』 상, 호암출판사, 1993, 11쪽 인용.
4) 김부식 · 신호열 역, 『삼국사기』, 동서문화사, 1976, 739~741쪽.
5) 위의 책, 173~180쪽 흥덕왕, 희강왕, 민애왕, 신무왕, 문성왕조에 수록됨.

열전에 다음과 같은 기록이 보인다.

그 뒤 보고가 본국에 돌아와 흥덕왕을 뵙고 아뢰기를 '중국을 돌아보니 우리 백성을 노예로 삼고 있습니다. 그러하니 청해를 지켜 적으로 하여금 사람을 약탈하여 서쪽으로 데려가지 못하도록 하게 해주기를 원하옵니다.' 하였다. 청해는 신라의 해로(海路)의 요지로 지금은 완도(莞島)라 이른다.[6]

위와 같은 사서(史書)에 나타난 간략한 내용에 매우 중요한 핵심적인 문제가 제기되고 있다. 당나라 해적들이 "우리 백성(신라, 9세기경)을 노예로 삼고" 있다는 보고를 흥덕왕(재위 826~836)에게 드린 사실이다.

이에 대처하기 위해 장보고를 청해진대사(淸海鎭大使)로 삼아 해적활동을 해결하게 한 사실이다.

작가는 전기적 내용이 국내의 자료로는 부족했으므로, 중국 측의 자료나 당나라의 문물제도 및 유적 등 여러 자료들을 적절히 서사전개에 원용함으로써, 흔히 영웅담이 빠지기 쉬운 이적(異蹟)을 과장적으로 미화하지도 신비화하지도 않고 객관적 자세를 일정하게 유지해 작가적 시선의 일관성에 독자들은 주목하게 된다.

청해진을 떠나 등주로 가야 할 배는 풍랑을 만나게 된다. 이 대목을 작가는 다음과 같이 서술하고 있다.

사나운 비바람과 함께 밤바다는 무섭게 들끓었다. 노여움을 떨었다. 부딪치는대로 마구 삼켜버릴 것처럼, 빗물에 젖고 바람에 떨고 파도에 뒤뚝거리는 뱃사람들은 사뭇 아수라의 문턱에서 울부짖고 허우적대는 처참한 모습들이었다.
(…하략…)
"바싹 정신들을 차려! 물이 얼마쯤 되었냐?"

6) 위의 책, 739쪽 인용.

어디선가 어렴풋이 들려오는 도사공의 다급한 목소리였다.

어둠은 점점 짙어지고 빗발이 약간 가늘어지면서 바람결만 세차갔다.[7]

이 대목에서 도사공의 확신에 찬 듯한 어조와 그 말이 긴급한 상황임을 고지시키면서도 대처해야 할 확고한 의지 같은 걸 느끼게 하고 있다.

특별히 과장적으로 기술하지도 않았고, 또 위험하지만 확고히 대처하여 살아나야 할 의미가 암암리에 함축되어 있다.

도사공은 온 밤내 돛대 뿌리에 발을 붙이고 선 채 망주석처럼 제 자리를 뜨지 않았다. 어둠 속에서도 눈길만 번거로왔다. 하늘을 보고, 바다를 보고, 언제나 한결같은 표정이었다.[8]

이처럼 바다의 큰 폭풍에 시달리면서도 그에 대처해가는 도사공의 냉엄한 자세에 담긴 삶의 엄정함이나 극복의 정신이 엿보이게 묘사한 점을 작가적 시선의 객관적인 일면의 표출이라 하겠다.

이 배는 등주로 대지 못하고 태주의 한 작은 사찰 보광암(普光庵) 법운(法雲) 스님의 도움을 받아 절에서 필담을 주고받는다. 여기서 구조된 신라 사람들이 스님께 감사하자 법운스님은 다음과 같이 필담으로 답한다.

"온 천만에… 신세랄 게 있습니까? 여러분께서 이곳에 오신 것은 부처님의 뜻으로 압니다."

"아무렴요. 대자대비(大慈大悲)의 법력(法力)으로 살아온 것입지요."

(…중략…)

"부처님의 자비로움은 광대무변하여 아니 믿는 곳이 없습니다만 이 보광사는 신라와의 인연이 크게 맺어진 절이니까요. 여러분들을 마중하게 됨이

---

7) 송지영, 앞의 책, 15쪽 인용.
8) 위의 책, 17쪽 인용.

결코 우연이 아닌 줄 생각합니다."⁹⁾

이렇게 법운 스님은 말하면서, 불단 옆 벽에 길게 걸린

　지덕고은, 사천사지(至德高恩, 謝川謝地)
　회향 신라국 장대은인(廻向 新羅國 長大恩人)

이라 쓰인 비단천의 족자를 가리켰다. 항주나 소주에 오는 이들은 일부러
찾아오며, 사주(泗州), 연수향(漣水鄉), 초주(楚州) 등 여러 곳에 신라방(新羅
坊)이 있음을 일행에게 알려주었다. 그리고 장보고의 도움으로 절이 확고
히 운영됨을 알린다.

　이어서, 조난당한 신라의 배에서 내린 신라인들 중에 정년(鄭年)과 궁복
(弓福)이 있었고, 보광암에 묵는 동안에, 당인 선비 최선정(崔善貞)의 여식
소란(素蘭)을 납치범에게서 구출하고, 그 인연으로 궁복이 소란과 의남매
를 맺게 된다. 그리고 궁복은 당나라 말을 배우고, 한편 소란과 그 아버지
최선정은 당의 부패관료의 눈을 피해, 신라방에서 신라인 행세를 하며 숨
어 산다. 당의 덕종(德宗)이 타계하고 혜종(惠宗)이 즉위하자, 부패관료 이
기(李錡)도 잡혀 처형된다.

　이때 궁복과 정년은 사주자사(泗州刺使)의 부름을 받고 무술을 피력하여
칭찬받고, 당인들에게 감동을 안겨준다. 두 청년의 무예솜씨가 소문이
나, 초인(楚人)의 신라방 사람들이 찾아와 서해의 신라 어부를 납치하여
당의 노비로 팔려가 '개돼지' 처럼 목숨을 부지한다는 사실을 듣게 된다.
여기서 궁복은 의분을 느끼며 서해 당(唐) 해적의 비인도적 납치와 인신매
매의 문제를 해결하려는 결심을 굳히게 된다.

　궁복의 의남매 소란의 아버지 최선정이 목주자사가 되고 소란의 신랑

---

9) 위의 책, 31쪽 인용.

병부시랑이 은혜 갚음으로 궁복을 무령군 소장으로 임명한 후 당의 조정에서는 그를 적산포(赤山浦) 신라방에 보내어, 당의 해적 두목 해룡(海龍)의 횡포를 다스리게 하였다.

청해진 앞바다의 해적선 15척으로 신라에서 당으로, 당에서 신라로 가는 상선들을 마음대로 희롱하고 재물을 약탈하고 신라 사람을 노비로 팔고 하던 세력은 궁복의 이끄는 배 몇 척으로 산산이 부서지고 그 세력은 완전히 깨어져 버렸다.

두목 해룡이 장보고 무령군 소장에게 항복하고 그 휘하에 들어가니 서해의 당나라 해적은 종적 없이 되어, 신라·당·일의 상선과 관선(官船)들의 활동이 안전하게 되었다.

이 사실을 콜롬비아 대학의 레디어드 교수는 옛 에게 해의 희랍과 그 이웃 나라와의 상업과 문화교류에 상응함을 언급하며, 청해진의 장보고의 역할이 문화적으로 큰 성과를 이루었다고 밝힌 바 있다.[10]

작가 송지영의 『장보고』는 그의 해박한 한학적 교양과 중국 고대사의 문물제도 및 지리에 밝은 넓고 상세한 지식으로 서사 전개의 객관적 타당성이 매우 높은 작품을 창작했음을 밝혀둔다.

여기서 바다는 문화교류의 장이며, 상업과 교역의 공간이며 아울러, 신라의 국위를 높인 바 있는 의의가 깊은바 평화스런 국제교류의 기능을 지님을 알 수 있다.

이 밖에도 고구려와 수·당의 각축전에서 서해의 의미 및 백제와 당의 대결에서도 서해는 국가권력의 자존과 영역의 확보에서 그 의미는 매우 큰 것이었음을 잊어서는 안 될 것이라 보인다.

한 전기에 다음과 같이 기록되어 있다.

---

10) 1973년 가을 미 하버드대의 연구발표에서 레디어드(Ledyard. Gari, 컬럼비아 대학) 교수의 발표를 필자는 직접 들은 바 있다. 다만 현재 그 자료를 가지고 있지 못하여 오직 기억을 지니고 있을 뿐이다.

萬明의 士卒을 糾合하야 淸海에 鎭을 設하고 靑海大使로서 海上을 肅淸하야 制海權을 掌握함에 이르렀다.[11]

이로써 신라인을 납치하는 일은 없어졌고, 황해와 조선해협을 무역으로 주름잡는 주도권을 쥐고 일본 구주의 태재부(太宰府)와 무역하고 당의 견당매물사(遣唐賣物使)가 교관선(交關船)을 이끌고 당과 무역하였다. 일 · 당이 모두 청해진을 중심에 두고 무역하였고, 일본의 견당사(遣唐使)도 중국 왕래에 신라 통역의 인도를 받고, 일본의 유학생들이나 승려들 또한 신라의 통역, 신라의 선박을 이용했음을 사실(史實)로 기록하고 있다.

3. 대한해협과 몽고, 고려의 시련

몽고가 고려를 침략하기 시작한 고종(高宗) 때부터 충렬왕 때까지에 이르는 긴 기간(1214~1308) 원의 후비라이(世祖)는 고려를 지배함과 동시에 일본을 정벌하려는 두 번(1274년, 1281년)의 큰 거병이 있었다.

이 긴 100년은 고려조를 황폐케 한 후비라이의 야욕으로 인하여 역사상 있을 수 없는 비인도적 약탈이 자행되었다.

정상정(井上靖)의 명작 『풍도(風濤)』(1963)는 원 세조와 그의 야욕을 실행하던 심복들의 여러 작태에 대응했던 고려의 왕들, 고종, 원종(元宗), 충렬왕과 그 충성스런 신하들의 고민, 고려 백성들의 고통이 묘사되고 있다.

작품의 서두에 고종이 노쇠하여 태자 전(倎, 후에 원종)이 1259년 4월 굴욕의 '항표(降表)'를 가지고 원나라 헌종을 찾아가는 데서 이야기는 시작되고 있다.

11) 김상기, 『장보고』, 조선명인전 1권 방응모, 조광사, 1939, 90쪽 인용.

佛과 그 일행들은 맞은편 승천부로 건너가, 그곳에서부터 대기하고 있던 몽고의 한 부대의 감시를 받으며, 황폐한 국토를 북상하여 갔다. (…중략…) 논과 밭은 버려지고 지나는 마을에 사람이 보이지 않았다. 백성들은 몽고 군사 한 사람이라도 나타나면 산 속으로 감추든지 섬으로 피신하는 게 일상이었으니 마을에 사람의 그림자조차 찾아 볼 수는 없었다.[12)]

이러한 묘사는 고려사를 참조한 것과 시대상의 실제상황을 작가적 상상력에 의한 묘사일 것이지만, 실감 있는 한 대목이라 하겠다.

당시 몽고는 송(宋)을 공략하던 때여서 태자 전이 9월 초 대반산(大盤山)에서 헌종을 만나려 했으나 약어산에서 사망했다는 소식에 접하니, 헌종의 아우 후비라이를 만나 "항표"를 내었다. 12월 연경(燕京)에 도착했을 때 전은 부왕 고종이 승하했음을 알게 되고, 1260년 귀국하여 원종으로 왕위를 계승했다.

고려 왕조가 개경에서 강화로 천도한 것은, 이보다 앞서 1231년 몽고 침략에 의하여 불가피하게 1232년에 옮김으로써 몽고의 직접적인 병화(兵禍)를 피하려 한 것이었다. 바다를 에워싼 섬에 몽고병이 들어오지 못함을 안 고려 조정의 조치였다.

그러나 몽고는 고려의 성들을 정복하면서 다루가치(達魯花赤)라는 점령지 통치를 맡은 관리(官吏)를 두고, 민정(民政), 호구조사, 공납 징수, 운송, 역(驛), 경찰 임무를 맡게 했으니 고려조가 궁을 강화로 옮겼다 해도 그 피해는 엄청난 것이었다.

외모는 온후한 듯한 후비라이는 사실상 원종, 충렬왕 대의 모든 약탈에 혹독했던 인물이었음을 작가는 묘사하고 있다.

1266년 후비라이는 조서(詔書)에 일본으로 사관(史官)을 보내니 고려에서도 안내하는 사관을 보내도록 요청해왔다. 이 조서에서,

---

12) 정상정(井上靖), 『풍도』, 신조사, 1967, 7쪽.

風濤險阻함을 들어 거절함이 없도록 하기 바람[13]

이와 같은 조서를 받은 고려 조정은 어쩔 수 없이 받아들여 사관을 보내지만, 재상 이장용은 여러 어렵고 복잡한 상념으로 고민하였다. 작가는 다음과 같이 재상의 심정을 그리고 있다.

> 臣下들의 수반인 李慶用은 아득히 먼 들 끝에 한 줄기 검은 구름이 이는 것 같은 것을 본 듯이 생각되었다. 그 불길한 징후는 바야흐로 안에서 점차 커져 하늘의 한 곳을 덮고, 이어 하늘을 차츰 다 덮어 버리는 것 같이 생각되었다.
> 몽고가 日本에 교류를 구하는 國書를 보내는 것은, 몽고가 벌써 새로운 대상으로 일본을 먹으려는 것이었다.[14]

이러한 대목에서 보이듯이, 하나의 역사적 사실을 작품화하는 작가의 상상력이 설정된 인물의 심리적 동향을 면밀히 그려냄으로써 역사적 기술(記述)과 예술적 기교의 차이를 보이며, 동시에 등장인물 또는 설정된 성격들에게 예술적인 생기를 부여하여 사건의 정황적 진실성을 확보함을 유지하게 된다.

위에 밝힌바, 재상 이장용은 후비라이의 2차에 걸친 일본 정벌에 고려 정부와 국민들이 큰 부담을 감당하는 심히 버거운 국사를 처리하며 고민한 사실이 전개되고 있다.

이러한 몽고와 고려 정부 사이의 난제들이 얽히는 가운데 삼별초군은 고려 조정과 달리 결연히 항원(抗元)의 입지에서 몽고에게 투쟁하였다. 삼별초군의 투쟁은 원의 세력이 일본에 미치지 못하게 하는 결과를 가져온 것도 사실이고, 말하자면 섬이라는 지형적, 지리적 특성 때문에 또 그리

---

13) 위의 책, 34쪽.
14) 위의 책, 36쪽.

고 섬에서 섬으로 이동하며 항전하였으므로, 몽고의 세력은 쉽사리 일본 정벌의 야욕을 뜻대로 이루지는 못하였다.[15]

삼별초군을 정리한 후, 후비라이는 1274년 일본 정토(征討) 준비로 대선 (大船) 300척을 고려 조정이 5월까지 지어야 함을 명했고, 홍다구(洪茶丘)는 조선 감독관으로 와서 장인, 인부, 식량 등을 징집하기를 강하게 요구하며 고려 조정을 압박하고 감독했다. 10월에야 원, 한, 고려병 25,000명이 100여 척에 분승(分乘)하고 하까다까지 출병했으나 10월의 태풍으로 모두 익사하고 소수만이 살아서 귀환했다. 1281년의 정일(征日) 출병도 군의 편성이 규모는 1차보다 컸지만, 역시 폭풍으로 대패하고 극소수만이 귀환했다.

이처럼, 대한해협과 쓰시마해협에 이는 큰 태풍으로 후비라이의 야욕은 성취되지 못하고, 1294년 후비라이가 세상을 뜨게 된다.

여기서 정상정의 작품 『풍도』에 나타난바, 해협의 태풍으로 후비라이의 야욕이 결말에는 포기하게 되지만, 태풍이라는 자연의 힘과 그것이 일으키는 엄청난 해난(海難)으로 국가 간의 전쟁도 종식된다는 서사적 전개를 볼 수 있다.

여기서 밝혀둘 또 하나의 견해를 소개하려 한다.

> 당시, 고려는 장기간 항전한 끝에 점령된 상황에 있었다. 그러므로, 元寇에 대한 고려인의 입장은 가담을 강요받고, 侵略에 있어 화살받이에 세워진 바 이중의 피해자의 입장이었다. 그런데도, 日本의 교과서에는 「元 · 高麗 聯合軍」이라는 언사를 써서, 마치 고려가 자발적으로 침략할 의도가 있었던 것처럼 서술하고 있는 것은……[16]

역사적 진실을 왜곡한 것임을 지적하고 있다.

12세기 말에서 13세기를 거쳐 고려조가 겪는 엄청난 피해에서 대한해

---

15) 旗田巍, 『朝鮮과 日本人』, 勁草書房, 1983, 146~165쪽.
16) 『미촌수수(梶村秀樹)』, 조선사강담사, 1977, 55쪽.

협과 쓰시마해협의 태풍은 고려를 몽고의 압박에서 일정한 해방감이나 자율적인 국가 운영을 숨 돌려 시행할 수 있게 한 것으로도 풀이된다.

다음으로 이 시기에 불려진 실용적인 일상생활과 연관된 가요를 한 예로 들 수 있다. 고려가요의 하나인 「청산별곡」의 제6연을 보면 다음과 같다.

> 살어리 살어리 랏다
> 바ᄅ래 살어리 랏다
> ᄂᆞ무자기 구조개랑 먹고
> 바ᄅ래 살어리 랏다
>
> 얄리 얄리 얄라셩 얄라리 얄라[17]

위의 내용에서 우리의 실생활의 일면이 제시되어 있음을 보게 된다. 바다에서 생산되는 해조류나 해초 및 어패류가 식재로써 가치가 있고, 그에 의하여 삶을 지탱한다는 함의가 제시되어 있다.

이러한 작품에는 당시대의 한학(漢學)을 중심으로 한 상층 문학작품에 보이는 이념적 가치의식이나 고양보다는 실생활의 경험적 의미가 작품의 내용을 이루고 있는 듯이 보인다.

"ᄂᆞ무자기 구조개"는 고려시대 사람들만이 아니라 오늘날까지도 우리에게 있어 식재로서 유익한 바다의 생산품임에 틀림이 없다. 「청산별곡」에 제시된 물질적 대상으로서, 실생활에 필요한 가치로서, 인식된 문학작품의 하나의 예로 볼 수 있다.

이 노래는 고려시대의 유민(流民)들의 절실한 현실 인식에 의한 민요풍에 가까운 작품이라는 점을 고려할 수 있을 것이다.[18] 특히 평민들의 생

---

17) 양주동, 『여요전주』, 을유문화사, 306쪽.
18) 신동욱, 『우리 詩의 역사적 연구』, 새문사, 1981, 14~23쪽 참조.(「우리 시의 짜임과 역사적 인식」으로 개제, 서광 학술자료사, 1993 간행)

활의식과 직결된 문학작품으로서 당시대의 평민적 가락에 맞추어 만들어 진 것으로 추정된다.

이른바 "요(謠)"의 형성 배경은 평민적, 현실적 삶의 인식에 그 바탕을 두고 있는바, 평민적 생산활동이나 사회적 불균형에서 자생적으로 우러 나는 노래로 볼 수 있다. 앞의 『풍도』에 보인 바와 같이 고려시대의 원종 과 그 아들 충렬왕은 몽고의 침략과 둔전 경략(經略) 및 후비라이의 두 번 에 걸친 일본 정벌로 고려는 경제적인 착취를 당하여 백성들의 고통이 매 우 컸으며, 고려 장정들을 징집하여 노역과 병(兵)으로 채용하는 등 고려 사회는 피폐해졌었다.

이러한 사회적 배경을 통해 산중에 숨어 살거나 몽고군과 몽고 관원을 피하여 유민으로 전락한 백성들이 많았음을 짐작할 수 있겠다.[19]

이 밖에도 그 당시의 신분제 사회라는 제도 속에서, 여러 부역에 종사하 고, 조세를 내야 하는 제도 속에서 2중 3중의 고통이 심하여 앞에서 말한 바와 같이 유민이 많이 생겨나, 그들의 생활상을 반영한 노래로 보인다.

4. 해난의 실기문학: 최부의 「표해록」

해난의 기록문학 작품으로는 최부(崔溥, 1454~1504)의 「표해록(漂海錄)」 (1448)을 위시하여, 여러 작품들이 있다.[20] 최부의 글은 서술자가 자신의 체험을 순차적으로 기록한 것이므로 사실에 근거를 둔 점을 인정하고 내

---

19) 이기백, 『한국사신론』(일조각, 1976)참조. 몽고의 내침으로 고려 고종은 서울을 강화로 옮겼다. 몽고 세조 후비라이의 집권 시기(1260~1294)는 둔전 경략으로 경 제적 착취와 정일(征日)의 동병으로 고려인을 강제 징집하는 등 고려는 유민이 생 기고 고통을 당했다.

20) 김인겸, 「일동장유가」, 장덕순, 『한국문학사』, 동화문화사, 1975, 290~306쪽. 장 덕순 교수는 김인겸의 작품의 제호에 '가(歌)'를 썼으나, 기행문으로 보았다. 특 히, 이 작품은 한글로 지었는데 그 의의가 큼을 알 수 있다.

용을 검토할 수 있겠다. 그러나 그렇다 하더라도 서술자의 교양이나 관찰에 의하므로 개인의 특색이 드러나게 되리라고 생각한다.

최부는 성종 18년(1487년 9월 17일) 추쇄 경차관(왕명으로 지방에 파견되는 관직)으로 제주도에 가는 도중 전라도에 들러, 규정에 따라 아전 정보, 김중, 이정(승사랑), 손효자(나주 수배리), 최 거이사(역리), 김만산(관노), 안기(사복시), 최근 등을 인솔하여 해남에서 제주로 갈 예정으로 배를 출선할 만한 풍세를 기다렸다.

11월 11일에 제주 신임 목사 허희(許熙)와 함께 제주에 도착한 후 조천관(朝天館)에 머물고, 다음 해 5월 30일에 노복 막금(莫金)이 상복을 가지고 와 부친상을 당하였음을 알린다.

수정사 지자(智慈) 스님의 배가 견고하고 빠르니, 그 배로 돌아갈 것을 권했다. 비리를 조사한 문건, 전주부에서 가지고 온 여러 문서를 제주 목사에게 보관하게 한 후 3일 출항을 기하나, 풍우가 우려되니 제주 관원들이 만류하였다.

그런데 진무 안의가 와 동풍은 좋으니 떠나자고 말하였다. 또 다음과 같이 말하였다.

> 바다를 건너다가 사민의 배로서 뒤집혀 침몰된 일은 늘 있었지만 오직 王命을 받든 朝臣으로서는 전에 정의현감 李暹 외에는 표류되었다가 침몰된 일이 없었으니 이는 임금의 덕이 높아 하늘이 아는 때문입니다……[21]

이러한 말에서 조선시대의 관료들의 군왕의 덕과 권위 및 신하들의 나라에 충의심을 지닌 점을 이해할 수 있다. 그렇다고 하여, 출항한 배가 거센 풍랑에 무사하리라고 단언하기는 어렵다 하겠으나, 유교적 이념이 군신 간의 깊은 존경과 신뢰, 높은 덕성을 중요시한다는 사실이 명백히 나

---

21) 김찬순 역, 『기행문선집』, 조선문학예술 총 출판사, 1964.

타나 있음을 확인할 수 있는 대목이라 하겠다.

이후 배는 풍랑을 잠시 피하기 위하여 초란도(草蘭島)에 배를 대었으나 닻이 깨어져 표류(漂流)하기 시작한다.

동승한 군인 고회(高廻)의 불만이 기록되고 있으니, 풍세를 보고 배를 띄우지 않은 경솔한 출항으로 동승한 43명이 명운이 어찌될지 모르는 시련을 겪게 된다고 불만을 말하였다. 배에 물이 차니, 거이산과 최부는 옷을 꺼내어 모두에게 나누어 주었다. 그리고 물이 새는 곳을 하나하나 찾아 배를 수리하는 등 온갖 노력을 기울인다.

배는 앞을 볼 수 없는 짙은 안개 속에서 극심한 풍랑으로 인하여 살아날 가망이 전혀 없게 됨을 실감하게 된다. 여기서 최부는 다음과 같이 기록하고 있다.

초닷새, 큰 바다로 배는 표랑하고, 이날 저문 때 안개로 사방을 막아 지척을 분간할 수 없었다. 저녁에 빗발이 삼대같이 내리고 밤에 비는 멎었으나 노한 파도는 산 같고 높은 파고는 하늘에 솟고 내리는 물결은 깊은 못에 드는 듯 물결치는 소리는 천지를 찢는 듯하였다.[22]

이러한 대풍랑의 현실감 있는 묘사에서 최부의 체험적 내용의 절박감을 이해할 수 있다.

이러한 현실감에 충만한 묘사에서 성난 바다로 인한 공포감이 여실히 나타나 있다.

모두는 배가 침몰할 것을 예감하고, 최후를 각오하고, 막금과 권송이 사태가 절박하니 최후를 맞을 각오해야 함을 최부에게 울면서 말하기에 이른다.

최부는 이러한 급박하고 절망적 상황에서 다음과 같이 하늘을 향해 빌

---

22) 위의 책, 306쪽.

게 된다.

　세상을 살아 온 동안 오직 충효와 우애를 근본으로 하여 일찍이 마음에는
거짓이 없고 행동에는 원수를 만든 일이 없었으며 손으로 살상한 일도 없으
니 하늘이 높다 하되 굽어 살피리라 생각합니다.
　지금 임금의 명을 받들어 제주에 갔다가 부친상을 당하여 돌아가는 길이
오니 무슨 죄가 있는지 스스로 깨닫지 못하겠나이다.
　혹 나에게 죄가 있다면 그 벌을 나 한 몸에 가하심은 지당하오나 이 배 안
의 40여인이 나 때문에 죄없이 빠져 죽게 된다면 하늘이시어 어찌 가긍치 않
겠습니까.
　하늘이 만일 이 절박한 위기에 빠진 사람을 불상히 여긴다면 바람의 방향
을 돌리고 파도를 자게 하여 주소서23)

　이렇게 비는 최부의 심정에서 분명히 관원으로서 임무에 충실하려는
자세와 무고한 40여 생명이 잘못됨이 없게 하려는 인간애 정신이 돋보이
는 기도라 하겠다.
　배는 정월 11일 암벽에 부딪쳐, 섬에 올라 죽을 끓여 먹었으나 비바람
을 피할 곳이 없어 다시 바다로 나아갔고, 12일에 섬에 이르나 해적들에
게 식량을 강탈당하고 필문필답(筆問筆答)으로 대당국(大唐國) 절강성의 영
파부 지방인 것을 알게 되나 최부와 40여 선원들은 굶주림과 풍파에 시
달려 매우 피로한 가운데 잠들어 버리고 해적의 우두머리는 최부에게 금
은보화를 요구하며 협박하나 내줄 것이 없으니 관인, 마패 등을 강탈했
다가 다시 내어준다. 그리고 배를 강제로 밀어내어 망망대해로 떠가게
했다.
　13일, 14일 배의 표류가 다시 시작되고 선원들 모두 굶주림에 시달리게
된다. 16일에야 육지를 만나 당태주부(唐台州府) 임해현(臨海縣)임을 알게

23) 위의 책, 306쪽.

되어 태주부(台州府)까지 도망하려 하나, 마을 사람들에게 왜적으로[24] 오인되어 몽둥이를 맞는 등 심한 고통과 불안에 빠지게 된다.

19일 도저소 천호(千戶)의 심문을 받고 심한 피로와 고통을 호소하며, 신분을 밝혀 왜적이 아님을 알려, 도저소 총관과 면담하게 된다.

2월 4일 소흥부(紹興府)에서 심문을 받게 된다. 총독비왜서(總督備倭署) 도지휘첨사(都指揮僉使) 황종(黃宗)과 순시해도부사(巡視海道副使) 오문원(吳文元) 그리고 포정사분수우참의(布政司分守右參議) 진담(陳談) 등 세 관리(官吏)에게 심문을 받게 되고, 최부가 교양 있는 조선의 관원인 것이 판명된다.

여러 심문과 조사과정에서 왜적이 아닌가 여러 차례 오해받고 매 맞고 수모 당한 일이 있었으나 최부의 증언의 상세함과 가지고 있던 관인, 마패 및 수준 높은 한문 문장으로 인하여 조선 관원으로 판명된다.

그리고 처음으로 조선 관원의 직위에 합당한 대우도 받게 됨을 상세히 기록하고 있다.[25] 이렇게 하여 3월 26일부터 4월 1일까지 북경 체재 후 중국 정부가 최부 일행을 호송 귀국시키는 결정을 내리고 조선국(한국)으로 귀국하기까지 중국의 역이나 머무는 지역의 관서에서 합당한 접대를 받으며 귀국하게 된다. 6월 4일에야 의주에 도착하기까지 매우 충실히 여행한 여러 견문과 고통을 세세히 기록하고 있다.

최부의 견문에서 그의 시문에 숙달함과 한문 문장의 세련됨에 중국측 관원들이 감탄하는 등 여러 인물들과의 교유도 또한 적절히 밝혀 기행문의 내용이 풍부함을 알 수 있었다. 특히 한학의 박식함이 알려져 중국측 관원들의 찬사를 받기까지 했다.

다음으로 이방익(李邦翼, 정조조인(正祖朝人))의 「표해가(漂海歌)」[26]는 무

---

24) 片野次雄, 『이순신과 수길』, 성문당신광사, 1996, 22~23쪽 참조.

25) 김찬순, 앞의 책, 377~382쪽 참조.

26) 『청춘』 제1호, 신문관, 1914. 10. 1, 144~146쪽 수록; 이용욱, 『표 해설하고 해양문학을 찾아서』, 조규식·최영호 엮음 집문당, 1994.

과에 급제하고 유장장직(流壯將職)의 명을 띠고 9월 20일 고향 만주로 가다가 해난을 당하여 사경을 헤매게 된다는 내용이다.

기록의 양식이 국한문 혼용체이고, 4·4조의 노래체로 되어 있는 것이 특징이다. 10월 4일에 섬에 닿아 수백(水伯)의 이끌음을 따라 복건성(福建省) 팽호부(澎湖府)에 이르러 관인의 조사를 받는다.

이방익의 서술은 건물, 복색의 현란함을 기록하고, 최부의 사실적 기록보다는 화려한 과장체 문장이 그 특징이라 하겠다.

다음 해(1797년) 정월 4일 복문부(覆門府), 27일 복건, 5월 3일에 연경에 도착하고 황제에게 아뢴 후 조선관에 머물다가 6월 4일에 의주부로 건너왔다.

위 두 실기해난작품(實記海難作品)은 바다의 험난함을 경험적 사실에 근거하여 기록한바 사실적 작품이라 평가할 수 있다. 다행하게도 해난을 겪고 살아남아 중국의 남방으로부터 연경을 거쳐 조선으로 귀향하는 과정의 여러 민심, 풍물, 건축물의 호화함 등 견문을 넓히고 알리는 기행작품이라 하겠다.

5. 임진란과 이순신 장군의 해전

임진란에 관한 문학작품은 시가, 소설, 영화, 만화 등 광범한 장르에 걸쳐 있으므로 그 범위를 한정하였고, 또 여기서는 우리의 해전에 국한하여 말하려고 한다.

숭전대(숭실대) 도서관본 『임진록(壬辰錄)』은 해전에 관한 항목으로 '이순신의 해전'과 '원균과의 불화' 그리고 '이순신의 최후' 등 3장으로 한정되고, 육전에 참가한 장군, 의병장, 승군 등으로 이루어져 있다.[27]

신도(身島)를 건너 우수영에 마다시와 심안둔 두 왜장이 대해군을 이끌

---

27) 소재영, 『임진록』(숭전대본), 형설출판사, 1977.

고 내침했다. 이 해역은 협착하여 싸우기 어려우니 아군은 싸우다가 거짓 패하여 넓은 바다로 왜 선단을 유인한 후 판옥선(板屋船) 40여 척을 왜의 대선 사이로 자유로이 움직여 돌진하였다. 이 해전에서 왜의 철환이 '빗발치듯' 하였으나, 이순신 장군의 배에서는 포화로 대전하여 만여의 왜병을 전사케 하였다.[28]

위와 같은 사실에 의하면 이순신 장군의 해전의 전략이 주효했다는 점이 나타난다.

그러나 이러한 전과(戰果)를 올리기 위해 이순신 장군이 주도한 군비 정비, 거북선 제작, 군사조련, 포화 화약의 준비 및 확보와 군의 사기 진작과 군율의 엄함을 모두 갖추는 과정 및 탁월한 창의력과 지도력을 발휘한 용의주도한 충무공의 준비가 뒷받침된 점을 중요시해야 할 것이라고 생각된다.

이러한 점들을 상세히 서술 묘사한 작품은 춘원 이광수(1892~1950)의 작품에서 주로 보이고 있다.[29] 해전에서의 승리가 이루어질 만한 이야기 전개의 논리를 충분히 고려한 적절한 문학적 장치로서 묘사의 가치를 공감케 하는 점을 이해하게 된다.

1951년에 간행된 『민족의 태양』[30]에서는 이순신 장군의 문무를 겸전한 장군으로서의 고매한 인격과 지도력을 상세히 기술하고, 전과를 이룬 사실을 밝히고 있다. 지도자로서, 전략가로서, 높은 덕을 지닌 인격자로 기술한 전기작품도 있다.[31]

춘원과 이은상 두 분 작가의 저서에서 특징적인 점은 이순신 장군의 애민사상과 정의(正義)를 실현한 인격의 높은 점이 강조되어 있다는 것이다.

---

28) 위의 책, 60~61쪽 참조.
29) 이광수, 『이순신』, 삼중당, 1962, 1968 참조.
30) 이충무공기념사업회, 『민족의 태양』, 교문사, 1951.
31) 이은상, 『충무공의 생애와 사상』, 삼성문화문고, 1975.

위 저서들과 달리 숭전대본 『임진록』에서는 '사명당'의 업적을 과장적으로 서술하여 왜왕에게 항복받는 내용이 보인다. 이러한 서사 전개는 일부 역사적 근거에 의한 것이지만 임진란을 겪은 동시대 조선인 일반의 반일 감정과 적개심의 한 굴절된 반응을 상상적 장치로 제시한 것으로 보인다.

실제로 사명대사는 승군을 이끌고 임란의 전투에서 공을 세워 평양 수복에서 뚜렷한 업적을 세웠고, 1594년에는 왜장 가등청정의 진중에서 여러 차례 화의 문제를 다룬 외교적 수완을 발휘한 바 있다.

다음으로, 1597년 정유재란 때에도 울산, 순천 등지의 전투에서 공을 세우고 직위가 동지 중추부사에 올랐고, 1604년 일본에 가서 에도 정권의 장군 덕천가강과 강화를 체결하고 우리나라 포로 3,500명을 대동하여 귀국했다.[32]

춘원은 울돌목 해전에서 다음과 같이 묘사하고 있다.

> 마침 물은 썰물이 되어 이편은 물을 따라 싸우고 저편은 물을 거슬러 싸우게 되어, 이편 배들은 살같이 적선을 향하고 달려가지마는 저편 배는 아무리 힘껏 저어도 그 자리를 유지하기도 어려웠다.[33]

이처럼 조류를 이용하여, 이순신 장군은 병선 12척으로 왜선과 대전하여 승리를 이끈 것을 알 수 있다.[34] 여기서 주목되는 것은 이순신 장군은 바다의 조류를 이용하여 왜선 330척과 대전하여 승리를 이끌어낸 것이라 하겠다.

이순신 장군의 최후의 대해전 노량해전에 관한 전기에 다음과 같이 기록되어 있다. 남해, 부산, 사천 그리고 고니시가 퇴로를 찾으려던 왜병선

---

32) 이병도 외, 『인물한국사(III)』, 박우사, 1965, 460~473쪽. 이상옥, 석유정 참조.
33) 이광수, 『이광수 전집』 12, 『이순신』, 삼중당, 1968, 420쪽.
　　片野次雄, 앞의 책, 239~243쪽 참조.
34) 이충무공기념사업회, 앞의 책, 139~147쪽 참조.

등 500여 척이었는데, 노량리 앞 관음포에 집결하여, 이순신과 진린의 연합 병선들과 근거리에 대결하였다. 왜군의 충각선 위에 지휘관이 보이므로 공격하였다.

최후의 발악으로 덤벼드는 왜군들과 한 사람도 돌려보내지 않으려는 이순신 함대와의 사이에는 더욱 더 숨가쁜 격전이 전개되었다. 이 때 홀연히 날아든 총환은 한 사람의 성웅(聖雄)을 쓰러트리고 말았다.
그러나, 이순신은 쓰러지는 최후의 그 순간에도 그가 염원하던 구국의 일념에는 조금도 변함이 없었다. 그는 곁에 서있는 맏아들 회(薈)와 조카 완(莞)을 향하여,
"방패로 내 앞을 가려라. 싸움이 한참 급하다. 내가 죽었다는 말을 하지 마라."
라는 최후의 유언을 남기고 숨을 거두었다.[35]

이와 같은, 소설, 전기작품들에서 임진란 당시 해전의 여러 승전과 영웅들의 애국심을 기술하여, 3면이 바다인 우리나라의 방비가 얼마나 중요한가를 일깨우고 있다. 임진왜란에 관한 우리 문학작품이 많으며, 그 연구도 또한 적지 않다.[36] 누끼이(관정정지)의 연구에 의하면

여기에 풍신정권의 7년간에 걸친 무모한 조선 침략은 일본군의 완전한 패배에 의하여 막을 내렸다.[37]

이와 같이 임진란의 결말을 말하였다. 물론 연구가나 역사가들에 의한

---

35) 조성도, 『충무공의 생애와 사상』, 명문당, 1982, 380쪽 인용; 강철원, 『성웅이순신』, 지성문화사, 1978.
36) 김태준 외, 『임진왜란과 한국문학』, 민음사, 1992; 관정정지(貫井正之), 『풍신정권의 해외침략과 조선의병연구』, 청목서점, 1996, 59~60쪽 참조.
37) 관정정지, 위의 책, 61쪽 인용.

평가는 다양하다 하겠으나 임진란의 주도자 풍신수길이 1598년 8월 18일 타계하자 조선에 잔존했던 왜군은 총퇴각했다.

이 밖에도 많은 관계 연구서들이 있고, 특히 군사학적 관점에서 기술한 『충무공 이순신』[38]이 있다. 전기소설로 주목할 작품은 단재 신채호(1880~1936)의 『리슌신젼』[39]이 있다. 주지된바 역사학자이고 독립운동가이며 문예창작가이기도 한 단재는 명군과 진린이 조선원병 역할보다는 약탈을 자행했다는 점과 고니시의 뇌물을 받고 왜병선과 싸우지 않은 점을 밝히면서도, 이순신 장군의 높은 인격과 포용력에 의하여 진린이 감동하고, 이순신 장군의 지휘하에 복종하고 노량해전에 임한 점을 상세히 밝히고 있다.

구한말에서 일제강점기에 처한 시기의 독립투사로서 구국의 간절한 염원으로 애국계몽운동을 겸한 문예창작으로서 조선 국민을 감동케 하려는 창작의도가 명백히 드러나 있다.

이 밖에도 황패강의 『임진왜란과 실기문학』[40]이 있다. 그리고 『임진록』의 이본 연구를 집대성한 저작이 있음을 아울러 밝힌다.[41]

현대작가로서 주목되는 또 하나의 작품 박종화의 『임진왜란』[42]에 대해 조연현(趙演鉉, 1920~1981)은 박종화 역사소설의 출발점이 낭만적인 데서 출발하여, 점차 민족주의에로 그 사상이 성숙했음을 지적하였다.

> 왜장과 함께 수중에 자결하는 義妓「論介」에 대한 熱熱한 미적 표현이라든지 (…중략…) 성자와 용자를 겸한 「이순신」장군에 대한 위대한 인간상이라든지 하는 것은 모두가 박종화의 민족적인 낭만적 정신의 구체적인 발로

---

38) 해군사관학교, 『충무공 이순신』, 충무공연구위원회, 1968.
39) 송지영, 『리슌신젼』, 단재신채호 선생기념사업회, 1977. 1982 단재신채호전집
40) 황패강, 『임진왜란과 실기문학』, 일지사, 1992.
41) 임철호, 『임진록 이본연구』, 전주대학교 출판부, 1996.
42) 박종화, 『임진왜란』, 을유문화사, 1995.

가 아닐 수 없다 (…중략…) 상상적인 표현보다 사실적인 설명으로서 부산대
첩을 평가해 보이려는…[43)]

다음으로 김동욱은 조선 문학사에서 『임진록』에 관하여 『임진록』은 임
진란을 직접 경험한 안방준(1573~1654)의 작품이 먼저 나온바 충실히 기
록한 것이다. 유정 스님의 도술을 과장하여 왜의 항서를 받아 오는 것으
로 되어 있으나, 비극을 직시하지 못한 점을 지적하고, 동시에 일제 강점
기에 『임진록』을 금서로 한 것과 그 작품을 소유한 조선인을 투옥시킨 일
제를 비판하고 있다고 논급하였다.[44)]

김태준도 다음과 같이 논급하고 있다.

참혹하기 말할 수 없는 급난을 만나서 상하 일치로 전장에 나가서 의를 勵
하고 공을 경하야 용장한 기풍이 나서 (…중략…) 애국적 의분과 충용의 전
적을 경으로 하고 풍부한 자주독립의 정신을 緯로 하야 시적으로 직출한 군
담이 자못 많으니 유성룡의 징비록 (…중략…) 모다 조선류의 절의를 고창하
고 이상적 무용을 현발하였으나…[45)]

임진란과 병자호란 후의 군담소설을 그 사상적 배경을 집약하여 논급
하고 있다. 이 밖에도 조동일의 『한국문학통사』의 논평도 주목된다.

6. 어부사와 자연미

한편, 이현보(1467~1555)의 「어부사」 같은 작품은 자연에 몰입했거나
속세의 생산적 삶과는 거리가 있는 것이니 개인의 취미나 한학적 교양에

---

43) 조연현, 『한국현대작가』, 문명사, 1970, 176~182쪽 인용.
44) 김동욱, 『조선문학사』, 일본방송출판협회, 1974, 196~197쪽 참조.
45) 김태준, 『증보 조선소설사』, 학예사, 1939, 68~70쪽 인용.

바탕을 둔 작품들이라 할 것이다.

　윤선도(1587~1671)의 「어부사시사」 여러 편들도 역시 자연의 아름다움을 노래한 예가 많고, 관직에서 은퇴 후 여생을 즐기는 내용을 담은 작품들이 우세하다.

> 수국에 가을이 드니 고기마다 살져있다
> 닷드러라 닷드러라 만경창파에
> 슬카장 용여하자 지국총 지국총 어사와
> 인간을 도라보니 머도록 더욱 조타.[46]

　인용된 작품에 나타난바 가을의 '수국'을 노래한 것으로 널리 애송되는 한 편이다. 윤선도의 다른 작품들과 마찬가지로 자연을 찬양하는 시적 지향을 나타내고 있다.

　윤선도는 관직에 있으면서 유배당한 일이 있었던 인물이기도 했다. 남인과 서인 사이의 세력 겨룸에서 유배를 당하였으므로[47] 당쟁의 갈등에 관하여 크게 실망하고 은둔생활을 하며, 시가 창작에 힘썼던 것으로 알려지고 있다.

> 人間을 바라보니 머도록 더욱 조타.

　인용된 내용에, 인간세계와 멀리 떨어진 자연에서 가치를 인식한 시적 화자의 자세를 보이고 있다.

　이러한 문학작품에서 조선시대 한학적 교양인의 현실의 갈등에서 벗어

---

46) 신명균 편, 이병기 교열, 『시조집』, 중앙인쇄사, 1943, 74쪽.
47) 병자호란 때, 왕을 호종하지 않았다고 영덕에 유배, 남인 정개청의 서원 철폐문제로, 서인 송시열과 논쟁하다 삭직, 자의대비 복상문제로 서인들에 의해 유배 등 당쟁에서 여러 번 삭직, 유배당했다.

나려는 시적 의미가 나타나 있으나, 그러나 자연친화적인 삶의 인식에서 선비적 자세를 이해함 직하다. 그의 「산중신곡(山中新曲)」, 「오우가(五友歌)」 등은 우리 시가문학사에 송강 정철과 함께 기념비적 업적을 이루었다.[48]

조윤제는 다음과 같이 평하며 자연미의 문학적 표현에 담긴 작자의 미 의식을 적절히 논급하고 있다.

> 자연은 고산으로 인해 그 미가 발견되고⋯ 고산의 시조는 곧 자연의 소리 요. 자연미의 율동이다.[49]

그러나 이러한 문학적인 분리와는 달리 실제 생활과 직결된 바다의 생물을 말한 예도 있다. 정약전(丁若銓, 1758~1816)은 벼슬이 병조좌랑에 이르렀고, 천주교에 입교하여 벼슬을 버리고 전교에 힘썼다. 1801년 신유박해 당시 흑산도로 유배되었다가 이 유배지에서 우리 역사상 주목받을 『자산어보』를 저술하였다. 아마도 우리나라의 서해 바다에 사는 바닷물고기를 종류대로 도보와 함께 저술한 예는 초유의 일이 아닐 수 없다. 그의 학자적 관심에서 서해의 어종이 밝혀졌다고 하겠다. 해양문학에 관한 광범한 참고는 문학적 분야 이외에도 그 범위나 영역이 매우 넓음을 알 수 있다.[50]

7. 이념 선택과 바다의 의미

1960년대를 대표할 만한 작품은 최인훈(崔仁勳, 1936~)의 『광장(廣場)』 을 들 수 있다. 광복 후의 국토분단은 곧 자유주의와 사회주의라는 이념

---

48) 김동욱, 『국문학사』, 일신사, 1978, 184~185쪽.
49) 조윤제, 『한국문학사』, 탕구당, 1987, 216~219쪽 참조.
50) 최강현, 「한국해양문학연구」, 『해양문학을 찾아서』, 집문당, 1994, 111쪽.

의 대결을 초래했고, 이어서 남북한의 전쟁(1950~1953)으로 이어져, 미 증유의 민족적 비극을 일으키기에 이르렀다.

이 작품은 이명준이라는 지적인 청년의 체제 비판 이야기이다. 그 아버지가 일제강점기에는 항일투사였고 사회주의자로 대남방송에서 북한의 체제 우월성과 남한의 사회주의 개혁을 촉구하는 선전을 하여, 서울에서 공부하고 있는 아들 이명준이 경찰의 조사를 받는 내용이 다루어지고 있다. 그 후, 월북한 이명준은 북한에 적응하지 못하고 결국 전쟁 후 석방포로로서 중립국으로 떠나다가 행방불명이 된다는 이야기로 끝나지만, 중립국으로 떠날 결심을 할 수밖에 없었던, 이명준의 고민과 체험 내용이 말하자면 이 작품의 중심 내용이고, 동시에 6·25전쟁 전후의 사회적 배경에 깔린 여러 모순을 집약하여 감동 깊은 큰 작품을 이루어내고 있다.

이명준은 남한의 한국 정치의 부조리나 비리를 "한국정치의 광장에는 똥 오줌에 쓰레기만 더미로 쌓였어요.[51]"라고 말하며 내부모순과 비리를 오물로 대비하면서, 외국 정치는 기독교정신이 그 밑바닥에 흐르기 때문에 또 오물을 처리하지만, 한국의 당시대 정치, 사회의 풍토에 그 비리나 모순을 해결할 정화장치가 없었음을 냉엄히 비판하고 있다.

이명준은 그의 아버지 때문에 취조를 받게 된다. 이때 한 형사가 일제 때 특별 고등형사로서 사회주의자들을 잡던 이야기를 펴며, 후배 형사들에게 자랑하는 장면이 제시된다.

> 명준은 자기가 마치 일본 경찰의 특고 형사실에 와 있는 듯한 생각에 사로잡힌다. (…중략…) 빨갱이 잡는 걸 가지고 볼 때 지금이나 일본 시절이나 다름없다고 생각하고 있는 게 완연하다. 일제는 반공이다. 우리도 반공이다. 그러므로 둘은 같다라는 삼단 논법[52]

---

51) 최인훈, 『광장』, 문학과 지성사, 1976, 1988, 55쪽.
52) 위의 책, 73쪽.

이명준의 비판은 1950년대 전후의 사회적 혼란과 비리를 비판하고, 결국에는 북쪽으로 가서 기자생활도 하고 아버지도 만나게 되지만, 그곳에서도 이명준이 생각하고 기대한 가치는 찾지 못하고 심한 정신적 배반감을 맛보게 된다. 이명준은 아버지에게 다음과 같이 말한다.

제가 월북해서 본 건 대체 뭡니까? 이 무거운 공기. 어디서 이 공기가 이토록 무겁게 짓눌려 사옵니까? 인민이라구요? 인민이 어디 있습니까?[53]

북한에서도 이명준은 가치 부재를 실감하게 되고, 오직 당의 명령에 복종해야 하는 사회적 분위기에 심한 내적 갈등을 겪게 된다. 북한의 인민들은 굿만 보고 끌려 다니고 앵무새처럼 구호를 외칠 뿐, 양처럼 복종하는 허수아비 같은 삶 속에 있음을 비판한다.

북한에서 은혜라는 무용하는 여인과 사귀며, 지극히 사적인 두 사람의 사귐 속에서 위로를 받으며 살다가, 6·25전쟁통에 헤어졌다가 다시 낙동강 전투에서 만나, 한 동굴에서 밀회하게 된다.

작가는 하나의 동굴이라는 사적인 공간을 설정하여 두 사람의 사랑을 보여주면서, 살벌하고 비정한 전쟁과 대비시켜 참된 삶의 한 모습을 암시하고 있다.

북한을 '잿빛 공화국'으로 묘사한 작가의 투시력을 주목할 필요가 있다고 생각된다. 즉, 북한의 지도부의 명령만 보이고 실제로는 민생의 여러 문제들을 무시하고 도식적인 복종체제의 조직만 보일 뿐이기 때문에, '민주'라는 개념은 형식적 조직의 테두리 속에 소멸되었기 때문이라 보인다.

이명준은 저쪽의 이념과 제도에도, 또 이쪽의 제도와 이념에도 타협할 수 없는, 하나의 예외자처럼 보일 수도 있으나, 사실은 너무 순수한 정신

<hr>

53) 위의 책, 120쪽.

의 소유자이고, 창의로운 지성의 활동을 중요시하는 지적인 인물이기에 제3세계로의 선택을 할 수 밖에 없는 자기 확신의 인물이라고 할 것이다.

그런데 제3세계로 향하는 뱃길에서 이명준은 어떤 두려움, 회의에 빠진다. 발붙일 곳을 잃은 자신을 안 까닭인가.

희망의 뱃길, 새 삶의 길 아닌가. 왜 이렇게 허전한가.[54]

여기서 작가는 전쟁세대(지금은 80대쯤 된)의 어떤 지향조차도 불분명한, 그러나 분단국의 극심한 비극적 혼란과 극도의 불안함 그리고 기댈 곳 없는, 바랄 것도 없는 빈 미래에 직면했던 즉, 가치 상실이 세대의 한 표상을 비정한 역사적 시간 위에 제시하고 있다.

이명준이 탄 배가 넓은 바다를 항해할 때, 독자들은 누구나 '자유'의 집중화된 의미를 암시하는 공간임을 깨닫게 하였다. 그러나, 이 바다는 곧 순수 사유의 이념이 선택한 새로운 삶의 미래이기도 하고, 동시에 뿌리, 전통, 벗, 가족, 언어 문화적 공감의 영역에서 벗어나는 또 다른 무가치한 공허함의 의미까지도 내포한 것임을 독자들에게 알려주고 있다.

희망이나 미래에의 꿈조차도 잃어버린 한국의 세태를 역사적으로 대변한 우리 사상사와 소설사에 우뚝 솟은 기념비적 작품으로서 단연 독보적, 지적 세련성을 나타낸 명작임을 다시금 확인하게 된다.

8. 현해탄과 밀항자

대한해협과 일본의 쓰시마해협이 작품의 배경으로 포함된 예는 앞에서 다룬 작품 외에 『해협(海峽)』[55]이 있다. 작가는 재일교포 2세로 야마구치

---

54) 위의 책, 192쪽 인용.
55) 이주인 시즈카(伊集院 靜), 『해협』, 신조사, 1991, 1994.

현(山口縣) 호후시(防府市) 출생으로 한 작가 안내서에 기록되어 있다.[56]

이 작품은 다까기(高木)가와 여러 곳에서 모여들어 그곳에 의지하여 살아가는 사람들의 이야기를 서술자의 전지적 시점으로 관찰한 내용 중심으로 전개되어 있다. 서술자는 해류를 다음과 같이 묘사하였다.

> 해류는 우뚝 선 큰 나무를 닮았다.
> 樹木은 大地의 힘을 굵은 나무 줄기에서 여러 가지에 전하여 새나 벌레들에게 은혜를 베푸는 과일이나 잎을 만드는 것과 같이 海流는 많은 支流로 나뉘어, 이윽고 도착한 바다가의 토지에 풍성한 혜택을 가져온다.[57]

이러한 해류는 한국으로 흐르는 지류가 있고, 현해탄과 시모노세끼를 지나 스오우灘으로 흘러 그 북쪽의 한 항구에 이른다. 그리고 하구 쪽으로 찰싹 달라 붙듯한 양철 지붕의 집들이 있다.

여기서 서술자는 주위를 둘러보면 조수의 향은 여러 인간이 냄새로 바뀌고 "그곳이 흘러든 사람들의 모여든 근처"임을 알아차리게 된다는 것이다.

이야기는 대만 출신의 밀항자 린상의 죽음과 소년 히데오와 얽힌 이야기, 다까기(高木) 집안의 밀항자들, 북조선, 한국, 대만, 필리핀 사람들의 이야기가 펼쳐진다. 이들은 항구의 하역작업이나 토목공사 등을 하며 국적을 속이고 살아가는 사람들로, 파출소의 경관이 자주 나타나고, "야만스런 녀석들"이라고 주위 사람들의 차가운 시선을 받는다.

이 작품에서 소년 히데오의 어머니 기누는 선량하고 다정한 인물로 설정되어 있고, 아버지 다까기는 남성스럽고 행동의 선이 굵은 사업가로 묘사되고 있다. 린씨와 히데오 소년의 대화에서 다까기의 성격과 인물됨이

---

56) 「현대의 작가, 가이드」, 『국문학』 제44호 권3호 임시증간, 학등사, 1992, 2 참조.
57) 이쥬인 시즈카, 앞의 책, 5쪽 인용.

엿보인다.

> "린상은 어째서 일본에 왔어요?"
> "대만에서는 살기 어려워서 왔지요 누이와 왔지요. 나는 어른께서 받아주
> 셔서 다행이었구요"
> "아빠한테?"
> "그래요. 어른께서는 훌륭한 분이죠"[58]

　이처럼 다까기는 바다를 건너서 생계를 세우려고 온 밀항자들을 받아
들이는 마음이 크고, 담대한 인물로 묘사되어 작품 전체의 밑바닥에 흐르
는 보편적 인간애 정신을 지닌 신념이 깊은 인물로 이야기가 펼쳐짐에 따
라 점진적으로 형상화되고 있다.
　또 서사적 장치의 설정에서 "제비"와 같은 제비집을 받치는 받침대 일
과, 제비가 계절에 따라 오고 가는 자연의 생태적 논리를 일깨워 삶의 터
전을 찾아드는 밀항자들의 불법적 이주를 보다 더 근원적인 삶의 원리로
서 설득하려는 작가의 주제의식 즉, 인도적 세계주의의 의식이 펼쳐지고
있다.

> 맨 처음 제비를 본 것은 사야였다.
> "마님 제비가 왔어요"
> (…중략…)
> "바다를 건너 오니 대단하지"
> "나도 어려서 부산 항구에서 제비를 보았어"
> 사끼할머니는 말했다.
> (…중략…)
> 안채의 현관 추녀에, 동쪽 채 추녀에 사이지로가 말한대로 제비가 집을 짓
> 기 시작할 무렵, 「高木家」에 매일 형사가 찾아 왔다. 「다까기」에 밀항자가 있

---

58) 위의 책, 45~46쪽 인용.

다는 의심 때문이었다.[59]

인용문에 보이듯이, 제비는 자기 의사대로 삶의 터전을 찾아 바다를 건너와 보금자리를 마련한다는 자연의 생태적 현상을 들어 그 자유로운 삶의 의식이 선명히 노출되게 하였다. "제비"의 자유로움과 밀항자들의 국경을 넘는 법적 제한이라는 큰 장애를 암암리에 비교한 서사적 장치로서 작가의 이념적 설득력을 높이는 내용이라 보인다.

> 그 당시, 한국이나 대만에서 일본으로 밀항하는 이들이 끊이지 않았다.
> 조선전쟁이 끝난 뒤에도 한반도의 정세는 안정되지 못하여, 2차 대전 후에 고향에 돌아간 이들이 생활이 곤란하여 일본으로 되돌아오고 있었다.
> 낯선 사내가 하루에도 몇차례 동쪽 채에 와 엿보고 있었다.
> 다까기씨. 그런 통보가 있었는데요. 정직하게 내주세요.
> 건네 주시면 그것으로 괜찮으니까요.[60]

이러한 장면에서 제비의 순연한 자유와 인간 사이의, 또는 나라 사이의 법적 제한이라는 얽매임이 비교되면서, 작가의 삶의 근원적인 지향에 관한 신선하고도 이상적인 자유주의 사상이 엿보인다.

또 하나의 서사적 장치로서 주목되는 대목이 있다. 어린 소년이 자라면서 어른들의 행위에서 느끼고 배우며 성장해가는 과정이 어린 히데오의 견문과 생각을 중심으로 점차적으로 밝혀지고 있다. 여러 삽화들 중에서도 다미꼬 여인이 길바닥에 쓰러진 부랑자를 구하려고 애쓰면서 경찰에게 눈을 흘기며 병원으로 보내야 함을 강한 어조로 말하던 일 등을 직접 그 현장의 여러 인물들의 태도, 말을 들은 후 집에 돌아와 홀로 독방에 누워 생각하는 장면을 작가의 섬세한 관찰에 의해 소년의 심리적, 정서적,

---

59) 위의 책, 43~46쪽 인용.
60) 위의 책, 45~46쪽 인용.

성장을 감동 깊게 알려준다.

> 바람이 세게 불어온다. 여인의 비명같은 소리가 들려 온다. 큰 버드나무가
> 바람에 울고 있는 소리라고 알고 있지만 귀를 기울이면 그 소리는 여인이 울
> 부짖는 소리로 들렸다.
> 그 소리는 아께보노 다리 근처에서 들은 다미꼬의 울음소리와 겹쳐졌다. 그
> 러자, 하늘을 올려다 보던 눈을 한 검게 그슬른 그 남자의 얼굴이 떠 올랐다.
> ─ 그 남자는 죽었을까
> 남자는 죽은 것 같이 생각되었다.[61]

이러한 소년의 심리적 동향을 주의 깊게 묘사하면서 서술자는 어린 소
년의 경험 내용이 소년의 사물의 이해를 심화시켜 가는 과정임을 일깨워
독자들의 공감을 이끌어내고 있다.

또 다른 일화, 사끼 할머니의 귀향에의 심정을 알려주는 데서도, 자연
스런 귀소본능이라는 관점일 듯 싶으면서도 그렇게 해야만 할 심정적 부
채 또는 의무감 같은 것 즉, 조국을 버리고 떠나온 자의 정신적 부채감을
스스로 되갚아야 함을 암시하는 일화로 풀이된다.

작품의 제6장 귀화(귀화 : 도깨비 불)에서 다가기는 밀항해오는 배를 맞
아 들이는 긴장된 장면을 펼쳐 보이고 있다. 한밤중에 히데오 소년은 그의
아버지 다가기가 몇몇 선원과 밀항자들이 탄 배를 마중 나가고, 거센 물결
에 배가 크게 흔들리는 가운데서 긴박한 상황이 벌어짐을 목격하게 된다.

밀항자들이 탄 배에서 다가기의 수용선에 옮겨 타는 광경 묘사는 초긴
장이 집중된 고도의 불안감 속에 있음을 적절히 드러내 보이고 있다.

> 스무명 가까운 사람들이 건넜다. 저쪽 배에서 아이들이 우는 소리가 들렸
> 다. 보니까 다음 번에 건널 차례의 가족의 아이들이 울고 있었다.

---

61) 위의 책, 76쪽 인용.

「조용하게 해」

(…중략…)

어머니는 제일 큰 아이의 등을 떠밀며 건너가라고 말하는듯 했다. 그 아이는 여자 아이였다. 등을 떠밀려도 곧 어머니의 품에 달라 붙었다.

「두고 갈거야 이제 시간이 없어」

사내의 목소리는 들리는 듯 카바이트 불이 작아졌다.

(…중략…)

어머니는 큰 여자아이와 또 하나의 아이를 가슴에 품고 건널 판자를 건너기 시작했다. 가사양은 뱃전에서 여자아이에게 손을 뻐쳤다.

그때, 두 척의 배가 크게 기울었다. 앗, 하는 짧은 비명이 들리고 조금만 더하던 가사양에게 닿을듯 했던 여자 아이의 손과 몸이 허공에 떠 천천히 갑판 위에서 사라져 갔다. 어머니는 소리 지르며 여자 아이가 사라진 어둠을 보고 있었다.[62)]

이와 같이 극도로 긴장된, 밀항자를 받아들이는 다까기의 모험적 행위에 숨어든 담대하고 저력 있는 다까기의 인도적, 보편적 인간애 정신이 거친 격랑과 어둠을 뚫고 살아 움직이는 모습이 감동적으로 드러나게 하고 있다.

마무리 장에서 작가는 다까기의 인품을 "흰 사자"로 암시하여 백의민족의 한 정신적 지도자의 모습으로 형상화시킨 점도 또한 독자들에게 감명 깊게 다가온다 하겠다. 이주인 시즈카 작가의 인간애 사상에 독자들은 감명 받지 않을 수 없을 것이다.

이 작품에서 바다는 보편적 삶의 길이고, 동시에 고난을 이겨야 하는 시련의 공간이고 아울러 엄정한 국가 간의 법률적 한계의 의미가 담겨 있다.

그러나 동시에 무한히 펼쳐진 자유의 공간이고 삶의 터전에 이르는 공간이고 길이기도 하다.

---

62) 위의 책, 240~241쪽 인용.

9. 가치 투쟁의 공간, 바다

허먼 멜빌(1819~1891)의 연보를 보면, 1841년에 포경선을 탄 경험이 있고, 다음해에도 포경선을 탔다. 이어 1844년 10월까지 선원의 경험을 쌓은 작가로 기록되었다. 그리고 1805년 메사추세츠에 농장을 사서 이사했고, 거기서 나다니엘 호손(N. Hawthorne)과 사귀며 『모비딕(Moby Dick)』을 집필, 1851년에 출간한 것으로 되어 있다.[63]

이 작품의 주인공은 에이헙 선장으로 설정되고 있으며, 작품의 이야기를 이끌어가는 서술자는 성서에 나오는 이시메이얼이라는 이름을 빌려 쓴다. 배를 타고 항해하면서 경이로운 것, 멀리 있는 것을 찾아 항해하는 목적을 말하고 있다.

서술자는 낸터킷에 가려던 중 퀴이퀘이라는 이교도와 만나, 같은 배를 타고 항해할 것을 약속한다. 퀴이퀘은 침착하고 의리심도 있는 인물로서, "이 땅 어디에서나 우리는 서로 돕고 살아 가는거야. 우리 식인종들도 기독교인을 도와야 한다."[64]는, 인종이나 종교를 초월한 인간애 정신의 신념을 지닌 인물이기도 하다.

배에서 퀴이퀘을 놀리던 시골뜨기가 퀴이퀘의 억센 팔에 들려 공중에 던져지고, 이어 바닥에 떨어졌다. 시골뜨기 선원이 선장에게 악마가 왔다고 말하자, 선장이 퀴이퀘에게 "식인종"이라고 경멸하며 거친 말을 했다. 이때 엄청난 압력에 밧줄이 끊겨 큰 돛대가 크게 흔들리고 뒷 갑판을 휩쓸며, 시골뜨기가 바다에 휩쓸려 떨어졌다. 모두 무서워하고 가름대가 전후좌우로 흔들리니 속수무책으로 공포에 사로잡혔을 때 퀴이퀘만이 물이 떨어진 시골뜨기를 건져냈다. 그리고 위에 인용한 말을 했던 것이다. 그의 인품과 정신을 돋보이는 점이라 하겠다. 퀘이퀘은 낸터킷에 도착하고,

---

63) 허먼 멜빌, 『백경』 하, 김준민 옮김, 1984, 341~342쪽.
64) 허먼 멜빌, 『백경』 상, 100쪽 인용.

피쿼드호로 출항을 결심하게 되고, 에이협 선장은 향유고래에게 물려 다리 하나를 잃은 절름발이인 것을 알게 된다.

이야기는 피쿼드호의 1등 항해사 스타벅의 사람됨에 관하여 옮겨 간다. 무수한 위험을 침착히 겨루어 이기고, 성실하고 묵묵히 실천하는 인물임을 알려준다. 그리고 누구보다도 용기가 있음을 말한다. 바다, 바람, 고래와 그리고 터무니없는 공포와 대항하여 싸우는 용기의 소유자임을 알려준다.[65]

> 정의와 평등의 신이여! 우리 모든 인간들에게 한 장의 고귀한 인간성의 옷을 입혀 주는 당신이여… (…중략…) 위대한 민주적인 신이여! (…중략…) 당신의 권세로 지상에서의 당신의 행군에서, 선택된 최고의 선수를 위대한 평민 속에서 가려내시는 당신이시어. 나를 지지해 주소서.[66]

이시메이얼의 이러한 기원에서, 개인의 성격적 또는 인격적 결함, 또 능력의 부족이나 도덕적 약점이 있음에도 불구하고 하나님은 뛰어난 능력을 주어 세상에 기여함을 말하고 기원하고 있다.

예컨대, 『천로역정(天路歷程)』을 쓴 작가 존 버니언은 죄인이지만 세계적 명작을 남겼고, 무모하고 빈털터리였던 세르반테스에게 봉건시대의 평민의 꿈과 허망함을 그려낸 명작 『돈키호테』를 쓰게 하였고, 가난한 집에서 자라난 평민으로 옥좌에 오른 잭슨 대통령을 만드는 신의 위대한 능력을 찬양하고 있다.

이러한 이시메이얼의 이야기 전개에서 여러 인물들의 종족적, 신앙적 특징 및 능력이나 인품의 특성들을 제시하여 독자들의 관심을 이끌어 낸다.

2등 항해사 스텁은 성품이 모나지 않고 둥글둥글하지만, 위험이 닥쳐

---

65) 위의 책, 157~158쪽 참조.
66) 위의 책, 158~159쪽 인용.

오는 데도 아무렇지도 않은 듯 겪어내는 태평스런 모습을 보인다.

3등 항해사 플래그스는 고래를 원수로 여기는 매우 호전적이고, 대담하며, 장난끼까지 지닌 인물이다. 그 밖에도 작살잡이 태시테고는 거구의 인디언으로, 삼림 속에서 화살로 짐승을 쏘던 솜씨로 고래를 잡는 놀라운 역량을 가지고 있다. 흑인으로 거구인 대구우는 야만적 미덕을 지니며, 배 위에 기린처럼 우뚝하여 다른 선원들은 위축된다.

이처럼 여러 종족들이 모여 고래잡이에 종사하고 있음을 알려준다. 이러한 다양한 인종으로 운영되는 데 작가의 인종을 초월한 만민평등주의 사상을 엿보게 된다.

다음으로 이 작품의 주동적 인물 에이헙 선장에 관하여 서술자는 다음과 같이 독자들에게 알려준다. 집요하게 모비딕을 추적하여 바다에 사는 에이헙은 선원들에게 얼굴을 잘 보여주지 않으나, 건장하고, 꿋꿋한 의지, "화형에 처해도 살아날 것 같은 인물"이고, 단단한 구리로 만든 것 같은 체구, 어깨가 벌어진 키 큰 사내, 머리서부터 몸까지 긴 상처가 검푸르고, 냉혹함과 강인함을 지닌 집념이 질긴 인물로 소개되어 있다.

37장에서 에이헙의 독백이 제시되어 있는데 그의 집념과 강인한 의지의 한 단면을 보면 다음과 같다.

> 나의 뇌가 강철과 부딪치는 듯하다. 그렇다. 내 해골은 쇠로 되어 있다. 그래서 아무리 머리를 두드려 패는 격투에도 투구가 필요없다.
> (…중략…)
> 나는 가장 미묘하게, 가장 악성적으로 저주 받은 자, 낙원의 한 가운데에서도 고통에 시달리는 저주받은 자이다.[67]

이와 같이 그 의지의 강인함으로 스스로 확인하고, 하나의 대상, 모비딕을 추적함에 인생을 건 집요함을 나타내는 특이하게 강인한 성격과 신

---

67) 허먼 멜빌, 『백경』 하, 앞의 책, 214쪽 인용.

념을 지니고 있다.

에이협 선장은 조류의 특징을 알고, 고래들의 먹이이동을 알고, 계절에 따라 바뀌는 사정까지 알고 모비딕이 나타날 바다로 추격하게 된다.

이 이야기는 바다, 선원, 항해, 향유고래 등을 소개하며, 다른 고래잡이 배와 만나 흰 고래의 동향을 묻기도 한다.

드디어 모비딕과 대결할 기회가 왔다. 서술자는 "깨끗한 강철처럼 맑고 푸른날이었다."와 같이 천기를 말하여 어딘지 모르게 문제나 목적이 쉽사리 해결되지 못할 듯한 예감을 감지할 수 있게 서술하고 있다.

이어서 에이협 선장이 스타벅에게 말을 걸며 자신의 지난 생애의 골자를 말하기 시작한다.

> 오늘처럼 이렇게 포근한 날이었었지. 그날 난 처음으로 고래를 잡았어. 열여덟살 애숭이 작살잡이였지! 40년, 그래 40년이야. 40년 전이지. 그랬어! 40년 동안 줄곧 고래를 잡았어! 40년 동안의 고난, 모험 폭풍과의 투쟁이었지! 40년 동안 무자비한 바다에서 살았었지.[68]

에이협 선장의 회고적인 이야기는 더 계속되면서, 절대적인 고독과 싸우며, 아내는 생과부가 된 상태이고, 자신을 악마라고까지 말한다고 회고한다.

스타벅은 지금이라도 집으로 돌아가 바다생활을 정리하자고 말하나, 에이협 선장은 혼잣말을 계속하고 1등 항해사 스타벅은 절망하여 에이협 곁을 떠난다.

그리고 모비딕을 발견하고 추적하기 시작하여, 셋째 날 스타벅이 에이협 선장에게 추적을 그만두라고 말한다. 끝내 추격 끝에 에이협 선장은 모비딕에게 작살을 던졌고 작살은 적중했지만, 작살에 맨 밧줄이 모비딕

---

68) 위의 책, 294쪽 인용.

이 달아나는 힘에 급히 풀리며 에이협 선장의 목을 휘감고 만다.

에이협 선장은 모비딕과 함께 바닷속으로 사라졌다. 그리고 피쿼드호도 가라앉아 버렸다. 운 좋게 서술자 이시메이얼만 레이철호에 구조되었다.

위와 같은 이야기의 결말을 통해, 하나의 목표에 생애를 바치는 열정과 광적인 집착이 보인다. 보기에 따라서는 가정된 악에 대항하는 정열적 대응이라는 풀이도 가능할 것 같다. 그러나 고래를 잡아 생계를 유지한다는 일반적인 어업행위는 아니므로, 바다가 하나의 인생항로라는 은유적 장치공간이라고 이해할 수도 있고, 고래와의 대결은 누구에게라도 강·약의 차이는 있을지라도 삶 자체의 겨룸 또는 대결의 속성을 포착한 대작품임에는 틀림이 없겠다. 다른 한편으로는 에이협이 모비딕을 잡으려다 다리 하나를 잃은 원한 때문에 복수극을 펼친 이야기라고 말할 수도 있겠으나 그렇게 단순치는 않은 속뜻이 있다고 하겠다.

바다문학의 또 한 편의 명작으로 『노인과 바다』를 들 수 있다. 널리 알려진 바와 같이 이 작품은 헤밍웨이(Earnest Hemighmay, 1899~1961)의 여러 작품들 중에서도 특히 멕시코의 한 노인과 그의 어려운 생활을 담박한 문체로 쓴바, 며칠을 고생한 끝에 큰 고기를 어렵사리 잡았으나, 상어들에게 뜯기고, 집으로 돌아왔을 때는 뱃전에 거대한 뼈만 남았다.

큰 보람을 얻었으나 곧 모든 걸 잃은 이야기로써 우리 삶에 내재한 모순의 의미, 또는 기대에 어긋난 뜻이 이렇게 감동스럽게 다루어진 예는 드물다 하겠다.

10. 맺음말

송지영의 작품은 신라시대 서해의 해적문제와 그 해결을 가져온 장보고 장군의 큰 업적을 중심으로 한 역작으로서 가치가 존중되어야 할 것이다. 국가 간의 여러 갈등을 해결한 영웅의 업적을 묘사한 큰 작품이다.

이노우에의 작품 『풍도』는 몽고의 고려 침략에 의한 고통의 역사를 다루면서, 후비라이가 일본을 침략하는 과정에서 고려가 겪은 큰 고통과 시련을 사료를 참고하며 과장 없이 작품화한 것으로 보인다. 한편으로는 계절의 순환에 이는 큰 태풍이 부당한 정치적 야욕을 꺾는다는 감추어진 순리를 일깨우고 있다고 할 것이다.

결국 대한해협과 쓰시마해협이 후비라이의 야욕을 꺾어 그의 야욕은 달성되지 못하고, 고려왕조는 조선왕조로 바뀔 때까지 그 영향을 받았던 것이다. 고려시대의 유민이 지은 노래 「청산별곡」의 한 연에서도 엿보이듯 몽고의 지배가 매우 심한 고통을 끼친 바를 짐작하기에 족하다고 할 것이다.

다음으로 최부의 「표해록」은 유교적 도덕의식을 확고히 지닌 관료가 해난을 당하여 고통을 겪으며 귀국하는 과정을 상세히 기술한 주목되는 실기작품이라 하겠다.

다음으로는 임진란에 관한 문학작품들로, 숭전대본의 『임진록』은 조선의 조정이 전란에 대한 대비책이 부족했다는 사실과 조정이 당쟁에 의하여 왜란의 대응에도 부실했음을 기술하고 있으나, 의병들의 역할, 이순신 장군의 걸출한 전과 등이 적절히 기술되고, 나아가서 사명당의 왜에의 응징을 과장적으로 기술함으로써 임진란의 고통을 정서·심리적으로 극복하려 한 점이 특징적이라 하겠다.

이에 비하여 춘원의 『이순신』은 사료에 충실한 서사전개를 보이면서도, 주동인물과 여러 충실한 서사전개를 보이면서, 주동인물과 여러 주변 인물들을 대비되게 기술하여 이순신 장군의 애국의식, 불굴의 정신, 고매한 인격 등이 돋보이게 서술하였다.

단재 신채호의 『리슌신젼』도 기본적으로는 사료에 의거한 전기소설이지만, 장군의 능력과 애국의지에 초점을 두고, 일제 치하의 한국인 독자들에게 독립, 투쟁정신을 고무한 것이 특히 돋보인다. 임진란의 바다는 투쟁과 애국의지를 담아내는 곳으로 인식된다.

조선시대의 시조작가 윤선도는 특히 그의 향리의 자연과 바다의 아름다움을 과장 없이 노래하였다. 여러 문학사가들은 자연미의 발견에 있어 매우 특출함을 인정한 바 있다.

여기서 미처 다 말하지는 못하였으나, 최인훈의 『광장』은 6·25전쟁으로 인한 이념 분열의 양극화와 전후 남에도 북에도 돌아가지 못하는 주인공을 설정하여 선택이 불가능하여, 제3국으로 떠나는 서사처리가 매우 감동 깊다. 그가 묘사한 바다는 무한정한 자유의 공간으로 암시되어, 인간이 만든 제도와 이념이 오히려 인간의 자유를 속박한다는 심각한 모순을 지적한 명편임을 규지할 수 있다.

다음으로 이주인 시즈카의 『해협』은 한국, 북조선, 대만, 필리핀 등지의 밀항자들과 그들을 받아들이는 다까기의 인간애 정신이 감동스럽게 묘사된 작품이라 하겠다.

멜빌의 작품 『모비딕』은 어떤 목표에 투신하여 이루려는 의지의 인간 에이협을 중심으로 바다와 삶의 의미를 극대화시킨 대작으로 보인다. 이 작품에서 바다는 시련과 극복의 의미를 담고 우리 삶에 내재된 어떤 본성을 묘파한 감동 깊은 명작이라 할 것이다.

헤밍웨이의 작품 『노인과 바다』도 바다가 생활의 현장이면서 그 안에서 이루어지는 삶의 내밀한 겨룸과 심리적 및 의지적 자세의 일관된 견실성을 감동 깊게 다루고 있다. 이른바 잃어버린 세대의 삶 인식을 격조 높게 서사화한 명편으로 보인다.

바다는 우리에게 있어, 나라와 나라 사이의 시련을 뜻하기도 하고, 그 시련을 겪고 성숙된 삶의 의식을 훈련하게 하는 이념적 공간이기도 하다. 그리고 근원적으로는 여러 생명들과 우리 삶을 받쳐주는 기능을 지니고 있다.

(부산문협, 한국해양문학제, 2011 수록)

신념의 인물과 현실 인식

— 서기원의 작품을 중심으로

1. 머리말

서기원(1930~2005)의 작품에 관한 기존 평가에 의하면, 그는 지적인 작가로서 1950년대 문학의 한 특징을 대표할 만한 비중 있는 작가로 알려져 있다. 1956년 『현대문학』 11월호에 「암사지도(暗射地圖)」가 발표되면서 작가의 문학적 개성이 널리 알려지기 시작하였다. 6·25전쟁 직후의 시대적 고통에 허덕이던 당시의 격심한 도덕적 혼미에 작가적 시선을 두고 그 이면에 숨은 삶의 복합적인 문제를 밀도 있게 투시했기 때문이었다. 당시의 사회적 혼란은 경제적 궁핍과 도덕성의 약화로 빚어진 것이었으나, 그 누구도 책임 있게 나서서 사회를 바로잡고 방향을 모색할 엄두도 못 낼 만큼 각박한 시기였다. 오히려 그러한 상황을 전후의 일시적인 한 추세로 보고 방관할 수밖에 없는 형편이었다.

1950년대에 발표된 소설들은 일반적으로 고발적 경향이 우세하였는데, 서기원의 작품에서는 고발과 함께 책임의식도 문제되어 일정한 시대적 공감을 얻는 데 성공을 거두었다. 당시에 논의된 이른바 '전후문학'의 성격도 사실은 전쟁 체험과 그 영향하에서 찾을 수 있을 것인데, 여러 양태의 이러한 전쟁 체험에서 발견되는 실존적 자각 같은 것, 나아가 사회적 혼란 속에서도 오히려 건전성에의 지향과 구원을 모색하는 진지한 작가적 자세에 더 큰 가치가 있었다고 할 것이다. 전쟁의 와중에서 전통적인 도덕의식이 손상 없이 순탄하게 유지되기란 어려웠을 것이며, 아무도 그것을 기대하지는 못했을 것이다. 그러나 6·25전쟁 당시에 참전한 젊은 세대들에게는 전후의 삶에 있어서 참전의식이나, 참전과 관련된 문제와 연결되는 도덕적 책무 같은 것이 심각한 과제로 떠올랐을 것이다. 서기원의 초기 작품에 등장하는 젊은 지식인들은 전쟁의 소용돌이와 사회적 혼란과 불안과 물질적 및 도덕적 곤핍 속에서도 어떤 엄정한 정신을 견지하며 새로운 것을 잉태시키려는 몸짓을 지니고 있었다.

유명한 수상작품들인 「잉태기(孕胎期)」나 「이 성숙(成熟)한 밤의 포옹」 등과 다른 많은 작품들에 나타나는, 혼란과 부조리한 삶에 휘말리는 젊은이들이 어떤 지향을 부단히 찾으려 하는 모색의 몸짓은 서기원 소설의 특성이기도 하다. 물론 작가의 종군 체험과 전후적 삶 사이의 간극의식도 그러한 문제 추구로 지향한 지속적인 의식의 깨어 있음을 충분히 입증한 것이었다.

작품 속에 나타난, 대체로 고뇌를 겪어가는 젊은 지식인들은 시대적 과제와 개인의 참섭, 혹은 휘말림에서 빚어지는 이야기의 장치로 설정되어 있다. 즉, 가치 실현의 주체자로서의 개인은 시대적 중심과제와 소극적이든 적극적이든 연결될 수밖에 없는 것이므로 그 운명이 성격적 특성에 의하기보다는 냉혹한 역사적 힘의 논리에 지배되는 사실을 볼 수 있으며, 또 그들은 그 엄청난 힘에 혼신의 노력으로써 저항하며 자아의 지향성을 견지하려는 고뇌의 인물들이기도 하다. 이러한 문맥에서 서기원의 역사소설이 갖는 역사미학적 의미를 확인할 수 있다. 그의 역사소설에서는 개인의 교양이나 신념, 고집, 나아가서는 소속계층의 의미까지도 역사적 힘의 논리에 의해 짜여져 있으며, 그러한 논리적 맥락에서 결정되는 운명의 발견으로서의 시학적 의미도 들어 있다.

서기원 소설의 일관된 의미 흐름에서 엄정성의 논리가 매우 견실하게 유지됨을 알 수 있는데, 이는 작가적 신념의 소산으로서 그의 서사미학의 요체로 이해된다.

서기원의 주요 작품집들은 다음과 같다.

「암사지도」, 『현대한국문학전집』 7, 신구문화사, 1966.

「마록열전」, 『정음사』, 1972, 문학과비평사, 1988.

『혁명』, 삼중당, 1972.

『왕조의 제단』, 중앙일보사, 1983.

『전야제』, 책세상, 1988, 고려원, 1990.

『조선백자 마리아상』, 동서문화사, 1987.

『김옥균』, 중앙일보사, 1987.

2. 6·25와 그 대응의 자세

서기원의 작품들에 등장하는 지적인 인물들은 시대의 문제와 깊이 연관된 고뇌의 인간으로 설정되어 있다. 가령 「암사지도」(『현대문학』, 1956.11)에서 군대생활을 같이한 법대생 상덕과 미대생 형남은 전투에서 살아남은바 각별한 전우애를 지니고 있다. 이러한 까닭에 제대 후 갈 곳이 없어 헤매던 형남은 상덕을 만나 그의 집에 기거할 뿐만 아니라, 상덕과 동거하던 최윤주와 '교대로' 놀기까지 한다. 이러한 비정상적인 관계 맺음은 전쟁의 와중에서 빚어진 것임은 말할 필요도 없다. 작가는 이러한 비정상성을 통해 6·25전쟁의 상처가 얼마나 깊고 큰 것인지를 충분히 보여준다. 결국, 두 남자와 한 여성의 사이에서 탄생할 아이의 소유문제로 서로 논의하고 고뇌하는 국면에 이르러 최윤주는 그 생명의 존엄성을 인식하고 책임 없는 두 남자를 버린 채 집을 나가버린다.

화자는 형남이 상덕과 만나 그 집에 이를 때, 다음과 같이 그 분위기를 묘사하였다.

> 아름드리 나무기둥이나 굵은 서까래 그리고 푸르죽죽하게 칠이 벗겨지긴 했지만 두툼한 현관이라든지 일견 규모 있게 꾸민 집으로 보였다. 상덕의 설명에 혹 부족이 있었다면 포탄에 지붕이 뚫어진 채로 있는 머릿방과 문간에 관한 얘기가 없다는 것 쯤일까.
>
> — 「암사지도」 부분[1]

상덕의 설명에 대하여 마치 별 특별한 신경을 쓰지 않는 듯, '혹 부족이 있었다면'과 같이 겸양스런 어법을 사용하여 작가는 반어적 효과를 얻고 있다. 즉, '포탄'에 의해 지붕이 뚫어진 재산상의 손실과 그에 못지 않았을 정신적 피해가 적절히 융합을 이루어 6·25전쟁의 고통의 의미를 암시하고 있는 것이다. 이는 물론 작가의 높은 예술적 기량에 의한 것이다. 무심히 또는 으레 지나칠 수 있는, 당시로서는 상투적인 한 국면에 착목하여 오히려 그 안에 숨은 심각한 고통의 실체를 보여주고 인식시키는 작가의 의도가 심도 있게 용해되어 있음을 간과해서는 안 될 것으로 보인다.

이 작품에 등장하는 세 남녀의 비정상적인 결합에서 독자들은 어떤 당혹감을 느낄 것이다. 그것은 삶의 심한 왜곡과 도덕적인 훼손을 가져온 6·25전쟁의 상처가 깊고 크고 수용하기 힘든 것으로 그 당시 우리 삶의 내부에 결정적인 영향을 끼쳤음을 인식하는 데서 오는 것이다. 이 작품에 나타난 사건의 설정은 6·25라는 비상시기에 있을 법한 고통의 실체를 소설적으로 제시한 것으로 볼 수 있다. 이 글에 나오는 젊은이들은 정상적으로 살아갈 방도를 찾지 못하고 있다. 최윤주나 형남의 갈 곳 없는 처지도 그러하며, 상덕 역시 목표를 설정하고 살아갈 수 없는 처지에서 오

---

1) 서기원, 「암사지도」, 『현대한국문학전집』, 신구문화사, 1966, 333쪽.

직 임시방편으로 생존만을 겨우 유지하는 형편에 놓여 있다. 또한 상덕의 경우, 그의 아버지에 대한 부정적 태도에 깃든 부권(父權) 부재의식도 위의 인용문에서 암시적으로 묘사되어 있다. 당당한 전통적 권위를 지닌 '아름드리 기둥'도 그 위엄을 잃고, '포탄에 지붕이 뚫린' 사실이 그러하다. 그는 법학을 전공하였으나 전망도 없이 호구지책으로 일심중학교 시간강사로 일하고, 바둑으로 소일은 하지만 그 어느 것에서도 가치 충족을 느끼지 못한다. 이러한 목적 없는 삶의 모습은 그 시대상과 잘 융합되어 있다. 또한 그의 간결하면서도 함축적인 묘사에서 사물의 깊은 이해력을 발견할 수 있다.

최윤주의 가출이 이루어지는 시간을 저녁놀이 차츰 짙어가는 무렵으로 설정한 것도 미래가 불투명한 시대적 분위기를 암시하기 위한 의도라고 보여진다. 다음은 이 장면에 나오는 최윤주의 말이다.

> 나는 가야겠어요. 애는 아직 꿈틀거리진 않아요. 허지만 뭣이 꽉 차 있는 것 같아요. 그것까지도 당신네 장난감으로 맡겨둘 순 도저히 없어요.
> ―「암사지도」 부분[2]

> 내 물건이란 생각뿐이에요. 거야 틀림없이 두 분 중에 한 분이 아버지겠죠. 허지만 그건 두 분이 다 아버지가 아니라는 것과 마찬가지에요.
> ―「암사지도」 부분[3]

윤주의 이러한 말 속에는 앞으로 태어날 아기의 소속문제와 함께 놀랍게도 분단의 도덕적 책임의 문제가 암시되고 있으며, 동시에 부권이 실추된 분단시대의 민족적 고뇌가 상징화되고 있음을 알게 된다. 즉, 장치화된 이야기 안에 시대적 고뇌의 실체를 도피하지 않고 몸으로 겪어가는 인

---

2) 위의 책, 347쪽.
3) 위의 책, 같은 곳.

물들을 설정하여 6·25전쟁의 의미를 진실 되게 정면으로 인식되게 한 작가의 정직성이 보인다. 이런 뜻에서 1950년대 후반기 작가의 작품 중에서 이 작품은 서사적 과제의 추구가 주제 해명과 가장 깊이 어울려 있으며, 작가의 예술적 기량이 뒷받침되어 진한 감동을 자아내고 있다고 할 수 있겠다. 두 청년을 통해서는, 두 지아비의 분열적 대립으로 비극적 고통을 치르며 부권이 실추되는 내용을 그려내어 국토분단에서의 모국의 문제를 암시하고 있고, 윤주를 통해서는, 그 비극적인 시대적 고뇌를 창조적으로 극복하려는 새로운 가치가 바야흐로 탄생되리라는 예감을 부여하고 있다. 이와 같은 이야기의 장치에서 분단의 책임과 새 시대를 탄생시켜야 할 주체자로서의 인간적 자세에 관한, 특히 창조적 책임에 관한 엄정한 의미가 작품 전체의 논리로 떠오르게 하고 있다. 즉, 여기서 태어날 윤주의 아기는 사실상, 분단과 6·25전쟁의 역사적 혼란기에서 새로운 미래를 탄생시키는 힘의 상징으로서 또는 제도적 가치로서의 새 질서를 암시하는 뜻 깊은 의미로 읽힐 수 있게 한다. 여기에서 엄정한 작가의 시선을 느낄 수 있으며, 형남과 상덕의 부도덕함은 시대상의 힘에 의해 야기된 혼란상이 서사적 개체로 표현된 것으로 납득할 수가 있다.

「오늘과 내일」(『사상계』, 1959.10)에서는 전투정보원 박병렬의 행동이 묘사되고 있다. 그는 정보수집차 한 읍에 잠입하게 되는데, 그곳은 공교롭게도 그의 아버지가 은행지점장으로 근무하다가 6·25전쟁 당시 공산군에 의해 무참히 살해된 바로 그 읍이었다. 그와 함께 잠입한 김한균은 미군 상관에게 아부나 잘하고 병렬과는 신념상으로 차이가 있는 군사정보원이다. 박병렬은 그 아버지가 살해될 때 공산군의 사수에게 대항하여 아버지를 구출하지 못한 데 대한 심한 죄책감에 시달리고 있다. 그리고 그런 와중에 살아남은 어머니까지도 원망하며, 심지어는 무자비한 복수를 감행할 수 있는 동기를 마련하기 위하여 그의 어머니까지도 자기 손으로 살해하여야만 옳았다고 생각할 정도로 살벌한 내면을 지닌 인물이다.

또한 그는 직속상관인 헤링거 소령이 개인의 안전을 위해, 입대하지 않고 미군정보원이 된 것이 아니냐고 빈정거릴 때에도 자신의 논리와 신념이 확고함을 꿋꿋하게 드러낼 수 있는 인물이다.

그 읍에 도착했을 때, 박병렬은 은행지점장의 사택(전에 살았던)에 와 있는 자신을 발견하고 집 안으로 들어가게 된다. 그런데 여기서 그는 아들로부터 버림받은 한 굶주린 노인을 우연히 만난다. 그 노인은 아들을 원망하면서도 병렬에게 자신을 아들에게 보내줄 것을 간곡하게 부탁한다. 뜻밖의 난처한 사태에 직면한 병렬은 김한균의 반대에도 불구하고, 또 적에게 탄로될지도 모르는 위험을 감수하면서까지 불을 피우고 언 떡을 녹여 굶주린 노인에게 요기를 시킨다. 이러한 초비상의 사태에서 그것도 적진 한가운데에서 군사정보 수집과는 무관한 행동을 한 병렬을 한균은 작전임무를 수행하는 데 장애로 여기고 부정적으로 바라보게 된다.

이제 탱크부대가 이동해온다는 군사정보를 얻게 된 두 사람은 읍을 탈출해야만 한다. 그런데 병렬은 노인의 구출에만 열성을 기울일 뿐 다른 조처를 취하려 들지 않고, 한균으로서도 어쩔 수 없는 처지에 놓인다. 그러나 병렬이 잠시 탱크의 이동과 군병력을 확인하기 위해 밖에 나갔다 온 사이 한균은 그 노인의 목을 조른다. 그러나, 그 현장을 목격한 병렬은 한균을 걷어찼고, 이에 한균이 총을 빼려고 하는 순간 병렬의 총에 맞아 죽게 된다. 그리고 그 총성에 발칵 뒤집힌 적들의 긴장된 진영 속에서 노인을 업은 병렬이 필사의 노력으로 읍을 탈출하는 것으로 이야기는 마무리되고 있다. 이러한 사건 설정에서 죽음을 각오한 노인 구출행위의 의미가 바로 비정상적인 정황 속에서 책임을 실현하려는 비상한 도덕적 실천을 일깨운 것이다. 즉, 병렬의 책임의식은 아버지의 비정한 사망에 관여하는 엄정한 도덕적 대응의 자세이고 행위이다.

위의 두 작품에서 작가가 추구하고 있는 어떤 '구원'(서기원, 「암사지도에 관하여」, 『한국전후문제작품집』, 신구문화사, 1964)에의 지향을 볼 수가 있다. 물론 이러한 구원은 역사적인 큰 물결 속에 감춰질 수 있지만, 비정상적인 정황 속에서도 가치를 추구하는 열렬한 열망과 엄정한 작가 정신을 엿볼 수 있다.

다음의 작품은 역시 한 군인의 이야기로, 그는 일선에서 살벌한 총격에 의한 살인을 직접 목격하고, 또한 자신의 욕정을 채운 후에 그 여인을 살해까지 하는 살벌한 체험을 지니고 있다. 그는 결국 탈영 후, 폐결핵으로 죽어가는 애인 상희를 만나기 위해 도망한다. 작품의 제목이 보여주듯이 「이 성숙한 밤의 포옹」(『사상계』, 1960.10)의 주요 의미는 탈영병의 내면적 고뇌와 전쟁의 살벌함을 견디지 못하는 절망감, 그리고 이로 인한 자아의 도덕적 분열상이라고 말할 수 있겠다. 그런데, 이러한 인물의 내적 갈등은 욕망 추구의 비정상성 자체의 인식을 객관화하는 뜻이 있다. 다음은 적병 사살의 묘사 부분이다.

> 김상사는 주먹밥을 먹다말고 밥풀이 붙은 손으로 총을 잡고는 적의 포로를 단방에 쏘아 죽였다. 그는 총구를 적병의 가슴에 바싹 붙인 채 방아쇠를 당겼다. 둔탁한 폭발음과 함께 적병의 몸뚱이는 뒤로 튕겨졌다. 그 몸이 땅위에 떨어지기도 전에 상처에 치솟은 핏덩어리는 김상사의 허리를 적시었다. 총을 잡은 손에도 피가 묻었다. 그는 총을 부하에게 던져 주고는, 그 손으로 군복바지에 두어번 문지른 다음, 배낭 위에 던졌던 주먹밥을 움켜 쥐어 입 속에 틀어넣었다. 주먹밥은 하얀 빛이었다. 그것을 쥔 그의 손가락은 벌건 빛이었다. 전우의 죽음과 부상병의 신음 소리조차 권태로운 최전방이었다.
> —「이 성숙한 밤의 포옹」 부분4)

이와 같은 최전방 보병부대의 살벌함에서 생명이 '구더기만도 못한' 하잘 것 없는 것으로 다루어짐을 예시하여 상식적인 인간애의 정신마저 마비되어버린 상황의 한 단면을 보여준다. 그런데, 그는 이러한 초긴장의

---

4) 서기원, 「이 성숙한 밤의 포옹」, 『현대한국문학전집』, 신구문화사, 1966, 374~375쪽.

최전방에서도 꿈틀대는 욕정 때문에 본의 아니게 여인을 살해하는 비정한 체험까지 겪게 된다. 여기서 젊음의 욕정이 파괴적이고 부정적인 힘으로 작용하는 맹목적인 본성을 보게 된다. 이러한 병적 징후는 최전방의 초긴 장상태를 지속적으로 체험함으로써 생기게 된 일종의 의식의 마비증상으로 보인다. 주인공은 결국 여기서 탈출하여 후방의 창녀촌에 유숙한다.

> 나는 이 창가에 오기 위해서 탈주한 것은 결코 아니었다. 창가를 찾을 바에야 여기까지 올 까닭이 없다. 그런데도 이 터무니 없는 나의 안도감은 어디로부터 비롯하는 것인가. 옆방에서 넘어 오는 코고는 소리마저 오랜 세월을 귀에 익은 한 가족의 다정스런 흉처럼 느껴지는 것이다.
>
> ─「이 성숙한 밤의 포옹」 부분[5]

이 인용에서 보이듯이 그는 비록 비천한 창녀의 방이지만 생명의 위협이 없고 비정한 죽음이 없는 후방에서 심리적 안정을 일시 회복함을 볼 수 있다.

이 작품에서 김 상사의 살인현장과 주인공의 여인 살해의 두 예시는 6·25전쟁의 현장적 긴박성과 그 비정함의 의미를 드러내는 장치로 볼 수 있다. 즉, 6·25전쟁이라는 역사적 의미를 주요한 행동의 장면으로 구체화하여 보여주는 것이다. 이는 간접화되거나 관념화된 것이 아니라 역사적 의미의 질량감을 독자가 직접 느끼고 듣고 보고 인식하게 한 정면대결적 서사정신의 한 소산이다. 그리고 여기에서 작가 서기원 특유의 지적 엄정성으로 다스려지는 사실주의 정신을 발견할 수 있다.

이 작품의 주인공은 상희를 만나려는 의지와 죽인 여인의 영상이 복합되면서 살인자로서의 고뇌를 겪으며, 선구에게 기식하며 상희를 만나려는 심리적 지향을 보이면서 이야기는 끝난다. 말하자면, 6·25전쟁의 체

---

5) 위의 책, 379쪽.

험세대 중에서도 최전방에서 보병으로 실전에 참여한 주인공의 고통을 통해, 전쟁의 현장과 의식의 비정상성의 실질적 내용을 용해, 고뇌하는 인물의 해결 없는 문제인식이 심화되고 있는 작품이다. 주인공이 결말 부분에서 병든 상희에게로 향하는 데서 어떤 안정과 행복을 겨냥한 주제가 암시되고 있으나, 상희가 온전한 건강을 가진 것이 아니고 병의 정도가 심각한 환자라는 점에 유념해볼 때 또한 아무것도 할 수 없는 절망과 무의미의 생존양태를 보이는 선구를 통해서도, 전방이나 후방이나 모두 기대할 만한 아무것도 찾기가 어려운 고통과 절망의 시대임을 암시받을 수 있다. 즉, 기댈 수 없는 가치대상이지만 기댈 수밖에 없는 개인의 절실한 요망이 보이는 것이다.

이어서 장편 『전야제』(『사상계』, 1961.4~1962.4)에는 일선에서 격심한 전투를 겪고 포로가 되었다가 도망한 김성호 일병과 그 친구 환자인 영규, 소대장 채 소위, 그의 여동생 채지숙 그리고 이 중사 등이 6·25전쟁을 겪어가는 이야기를 다루고 있다. 이 작품에서는 전쟁의 의미에 대한 지적인 인식태도가 보이며, 생존에의 논리의 중요성을 암암리에 일깨우면서도, 그 논리의 타당성 문제에 고심하는 주제가 설득력 있게 묘파되고 있다. 6·25의 전쟁 체험에서 역사적 힘의 거센 물결이 개인의 삶에 어떤 영향을 끼쳤는가에 대한 내용을 좀 더 포괄적인 입지에서 넓게 관찰하고, 그 안에서 갈등을 겪으면서 살아가는 여러 인물과 정황을 펼쳐 보인 점에서 기존의 작품들과는 다른 전면적 투시가 돋보이는 작품이라 하겠다.

채 소위의 밀린 봉급을 후방에 있는 동생 채지숙에게 한꺼번에 전달하는 임무로 김성호는 원성까지 가게 되는데, 차 안에서 박 일병과 만나 서로 이야기를 나누는 데서부터 이 작품의 포괄적인 입지의 태도를 감지하게 된다. 박 일병은 군의 부패한 내부문제를 세부사례를 들어 비판한다. 휴가병의 호주머니를 터는 헌병, 창녀집에서 검문에 걸린 장교가 헌병에게 돈을 내미는 일, 나무를 팔아 첩을 얻는 '별딱지', 그리고 '빽' 없는 소대장이나 졸병들의 원망 등, 박 일병은 지나가는 말투로 자신의 느낌을 간단히 말하지만, 그 말 속에서 6·25전쟁 당시의 부조리한 삶의 단면들을 선명히 노출시키고 있다. 그러는 한편에는 살아남아야 한다는 끈질긴 의지가 엿보이고 있다. 이러한 불평이 벌어지는 군용차 안과 그 주변의 사물들을 다음과 같이 묘사함으로써 작가는 전쟁의 분위기를 일층 더 일깨우고 있다.

> 진흙이 엉겨붙은 낡은 차체, 피로한 엔진 소리, 생째로 냉동된 장작, 파충류의 표피(表皮) 같은 소나무 껍질, 때기름 위에 뽀얀 먼지가 얹힌 군복, 네이팜탄에 타 죽은 소나무, 그리고 이 모든 것 위에 무거운 재빛의 하늘.
> ─『전야제』 부분6)

이러한 간명한 묘사 속에서 살아있는 것의 자율적 질서가 깨어지고 죽음으로 함축된 의미와 박 일병의 불평이 이야기의 의미에 중요한 시사를 던지고 있으며 주인공들의 행위에도 그러한 뜻이 스며들고 있다.

결핵으로 입대하지 못한 영규와의 우정에서도 두 젊은이들만이 치러야 하는 고뇌가 보이는데, 이는 당시의 젊은 지성인 일반이 마땅히 겪었음직한 중심적 과제임을 암시한다. 그것은 전쟁을 치르는 의미에 대한 논쟁의 형식으로 제기된다.

> 승패를 초월해서 자기를 투신(投身) 할 수 있는 갈망이 있어야 한다고 영규는 얼굴을 상기시키며 말했다.
> ─『전야제』 부분7)

성호와 영규의 대화의 핵심은 바로 이 주제에 있고, 그리고 이 주제는

---

6) 서기원, 『전야제』, 책세상, 1988, 228쪽.
7) 위의 책, 234쪽.

당시의 젊은 한국인에게 있어 보편적인 주요 과제이기도 했다. 채 소위의 동생과 연인 사이인 작중인물 영규는 비록 폐결핵으로 인하여 참전하지 못하지만, 동족상잔의 역사적 모순을 실감하는 내용이 그의 입을 통해서 잘 제시되고 있다. 여기서 작품 『전야제』의 핵심적 의미가 천명된 셈인데, 이는 참전의 도덕·철학적 의미와 그 타당성에 관한 명분론과 연결된 것이다. 여기서 참전파의 구국론이 지니는 도덕적 당위성과 참전 거부파의 도덕적 논거 사이에는 이념의 대립이라는 문제로 드러나 있다. 그러나, 온건한 인식에서 볼 때 참전의 타당성은 당연한 것이며, 오히려 참전 거부는 그 이유가 비록 일면적으로 타당하다 하더라도 위기에 처하여 대응하지 못하는 도피주의로 볼 수밖에 없다고 하겠다. 여기에 젊은 지식인들의 고뇌가 있었다.

채 소위와 성호는 같은 소대의 지휘관과 사병의 관계이지만, 같은 대학생으로서의 대등한 의식이 성호에게 있었으므로, 소대장의 연락병으로 임명된 성호가 자존심이 상할 것은 너무나도 당연한 일일 것이다. 그러나 일선에서 전투상황이 벌어지고 BAR사수가 전사하자, 성호는 BAR사수가 되어 비로소 전투대원의 임무에 충실하게 된다. 그는 오랜만에 총의 중량이 주는 '흡족한 충일감을 맛보'면서 자존심을 회복하고 전쟁 수행의 중심부에서 그 임무에 만족하는 참여의 기쁨을 느끼게 되는 것이다.

뿐만 아니라, 후방에서 폐병을 앓으면서 채 소위의 여동생 지숙과 연애하는 영규의 심리를 조명함으로써, 작가는 생존의 논리와 참전의 논리를 드러내어 가차 없이 그 진상을 밝힌다. 그것은 죽음이 두려워 입대를 단순히 기피하는 이기주의적 태도, 동족상잔의 모순을 비판하며 참전을 거부하는 순정한 민족주의적 자세, 그리고 국토분단에 의하여 이미 선택된 이념의 대립상을 현상으로 인정하고 참전하는 이념추종적 자세 등이다. 이와 같은 태도들의 분석적 비판이 작품 『전야제』의 주제 추구상의 주요 논리이고, 이러한 지적 분석에서 이 작가의 엄정한 자세를 재확인할 수 있다.

작품이 진행되면서 성호는 인민군의 포로가 되는데 이 중사는 인민군에게 재빨리 전향하여 마치 인민군의 지도적 입지에 선 듯이 행동한다. 성호의 이러한 면모를 묘사함으로써 작가는 당시에 양자택일적인 이념의 갈등 속에서 회의하고 고뇌하던 지식인들의 모습과는 달리, 적시적응하며 자신에게 유리한 쪽으로 쉽사리 변절하는 인물을 비판적 시선으로 제시한다. 그런데 좌우의 노선에 고민하지 않는 이 중사와 같은 인물을 통해 작가가 보여주고자 했던 것은 변절의 의미와 더불어 생존본능의 문제라 생각할 수 있다. 즉, 역사창조의 고된 작업에서 그 실천의 주체자라도 살아남아야 적극적이든 소극적이든 참여를 할 수 있음을 암시하는 것이다. 한편 다른 시각에서 볼 때, 이 중사의 변절은 이념의 경계선이 없었다고 가정한다면, 좀 불리한 직장에서 좀 나은 직장으로 옮기는 것과 같은 정도의 평범하고 일상적인 의미로 받아들일 수도 있다는 이면적 논리가 그 행위의 밑바닥에는 내재되어 있다고 하겠다.

성호는 포로 이동시에 탈출하여 지숙과 영규가 있는 원성으로 와 두 사람을 만나게 되고, 나중에는 채 소위와도 회동하게 된다. 물론 채 소위가 작전 중에 성호와 이 중사 등 모두가 포격으로 사망한 것으로 상부에 보고했으므로, 사실상 성호는 죽은 사람으로 되어 있다.

한편 채 소위는 격전지에서 소대원을 다 잃고 신병을 보충 받아 다시 전방으로 출동한다. 그러나 그는 전방근무에서 소대원들이 전사할 때 죽지 않고 살아남은 것에 대한 자책과 고통에 시달리게 된다. 이러한 고통은 살아남은 자가 희생된 동료에 대해 느끼는 도덕적 배반과 같은 의미로 자각되고 있다.

> 채소위는 그들 앞에 섰을 때, 지금까지 전쟁터에서 살아남은 몸뚱이가 더러운 물건으로 의식되었다. 만일 이 몸뚱이가 깨끗한 것이었다면 이렇게 살아서 더러움을 펼쳐놓지 않았을 것이다. 몇차례의 싸움터에서 용케도 빠져

나온 얼룩진 얼굴과 마주칠 때마다 대낮에 간밤의 공범자(共犯者)를 만난 그
런 느낌을 어쩔 수가 없었다.

　실상 채소위를 비롯한 몇사람의 공범자들은 멀지 않아 가축(家畜)을 몰듯
신병들을 등 뒤로 떠다 밀게 될 것이었다. 그 죄는 스스로 죽음을 택하는 길
밖에 도저히 갚을 수가 없을 것이었다.

—「전야제」 부분[8]

생존하려는 강렬한 논리의 이면에서는 이처럼 남의 죽음을 담보로 했
거나 그에 의존하여 살아남은 듯한 죄책감이 남아, 생존자는 심리적 갈등
을 겪게 된다. 그러한 갈등의 양상을 모두 전쟁이 만들어냈음은 물론이
다. 인용문에서 신병들을 일선에 배치하는 모습을 '가축(家畜)을 몰듯' 이
적병과 마주보고 싸우도록 떠밀어내는 것으로 묘사되고 있다. 최전방의
격전지에서도 누가 먼저 죽고 누가 나중에 죽을 수 있는지가 이미 전제되
어 있음을 작가는 은밀하게 보여주는 대목이라 하겠다.

이처럼 작가는 6 · 25전쟁의 역사적 의미의 숨겨진 내밀한 뜻들을 하나
하나 발굴하여 도덕적 자아를 냉철히 검토하는 지적 엄정성을 견지하고
있다. 또한, 일제 말기에서부터 광복 당시를 거치는 역사적 혼란과 불안
정함 속에서 발생한 6 · 25전쟁의 문제를 체험적 자아의 시선으로 이해,
이야기의 주제를 조정함을 볼 수 있다. 특히, 이 작품의 제10장에서는 그
러한 전기적 투시가 구체적으로 나타나, 6 · 25전쟁 참전세대의 정신적
풍경을 역사적 맥락과 함께 이해할 수 있다.

이런 관점에서 볼 때, 서기원의 작품들은 6 · 25전쟁의 참전세대가 역
사적 상황의 와중에서 체험한 내용을 재해석하여, 그 가치를 추구하고 모
색했다는 점에서 그 의미를 지닌다고 하겠다. 바로 이 점에서 그가 1950
년대 후반기 소설의 한 중심부를 형성할 수 있었던 것이다.

---

8) 위의 책, 308~309쪽.

3. 전후사회의 결핍상 인식

앞에서 살폈듯이 서기원의 작품에서는 지적인 특징이 우세하였다. 그런데 이러한 특징은 1960년대에 들어서 전후사회의 심한 가치 결핍상에 대한 비판의식이 지속되면서 6·25전쟁의 후유증을 해부하는 데로 그 관심이 옮아감을 볼 수 있다. 즉, 6·25전쟁의 의미를 역사적으로 재조명함에 있어 참전세대와 그 가족 주변의 정신풍경에 초점을 맞춘 작품들이 나타나기 시작한다. 그런 한편, 도덕적 및 경제적 궁핍에서 빚어지는 고통으로 인하여 인간성의 심한 훼손과 이에 대응하는 삶의 건전성에 관한 자각이 주요 과제로 다루어지고 있음을 알 수 있다.

각 작품마다 지니는 미적 가치는 선택된 제재의 예술적 처리에 따라 각각 개별적 가치와 특성을 지니겠지만, 대체로 1960년대의 작품에서 지배적으로 나타나는 특성은 6·25전쟁 후유증의 인식과 이에 대해 서사적 화자가 지니는 엄정한 시선으로 감상화를 배제하고 미적 거리를 유지하는 특성이 나타난 점이다.

단편 「박명기(薄明記)」(『현대문학』, 1961.9)에는 공산군의 무자비한 강압에 의하여 자신의 친형을 총검으로 찔러야 했던 아우가 심한 죄책감에 시달리는 이야기가 다루어지고 있다. 그는 최전방에서 전투에 참여했다가 적의 포탄에 실명하게 된다. 한편 노쇠한 그의 아버지는 병고에 시달리고 있으며, 나이 찬 노처녀가 된 그 누이도 아무런 희망도 없이 살아가고 있다. 주인공은 비록 급박한 공포 분위기에서 자행한 것이기는 했어도 친형을 살해하는 데 가담한 죄책감으로 심한 고통을 받고 있으며, 그러한 죄의식에 대한 강박관념으로 하여 노쇠하고 병든 아버지까지 살해할 듯한 극심한 환각증세까지 보인다. 주인공이 그 아버지에게 마침내 자신이 형을 죽였다고 고백하자 아버지는 오히려, '다 내 죄다'라고 대답하며 누이에게는 그런 말조차 못하게 한다. 이 노인의 말을 통하여 시대 전체의 왜곡된 세태에 대한 책임의식이 천명되고 있다. 즉, 6·25전쟁의 혼란상은 이념을 따지기 전에 기성세대의 역사적 과오로 야기된 것임을 인정하고 이에 대해 책임을 지려는 태도가 나타나 있는 것이다. 국권의 수호와 부권의 확립이 동질적 차원에서 융합되면서 시대의 최고 과제인 6·25가 당시 기성세대의 책무였음을 노인은 자각했기에, '다 내 죄다'라고 했던 것이다. 이 집안의 네 가족, 즉 병든 노부, 죽은 형, 시집 못 간 노처녀 진숙, 눈은 멀고 형을 살해한 죄책감에 자학하는 인물 '나'는 6·25전쟁의 후유증이 어떠했던가를 보여주는 이야기의 예술적 장치들이며, 동시에 당시의 역사·사회적 이면에 숨은 진상을 일깨우는바 구체적 의미를 알려주는 요체들이다.

그리고 이 작품의 의미에 관여하는 배경으로서, 교회의 찬송가가 여러 번 되풀이하여 제시되고 있는 데에 유념할 필요가 있다. 초월적 구제의 기능을 의미하는 종교적 의식으로서의 찬송가는 그 본래의 기능을 발휘하지 못하고 시대적인 고통 속에 공허하게 울려 퍼지는 모습을 보여줌으로써 작가는 반어적 효과를 독자에게 제공하고 있다. 즉, 극심한 가치 결핍으로 혼란에 처해 있던 당시 삶의 이면을 작가는 엄정한 시선으로 파악하고 해부했던 것이다.

최전방에서 작전 체험과 눈의 부상이 다음과 같이 묘사되고 있다.

> 나는 온몸이 가루가 될 폭발음과 뜨거운 화기(火氣)를 얼굴에 의식하자, 그대로 뒹굴었다.
> 눈 앞을 겹겹이 감은 하얀 붕대를 떼는 순간까지 나는 절대로 절망하지 않으려고 했다.
> 그러나 나는 내 눈이 외계(外界)를 보기 위해서 앞을 향해 위치하고 있는 것이 아니라 그와는 정반대로 나의 내부를 응시하기 위해 안으로 촛점을 바꾸어 맞춘 것을 비로소 깨달았다.
>
> ―「박명기」 부분[9]

9) 서기원, 「박명기」, 『현대한국문학전집』 41, 삼성출판사, 1978, 118쪽.

6 · 25전쟁의 비극적 체험은 열강의 세력균형의 조성과정에서 야기된 것이라는 시각과 또 전쟁에 대한 사회적 및 정치적 해석의 시각 등 여러 가지 외형적 이해가 있을 수 있지만, 가장 중요한 것은 그 책임이 온전히 우리의 내부에 존재함을 각성하는 것임을 이 글에서는 감동적으로 일깨우고 있다. 여기서 일개인으로서 주인공이 겪는 실명은 전쟁수행 중에 이루어진 상처라는 외면적 의미를 지니지만, 그 원인이 사실은 그 누구의 탓도 아닌 바로 우리들 자신이 역사창조의 책무 이행에 불충실함으로 하여 생긴 것이라고 볼 때 중요한 의미를 암시한다고 할 수 있겠다. 이처럼 작중인물의 개인적 고통 속에서 가치 궁핍의 진상과 역사적 진전의 방향 모색의 심각한 고뇌를 서사적으로 이끌어내는 것이 서기원 소설의 값진 점임을 선명히 확인할 수 있다.

이와 비슷한 맥락에서 작품 「야화(夜話)」(『사상계』, 1962.7)를 이해할 수 있다. 작품의 시작에서, 퇴근시간이 지났는데도 상사의 눈치를 보고 퇴근을 하지 못하는 억눌려 있는 사무실의 분위기를 '뻣뻣이 얼어붙은 꼴'로 포착하고 있다. 즉, 자율적이고 자유스런 삶이 영위되는 분위기가 아닌 것이다. 주인공은 어린 아들의 병 때문에 서둘러 퇴근을 하게 되는데 이때의 억눌린 분위기는 다음과 같이 묘사되고 있다.

> 부하들의 침울한 눈치마저 귀찮다는 그런 냉혹한 과장의 거동은 지온의 가슴속에 파괴적인 행동을 일으키게 했다. 앞에 놓인 장부와 주판 따위를 닥치는 대로 내동댕이치고 책상이라도 힘껏 걷어차 엎어버리고 싶은 충격을 애써 누르고 있었다.
>
> ─ 「야화」 부분10)

이러한 인용문에서 볼 수 있듯이 직장의 경직된 분위기는 아무런 가치

---

10) 서기원, 「야화」, 『현대한국문학전집』 41, 삼성출판사, 1978, 396쪽.

충족도 주지 못하며, 인격적 굴욕감을 받는 데서 오히려 분노를 일으킨다. 주인공은 허둥대며 퇴근하나, 저녁하늘이 '어슬어슬' 저무는 거리로 나서며, '내가 할 일은 이게 아닌데…' 라고 하며 현실의 삶에 대해 회의하는 모습을 보여준다. 이러한 회의 속에서 당시의 지식청년 일반이 느꼈었을 가치 부재의 심리풍경을 엿볼 수 있을 것이다. 작품 속의 인물은 창조물이면서 작가가 체험한 당시대의 의미와 유관한 연결고리를 맺고 있다고 하겠다.

한편, 옆집의 옥남이 어머니는 아이를 분만하였으나, 생계조차도 제대로 이어가지 못하는 극빈의 처지에서 핏덩이를 땅에 묻고 만다. 그러나 개가 그 썩는 냄새를 맡고 흙을 파내 신생아의 시신을 싼 누더기가 발견되자 온 동네가 충격을 받게 된다. 이와 같은 '괴변'을 통하여 당시의 변두리 서민이 겪어야 했던 물질적 및 도덕적 궁핍이 예각적으로 분석되고 있다. 어둠이 짙게 깔렸던 60년대의 사회상이 냉엄한 화자의 눈에 의해 고발, 비판되고 있는 것이다. 물론 화자는 지적으로 조정된 비판의 거울에 비춰 앞으로 있어야 할 가치를 모색하는 것이지만, 이야기의 장치는 부정적 의미가 중심이 되고 있다.

이어서 「상속자(相續者)」(『현대문학』, 1963.2)의 주인공 소년은, 전통적 문벌의 권위의식에 사로잡혀 당시대의 사회문화적 변모와 동떨어진 삶을 영위하는 할아버지와 억지로 이끌려 제례를 지내는 숙부와 가치론상의 갈등을 일으켜 집을 떠나게 된다. 고방에는 '야기(夜氣)처럼 푸르스름한 빛'이 새어들고 고서가 쌓여 있고 함에는 선조의 '홍패'가 5장이나 있는 명예로운 가계의 '9대 종손'임을 할아버지는 주인공 소년에게 일깨운다. 타계한 아버지도 봉제사를 좋아하지 않았으며, 작은 숙부도 소년도 감각적으로 맞지 않았다. 그 한 장면을 인용하면 다음과 같다.

> 할아버지는 두 번 헛기침 소리를 내시고 축문을 읽기 시작했다. 구슬프고
> 가늘게 떨리는 목소리였다. 축문이 끝나자 할아버지를 선두로 곡이 시작되

었다. 작은 아버지는 분명치 않은 발음으로 나지막하게 중얼거리고 있을 뿐이었다. 소년은 눈과 입을 닫고 있었다. 소년에게 지리하기는 커녕 등이 시리도록 긴장된 시간이 너무도 길었다. (…중략…) 그을음이 솟을 때마다 검은 그림자가 젯상위를 뒤덮곤 했다. 위패를 모신 뒤쪽은 한결 어두워 보였고 그 속에는 누군가 낯선 사람이 도사리고 있는 것 같았다.

— 「상속자」 부분11)

이러한 제사의 분위기에서, 지난날 조상의 자랑스런 명예와 그 명예를 그리워하며 살아가는 할아버지의 조상 숭배의 절실함이 보인다. 그러나 그와는 달리 새 세대인 소년에게 있어 그 권위와 명예는 자신의 현실적 가치로는 이어지지 않으므로 '옥관자' 한 쌍을 지니고 새 사회의 적응자 수련을 쌓기 위해 고향을 떠난다. 이러한 주제는 전통지향적인 구세대와 미래지향적인 신세대 사이의 갈등을 다루면서, 제례를 통한 조상 숭배보다는 새 시대의 창조적 역군으로서 가치 충실을 기해야 할 논리를 일깨우는 작가정신의 소산으로 보인다. 즉, 과거의 명예가 존중의 대상만이 아니라 오늘날 창조된 새로운 명예로 승계될 때 진정한 창조적 계승이 됨을 일깨운다고 하겠다.

작품 「반공일(半空日)」(『현대문학』, 1965.8)에는 주인공이 무직으로 떠도는 전우 K의 방문을 받는 것에서 이야기가 시작된다. 아내와 영화를 보려던 약속을 파기하고 주인공은 봉급을 가불하여 그의 자존심이 상하지 않게 대접하려 한다. 사무실을 나서서 한 쌍의 남녀가 지나는 데 주목하게 되는데, 젊은 여인과 병사와의 아베크로서 병사를 '자랑하는 듯한' 표정을 지은 여성에 관한 소감을 K는 다음과 같이 말한다.

「혁명 전에 군복을 우습게 여기던 년들이.」하고, 볼메인 소리로 뇌까렸다. 별안간 나는 웃음이 치밀어 간신히 참아 내느라고 뱃가죽이 아팠다.

---

11) 서기원, 「상속자」, 『현대한국문학전집』 7, 신구문화사, 1966, 415~416쪽.

「그 땐 반공일이면 군복을 벗고 나왔거던.」「왜?」 K는 아직도 심술이 가라앉지 않았다. 「왜라니. 시세가 없으니까 그랬겠지. 별 수 있나.」

— 「반공일」 부분12)

인용된 대화에서 나와 K는 6·25전쟁 참전세대이고, 아베크 병사는 1960년대 군사혁명기의 병사임이 명백히 드러나고 있다. 특히, 6·25전쟁 참전세대와 혁명기의 군인에 대한 사회적 인식이 상이함을 보이면서 삶의 내용에 도사린 가치인식의 심한 변동과 그에 따라 소외감을 느끼는 참전세대의 고통이 밝혀지고 있다. 뿐만 아니라 작가는 간첩 훈련과 남파의 삽화를 통해 간첩 신고와 보상금문제를 다뤄 세태를 야유적으로 비판하며, 더불어 참전세대 제대군인들이 일자리를 못 찾고 방황하는 사실을 고지시킨다. 이어서 전우인 R이 4·19혁명 당시에 탱크부대원으로 서울 진압에 참가했으나 당시의 진압군이 학생들의 봉기에 동조했음을 회상한다.

R도 역시 자전거포를 가졌다고는 하나 설 자리가 없어 나에게 돈을 빌려가 연명하는 처지이다. 귀가하면서, K가 술기운에 큰 소리를 내며 거리를 걷는 것을 발견한 나는 '야아, 술 처먹음 곱게 다녀!' 라는 협박에 가까운 고함을 듣게 된다. 이때 묘한 긴장감이 느껴지게 된다.

별안간 플래시가 K의 얼굴을 비쳤다. 「너희들 인민군하구 싸워 본 일 있니?」 살벌한 공기와는 어울리지 않는 목소리가 딴전을 부리듯 말했다. K였다. 상대편은 잠시 잠잠했다. K는 후다닥 웃통을 벗기 시작했다. 「자, 봐라. 이쪽이 박격포 파편을 맞은 자리고, 이건 관통상을 꼬맨거다.」 라이트가 꺼졌다가 다시 켜지고, 서서히 다리로부터 더듬어 올라가 벌거숭이 가슴팍에서 멎었다. 「세상 만났다구 까불지 마. 너희들 선배는 몽땅 죽었거나, 이쯤 됐다. 할 말 있어?」 그러나 나는 눈 앞에 엇갈린 그림자에서 서늘한 살기를

12) 서기원, 「반공일」, 『현대한국문학전집』 7, 신구문화사, 1966, 431쪽.

느꼈다.

— 「반공일」 부분13)

인용된 대목에서, 군사혁명 당시에 현역으로서 혁명군에 가담된 젊은 세대의 군인들이 누렸던 엄청난 힘이 '서늘한 살기'로 나에게 인식되고 있고, 참전세대의 자리는 아무것도 마련되지 못했던 시대의 고통이 명징하게 대비되고 있다. 이러한 구체적 대비에 의해 작가는 1960년대 삶의 단면에 숨은 시대적 모순이 역사적 흐름과 어떻게 관련되어 있는지 역시 지적 분석을 통해 밝혀내고 있다. 비록 짧은 한 편의 단편이지만 시대의 추이와 그 중심부의 의미를 날카롭게 지적하는 예술적 역량을 확인할 수 있다.

이 작품의 초두에서 내가 돈을 가불하여 K와 함께 거리를 나섰을 때의 분위기를 다음과 같이 묘사한 데 주목할 필요가 있다.

K는 발 밑만 내려다 보며 말이 없이 걸었다. 「집사람의 눈치 같은 걸 개의한다면 자네답지 않아. 그리고 나를 못 미더워하는 셈이구.」 나는 이렇게 중얼대는 동안 기묘한 부끄러움을 타고 있었고, 햇빛이 더욱 눈에 부셨다.

— 「반공일」 부분14)

여기서, 제대 후 갈 곳이 없어진 전우를 자신의 집에 기거하게 하는 따뜻한 전우애가 드러나며, 제대 후에 아무런 사회적 보상을 받지 못했던 당시의 참전세대 제대 장병들이 겪었던 심한 소외현상이 비쳐지고 있다. 이런 이유로 술을 마신 K가, 거리에서 만난 기세당당한, 그러나 6·25전쟁과는 무관한 젊은 세대의 혁명군에게 자신의 전쟁 상처와 참전군인의 불

---

13) 위의 책, 437쪽.
14) 위의 책, 430쪽.

행한 최후를 과시했던 것이다. 말하자면 시대의 구조적 반어현상을 노출시킨 것이다. 다음에 인용된 부분은 당시의 민심의 동향을 묘사한 것이다.

> 도심지를 들어서면서 우리들 틈새로 행인들이 빠져나가기도 하고 서로 뒤떨어지기도 하여 얘깃줄기가 끊어졌다. 여자들은 사내들과는 딴 판으로 활기가 있었고, 금시 물을 준 푸성귀처럼 싱싱했다. 그건 전쟁 때에도 그랬고 전쟁 후에도 변함이 없었고, 〈의거〉〈혁명〉〈의거〉〈혁명〉〈의거〉〈혁명〉 뒤도 여전했다. 그들은 사내들만 곁에 있어 주면 영구히 생기를 잃지 않을 것 같았다.
>
> ― 「반공일」 부분15)

이러한 간명한 묘사에서 시대의 급변하는 추이가 보이면서 변동과는 무관한 안락함이 변동에 의해 극심하게 시달리는 나와 K의 세대의 고통과 적절히 대비되고 있다. 물론 변동 자체는 사회적 발전의 한 추세이므로 그것을 부정적으로만 바라볼 필요는 없는 것이지만, 변동의 주동적 세력에서 밀려난 소외층의 문제는 심각한 것이었음을 알려준다. 묘사된 내용에서 젊은 여성들의 생명감에 넘치는 것을 '금시 물을 준 푸성귀처럼'이라고 표현했는데, 이는 한편으로 그때그때 대세에 뇌화하며 손해 없이 살아가는 기생성의 의미를 담고 있는 것으로 야유적 의미가 내포되어 있음에 유의할 필요가 있다. 즉, 역사의 주류에 몸 바쳐 온몸에 '부상'을 입었거나 죽음에 이른 참전세대의 창조적 적극성과는 달리 늘 권력에 부화하여 이기적 삶을 누리는 층의 대비를 보여주는 것이다. 물론 여성 중에는 아들이나 남편을 잃는 등의 고통을 참전세대와 함께 한 이들도 있었을 것이다. 이 부분에서 묘사된 여인이 반공일이라 젊음과 행복감을 과시한 것으로, 여성의 모습으로 부화하는 층을 묘사해낸 것은 다만 이러한 대비

---

15) 위의 책, 같은 곳.

를 위해 장치로서 끌어온 것으로 짐작할 수 있다.

이어서 곱게 화장한 여인들의 '번영하는 거리의 반공일다운 호사한 색조를 수 놓고 있'는 분위기와 K · R · 나 등 참전세대의 우울과 소외가 예리하게 대척적으로 나타나 있다. 작가의 이러한 주제적 관심에서 역사 · 사회적 추이의 어떤 중심부의 의미가 창작적 동기로 작용되고 있음을 발견하게 된다.

다음으로 우의적 서사장치를 시도하면서 고발과 비판정신을 작품화한 일련의 연작소설 「마록열전(馬鹿列傳)」(『현대문학』, 1971, 『월간문학』『문학과 지성』, 1972, 『창작과 비평』)과 「둔주(遁走)」(『사상계』, 1960.11), 「장계초(狀啓草)」(『한국문학』, 1966. 봄) 등으로 현실의 문제들이 비판적으로 조명되고 있다.

작품 「둔주」에는 장교로 제대한 R이 자신의 부하로 근무했던 G가 빈번하게 찾아와 장사밑천을 얻어가는 데 대해 거의 노이로제가 될 상태에 이른 모습을 통해 제대 장병들의 고난상을 보여주고 있다. 그리고 아무도 책임질 수 없는 G의 고통이 시대의 모순에 의한 것임을 일깨우고 있다. 다음과 같은 G에 대한 소략한 묘사에서 당시대의 소외층의 모습이 암시되고 있다.

> G의 얼굴은 만날 적마다 광대뼈와 아래턱만 앙상하게 R의 눈을 자극했다. G의 옷차림도 처음엔 넥타이를 풀렀다가 다음은 웃도리 대신 허술한 잠바를 걸쳤고 이번엔 꾀죄죄한 내의가 들여다뵈는 와이셔츠바람으로 나타난 것이다.
> 우아기는 하숙집에 잡혀 있습니다.
> G는 다갈색의 입념을 통채로 노출시키고, 히히히 교활하게 웃었다.
>
> ─「둔주」부분[16)]

16) 서기원, 「둔주」, 『한국대표문학전집』 37, 삼중당, 1972, 156쪽.

인용문에서 볼 수 있듯이, 의지할 곳도 없고 생계수단을 강구할 만한 아무런 능력도 없는 G의 초라한 모습에서 참전세대의 장병들이 제대 후에 겪는 고통이 적실히 요약적으로 묘사되고 있다. 나중에는 G의 내방에 대해 R이 더 이상 도울 수도 없는 한계점에 이르자, G가 야채장사를 해보겠다고 말하는 대목에서 R은 충동적으로 '사람 살려!'를 외치며 차에서 뛰어 내리는 것으로 이야기가 마무리되고 있다. 임시직원으로 근무하는 R에게 네댓 번씩이나 도움을 받았으면서도 G는 자립을 하지 못하고 실패만 되풀이하는데, 이러한 내용에서 참전세대의 제대 장병들의 극심한 생활고의 모습을 읽을 수 있다.

연작소설 「마록열전 · I」에는 1970년대에 급상승한 졸부층, 좌절한 선비층(지식인층), 관료들의 치부 등의 문제가 포괄적으로 비판되고 있다. 졸부가 된 마록은 자신의 조부가 의병으로 싸우다 전사한 것으로 알았지만, 사실은 도망치다가 왜병의 총격에 죽었다는 것을 알고, 김 사관(史官)을 사귀어 읍지를 고쳐 명예회복을 꾀하는 인물로 등장한다. 그는 젊은 첩을 얻기 위해, 자손을 두어 불효를 면하겠다고 변명하며 돈을 쓰는 간교한 인물이기도 하다. 또한 4일장을 3일장으로 고친 일에 대하여 집단 항의한 죄로 선비들까지 모두 옥에 갇히는데, 이 일로 김 사관도 옥에 갇혔다가 이방의 조부가 서장대에서 장렬하게 전사한 애국지사라고 말하여 풀려난다.

작가는 이러한 봉건적 풍속도를 그려내어 1970년대의 사회적 비리를 우의적 수법으로 묘사하고 있다. 관직명이나 행동에 대한 표현방식을 모두 조선시대의 것으로 바꾸어 씀으로써 우의적 해석을 가능케 하여, 1970년대의 사회적 이면상이 조선시대의 부정적 제도운영과 같은 수준에서 조명되고 비판되게 하여 예와 이제가 동질적으로 파악되게 하였다. 이처럼, 우의적 수법을 장치화함으로써 의미가 풍부해지고 역사적 투시가 이중으로 가능했던 것이다.

작품 2에서는 마록삼(馬鹿三)의 6·25 참전과 의리심과 대담함 등이 골계적으로 묘사되고 있다. 마 중위가 실력도 없이 통역장교로 망신당하는 일, 양키를 두들겨 패주었다는 무용담, 포로수용소장으로 근무하면서 의용군으로 끌려간 친구를 풀어준 이야기 등등을 풍자와 골계로 그리고 있다. 다음 작품에서는 청백리의 후손 마준(馬俊)의 정의감과 벼슬 얻는 방법이 묘사된다. 마준이 북촌의 세도가에 인사를 가, 기지로써 벼슬을 얻는 골계스런 장면을 통해 1970년대의 인사행정의 부조리가 투시되고 있다. 최치열·박 진사 등 마준의 친구들은 군중집회를 주도하여 간신배를 탄핵하는 한편, 광화문을 도끼로 부수며 개혁을 주도한다. 대감은 주모자들이 죽지 않았으며 그들은 충신이니 '정읍현감에 제수'할 것을 권한다고 야유조로 묘사하고 있다.

제4편에서는 어사 마명후(馬明後)가 태평군 일동면의 행정비리에 관한 보고를 하는 것을 장계(狀啓)의 형식으로 서술하고 있다. 여기서 사제 간의 위계질서가 깨어진 것, 교원들의 연구비 논의문제, 돈 때문에 원고 쓰는 것, 터키 땅의 기괴한 풍속 등 지식인의 부조리한 행태가 속속들이 비판적으로 조명되고 있다.

제5편에서는 일제 경찰에 빌붙어 정보 제공을 하여 살아갔던 인물 마영이 등장한다. 일제 중추원 김 참의는, 학교에서 '일본놈의 앞잽이'라고 따돌림을 당하자 등교하지 않은 아들을 광에 가둔다. 한편 목하(木下) 경부는 마영을 시켜 '불령'한 조선인을 뒷조사하여 공을 세우려 한다. 김 참의는 마영과, 아들을 국외로 탈출시키려는 논의를 하게 되고, 이렇게 해서 김 참의 아들을 호적에서 빼어 독립운동을 하든 사상운동을 하든, 김 참의에게 화가 미치지 않게 일을 꾸민다. 그래서 김 참의의 아들이 사망한 것으로 하고 장사를 지내게 된다. 작가는 이러한 세태의 부조리를 조선시대, 일제시대, 1960년대의 사회적 풍경과 일치시켜 그 숨은 비리와 부조리함을 비판하고 있다.

그리고 「장계초(狀啓草)」(『마록열전(馬鹿列傳)』, 창작과비평사, 1988) 같은 작품에서도 암행어사의 직분으로, 지방의 효자·효부, 행정직의 비리, 교통사고에 얽힌 사연 등을 장계의 형식으로 보고하는 내용을 다루고 있다.

이처럼, 1970년대의 사회적 모순이나 어긋난 문제점들을 지난 시대의 역사적 내용이나 그 관직의 이름을 빌려 주제의 역사적 의미를 밝히고 있다. 여기에서 문제의 유사성을 복합화하여 독자의 비판적 안목을 입체적으로 작용케 하는 작가의 우의적 솜씨가 뛰어남을 볼 수 있다. 즉, 시간을 구분 짓지 않고 자유로이 넘나들며 비리나 모순을 자유자재로 조명하여 해석적 감동의 폭을 증대시키는 데 성공하였다. 즉, 작가의 역사적 안목과 적절히 융합된 현대사회의 구조적 모순의 인식을 서사적 장치를 통해 잘 드러내었다고 볼 수 있다. 이런 점에서, 이 작품의 주제가 그 형식적 기교와 동질화된 것을 실감할 수 있다.

결론적으로, 서기원 작가는 6·25 참전세대의 고통과 그 역사적 조명을 매우 적절한 서사적 장치로 드러내어 우리 현대소설사에서 주목되는 위치를 점유한다.

박완서의 작품세계와 역사의식

작가는 남에게 들려줄 만한 가치가 있는 이야기를 서술자(또는 화자)의 목소리에 담아내어 독자들에게 말해주는 자발적인 의무감에 사는 특정한 지식인으로 볼 수 있다.

문예지나 출판사의 요청이라는 직접적인 주문에 의해 만들어진 작품이 출판된다는 외형적인 수속관계가 있지만, 그보다는 훨씬 깊은 뜻으로 이야기를 꾸며내야 하는 요망을 스스로 자각한 사람들이다. 좀 거창하게 말한다면 한 시기의 사회적 중심과제로 의미가 있거나 재음미할 만한 역사적 체험을 이야기로 담아낼 수도 있을 것이다. 좀 다른 각도에서 작가 자신의 내면적 요망의 절실성에 의하여 세상에 대한 한 발견으로서 또는 어떤 변해로서 알려주고 싶은 창조적 욕망에 의하여 작품을 만들어낼 수도 있으리라 생각된다.

만들어내려는 내부적 요구가 지닌 창조적 논리는 한 작품의 주제를 일정한 테두리에 타당화시키는 기능을 지닌다. 그리고 이 주제는 읽는 독자의 교양과의 관련성 안에서 재해석되고 재음미되면서 독자의 교양을 세련화시키기도 하고 풍부하게도 한다. 여기서 만들어진 작품은 독자의 교양에 의하여 재수용되면서 문학적 기능이 하나의 완성에 이른다고 하겠다. 경우에 따라 작품 수용은 충실하게 또는 적절하게 이루어질 수도 있고, 오해나 편견 혹은 선입견에 의하여 왜곡되고 배척될 수도 있을 것이다.

이렇게 본다면 책읽기의 여러 층위를 생각할 수 있다. 남녀문제의 통속적 내지는 오락적 재미로서, 결합될 수 없는 처지나 관계의 장애를 몸소 부딪치고 겪으며 감격적인 사랑의 성취에 이르는 이야기를 곱씹으면서 읽는 독자들도 있을 것이며, 인물의 의식 속에 숨은 인간애의 정신을 발견하며 감동하는 독자도 있을 수 있을 것이다. 그러나, 작품이 그려내고 있는 주제를 적절히 포착하고 그 의미를 음미하는 일은 뜻밖에도 용이한 일은 아닌 듯 여겨진다. 그만큼 작품 수용은 독자의 영역에 들어오게 되고, 또 독자의 교양에 의해 어떤 형태로든 수용된다. 작가의 의도와 다른 의미체로 전위됨을 알 수 있다. 즉 작품의 논리와 독자의 논리에는 대립과 수용의 양면성이 있을 수 있다.

1. 여성스러움의 발견

나는 「그 살벌했던 날의 할미꽃」(1977)을 읽고 감동한 적이 있었다. 지금도 박완서라는 작가를 생각하면 먼저 할미꽃을 떠올릴 정도이다. 이 작품은 두 개의 삽화로 이루어져 있다. 하나는 노약자와 여자들만이 남아 있는 일선 지역의 마을에 미군이 밀어닥쳐 색시를 찾아 나서자, 마을의 부녀자들은 일시에 긴장하게 된다. 아무도 색시 노릇할 생의를 낼 수도 없고 또 가정의 부녀들로서는 치욕일 수밖에 없었으나 색시를 찾는 저들의 기세를 어찌할 방도가 없었다. 이때 한 노파가 자청하여 화장을 하고 저들의 막사로 갔으나, 색시가 노파인 것을 확인하고 미군 병사들은 폭소를 터뜨리고 선물을 주어 돌려보냈다는 이야기이다. 다른 하나는 전투할 때에 숫총각은 총알에 잘 맞아 목숨을 잃는다는 미신적 속설 때문에, 진짜 숫총각인 김 일병은 심각한 상태에서 여자를 찾아 헤매다가 어렵사리

한 노파와 동침하게 된다. 그런데 김 일병은 그 집을 나올 때 웃으면서 "또 와요" 하는 노파의 말을 듣고 큰 충격을 받는다. 즉, 저런 노파의 육체에도 아직 욕망이 살아 있어 재회를 원하는가 하는 데 생각이 미치게 된 때문이었다. 김 일병은 제대 후에 혼인하고 또 많은 세월이 흐른 다음 사회적으로도 성공한 인물로 노년기를 바라보는 나이가 되었다. 이때의 회고에서 서술자는 다음과 같이 말하고 있다.

> 그 후 또 수많은 날이 갔다. 그는 오십을 바라보는 김 사장이 되었다. 지금도 그는 가끔 노파 생각을 한다. 그때의 노파의 행위야말로 무의식적인 휴머니즘이 아니던가 하고 생각할 만큼 나이를 먹었다.
>
> —「그 살벌했던 날의 할미꽃」 부분[1]

인용된 글에서 쾌락의 욕망이 아닌 생명을 존중하는 인간애 정신이 나타나 있다. 비록 노파였지만, 그들의 여성성을 통하여 인간에의 정신을 발휘할 수 있었다는 하나의 발견이 나타나 있다. 이런 방식의 인간애 정신의 실천은 남성으로서는 불가능한 것임은 말할 여지가 없겠다. 이처럼 발견으로서의 감동을 서술자들의 말씨를 통하여 독자에게 제시한다.

첫 이야기에서 무분별한 외국 병사들의 방자함이 드러나 있으나, 사실은 젊음의 열정은 전쟁터나 직장에서나 생명성의 근원적 힘으로 실재하는 보편적인 현상이다. 그것의 도덕적 타당성에 의한 행위의 비판은 가능할 것이지만, 그 자체의 생명적 충실성에 내재된 욕구가 생명 상징의 진실한 일면임은 자명한 것이다. 성애의 실현을 통한 사랑의 완성은 반드시 여성이라는 성의 매개 없이는 그 충실성이 보장되지 않기 때문에, 전방이건 후방이건 색시 찾기의 노출된 탐색이거나 은근한 기다림이든 그것을 찾는 남성의 교양의 차이가 있을 뿐 어디에나 있는 보편적인 것임을 인식

---

1) 박완서, 「그 살벌했던 날의 할미꽃」, 창작과비평사, 1978, 175쪽.

할 수 있다. 이 이야기에서 한 노파의 여성성을 통한 희생적 인간애의 실현은 놀랍고 아름다운 주제로 인식되고 있다. 여기서 젊은 외국 병사들의 처지도 생각할 수 있다. 애인이나 여자친구를 동반하고 수시로 격전지로 변할 최전방에 근무할 무모한 용기는 없었을 것이므로 젊은 여성 찾기의 노골적인 추태가 이역의 전선지역에서 벌어진 것임을 이해할 수 있다. 한국의 풍속에서 볼 때 결코 좋게 볼 수는 없지만 이 한 가지의 이야기 사례에서 남성의 야생적 돌출을 여실히 객관적으로 인식할 수 있게 했다. 그리고 격전지에 근무하는 불안심리나 초조감이 가세된 형편에서 그러한 야성적 행태가 야기될 가능성은 충분한 이야기 논리로서 타당성을 지닌다고 하겠다.

이러한 여성성의 인간애의 주체가 남성성의 야성에 뒷받침되는 서사에서 6·25라는 역사적 실체의 한 토막이 독자들의 감각과 지각에 구체적으로 연결되고 있다. 이야기의 주체가 배경에 의해 구체성과 진실성을 얻을 수가 있고, 목숨과 그 목숨의 살아 있음의 실현으로서 욕구의 실존적 인식이 객관화되게 하였다. 즉 상황의식과 목숨의 실현이 통합된 문제로서 해석의 영역에 새로운 뜻을 던진 것이라 보인다.

이처럼 전쟁이라는 특정한 사정에서 재발견된 삶의 의미가 천명되고 있다. 이러한 여성성의 의미는 아마도 이 작가에 있어서 삶을 이해하는 데 있어 중요한 요체가 되는 것 같이 보인다. 1985년에 발표된 「해산(解産) 바가지」에서는 고부간의 문제와 아들을 낳아야 하는 가계 보존의 문제 등 여성적 시선으로 인물들에 얽힌 속생각까지 영절스럽게 묘사하고 있는데 이는 여성성의 발견에 큰 공헌을 해주는 작품이기도 하다. 이 작품에는 홀로 된 시어머니와 며느리인 나와의 관계가 이야기의 주류를 이루며, 곁가지 이야기로서는 친구와 요즘의 신세대 며느리의 이야기가 있다. 친구의 며느리 이야기를 통해서는 젊은 며느리의 세대적 차이에서 빚어지는 가계를 승계하는 아들의 인식에서 견해차가 문제시되고, 나와 시어머니 사이에는 노후의 병구완과 늙음 자체의 의미가 천착되고 있다. 특히 시어머니의 인간애 정신의 발견에 이야기의 초점이 모아지고 있다. 실상 출산의 문제는 남성 작가가 다루기 힘겨운 것이라고 보겠는데, 이 작품에서는 출산에 얽힌 관습과 여러 느낌들이 소상히 다루어지고 있다. 이 작품은 시어머니가 오히려 친정어머니 못지않게 훌륭한 면을 지님을 알려준다. 그러던 시모가 노인병을 앓으면서 치매증을 보이게 되자 가족들은 견디기 힘든 고통을 겪게 되고, 이에 따라 노인도 사랑이 깊은 옛 시모가 아닌 다루기 힘든 환자로 변해버린다. 여기서 서술자인 나의 심리적 고통은 더욱 심하게 된다. 물론 치매 환자는 모성적 본능과 여성적 본능이 살아 움직이면서 가족들의 상식적인 정상성에 심한 고통을 가하는 것이지만, 그것을 당하는 아들이나 며느리로서는 혈육의 정을 망각할 만큼 고통을 받게 되는 것이다. 여기서 씻기 싫어하는 시모를 목욕시키는 '나'의 심리를 다음과 같이 제시한 데 주목할 수 있다.

> ······나 역시 거침없이 증오를 드러내니까 힘이 무럭무럭 솟았다. 옷 한 가지를 벗겨낼 때마다 살갗을 벗겨내는 것처럼 처절한 비명을 질렀다. 보다 못한 아줌마가 제발 그만 해두라고 애걸했다. 알지 못하면 가만있어요. 이 늙은이는 이렇게 해야 해요. 나는 씨근대며 말했다. (···중략···)
> 골치가 빠개질 듯이 띵하고 귀에서 잉잉 소리가 났다. 나는 남의 일처럼 내가 미쳐가고 있다고 생각했다. 골속에 아니 온몸에 가득찬 건 증오뿐이었다. 그런데도 나는 자꾸자꾸 증오를 불어넣고 있었다. 마치 터뜨릴 작정하고 고무풍선을 불듯이.
>
> ─「해산 바가지」 부분[2]

서술자가 치매증에 걸린 노시모를 목욕시키면서 자신의 느낌을 묘사한 대목으로서 시적 진실감을 이루고 있다. 물론, 이러한 증오심의 묘사는

---

2) 박완서, 「해산 바가지」, 『꽃을 찾아서』, 창작사, 1986, 189~190쪽.

며느리가 당한 고통의 반응이기도 하지만, 서술자의 심리적 동향에 관한 감각적·정의적 묘사의 탁월한 기량에 의한 의미 제시로서 특출한 바 있다. 이는 그동안 긴 세월을 손자 기르기에 온 정성을 기울인 시모가 치매증 환자가 된 사실에 관한 심한 정신적 고통의 한 표현이기도 하다. 사랑과 미움의 이반하는 논리를 포착한 한 토막의 고통시학의 표출임을 알 수 있다.

이러한 긴 고통의 끝에 부부는 망령든 노인이나 정신병 환자를 수용하는 기관을 찾아 진땀을 흘리며 시골길을 걷게 된다. 그리고 지친 나머지 좌판에 진열된 막걸리를 사 마신다. 이 장면에서 나는 초가지붕에 열려 있는 박을 발견하게 되고, 시어머니가 베푼 지난날의 해산바라지의 지극한 정성을 떠올리게 된다. 시어머니는 서술자가 첫아기를 낳을 무렵, 정결한 해산 바가지를 구하여 정성스럽게 해산바라지를 해주셨을 뿐만 아니라, 낳는 족족 딸이었는데도 조금도 섭섭해 함 없이 한결같이 해산바라지를 지성으로 해주셨던 것이다. 다음에 그 내용을 인용하려 한다.

외아들을 둔 시어머니가 흔히 그렇듯이 그분도 아들을 기다렸음직하고 더구나 그분의 남다른 엄숙한 해산 준비는 대를 이을 손자를 위해서나 어울림직했기 때문이다. 그러나 퇴원한 나를 맞아들이는 그분에게서 섭섭한 티 따위는 조금도 찾아볼 수 없었다. 그 잘생긴 해산 바가지로 미역 빨고 쌀 씻어 두 개의 해산 사발에 밥 따로 국 따로 퍼다가 내 머리맡에 놓더니 정성껏 산모의 건강과 아기의 명과 복을 비는 것이었다. 그는 그분의 모습이 어찌나 진지하고 아름답던지, 비로소 내가 엄마 됐음에 황홀한 기쁨을 느낄 수가 있었고, 내 아기가 장차 무엇이 될지는 몰라도 착하게 자라리라는 확신 같은 게 생겼다.

대문에 인줄을 걸고 부정을 기(忌)하는 삼칠일 동안이 끝나자 해산 바가지는 정결하게 말려서 다시 선반 위로 올라갔다. 다음 해산 때 쓰기 위해서였다. 다음에도 또 딸이었지만 그 희색이 만면하고도 경건한 의식은 조금도 생략되거나 소홀해지지 않았다. 다음에도 딸이었고 그 다음에도 딸이었다. 네 번째 딸을 낳고는 병원에서 밤새도록 울었다. 의사나 간호원까지 나를 동정했고 나는 무엇보다도 시어머니의 그 경건한 의식을 받을 면목이 없어서 눈물이 났다. 그러나 그분은 여전히 희색이 만면했고 경건했다.

——「해산 바가지」 부분3)

이러한, 시어머니의 정성 어린 해산바라지의 묘사에서 생명존중의 사상이 우리 산속(産俗)에 깃들어져 있음을 엿볼 수 있고, 화자는 그러한 경건함 속에 깃든 어머니의 인간애 정신을 재발견하고 독자에게 제시하고 있다. 즉 그러한 고마움을 잊고 편리주의에 매몰되어가는 무자각한 세속을 비판하는 내용임을 알 수가 있다. 여기서 며느리인 서술자는 시어머니에게서 '인간의 생명'을 존중하는 마음을 배우게 되면서, 외형상으로는 늙고 노추한 육체에서 느끼는 고통만을 알고 그 속에 깃든 '아름다운 정신'을 몰각했음을 자성하는 것으로 이야기는 마무리되고 있다.

이 밖에도 「울음소리」(1984) 같은 작품에서 여성적 특성의 발견에 도달하는 투시력을 보이고 있다. 남녀의 성애를 통한 생산의 의미를 가족계획이라는 풍조와 대비시키면서, 생명적 충실성을 진술하고도 정직하게 실현하는 여자 주인공의 행동을 통하여 성애의 진실성 같은 의미를 일깨워주고 있음을 볼 수 있었다. 인위적인 계획이나 조작이 근원적인 진실을 왜곡하는 세태의 추이에 대하여 근원적인 비판을 가하는 듯이 보인다.

2. 상업주의에 타락된 인물의 비판

건전한 비판의식은 바람직한 것이지만, 그것이 관념적 수준에서 머문다면 감동적 이해나 실천의지를 촉발시키지는 못할 것이다. 또 비판하는 주체가 도덕적 결함을 지녔을 뿐만 아니라 관념론의 유희에 빠져 있을 수

---

3) 위의 책, 193쪽.

도 있을 것이다. 이렇게 본다면 어떤 비판은 무의미한 것으로 되어 오직 상투적인 발언일 뿐 진실성이 없는 공허함을 보일 수도 있다. 비판정신은 살아 있으되 그것이 진실해야 하고 나아가서는 건전성을 지키는 데 구체적인 기여를 할 내용이어야 할 것 같다.

1976년에 발표된 「배반(背叛)의 여름」(『세계의문학』, 1976년 가을호)에는 시골의 가난한 한 집안 이야기가 다루어져 있다. 뜻밖에도 그 지역이 개발되는 덕에 땅값이 올라 주인공 화자인 나의 집도 서울 가까운 변두리에 집을 사 이사하게 된다. 게다가 아버지도 정식으로 직장을 얻고 그리고 제복까지 갖추어 입고 근무하게 되어 소년인 나는 늘 아버지를 존경하며 살았다. 그러던 어느 날 나는 어머니의 반대에도 불구하고 아버지를 따라 직장에 가보고, 아버지의 그 '늠름함'이나 '찬란한 금빛 단추'에서 풍기는 어떤 위엄과는 달리 높은 사람들이 들어설 때마다 쫓아나가 경례를 붙이는 일개 수위에 불과함을 보고 크게 실망한다. 소년의 눈에 비친 권위 있는 아버지는 그날 아침 아버지의 직장에서 허물어지고 만다.

소년은 자라 고등학생이 되어, 유명한 교수인 전구라의 명수필집과 문학전집을 읽으며 감동되어 그를 가장 존경하는 인물로 그의 마음속에 간직한다. 그런데, 어느 날 아버지가 나의 공부방에 들어와 책상 앞 벽에 걸린 전구라 선생의 사진을 들여다보고는 아들에게 '딴따라'만도 못한 작자라고 말하므로 아들은 내심 분개하게 된다. 여기서 전구라 교수의 도덕적 약점이 폭로되고, 전구라는 이름 그대로 전구라인 것이 확인된다.

즉 같은 수위 친구 장씨가 위급한 상태에 있는 그 아내의 출산비를 마련하기 위하여 아버지와 택시를 잡아타려는데 '새앙쥐 같은 작자'가 새치기하여 말다툼이 일어났다. 그런데 이때 그 새앙쥐 같은 사람이 비명을 지르며 크게 다친 듯이 자빠지고 엄살을 떠는 바람에 친구는 경찰에 연행되어 하지도 않은 폭행사실을 강요에 의해 시인하고 상해죄를 뒤집어쓰게 되었다. 소년의 아버지는 중간에 서서 불쌍한 수위 친구의 딱한 사정을 위해 '새앙쥐'의 집에 찾아가 간청을 했지만, 오히려 검찰에 전화하여 엄벌로 다스리라는 부탁까지 하는 몰인정함을 겪게 된다. 그리고 '으리으리'하게 잘살면서 고위층과 통하는 상류사회의 저명인사인 것도 짐작할 수 있었다. 소년의 아버지는 그래도 수위 친구를 위하여 용서해줄 것을 간청하였으나 점점 오만한 자세로 무시하고 엄포를 놓는 것이었다. 이때, 소년의 아버지는 새앙쥐가 피우고 있던 켄트 담배꽁초를 들고 당국에 고발하겠다고 맞선다. 그렇게 오만하던 '새앙쥐'는 안색이 변하여 서로가 아무 일도 없던 일로 해달라고 했다는 지난날의 일을 들추어내면서, 그 '새앙쥐'가 바로 전구라였음을 알려준다.

이러한 세태 풍정 속에 도사린 사이비 지성의 허위성과, 말과 행동의 모순을 작가는 구체적인 사례를 통하여 형상화하여 비판하고 있다. 1970년대 후반에서 1980년대 중반까지의 한 사회적 단면을 적실하게 비판적 시각에서 묘파하고 있다. 말하자면 외견상 교양과 재력이 없는 한 평범한 수위의 정직한 삶과, 머리가 좋고 이름이 높은 저명인사지만 뒤로는 정치적 힘과 연결되고 말로는 듣기에 가장 그럴듯한 것만 가려 책을 펴내며 사는 교수의 허위성이 대비되며 폭로되고 있다. 서술자인 나는 끝에 이르러 다음과 같이 말한다.

> 지금의 이 허우적거림에서 설 자리를 찾고 바로 서기까지는 좀더 오랜 시일이 걸릴 것 같다. 어쩌면 내가 외부에서 찾던 진정한 늠름함, 진정한 남아다움을 앞으론 내 내부에서 키우지 않는 한 그건 영원히 불가능한 채 다만 허우적거림만이 있는지도 모르겠다.
>
> ―「배반의 여름」 부분[4]

사람다움의 어떤 표준을 스스로의 내부에서 키우는 자신의 창조적 노

---

4) 박완서, 「배반의 여름」, 『꽃을 찾아서』, 창작사, 1986, 55쪽.

력만이 요청된다는 감동 깊은 깨달음을 알려주는 이야기이다.

이어 「조그만 체험기」(『창작과비평』, 1976년 가을호)에는, 재생한 형광등을 모르고 신제품처럼 취급한 한 상인이 당국에 고발되어 입건되는 과정에 관한 서사적 전개가 보인다. 상인은 재판을 받고 무죄가 되지만, 서술자인 나는 남편이 행방불명이 된 상태에서부터 제도 운영의 불합리에서 무수한 곤경을 겪고, 나중에는 '빽' 없음을 한탄하는 내용이 차례로 예시된다. 여기서는 오직 피의자의 가족이라는 사실 때문에 겪는 심리적 고통이 적절히 묘사되고 있다.

나는 그때까지 사람의 얼굴에서 그렇게 완전히 수치심이 제거되고 절망과 독기로만 빛나는 것을 본 적이 없었다.
— 「조그만 체험기」 부분[5]

이러한 묘사에서 짐작해볼 수 있듯이 법의 운용에 관련된 여러 행정적 절차에서 겪는 심리적 고통을 겪어보지 않은 사람들로서는 상상하기조차 어려운 점들이 세밀하게 펼쳐져 있다. 즉 사람다운 관계를 유지하며 협력하는 운용의 틀이 아니고 겁주고, 냉담하고, 불합리한 비용을 들어야 하는 등의 의미가 드러나 있다. 다음과 같은 묘사에서도 분명히 보인다.

이 말붙여볼 수 없는 기계 같은 냉혹성은 어떤 적극적인 구박보다 사람을 주눅 들게 만들었다.
— 「조그만 체험기」 부분[6]

면회하기 위해 내가 통과해야 하는 절차와 사람을 가시철망으로 생각하면 됐다.……그 가시철망을 상처입지 않고 통과하는 길은 오로지 구더기처럼

---

5) 박완서, 「조그만 체험기」, 『꽃을 찾아서』, 창작사, 1986, 59쪽.
6) 위의 책, 74쪽.

그 밑을 기는 길밖에 없다고.

— 「조그만 체험기」 부분[7]

이처럼, 사람스런 관계의 원활함이 심히 결핍된 부면이 우리 삶의 내부에 있음을 고지시키며 야유하고 있다.

구치소에서 만난 피의자 가족들의 요약적 묘사에서도, '억울함'을 주요한 뜻으로 제시하면서 그 실제로서의 '가난'한 사람들을 드러내고 있다. 즉 큰 범죄로 세상을 떠들썩하게 하는 인물들이나 그 피의자 가족들이 아니라, 가난에 찌든 군상의 억울함을 알려주는 반어적 사태를 고지시키고 있다.

작품의 끝부분에서 서술자가 그 남편이 무죄로 풀려난 다음에 자유스런 삶의 어떤 테두리를 실감하게 되는 내용은 다음과 같다.

> 어느 날이고 자유를 유보하고 있는 상황이 좋아져서 우리 앞에 자유의 성찬(盛饌)이 차려진다면 어떻게 할 것인가. 그 전 같으면 아마 가장 화려하고 볼품 있는 자유의 순서로 탐을 냈을 것이다. 그러나 그런 일이 있은 후로는 허구 많은 자유가 아무리 번쩍거려도 우선 간장종지처럼 작고 소박한 자유, 억울하지 않을 자유부터 골라잡고 볼 것 같다.
>
> 억울한 느낌은 고통스럽고 고약한 깐으론 거기 동반한 비명이 너무 없다. 그게 워낙 허약하고 참을성 많은 사람들의 것이기 때문일게다.

— 「조그만 체험기」 부분[8]

여기서 서민층의 진실한 소망이 나타나 있음을 보게 된다. 즉 그것은 최소한도의 자유와 억울하지 않음을 선택할 처지에 있는 많은 서민들의 꿈으로서의 자유이다.

---

7) 위의 책, 75쪽.
8) 위의 책, 82쪽.

이 작품에서도 우리 시대의 사회적 병폐를 일목요연하게, 그러나 관념적 비판이 아닌 진실성에 근거한 서사를 제시하여 공감에 이르게 하고 있음을 보게 된다.

이 작가의 주요한 장편 중 하나가 『휘청거리는 오후』(『동아일보』, 1976)로 알려져 있다. 이 작품에는 전직 교감을 지낸 허성이 작은 공장을 경영하며 딸 셋을 출가시키는 데 얽힌 타락한 혼인 풍속을 비판하는 내용이 보인다. 허성의 부인 민 여사는 가난에 쪼들린 경험이 있어 첫딸 초희를 부잣집에 시집보내려 한다. 초희가 좋아하는 청년이 따로 있었으나, 매파를 통해 조국보 사장의 아들과 혼담을 터 맞선을 보고 하는 과정에서 민 여사는 상류사회에의 발돋움으로 남편 허성에게서 공장운영자금까지 끌어 혼수를 마련하기에 이른다. 혼담은 허성의 빈약한 경제력을 탐지한 조국보 사장 쪽에서 퇴짜를 놓아 파약이 된다. 그러나 민 여사와 초희는 공장 일에 일하다 잘려나간 허성의 뭉툭하고 징그러운 손을 맞선 보는 날 사돈집 사람들에게 교양 없이 보여주어 혼담이 깨진 것으로 원망하게 된다.

허성은 견딜 수 없는 고독감과 고통으로 여주에 가 허름한 여관에 들어 술을 마시게 된다. 이 대목에서 서술자는 다음과 같이 시골 여관방을 말하고 있다.

> 꾀죄죄한 이부자리에선 초라하고 피곤한 사람들의 냄새가 났다. 그는 이 방과 이 이부자리를 거쳐간 모든 사람들에게 친애감을 느꼈다.
>
> ―「휘청거리는 오후」 부분9)

이러한 방의 묘사에서 서민들의 가난하고 정직한 삶에 깃든 보편적 연민의 정을 느낄 수 있게 하였다.

그런데, 아내 민 여사의 근거 없는 허영심과 대학까지 졸업한 초희의

---

9) 박완서, 『휘청거리는 오후』, 범한출판사, 1985, 77쪽.

상류사회에의 안간힘을 쓰는 일이, 1970년대 중반 이후 1980년대에 걸친 세태풍속의 한 흐름을 비판하는 데 필요한 속물들임에는 틀림이 없지만, 아버지 허성의 노력이나 분수의식에서 그렇게까지 크게 벗어나 있다는 데는 독자로서 어떤 저어감이 끼어든다. 왜냐하면 허성의 수고가 이 집안의 가정을 가정답게 한 중심적인 힘이 되었고, 그래서 딸 셋이 모두 대학까지 다닐 수 있었을 것인데도, 그에 관한 마음으로부터의 공감이 희박한 데 놀라움이 있다. 선량하고 근면하지만 아내로부터 바보 취급을 받는 아버지와 부에의 집념을 가진 영악한 부인과 그 세 딸이라는 인상이 든다. 아마도 이러한 가족구성이라야만 혼속의 폐단을 비판할 수 있었기 때문에 그러한 가족구성을 보인 것이라 짐작은 된다. 그러나, 아버지에 관한 존경심이나 연민의 정이 결여된 데는 아쉬움이 남는다. 초희는 조국보 사장의 아들과 만나는데, 이 세련된 청년은 자신의 의견은 말하지 못하고 읽은 책에서 외운 남의 명구나 나열하여 역시 주견 없는 인물임을 비판하고 있다. 초희는 마담뚜의 주선으로 나이 든 공 회장과 혼인하여 호화로운 생활을 하나, 다른 남자와 사통하여 임신한 것이 탄로나 공 회장과는 파탄의 길로 접어들어 심한 신경증에 걸려 친정에 와 치료하게 된다.

다음 딸 우희의 혼인에도 역시 허성의 공장운영자금이 쓰이게 되어 허성의 업체는 점점 경영이 어렵게 된다. 결국 말희의 혼인과 그 사위가 국외에 가 공부하는 데 필요한 돈의 일부를 마련하는 데 허성의 자금은 모두 쓰이게 되고, 끝내 부실한 물건을 납품한 것이 말희의 결혼식장에서 탄로가 되고 만다. 세 딸을 출가시키는 과정을 펼쳐 보이면서, 터무니없는 허영심에서 상류사회에의 무리한 발돋움을 통하여 빚어지는 사회적 비리와 그 폐해를 여성적 삶과 그 예리한 감각에 의하여 비판되고 있음을 볼 수 있었다.

이 작품의 이야기 발전의 근원적인 논리적 근거는 가난 그 자체의 이해 방식에 있다. 가난해도 분수를 지키면 상식적인 건전성이 유지되지만 허영에 들뜨면 가진 것뿐만이 아니라 목숨까지도 까불리고 말 것이라는 냉엄한 비판이다. 우리 당시대의 퇴폐한 병리현상을 이 작품만큼 구체화된 서사 사례를 통하여 제시한 작품은 아마도 드물 것 같다. 쉽게 얻고 쉽게 쓰러지는 세태를 풍자한 작품으로서, 상층사회에의 지향이 빚은 사회적 병폐를 적절히 해부하고 고발한 잊혀지지 않을 작품이라 하겠다.

작가는 착실한 삶과 암암리에 비교하면서 시대의 병리를 비판하여 독자들의 일상에 매몰된 의식을 일깨운다고 하겠다.

3. 6 · 25의 소설적 형상화 문제

역사적 사건이나 어떤 시기를 택하여 소설로 형상화할 때, 선택된 시대의 중심을 꿰뚫는 사조의 흐름을 포착해야 하는 과제가 작가에게는 있을 것이다. 그런데, 사상의 주류를 포착해도 그것의 형상적 구체화에는 적지 않은 문제가 있다고 보인다. 왜냐하면 작가도 사회의 일각에서 보고 느끼고 사는 한정된 경험을 가지고 있으므로, 시대 전체를 꿰뚫어본다는 것이 그리 쉽지는 않을 것이기 때문이다.

이렇게 본다면, 작가는 자신의 상상력과 체험이나 교양에 근거하여 서사 설정을 할 수밖에 없을 것이므로, 어떤 정황이나 국면의 일부를 취택하여 시대의 중심과제나 사상의 주류에 도달하는 작품을 이룰 수밖에 다른 방도가 없을 것이라 짐작된다.

이런 뜻에서 박완서의 6 · 25 서사는 상당한 편수에 이름을 알 수 있다. 가령 「어느 이야기꾼의 수렁」, 「아저씨의 훈장」, 『그해 겨울은 따뜻했네』 그리고 「엄마의 말뚝」 1 · 2 · 3 등이 그러한 작품들이라고 말할 수 있을 것 같다. 물론 작품마다 그 제재가 다르며 작가의 시선도 다를 수 있겠다. 그리고 6 · 25라는 커다란 역사적 사건이 문학적 의미로 잘 어울리게 조화되고 또 한편으로 설득력 있는 내용으로 마무리하기는 쉽지 않을 것이다. 즉 6 · 25라는 감 잡기 힘들 정도로 큰 역사적 실체가 있는데 그것을 한 작품에 수렴하기는 어렵다고 보겠다. 그러므로 여러 편의 작품으로써 되풀이하여 다루게 되고, 다룰 때마다 제재나 시선도 다를 수 있을 것이라고 짐작된다.

가령 「아저씨의 훈장」(『현대문학』, 1985. 5) 같은 작품에서 작가는 홍씨 문중의 장손만을 데리고 피난 와서 그를 교육시키고 사회적으로 성장시키는 전통적 가치에 충실한 너우네 아저씨의 일생이 그의 주요한 요체를 가려 다루고 있다. 자신의 가솔은 외면하고 오직 문중의 장손 성표만을 위하여 일생을 바치는 인물이 희귀하게도 다루어진다. 여기서는 6 · 25의 역사적 의미가 간접화되어 있으면서도 우리의 전통적 유교사상에 충실하며 삶의 의의를 찾는 인물이 감동 깊게 묘사되고 있다. 오히려 그런 혜택을 받고 출세한 성표의 의리 없는 배신적 자세는 비판받아야 마땅한 것이지만 작품의 의미를 위해서는 실제보다도 더 야박한 배덕자로 설정됨직도 한 것이다. 즉 서술자인 나가 너우네 아저씨가 외롭게 병들어 운명할 날을 기다리는 집 문간방을 방문하였을 때 그 돌보는 아낙의 말을 통하여 소설적 의미를 돋보이게 한 점이다.

> ……굶겨죽였단 소린 안 들을려고 먹을 거 떨어질만하면 들렀다가 노인은 들여다도 안 보고 가는걸.
>
> — 「아저씨의 훈장」 부분[10]

하는 내용은 너우네 아저씨가 희생하여 성장시킨 성표의 배신을 보이는 뜻 못지않게, 너우네 아저씨의 무모한, 또는 시대착오적인 문중의식 내지는 유교적 문벌의식의 비극적 종말 같은 것이 소설의 의미로서 암시되게 하였다.

───
10) 박완서, 「아저씨의 훈장」, 『꽃을 찾아서』, 창작사, 1986, 86쪽.

너우네 아저씨는 이런 중고 놋쇠자물쇠를 특수한 약으로 반짝반짝 닦아서 끈이 달린 조끼 비슷한 방수천에다 앞뒤로 빈틈없이 달아매고 장사를 나섰다.

나의 어린 눈에 그런 너우네 아저씨는 마치 가슴에 훈장을 하나 가득 달고 백만 대군을 사열하러 나가는 장군처럼 위대해 보였다. 앞뒤로 놋쇠자물쇠가 금빛으로 반짝거려서만은 아니었다. 너우네 아저씨의 하늘을 찌를 듯 기고만장한 몸짓과 어떤 긍지 때문이었다.

「내가 누구 땜에 이 고생을 하는데, 내 자식 뿌리치고 대신 데리고 나온 내 장조카, 우리 홍씨 문중의 종손, 성표놈 하나 공부 잘 시켜 성공하고, 손 퍼뜨리는 거 볼 욕심 하나야, 다른 거 없어. 시체 젊은이들은 내 마음 몰라줘도 지하에 계신 조상님네들은 다 아실 거구먼.」

그가 너무도 당당했기 때문에 과연 자기 아들을 뿌리치고 장조카만을 데리고 월남한 게 그렇게 잘한 일일까? 하는 의문을 품는 것조차 그의 앞에선 나쁜 마음처럼 죄스러워졌다.

— 「아저씨의 훈장」 부분11)

이러한 전통지향적 인물의 내적 가치 충족의 일면이 다소는 강조되고 과장되어 나타나 있지만, 이러한 인물의 비극적 종말도 6 · 25라는 의미가 중요하게 작용하고 있다. 만약 6 · 25가 안 일어났다면 너우네 아저씨의 삶의 의미는 좀 다를 수도 있었을 것이다. 즉 자신의 가족도 돌보면서 문중의 장손을 위해 협력함으로써 작품에 나타난 바와 같이 의탁 없고, 외롭게 말년을 보내지 않을 수도 있었을 것이었다. 이렇게 볼 때, 성표와 너우네 아저씨의 관계는 설사 한국인의 전통 속에는 아직도 그런 문벌의식이 있다는 일반적 의미가 아닌, 어떤 희생과 배신의 극적인 또는 가혹한 대립은 없었을 것으로 보인다. 즉 성표도 그렇게까지 배신하지 않고 보통사람으로서의 한 양식을 지닐 수도 있었을 것이다. 그러나, 6 · 25의 격변기에서 목숨을 부지하면서 부에 집착하고 의리를 몰각하는 사례가 많았는데

---

11) 위의 책, 87~88쪽.

이는 개인적인 인격 못지않게 광복과 6·25라는 불확실한 시대에 사는 풍조의 일면도 컸음을 상기할 수 있다. 이렇게 볼 때 역사적 의미가 이 이야기에는 깊게 간여되고 있음을 알 수 있다. 평화로운 시대에 평범한 상식인으로서 살아갈 가능성이 많은 인물들이 6·25라는 미증유의 고통 속에서 의리도 저버리고 살아남기에 안간힘을 기울인 결과 부에만 집착하는 인물로 변질될 수밖에 없는 시대적 논리가 해명되고 있음을 보게 된다. 너우네 아저씨가 주렁주렁 매단 열쇠와 자물통은, 6·25라는 급박한 역사·사회적 정황 속에서 살아남기 위한 생계의 방편이자 동시에 가문의 중심체인 성표를 공부시키며 양육시키는 소설적 기능을 담당한 자랑스러움을 암시하는 상징적 물건들이기도 하다. 즉 소설 안에 나열된 말과 물건들은 6·25라는 역사적 의미에 물든 것이며, 6·25라는 특수한 역사적 국면을 말하는 슬픔과 배반의 어긋남의 기능을 맡고 있음에 유의할 수 있다.

이러한 역사의식에 따라 「어느 이야기꾼의 수렁」(『문예중앙』, 1984. 여름)에 이르면, 분단 상황을 극복하고 역사·사회적 제한성을 초극하는 이야기를 만들어내기 위한 방송사의 한 연출자를 만나게 된다. 이러한 이야기 창조의 욕구는 사실상 이야기 공간 밖에 있는 한국인 모두의 열망을 대변하는 뜻이 있음은 물론이고, 역사·사회적 제한성을 초극하는 보편주의적 삶의 지향에서 이상적 경지로 생각할 무정부주의의 냄새도 다소간 끼었을 성싶은 이야기 논리가 보인다. 그러나, 우리는 소설 안에서나 소설 밖에서나 역사·사회적 제한 속에서만 자유를 누리는 것이고 그것은 현실적인 자유임을 누구나 알 수 있다. 그런데 이러한 역사적 제한을 초극하려는 의지에서 새로운 역사적 투시를 시도하는 창조적 안목이 번득임을 볼 수 있다.

　"그러니까 어른들이 주선해서 만나는 걸로 하는 게 아니란 말이지."
　"그럼 그걸 말이라고 하나. 그냥 만나는 거야. 놀이터에서 동네 아이들이 만나듯이. 심부름 갔다가 딴 동네 아이를 만나듯이. 물론 서로 불구대천의 원수의 땅이라는 걸 모르고 그냥 만나는 거야. 만나서 얘기하고 놀고 하는 사이에 친해지게 하는 거야. 우정이나 화해니 하는 것보다 더 소박하게 그냥 친해지게 하는 거야. 자네 가슴이 울렁거리지 않나……?"

— 「어느 이야기꾼의 수렁」 부분12)

여기서 북쪽 아이와 남쪽 아이의 '그냥 친해지게 하는' 이야기의 짜임의 요구는 이상주의의 색조가 짙기는 하지만 그것이 우리 겨레의 시대적인 과제로서 큰 소망인 것은 두말할 것도 없다.

그러나, 작가로서는 만나는 과정의 진실성과 현실성이 요구되고 그것도 객관적 논리에서 타당성이 있어야 한다는 매우 큰 고충이 있게 한다.

그런 다음에 방송국 직원과 작가는 일선 지역을 방문하고 그 삼엄한 경계를 세밀히 소개받고, 이야기의 성립이 현실적으로 불가능함을 확인하고 돌아오게 된다. 방송국 직원 김경채가 홍수로 강물에 돼지나 삼태기 같은 북쪽의 물건이 흘러내려 남쪽으로 밀려올 수도 있지 않은가를 물었을 때, 다음과 같은 장교의 설명이 서술되고 있다.

강의 밑바닥까지 촘촘한 쇠창살이 가로지르고 있다고 했다. 그럼 육로의 들판이나 숲을 통해 북쪽의 들짐승이 넘어올 수도 없냐고 물었다. 장교는 완강하게 고개를 저었다. 다람쥐나 새앙쥐도 넘어올 수 없냐고 물었다. 장교는 역시 고개를 저었다. 나 보기에 김경채는 바늘로 철판에 구멍을 내려 하고 있었다.

— 「어느 이야기꾼의 수렁」 부분13)

이러한 역사·사회적 제약이 지식인 또는 작가의 상상력을 일정한 객관적 시선에서 제약하고 창조적 상상력의 펼침이 불가능한 시대적 고통

---

12) 박완서, 「어느 이야기꾼의 수렁」, 『꽃을 찾아서』, 창작사, 1986, 156쪽.
13) 위의 책, 163~164쪽.

을 다루고 있음을 보았다. 이야기의 객관적 창조에 얽힌 역사적 의미의 제한성을 적절히 문제 삼은 작품으로 평가된다.

장편 『그해 겨울은 따뜻했네』(민음사, 1983)에서, 작가는 이산가족의 아픔과 가족인 것을 확인한 다음에도 서로의 성장경로가 달라 가족으로 맞아들이지 못하는 도덕적 왜곡현상에 관하여 비판의 붓을 들고 있다. 6 · 25 당시 수지는 굶주림 때문에 어린 동생 수인(오목)을 버리고, 오랜 세월이 지나 사회적 계층이 다른 입지에서 우연히 오목이 친동생임을 확인했지만 또 위화감 때문에 받아들이지 못한다. 이러한 이야기의 펼침에서 수지의 도덕적 고뇌가 문제되며, 혈육 간의 정도 사회적 계층의 차이로 인하여 결합하지 못하는 고통을 발견하게 된다. 즉 수지와 수철의 중산층의 삶의 내부에 깊숙이 스며든 이기주의와 도덕적 타락상이 객관적으로 투시되고 있다. 그런데, 작가가 여기서 오목을 형제로 설정한 것은 '우리 시대의 형제' 라는 관계 인식을 일깨우기 위한 서사적 책략임을 알아차리게 된다. 그것은 동시에 80년대의 계층분화에서 중산층과 최하층 사이의 공존논리의 인식에 관한 도덕적 비판의 이야기 장치이기도 한 것이다. 오목을 대표하는 하층의 사회적 의미는 바로 생산의 실천자로서 직접적인 노동에 종사하는 인물이고 그 계층을 대표한 이야기 속의 인물이며 아울러 우리 시대의 집약된 시대적 의미이기도 하다. 하나의 문제작임을 실감케 한다.

또 다른 문제작 「엄마의 말뚝」 1 · 2 · 3은 할아버지 세대, 어머니 세대, 서술자인 나, 즉 딸 세대와 그리고 다음 세대에 걸친 역사적 조명을 시도한 주목되는 작품이다. 박완서의 밀도 있는 묘사의 솜씨는 알맞게 절제된 탄력을 가지고 나타나므로 웬만큼 긴 형식의 작품이라도 계속해서 읽을 수 있을 만큼 문체적 매력을 겸하고 있다.

게다가, 지금까지 살펴본 바와 같이 각 서사 국면마다 잘 감안된 객관적 시선이 유지됨으로써 교양 있는 독자들에게 일정한 공감을 제공하기도 한다. 또 필자가 보기에는 적지 않게는 개인의 전기적 체험과도 관련성을 맺고 이야기가 펼쳐짐으로써 진실성의 신빙도가 보장되어 자의적인 또는 현실성이 없는 상상력을 절제한 점까지도 어느 만큼 짐작할 수 있게도 하였다.

서술자는 구시대의 어머니가 남편을 잃는 고통에서 촉발된 신교육과 과학적 지식의 결핍과 필요를 깨닫고, 오라비와 나를 서울 변두리에서 바느질품으로 교육시키는 피나는 희생을 알려주고 있다. 이러한 이야기의 펼침에서 시부모의 생각과 어머니의 견해차가 선명히 보인다. 그런데, 그 어머니가 서술자인 나(딸)에게 고향 박적골의 구습에서 탈바꿈한 신시대의 신여성으로 성공할 것을 당부하여 그 부담이 따른다. 그리고 그것은 편안하고 안정된 박적골의 향토적 공간의 행복과는 질이 현격히 다른, 냉혹하고 경쟁이 심한 대도시의 '올가미' 같은 것으로 인식되었다.

그러나, 나는 서울에 살면서 도회적 질서에 길들여지고 도회적 매혹과 고향과의 이질감에서 유래하는, '주눅' 들게 하는 이중성을 알며 성장한다. 그리고 고향의 엿과 도회의 사탕맛, 시골의 생동감과 도회의 교활함(또는 교활함에 따르는 세련성), 고향의 구수한 기풍과 도회의 냉랭한 느낌 등이 생활의 구석구석에서 대조되면서, 해방이 되어 서술자는 여학교 학생이 되고 오라비는 대학을 나와 젊은 직장인으로 6·25를 맞는다.

이러한 사이에 언덕촌에 집을 장만하고 어머니는 말뚝을 박고 산다는 뜻의 말을 하게 된다. 그런데, 그렇게 소중한 오라비가 어찌어찌하여 인민군대에 들어갔다가 도망 와서 은거하다가 1·4후퇴 당시 재침한 인민군에게 잡혀 총살당하는 참변을 당한다. 서술자는 세월이 지난 후 혼인하여 가정을 꾸리게 된다. 이러한 6·25의 아픔이 한 집안의 인물들이 겪는 구체적인 생활의 모습을 통하여 묘사 제시됨으로써 서사의 밀도가 높고 공감의 질도 한층 고조된다. 그런데, 이 오빠의 죽음이야말로 6·25라는 역사적 실체의 한 형태이고 그것이 개인의 운명을 알려주는 역사적 진행에서 투사된 힘인 것을 알게 된다. 그것은 비정과 냉혹의 의미로서 운명에 관여함을 실감 있게 묘사하고 있다. 외견상으로는 남과 북의 분단에서 빚어진 현세적 논리로서의 체제의 실천으로 나타나 있다.

이러한 운명적 경험은 '섬뜩함'의 예시로서 서술자의 결혼생활의 굽이마다에서 작용하는 두려움의 예시로서 종종 세부묘사와 어울려 나타난다. 즉 사람의 노력 밖에 있는 어떤 힘의 비정한 작용, 그것은 분명히 인간적인 것이거나 회피 가능한 것이 아님을 암시한다.

그리고 어머니의 행위와 그 의식세계에 서술의 비중을 둔 제2부의 중반부 이후의 이야기 전개에서도 서술자는 역사나 현실의 객관성이 개인의 운명에 관여함을 예감하고 있다. 어머니의 수술 장면 묘사에서 그 보이지 않는 제도의 힘이 냉엄히 진행됨을 상징적으로 일깨워주고 있다.

> 마치 컨베이어 시스템에 의해 제품이 완성되며 운반되듯이 종합병원이란 거대한 메커니즘이 환자에게 필요한 조치를 베풀어가며 제 시간에 수술실로 보내고, 일정한 시간이 경과하면 저절로 수술실에서 내보냈다. 수술실로 들어가기까지 수많은 사람의 손길이 닿았지만 그 누구도 내가 진심으로 부탁하고 매달리고 싶은 책임자는 아니었다.
>
> ― 「엄마의 말뚝 2」 부분

여기서 과학과 기계의 냉혹성이 비유로 나타나 병원과 수술과정과 그 수속의 제도적 의미를 암시하고 있다. 즉 인간적인 마음이 닿을 수 없는 힘의 진행을 알려준다. 이 힘의 진행을 체제의 운영체의 조직으로서의 제도의 기능적 수행의 어떤 냉정성을 그대로 암시한다. 그 역사의 힘에 의해 개인의 운명은, 개인의 욕구나 희망의 줄기찬 추구의 힘과 부딪치며 전체적인 역사의 굴레에 말려든다는 것을 일깨운다. 퇴원한 어머니는 아들을 잃는 현장적 경험과 같은 꿈이나 몽환상태의 재현에 시달리며 극심한 고통을 받게 된다. 이러한 이야기의 장치에서 역사적 의미의 실체가 개인의식 속에 생동하게 살아 있음을 명징하게 일깨운다. 이러한 고통의 연속에서 사후에 고향인 개풍군이 보이는 강화 바다에 아들처럼 재로 뿌려질 것을 부탁하게도 된다.

제3부에서는 손자세대의 희석된 6·25의식이 제시되며, 그에 따라 서술자의 어머니의 소망이 이루어질 수 없을 것 같은 서술자의 생각이 제시된다. 그런 다음 세상을 떠난 어머니의 장례가 여러 흥정의 불유쾌한 과정을 거쳐 치러진다. 그리고 서술자는 어머니의 묘비에서 그녀의 말뚝을 발견하며, '己宿'이라는 함자에서 암시되듯 어머니의 영원한 잠자리로서의 머물 묘지를 한자 이름에서 확인하게 된다.

이렇게 이야기의 뜻을 대충 간추려보면서, 역사적 의미가 개인의 운명을 만드는 힘임을 암시하고 있다는 데 착목하게 된다.

4. 맺음말

박완서 소설을 손에 잡히는 대로 읽고 느낀 바를 요약하면 다음과 같다.

첫째는 생명의 존엄성에 관한 인식의 추구에서 여성성의 발견이 주목되었다. 그러한 주제의 실현에 채택된 서사사건들은 매우 섬세한 데까지 밀도 있는 묘사로써 처리하여 남성 작가들로서는 접하기 힘든 진실성을 드러내 보이고 있다.

둘째로는 산업사회를 이룩해나가는 1970년대에서 90년대까지에 걸친 시대적 비리나 모순에 관한 근원적 비판의식을 볼 수 있었다. 우리가 개인으로서 소설 밖에서 가지고 있는 규범이라는 것과 국면과 처지와 상황 안에서의 관계의 얽힘에서 자신도 모르게 휘말려드는 병리적 징후에 관한 비판적 고발이 잘 대비되게 한 작품들을 볼 수 있었다. 상업주의에 물든 시대풍조를 감동 깊게 묘파하고 있었다.

끝으로는 역사적 의미로서의 6·25의 인식이 개인의 운명에 관여하는 서사들로서 집요한 천착정신을 통해 제시됨을 알 수 있었다. 허구적 진실이 역사적 필연성과 어떻게 상호 융합되면서 소설로서의 감동을 획득하느냐 하는 점에 작가의 뛰어난 역량을 확인할 수 있었다.

그리하여, 시대사상의 중심부를 건드리고 그 의미를 일깨우는 작가적 사명을 실현한다는 점에서 박완서의 독특한 운명 인식이 보이게 했다. 비판하고 저항하고 싸우고 추구하지만 최후에는 그것이 역사적 테두리 안에서 역사의 힘에 흡수되는 것의 인식이다. 즉 개인이 역사를 창조하는 힘은 미약한 것이고 역사적 조건 안에서 전망하는 눈짓에 불과한 한 단위의 생이 되풀이되고 그것은 죽음으로써 역사에 편입되는 존재적 특징임을 엄숙하게 일깨운다고 하겠다.

우리 시대의 증언적 문학으로서 박완서의 소설적 가치를 충분히 인식할 수 있었다.

❖ 참고(여성주의 문학론)

송명희 외, 『문학과 여성의 이데올로기』, 새미, 1994.
_____, 『여성의 눈으로 읽는 문화』, 새미, 1997
_____, 『섹슈얼리티 · 젠더 · 페미지즘』, 푸른사상, 2000.

시대의식과 서사적 자아의 실현문제

— 이문열의 작품을 읽고

1. 순수 이념의 실현

좋은 작품은 현학적인 해설 없이 작품 그 자체의 예술적 빛으로 한 시대의 독자 앞에 미적 영향을 끼치게 마련이다. 이문열처럼 개성이 뚜렷한 작품을 내놓는 작가에게 일부러 해설이나 독후감을 붙인다는 게 얼마나 도움이 될지 알 수 없지만, 그의「금시조」같은 작품은 그 발표 당시에 처음으로 읽던 감동이 아직도 신선하게 남아 있다.

소설 읽기를 좋아하는 사람들끼리 읽은바 공감되는 점을 드러내어 이야기한다는 것은 피차의 생각의 폭을 조금씩이라도 넓힌다든가 혹은 작가의 예술성에 관하여 어느 만큼이라도 이해해본다는 수용미학적 관점에서 다소의 긍정적인 뜻이 있을 것으로 생각한다.

우선 그의 주목되는 작품들에 보이는 소설적 특징에 대하여 간략하게나마 알아보려 한다. 작품은 여러 개의 토막 이야기들로 짜여져 일정한 의미의 연결체를 이루어 그것으로써 인물의 신념이나 성격 혹은 기질이 밝혀지면서 그 인물이 수행해 나아가는 서사적 과제가 드러나게 되어 있다. 그런데 이 서사적 과제라는 것은 일상적인 삶의 흐름 속에서 흔히 무심히 지나쳐버렸거나 의식하지 못했던 점들이 의미심장한 뜻을 지니고 있다는 점에서 독자의 관심을 끈다. 인물의 행동 전체의 뜻은 인물의 처지나 의지 혹은 이루어져야 할 목적 등에 의하여 그 특성이 나타나며, 그것은 불가피하게 인물의 자아실현의 과정으로 집약된다. 그런데 그가 처해 있는 사회, 역사적 조건과 가정, 경제적 또는 교양의 다양성 등에 의하여 크게 영향 받고 있다는 점을 간과할 수 없으며, 이런 뜻에서 서사공간 내의 가정적 이야기도 설정된바 사회 · 역사적 관련성을 지니게 되어 있다. 이런 뜻에서 상상적 예술이 역사 · 사회적 의미와 필연적으로 결합된 형상적 창조물임을 이해하게 된다.

이문열의 작품들에서 만나게 되는 인물들은 크게 한두 층으로 나누어 생각해볼 수 있을 것 같다. 즉, 문제의식을 안고 있는 지식인 군상이 그러한 한 인물층을 이루고 있는 것 같고, 다른 한 층은 심히 왜곡되었거나, 소외된 층으로서, 시대의 변천에서 따돌려진 장인들이나 소시민 스스로 쌓아올린 이기주의의 갑갑하게 제한된 테두리 속에 갇힌 왜소한 인물들이다. 또는 격동기에 삶을 빼앗긴 보통 사람들의 정신적 방황이나 공포의식이 나타나기도 한다. 혹은 겉으로는 정상성을 유지하는 그런 보통 사람들이지만 안으로는 자기 기만을 합리화하며 살아가는 삶의 내밀한 의미의 짜임 등을 밝혀 그 내재된 모순을 들추어낼 만한 그런 인물들이다.

이렇게 본다면, 인물의 행동은 자신의 자아실현이라는 기본적 명제가 있고, 그것은 부단히 움직여가는 사회적 변동과 어울려 있으며, 사람 그 자체도 시대의 변동 속에서만 그 사람다움의 모습이 이해되기 마련인 것 같다. 그런데, 시대는 변동하는데 사람이 거기에 적응하지 못한다면, 그 시대의 변동하는 힘과 굴하지 않는 개인은 서로 어긋나게 되며 그로 인하여 개인은 깨어지거나 부서지게 마련이다. 특수한 예를 제외한 대개의 경우 개인이 시대를 이기는 사례는 별로 없는 것 같다.

가령 이문열의 주요 작품의 한두 사례에서도 그러한 문제가 흥미 있게, 그리고 극명하게 다루어진 것을 볼 수 있을 것이다. 즉, 『영웅시대』는 지식인의 이념의 문제를 남북의 분열을 통해 다루었고, 「사라진 것들을 위하여」에서는 장인의 비극적 종말을 묘사했다. 남북 이념 분열의 문제에서 주인공 이동영의 순수한 이념지향은 끊임없는 정치적 세력균형의 조정과 역사적 소용돌이와 확연히 구분되고 있음을 작자는 적절히 묘사했다. 적응력이 있고, 민감한 반응으로써 자기 방어에 능숙한 인물들은 시세의 변동에 재빠르게 순응하여 자신이 소속한 세속적 지위를 잘 유지시켜 나아가지만 순수 이념을 지향하는 신념의 주인공은 그 존재의 위기까지 맞는, 정략과 모략에 뛰어난 세력에 의하여 밀려나면서 절망의 구렁으로 빠져들게 된다. 이러한 인물에서 남아의 자존심과 이념의 실현이라는 명분을 고수하려는 의지를 볼 수 있으며, 그 스스로의 비극적 종말을 예견하며 그것을 맞이하는 인간이라고 하겠다. 이런 점에서 독자들은 감명을 받게 되지만, 그것은 시세의 변동에 굴하지 않고 순수 이념의 실현이 곧 자아의 가장 고양된 창조적 가치의 재현이라는 명제를 담고 있음으로써 이루어지는 그런 공감이라 할 것이다. 실제로는 이러한 주인공이 존재한다는 것은 쉽지 않을 뿐만 아니라 매우 어렵고 불가능에 가까운 것이리라. 오직 이야기 문학이라는 특수한 가정적 공간에서만 이상적인 자기 실현이 시도될 수 있는 것이고, 그렇게 하여 작품은 독자에게 굴절 없는 지혜의 거울이 되는 것도 사실인 것 같다.

이러한 비극적인 삶의 인식은, 실현되고 있는 역사의 물결은 거짓이고 그것을 역행하면서 순수한 이념을 실현하는 주인공은 진실하다는 반어의 논리로 이야기의 의미와 짜임을 이루고 있는데, 이러한 의미의 짜임은 역사적 현실과 직접이든 간접이든 연관되고 있다. 최인훈이 「광장」에서 제3의 세계를 상정하면서 주인공의 자아실현을 시도한 것도 그 당시대의 역사적 · 사회적 특성이라는 일정한 한계 내의 소산이었다. 마찬가지로 이문열의 작품에 등장하는 주인공의 역사적 현실 그 자체의 테두리에서 보다 적극적이고 치열하게 부딪혀 나아가는 인간상으로 제시된 것도 20

년이라는 시기의 상거라는 시기의 변화 내지는 경과라는 사정과 연관되어 있다. 이동영이 상대적으로 다른 작가에게서 제시된 주인공들 못지않게 현실에 대결하는 정열과 치열성을 지닌 점은 순수 이념을 고집하는 데 있어 요구되었던 내적 필연성에 의한 것임을 알 수 있다. 그리고 동시에 그러한 자아실현의 서사적 의장(意匠)으로서 제3의 실현공간을 상정하지 않고 당시 우리의 역사적 현장 안에서 추구하는 강인한 인물을 묘사함으로써 주체적 발상의 값짐을 드러냈다.

이러한 창조적 개성의 문제는 동시대 예술가들의 상호간에 작용하는 창조적 경쟁보다는 펼쳐지고 있는 우리의 역사적 정황 안에서 당면한 문제를 정면으로 대결하는 작가의 정열이나 치열성과 연결된 것임을 엿볼 수 있고, 비록 그러한 자아실현의 행동이 우매하고 무의미하게 보일 위험성이 내재해 있다 해도 그것은 값지다고 하겠다. 즉, 역사적 과제는 어느 누구도 피할 수 없고 벗어날 수도 없는 절대적 힘이라고 한다면, 오히려 그것에 정면으로 도전하는 추구의 자세가 귀중하다 할 것이다. 이야기의 주인공 이동영이 운명을 예견하며 순수 이념을 실현하는 것은 그가 우리의 분단기 동시대인으로서 역사적 현실을 주체적으로 겪어가는 창조적 주인공이기 때문에 더욱 그러한 것이다. 그 역사적인 큰 물결의 흐름에서 벗어난 관망자의 이러저러한 상정이나 허구적 장치 설정이라는 가상적 해석의 과제가 아님을 알려주며, 진지하게 우리 현실로 맞이하는 그런 역사의식이 살아 있는 작품이라는 데 큰 공감이 있는 것으로 보인다.

2. 전통적인 가치에 관한 애호의식

그의 작품들 중에는 현실적 의미를 조금씩 잃어가는 전통적인 가치에 관한 애호의식도 주요한 서사적 과제로 나타나 있다. 이미 역작으로 알려진 「금시조」도 그렇거니와, 「사라진 것들을 위하여」에도, 그러한 작가의 가치의식이 나타나 있다. 이러한 고전적 전통의 승계나 단절의 문제가 물론 6 · 25나 국토분단의 비극적 주제와 같은 시대적 과제로서 큰 비중은 못 지닌다 해도, 삶의 세부적 흐름을 결정짓는 미세한 기초적 가치라는 점에서는 적지 않게 의미심장한 가치들을 지니고 있다 할 것이다. 즉, 풍속이나 취미, 그 밖의 전통적인 관념들이 우리 문화의 독자성을 이루어왔다는 사실에 착목한다면, 전쟁이니 제도니 하는 굵은 정치적 문제 못지않게 내밀한 삶의 내용을 이루는 정신적인 뜻을 가지고 있다 하겠다. 그런데 이러한 전통적 가치들도 사회의 변동에 따른 가치관의 변화 또는 생업의 다양화 등에 의하여 불가피하게 의미기능이 바뀌며 그에 대신하는 새로운 것이 자리를 메꾸게 된다. 작가는 이러한 문제에 대해, 갓을 만드는 한 장인(匠人)의 생애를 통하여 그 사회적 의미의 변화를 추구하고 있다.

어떤 의미에서는 새로이 자리바꿈을 한 편리한 현대문명의 산물을 역설의 논리나 반어의 화법으로 나타내 보여주고 있다. 물론 역사발전의 논리에서 볼 때, 낡은 것이 사라지는 자리에 새것이 자리 잡는 것이 순리지만, 주인공 도평 노인의 의식의 밑바닥에는 자신의 생업에 대한 애착에서 단순히 옛것을 고집하는 것이 아니라, 그러한 사물에 풍속적으로 육화(肉化)되어 살아 있는 한국인의 고결한 전통적 정신을 승계한다는 사명감이 깃들어 있기 때문에 독자들은 여기에서 공감을 하게 된다고 하겠다. 작품 속의 화자가 말하는 '고향의 정신'이 바로 그러한 전통을 요약한 말로, 그것은 긴 세월을 이어온 아름다운 삶의 내용인 시회(詩會), 효(孝)의 정신, 절개(節介)의 정신, 서원(書院)과 학문 등이 사라져가고 오직 상업주의적 풍조가 휩쓰는 시대의 변동에 비판의 눈을 돌리고 있다. 이 작품에서 '갓'은 양반의 위의(威儀)를 갖추는 하나의 물건이지만, 그것에 깃들어져 있는 기품과 선비의식은 오늘날에도 오히려 살려야 할 소중한 가치라고 하겠다. 그런 뜻에서 '갓'은 물건이면서 시대에 살아갈 전통적 정신을 상징하는 의미를 지니고 있다. 이야기의 후반부에 이르러 작가는 도평 노인으로

하여 석파청죽을 찾아 진사립을 만드는 장면을 설정하여, 창조의 존엄성
과 숭고함을 시적 긴장과 고도로 집중된 필치로 묘사하여 독자들에게 어
떤 종교적 거룩함까지도 느끼게 한다. 도평 노인의 창조적 의지는 다소간
과장된 열정이 나타나 있기는 하나, 세상의 변심에 대항하는 고립된 인물
의 의지적 표현으로 정당화될 수 있을 것이다.

이러한 창조의 긴장은 일의 집중에서 자기 암시나 황홀을 수반하여 한
시대의 풍조에 족히 대결할 힘이 될 수 있을 것이며, 문제의 심각성을 인
식시키는 설득력을 얻는다고 할 것이다. 상업주의 풍조에 대한 이러한 대
결의식이 있고서야 건전한 문화창조를 기약할 수 있다는 점을 알 수 있게
했고, 잃어진 것 속에 깃든 아름다움을 되살리는 정신을 이해할 수 있게
했다. 장인이 지닌 창조에의 집념은 자신의 창조적 자아의 실현이라는 존
재적 당위성과 통합된 의식이고, 그것은 곧 옛 문화의 한 전통적인 정신
임을 알려준다.

> 나는 지금 싸움질을 하고 있고, 말총은 그런 내 무기(武器)일세. 저 사람
> 들, 한때는 목숨 이상 갓을 위하고, 그 갓을 버렸다고 똥물을 퍼붓던 사람들
> ─그러나 이제는 나를 비웃고 조롱하는 저 경박한 세상 사람들과 그런 그들
> 편에 서 있는 이 몹쓸 세월을 이겨내기 위해 내게는 더 많은 말총이 필요한
> 거네. 끊임없이 갓을 만들어낼…… 마찬가지로──이 갓방으로 말하면 바
> 로 그 싸움의 근거지가 되는 내 성채(城砦)야. 그걸 물려주면 나는 어디다 무
> 릎 대고 싸운단 말인가? 그리고 머잖아 지하에서는 무슨 면목으로 조선(祖
> 先)을 대한단 말인가?
>
> ──「사라진 것들을 위하여」 부분

인용된 글에서 갓의 의미가 전통적 정신으로 연결됨을 엿볼 수 있고 그
것은 경박한 현세태와 다름을 되살려야 할 정신적 지주로서의 기능이 암
시되어 있음을 알 수 있다. 갓이라는 하나의 구시대의 유물에 깃든 참된
정신주의를 찾아내는 일종의 의미 발굴의 서사적 과정을 작가는 우리에

게 보여준 것이다.

이러한 창조의식에서 그의 「금시조」는 더욱 깊은 뜻을 지님을 알 수 있다. 즉 석담(石潭)의 도(道)의 정신과 고죽(古竹)의 예(藝)의 정신이 대립되어 있으면서, 중국의 전통에서 벗어나 문화주체적 예의 완성에 이르는 고죽의 참담한 노력과 좌절의 반복은 곧 예와 도의 통합적 성취를 꾀한 작가의 서사적 장치며 그 장치를 통한 성취에의 도전이었다. 이러한 문제의식을 이야기 문학의 예술적 의장으로 심화시킨 점에서 작가의 정신적 성숙미와 예술적 기량의 출중함을 십분 엿볼 수 있을 것이다. 실제로 고죽의 수련과정과 좌절은 완당(玩堂)이나 석담이 이룬 높은 경지를 뛰어넘는 문화주체적 발상을 서사화하는 것이면서, 작가에게는 서사문학의 또 다른 경지를 점유하는 기념비적 의의를 지니게 했던 것이다. 그것은 세속적 안목을 피한다거나 또는 고결한 자세를 견지한다거나 또는 예술의 경지를 터무니없이 고상한 것으로 설정한다든가 하는 예술가다운 목표 설정과는 좀 차원이 다른 20세기 후반을 살아가는 오늘의 작가로서 마땅히 문제삼아야 할 우리 문화주체성의 당위론을 자각한 작가가 도전할 수 있었던 그런 서사적 과제였음을 깨닫게 하는 문제작이었다.

작가는 이야기 끝에 가서, 고죽이 변환과 곡절이 많은 삶을 마감하면서, 자신의 평생의 작품들을 모두 수거하여 불태움으로써 고도로 응축된 자기 절제를 통한 완성에의 의지를 독자에게 보여주고 있다. 이처럼 창조의식의 간절한 고양화에 의해서만 비로소 예와 도가 하나로 합치되어 완성된다는 이야기의 끝 장면에 이르러서 금시조는 황홀한 금빛 나래를 펴고 하늘에 날아오른다는 것이다. 작가의 이러한 서사적 대결의식은 이 시기까지에 있어서는 가장 뛰어난 창의를 보인 것임은 물론이며, 이야기가 꾸밈의 솜씨로서만 이루어지지 않고, 작가의 교양과 사색이 응결되고 만들어진다는 것을 알려주고 있다. 여기서, 작가가 설정한 주인공과 그의 서사적 과정(성취 또는 실패)의 의미는 작가의 창조적 자아의 투영으로써 결정됨을 엿볼 수 있다. 즉, 예술적 자아의 실현과 완성을 서사화한 우리 문학사에서 반드시 기억할 만한 작품이라 평가할 수 있다.

3. 도덕의식의 고양화

다음에는 도덕적 자아의 어떤 완결성을 시험하기 위한 「나자레를 아십니까」를 들 수 있다. 이 작품에는 고아원 출신의 김 선생이 옛 원생과 밤 열차에서 우연히 만나, 원생시절에 일어났던 일들을 회고하는 동안 한 여성 원생의 죽음의 원인이 밝혀졌다. 원생시절의 '형'은 그 누나와 사랑하는 사이였지만, 자기의 배신으로 하여 누나가 절망 속에서 죽어갔다는 회고담을 듣고 그 자책감으로 인하여 야간열차에서 목숨을 끊는다는 비극적인 내용이다. 이러한 내용은 불확실한 데서부터 차츰차츰 사건의 전모가 분명해지도록 작가는 용의주도한 이야기 솜씨를 보이고 있으며, 문제는 잊혀진 잘못을 통하여 도덕적 자아의 회복을 촉구하는 한편 그것을 초월하려는 데로 이야기의 해결을 구하는 것같이 보인다.

여기서 도덕적 자아의 문제가 어느 정도까지에서 정상적 수준으로 성숙되는 것인가 하는 현실적인 문제와 이 작품의 주제 사이에는 생각해볼 만한 과제가 놓여 있다. 작품이 이루고 있는 이야기의 논리에 따른다면 형은 누나를 배신한 자책감으로 인하여 죽음으로써 도덕적 자아의 한 완성형태를 보이고 있지만, 우리의 삶의 현실적 관계논리는 그보다는 덜 준엄할 것 같다. 그것은 덜 준엄하기 때문에 일상인들이 도덕적으로 미완성의 수준에 머문다는 뜻이기보다는, 현실의 논리가 만들어내는 개인주의의 상식적 수준에서 도덕적 실천의 한계와 관련되어 이완된 상태로 나타나기 때문이다.

원생 상호간에 자생된 그들 특유의 우애의식이나 유대감이라는 것도 원생이 성장하여 한 성인으로, 사회적 성원으로 복귀함으로써 그 농도는 흐려질 수 있다. 그리고 그 의미도 전환될 수 있다고 생각한다면, '형'의 배신의 의미도 개인주의의 흐름에서는 이해될 수 있는 상식적 여지는 있다고 할 것이다. 그러나 이 세속적 삶 또는 개인주의적 논리를 뛰어넘는 도덕의식의 고양화, 그것이 이 작품의 주제논리의 거점이 되고 있음을 알 수 있다. 그렇게 하여 작가는 이기주의의 수준에서 잊혀지고 매몰되는 도덕적 자아를 잠들지 않고 깨어 있는 자아로 살아가는 훈련을 소설이라는 거울로 독자에게 공감시켜 준다고 하겠다.

이러한 도덕적 실험정신은 작가에게 있어, 되풀이되는 관심사에 속하는 것으로 보인다. 「익명의 섬」이 그러한 예가 될 것이다. 그러나 엄밀히 따져본다면 성(性)의 충족이 과연 무엇인가 하는 본질적인 과제에 대한 하나의 질문이 될 수 있다고 하겠다. 장성한 남녀 간의 성합의 기회는 자율적인 성격의 것으로 있어야 하는 것이고, 사회·풍속적 테두리에서도 인정되는 인간적 실현의 한 요건이라 할 것이다. 성 그 자체는 도덕적인 것도 비도덕적인 것도 아닌, 생명현상의 한 가장 아름다운 표현이라고 말할 수 있을 것이다. 깨철이라는 바로 같은 한 홀아비가 동족부락의 부녀자들과 성합을 하는 비밀한 관계가 자행되고 있는데도, 온 마을사람들은 깨철이는 병신이고 양반가의 부녀들과는 감히 그러한 비정상적인 관계를 가질 수 없다는 암묵을 이루고 진상의 두려움을 회피하고 있다는 것이다. 이러한 비정상적인 성합의 충족현상에서 우리 사회의 풍속적 병폐의 일면이 보이기는 하지만 그보다는 성의 충족이 분배나 교환의 논리에서 볼 때 어떤 문제가 내재해 있음을 깨닫게 한다. 즉, 그것은 분배의 균등성이나 원활성이라는 내재적 욕구와 혼외정사의 도덕적 규제의 관념 사이에 개재한 현실적 과제다. 작가는 명백히 있는 사실을 은폐하고 도피하려는 익명성의 경향을 지적하는 의미를 나타내주고 있다. 즉, 익명성에 힘입은 이른바 도피주의적 성향에 관한 한 고발장이라고 받아들일 수 있다고 할 것이다. 이른바 순결이라는 것도 그 가치의 척도가 개별적인 것과 그보다는 독단적 삶에서 야기되는 상호충족의 균형에 있어서 요구되는바 소통의 윤리나 자율성이 중요시되는 것이라면 그 의미는 달라질 수도 있다. 그것은 경우에 따라서 격심한 결핍에서 야기되는 파괴성을 피하는 하나의 슬기로까지 승화된 의미를 내포할 수도 있을 것이다. 황석영의 작품에 나오는 창녀 백화나 조선작의 작품에 나오는 창녀 영자에게서 이기적 순결의 개념은 차원 높게 승화되어 성적 순결보다도 더 높은 정신적 고귀함을 획득하고 있는 사실을 비교할 수 있을 것 같다. 가령 「알 수 없는 일들」에서 여대생의 특식행위가 흥미 있게 묘사되고 있는데, 이러한 충족이 소실이라는 이야기 공간 내에서 설정된 상상적인 내용이기는 하지만 그러한 욕정의 충족도 세속적 가치판단 이전에 삶의 한 형태로 문제됨을 알 수 있다. 그것은 삶의 필연적 형태의 하나로서 그러한 욕구충족 현상이 발생의 우연성과 결합한 사례일 뿐이다. 이러한 성합의 발생적 우연성은 사실을 도덕적 개입 이전에 운명적으로 실현될 가능성이 대전제로 삶의 근저를 이루는 기본임을 알 수 있다. 다만 그 선택적 발생이 인위적으로 교양, 신분, 경제적 조건, 그 밖의 여러 세속적 요구와 연결되어 풍속이나 관습 안에서 이루어지는 것뿐이라 하겠다. 관습적 관념에서 볼 때 기계공장의 선반기사로서는 대회장의 여대생 딸과 결합하기가 쉽지 않을 것은 자명한 일이고, 성합 그 자체는 젊음과 건강이 실현되는 우연적 발생일 경우뿐이다.

이러한 논리에서 볼 때, 「충적세, 그 후」의 성 에너지에 관한 작가의 예리한 투시도에서 성 자체의 무목적성과 그 아래 깔려 있는 창조적 목적성이 한데 융합된 특성이 잘 나타나 있다. 이어 「두 겹의 노래」에서도 상도덕의 퇴폐상의 일면을 지적하고 비판하면서도 그 자체의 충족논리의 본성에 관하여 작가는 원형적인 의미에 접근하고 있음을 독자들은 발견하게 된다.

4. 소시민적 근성에 대한 비판

다음으로는 개인주의의 울타리 안에서 안주하는 인간군들의 문제로서, 작가는 이른바 소시민적 근성에 관하여 비판적으로 조명함으로써 문제에 도달하도록 하고 있다. 그러한 예로는 「달팽이의 외출」을 들 수 있는데, 그것은 좋은 뜻에서는 개인주의가 이룬 필연의 결과로 볼 수 있지만, 같은 사회의 동시대인으로서의 열려진 소통관계나 공감대가 이루어지지 못하는 데서 오는 갇히고 제한된 삶으로 일종의 자폐적 병리를 문제 삼고 있는 작품이다. 한 직업을 통하여 개인의 능력을 실현한다는 제한된 생활 공간의 갑갑함을 자각한 형섭은 여러 친구들을 만나 그 테두리를 벗어나 보려고 여러 번 시도하나 결국 모두 실패하고 씁쓸하게 자신의 울타리 속으로 되돌아온다는 것이다.

형섭은 열려진 공감대를 찾았으나 모두 실패로 돌아가자 술집에서 젊은이들의 대화에 동참함으로써 '열려진' 삶의 허심탄회한 영역으로 끼어들려 했다. 그런데 그것조차도 용납되지 않는다는 내용이 제시된다.

> 그러나 형섭씨의 눈에는 무엇인가 흥겨운 얘기를 허심탄회하게 떠들고 있는 것으로밖에 비치지 않았다. 좋은 시절, 유쾌한 젊음—형섭씨는 문득 그들과 어울리고 싶어졌다. 쉽게 풀려오는 몸과는 달리 술기운으로 과장된 그의 감정이 그들에게 엉뚱한 기대를 걸게 만든 것이었다. 저 젊은이들이라면 우울한 이 하루를 보상해줄지도 모른다. 따뜻한 영혼의 교류와 함께 잃어버린 과거에로의 통로를 발견하게 되는 지도 모른다⋯⋯.
>
> 그러나 정작 형섭씨가 그들과 접근을 시도하자마자 그런 기대는 터무니없는 오산이었음이 드러났다. 모처럼의 용기를 내어 그들의 자리에 끼어들었을 때, 갑자기 중단되는 대화와 어색한 침묵, 이미 게슴치레해진 눈가에 새롭게 살아나던 불신과 적의, 그것들은 그날의 어떤 경우보다 더 단단한 막으로 그의 침입을 거부하고 있었다.
>
> —「달팽이의 외출」 부분

이 대목에 이르러 형섭은 지금까지 자신이 쌓아올린 폐쇄적인 담을 스스로 자각하기에 이른다. 그리하여 달팽이의 생리와 자신의 삶과의 유사한 관계를 이해하고 스스로 담을 허물은 상징적 행위를 하는 것으로 이야기는 끝나고 있다.

다음으로는 지식인이 특수집단의 삶에 적응하지 못하는 「새하곡(塞下曲)」도 주목된다. 군대생활의 내부에 도사린 일종의 허무주의적 성향을 예리하게 파헤치면서, 강 병장을 초점으로 한 이야기는 이문열의 작가적 형안이 번뜩이는 또 다른 수작으로 보인다.

삶의 근원적인 문제를 다룬 「이 황량한 역에서」는 보다 더 심화된 창의가 보이는데, 그것은 작품 전체의 내용에서 역과 여객의 관계를 우의적 의미로 전환하여 삶의 본원상을 깨달을 수 있게 한 점이다. 이런 뜻에서 본다면, 탄생의 하행선(下行線)과 죽음의 상행선(上行線)은 삶의 양면성을 한꺼번에 내포한다 하겠다. 특히 작가가 일깨우고 있는 점은 '우연'의 철학으로, 개인의 욕망이나 의지와는 무관한 생성과 이합의 원리 그 자체로서의 의미를 천명한 점이라 하겠다. 즉, 인간적인 의미와 관계 인식이라는 것도 문화적 구조체의 현상에서 이해하고 그 테두리 안에서 개인적 성취를 통념적으로 이해해온 오랜 관습을 무너뜨리고, 원래적인 삶의 형태를 발견하는 것이다. 이러한 작가의 눈에서 인간의 존재방식이라는 게 새로이 조명되게 했다. 즉, 성취의 지향에 향한 존재가 지나치게 세상에 대하여 많은 긍정적 의미를 부여하려고 하고 또는 기대함으로써 나타난 현상의 이면까지 들추고 의혹하는 탐구정신마저도 사실을 무의미한 것이라는 체관(諦觀)에 도달한다. 그리하여 작가는 현상 그대로 수용하는 자세로 슬기의 결핍을 문제로서 노출시키고 있다. 이런 뜻에서 이 작가의 서사적 탐구정신의 기저에는 허무적 비관론도 다소간 깔려 있다고 하겠다.

지식인 또는 지적 인간의 탐구정신이나 인생관도 환경과의 상호 역할 관계와 분리할 수 없다고 하겠는데, 「그 세월은 가도」에서는 늘 이사하고 짐을 싸들고 도피해야 하는 피해의식의 희생자가 보이고, 오랜 세월이 지난 후에도 여전히 다음 세대도 같은 고통을 겪어야 한다는 내용이 묘사되어 있다. 그리하여 우리 시대의 사회적 고통이 밝혀져 있다. 이러한 문제도 우리의 창조적 슬기가 결핍된 일면을 적절히 일깨우는 점이 된다고 할 것이다.

6·25와 우리의 어긋난 삶, 좌절한 인물, 소외층의 고통 등 한두 층의 인간적 특성을 중심으로 이문열의 작품세계를 소략하게나마 살펴보았다. 이러한 한 고찰에 의하여서도 이문열의 작가적 역량이 매우 뛰어남을 확인할 수 있고, 시대의 아픔과 모순에 매우 민감한 서사적 지향을 보이고 있음을 알 수 있었다.

그의 예술적 특성은 가리워진 것을 점진적으로 풀어 진상이나 진실을 밝혀 깨달음의 공감에 기대하면서, 절제의 문장으로 혹은 고도한 집중의 필치로써 형상성이 높은 것이 한 특징이라면 특징이라 할 것이다. 그가 창조한 이동영이나 고죽 그리고 도평 노인과 지면관계로 미처 언급은 못했지만 「맹춘중하(孟春仲夏)」의 백보(白步) 선생 등은 매우 주목되는 성격들로서 우리 소설사에서 뜻 깊은 가치를 지닌다고 하겠다. 그의 서사적 지향은 열린 세계의 원활한 가치교환의 장을 꿈꾸는 것으로 집약할 수 있지만, 그의 탐구의 정신 속에 깔려 있는 허무적 감각은 비록 적은 부분이라 하더라도 한층 더 심화시킬 필요가 있지 않을까 하고 읽은 소감을 적어본다.

제3부
이념 분열과 시대 고

광복 40년 한국 문학 ― 민족문화의 통합적 전망을 위하여
문학과 사회의 관련성
아버지의 모습들

광복 40년 한국 문학

— 민족문화의 통합적 전망을 위하여

광복 당시 문학계의 두드러진 현상은 우파와 좌파의 문학관의 분열이었다. 그런데 이 두 이념적 분열은 문화 발전의 논리에서 볼 때 단순한 상태에서 복잡한 상태로 전진하는 다양화의 논리에서 긍정적으로 인정될 수 있는 것이었다. 그러나 1920년대부터 비롯된 문학관의 분화는 사실상 보다 높은 한국 문학의 통합적인 발전을 전제한 것이었음에도 불구하고, 이러한 통합의 전망이나 가능성은 현재로서는 먼 거리에 있는 것처럼 보이고 있다.

현재와 같이 남·북에 긴장이 유지되는 상황하에서는, 학문과 예술의 동질적 기반을 구축하면서 사회·문화적인 통합을 기대하기는 어려울 것이라 생각되기 쉽다. 그러나 그렇다고 하여 통합의 가능성을 모색하지도 않는다는 것은 일종의 책임 회피가 될 것이다. 비록 국토는 외세에 의하여 불가피하게 분단되었다 하더라도 문화 창조와 전승에 있어서는 통합적 논리를 대전제로 하고 민족적 일체감을 유지하며 발전하는 상호협조의 풍조를 이루어 왔어야만 옳은 것이었다.

현대와 같이 긴장된 대립이 긴박성을 가지는 냉전시대의 시점에서는 이러한 논의가 허황된 것일 수도 있다고 볼 소지가 있지만, 역사의 발전적 논리에 비추어 볼 때 이러한 논의는 합당한 것이고 필요한 것이라 생각된다. 또 이러한 문제의식을 민족문화의 한 통합적 투시라고 가정하고 그리고 그러한 가정적 논리를 염두에 두고 해방 후 40년의 우리 문학을 개관하는 방법도 가능하다 할 것이다.

1. 광복 당시의 문예관의 분열상

광복 당시의 주요한 문학적 관심사의 하나는 일제의 식민지정책이 남긴 제국주의적 통치이념의 잔재를 청산하는 일이었다. 그것은 신남철(申南澈)이나 이원조(李源朝) 및 그 밖에 여러 문학인들에 의해 제기된 문제였다. 그러나 이러한 문제들이 문인 개개인의 친일적 행적이나 또는 불가피한 형식상의 훼절을 감정적 차원에서 보복의 대상으로 문제 삼은 사례들은 바람직하지는 않았다고 보인다. 왜냐하면 그것은 문학의 창조적 가치론과는 일단 엄격히 구분되는 것이기 때문이다. 창작된 작품의 내용에 친일적 요소나 무주체성이 독자에게 끼칠 좋지 못한 영향이 분명한 경우, 이를 정당한 비평논문으로써 그 가치를 천명하거나 혹은 비판하는 것 정도였을 것이기 때문이다.

다음으로는 외국 문학론의 수용에 관한 문제로서, 이 시기에 한효(韓曉)는 「진보적 리얼리즘에의 길」을 발표하였는데, 그의 견해는 해방 당시의 문단적 풍조를 이해하는 데 한 참고가 될 것이며, 당시의 외국 문학론의 수용태도를 짐작하게 할 것이다.

> 소련의 사회주의적 현실을 그리고, 위하여 제창된 사회주의 리얼리즘의 슬로건을 전혀 무비판적으로 받아들이어 서구 자본주의적 현실인 특히 제국주의 압정하의 조선에다 기계적으로 이식하려고 한 성급에 대해서는 충분한 자기 비판을 감행해야 할 것이다.[1]

---

1) 『신문학』, 138쪽.

이러한 견해는 민족문학의 정당한 발전을 위하여 제기한 것이기는 하나 비평적 견해로서 충분히 참고할 만한 것이라 보인다. 그러나 이러한 비평가의 견해조차도 과격한 좌파의 조직적 힘에 의하여 엄정한 지적 자세를 유지하지 못하고, 파당적 정치주의에 휩싸여 후에는 그 자취를 감춘 것이 아닌가 짐작된다. 그리하여 광복 당시의 불안정한 사회적 상황을 파당적 이익에 이용하는 정치적 세력의 간섭에 의하여 참된 논의는 이어지지 못한 것이었다고 짐작된다. 부분의 논리로부터 출발하여 중심적이고 전체적인 논리의 발견에까지 이르지 못한 사태는 당시의 책임 있는 지도적 지성인들의 냉철성 부족과 참된 인내력 및 민족 전체의 협력심 결핍에서 야기된 것임을 시인해야 할 것이라 보인다. 한 역사시대를 맞이하는 자세는 진지하면서도 기민하고 통합적이고 종합적인 조직력과 관계된 것이라고 할 때, 당시의 파당적 분열상은 편협하고 고립적이었던 것 같고, 손쉽게 얻고 손쉽게 결정하려는 성급한 풍조와도 관련된 것으로 보인다. 당시의 통합론적 논리를 지녔던 소수의 애국적 지도자들에 의하여 제기된 정치적 전망도 힘의 간섭에 의하여 무산되었다.

　이러한 혼란은 새 가치와 새 질서의 탄생을 위한 것이라 보이지만, 문자 그대로의 분열은 있었으나 통합적 가치의 모색과 그 탄생은 이루어지지 못하였고, 그 모색을 가능케 하는 분위기도 조성되지 못하였던 것 같다.

　이 시기에 박두진 선생은 「해」에서 민족의 통합을 예견하는 의미 깊은 시상을 나타내었다. 이러한 시적 예지(叡智)는 당시의 통합논의의 진정한 중심을 가장 적절히 대변하고 또 예언한 사례가 될 것이다.

　순수주의의 민족파들은 좌파의 과격한 정치주의와는 달리, 인간의 자유스런 본성에 기초를 둔 인도주의적 문학관을 제시하였다. 그러므로 문학은 인간 본연의 심성에 기초된 예술적 창의임을 주장하였다. 김동리, 조지훈, 조연현 등의 논의가 당시의 좌파적 정치주의와 공리주의에 대항한 대표적인 예가 될 것이다. 김동리는 당시대적 역사성이나 사회성의 현실적 문제를 정치주의적 관점에서 작품화한다면 그것은 문학이 아니라 정치적 선전이 됨을 지적했고, 문학은 인간성의 탐구로서 초공간적이고 초시대적인 특성이 강조되어야 함을 주장하였다.[2] 김동리의 이러한 견해는 문학의 본질적인 특성을 잘 지적한 것이지만, 초월적 가치도 사실을 당시대와 당시대 사회의 삶을 근거로 하여 창조된다는 사실을 시인할 수 있는데, 여기에 양파의 통합을 이룰 논리적 근거가 충분히 있다고 하겠다. 그러나 통합과 협력에 노력하기보다는 적대적 분파주의로 기울어졌다.[3]

1948년에 정부가 각각 수립되었는데, 북에서는 진정한 민족주의 지도자가 학살되고,[4] 한국에서도 통합론을 제창한 민족지도자가 암살되었다.[5] 이 두 지도자의 서거는 분열을 고정화시키는 당시의 정치적 성격을 명백히 드러낸 것이라 하겠다. 우리 국토의 형태적 분단은 외국의 힘에 의한 것임을 인식할 때 그 원리적 모순을 지양하는 점에서 문화, 사상, 풍속, 교육의 제 분야에서 통합을 꾀하는 것은 사실상 정신만 차렸다면 어느 정도는 가능한 것이었다고 하겠다. 그런 관점에서 두 서거한 지도자들의 사상적 자유는 보장되었어야 했을 것이다. 그러나 역사는 그러한 통합적 사상을 용인하지 않은 듯 조급한 현실주의가 힘을 얻고 이어 두 분은 서거하게 되었다. 그로 인하여 통합론의 발전적 통로는 완전히 차단되었던 것이라 볼 수 있을 것이다.

이에 따라 정치제도와 생활양식이 양극화되어 갔고, 사상과 문화가 양극화하기에 이르렀다. 이러한 역사적 체험에서 오늘날까지도 우리의 생활과 문화의 흐름 속에 흑백의 양극의 논리는 무의식적으로 뿌리 깊게 자

---

2) 김동리, 『문학과 인간』, 백민문화사, 1948, 62~94쪽.
3) 김동석 , 『부르조아의 인간상』 및 『문학과 생활』
4) 조만식 선생은 1950년에 북파에 의하여 학살당한 것으로 전한다.
5) 김구 선생은 1949년에 암살되었다.

리 잡은 것이 아닌가 생각된다. 그 이유는 적대적 양극화에 따른 보복이 무수히 되풀이된 실제적 체험을 가졌기 때문이었다고 짐작이 된다. 여수, 순천 반란 사건을 위시한 많은, 크고 작은 사건들이 그것을 입증한 것이었다. 이런 측면의 편협한 사고양식을 적절히 묘사하고 비판한 소설로서 이청준의 『소문의 벽』을 들 수 있을 것이다. 그와 같은 맥락에서 본다면 1950년대 전쟁을 겪은 다음에 이북에서 창작된 작품들 중에서 상당한 편수가 도식적 양분법의 논리에 의거하여 창작됨으로써 통합의 가능성을 외면한 것을 엿볼 수 있다.[6]

해방 당시의 지식인 일반의 고민을 다룬 작품으로 상허의 「해방전후」가 있다. 그런데 이 작품의 주인공은 처음에는 현실의 급격한 변화에 대하여 매우 신중한 반응을 보이다가 이야기의 끝에 가서 명분 없이 좌경하는 것으로 마무리 되어 있다. 이 작품에서도 역시 견실한 지적 자세를 일관성 있게 유지하지 못하고 정치적 흑백논리에 휩싸이는 양상이 보이고 있다.

김성한은 해방 당시의 사회적 혼란을 취재하여 친일파의 위장적 행위, 사이비 애국자의 허세 등을 파헤치면서 삶의 건전성을 위한 작품을 발표하였다. 그의 단편집 『암야행(暗夜行)』, 『오분간(五分間)』은 실로 이러한 사회적 격동기를 한 맑은 지성의 투시로써 밝힌 데에 소설미학적인 가치를 점유한다고 할 것이다. 그와 못지않게 채만식의 기여도 중요한 의의를 지닌다. 그는 해방 당시의 사회적 혼란기를 통하여 통역자, 정치가, 상인, 농민, 복역자, 절도범 등 여러 계층의 인물들이 이루는 불합리한 현상을 풍자하여 독자로 하여금 건전한 삶을 지향케 하였다.

그러나 위의 두 작가에게 있어서도 통합의 논리를 문예물의 주제로 제시하고 형상화하지는 않은 것 같다. 그런 만큼 국토 분단과 사상적 분열이 격심했다는 뜻도 된다 할 것이다.

---

6) 신동욱, 『북한의 문학활동』, 북한연구, 1979.

2. 자유와 6 · 25의 주제

1950년의 6 · 25전쟁은 외형적으로 한국 민족이 서로 싸운 비극적인 전쟁이었으나, 참전한 나라는 매우 많다. 이들 참전한 나라들은 각각 참전할 만한 정치적, 경제적, 도덕적 당위성이 있었을 것이지만, 한국인에게 있어서는 동족상잔이라는 미증유의 비극을 체험케 했던 전쟁이었다. 그것도 반세기에 가까운 가혹하고 비인도적인 일제의 야만적 정치치하를 체험하고 곧이어 동족상잔의 참혹한 전쟁을 치뤄야 했던 것이다. 이러한 역사적 체험은 민족의 결속보다 감정주의적 보복의식을 더 조장하는 결과를 가져오기가 십상이었고, 살아감에 있어 긴 안목으로 차근차근 살피고 계획하는 착실한 기풍을 수립할 수 없는 다급한 상황에 처하여 임시방편적 대응방식만을 증대시켰다 하겠다. 현실적 삶이 경제적으로 간고하므로, 생계를 유지한다는 것이 가장 조급한 문제로 나타났을 것인데, 그것은 1920년대나 1930년대의 일제 치하에서 겪은 궁핍과도 그 질에 있어서 비교도 할 수 없는 충격적이고 격심한 것이었다. 여기에서 싹튼 병적인 실용주의나 찰나의 안락함을 추구하는 쾌락주의도 일부의 사회적 풍조로 대두되었다.

이북의 통치를 피하여 남하한 피난민을 주제로 한 많은 문예물들이 발표되기에 이르렀다. 그런 다음 6 · 25전쟁을 주제로 한 작품들도 계속하여 발표되기에 이르렀다. 이념 분열의 문제와 자유를 획득하려는 주제도 보였다. 이러한 주제들의 일부는 기존의 도덕적 삶의 내부까지도 뒤흔드는 변이를 포착하고 그것을 문제 삼기도 하였다.

정비석의 『자유부인』은 전쟁 당시와 그 직후의 퇴폐한 사회적 풍조의 한 측면을 문제 삼고 이를 고발한 것이었다. 말하자면 소설은 삶의 일반적 흐름을 비추는 거울로 의미화됨을 알려준 사례가 된다 할 것이다. 일제 말기와 해방 당시 및 6 · 25를 작품의 소재로 채택한 작품들은 상당히 많았다. 계용묵의 「별을 헨다」, 선우휘의 「불꽃」, 「싸리골 신화」, 정한숙의 「끊어진 다리」, 장용학의 「요한 시집」, 김동리의 「혈거부족」, 「흥남철수」, 전광용의 「꺼삐딴 리」, 손소희의 「남풍(南風)」, 홍성유의 「悲劇은 있다」, 최인훈의 「광장」, 김원일의 「노을」, 이문구의 「장한몽」, 전상국의 「아베의 가족」 등 일일이 예거하기 어려울 정도로 많다. 그런데 이러한 작품들 중에서 전쟁의 비극적 국면을 묘사하는 한편 통합의 길이 무엇인가를 그 이면적 주제로 보여주었던 예가 적지 않게 나타났던 것이다. 말하자면 전쟁의 비극적 국면에서 예견되는 바람직한 가치로서 통합적인 삶의 문제를 암시하였던 것이다.

이러한 문제를 시적으로 압축한 작품은 황순원의 1953년 작 「학」(『신천지』, 1953.5)을 거론할 수 있을 것이다. 이 작품에서 보인 화해의 의식은 현실적으로는 상징적 의미밖에 지닐 수 없는 것이지만, 그러나 그러한 인간주의적인 바탕에 근거하지 않고서는 어떤 좋은 이상도 제도도 실현될 가능성은 희박하다 할 것이다. 황순원의 작품이 보여주는 이야기의 맥락을 따른다면 화해의 가장 기초적인 조건은 어려서부터 같은 고장에서 성장해온 사람들 사이에 가지고 있는 공동체의식이라고 하겠다. 우리의 인성과 내면을 구성하는 기본적 요건들도 이러한 공동체적 체험 내용들인 바 언어, 풍습, 지역, 교육 등을 빼놓을 수 없는 것이라 하겠다. 이 작가의 화해에 관한 소설적 착목은 바로 이러한 공동체적 인간의식과 깊게 관계된 것임을 알 수 있을 것이다. 이러한 인간주의 의식에 바탕을 둔 선우휘의 「싸리골 신화」도 통합적 전망을 엿볼 수 있게 한 하나의 예시적 작품이라 하겠다. 최인훈의 「광장」은 지적인 모험을 시도하여 남과 북의 정치 풍토를 분석적으로 비판하면서 민족의 통합과 함께 사람답게 살 수 있는 터전을 탐색한 실험적인 작품이라 할 것이다. 이호철의 「판문점」과 서기원의 「암사지도」도 당시대적인 과제를 모색한 의의 있는 작품이라 하겠다. 이러한 예술적 기도는 우리 삶의 전체적 지향이 완전히 통일국가를 이루는 데 있고, 그 실현의 가능성을 찾는 창조적 노력으로써 정치적 및 예술적 의의를 가지고 있다 할 것이다.

다음으로 우리에게 있어 자유의 개념도 각 역사 시기의 당시대적 성격에 따라 복합적인 뜻이 담겨 있다 하겠다. 봉건시대의 그것은 계층적 통합에서 문제가 된 것이었지만, 일제강점기에는 식민지적 질곡에서 벗어나려고 일제와 직접 투쟁함으로써 자유를 얻을 수밖에 없었던 특수성이 있었다. 이러한 두 측면의 자유의 역사적 개념은 해방 이후의 풍조 속에도 적지 않게 작용함을 볼 수 있었다. 그런데, 4 · 19를 기점으로 하여 그 전 · 후의 자유의 개념은 정치적 의미가 강하게 착색되면서 민권의식이 주요한 과제로 야기되었다. 기왕에 봉건적 가부장제의 오랜 전통을 가지고 있는 우리로서는 서구 민권중심의 자유주의 사상이 쉽사리 뿌리를 내리기는 어려운 것이었다. 여기서 1인 독재니 1당 독재니 하는 용어가 가부장적 봉건 풍토의 산물임을 이해할 수가 있는데, 그것은 우리 풍토 속에 새로운 문화적 가치를 토착화함에 있어 필연적으로 겪어야 하는 역사적 체험의 한 과정이라 볼 수도 있을 것이다. 그렇다고 하여, 우리가 성취하려는 가치가 가만히 앉아 기다림으로써 얻어지는 것은 아니며, 스스로가 주체적으로 만들어내야 하는 가치이므로 지식인이나 학생이나 할 것 없이 모두가 4 · 19를 정신적으로 동조하였던 것이라 하겠다. 신동엽을 위시한 여러 시인들이 이룬 이 시기의 문학적 기여도 큰 것이었다.

그러나 4 · 19는 곧 5 · 16으로 이어지면서 두 이념적 근거 사이에는 차이가 생겼다 4 · 19는 민주주의의 실현에 요구되는 자유주의 사상의 민간인이 근간이 된 거사였다고 한다면, 5 · 16은 군인이 중심이 되어 정치적 안정을 회복하면서 민생고를 해결하려고 했던 것 같다. 이 두 혁신운동은 분리되어 나타나기보다 그것이 하나의 목표로 묶여서 나타났어야만 했을 것이다. 여기에 두 혁신운동의 목표가 서로 달리 나타나 국론의 분열이 나올 소지를 남겼던 것이다. 일반적으로는 흔히 국론의 분열의 책임이 마치 정권 담당자들에게만 있는 것처럼 생각하는 데에도 문제가 있다고 할 것이다. 이러한 문제는 한 시대를 창조해 가는 동참자들 모두의 공동책임이라는 것을 인식할 필요가 있다고 하겠다.

광복 당시부터의 분열상을 극복하고 민족의 통합을 예언적으로 노래한 예는 박두진이고 그 작품은 「해」였다. 분열을 초극하고 통합의 전망을 시화하였던 것이다. 그러나 그의 뛰어난 예언적 시 창조에 동조한 어느 정치적 움직임도 나타나지 않은 채 통합의 길은 멀어져 갔다. 박두진은 「불사조의 노래」에서 그의 통합이념과 그 실현의 염원을 다음과 같이 노래하였다.

> 너무도 오래 억눌렸던
> 너무도 오래 시달렸던
> 너무도 오래 어두웠던 우리들의 역사
> 너무도 오래 박탈당했던
> 상처투성이 상처투성이 상처투성이의 자유,
> 그렇게도 가지고 싶었던
> 우리들의 평화
> 그렇게도 가지고 싶었던
> 하나의 나라의 永遠을
> 南北 自主 自由 統一
> 하나의 나라의 悲願을
> 아, 이것 하나 못 이뤄 보랴.[7]

이 노래에 보인 바와 같이, 민주주의의 토착화 과정에서 야기된 창조적 역량의 미숙과 실패를 초극하려는 시인의 예술적 상상력을 볼 수 있다.

이처럼 실패를 딛고 그것을 거울삼아 민족의 참다운 협력과 총화 속에

---

7) 박두진, 「不死鳥의 노래」, 『박두진 전집 3』, 범조사, 1983, 257쪽.

서 자율적으로 무르익어 움트는 진정한 한국적 개성과 역사성을 포용한 자유민주주의의 탄생이 기대된다고 할 것이다. 서양의 정치사가 아무리 모범적이고 외국의 제도가 아무리 뛰어났다 하여도 그보다는 민족의 생활풍속과 역사성을 포용한 자생적인 가치의 탄생이 바람직한 것임을 자각하는 일 또한 중요한 것이라 할 것이다.

1960년대에서 1970년에 이르는 사이에 민족주의 문학론과 민중문학론이 크게 대두된 사실을 본다면 그것은 민족의 성원이 사람답게 살 수 있는 자유주의의 자생을 촉진시키려는 문학의식에서 나타난 것임을 알 수 있겠다.[8]

이러한 뜻에서의 자유의 개념은 주체적이고, 반봉건적이고, 평민적 내지는 시민적 진실이 자율적으로 성장함을 겨냥한 것이라고 할 것이다.

예술의 아름다움이라는 가치규정조차도 예술창작의 자율성에 그 이론적 근거가 주어지는 것이라 할 때, 예술작품의 수용적 의의가 특정한 교양인이나 애호가라는 테두리에 두는 것이기보다는 민족 전체의 삶을 건전케 하고 인간다움의 실현을 기하는 데 있다고 말할 수 있을 것이다. 여기에서 민족문학론과 민중문학론의 통합적 근거와 의의가 있음을 규정할 수 있다.

3. 산업시대와 소외된 인간

1960년대 중반기부터 산업시대의 징후가 보이기 시작하였다. 이 시기에 고속도로가 개통되었고, 중공업의 급격한 성장이 이루어지기 시작하였다. 그리고 이어 수출공단이 만들어져 집단적인 고용양상이 사회적 수평에서 문제가 되기 시작하였다. 그에 따라 수출의 총매출액이 1억 불에

---

8) 백낙청, 『민족문학과 세계문학』, 창작과비평사, 1978.

도달하는 일대 기념이 될 만한 일로 화제가 되었다. 그런데 이것은 장점 못지않게 온 국민을 상업주의 풍조로 이끄는 단점도 크게 노출시켰다.

그리고 이러한 산업화의 의도적 성취와 함께 정치철학적인 문제가 크게 사회문제로 야기되기 시작하였다. 제3, 4공화국의 약 20년간의 1인 정치는 과감한 결단력과 일관된 추진력 및 외화에 힘입어 산업을 진흥시키는 데 있어 국제사회에서 괄목할 만한 업적을 이루게 되었다. 그러나 그 대신 그 반대급부로서 자유민주주의의 개념은 무너진 형편이 되었다. 이에 따라 사회풍조는 일확천금을 꿈꾸는 허황한 상업주의로 물들기 시작하였다. 이문구는 「엉겅퀴」에서 그 비리를 적절히 지적하고 비판한 바가 있다. 말하자면 온 국민이 토지장사와 아파트장사에 부심하고 심지어는 생필품과 농산물을 매점하여 일확천금을 노리는 광적 증세까지도 일부 나타났다. 이근삼의 희곡 「제18공화국」이나 송상옥의 작품에 보이는 「작아지는 사람」도 이러한 사회풍조를 배경으로 한 문예적 소산이라 할 것이다. 특히 송상옥은 근원적인 소외자를 다루었다. 이러한 작품들에서는, 한 정권의 존립의 철학적 근거가 시민적 호응과 총화에 의하면, 정당한 비판과 타당한 다수의 견해를 폭넓게 수용해야만 굳건한 지반을 확보하게 되며, 또 그런 연후에라야 정치철학의 발전적 전개가 시민적 삶의 원리로 수용 내지는 융합된다고 하는 이면적 주제가 나타났던 것이다. 이러한 기초 원리를 저버리고 한 사람의 정열과 한 사람의 의지와 한 사람의 지혜와 오직 한 사람만의 부림에 의하여 한 민족 국가의 정치, 경제, 문화를 이끌어가려고 했던 인상은 매우 짙었던 것이다. 이러한 정치풍토에서 협력과 총화의 논리가 자생하기는 어려웠을 것이고, 추종, 방관, 야유라는 타율적인 풍조가 일었을 것이다. 그런데 이러한 타율적 삶은 북(北)에 있어서는 더욱 자심한 것으로 1980년대에까지도 이어진 것으로 알려져 있다.

이러한 시기의 첫 단계에 김승옥은 「무진기행」(1964)을 발표하였다. 아무것도 예견할 수 없고 그저 세속적 욕망에 이끌려 가는 주인공을 통하여 또 그와 유사한 처지에 있는 인물들을 통하여 1960년대 일부 사회적 풍조를 상징적으로 묘사하였다고 보인다. 이 작품은 독자의 미적 수용에 있어 다양한 반응을 초래할 넓은 폭을 지니면서, 동시에 삶의 목표를 세우고 예견할 수 없는 인물을 형상화하여 그것으로써 당대적 풍조의 일각을 객관적으로 인식케 하였다. 이러한 인물에게서 창조적 발전에 기울이는 열정과 행동을 기대하기는 어려울 것이다. 한 시대가 안고 있는 절망과 소외의 의미가 무진에 끼인 안개처럼 서려 있음을 작가는 다음과 같이 시적 함축으로써 묘사하였음을 볼 수 있다.

> 무진에 명산물이 없는 게 아니다. 나는 그것이 무엇인지 알고 있다. 그것은 안개다. 아침에 잠자리에서 일어나서 밖으로 나오면, 밤 사이에 진주(進駐)해 온 적군(敵軍)들처럼 안개가 무진을 뺑 둘러싸고 있는 것이다. 무진을 둘러싸고 있던 산들도 안개에 의하여 보이지 않는 먼 곳으로 유배(流配)당해 버리고 없었다. 안개는 마치 이승에 한(恨)이 있어서 매일 밤 찾아오는 여귀(女鬼)가 뿜어 내놓은 입김과 같았다. 해가 떠오르고 바람이 바다 쪽으로 방향을 바꾸어 불어가기 전에는 사람들의 힘으로써는 그것을 헤쳐버릴 수가 없었다. 손으로 잡을 수 없으면서도 그것은 뚜렷이 존재했고, 사람들을 둘러쌌고, 먼 곳에 있는 것으로부터 사람들을 떼 놓았다.[9]
>
> — 「무진기행」 부분

이와 같은 인용에서 볼 수 있듯이, 안개는 삶의 불투명함을 암시하고 있다. 안개가 끼이는 양상을 '적군', '유배', '한', '여귀' 등의 어사로 의미를 조정한 곳에서 그 암시적 의미를 볼 수가 있다. 이러한 묘사에서 이 작가의 회화적 감각의 출중함도 알 수 있을 것 같고, 작가로서의 뛰어난 기량도 짐작할 수 있을 것이다. 이 작품 한 편만으로도 하나의 기념비적

---

9) 김승옥, 「무진기행」, 『현대한국문학전집 17 − 13인 단편집』, 신구문화사, 1967, 25~26쪽.

업적을 우리의 소설사에 세운 것이라 평가할 수 있을 것이다.

이와는 좀 다른 어조로 야유와 풍자가 담긴 서기원의 「마록열전(馬鹿烈傳)」도 이 시기를 이은 사회풍토를 묘사한 기억할 만한 사례가 될 것이라 하겠다. 그리고 조선작의 「영자의 전성시대」와 그 밖의 작품들도 당시대 풍조를 압축한 작품들이었다고 할 것이다.

다음으로는 산업사회의 문제점을 제기한 문제작가와 문제시인들이 1970년대의 문학적 개성을 이루기 시작하였다. 실제로 삶의 건전한 형평은 기능주의적 평가를 감안해야 하면서도, 전체적인 합당성을 유지하는 제도 운용의 슬기와 그 지속적이고 창조적이고 실천적 노력에 의해서만 이루어지는 것이라 할 것이다. 그러나 산업화 과정에서 크게 문제되는 것은, 산업의 발전이 개인생활의 경제적 향상을 기한다는 사실에 요구되는 분배의 균형성이라 하겠다. 그러나 이 못지않게 중요한 것은 삶의 가치가 사람다움의 실현에 있기보다는 경제적 가치에 종속되는 듯한 사례가 있어서는 안 될 것이라는 점이다. 생산과 분배가 건전하다 해도, 경제적 관심이 높아가면 갈수록 인간은 그 본연의 존재가치를 잊고 경제적인 가치로 전락 또는 전이되려는 부정적 경향을 띨 수가 있다는 가능성은 늘 내포되어 있다. 이를테면 이윤을 증식화시키려는 고용주는 피고용자를 인격적 존재로는 이해하지 않고 이윤을 증식시키려는 기능적 수단으로만 평가하기가 쉽고, 그렇게 될 경우에 사람은 인격적, 정의적, 도덕적 가치를 잃고 생산능력의 기능만을 평가받게 되어 일종의 경제적 수단으로 전락하여 인격적 존재가 아닌 생산의 부품처럼 될 수도 있을 것이다. 이러한 문제들은 서양의 19세기 후반기 산업사회에서 문제된 사회적 모순이었던바,[10] 한국에서는 그것이 금세기의 중후반에서 사회적 문제로 야기

---

10) 크레인 브린톤 외 저, 민석홍 역, 『세계문화사』 하, 을유문화사, 1963, 63~68쪽.
Jacques Ellul, *The Technological Society*, Tr. by John Wikinson, 1964, A vintage Books.

될 소지를 차츰 보였던 것이다.

여기서 인간이 인격적 주체자로서 인간답게 살 수 있느냐 하는 문제가 소설의 주제로서 드러난 것이다. 예컨대, 조세희의 『난장이가 쏘아올린 작은 공』 같은 연작소설에서는 비록 허구적인 이야기이기는 하나 고용주와 피고용자 간의 부조화는 심각한 것으로 나타나 있다. 그런데 이 작품의 시각은 가진 자와 못 가진 자의 선명한 흑백논리의 양분법적인 인식에 근거해 있으므로 애초부터 대립의 양상은 가진 자의 횡포와 그 비도덕적 양상을 비판하는 것으로 설정하여 다룬 것 같았다. 못 가진 자의 분노도 문제가 되는 것이지만 가진 자의 도덕의식 또한 문제인 것이다. 여기서 난장이와 난장이의 가족 그리고 난장이가 살고 있는 가난한 마을은 실제의 공간이기보다는 작가가 상상적으로 그려낸 하나의 가상적 모형으로서의 공간이다. 그렇기는 하지만 이 가상적 상상의 공간을 1970년대 전후라는 한국의 사회적 형편과 간접적으로는 관련성이 있다고 할 것이다.

그러나 여기서 말하는 관련성은 이야기를 만든 작가보다는 이야기를 읽는 독자들이 내심으로 공감할 수 있는 또는 그런 내용이 있을 수도 있다는 인정감을 받을 때에만 하나의 유효한 것이 될 수 있다고 하겠다. 노사문제를 지나친 극단주의나 독선적 자세로 양분법 즉 가치와 비가치로 나눌 때, 그 양측의 존립의 문제는 위험한 상태에 빠져버릴 것이다. 즉 고용주가 부정되고 피고용자가 긍정되거나 또는 그 반대라 해도, 한 직업이 형성되고 그것이 사회적 의미를 갖는 한에 있어서는 양분법적인 논리로 처리되기보다는 그 존립의 상호협력적인 측면을 발견하는 예술적 상상력도 또한 중요하다 할 것이다. 이것이 예술적 상상력의 또 하나의 주요한 사회적 내지는 도덕적 기능이라고 필자는 믿고 있다. 즉 여기서 비판은 건전성을 회복한다는 전제에서 유효한 지적 기능이라고 생각할 수 있는데, 그것이 적대적이고 파괴적인 것으로 극렬화한다면 산업이고 직업이고 그 자체의 존립까지도 위험하게 된다고 하겠다. 예술가도 현실에 삶의 근거를 두고 있는 이상 현실과의 관련성에서 예술활동을 분리하여 생각할 수는 없을 것이다. 그러므로 예술은 현실을 감안할 수 있고 직접 또는 간접으로 그것으로 예술적 소재로 수용할 수도 있을 것이다. 여기서 예술적 소재로 수용 취택한다는 것도 어떤 의미에서는 현실을 해석하고 현실을 작가 나름대로 예술적으로 재구성하는 것임을 알아야 할 것이다. 현실에서 취재하였다고 예술작품이 현실을 모사한 것은 결코 아니기 때문이다. 아마도 잘 만들어진 시나 소설은 현실적 체험의 감동과 매우 가깝고 질적으로도 상통하는 감동을 창조할 수 있을지도 모른다. 그러나 일단은 예술작품으로서의 감동이 문제가 된다고 할 것이다.

조세희 작품의 후반에서 젊은 직공은 고용주에게 대항하고 의법처단된다는 이야기가 보인다. 이것은 노사의 협력보다는 대립에 이야기의 관심을 두었기 때문에 그렇게 된 결말이라 생각된다. 아마도 현실적으로 이러한 대립의 이야기와 유사한 사정이 있을 수도 있고 또 이와는 달리 화합하여 잘 운영해가는 업체도 있을 것이다. 이렇게 볼 때 여기서 작가가 선택하고 있는 작품을 이끄는 화자는 잘 안 되는 편에서 소외자나 피해자를 옹호하는 자리에 서 있음을 깨닫게 된다. 이야기의 전개에서 보이는 대립도 실상은 극단적 대립으로 파괴되는 실제적 현실을 목적으로 한 것이기보다, 우리가 살고 있는 현실이 안고 있는 문제를 객관적으로 인식케 하는 하나의 예술적 거울이라고 생각하게 한 것이라 생각된다. 그러므로 예술이 현실을 취재한다는 제작상의 소재로 인정은 되지만 현실의 문제가 곧 예술 자체는 아니며 예술은 예술적 특성 속에서 작품의 독자적인 논리와 질서를 가질 수 있어야만 한다. 작가가 어떤 화자와 서술자를 선택하여 작품을 쓰느냐 하는 것은 그의 예술적 계획에 의한 것임을 알게 된다.

윤홍길의 「아홉 켤레의 구두로 남은 사내」도 소외된 지식인의 고통이 묘사된 작품이지만, 단대리 주민의 실상을 그대로 묘사한 것은 아니고 작품 공간에서 사건은 상상적 배치에 의하여 전개되고 있음을 알아야 한다. 현실과 허구는 비의도적 생성과 의도적 조작, 자생적 질서와 조작된 통일, 삶의 실제와 언어적 장치 등의 차이를 가지고 있다. 이 차이는 이른바 상동성이라는 점에서 늘 문제가 되는 것이면서 서로 그 영역이 엄연히 다름을 알 수 있다. 직장을 못 가진 인물이 대학졸업자로서의 최소한의 체면을 몇 켤레의 구두로 집약하여 상징한 것은 어디까지나 문학적인 수준의 의미이지 그것이 곧 어떤 개인의 현실 그 자체는 아닌 것이다. 말하자면 한 시기의 사회적 집약을 예술적 상상력으로 조직화하고 모형화한 것이다. 황석영의 「객지」나 「삼포 가는 길」 같은 단편소설에서 보인 소외된 인물도 한 시대의 사회적 문제를 인식시키려는 예술적 상상력에 의하여 만들어진 것이라 하겠다. 현실과 예술적 상상력의 독특한 상호관련성을 독자 수용미학적 수준에서 고려해야 할 것이라 생각된다. 예술은 삶의 어려움을 승화시키고 극복해가는 정신적 및 문화적 소산이면서 늘 고도의 통찰과 지혜로써 삶의 건전성을 일깨우는 교사적 기능을 담당해왔다.

다음으로 제기되는 도회적 삶의 공간에서 빚어지는 경쟁의 과열함을 맑은 정신의 소유자까지도 불필요한 긴장감을 지니게 만들고, 상업화된 정보는 신속히 교환되어 대부분의 보통사람들을 편안히 살 수 없는 조작된 분주함에 빠뜨려 버린다. 오늘날 주거의 문제로서 아파트나 공동주택의 집단적 주거형태는 그러한 경쟁의식과 긴장감과 상대적 소유의식의 비대화를 가속화시켜 삶의 급격한 변이현상을 이루어냈다. 집단주거의 문제를 다룬 이동하, 이청준, 조정래 등의 작품에서 오늘날의 삶의 규격화와 고립적 개인의식 등이 이룬 고통이 다루어지기 시작하였다. 이러한 삶의 형태는 불가피하게 대중문화를 이루어내고, 사람들은 그것을 향유함으로써 특별나게 남의 눈에 띄지 않고 무서명의 개인으로 대중 속에 파묻히려는 도피심리를 무의식적으로 갖게 된다. 이러한 경향이 큰 물결을 이루면서 개인적 안락을 즐기려는 삶의 의식을 크게 확장시켰다고 말할 수 있다. 책임의식이 있고, 마을에서 누구나 서로 잘 알고 하는 일도 서로 아는 사이의 개인들이 아니라 대중이라는 집단에 숨은 개개인으로서 아파트 및 호외주민들이 되었다. 그들 상호간의 인간적 교류는 끊어지고 개인의 규격화된 휴식공단이 집결된 이름 없는 주거집단으로 변모되어 가고 있다. 경제적 형평과 문화적 혜택이 실제로는 존재하면서도, 또 그것은 어느 시대 어느 사회에도 요구되는 것이면서도, 상업주의의 영향을 받고 대중문화화된 규격 속에서 작든 크든 책임 있는 공인으로서의 개인은 오늘날에는 조금씩 사라져 가는 시대로 변모되고 있는 것 같다.

이어서 산업쓰레기와 공해문제도 사회적 표면에 큰 문제로 대두되기 시작하였고, 김원일은 이 방면에 착안하여 새가 죽어가는 작품을 써서 그러한 문제를 심각하게 작품화하였다. 이러한 사회적 문제들은 예술가들의 노력으로 개선되는 것은 아니지만, 예술가들의 고발과 증언과 비판에 의하여 책임 있는 해결을 모색하는 의식을 촉구할 수 있고 또 해결의 가능성도 줄 수 있다고 하겠다. 이러한 작가들의 창조적 노력은 우리가 만들어가면서 그 속에 살아가는 창조의 주체자로서 늘 맑게 깨인 의식을 지니게 하려는 고상한 의도에서 비롯된 것이라 할 것이다.

이제까지 검토한바 소외된 인간과 산업시대의 문제는 삶의 자율성의 보장이라는 문제와 경제적 형평의 두 가지로 집약할 수 있을 것이다. 이러한 해결할 과제들 위에 다시 우리는 남·북의 문화적 통합과 국토의 통일이라는 매우 큰 역사적 과제를 부담하고 있다. 여기서 문학이 봉사할 수 있는 창조적 전망은 과연 무엇인가 생각해볼 만한 주요 과제라고 할 것이다.

4. 문화통합과 국토 통일의 예술적 임무

우리는 역사상으로 삼국의 통일이 신라의 주도권에 의하여 전쟁을 겪은 다음에 이룩했던 사실을 알고 있다. 그러나 대체로는 종족, 풍속, 교육, 언어, 지역의 동질성은 유지해온 것 같다. 그리고 그러한 공통분모는 민족적 공동체 안에 전통화되어 내려왔고 이 점에 있어서 우리는 문화민족임을 자부할 수 있을 것 같다.

그러나 해방 후의 분열을 60여 년이 지난 오늘날의 안목으로 볼 때 우려되는 몇 가지 사례들이 있다. 첫째는 말의 개념과 어조가 감정적으로나 감각상으로 심히 흔들리고 있다는 점이다. 이 점은 관심 있는 학자들의 관찰에 의해서 연구가 되고 있는 것으로 알고 있다.[11] 둘째는 말의 개념이 달라지고 어조가 달라지면서 감정양식이나 정서표출의 공통성까지도 소실 되어감을 볼 수 있다. 이러한 문제점은 서로 간에 생소하고 낯선 이질성을 증대시킬 기본적인 요인이 된다고 하겠다. 이러한 이질감을 푸는 구체적인 방법은 문학작품의 용어들 및 언론과 교육의 용어들의 개념에 남·북의 차별이 없도록 조처하는 것이 바람직하다고 할 것이다. 만약에 이러한 언어의 분열이 심화되고 앞으로 또 20년이나 30년의 기간이 현재와 같이 상호 두절된 분단상태에서 지속된다면 문화적 통합의 가장 기초가 되는 말의 분열에서 이질화 현상은 통합의 방향과는 다른 흐름으로 변질될 것이다. 언어의 이질적 고정화가 이루어진 다음에 이것을 다시 바로잡는다는 것은 난사 중의 난사라 할 것이다.

그 다음으로는 풍속과 도덕적 기준이 달라지는 현상이다. 가령 전통적으로 습속화된 삶의 형태는, 상식적으로 생활 속에서 발견되는 도덕적 기준이나 생활습속이라고 말할 수 있을 것이다. 그런데 이러한 풍속이 깨어지고 또 변질되어 서로 통하지 않을 때 어떻게 통합을 이룰 수 있을 것인가 하는 문제이다. 즉 남한에서는 자유주의의 생활양식이 우리의 전통적 양식에 조금씩 숨어들어 현재에 이르러서는 긍정적인 면에서의 삶의 풍

11) 북한연구소, 『북한문화론』, 『북한사회론』, 『북한교육론』, 1977 참조.

속이 이루어지는 한편 신·구세대 간의 갈등 또한 심각한 면을 드러낸다. 이에 비하여 북한의 삶은 사회주의적 삶의 양식으로 한정되어 거의 고정화된 틀을 이루어가는 것으로 알려져 있다. 아마도 이러한, 서로 다른 변화는 시기를 길게 끌면 끌수록 더욱더 이질화될 것이라 할 것이다. 여기에서 문학작품의 자유스런 창조와 교류를 이루어 서로 간에 합치되는 점을 발견하고 서로 간에 이루어진 이질성을 되도록 넓은 아량으로 수용하면서 한편으로는 그 이질성을 통합하고 좁히는 노력을 시도하여야 할 것이다. 그렇게 하기 위해서는 우리말 사전에서 학문, 예술, 풍속, 도덕, 교육, 종교, 사회, 역사, 과학, 여행, 오락 등의 개념이 같은 것을 만드는 작업을 착수해야 할 것이다. 이렇게 하려면, 책과 신문과 방송과 그 밖의 여러 분야에 걸쳐 남·북 공히 자유롭게 의견을 모으고 지혜를 기울여 공통의 기반을 구축하는 성의를 기울여야만 할 것이다. 문인의 교류와 기자의 교류도 가능할 것이고 상호간의 연구교수 교환도 가능할 것이다. 그런 다음에 정치적 문제는 훨씬 뒤로 미루어 다루어도 큰 문제가 되지는 않을 것이다. 학자의 교류에서는 고전적 작품의 가치해명을 공동으로 하여 이를 교육시키는 한편 창작적 모범이 되도록 도와줄 수도 있을 것이다.

문학의 교류와 자료의 자유로운 교환은 사회교육적 측면에서 양방이 모두 유익할 것이라 생각된다. 왜냐하면 한 역사시대를 사는 동족으로서 넓은 테두리에서의 가치향유가 동질화되어야만 동족으로서의 동질문화를 공유할 수 있을 것이기 때문이다. 우리 삶에 있어 정서적 공감처럼 중요한 것은 없다 할 것이다.

사회주의 국가에서는 '자녀양육을 사회적 공무로 전환' 시켰다는데 여기에는 긍정적인 뜻 못지않은 부정적 문제도 크게 내포되어 있다. 한 가족은 부모의 사랑과 형제와 이웃 간의 우애의식을 기초로 하여 경제적 공동체와 정서적 교류를 이루며 살아가는 삶의 기본 단위인데 북한에서는

'사상을 교양' 하는 의의를 강조하고 있다고 한다. 이는 인간적 유대를 부정하고 이념적 도식으로 삶을 규정하는 처사로서 큰 문제를 안고 있다 할 것이다. 어린아이들의 교육에서 세계에의 눈을 한 흐름으로 고정화시킴으로써 편협하고 투쟁적이고 독선적이고 비타협적인 것으로 성장시킨다면 20세기의 다양한 개방적 문화시대에 살아가기는 심히 어려울 것이라 생각된다.

이러한 뜻에서 작품 속에 형상화되는 인간은 열린 자세를 우선적으로 감안하는 것이 순서일 것이다. 해방 후 우리 문학의 주요한 흐름 중의 하나가 반공문학인데, 만약에 이러한 문학에서 도식화되고 경직화된 이념만을 고수하여 자율적인 삶을 강제로 규제하는 방향으로 이끌어 간다면 문학의 본래적인 의의는 감소될 것이다. 또한 북한도 도식화된 문학의식을 크게 광정하고 열린 시대의 자유주의를 채택함으로써 우리 민족의 동질적 문학을 창작할 수 있게 되어야만 할 것이다. 민족교육의 고차적이고 보편적인 자료로써 문학을 바라보는 시각에서 자율성이 보장되는 풍토를 북한측은 소중히 가꾸어 나아가야 할 것이라 생각된다. 이러한 노력은 남·북 간에 동시에 일어나야 하며 남·북의 문화 통합을 중요하게 인식하는 풍조가 교육, 언론을 통하여 이루어져야 할 것이다.

이를테면 현 시기에 있어서도 남·북의 이념적 분열은 진행 중이라 볼 수 있는데 이를 지양하여 우리 문화의 고차적 통합에 이바지할 수 있도록 하는 슬기가 요망된다 하겠다. 이러한 슬기는 적대적 보복의식을 버리고 통합적 의식을 문학의 주제로 형상화함으로써 민족성원 사이에 융합의 기풍이 조성되게 할 수 있을 것이다.

한국 문학 40년을 볼 때, 참여문학과 순수문학의 논쟁은 쉰 적이 없는데, 이러한 양분화도 좀 더 높은 차원에서 그 각각의 가치가 통합됨을 인식할 단계에 이르렀다고 하겠다. 그리고 6·25의 참전 당사자들(즉 현대의 70대 이상의 문인들)의 의식 속에는 비정한 전쟁의 체험이 남아 있기 때문에 남·북간 공히 적대적 보복의식이 그 찌꺼기로 남아 있을 수도 있는데 이는 불식함이 옳을 것이다. 이것을 승화시키는 작업은 격조 높은 예술로서 통합을 자유롭게 할 의식을 싹 틔우고 발전시키는 일이라 할 것이다. 이러한 양방의 노력은 앞으로 있어야 할 귀중한 역사적 의의가 있는 창조적 임무가 될 것임을 확신한다.

문학과 사회의 관련성

1. 머리말

흔히 문학은 사회적 소산이라고 일컬어져 왔다. 그런데, 이러한 말은 여러 학자들이 여러모로 연구하고 생각한 결과를 한 어구로 요약한 것일 뿐이고, 실제로는 많은 문제를 내포하고 있는 복잡한 과제라고 하겠다. 문학은 전문적으로 만드는 사람과 또 그것을 읽는 사람, 그것을 가르치고 연구하는 사람이 있고, 다른 한편으로는 그것을 책의 형태로 만들고 공급하는 상업적 역할을 담당하는 사람까지를 포함하는 매우 광범위한 사회적 관여에 의하여, 그 가치를 발휘하는 독특한 정신적 소산이라고 하겠다.

무엇보다도 먼저 문학은 말로 만들어진 예술로서, 그 특징을 지니고 있는데 말도 사회적 산물이며, 동시에 역사성도 지니고 있으므로, 문학과 사회적 관련성은 따라서 깊게 되어 있다. 또 아리스토텔레스가 그의 시학에서 이미 문예는 인간을 모방한다고 언급했다. 그런데 인간의 여러 행위를 모방한다는 뜻은 사회적 존재로서의 인간을 뜻한다. 그러므로, 문예는 그 성격 면에서 사회와 불가분의 관계에 있다는 사실은 분명하다.

그러나, 문예와 사회는 엄격히 말해서 별개의 것이라고 하겠다. 문예란 어떤 시대의 개인 또는 집단에 의하여 말이나 문자로 만들어진 것이지만 사회는 사람들이 모여서 서로의 이해나 관심사를 제도나 도덕, 또는 풍속이나 종교 그리고 그 밖의 여러 지식이나 기술까지도 전부 합하여 서로가 공유하는 삶의 내용과 형식으로 만든 것이다. 사람은 그러므로 문화나 사상, 그리고 풍속이나 제도를 떠나서 살 수 없는 특이한 존재임을 알 수 있다. 그런데, 문예와 사회와의 관련성도 그러한 여러 사회의 제도를 실제로 생활하는 사람과 사회와의 상호관계에서 설명될 수 있다고 본다.

다시 말하면, 사회적 삶을 문예로 창작한다는 점에서 깊은 관련성이 있다고 하겠다.

2. 본론

1) 작가와 사회적 관련성

신화나 전설 또는 무가와 같은 고대의 문예형태의 저작자가 누구냐를 생각해본다는 것은 사실 어려운 과제로 보인다. 그러나, 그러한 고대의 문예가 오늘날까지 전해지고, 또 연구되고 음미되고 있다는 사실로 미루어 그 작자가 누구인지는 몰라도 그 내용은 시대를 초월하는 가치와 힘을 지니고 있음을 입증한 것이라고 하겠다. 즉, 작자미상이라 하더라도, 그 작품의 가치는 우리에게 훌륭하다는 것이 인정된 것이다.

『삼국사기』나 『삼국유사』에 기록된 고대의 문예들은 실상 작자를 알 수 없다는 것이 어떤 의미에서는 더 가치가 된다는 암시를 스스로 지니고 있다. 왜냐하면, 그것은 어느 특정인이 아니라 그 민족집단의 공동관심사를 기록하고 보존하고 또 전승케 한다는 뜻이 더 중요하게 여겨졌기 때문이라 하겠다.

나라의 시업을 풀이하는 건국신화는 어떤 개인이 만든 이야기보다는 집단이 개국의 창업에 참가하고 그 장엄하고도 거룩한 행사를 기억했다가 후손에게 전해주는 내용이라고 생각되는데, 이러한 점에서 고대의 문예들은 집단적 합작의 형태를 지닌 것으로 더러 개인의 작품이 있었다고 하더라도 그 집단의 시인이나 공감을 토대로 하지 않고는 전승되기 어려웠을 것으로 생각된다. 또한 건국신화는 그 민족이나 집단의 가장 자랑스럽고 숭고한 의미를 포함하고 있으며, 그것으로써 종족이나 국가적 긍지심을 일깨울 수 있었기 때문에 특정한 작가가 없어도 전승될 수 있었다고 여겨진다. 이러한 고대의 문예형태에 있어서는 작가군이나 공동작이라는 개념이 훨씬 우세할 것이며, 개인의 작품보다는 압도적으로 사회적 집단적 공감에 기초된 가치를 포함할 것임을 인식할 수 있겠다.

물론 우리는 구비전승의 시대를 거친 다음, 기록으로 정착되는 과정에서도 누구의 손에 의하여 기록되고 보존되었느냐 하는 점을 소홀히 할 수 없는 점이 있다. 최남선에 의해 되풀이하여 지적되고 있듯이,[1] 우리의 신화나 전설이 구비전승시대에 상당히 일신되었을 것으로 생각되지만, 기록자들의 시대까지 전승되었을 구비자료의 모습도 기록자의 문화의식의 취향이나 도덕적 내지는 사상적 성향에 의하여 임의로 취사선택되었을 가능성은 충분하다고 사료된다.

예컨대, 김부식과 같은 관료적 유학자에 의해서는 신화가 주로 개국의 기원을 중심으로 한 국가의식을 근간으로 하여 삼국의 정치사를 중심으로 한 역사를 찬술한 것으로 이해되고 있다. 『삼국유사』를 번역한 신호열의 해설에 다음과 같은 글이 보인다.

김부식이 『삼국사기』를 편찬하고 끝낸 다음 인종에게 글을 올리는데, 옛 열국에서도 사관을 두고 역사를 편찬했는데, "진나라의 사승과 초나라의 도올과 노나라의 춘추가 모두 한가지다."라고 말한 맹자를 인용하여 진언했다고 밝히면서,

---

1) 최남선,『단군론』전집 제3권 참조.

이 말은 즉 김부식이 삼국사기를 편찬함에 있어서의 기본적인 태도를 설명하는 것이다. 그는 공자와 맹자의 유교를 토대로 한 선악의 도덕사관에 가치기준을 두고 있다. 한문으로 의사를 표기할 도리밖에 없었던 당시의 지식층으로서는 유교적인 덕치주의의 입장에 서는 것이 마땅했을 것이다. 그러므로, 김부식은 유교적인 윤리관에 입각하여 군후의 선악과 신자의 충사를 가려내고 있다. 이러한 김부식의 역사관을 가리켜 후세의 학자들이 모화사상이니 사대주의니 하는 것은 그릇된 해석이라고 하겠다. 도리어 김부식은 유교의 도덕관에 입각한 그 나름대로의 합리적 사관을 확립하고 삼국사기를 편찬했다는 의미에 있어서는 높이 평가해야 할 것이다.[2]

— 『삼국사기』 부분

와 같이 평언을 하고 있다. 이러한 평언은 역사학적인 논의의 일단을 알려주는 것이기도 하지만, 한 자료를 한 기록자 또는 편찬자가 어떤 눈으로 취사선택하여 찬술했느냐 하는 매우 중요한 문제를 알려주는 점이라고 여겨진다.

이미 널리 알려진 사실이기는 하지만, 『삼국유사』에 기록된 '고조선 왕검조선'의 항목이 『삼국사기』에는 채록되어 있지 않다. 이 한 사실은 어찌 보면 사소한 것이라고 하겠으나, 그 내용을 미루어 볼 때 중요한 뜻이 숨어 있는 듯하다. 승 일연의 세계관이 김부식의 그것과는 상당한 거리가 있음을 알게 되기 때문인데, 즉 유교적 합리주의에서 구비자료를 이해하는 시선과 불교적 신비적 세계관에서 자료를 바라보는 시선에서는 그 이념적인 차이가 필연적으로 드러날 수밖에 없다고 하겠다. 사학자들에 의하여 지적된 것이지만, 김부식의 합리주의는 고조선의 신화를 수용할 수가 없었을 것이나, 신비적이고 불합리성을 용납할 수 있었던 일연은 민간 전승의 구비자료인 고조선의 신화를 『삼국유사』의 첫머리에 둠으로써 민

---

2) 김부식, 신호열 역, 『삼국사기』, 동서문화사, 1976, 6쪽.

족적 시원의 근간을 삼을 수 있었다고 추리될 수 있다.

이러한 사정은 기록자나 선정자가 작자와 같은 기능을 가졌다는 뜻도 포함되는 경우로서 옛 문예의 성격이나 의미를 사회적 관련성과 아울러 볼 수 있는 한 측면이라고 할 수 있을 것이다. 김부식은 왕조의 위업과 공적을 가려 선과 악을 판별하였고 나중에는 열전을 두고 주요 인물들의 생애와 그 공과를 소상히 기록했다. 이에 비하여 일연은 신화, 전설, 기이한 일, 예술, 승려와 사찰에 얽힌 이야기 및 옛 풍속을 풍부하게 수록했다. 다시 말하면, 유교적 합리주의 사상에서 제외된 민간의 삶의 모습을 백과전서적 안목으로 수렴하여 옛 문화를 총체적으로 바라보려고 했던 의도가 있었던 것 같다. 정상급 고급 관료였던 김부식의 의식에는 통치 및 지배를 중심으로 한 정치질서의 흐름이 더 중요한 역사관이 되고 있었으므로, 유교적 선악관이 분명하게 역사의 흐름에 작용하고 있어 합리주의와 예의존중이 나타나 있는 것이지만, 일연은 유교적 합리주의에 따라야 할 사상적 훈련이 된 관원도 아니고 그의 교양의 바탕도 불교도로서 이루어진 것이므로, 신비나 이적을 자비심으로 표용하여 모두 책으로 수용할 수 있었다고 보인다.

고려시대 저술가나 조선시대 저술가를 말할 때에도 그들이 누구냐 하는 것은 매우 뜻있는 일로 보인다. 고려시대의 관원들은 신분상으로도 귀족에 속하는 사람들이었지만, 사실상은 과거를 거쳐서 등용되는 독서인 내지는 지식인들이었다. 그러므로, 이들의 문예는 그들의 사회적 계층을 대변하거나 그들의 이념을 말하는 내용이 될 수밖에 없었다고 하겠다. 이러한 경향은 그들의 저술이 유교적 교양을 토대로 이루어졌다는 증거로 알 수 있다. 그러한 교양은 그들이 관원으로 등용되는 데 있어서 필요한 것일 뿐만 아니라, 백성을 지배하는 데도 필요한 것이었다. 유교는 덕치주의나 예교주의를 표방한 정치형태를 가지고 백성의 충이나 효로써 또는 공경이나 복종의 개념으로 질서를 떠받들게 했다고 말할 수 있다.

신분상의 갈등이나 경제상의 불협화도 이와 같은 예교주의와 독특한 복종체제로써 합리화하였다. 백성들이 불만을 품고 일시 집단적 항거나 투쟁을 감행해도 유교적 가치질서는 깨뜨려지지 않고 나중에는 항거한 자들이 기존적 가치질서에 의하여 징벌되거나 보복을 받았다. 그렇지 않으면 유민이나 비적으로 행세하여 통치의 질서 안에서 빠져나왔던 것이다. 이러한 인간형들은 나중에 항거적 주인공들로서 홍길동, 임꺽정, 장길산과 같은 문예 속의 문제적 인물로 우리의 정신사에 죽지 않고 살아남은 것이지만, 유교적 합리주의는 유교적 삶의 방식을 최대한으로 보장하는 제도를 만들어 거의 천 년을 유지해온 것이라고 하겠다.

고려시대의 한학자나 조선시대의 한학자들이 모두 그들의 계층방어적 또는 계층긍정적 입장에서 문예를 창작한 예는 다 거론할 수 없을 정도다. 그렇다고 하여 고려의 귀족과 조선의 사대부들이 모두 개성이 없고 천편일률적으로 전례주의적 저작만을 일삼았다는 것은 물론 아니다. 이규보는 관원이었으나 그 사상면에서는 자연주의와 도가적 경향을 보여주었고, 한편으로는 중국의 도식적 모방을 비판하여 한국적 개성을 말하는데 깊은 관심을 보였다.

김시습의 사상에서도 그의 독특한 개성이 나타나 있고, 군왕의 정치에서 오는 비리를 첨예하게 비판하였다.

그의 문예에서 그는 그의 계층을 대변해주는 일뿐만이 아니라, 유교의 정치질서가 내포한 군왕주의적 행정관의 비리도 여지없이 비판하기도 했다.

18세기의 실학파 지식인들은 기존의 가치질서와 한계를 발견하고 유교적 교양과 서양의 실용적 사상을 가지고 지배층의 무력과 그 어긋남을 격렬히 비판하기도 하였다. 이러한 비판은 그들 스스로가 기존의 가치체제로서는 균열이 없는 통합된 질서를 유지할 수 없다는 것을 내다볼 수 있는 새 안목이 있음으로써 가능했던 것이다. 따라서, 이들의 저작은 기존의 체제가 안고 있는 모순과 비리를 비판적으로 다루었고, 백성과 평민이 행복하게 살 가능성을 염두에 두고 있었던 것으로 보인다.

또 이 시기에 대두된 것으로 알려진 판소리계 평민소설도 중요한 것으로, 작자는 알려지지 않고 있으나 그 내용을 보면 조선시대의 양반이나 사대부들의 삶의 형태가 비판되고 있음은 물론이고 평민들의 삶의 모습도 세부적으로 묘사되고 있다. 평민의 생활이 세부적으로 묘사되고 있다는 사실은 그 저작자들이 평민이었거나 또는 평민을 옹호하고 동조한 사람들로 추정할 수 있다. 그러나 그렇다고 하여 모든 문예는 작자의 소속된 계층에서만 작품을 창작한다고 말하기는 어렵고 오히려 그것을 초월하는 특질도 지닌다고 하겠다. 널리 알려진 바와 같이 「춘향전」군의 문학에서는 그 문장이 사대부적 교양을 흡수했고, 천기의 삶을 상당히 품위 있는 것으로 묘사하기도 했다.[3] 또 농부의 노동현장 묘사도 고통으로 제시되기보다는 행복과 기쁨으로 제시하기도 했다.

이러한 점에서 미루어 볼 때, 작가 계층론에서 흑백의 양분법을 경계해야 할 것으로 생각된다. 가난하기 때문에 오히려 호화롭고 부유한 삶을 동경하여 상상의 나래를 펴는 작가도 있을 수 있고, 교양이 없거나 천박하여 지식층이나 교양층의 예절과 품위 있는 문장과 말씨를 십분 흡수 수용한 예도 상상할 수 있다고 생각된다.

근대문학의 창작들에 있어서도 그들의 사회적 지위나 경제적 사정은 작가의 특성을 설명해주는 예가 있었다. 최서해는 일정한 직업도 없었고, 경제적으로 매우 궁핍한 작가로 알려졌고, 그는 그의 작품에서 가난의 문제를 다루기도 했다. 한용운 같은 시인은 구한말의 유가집에서 태어났고, 그의 아버지는 의병운동에 참가한 우국지사로 한용운에게 애국심을 어려

---

3) 김동욱, 『춘향전 연구』, 연세대학교 출판부, 1976 참조.

서부터 불어넣었다고 한다. 그리하여 그는 후에 승려가 되었고 독립운동에 직접 참가하였으며, 사회 개혁의 정신을 고취하는 정신적 지도자가 되었다. 그의 시집 『님의 침묵』은 우리의 민족적 주체를 암시하는 님을 노래한 유명한 시집으로 알려져 있다.

이러한 사례는 더 찾을 수 있고 또 다양하리라고 생각된다. 작가의 신념이나 도덕적 기준이 작품의 경향을 결정하는 것은 시대의 흐름에서 작가의 신념이나 도덕의식도 형성된다는 상호적인 관계가 있다. 조선시대에는 유교적 도덕관이 작가의 사상을 형성하는 주요한 요건이 되었고, 개화기 이후의 작가들에게는 계몽기 문화의 영향으로 그러한 작품들이 창작된 것도 사실이었다. 이렇게 볼 때 작가와 시대 및 사회는 상호간에 밀접한 관계를 가지고 있음이 분명하다고 하겠다.

2) 문학 속에 투영된 사회의 뜻

앞에서 작가와 사회의 관계를 살펴보았는데, 작가는 비록 비현실적인 상상의 세계를 작품 속에서 이룩한다 해도 결국 시대와 사회의 틀 속에서 일한다는 한계를 스스로 지닌다고 하겠다. 승 일연이 기록한 이야기 중에서 '조신의 꿈'은 널리 알려진 것으로, 그 내용은 남녀의 만남과 곤궁한 삶에서 자녀를 잃고 끝내는 부부가 만났던 인연을 끊는다는 것이다. 그런 연후에 주인공은 비로소 탐하는 마음이 얼음 녹듯이 사라지게 되고, 절을 지어 도를 닦았다고 마무리하고 있다.

이 이야기의 기록자는 다시 논평해서 조신의 꿈만이 그러한 것이 아니라 모든 사람이 그러하다는 사실을 덧붙이고 있다. 또 시를 지어 경계하는 뜻을 밝히면서,

"모름지기 다시 부귀를 기다릴 것이 없으매, 바야흐로 괴로운 인생이 한 꿈 사인인 것을 깨달았도다. 修身이 잘 되고 못 됨은 먼저 성의에 달렸거늘

홀아비가 蛾眉를 꿈꾸고 도적이 臟物을 꿈꾸었도다. 어찌 가을이 왔다고 해
서 淸夜에 꿈을 꾸어 때때로 눈을 감아 淸凉에 이를 수 있으랴.[4]

— 『삼국유사』 부분

와 같이 경계했다. 이러한 기록자의 이야기에 관한 개입에서 승 일연의
이야기의 효과나 영향에 관한 사려 깊은 논평을 엿볼 수 있겠다. 이러한
배려는 이 시대의 도덕적 가치나 종교적 신앙과 일치되는 의미가 더 귀중
했다는 한 증거로 보인다. 불교를 선교하는 목적으로 쓰였다는 것도 사실
은 그 시대의 사회적 요망과 관계된 것이라고 말할 수 있다. 그러한 요망
은 그 당시대 사회의 현실적인 질서개념이나 생존의 원리로서도 중요한
뜻이 있었으리라고 생각된다. 종교가 백성의 삶과 관련되지 않고 일방적
으로 정치적 목적으로만 선교되거나 강요된다고 생각하기가 어렵다. 마
찬가지로 종교 그 자체의 교세확장만을 위해서라도 포교는 이루어질 수
없다고 생각된다. 어떤 형태로든지 백성이나 국민 전체나 또는 상당히 많
은 집단의 정신적 공감이나 이익과 관계될 때 비로소 포교가 될 수 있다
고 보인다.

신라시대의 문학이 대부분 불교적 이념과 그 주제를 맺고 있다는 사실
은[5] 한 시대의 정신적 성향이나 가치기준의 사회적 공감이나 인정에서
위배되지 않았다는 증거로 삼을 수 있다고 보인다. 조신의 설화에서 특히
병고와 가난의 문제로 두 부부가 헤어짐을 문제 삼고 있는데, 이러한 지
난한 삶의 과제를 종교적으로 해결할 수밖에 없었던 그 시대의 사회적 어
려움을 이야기의 기록자는 명확히 들여다보고 있었던 것 같다.

그러므로, 조신 설화는 그것을 탄생케 할 만한 사회적 환경에 의존되어
있다고 말할 수 있다. 문예작품이라는 의미의 조직은 사회와 시대의 토양

---

4) 일연, 이병도 역, 『삼국유사』, 동국문화사, 353~358쪽 참조 및 인용.
5) 황패강, 한국어문학회 편, 『신라시대의 언어와 문학』, 형설출판사, 1974, 355~395쪽 참조.

에 근거해서만 이루어진다는 말을 할 수 있다. 이미 뗄느 같은 비평가가 『영국문학사』의 서설에서 환경론과 그에 의한 결정론을 이미 지적한 바와 같이[6] 한 시대와 사회가 포용하는 문화는 작가의 성향이나 작품의 질적인 지향을 알아볼 수 있을 만큼 상호 간에 영향을 끼친다고 하겠다.

고려시대의 문학도 불교사상과 유가적 교양을 기초로 한 모습으로 또는 평민들의 실제 생활에서 우러나는 애환을 작품화한 것도 있다. 이러한 문학에서, 보는 사람에 따라 그 해석을 달리할 수는 있겠지만, 한 시대 한 사회의 소산이라는 점은 고정되어 있다고 보인다. 또 시대나 사회를 초월하는 의미가 있다고 해도, 그 작품의 환경적 조건이 영향을 끼침은 변함이 없다고 하겠다.

문학의 이러한 측면은 또 작품을 제작하는 관례도 형성하여, 그 고정부분과 가변부분의 양면이 있음을 이해할 수 있게도 한다. 신화나 전설에서 패관소설로 이행하는 데서도, 이야기라는 개념은 계속되지만 내용에서 인물이나 사건을 달리한다든지, 시가에서도 향가가 4, 6, 8, 10구체인 데 비하여 고려시대의 장가는 2박률, 3박률, 4박률을 기본으로 하여, 여러 연을 반복하여 긴 형태를 이룬 예도 지적될 수 있다. 이러한 형식의 발생이나 변모의 원인을 전적으로 사회변동이나 사회적 요청에서만 명징하게 밝힐 수는 없지만, 그러한 변모나 발생을 시대적 요청이나 사회적 인정에서 추정해볼 수는 있다. 분명히 한 시대나 사회가 교체되면서 창조적 관례가 바뀌는 예가 있고 또 바뀌지 않는 경우에도 내용의 제재나 기교의 변모도 발견된다. 시대나 사회의 영향이 아니고 창작자 개인의 창조적 능력이라고 해도 문화적 환경이 영향됨은 분명한 것 같다.

김시습의 소설들은 환상적인 특질이 보이는데, 매우 특이한 현상이라고 하겠다. 그러나 이러한 기교 또는 내용상의 성향은 그의 개인적 재능

---

6) 이뽈리프 뗀느, 『영국문학사 서설』, 을유문화사, 1965 참조.

도 중요한 몫을 담당하고 있지만 그 시대나 전 시대와 또 다른 나라의 문화적 흐름과도 연관성을 가지고 있다고 보인다. 당나라 전기소설의 영향을 받았다는 지적은 이미 여러 연구가들에 의하여 지적되고 있다. 이러한 영향은 물론 모방과는 구별된다고 할 것이다. 왜냐하면, 환상적인 이야기를 쓸 만한 우리의 내적인 타당성이 있지 않았다면 당의 전기소설은 별로 영향을 끼칠 수 없었을 것이기 때문이다.

이렇게 본다면 김시습의 환상적 이야기는 그 시대의 우리 사회가 포용할 만한 또는 수용할 만한 이유를 지녔다고 생각할 수 있다. 세조의 정치적 야망과 그 실천에 따른 기존적 질서의 흔들림에서 김시습은 의연히 비판적 자세를 지니며 새로 이루어져 가는 세력의 도덕적 비리를 규탄하는 자리를 지켰다고 한다. 작가의 사상과 세계는 이미 어긋나 있고 비리로서의 세계는 너무도 큰 힘으로 압도하므로 작가는 환상적 이야기로써 비판하기에 이른 것이라고 하겠다. 똑바로 「만복사저포기」의 이야기에서 한 선비가 망령과 연애하고 사랑을 나누는 것도 현실세계에서 아무런 가치도 실천하지 못함으로 말미암아 설정된 것으로 추정된다. 학문을 닦고 교양을 쌓아도 세상이 그 선비의 바른 도덕과 인격을 용납하지 않는다면 그는 의당히 꿈으로써 그 참됨을 실현할 수밖에 없다고 하겠다. 이때의 꿈은 일종의 저항적 의미를 지닌다고 하겠다. 「남염부주지」 같은 작품에서도 작가는 염라대왕을 통하여 정치적 비리를 비판하고 있는데, 이러한 이야기 문학의 기교는 고압적인 전제군주의 통치하에서는 불가피한 것이라고 하겠다. 작가는 그러한 상징적 방법으로서만 도덕적 진실이나 삶의 참된 모습을 제시하고 또 그 가치를 독자들에게 알려줄 수 있다고 믿었을 것이다.

즉, 비리로서의 현실을 문학의 내용으로 채택하여 그것을 통하여 사회적으로 교정하거나 시정할 점을 비추어보는 것이라고 하겠다. 또는 침묵을 깨뜨리고 대변의 통로를 열어놓는 한 정신적 활로를 제시하는 것이라고 하겠다. 우화나 상징적 소설 또는 환상적 짜임을 한 이야기 문학 일반이 갖는 사회적 배경이나 시대상이 대체로 진실에서 심히 어긋난 경우이거나 백성을 고압적으로 탄압하는 정치적 병증을 지닌 것으로 진단된다고 하겠다.

허균의 「홍길동전」에서도 율도국의 이야기가 설정되고 있는데, 상당히 환상적 의미가 나타나 있기는 하지만 주인공의 이상을 실현하려는 의도를 형상화한 점에서는 적절한 꿈으로 생각할 수도 있다. 허균은 물론 김시습과 동일한 시대는 아니지만 전제군주 시대임에는 틀림이 없고, 작가의 가치관과 세계가 어긋나 있다는 사실도 유사하다고 하겠다. 그러나, 김시습의 문제와 허균의 관심은 그 내용을 달리하고 있다. 김시습은 유가적 교양과 도덕을 전폭적으로 시인하되 그 도덕적 차원에서 군신의 윤리에서만 어긋난 바를 비롯하여 소설적인 여러 과제를 설정하고 해결하려고 시도하고 있지만, 허균은 신분의 불평등 즉, 사람됨의 기본적 권리의 어긋남에서 문제를 발견하고 있으므로 조선왕조 자체의 제도와 대결하는 과제를 다루고 있다.

김시습은 제도를 말하기보다는 군신의 도덕을 강조하려 했고, 허균은 사람됨을 규정하는 신분제도를 근본적으로 묻는 문제를 다루었으나 특정한 도덕적 항목을 다루지는 않았다. 그것은 작가의 인생관에 개인차가 있기 때문이다. 또 시대를 보는 시선이 다를 뿐만 아니라, 그가 처한 사회적 처지도 문제된다고 하겠다. 김시습은 정권의 중심인물은 아니었으나, 교양 있는 학자로서 세조의 머리 위에서 그 도덕적 합당성의 여부를 가늠한다는 정신적 우위에 서 있었다. 그러나 허균은 벼슬도 한 사람이었으나, 사회 전체를 제도적으로 개혁할 뜻이 있었으므로 소설 속에서는 벼슬도 사양하고 개혁의 과제를 주요하게 제시했다. 군신 간의 명령과 복종 그리고 위에서 아래로의 지배윤리는 허균에게서는 도덕적 차원의 과제로는 보지 않고, 오직 근본적인 제도적 개혁만이 주요 과제로 보인 것이라고 하겠다.

이 시기를 지나면 김만중의 이른바 귀족소설이 보이는데, 그의 유명한 「구운몽」이나 「사씨남정기」 모두 사대부 양반의 꿈과 야망을 충족시키는 이야기로 제시되며 작품도 흥미가 진진한 기대로 연결된다. 이러한 소설적 흥미의 전이도 만든 사람의 사회적 위치와 교양이 다르기 때문에 또 소설의 장르에 관한 작가의 흥미도 다르기 때문에 가능한 것이라고 하겠다. 귀족이나 양반가의 유한적인 삶의 여유에서 탄생되는 이른바 재미있고 흥미 있는 장르라고 말할 수 있다. 문장도 유려하고 한학의 교양과 유가의 품위를 고루 갖춘 주인공이나, 섬세하고 미모인 여인들은 알맞게 신분 있는 양반과 짝이 되어 나타난다. 때로는 초인적인 능력을 과시하여 평민이나 보통 사람을 놀랍게 하고 있다.

이러한 주인공들은 어떻게 하면 남보다 월등한 자리로 승진할 것인가 또는 존귀하게 보일 것인가 하는 데만 주로 관심을 쏟는 것으로 묘사되어 나타났다. 남보다 출중하다는 것이 그들의 신분상의 자랑이 되고 있다. 그러나 허균의 소설에 보인 신비나 이적은 한 개인으로서 제도를 개혁해야 하므로 필연적으로 초능력을 부여하고 그리하여 평민 또는 서민의 희망을 달성토록 한 합당한 이유가 있다. 초능력을 과시하되 진실에서 어긋난 비리나 불합리를 응징하고 비판하는 데 필요했던 것이지 개인의 신분이나 지위를 위하여 또는 개인적인 야망을 성취하기 위한 장치는 아니었음이 확연하다고 보인다. 홍길동의 도술과 양소유의 천재와 초인적 능력 사이에는 상당히 격차가 큰 사회적 함의가 있음을 보았다.

이 두 소설은 전체적으로 엄숙한 의미공간을 형성하고 있는데 그만큼 깊이 그들만의 세계를 확신하며 다른 계층을 포괄하는 여유나 관찰의 폭을 지니지 못했다고 보인다. 허균이 처형을 받은 것이 바로 그러한 대결의식의 꺾임을 뜻하며 김만중이 평민 일반의 삶을 관찰할 수 없었던 작가정신의 한계도 그러한 계층적 견고함을 지녔다고 생각된다. 흥미가 진진하면서도 엄숙한 의미를 짜내는 이유는 우리의 삶의 문제가 엄숙한 의미로 이룩되어 간다는 것을 알려준다고 하겠다.

판소리 계통의 평민소설에서 보이는 골계의 미는 여러 번 지적되어 왔다.[7] 이러한 소설도 이야기의 과정에서는 웃음과 품이 넓은 마음씨를 상대적으로 많이 보여주기는 하지만, 이야기의 전체적 내용은 엄숙함을 내포하고 있다. 말하자면 희비가 교차하는 뜻을 담고 있다고 하겠다.

「춘향전」과 「심청전」에서 가난한 평민의 생활의 모습이나 생업에 종사하는 사람들의 모습이 그 직능과 일의 내용을 통하여 제시되고 있는데, 이러한 묘사나 인물의 제시도 귀족소설과는 차이를 이루고 있는 점으로 보인다. 특히, 말재주에서 재담이나 비꼬는 말투나 속도감이 있게 나열하고 엮어내는 솜씨는 이 계통의 소설에서 뛰어난 특징으로 나타나 있다. 양반이나 사대부층의 점잖음이나 엄숙함, 품위 있는 말씨와는 그 미적인 양상을 달리하고 있다. 이러한 차이는 그것을 향유하고 제작했던 계층의 삶의 내용과 직접적인 관계를 맺고 있다고 보인다. 판소리 문학과의 연결 선상에서 발달된 소설로서 비록 작자는 알 수 없다 하더라도 그들의 사회적 계층이나 처지가 어느 정도는 예측된다고 하겠다. 판소리의 창자들이 광대라는 제5계급의 가장 낮은 신분의 사람들이었다는 것은 이미 익히 알려진 바이지만, 그들의 생활의식에서 빚어진 미적 특질이 유한 식자층인 선비들의 도움에 의하여 소설로 정착하면서 세련된 형태를 갖추었을 것은 어렵잖게 예측할 수 있다. 또 판소리가 이미 민중적 공감에서 발달된 연창의 문예로서 폭넓은 호응을 받았다는 사실도 이 계통의 소설의 미적 특성을 헤아리는 한 요건이 될 듯하다.[8]

이 시기에 실학파의 문예가 한 빛을 우리 문학에 새로이 하는데, 특히

7) 신동욱, 「골계미와 숭고미의 양상」, 『창작과 비평』 제6권 3호, 1971 참조.
8) 김동욱, 『국문학사』 일신사, 1978, 187~201쪽 참조.

박지원의 산문과 시가 그 대표가 될 만하다. 박지원은 기존적 사회질서는 일정한 한계에 도달되고 있음을 직시하고 그 모순을 문제화한 것 같다. 「양반전」에서 그 주인공은 부유한 농민으로 설정되어 있고 가난하고 힘이 없는 양반이 그 상대역으로 나타나 있다. 이 두 인물을 통하여 작가는 양반의 몰락을 들여다 볼 수 있게 했고, 동시에 평민의 경제적 지위가 월등함을 보여주었다. 또 양반매매의 문권에서 학문과 덕망이 있는 양반형과 비리와 가렴주구를 일삼는 타락한 양반형을 대비하여 비판했다. 이와 같은 작품에서 작자는 분명히 사람의 사회적 계층과 그 의미를 표출하여 작품화했음을 볼 수 있다.[9] 정약용은 농민생활의 곤궁을 읊었고, 나중에 조수삼도 농사일을 시로 쓰기에 이르렀다.[10]

개화기의 시가나 소설들도 그리고 계몽주의 소설들도 그 주요한 문학적 제재들을 당대의 사회적 요구나 현상을 관찰하거나 문제삼는 것들이었다.[11]

3) 독자와 작품의 공급

문학의 독자는 옛날에는 청중이었고 오늘날에는 독자 및 대중매체로 옮겨진 시청자를 겸하게 되었다. 옛날의 문학 청자들은 대개 목청과 입담이 좋고 기억력이 출중한 이야기꾼의 낭독을 듣는 것이었다. 아마도 이야기꾼들은 한가한 계층의 부녀들에게 또는 농한기의 여가에 농민들에게나 이야기를 들려주는 것으로서 그 시대에는 중요한 오락의 대상으로서 대접을 받았을 것이다. 그러므로 옛날 이야기책들은 대개가 구송하거나 암송

---

9) 임형택, 「박연암의 우정론과 윤리의식의 방향」, 『한국한문학』 1집, 1976 참조.
10) 신동욱, 「한국 서정시에 있어서 현실의 이해」, 『민족문화』 제10집 참조.
11) 김우종, 『한국현대소설사』, 선명문화사, 1968 참조; 이재선, 『한국현대소설사』, 홍성사, 1978 참조.

하기에 편리한 율격적 형태를 갖추면서 전승되고 또는 개작되면서 발전했을 것이다. 또 그 이야기를 듣는 청중이 구체적으로 누구냐에 따라 이야기 꾼은 임시변통으로 내용을 적절히 변경하거나 덧붙이거나 빼기도 하여 듣는 이의 처지나 생각에 거슬리는 일이 없도록 배려를 했음직도 하다.

이러한 이야기는 그러나 단순히 여가를 보내는 방식으로서만 그 효능이 제한되었다고는 생각하기 어렵고, 듣는 이의 도덕적 기준을 확립하며 사회적으로 통용되는 가치를 전파하기에도 효과 있는 것으로서 자연스럽고도 흥미로운 한 장르라고 할 것이다. 신화나 무가나 전설들은 때로는 숭엄한 종교의식과 병행되며 청중에게 들려졌을 수도 있었을 것이고 기성층이 젊은 세대에게 종족이나 씨족 또는 국가의 시원을 이해시키고 풀이해주는 기능도 있었을 것으로 생각된다.

한글이 창제되기 전 시대, 민간 사이에서는 구비전승의 형태로만 거의 문예가 이어져 왔을 것이고, 상류층에서는 한문으로 된 서책이 극히 제한된 범위에서 유통되었을 것이다. 이와 같이 문자로 기록된 서책의 제한은 문자문화 전반의 보급을 지둔하게 했을 것으로 보인다. 여기에서 문자문화층과 재래적 무문자층 즉, 입말을 중심으로 한 평민문화층이 구별되었을 것이다. 이러한 문자의 소유와 비소유는 전통문화의 수호와 외래문화의 수용이라는 이중의 문화운동이 동시에 일어나게 했을 것이라고 여겨진다. 이 두 층은 같은 시대, 같은 사회에 살면서도 가치기준이나 교양 면에서 차이가 생겼을 것이다.

그러다가 한글이 창제되고 또 서책의 보급도 출판술의 발전으로 확대되면서 상호융합적이기는 하지만 대체로 세 가지의 층이 형성되었을 것으로 추정해볼 수 있다. 한문을 이해하고 구사할 줄 아는 상부지식층과 한글을 이해하는 평민층 그리고 이것도 저것도 아니고 오직 입말의 문화만을 전승받는 구비문화권으로 형성된 더 낮은 층의 세 종류로 구분될 수 있다고 생각된다. 이러한 구분은 대체로 한글의 보급과 평행될 것이고(더러 한글이 박해를 받았다고 해도) 그에 따라 문화의 발전도도 다소는 가속화되었을 것으로 보인다. 한글은 또 상층문화의 번역에까지 그 봉사의 기능을 확대하여 유교의 중요문적이나 불교의 경전을 한글 독자층에게 배급해주기에 이르렀다.[12] 여기에서 상층의 문화가 평민층의 교양으로 소화되는 현상이 일어나 그 격차나 이질감이 좁혀졌거나 동질화되는 경향을 이루었을 것으로 보인다. 이러한 문자와 책과 번역은 계층간의 문화적 질을 동질화하는 데 크게 이바지했고, 이에 따라 민족적인 유대감도 크게 진작되었을 것으로 보인다.

19세기 말부터 우리 문화에는 새로운 바람이 비교적 거세게 일어났는데, 갑오경장 같은 정치문화적인 운동이 그 하나의 예로 지적될 수 있다. 곧이어서 새교육운동이 일어나고 언론기관이 설립되기에 이르렀고 국문연구소와 학자들이 나오게도 되었다. 이러한 문화적 변동을 개화니 계몽이니 하는 명칭을 부여한 것이지만, 우리의 전통문화를 비판하고 새 시대에 맞는 외래문화의 수용과 도입이 활성화되어 새 시대의 특징을 이룩하였다.[13]

이와 같은 시대의 추세는 신문예를 창조하기에 이르렀고 이는 한글로 신문에 연재되는 새로운 전달매체를 통해 나타나기 시작했으며, 출판도 새로운 시설로 비교적 값이 헐하게 보급할 수 있었다. 또 월간지를 통해서도 신시대의 지식과 문예물들이 보급되기도 했다. 한문보다도 한글이 대중의 전달매체로서 크게 세력을 얻고 국어의식의 고양과 문장의 세련도에 관심을 기울이게 되고 지식인도 한글을 많이 사용하는 경향을 차츰 나타내기에 이르렀다. 한편으로는 구시대의 한문지식층이 있으면서 아직도 입말문화권에 소속하는 층도 계속되었으나 이 두 층은 쇠퇴일로를 걷

---

12) 15세기경부터의 제반 언해류의 번역물이 왕성하게 간행되었다.
13) 천관우, 「갑오경장과 근대화」, 『사상계』, 1954년 12월.

게 되고 보다 근대적 성격을 띤 한글문화권을 융합하게 되었다. 1945년 이후로는 거의 한글매체 문화가 주도적인 세력을 형성하게 되었다.

6·25전쟁이 종식된 후에는 대중적인 전자매체를 통하여 한글문화는 가속화의 일로를 걷게 되었다. 그러나 그 대신 민족의 분열에서 빚어지는 문화는 분열과 이념의 분열이라는 엄청난 시련을 겪게 되었다. 그 후로 남한에서는 이른바 대중문화의 특징이 나타나기에 이르렀다. 우리는 의식면에서나 도덕면에서나 또는 취미에 있어서나 층을 가리키는 쉽지 않은 시대를 살아가게 되었다. 층의 구별이 가능하다면 직업집단이나 경제적 등차에 따른 것이나 종교를 달리하는 집단이나 독서의 취향을 달리하는 매우 섬세한 등차를 생각해볼 수 있겠으나 옛날과 같은 신분상의 또는 문화층을 구별할 만큼의 격차 있는 현상은 별로 많지 않을 것 같다.

책은 대량으로 출판이 되고 직접 구매할 수가 없는 경우라 해도 각종 도서관은 학생과 시민에게 공개되었다. 교육도 의무교육으로 평준화되었고 일정한 자격만 인정받게 되면 성별이나 종교나 직업, 지역의 차별 없이 고등교육도 받을 수 있게 되었다. 이러한 시대의 문예는 불가불 대중적인 성격[14]을 띠게 되고 시대나 사회의 공동관심사를 제재로 다루기 마련이라고 생각된다. 또 시청각을 동시에 매체로 삼는 텔레비전에 의한 문예물의 보급 계획물들도 심심치 않게 반영된다. 이러한 대량적 전달매체의 발전은 일시에 많은 청중과 독자들의 미의식을 평준화하는 효능을 가지게 되었다.[15]

문예물은 또 그 특유의 법칙성으로 하여 다채롭고도 이색적인 창의도 발휘되므로 형식의 대담한 시도도 이루어지고 내용의 놀라운 제시도 시도되기도 한다. 20세기의 초중반에서 이상(李箱)과 같은 작가는 의식의 흐

---

14) H. McDonald, "Midcult and Mass Cult", *The Great American Grains*.

15) R. Escarpit, *Sociologie De La Litterature*. Que sait-je? 777번, 대총신남(大塚辛男) 역, 백수사, 1959 참조.

름을 위주로 하는 소설을 썼고, 작품의 구조가 시간의 순행과 역행을 동시에 적용한 예도 창안하기에 이르렀다. 또 성품을 형상화하거나 인간형을 제시하는 데 있어서도 외형보다는 내면의식을 주로 다루는 방식도 채택하였다.[16]

이러한 작품들은 지적 수준이 높은 사람들에게 읽히기는 하였지만 대중적인 호소력을 가진 것도 또 건전한 인간의식을 제시한 것도 아니므로 애호가적인 독자층이나 연구가들의 자료에 이바지하는 예가 더 많다고 보인다. 이러한 소설을 통해서는 독자들은 인간의 내면의 풍경이 어떠한 것이라는 것을 어렴풋이나마 이해할 수 있고 또 개인의 실존적 존재에 관한 이해도 어느 정도로는 가능한 것이라고 여겨진다.

염상섭의 『삼대』 같은 작품에 이르러서는 우리 민족 근대화 과정의 사회적 구조를 들여다 볼 수 있는 놀라운 작품으로 높은 평가가 따르기도 했다.[17] 소설은 인간과 인간의 얽힘을 비교적 잘 알아보고 들여다 볼 수 있는 문예물로서 인식하게 되었다. 문예물 독자의 의식에 변화를 일으킨다는 점에서는 정치도 종교도 손 댈 수 없을 만큼 세력이 있다는 것을 현 세기에서는 증명이 될 정도로 힘이 과시되기도 했다. 파스테르나크의 『의사 지바고』도 솔제니친의 『암병동』 등과 부조리의 작가 까뮈의 『이방인』에서도 그러한 영향력은 증명되었다. 문학은 이런 측면에서 정치제도나 종교제도와 같은 비중을 가진 내적인 정신제도로서 사회적 관련성이 매우 짙은 것으로 이해되고 있다.

현대에서는 작가와 시대 및 사회적 의미의 관여와 작품과 독자 그리고 독자를 위한 작품의 공급과 선택의 기회에 참여하게 되는 교사와 비평가

---

16) 최재서, 「「順風景」과 「날개」에 관하야」, 『조선일보』, 1936.10.31~11.7 참조.
17) 염무웅, 「식민지적 변모와 그 한계-三代의 경우」, 『한국문학』, 1966.3 참조; 김종균, 「염상섭 소설의 대비적 고찰」, 『국어국문학』, 1969.2 참조; 신동욱, 「염상섭론」, 『현대문학』, 1969.11.

및 편집자와 각종 대중전달매체의 프로그램 제작자 등의 광범위한 참여로 문학의 다양한 보급 현상이 일고 있다. 아마도 이러한 현상을 일컬어 문학작용이라고 명명하여도 가하리라고 생각한다.

3. 맺음말

위에서 주로 우리나라의 문예와 사회적 의미를 살펴보았다. 첫째는 작가의 사회적 위치와 시대와의 관계를 보았고, 둘째는 작품과 사회적 의미를 살펴보았고, 셋째로는 독자사회학적 측면에서 문학의 작용을 간략하게나마 알아보았다.

이러한 관찰의 방식은 실상 훨씬 전문적인 연구가들에 의하여 제기되고 있으므로 각각의 전문화된 길에 서서 세분화된 연구를 추적함이 더욱 뜻 깊은 일로 보인다. 문학의 소통의 사회학은 에스까르삐 같은 이가 주목을 끄는 일을 의미했고, 독자의 사회적 의미는 리비스 여사가 영국소설의 연구에서 업적을 보였다. 소설의 사회적 형성층의 구조는 골드만에 의해서 널리 유포되었다. 그보다 앞서서 루카치는 역사의 발전운동과 문학지식인의 역할에서 감명 깊은 이론과 실천비평을 이미 발표했다. 트로쓰키의 『문학과 개혁』이라는 저서도 있다.

우리나라에서도 이광수를 비롯하여 김기진, 박영희, 임화, 김남천, 백철, 조연현 등의 선행업적이 있음을 잊지 말아야 할 것이다. 이러한 문학지식인들의 기여는 학문적 수준이거나 평론적 분야이거나 간에 시대의 정신을 이끌고 방향을 알려주는 역할을 담당한다고 하겠다.

아버지의 모습들

1. 머리말

우리 전통에서 아버지상(像)은 일정한 위엄이나 권위의 뜻을 지니는 게 보통인데, 그러한 인식에는 유교적 전통에서 가부장(家父長)의 존중사상이 밑받침되어 있기 때문이다.

고대사회로부터 아버지는 가족집단을 이끄는 데 있어 주도적인 역할을 하였으므로, 경험 있고 힘 있는 아버지는 채집(採集)생활의 주도자였고, 이어서 농경(農耕)시대에 있어서도 역시 생산의 주도자였다.

그러나, 이보다도 더 중요한 요소는 씨족 또는 혈족사회에서 전통적으로 남성의 혈통(血統)을 중시하는 남성 중심의 가족구성의 의식(意識)이 주효하게 작용한 때문이었다.

또 다른 하나는 정치지도체제 및 국가보위제도의 주도자 역시 주로 남성 중심으로 이루어져 온 전통이 이어져 왔다. 아버지의 위상을 높이거나 존중되는 인식이 하나의 예속(禮俗)을 이룬 것을 생각할 수 있겠다.

그러나 이러한 혈통 중심, 제도를 이끄는 주도적 힘이 남성 중심, 나아가 아버지 중심의 사상을 이룬 인류의 역사를 이해할 수 있으나, 어머니라는 여성의 귀중한 존재 없이는 가족 혈통도 정치, 경제, 군사제도의 운영 또한 생각할 수 없음을 남성 중심사상 또는 아버지 중심사상에서 소홀히 할 수 없음을 알게 된다.

역사상으로 아버지 못지않게 어머니의 중요함이나 존중사상 및 저명한 인물들을 생각해볼 때, 아버지의 존재 자체가 어머니 또는 안해라는 귀중한 존재에 의해서 그 권위나 영예가 지탱되고 유지된 사실을 기억해야 할 것이다.

2. 신화, 설화시대의 아버지상(像)

일연 스님이 저작한 『삼국유사』에는 고조선 왕검조선의 항목에 단군왕검이 아사달에 도읍을 정하고 고조선을 다스렸다는 신화가 제시되어 있다.

이 내용에서 아버지 신인 환인(桓因)과 그 서자 환웅(桓雄)이 천신(天神)으로 기록되고 있는데, 그 이야기 속에서 환인은 아버지, 환웅은 아들이라는 가족관계의 서열이 분명히 나타나 있다.

아버지인 환인이 아들 환웅이 천하에 뜻이 있음을 알고, 세상을 다스릴 주 기능(主機能) 세 가지를 준다.

여기서 알려진 바와 같이 풍(風) · 우(雨) · 운(雲)은 농사에 반드시 요구된 생산기능의 주 요건이 됨을 알려준다.[1]

이러한 신화에서 그 주역들이 아버지와 아들의 관계로 정치지도자의 승계를 알려주고, 특히 아버지의 권능에 의하여서 아들이 이어받아 지도자의 역할을 담당한다는 사실이 명백히 기록되어 있다. 즉, 풍 · 우 · 운의 주 기능은 농업생산을 보장하는 필수 요건이고, 이 요건이 충족되어야만 비로소 백성을 다스릴 수 있게 된다.

이 농사의 주요기능을 아버지 신인 환인이 아들에게 주어 백성을 다스

---

1) 이병도 역주, 『원본병역주 삼국유사』, 동국문화사, 1956, 1962, 180~181쪽 참조.

리는 통치를 보장해준 것이다.

이처럼 아버지는 아들에게 있어 절대적 권위를 누리고, 아들로 하여 백성과 더불어 복지국가를 이룰 수 있게 한 것이다. 여기서 복지국가라는 개념은 일연 스님의 용어 홍익인간(弘益人間)의 중심 개념의 하나이고 다른 하나는 세상을 널리 다스려 이롭게 한다는 뜻 즉, 세계 평화 공존이라는 속뜻이 담겨 있음을 알 수 있다.

그렇게 하기 위하여 곡(穀, 양식), 명(命, 건강), 병(病, 병을 다스림), 형(刑, 형벌), 선악(善惡, 도덕적 규범) 등 인간의 360여 일을 정치의 실천 요목으로 세상을 교화했음을 말한 다음, 3세대의 주권자(主權者) 단군왕검이 환웅의 아들로 태어나 1,500년을 다스렸다는 신화 내용이 보인다.

이러한 신화에서 아버지의 신성한 권위가 보이며, 동시에 백성 일반을 보살펴 이롭게 살아가는, 그러한 신성한 국가의 주권의식이 보인다.

3. 열전 및 전기에 보인 아버지상

1) 삼국시대

『삼국사기』 열전에는 주로 나라에 큰 공을 세운 인물들이 기록되어 있다. 신라의 김유신 장군 같은 인물은 삼국통일의 위업을 김춘추(태종무열왕)와 합심하여 이룩한 신라 최고의 장군이기도 하다.

신라 사람으로 장보고의 업적과 고구려의 장군 을지문덕, 그리고 백제 장군으로서 계백, 흑치상지 등은 모두 옛 삼국시대의 걸출한 장군들로서 우리 겨레의 안위를 끌어안고 활동한 책임감이 깊고 뛰어난 옛 남자들로서 부상(父像)의 표본이 된다. 그러나 이들에 관한 개인과 가정의 생활에서 아버지의 역할을 기록한 예는 거의 없으므로, 가족 중심의 부상이기보다 민족의 위난을 책임지고 해결한 민족의 부상이라고 말할 만하다.

백제가 신라와 당의 연합군에 의하여 패망하였을 때, 흑치상지(黑齒常之)는 충청도 서부 사람으로 백제의 달솔이라는 벼슬을 지냈는데, 소정방이 흑치상지가 지키고 있는 임존성(任存城)을 쳤으나, 흑치상지는 백제의 장병들과 굳게 지키니 함락되지 않았다.

당나라 왕이 초유(招諭)하였으므로 비로소 성에서 나와 항복했다. 후에 당에 가 좌령군원(左領軍員) 외 장군(將軍) 양주자사(楊洲刺使)가 되어, 공을 세웠다. 그 후에도 연련도(燕然道) 대총관(大摠管)으로 전공을 세웠다.[2]

이러한 인물을 보면, 민족의 저력을 과시하고 또 책임을 완수하는 실천력이 강한 남아의 기상을 확연히 볼 수가 있다.

위에 보인 장군과 달리 신라의 승려 또는 선비로서 학문을 닦아 그 명성이 뛰어난 최치원(崔致遠), 불교사상을 수학하고 대승적 사상을 수립하고 실천한 원효 스님을 들 수 있다.

원효 스님(진평왕 때 사람)은 경상도 상주에서 태어났다. 성년이 된 후, 황룡사에서 승려수업을 하였다. 널리 알려진 바와 같이 그때는 고구려와 백제가 신라를 침범하여 불안한 시기이기도 했다.

당나라의 현장법사(玄奘法師)가 인도에서 돌아와 한어(漢語)로 불경을 번역하여 불교 연구에 새로운 기운이 일 때여서, 원효와 의상 두 스님이 당나라 유학길을 떠났으나, 고구려 국경에서 첩자로 오인되어 옥고를 치렀고, 이로 인하여 당나라 유학을 포기하였다. 그 대신 불경을 연구하여 설법하니 그의 강론에 신라의 귀족은 물론 일반인에 이르기까지 감동받지 않는 이가 없었다고 한다.

후에 재차 당 유학을 시도하나, 초막에서 기다리며 묵었는데 밤에 목이 말라 바가지에 담긴 물을 마셨다. 아침에 일어나 보니 바가지가 아니고 해골이었다. 이때 원효는 크게 깨닫고 모든 것이 '마음' 의 문제임을 알게

---

2) 신호열 역, 『삼국사기』, 동서문화사, 1976 참조.

되어 사물을 새로이 인식하는 계기가 되었다고 전한다.

三界[3]唯識 萬法唯心
삼계에 오직 앎이라 함은 만가지 일이 오직 마음에 달려 있다.[4]

널리 알려진 바와 같이, 원효 스님은 요석공주와 인연을 맺은 후 스스로 파계승임을 자처하고, 학승(學僧)이기보다 보살행(菩薩行)을 실천하는 스님의 길을 열었다. 백성들이 생활하는 실질적인 삶 속에 직접 참석하고 그들의 고통을 함께 겪고, 이겨내고, 실천하는바 대승적 실천을 행하게 된다.

그러나, 이러한 보살행 중에서 불교 경전을 풀이한 명저들 『금강삼미경론(金剛三昧經論)』, 『십문지쟁론(十門知諍論)』 등을 위시하여 한국불교의 명저들이 원효 스님에 의해 저술된 바 있다.

춘원은 원효대사를 주인공으로 한 소설에서 "거랑방아" 장을 통하여, 고난의 세계에서 헤매는 천민들 속에서, 마을이 온통 병에 걸려 앓고 있는 데 들어가 병 시중을 들고, 간병하여 병을 고치고, 혹 죽은 이를 장사지내고 하는 고행을 스스로 맞고 겪는 과정을 묘사하였다.

또 방울 스님과 만나 금강경을 배우는 대목에서, 참된 보살의 경지를 듣게 된다.

"나를 없이 해야지. 스님께 오욕(五慾)이야 남았겠소마는 아직도 아만(我慢)이 남았는가 보아. 오욕을 떼셨으니 잡귀야 범접을 못하지마는 아만이 남았으니 (…중략…)

내가 이만한데, 내가 중생을 건질텐데 하는 마음이 아말냐. 이것을 깨뜨리

---

3) 三界欲界(욕망세계), 色界(물질계), 無色界(정신세계), 『암파불교사전』, 1989 참조.
4) 방응모 편, 『조선명인전』, 민속원, 1980; 김영도, 『원효』, 조광사, 1941 참조.

자고 세존께서 수보리에게 금강경을 설하신 것이요. 무주상보시(無主相布施)."5)

이러한 과정을 묘사하여 원효 스님의 보살도 수행의 실감나는 묘사를 제시하였다. 춘원의 대승적 인도주의를 여실히 보여주는 한 장면이다.

이어서, 거지 뱀복이를 따라 뱀복이 어머니의 시체를 묻는 장면을 설정하고, 보통 승려들의 사람 차별하는 양을 보여주고, 천인 거지의 어머니와 그 아들 뱀복이야 말로 보살의 경지에 든 사실을 독자들에게 감동 깊게 알려주고 있다.6)

원효 스님이 겪고 지낸 거랑방아의 행로는 곧 보살도의 실천을 말한 것이고, 이러한 스님상(像)에 깃든 대승적 인도주의 사상이 보이고, 우리 전통사상의 한 중심축이 됨을 알 수 있다.

우리의 사상계에서 가장 걸출한 사상의 부상을 원효 스님에게서 찾을 수 있을 것이다.

2) 고려시대

고려시대에도 여러 분야에 걸쳐 우리 역사 위에 뚜렷한 인물들이 많았다. 특히 우리 과학사에서 주효하게 화약의 제법(製法)을 연구하여 국방의 공을 세운 병기(兵器) 제작을 담당했던 최무선은 연구와 기술의 발전에 큰 공을 세웠다. 이와 동시에 당시에 해적들을 공격·퇴치하는 데도 크게 공을 세웠다.

그런데, 그 이전에 이미 송나라, 금나라, 원나라에서 화악으로 병기를

---

5) 이광수, 『원효대사』, 『이광수 전집 11』, 삼중당; 오법안 『원효의 화역총상연구』, 홍법사, 1989 참조.
6) 오법안, 위의 책 참조.

만들어 써온 사실에 착목하여, 화약의 재료인 유황을 국내에서 찾아 조달할 것을 생각했고 그와 동시에 수철(水鐵)을 찾아야 하는데 직접 나서서 광맥을 찾아야 했다.

최무선은 26세 되던 해, 탐광(探鑛)의 길에 나섰다고 한다.

마침내, 여러 해를 탐사한 끝에, 수철광(水鐵鑛)은 울산 달천산(達川山)에서 찾고, 유황광(硫黃鑛)은 동해안 마뇌봉(瑪腦峰)에서 찾아내었다. 그리고 비상광(砒霜鑛)도 경주 반척곡(盤尺谷)에서 찾기에 이르렀다고 한다.[7]

이러한 노력은 결실을 보게 되어 수많은 종류의 포환(砲丸)을 제작하고 그 기술은 아들 최해산에게로 이어져 조선조 태종조의 군기도감을 지내며 공을 세웠다.

이렇게 아버지의 기술이 아들에게 전수되어 고려조에서 조선조에 이르는 군기 제작과 화악 기술이 이어지게 한 아버지의 역할이 지대하였음을 볼 수 있다.

최무선은 아들 해산이 어리기 때문에 화약과 병기의 기술을 서책으로 남겨 그 책을 아내에게 전하며 아들이 성장하면 공부하도록 부탁하였다. 해산이 16세 소년이 되었을 때 그 어머니가 망부(亡父)가 남긴 책을 내놓으며 공부할 것을 권했고, 해산은 망부의 정신과 기술을 이어받아 또한 공을 세운 것이다.[8]

최무선의 연구에 의해 우왕 때 화통도감(火㷁都監)이 설치되고, 만든 병기는 여러 종류가 되었고, 그것을 이어받아 조선조에로 병기 제작술이 발전되었다. 과학 연구와 병기 제작의 아버지인 것을 알 수 있다.

다음으로, 고려시대 최고 시인 이규보(李奎報, 1168~1241)의 문장과 시는 우리 한문학사에 한 획을 긋는 이른바 문호로 손꼽을 수 있다.

---

7) 방응모, 앞의 책, 139쪽 참조.
8) 위의 책, 144~145쪽 참조; 이병도 외, 『인물한국사』 II, 이현희, 「최무선」 참조.

자호(自号)를 "백운(白雲)"이라 했는데, 이 뜻은 자유롭게 사는 존재로 자처하며, 형식에 구애받지 않는 삶의 자세를 배운다는 뜻이라는 것을 어떤 사람의 물음에 답했다는 것이다.

과거시험에 여러 번 떨어지고, 무신정권시대에 별로 빛을 보지 못했으나 시문을 지으며 유유자적한 삶이 계속되었다고 전한다. 40세가 되어 그의 높은 시재(詩才)를 인정받고, 벼슬을 받게 되었다.

우리 문학사에 남긴 귀중한 작품, 대서사시『동명왕편(東明王篇)』은『구삼국사(舊三國史)』를 보고 지은 명편이다. 그가 26세 때의 일이었다.

그 병서(幷序)에 다음과 같이 작시(作詩)의 동기를 밝히고 있다.

세상에서 東明王의 신통하고 이상한 일을 많이 말한다. 비록 어리석은 남녀들까지도 흔히 그 일을 말한다. 내가 일찍이 그 이야기를 듣고 웃으며 말하기를,

"先師 중니(仲尼)께서는 괴력난신(怪力亂神)을 말씀하지 않았다. 동명왕의 일은 실로 황당하고 기괴하여 우리들이 이할 것이 못된다." 하였다. (…중략…)

지난 4월에 舊三國史를 얻어 東明王篇을 보니 神異한 사적이 세상에서 얘기하는 것보다 더했다.

처음에는 믿지 못하고 鬼나 幻으로만 생각하였는데, 세 번 반복하여 읽어서 점점 그 근원에 들어가니 幻이 아니고 聖이며, 鬼가 아니고 神이었다. 하물며 國史는 사실 그대로 쓴 글이니 어찌 허탄한 것을 전하였으랴.[9]

오늘날『구삼국사』가 아직 발견되지 못하고 있으니, 그 내용의 상세함을 알 수 없으나, 이규보 시인의 글에 의하여 옛 역사서의 내용의 한 부분이나마 서사시로 표현되었으니 다행한 일이 아닐 수 없다.

해모수, 유화, 주몽의 신화적 관계와 그 놀라운 고조선인의 기개 그리

---

9) 민족문화추진회 편,『국역 동국이상국집1』, 민족문화추진회, 1980, 127쪽 인용.

고 건국의 과정 등이 그려져 있다. 신이한 능력들은 곧 창업주들의 신성한 권능을 증거해주는 내용임을 알 수 있다.

이규보 시인의 작품은 기개와 의기가 살아 있어야만 작품의 가치가 살아남을 말한 비평가이기도 했다. 미사여구를 나열하거나, 옛 고사를 인용하는 작품은 시인 자신의 의기가 들어 있지 않은 것이라고 비판하였다. 그리고 당·송 시인을 모방하는 것도 비판하였다.

그의 작품을 한 편 보면 다음과 같다.

> 이름을 낚는 것을 풍자한 글(釣名諷)
>
> 물고기를 낚음은 고기 때문이지만
> 이름을 낚는 것은 무엇 때문인가
> 이름은 바로 알찬 것의 객이네
> 주인 있으면 객은 저절로 이르리
> 내실함이 없으면 이름은 헛되니
> 모두 이름으로 인하여 생긴 누일세[10]

시에 있어서 의기를 중심으로 그 가치를 평가하는 이규보 시인의 정신은 우리의 시가의 사상적 골격을 이룬바, 문학에 있어서 높은 성취를 이룩했다. 그런 점에서 고려시대의 최고 시인이고 문학의 부상으로서 우리 정신사에 우뚝 선 시인이라 하겠다.

이 밖에도 뛰어난 지도자들이 많음은 물론이나 이루 다룰 수가 없다.

3) 조선시대

조선시대에는 우리 글을 창제한 세종대왕(1397~1450)의 업적이 가장

---

10) 김동욱, 위의 책, 해제, 참조.

큰 것은 말할 것도 없다. 특히 창제의 동기는 애민사상에 근거하고 있는데 높은 지도자상이 돋보인다.

> 나라의 말이 中國과 달라서 文字와 더불어 서로 통하지 못하매 어리석은 百姓들은 말하고 싶은 바가 있지만 마침내 제 뜻을 펴지 못하는 이가 많은지라. 내가 이들을 위해 딱하게 여겨 스물 여덟 글자를 맨들었노니 사람들로 하여금 쉽사리 익혀 날마다 씀에 편하게 할 뿐이다.[11]

위에 풀이한 바, 한학(漢學)에 얽매여 긴 세월을, 말과 문자(文字)의 큰 어긋남을 세종대왕은 해결한바, 그 창제의 큰 뜻이 우리의 전통사상의 중추를 이루는 "널리 인간세계를 이롭게 함(弘益人間)"의 사상이 문자 창제와 일치함을 보게 된다.

국사학의 큰 지도자 이병도는 다음과 같이 세종대왕의 학구열과 그 영역의 넓이를 밝혀 적고 있다.

> 卽位하신 후에도 每日 寅時(午前四時)에 起寢하사 平明에 群臣의 朝會를 받으시고 다음에 政事에 臨하시고 또 다음에는 經筵에 御하사(儒臣과 더불어) 書를 講하시고 入御하여서도 오히려 書史를 閱覽하시는 것으로써 日課를 삼아 조금도 게을리 하심이 없었다.
> 大王은 이와 같이 勤勉不怠의 美質을 가추이었을 뿐만 아니라 多趣多方面의 嗜好와 創意創作의 大才를 兼備하야, 經史에 博通하심은 勿論, 政治, 經濟, 法律 文學 音韻學 및 佛老의 書로부터 天文地理 曆算音樂 醫學, 兵學 乃至 이들에 관한 器其械械에 이르기까지 深奧한 趣味를 가지사 혹은 親히 이를 研究發明하는 學者도 되시고 혹은 專門家를 指揮하야 工夫制作케 하신 일도……[12]

---

11) "國之語音異乎中國, 與文字不相流通, 故愚民有所欲言, 而終不得伸其情者 多矣 子
爲此憫然 新制二十八字 欲使人人易習 便於日用耳". 『원문 훈민정음』, 도서출판
숨터, 1992, 13~17쪽 참조.

12) 李內燾, 『세종대왕』, 방응모, 앞의 책, 157~158쪽 인용.

위에 제시된바, 세종대왕은 학자로서도 최고봉에 들고, 발명가로서도 최고의 이름을 규지할 수 있다.

널리 알려진바, 김종서를 시켜 국방을 튼튼히 하고 육진(六鎭)을 설치하여 압록강과 두만강 및 북방 산악을 방비한 업적 또한 역대 어느 왕보다 앞서 있음을 알 수가 있다.

또한 집현전에 전국의 수재를 모아 학문에 전력케 하여, 많은 현유(賢儒)를 양성, 국가의 인재로 기용하였다.

『고려사』, 『효행록』, 『농사직설』, 『오례의』, 『팔도지리지』, 『칠정내외편』, 『신찰경제속육전』, 『삼강행실』 등 세종년간에 간행된 서책을 보면 그 현란함과 학구적 성과가 얼마나 크고 넓고 깊은 것인지를 엿보게 된다. 그 편수가 각 분야의 전문서로서 학문적 성과만이 아니고 그 실용의 가치와 행정과 민생에 요긴한 서적들을 간행했다.

실로 우리 역사상 최고의 국부의 자리에 있을 뿐 아니라, 우리의 중심사상인 대승적 대동사상을 크게 발전시킨 사상가이기도 하다.

이와 방불한 장군으로서 이순신(李舜臣, 1545~1598) 충무공을 예로 우리나라의 성웅으로 추앙하는바 그 위엄을 말하지 않을 수 없다.

32세에 무과에 급제하고, 훈련원의 봉사로 일할 때, 전통(箭筒)을 가지고 있었는데, 지위가 높은 상관이 그 전통을 탐내었지만, 만약 이 전통을 상관께 드리면 뇌물이 될 것이므로 드릴 수 없다고 거절했다. 성품이 정직한 분이었다.

장군의 강직한 성격을 알고 있던 병조판서 김귀영(金貴榮)이 그의 서녀(庶女)를 첩이 되게 하려 했으나, 중신아비에게 한마디로 거절했다. 충청도 병마절도사 막하의 군관으로 근무할 때, 휴가를 나와 아산의 집에 다녀올 때, 배당 받은 양곡 중 남은 것은 반드시 담당관에게 반납했다.[13]

---

13) 『충무공 이순신』, 해군충무공연구위원회, 1967 참조.

그는 청렴, 강직한 생활자세로 파직되기도 했지만, 유성룡은 그의 재능과 정직성과 애국충정의 높은 신념을 믿고 여러 번 어려운 고비마다 장군을 도왔다.

1591년 전라좌수사로 임명된 장군은 병선이 모두 낡고, 수군들이 나태하여, 이에 기강을 세우고, 병선을 수리하는 한편, 고려시대부터 전해오는 거북선 조선법을 연구하여 1592년 임진왜란이 일어나기 1년 전에 두 척을 제작하여 수군을 훈련시켰었다.[14]

1592년 왜병이 침입하자, 급변을 당한 선조조는 당황하다가 결국은 서울을 내주고 왕이 몽진하는 형국이 되도록, 조선 정부는 분당으로 당쟁만 일삼았고, 국방은 소홀히 했다. 왜의 풍신수길의 야욕에 나라가 온통 약탈당하는 참상에 빠지게 되었다.

오직 이순신 장군만이 전쟁에 대비하여 병선을 수리하고, 군사를 조련하고 새롭게 거북선을 지어 전란에 대비하였다.

그때의 조선기술자 나대용(羅大用) 군관을 시켜 이순신은 세계 최초의 철갑선을 완성했던 것이다.

1592년, 4월 이순신은 옥포해전(玉浦海戰)에서 병선 40여 척을 격파하는 전과를 올렸다.

같은 해 6월, 사천, 당포, 당항포 해전에서 큰 전과를 올렸다. 왜병의 배를 100척이 넘게 격파하여 큰 타격을 주었다.

육전(陸戰)에서 패배를 거듭하여, 결국 선조는 평양성을 왜장 소서행장(小西行長)에게 내어주고 의주로 몽진하기에 이르렀고, 동로(東路)로 침입한 왜장 가등청정(加藤淸正)은 왕자 임해군을 볼모로 하여 조선 정부와 흥정을 하며 함북도까지 침략하기에 이르렀다.[15]

---

14) 이광수, 『이순신』, 『이광수 전집 12』, 삼중당, 1962, 1968, 171~172쪽 참조.
15) 진단학회, 『한국사』 근세전기편, 을유문화사, 1962, 606~680쪽 참조.

일찍이 조선조 최고의 철학자 율곡(栗谷) 이이(李珥, 1536~1584)가 선조에게 10만 군을 양성하고 외침에 대비할 것을 진언한 바 있다. 그의 선견지명은 가히 천재적이었고, 그가 남긴 업적이 매우 컸음을 알 수 있다.

아마도 그 당시 피란길에 올랐던 선조와 그 신료들은 당쟁에 빠져 직위싸움에 골몰하여 국정, 국방에 소홀했는가를 후회하며, 율곡 선생의 예언적 국방론을 받아 들여 후환이 없게 대비해야 했었을 것을 후회하며 비오는 밤길을 도주했을 것이다.

그는 철학자로서 "기발이승일도설(氣發理乘一途說)"을 주장하여 당시의이기이원론(理氣二元論)을 주장한 퇴계와 그 학파에 정식으로 이론적 대립을 이루었으며,16) 후에 『성학집요(聖學輯要)』, 『격몽요결(擊蒙要訣)』 등 명저를 남겼다.

이순신 장군의 승승장구한 소식은 피란 중인 왕과 그 조정에 속속 전달되었다. 그러나, 당시의 동 · 서 분당의 당쟁은 피란 중에도 끊이지 않았다.

같은 해, 1592년 7월 한산도, 안골포에서 유명한 학익진을 펴 왜선 60여 척을 격파, 9월에 부산해전에서 왜선 130척을 격파했다. 이로써 왜병의 전세는 급격히 쇠퇴하고, 왜군의 보급품과 보급로가 끊기는 꼴이 되니, 왜병들은 민가를 쳐들어가 약탈, 살육 등 비인도적 야만적 행위를 자행하였다.

이순신 장군은 삼도 수군통제사가 되었지만 역시 당쟁의 분규 속에서처벌받고 옥살이를 하게 된다. 이때에도 유성룡은 장군의 애국정신을 높이 평가하여 왕에게 진언하여 옥살이에서 28일 만에 방면되나, 이순신 장군은 백의종군하게 된다.

8월 달에는 다시 통제사로 복직되어, 1597년 정유재란(丁酉再亂) 때 명량해전에서 왜선 133척과 대전하여 31척을 격파했다. 11월에는 장군의

---

16) 배종호, 『한국유학의 철학적 전개』 중, 연세대 출판부, 1985 참조.

아들 면(葂)이 전사한 통지를 받았고, 11월 19일 장군은 선상에서 왜선 격파를 지휘하다 전사하게 된다.

위와 같은 간략한 행적에서 보이듯이, 임진란, 정유재란을 실질적으로 종결하고 왜병, 왜군선을 모두 패전케 하고 조선을 구한 분이 바로 이순신 장군이었다.

장군의 『난중일기』를 보면 4월 16일 백의종군하는 도중 장군의 모당께서 서거한 내용이 기록되어 있다.

> 16일, 비, 배를 끌어 중방포에 옮겨대어, 영구를 상여에 싣고 집으로 돌아왔다. 마을을 바라보며 찢어지는 아픔이야 어떻게 다 말하랴. 집에 이르러 빈소를 차렸다. 비가 억수같이 쏟아지고, 나는 맥이 빠진데다 남쪽 길이 또한 급하니, 부르짖으며 울었다. 다만 어서 죽기를 기다릴 따름이다.[17]

위 일기에서 장군의 불행이 한꺼번에 닥쳐 그 고통과 비애감이 극에 달하였음에도, "남쪽 길이 또한 급하니"에 보이듯이 그의 임진, 정유재란을 겪는 심적 자세가 매우 비장감 어린 것임을 알 수 있다.

장군의 작품에 깊은 감회가 담겨 있음을 엿보게 된다.

> 閑山섬 둘불근 밤의 戍樓에 혼자 안자
> 큰 칼 녀픠 ᄎ고 기픈 시름 ᄒᄂ 적의
> 이듸서 一聲胡茄ᄂ 눔의 애를 긋ᄂ니.[18]

위 작품에 "기픈 시름"의 구에 담긴 복합적인 의미를 짐작할 수 있다. 전란을 겪으며 당쟁에 휘말리는 고통, 왜적의 엄청난 세력과 맞서 싸워 이겨야 하는 전략을 세우는 것, 병기조달 군사 훈련 및 아군의 전사자에

---

17) 이순신, 「난중일기」, 『한국의 사상대전집』 13, 동화출판사, 1977, 338쪽 인용.
18) 정주동, 유창균 교주, 『진본 청구영언』, 명문당, 1957, 1987, 186쪽 인용.

관한 아픔과 그 정신적 고통 나아가, 명의 해군 도독 진린(陣璘)은 간교한 소서행장(小西行長)의 뇌물공세를 받고 왜군의 퇴로를 보장하는 등 이순신 장군의 작전에 적지 않은 차질을 야기시켰다는 등 심적 고통이 컸다. 위의 시조에 보인 "일성호가(一聲胡笳)"도 바다에서 멀리까지 울려 퍼지게 하는 "날라리"이지만 밤중에 들려오는 그 소리는 애절함과 비장감을 자아내게 했던 것이다.

특히 이순신 장군의 명에 따르며 존경심을 가졌던 남해 일대의 백성들이 전란에 시달리고 이산가족이 생기고, 굶주리는 아픔을 함께한 성웅 이순신 장군의 애민사상은 그의 대승적 인도주의를 실현한 것이고, 동시에 우리 전통사상의 산맥을 이루는 대동사상을 실천한 어른이시다.

이은상(李殷相) 시인이 번역한 장군의 심회가 담긴 시 한 편을 보면 다음과 같다.

한산도의 밤(閑山島夜吟)

水國秋光暮　한바다에 가을 빛이 저물었는데
驚寒雁陣高　찬 바람에 놀란 기러기 높이 떴구나
憂心輾轉夜　가슴에 근심 가득 잠 못 드는 밤
殘月照弓刀　새벽 달 칼과 활을 비치는구나[19)]

국운을 한 몸에 끌어안고 고뇌에 찬 장군의 심정이 적실히 나타난 명편(名篇)이라 하겠다. 끝 구절에 담은 뜻은 더 더욱 실감나는 시적 표현이자 전장의 현장감을 보여주는바 독자들에게 감동 깊게 울려오는 바가 있다.

새벽달에 비친 활과 칼의 심상은 두보나, 이백에 못지않은 절실함이 반영되고 있다. 아마도 달빛 시상의 명편이 아닐 수 없다.

이은상 시인은 충무공의 사상을 몇 가지로 요약했다.

---

19) 이은상, 『충무공의 생애와 사상』, 삼성문화재단, 1875, 161쪽 인용.

1. 제 힘으로 사는 정신
2. 정의를 목표 삼는 정신
3. 국토를 사랑하는 정신
4. 국민과 같이 가는 정신
5. 새 길을 뚫고 가는 정신

위에 한 가지를 더하여 말한다면, 대승적 인도주의를 실천한 군신(軍神)이자 국토수호의 아버지상으로서 아마도 우리 역사상 최고의 자리에 계신 분이라 하겠다.

단재 신채호는 그의 전기소설 『리슌신젼』에서 다음과 같이 서술하였다.

> 리슌신이 또 가만히 싱각ᄒ되 만일 그 비를 모아 불살으면 뎌희는 반ᄃ시 넉디에서 궁구가 되어 슘이 잇난 인민을 살해ᄒ리라 하고 일리 쯤을 믈러가셔 그 다라나는 길을 열어주니, 오호라, 어질도다, 나라를 ᄉᄅ ° ᄒ난 쟈는 반ᄃ시 빅셩을 ᄉ랑 ° ᄒ는도다.[20]

이러한 신채호 선생의 묘사에서 이순신 장군의 애민사상이 여실하게 제시되고 있다. 이어서 이순신 장군과 뜻을 같이한 녹도 만호 정운의 전사함에 슬픔을 이기지 못하는 서술(신채호 전집, 452~453쪽), 항복한 왜병들의 조총으로 총 쏘기(위의 책, 454쪽), 이순신 장군은 백의종군 후 원균이 왜에게 패배하고 군사가 흩어졌고, 전선은 겨우 10여 척뿐이었는데도 300여 척의 왜선을 곤궁에 빠뜨리는 전술의 탁월함을 말하였다.[21] 장군의 애민·애국정신은 홍익인간의 사상을 이어 크게 몸으로 실천하고, 대동사상의 또 하나의 중심이 되었다. 조선시대 군인으로서 최고의 부상

---

20) 단재 신채호 선생 기념사업회, 『단재 신채호 전집』 별집(개정판), 형설출판사, 1982, 448~449쪽 인용.
21) 이충무공 기념사업회 대표 조병옥, 『민족의 태양』, 1961, 220~222쪽 참조.

(父像)이라 할 것이다.

4. 근대산문에 보인 아버지상의 몇 가지 사례

18세기는 실학자 등이 이룬 업적으로 보아서 양에 못지않은 대사상가들이 배출된 시기이다. 정약용 선생 형제들, 홍대용, 박지원 등 여러 석학들이 우리 사상에 새 빛을 던져 실사구시의 이념을 행동과 저술로 보여준 분들이다.

그 뒤를 이어 계몽기의 석학들과 애국지사들이 세상에 나와 국권회복운동, 애국계몽운동, 물산장려운동, 국문연구와 교육, 신문 발간, 세계열강의 이해와 그 문화의 소개, 군사학에 관한 지식 등 19세기의 문화적 특질을 발전시켰다.

이러한 운동의 앞에서 농민운동이 일고, 일제의 군대가 한국에 주둔하며 내정 간섭을 했고, 이에 맞서서 의병이 전국에서 일어나 항일 투쟁이 전개되었다.

농민운동에도 전봉준(全琫準, 1854~1895)이 선봉이 되어 지방관서의 세금 부과의 비리에 분노하여 집단행동이 벌어졌고, 이보다 앞서 동학의 교주 최제우(崔濟愚, 1824~1864)에 의한 평민과 사대부 관료층을 계층적 구분을 허물고 한민족으로 인식하는 인내천(人乃天) 사상을 주축으로 한 민권운동, 민생운동이 동시에 번져가 농민운동과 하나가 되어 거대한 세력으로 반봉건, 반일운동에 앞장섰다.

최제우는 보국안민의 실천을 주장하고, 유 · 불 · 도교 및 민간신앙까지 통합한 대승적 민권사상을 펴 나갔다.[22] 1884년 고종의 비호 아래 김옥균(金玉均, 1851~1894)에 의한 갑신정변이 일어났지만 3일 만에 그 중심

---

22) 동학가사(1.11), 『용담유사』, 한국정신문화연구원, 1979 참조.

인물이 살해되고 김옥균, 서광범, 박영효, 서재필 등은 일본으로 망명하여 이른바 개화당의 집권은 실패했다.

유길준(俞吉濬, 1856~1914)은 미국 유학을 마치고 돌아와 『서유견문』을 펴내어, 서양의 민본주의 사상을 주축으로 한 군사, 생활문화, 교육, 인물, 제도 등을 소개하여, 개화의 여러 등급을 밝혀 계몽기의 안내서와 같은 역할을 한 저서를 펴냈다.[23]

1910년 한일강제합방 후 민족운동은 점점 커져가, 애국계몽운동과 그 맥을 같이 하였다. 야간학교를 통한 농촌계몽운동이 크게 일기도 했고, 항일 투쟁은 의병운동을 계승하여 국내, 국외로 펼쳐졌다.

계몽운동가였던 김좌진(金佐鎭, 1889~1930) 장군은 을사조약 후, 대한광복단에 가입하고, 1917년 만주로 망명하여 대종교를 신봉하여,[24] 종일(倧一)과 함께 북로군정서(北路軍政署)를 설립, 총사령관에 취임하였다.

1920년 만주 왕청현에 주둔했던 북로군정서 소속의 독립군은, 일본군 제19사단 그리고 제20사단의 대병력이 만주로 출동하여 조선독립군을 공격했으나, 이 지역의 지리적 조건에 익숙한 독립군은 백운평에서 일경의 공격을 받았으나 유리한 지형에 포진하여, 김좌진 장군, 이범석(李範奭) 장군, 나중소(羅仲昭) 장군의 지휘로 전투하여 일본군을 대파하였다.

다음에는 천수배(泉水坏)에서 도전(島田) 기병중대를 전멸시키고, 마록청(馬鹿淸)에 대기하고 있다가, 2만이 넘는 일병을 맞아 승리를 거두었다. 이때 일병 1천여를 사살했다.

이러한 엄청난 전과를 올렸으나, 일본은 중국과의 전투마다 승리하여 상해까지 침략해 가, 만주의 독립군은 만주에서 더 활약할 수 없이 되었

---

23) 유길준, 『서유견문』, 경인문화사, 영인본, 1970 참조.
24) 대종교: 우리나라 고유 종교, 조화신(造化神)인 사인(祖因), 교화신(敎化神)인 사웅(祖雄), 치화신(治化神)인 단검(檀儉)을 하나님으로 섬기는 종교. 1909년 홍암대종사 나철(羅喆)이 개종하였으며 단군교(檀君敎)라고도 한다.

다. 그리하여, 많은 조선독립군은 모택동의 제4군단의 조선의용군 독립부대로 편입하여, 태행산(太行山)에서 일군과 맞서 전투를 계속했다.

김좌진 장군은 그 후 암살당하였으나, 독립군을 창설하고 일군을 대파한 장군으로 독립투쟁의 아버지로 그 높은 충절을 알아야 할 것이다.

도산 안창호 선생, 김구 선생, 이회영(李會榮) 선생, 이승만 선생, 안중근 열사, 윤봉길 의사, 수많은 애국투사들의 고귀한 국권회복을 위한 투쟁은 우리 근대사에 길이 추앙될 독립운동의 아버지상이라 할 것이다.

신채호의「조선혁명선언」은 일제의 비인도적 만행을 규탄하는 동시에 "民族의 生存을 유지하자면 强盜 日本을 驅逐할지며, 强盜 日本을 驅逐하자면 오직 革命으로써만 가능"함을 말하였으며, 구한말의 내부문제에서 제도개혁을 통해서 불평등, 부자연, 불합리한 제도적 장애를 타파하고, 힘을 모아 일제를 몰아내야 함을 주장했다.[25]

그리고 영웅이 출현하여 국난을 타개하고 국민의 단합된 힘으로 나라를 나라답게 만들 수 있음을 역설하였다. 이러한 관점에서 국민에게 직접적으로 호소하고 감동케 하여 영웅이 일어날 것을 기대하고, 전기문학을 창작하였다.[26]

단재는 사학자로서 학계에 새로운 주체적 사관(史觀)을 보여, 식민사관을 극복한 점을 보이고 있다. 고조선시대, 단군, 부여족이 그리고 백제가 각각 중국과 일본에 진출하여 당당히 맞서서 침략당한 것이 아니라 오히려 경략(經略)하였음을 밝히기도 하였다.[27]

단재 선생은 1910년 블라디보스토크로 망명하여 독립운동에 적극적으

---

25) 단재 신채호 선생 기념사업회, 『단재 신채호 전집』 개정판 下, 형설출판사, 1982, 35~46쪽 참조.
26) 『리슌신전』, 『을지문덕』, 『단재 신채호 전집』 별집 참조.
27) 단재 신채호 선생 기념사업회, 『신채호의 사상과 민족독립운동』, 형설출판사, 1968, 1987; 이만열, 「단재의 고대사인식」 참조.

로 활동하였다. 1929년 대련에 있는 감옥에 투옥되어 1936년 옥중에서 타계하시기까지 선생의 독립사상은 여러 글과 저서에 두루 밝혀 남아 있다.

새로운 사관을 펼친 점에서는 민족사학의 신개척자로서의 석학 중의 석학이고, 독립운동에서 일제에 굴하지 않고 당당히 저항하며, 지조와 신념과 자존심을 굽히지 않은 점에서 강렬한 조선의 사상적 주체정신을 펼친 어른으로서 애몽계몽기의 사상적인 독립을 수립한 근대사의 당당한 부상이라 하겠다.

춘원 이광수(1892~1950, 6·25전쟁 당시 납북된 후 사망)는 근대소설을 이룩한 근대문학의 걸출한 부상이 됨을 시인하게 된다.

그의 작품 『흙』(『동아일보』 연재, 1932)에서 변호사 시험에 합격한 주인공 허숭의 행적을 묘사하면서, 농촌계몽운동을 펴가는 한편 일제에 항거하는 주인공으로 묘사했다. 이야기의 내용은 김갑진과 윤정선 그리고 허숭 세 사람의 애정 갈등을 보이면서 참된 사랑의 실현을 허숭을 통해 제시한다.

한편 허숭은 서울을 떠나 농촌에 들어가 살여울의 주민들과 그들의 생활상을 파헤치면서 참된 농민의 모습을 천착한다. 그리고 김갑진과 불륜을 저지른 윤정선이 철도자살을 시도했으나, 후에 살여울의 농민으로 그 모습이 차츰 변해감을 통하여 농민의 삶 속에 담긴 건전한 인간을 배우고 익히고 동화되어 감을 적절히 묘파하였다.

허숭은 결국 항일의 인사로 낙인이 찍히고 옥중에 수감되기에 이른다. 이러한 이야기의 흐름에서 허숭은 농민을 사랑하고 농민과 같이 살며, 항일적 인물로서 그의 계몽적 부상을 보여준다.[28]

---

28) 이광수에 관한 연구를 몇몇 예를 제시하면 다음과 같다.
　백철, 「이광수씨의 저작 「흙」에 대한 소감」, 『조선중앙일보』, 1933.10.17; 조연현, 『한국현대작가론—춘원 이광수 편』, 새벽, 1957.3; 김윤식, 「이광수와 그의 시대」, 문학사상, 1981~1985.

그러나 염상섭(廉想涉, 1897~1963)은 사실주의적 흐름을 주도한 작가로서, 현실에 관한 엄정한 시선으로 가족, 사회, 시대배경 등을 관찰·분석하여 오히려 부정적인 부상을 실감 있게 묘사하였다.

이광수의 문학이 계몽적이고 인도주의적이고, 반일적 민족주의의 시선으로 불합리나 부조리를 딛고 이상주의적인 길을 모색한 작가임에 비하여, 염상섭은 엄정한 시선으로 현실을 직시, 비판, 숨은 비리를 발굴한 현실 비판적 인식이 앞서 있는 작가였다.

우리 근대소설의 한 봉우리로 평가받은 「만세전(萬歲前)」(원제목 묘지, 『新生活』, 1922.7, 8)에서 주인공 '나(인화)'는 이르는 곳마다에서 일제의 조선인에 관한 차별, 상궐침탈 등 여러 모순을 묘사하여, 앞 세대의 구시대적 아버지들의 무기력한 현실 순응주의를 냉엄한 눈으로 그 허약함을 고발하고 있다. 또, 국운이 기울어가는 3·1운동 직전의 시대상을 묘파하였다.[29]

그의 명작이자 가족사 소설인 『삼대』(『조선일보』 연재, 1931.1~9)에서 할아버지는 대지주이며 재산가로서 전형적인 봉건적 인물로 설정되어, 양반도 벼슬도 사들임은 물로, 향락과 영달이 이 노인의 가치 추구의 내용임을 알려준다. 말하자면 구시대의 부정적 인물로 묘사되어, 이 작품의 1세대의 부정적 부상으로 제시되고 있다.

작가는 이러한 인물을 통해 3·1운동 전후의 사회의 내부에 도사린 욕망에만 집착하는 왜곡되고 변질된 부상을 선명히 조명하였다.

다음 아버지 세대의 인물 조상훈을 통하여 할아버지와 비슷한 쾌락에 빠진 여러 내용들을 보여준다. 그러나, 신교육을 받고 기독교도가 되고

---

29) 김기진, 「반증적 사실주의」, 『동아일보』, 1927.2, 25~3; 조연현, 「염상섭론」, 『신태양』, 1955.4; 신동욱, 「염상섭II」, 『현대문학』, 1969, 11; 김종균, 「염상섭의 「만세전」II」, 『이문 연구』, 1981.12; 김우종, 『한국현대소설사』, 선명문화사, 1963.

학교를 설립한 인물로 이른바 개화된 지식인으로 보이지만, 그의 이면생활은 역시 쾌락 추구형의 한 전형임이 드러나 있다.[30]

2세대인 상훈(相勳)은 애국지사들의 유족을 돕는 일까지 실행함으로 존경받기도 하지만, 결국에는 그 집의 여인을 첩으로 맞아들인다.

이 집의 3대손, 덕기는 경도3고에 다니며, 그 친구 병화와 잘 어울린다. 그러나 병화는 덕기를 유산계급이라고 늘 비아냥거리며 사회주의자의 입장에서 이른바 부르주아를 비판한다.

그리고 사회 지도층의 이면에 숨겨진 도덕적 해이와 사생활의 타락상을 작가는 과장 없이 묘사하여 사실주의 문학을 이룩하였다. 이 작품에서는 자기 모순에 빠지고, 아버지의 참된 모습은 사라지고 일그러진 부상이 제시되고 있다.

다음으로 채만식(1902~1950)의 장편 『탁류』(『조선일보』, 1937.10~1935. 5)와 「천하태평춘(天下泰平春)」(『조광』, 1938.1~9) 두 작품에 묘사된 일그러지고 풍자화된 부상들이 제시되어, 일제 치하의 고통과 자기 모순의 삶이 세태풍속 속에 제시되어 있다.[31]

이 밖에도 일제 치하라는 시대 자체가 왜곡된 삶 속에서 희화화된 부상들이 적지 않게 묘사되고 있어 이루 다 거론하기에는 너무나도 벅찬 일이 아닐 수 없다.

5. 맺음말

가정 속에서의 아버지의 권위, 그보다 먼저 한 개인으로서의 온전성을 유지하느냐 못하느냐 하는 개인문제가 시대와 그 비정상적인 힘에 밀려

---

30) 김윤식, 『염상섭 연구』, 서울대학교 출판부, 1965.
31) 최재서, 「풍자문학론」, 『조선일보』, 1935.7.14~7.21; 송하춘, 「채만식 연구」, 고려대학교 대학원, 1974.

일그러진 존재의 미적 형상화가 근대 산문문학의 주류를 이루고 있다.

흔히 개인의 자아는 가정과 얽혀 있고, 나아가 사회와 시대와 얽혀 있으면서 주관적 시선에서 벗어나 객관적 관련성에서 확고히 일어서는 개아로 설 때에 비로소 자아는 일정한 성숙을 기할 수가 있다. 그러나 가정의 압력, 시대 및 사회의 압력에 자아를 자아답게 수립하고 성숙하게 스스로 훈련하는 단계를 갖지 못하고 일그러진 존재를 근대 이후의 우리 문학에서 적지 않게 찾아볼 수 있다.

그러한 극단적인 사례의 하나가 이상(李箱, 1910~1937)의 작품 「날개」(『조광』, 1936.9)에 형상화되어 있다. 한 사람의 인격적 존재로 설 수 없는 시대 전체의 왜곡 현상을 집약적으로 그려낸 천재 작가의 놀라운 예술적 기량을 볼 수 있을 것이다.[32]

광복 후의 이념 분열과 6·25전쟁에서 우리의 부상은 일제 치하 못지 않게 손상되기도 하였다. 아버지의 존재는 위엄이나 존경의 대상이 아니고 오직 생존에 급한 저차원의 수준에서 방황하고 허둥대는 존재이거나, 생존 전쟁에서 처절한 모습으로 「오발탄」(이범선 작, 『현대문학』, 1959. 10)에 묘사되어 있다.

최인훈의 「광장」(『새벽』, 1960.10)에서는 분단과 6·25전쟁에 희생되고, 결국에는 조국을 버리는 남성상이 놀라운 분석력으로 묘사되고 있다.

권위와 위엄과 그리고 어떤 존경스런 모습으로 때로는 자손들의 신뢰감 있는 추억의 대상으로 떠오르기보다, 모순의 존재거나 아니면 파멸된 자아의 모습으로 보이기도 하고, 아니면 구제불능의 패배자로 그 부상이 기억되고 있기도 하다.

다른 한편으로는 묵묵히 주어진 일을 하며 가정을 평화롭게 지키며 후

---

32) 이재선, 『한국 현대 소설사』, 홍성사, 1979; 최재서, 「현대적 지성에 관하여」, 『조선일보』, 1937.15~20.

손들을 양육한 평범하면서도 온화하고 꾸준한 실천력의 모범이 된 그런 아버지상도 있고, 고통을 극복하고 자신을 내세우지 않으나 도덕적 하자가 없이 자손들의 존경을 받는 아버지도 있을 것이다.

위에 살핀바 긍정적 아버지상은 단군사상의 중심인 홍익인간의 이념을 신념으로 민족의 대동사상을 실천한 공통성을 지니고 있음을 알게 되었다.

광복 후, 남·북의 분단과, 6·25전쟁을 겪은 20세기 후반부를 살아온 아버지들의 수난상을 이루 표언할 수가 없으나, 광복 후 몇 분의 아버지상을 더 언급한다면, 건국에 진력한 1919년 상해 임시정부를 수립한 주역들을 중요한 아버지상으로 섬겨야 할 것이라 생각한다. 이어서 국내파의 애국지사들도 마찬가지로 조국 광복에 이바지한 아버지상으로 섬겨야 옳을 것이다.

이승만, 안창호, 박은식, 신채호, 김규식, 이동령, 신규식, 신익희……. 평생을 조국 광복에 바친 많은 아버지들의 숭고한 상을 우리는 잊어서는 안 될 것이다.

6·25전쟁의 영웅들과 병사들 중 전사한 장병들, 외국인 병사들로서 한국땅에서 전사하고, 또 참전한 분들의 숭고한 정신을 또한 잊어서는 안 될 아버지상일 것이라 생각한다.

종전 후, 산업화에 정열을 기울여, 한국의 가난을 극복하고 해결한 데 진력한 아버지들의 고마움도 우리는 기억해야 할 것이다. 동시에 산업화와 새마을운동을 전개한 정치가들도 존경받아야 할 아버지상으로 기억해야 할 것이다.

1960년 민주화운동에서 희생된 젊은 청년들을 미래의 아버지상으로 그 정신의 고귀함을 잊어서도 안 될 것이며, 1961년 군부정권의 수립으로 많은 문제가 일어났고, 독재적 통치의 정치적 모순을 야기시킨 점도 비판적 안목으로 조명할 수 있고, 동시에 그 모순을 극복하고 민주화에의 길을 모색한 많은 정치인들의 노력과 의지를 가진 훌륭한 아버지들도 잊어서는 안 될 것이라 생각한다.

세상에 완벽한 아버지란 쉽지 않을 것이다. 결점이 있고, 약점도 있고, 더러는 무능력하기도 하고 더러는 출중하기도 할 것이다. 오직 아버지의 품격을 나름대로 이루며 각자 개성 있게 살아갈 수밖에 다른 길은 없을 것 같다.

한국 자유주의 국가를 세우고 6·25를 겪고, 한미군사협정을 맺으신 이승만 대통령을 정치적 자유사상가의 아버지로 기억되고 산업의 부흥을 일으키신 정치적인 아버지 박정희 대통령을 기억해야 할 것이다.

이 시대의 아버지들은 여권 존중시대에, 그리고 극도로 대립된 이념 분열의 시대에 사는 아버지들의 어깨가 참으로 무겁다고 생각된다. 그대들의 어깨가 참으로 무겁고 또 무겁습니다.

(2010. 9. 8.)

참고문헌

강철원, 『성웅 이순신』, 지성문화사, 1978.

김동욱, 『한국가요의 연구』, 을유문화사, 1961.

_____, 『국문학사』, 일신사, 1970.

김우종, 『한국현대소설사』, 성문각, 1968.

김찬순 역, 『기행문선집』(복사판), 1964.

박종화, 『임진왜란』, 을유문화사, 1955.

배종호, 『한국유학사』, 연세대학교, 1974.

백 철, 『조선신문학사조사』, 수선사, 1948.

_____, 『조선신문학사조사』(현대편), 백양당, 1949.

삼풍창영, 유찬, 『삼국유사 고증』, 고서방, 1975.

시라카와 유타카(百川豊), 『조선근대의 지일파 작가, 고투의 궤적』, 면성출판, 2008.

신동욱 편저, 『한국현대문학사』, 집문당, 2004.

신채호, 『리슌신젼』, 『대한매일신보』, 1908. 6. 11~10. 24.

_____, 『단재 신채호 전집』 (개정판), 형설출판사, 1982.

양주동, 『고가연구』, 박문서관, 1942.

이기문, 『역대시조선』, 삼성문화문고, 1973.

이기백, 『한국사신론』(개정판), 일조각, 1982.

이광수, 『이순신』, 『동아일보』, 1931. 6. 26~1932. 4. 3.

이순신, 이은상 역주, 『난중일기』, 현암사, 1972.

이은상, 『충무공의 생애와 사상』, 삼성문화재단, 1975.

이재선, 『한국현대 소설사』, 홍성당, 1979.

일 연, 이병도 역주, 『삼국유사』(원문), 동국문화사, 1956.

조병옥, 이충무공기념사업회 간행, 『민족의 태양』, 교문사, 1951.

조성도, 『충무공의 생애와 사상』, 명문당, 1982.

조연현, 『한국현대문학사』, 인간사, 1961.

조윤제, 『국문학사』, 일신사, 1978.

_____, 『한국문학사』, 탐구당, 1987.

진단학회편, 『한국사』, 을유문화사, 1959.

해군사관학교 충무공연구회, 『민족의 등불 충무공 이순신』, 해군교육단, 오재창, 1968.

ㄱ

신동욱(申東旭)

서울대학교 문리과대학 국문학과를 졸업하였다. 경기고등학교 교사를 비롯하여, 고려대, 연세대, 일본 구마모토학원대 등에서 교수를 역임하였다.

저서로는 『한국현대문학론』 『한국현대비평사』 『우리 이야기 문학의 아름다움』 『1930년대 한국소설 연구』 『문학의 비평적 해석』 『우리 시의 역사적 연구』 『우리 시대 작가와 모순의 미학』 『현대문학사』(공저) 『신화와 원형』(공저) 『삶의 투지로서의 문학』, 『우리의 삶과 문학』 『현대작가연구』 『시상과 목소리』 『문학 개설』 『숲으로 가는 별빛은 아름답다』 『문학의 아름다움』 등이 있다.

푸른사상 평론선 15

한국 문학과 시대의식

인쇄 2014년 5월 19일 | 발행 2014년 5월 23일

지은이 · 신동욱
펴낸이 · 한봉숙
펴낸곳 · 푸른사상사
주간 · 맹문재 | 편집, 교정 · 지순이 · 김소영

등록   제2-2876호
주소   서울시 중구 충무로 29(초동) 아시아미디어타워 502호
대표전화   02) 2268-8706~7 | 팩시밀리 02) 2268-8708
이메일   prun21c@hanmail.net
홈페이지   www.prun21c.com

ⓒ 신동욱, 2014

ISBN 979-11-308-0220-6 93810
 값 33,000원